灵隐文丛

主编 释光泉 陈洪

晚清吴地小说研究

张袁月 著

南开大学出版社

图书在版编目(CIP)数据

晚清吴地小说研究 / 张袁月著. 一天津:南开大学出版
社,2014.10

(灵隐文丛)

ISBN 978-7-310-04638-6

Ⅰ. ①晚… Ⅱ. ①张… Ⅲ. ①古典小说－小说研究－
华东地区－清后期 Ⅳ. ①I207.41

中国版本图书馆 CIP 数据核字(2014)第 215838 号

南开大学出版社出版发行

出版人:孙克强

地址:天津市南开区卫津路 94 号　　邮政编码:300071

营销部电话:(022)23508339　23500755

营销部传真:(022)23508542　　邮购部电话:(022)23502200

*

天津市蓟县宏图印务有限公司印刷

全国各地新华书店经销

*

2014 年 10 月第 1 版　　2014 年 10 月第 1 次印刷

230×170 毫米　16 开本　24.375 印张　2 插页　402 千字

定价:49.00 元

如遇图书印装质量问题,请与本社营销部联系调换,电话:(022)23507125

"灵隐文丛"序

光　泉

　　灵隐寺是中国佛教著名寺院，也是江南著名古刹之一，位于浙江省杭州市西湖西北武林山下，始建于东晋时。据《淳祐临安志》记载，东晋咸和元年（326），印度僧人慧理来此，见武林山水俱佳，感叹此地"多为仙灵所隐"，遂建了此寺，迄今已有1600余年历史。

　　灵隐寺是江南最古老的寺刹、东南第一禅院，此寺创建后，浙江地区始闻佛法。唐代灵隐寺是华严宗的道场，盛弘江南的华严学。五代、宋时，灵隐寺进入到全盛时期，当时寺内有房1300余间，僧人3000余人。其中不少名僧居住于此。北宋最有名的禅宗云门宗僧契嵩和尚就在此寺担任过住持。南宋朝廷偏安，以杭州为都，皇帝曾亲自来寺事佛，因此它居宋代"五山"之第二位。元代，灵隐寺渐趋衰落。明代得以中兴。清代，康熙、乾隆两位皇帝下江南，必来灵隐寺进香题词，故香火旺盛。

　　民国，特别是抗战时期，灵隐寺遭受数场大火，无力恢复，寺院残破不堪。50年代以后，灵隐寺经过数次整修，已具一定规模。如今的灵隐寺，是灵隐风景区中最重要的景点，沿着山涧的石板路就可到达寺院山门。寺内建筑错落有致，环境干净整洁。大雄宝殿高33.6米，面宽7间，进深四间，宽敞宏大。殿内的莲台、佛像、须弥座总高24.8米，以24块樟木雕成。佛像高19.6米，仅次于承德普宁寺的千手千眼观音木雕像。弥勒殿的韦驮像也是用整块樟木雕成，为南宋遗物，距今也近千年了。

　　民间流传，灵隐寺的香火很旺，抽签亦很灵，故吸引四方信众前来灵隐寺参观与进香。倚于武林的山清，西湖的水秀，灵隐寺的文化也很有特色。此寺自建立后就成为佛教文化的传承所，文人的集合地。历代著名的官员文人，游历灵隐寺，均留下墨宝。如宋代苏轼曾为杭州知府，多次到灵隐寺进香，描绘该寺"高堂会食罗千夫，撞钟击鼓喧相晡"的盛况。清代康熙、乾隆下江南也来灵隐寺，并写下诗作。现在凡到杭州的客人，也多至灵隐参拜进香。

　　杭州城从古到今有过不少寺塔，仅据 1948 年的统计就有大小寺庵516 所。灵隐寺是杭州佛教的名片，是中国佛教文化的代表。因为寺院文化悠久丰富，不仅代表了杭州佛教文化，而且反映出佛教文化的精神特质。佛教文化分雅、俗两种，这两种文化在灵隐寺都得以体现：就雅文化而言，宋代灵隐寺住持契嵩和尚是中国佛教禅宗学术的大家之一，其著述的佛教学术研究成果，已成为中国佛教文化宝库的重要资料。就俗文化而言，我们最熟悉不过的颠僧济公和尚是在杭州灵隐寺出家的，他衣衫褴褛，举止疯癫，嬉笑怒骂，诙谐幽默，然亦正亦邪，嫉恶如仇，劫富济贫，拯救黎民百姓于疾苦之中，故深受民众热爱。民众认为他是"降龙罗汉"转世，亲切地称他为"济公活佛"。作为自宋以后南方佛教文化的代表之一，灵隐寺高僧云集，且多为知识渊博、引领一代风气的佛门领袖。"上有天堂，下有苏杭"，杭州宛如浙江省版图上的一颗璀璨明珠，美丽的西子湖畔吸引了络绎不绝的海内外游客，谈到这块美不胜收的天堂宝地，就不可能不谈到灵隐佛教对它的贡献！

　　灵隐寺既有悠久丰富的文化历史，现在也十分注重文化建设。曾与天津南开大学合作，发放奖学金，资助贫困学生。现在灵隐寺又与南开大学文学院合作，共同创办"灵隐文丛"，旨在推动佛教学术活动，加强灵隐佛教与文化研究，为当前传统文化复兴与灵隐寺佛教发展，奠定更好的基础。去年灵隐寺召开了"灵隐寺与中国佛教：纪念松圆崇岳禅师圆寂 880 周年"学术研讨会，会议论文集即将付梓。藉此因缘，将《论文集》作为"灵隐文丛"首发之书，以报四恩，以奉学者。

　　是为序。

2013 年 8 月 22 日于灵隐寺方丈楼

"灵隐文丛"序

"灵隐文丛"是灵隐寺文教基金支持的学术项目。

灵隐寺为海内外宗仰的佛教千年古刹，也是影响广远的江南文化重镇。此番善举是这座宝刹致力社会文化建设的又一大手笔。

佛教历来重视智慧。佛陀本义即为"觉者"。僧肇讲过："佛者何也？盖穷理尽性，大觉之称也。"历史上的佛门大德于世界人生之实相、真谛思考甚深，亦多有启迪民智之举。而自太虚法师提倡"人间佛教"以来，中国的佛教界对于社会的文教卫生殊多贡献。赵朴老当年传承这一思想，又于教育、学术着力尤多。

学术，天下之公器也。学术研究是否活跃，学术思想是否深刻，学术水准是否精进——这些几可视作一个民族精神境界、精神活力的重要标杆。灵隐寺光泉大和尚秉大眼界、大胸怀，关注学术，对青年学者不设任何畛域予以大力扶持，彰显出佛门大德超脱凡俗的智慧与慈悲。

有幸得到这一扶持的青年才俊，当以此为一新起点，增一新动力，于学术之境有持续之开拓，于人生之境有不断之精进。唐人题咏《灵隐寺》有名句"楼观沧海日，门对浙江潮"。期待入选本文丛的著作都能有如此的气魄、格局，更期待文丛的作者在学术人生中都能常保如此的眼界、胸襟。

助成文丛善举者，还有黄夏年先生、孙克强先生、王红蕾女士。

陈洪　癸巳处暑于南开园

前　言

晚清小说的研究无法回避上海，但仅仅讨论上海亦无法清晰地认识晚清小说的转型过程。如果我们不孤立地看晚清上海，而是将其放入它所在的吴地中动态地分析，那么我们无法忽视晚明出现过的另一个小说中心——苏州，而在晚清，苏州的衰落与上海的崛起又几乎同步。因此，吴地先后出现的这两个小说中心不是一个简单的竞争、兴替的过程，而是在中国社会转型的大背景下一种特殊的递嬗、移位。以苏州与上海辐射整个吴地，既能历时性地揭示出吴地小说的文学发展脉络，又能共时性地反映吴地小说现代转型的不同程度，从而为地域社会文化研究与晚清小说史研究提供新的思路与视角。本书将以晚清小说史为背景，以苏州——上海这对"双城"的比较为切口，以地域文化的变迁为参照，以期对晚清吴地小说的嬗变轨迹及文化意蕴做出客观、全面的阐释与评价。

本书除绪论和余论外，共分六章。

第一章论述晚清吴地小说中心的移位。吴地曾先后出现两个小说中心——苏州与上海。在晚清小说史的研究中，上海受到较多的关注，而苏州则被小说研究者忽视。但实际上晚清上海小说中心的形成，并不仅仅是西方文化的造就，也是吴地小说中心移位的结果。正是苏州经济、文化、人才、出版等方面优势的丧失与资源的转移，上海才得以在晚清迅速崛起，成为新的小说中心。

第二章分析晚清吴地小说叙事内容的变化。地域中心的移位不仅从外部改变了小说的创作传播环境，也从内部促使小说的叙事重心发生转移。总的趋势是从扬州、苏州转移到上海，又从上海县城转移到租界，甚至在租界也有着繁华区域的转移。这样，来自小说外部与内部的移位，使上海小说最终从吴地小说里脱离出来，形成新的文学传统——海派小说。

第三章关注晚清吴地小说独特的叙事主题——"乡下人进城"。"乡下人进城"作为一个叙事要素在古代文学中并不少见，但多是局部性、片断性的，直到晚清吴地地域中心在上海确定下来以后，它才作为一个具有主题性质的叙事出现在小说中。在内涵上可概括为"海上繁华梦"，即在"海上"游历"繁华"，在"梦"中迷失的体验和经历；在主题上可概括为"迷失——回归"；形成这种叙事背后的文化驱动力则是晚清社会转型过程中乡村——城市的二元化格局。

第四章比较晚清苏州与上海的文化差异及在小说中表现出的不同面貌。前面的小说中心移位主要从历时性的角度来论述吴地小说的流变，本章将从共时性的角度，讨论吴地两大中心由于自然、人文环境的具体差异所造成的分化趋势，最突出的就是形成了"画舫文化"和"马车文化"两种不同的城市文化。它们代表着两个城市在地域景观、生活方式等方面的差异，也造成了苏州小说与上海小说叙事内容和叙事风格的不同。可以说，它们既是文化传统，也是文学传统。

第五章探究晚清苏州与上海在社会转型期的不同进程。苏州传统中有现代，它的现代来自对上海模式的复制；上海现代中有传统，它的传统来自对苏州文化的保留。这使二者有同构的趋向。但就转型程度而言，苏州的现代远远无法与上海相比，它虽然促使苏州人反思自己的文化传统，但深厚的传统性让他们对现代的接受过程趋于缓慢，很大程度上不过是现代景观的"展览"和现代生活方式的渗透。

第六章以王韬与包天笑为案例，说明地域与时代交互作用下的小说嬗变。这也是对第一章的呼应以及对前面章节的印证。因为两人都来自传统积淀深厚的苏州，又都进入现代气息浓郁的上海；而在时代上，一个跨入晚清，一个跨出晚清，他们是晚清吴地地域变迁最好的见证者；两人都在晚清上海新兴报刊文化空间中发生了文学创作变革，如报载化、新闻化，同时，他们受到上海社会环境的影响，使小说创作体现出都市化、商品化、现代化等特征，而又带着苏州传统留给他们的烙印。总之，在相似的文化积淀与不同的时代风潮中，王韬与包天笑展现了晚清吴地小说现代转型的艰难历程。

目　　录

绪　论 …………………………………………………………… 1

一、研究缘起与学术意义 ………………………………… 1

二、研究对象及概念界定 ………………………………… 3

三、研究现状与创新价值 ………………………………… 7

四、研究思路与研究方法 ………………………………… 16

第一章　吴地小说中心移位的地域背景 ……………… 18

第一节　吴地小说繁荣的地域因素 ……………………… 19

一、发达的商品经济 …………………………………… 19

二、悠久的重商传统 …………………………………… 20

三、深厚的文化积淀 …………………………………… 21

四、精致的品位追求 …………………………………… 25

第二节　吴地两大小说中心之映像 ……………………… 26

一、经济基础 …………………………………………… 27

二、文化氛围 …………………………………………… 30

三、出版市场 …………………………………………… 34

第三节　晚清吴地小说中心的移位 ……………………… 49

一、苏州对上海经济崛起的助成 ……………………… 50

二、苏州对上海文化氛围的改变 ……………………… 54

三、苏州对上海人才资源的输出 ……………………… 60

四、苏州对上海出版优势的转移 ……………………… 67

第二章　晚清吴地小说叙事重心的转移 ……………… 73

第一节　从扬州小说、苏州小说到上海小说 …………… 73

　　一、扬州繁华与扬州小说的兴盛 ………………………… 73

　　二、苏州繁华与苏州小说的繁荣 ………………………… 75

　　三、上海繁华与上海小说的崛起 ………………………… 79

第二节　从《风月梦》、《青楼梦》到《海上繁华梦》 ……… 81

　　一、《风月梦》与扬州传统 ……………………………… 83

　　二、《青楼梦》与苏州传统 ……………………………… 84

　　三、《海上花列传》、《海上繁华梦》与上海传统 ………… 86

第三节　从"上海"小说到"海上"小说 ………………… 88

　　一、城内城外的地位转换 ………………………………… 89

　　二、城内城外的路政比较 ………………………………… 90

　　三、城内城外的照明比较 ………………………………… 97

第四节　从晚清吴地小说到海派小说 …………………… 103

　　一、"文字地图"承载的地域传统 ……………………… 104

　　二、地名包含的地域文化信息 ………………………… 109

　　三、吴地小说地域特色的新变 ………………………… 111

第三章　"乡下人进城"——新叙事主题的形成 ……… 119

第一节　"乡下人进城"在晚清的新主题 ……………… 119

　　一、"乡下人进城"叙事的演变 ………………………… 119

　　二、主题概括：海上·繁华·梦 ………………………… 121

第二节　"吴地追梦族"与新的叙事内容 ……………… 125

　　一、都市冒险与体验 …………………………………… 127

　　二、都市诱惑与罪恶 …………………………………… 130

　　三、心灵迷失与回归 …………………………………… 134

第三节　"乡村—城市"二元叙事的形成 ……………… 140

　　一、城市对乡村的俯视视角 …………………………… 141

　　二、难以治愈的"都市病" …………………………… 146

　　三、城市对乡村的向往态度 …………………………… 154

第四章　吴地地域传统在晚清的分化 ………………… 157

第一节　苏州与上海地域景观的比较 ………………… 159

　　一、苏州的地域景观 …………………………………… 160

二、上海的地域景观 …………………………………… 171

第二节　苏州与上海生活方式的比较 …………………… 191

一、苏州船菜与上海番菜 ………………………………… 191

二、苏州轿子与上海车子 ………………………………… 197

第三节　苏州小说与苏州画舫文化 ……………………… 204

一、从《青楼梦》中的画舫谈起 ………………………… 205

二、苏州的画舫文化 ……………………………………… 208

第四节　上海小说与上海马车文化 ……………………… 220

一、从《海上花列传》中的马车谈起 …………………… 221

二、马车文化与画舫文化内在的相通性 ………………… 225

三、马车文化超越画舫文化的现代都市属性 …………… 232

第五章　吴地地域传统与现代的撞击 …………………… 242

第一节　现代性语境观照下的苏州民风民俗 …………… 242

一、现代性语境观照下的苏州风俗 ……………………… 243

二、现代性语境观照下的苏州民性 ……………………… 250

第二节　现代景观在苏州的展览 ………………………… 255

一、苏州城外建设与现代景观的出现 …………………… 256

二、马路：耀眼而又荒凉的现代景观 …………………… 259

三、苏州城外现代景观对城内的影响 …………………… 265

第三节　现代生活方式在苏州的渗透 …………………… 269

一、衣食住行 ……………………………………………… 270

二、公共卫生 ……………………………………………… 276

第四节　传统因素在上海的残留 ………………………… 278

一、岁时节庆 ……………………………………………… 279

二、人生习俗 ……………………………………………… 283

三、鬼神信仰 ……………………………………………… 287

第六章　地域与时代的共谋——以王韬、包天笑为例
……………………………………………………………… 292

第一节　王韬与包天笑的典型性 ………………………… 293

一、与传统苏州的裂隙 …………………………………… 293

二、对现代上海的见证 ……………………………………………… 297

第二节　文化空间转换与小说的媒体特征 …………………… 307

一、从"报人＋小说家"到"报人小说家" …………………… 308

二、小说创作的报载化 ……………………………………… 312

三、小说创作的新闻化 ……………………………………… 317

第三节　社会环境变迁与小说的现代特征 …………………… 324

一、小说创作的都市化 ……………………………………… 324

二、小说创作的商品化 ……………………………………… 327

三、小说创作的现代化 ……………………………………… 333

余论：向现当代延展的吴地小说 …………………… 342

参考文献 ……………………………………………………… 348

附　　录 ……………………………………………………… 367

附录1　图表索引 …………………………………………… 367

附录2　笔者据晚清苏州小说所绘"苏州地图" …………… 369

附录3　笔者据晚清上海小说所绘"上海地图" …………… 370

附录4　画舫与马车 ………………………………………… 371

附录5　晚清吴地小说简表 ………………………………… 372

后　　记 ……………………………………………………… 375

绪 论

一、研究缘起与学术意义

　　长期以来，小说研究主要有两种范式，一种是作家作品研究，一种是文学史研究。前者为点，后者为线，但实际上还有第三条路径，即地域的研究。因为文学不仅是一种时间现象，也是一种空间现象，只有"既注意时间、又注意空间的多维研究，才能真正描绘出各个历史时代文学发展变化的立体的、流动的图像……更多地发现中国古代文学发展流变的内在机制，并从中得到一些实际的而不是概念意义的结论。"① 近年来，地域研究虽渐受关注，但操作方法多是按地域将作家聚合，内核实际仍是作家作品研究，并未把"地域"放在核心位置。同时，在应用的领域上，主要针对诗文、戏曲方面及现当代小说，对古代小说尤其是晚清小说的观照严重不足。因此，本书把"地域"引入晚清小说研究，一方面是想建立起时间与空间的多维体系，从而将文学生态的点与线交织成鲜活、立体的"面"，另一方面也希望为晚清小说研究提供一个新的视角和思路。

　　为什么选择吴地作为小说研究的切入口呢？主要是由于吴地在明清时期举足轻重的地位。吴地地处美丽富饶的江南，经济发展水平高，文化长期繁荣。吴地人进可科举入仕，退能潜心造文。而物质文化和精神文化的极大丰富，又使吴地人有着先天的优越感，故而会在口中笔下有意无意地夸耀这片繁华土地，标识自己的地域身份。所以，以吴地作为地域文学研究的模板，不可谓不典型。

----

　　① 李时人：《论古代文学的"地域研究"与"流派研究"》，载《赣南师范学院学报》，2005 年第 1 期。

　　而为什么选择晚清这一时段呢？首先是因为晚清小说有着其他时段小说没有或并不明显的特点——社会性。晚清的小说家似乎比以往任何时候的小说家都更直面这个众声喧哗、多音复义的现实世界。故有学者说，"阅读晚清小说，与其说是阅读文学，倒不如说是阅读中国近代以来的社会和历史。"① 从晚清小说里能看到很多对吴地地域特征及社会变迁的描写，它们是这样真切细致，以至于我们完全可以把这些描写当作方志史料来使用。其次，晚清是一个转型期，不仅社会文化发生了翻天覆地的变化，文学进程也发生了前所未有的转折。生活在这一时期的小说家一方面眷恋和固守着传统，另一方面却不能自已地卷入新时代的浪潮中。吴地小说家也在经历着这种蜕变，晚清吴地小说在传统文化和新兴文化之间徘徊流转。这种从传统到现代的文化嬗变过程值得我们探究，晚清吴地小说正好可以作为一个极好的范本。

　　然而，晚清吴地小说值得关注，不仅仅在于它比其他地方小说的嬗变更剧烈，转型更明显，更重要的原因是吴地崛起了一个让世人瞩目的现代都市——上海。这个曾经处于吴地最边缘的城市，在晚清却成为了吴地的地域中心，并且成为晚清小说的创作传播中心。上海之于近代文学的重要性近二十年来已成学界的共识，然而多数人是用"冲击——反应"的西方文化影响论来解释。这样的理论不无道理，但却留下诸多疑问无法解决：比如，晚清开埠的口岸城市很多，为什么只有上海成为了文学创作与传播最集中的区域？苏州一直是明清小说的重镇，拥有成熟的文化市场，为什么晚清的文化场域不是移入而是移出？或者说，上海为什么不将先进的技术带到苏州，开发当地的文化市场，而是苏州的老牌出版行业纷纷向上海移植？诸如此类，不一而足。过去的研究其实只回答了命题的一半：为什么是上海？完整的命题应该是：为什么是上海而不是别处？这样，我们的眼光就自然导向上海自身的独特性，而这种独特性，正是来源于吴地的历史与文化传统。把这一因素考虑进去，再去观照吴地小说的作者、读者与作品，可能就会得出一些不一样的东西。

　　本书所说的晚清吴地小说，相当一部分就是上海小说，为什么不用"上海小说"而用"吴地小说"为题呢？就是想突出小说的地域文化传统，突出晚清上海小说并非仅仅由西风催生，也来自吴地文化传统与文学生态的自我更新。因此，本书题目绝非是对等概念的置换，而是要从另一个视角和维度

———————————

① 杨联芬：《晚清至五四：中国文学现代性的发生》，北京：北京大学出版社，2003 年，第 12 页。

重新审视晚清上海的小说风貌。题目用"吴地小说"的另一个用意，是为了凸现被研究者长期忽视的晚清苏州小说。在晚清，上海的一枝独秀遮蔽了吴地其他地区，尤其是晚清以前处于吴地中心的苏州，使晚清小说的研究很大程度上成为上海小说的研究。然而，如果不说明吴地曾经的小说中心为何在晚清变成了上海，就不能准确认识上海之于晚清小说的意义。如果我们重新关注苏州这个"在场的缺席者"，就会发现这样一个事实：晚清有一批苏州知识分子进入上海，他们不可能完全割裂自己与苏州的血脉渊源，故必然有意无意地将吴中传统带入创作；而携带着西方现代因子的上海又会使他们的传统基因发生突变，由此产生的传统与现代的碰撞，正好能够说明社会转型期的独特文学现象和文学规律。因此，我们无须洋洋洒洒地去描述整个文学史进程，只需将视角缩放到一个地域，聚焦于该地域文学生态的变迁，便能起到管窥全豹之效，揭示出中国文化转型在文学中的呈现。

二、研究对象及概念界定

本书的研究对象是晚清吴地小说。现对该研究对象所涉及的相关概念作如下界定：

（一）晚清

"晚"指一个时期的后段，如晚年、晚期等，晚清即指清朝的末期，在史学上一般指 1840 年鸦片战争到 1911 年辛亥革命推翻清政府的一段时期。但当"晚清"这一概念运用到小说研究中时，还有一些模糊混乱的地方，如晚清、清末、近代等混用。因此有必要对"晚清小说"的内涵与时限作出厘清。"晚清小说"作为一个相对固定的概念，最早由阿英在其《晚清小说史》中提出。阿英没有对晚清小说下定义，但他论及了晚清小说应具有的几个特征："第一，充分反映了当时政治社会情况，广泛的从各方面刻划出社会每一个角度。第二，当时作家，意识的以小说作为了武器，不断对政府和一切社会恶现象抨击。这也就是鲁迅《中国小说史略》所谓'谴责'。"[1] 欧阳健《晚清小说史》认为，晚清小说应是"强烈地透出新时代的气息"和"近代精神"，并"有别于传统小说"的"新小说"[2]。其他论著中也未见对晚清小说进行明确内涵和外延的界定，但大体上都认同晚清小说是清朝末期所产生的、形式内容与传统小说不同的、具有社会转型期时代特征的小说作品。而

---

① 阿英：《晚清小说史》，北京：人民文学出版社，1980 年，第 4 页。
② 欧阳健：《晚清小说史》，杭州：浙江古籍出版社，1997 年，第 2 页。

对于"晚清"时限的划定，则大为迥异：

1. 最早提出"晚清小说"概念的阿英并没有明确指出晚清小说的上下限。时萌的《晚清小说》才明确提出，"我们所说的'晚清小说'，是指从光绪庚子事变起至辛亥革命前夕（1900—1912年）这十多年间的小说作品。"①

2. 欧阳健《晚清小说史》发现"到了1901年以后"，小说"才骤然繁荣起来"，并在内容上"开始有了变化"②，因此他虽然也将庚子事变作为划定晚清小说起始的一个参照，却把具体的年限插在1902年，下限则为1911年。

3. 颜廷亮《晚清小说理论》将上限定得更早，将自1872年蠡勺居士发表《〈昕夕闲谈〉小叙》开始的有一定理论指导的创作小说归为晚清小说。③

4. 袁健、郑荣编著《晚清小说研究概说》总结书中涉及的研究成果，认为它们"对于晚清小说上限时间的划定，基本倾向于1840年的鸦片战争起始。"④

本书所论"晚清"，主要采用1840年至1911年这种目前被普遍认同的说法。其一，庚子事变前的小说虽然可能还没有表现出近代精神，但它们的陈旧状态正好是之后小说新变的重要参照，而揭示小说从旧到新的现代性转型，正是本书重心所在。其二，对于吴地这个地域来说，1843年上海开埠是一个具有转折性意义的事件，不可无视它对吴地小说所产生的影响。其三，一个地域的变迁需要一个比较长的时间序列才能表现出来，如果只局限于庚子事变到辛亥革命这十余年，则很难揭示小说流变的全貌。要指出的是，学界有时将晚清与近代混用，如陈大康《近代小说编年》说"问世于1840年鸦片战争至1911年辛亥革命这一历史时期的小说，通常被称为近代小说"⑤，就是将晚清与近代等同。本书用"晚清"而不用"近代"，因为从历史范畴来看，近代史1840～1919的时段与本书论述时段不合，从文学范畴来看，许多学者所使用的"近代"包括晚清与民国，而本书论述作品基本止于民国前，不过在论述中，可能会引用一些标明"近代"而论述范围在晚清的文献。

① 时萌：《晚清小说》，上海：上海古籍出版社，1989年，第1页。

② 欧阳健：《晚清小说史》，杭州：浙江古籍出版社，1997年，第2页。

③ 颜廷亮：《晚清小说理论》，北京：中华书局，1996年。

④ 袁健、郑荣：《晚清小说研究概说》，天津：天津教育出版社，1989年，第71页。

⑤ 陈大康：《中国近代小说编年》，上海：华东师范大学出版社，2002年，第1页。

（二）吴地

吴地是一个区域地理概念，如何认定其区域范围，历来有不同的分法。有的以语言为划分依据，认为吴语分布地区即吴地。这种分法避免了行政区域划分可能强行将同一文化区割裂为两个区域的弊端，但"吴语分布在江苏省东南部和上海市，浙江省及其毗连的赣东北、闽北地区"①，其分布范围实际又大于吴地的自然区域，如将江西、福建等也划入吴地，恐怕很难让人认同。如果以历史时期某个以"吴"为名的政区为标准，可能较为合理，却又存在一定问题。西周吴国建立，到春秋时吴国强大，奠定了吴地行政区域的基础。但是，吴国疆域最大时，曾"东至于海，南至今浙江北部，隔钱塘江与越接界；西至江西南部，江西北部，与楚接界；北至徐州、海州与宋、鲁、齐接界。"② 同样也包括了一部分我们今天并不看作吴地的区域。之后还有吴郡、东吴等，但历代吴地的区域伸缩变化都很大，总体是在缩小。究竟以何时的吴地行政区域来作为划分依据，似乎都难以全面准确。一些学者即以今天的行政区域来作为参照标准，但多很含糊，有的说苏南，有的说苏南浙北，有的说长江三角洲地区，有的说太湖流域，只有极少的学者划定了比较具体的范围，但并不一致。如严明《吴文化的基本界定》这样确定吴文化区域的边界："北界为南京、扬州、泰州、如皋、如东一线，西南界为南京、溧阳、长兴、德清、杭州一线，南界为杭州、萧山、绍兴、余姚、宁波一线，东界则是宁波经上海至启东一线。"③ 吴恩培《吴文化概论》则限定在南京、镇江、常州、无锡、苏州、上海六个城市。而高燮初《吴地文化通史》认为吴地"是以太湖为腹心，上海、南京作首尾，苏州、无锡、常州、镇江为躯体，杭州、嘉兴、湖州为节肢，旁及南通、扬州等的一个地域整体。"④ 将吴著排除的扬州、杭州等城市视为吴地的有机组成部分。

综上可见，对吴地的区域范围并没有一个一致的划分意见。本书认为，高松年先生在《当代吴越小说概论》中的意见比较中肯，即吴地是一个人文地理概念，而不是行政区域概念，"不可能像为一个省、市、县确定边界那么明白和精确"，故"可以有一个相对明确的中心区域，可是它的边限由于牵涉到人在地域的生存发展中的种种复杂因素，从而只能是模糊的、概约

---

① 颜逸明：《吴语概说》，上海：华东师范大学出版社，1994年，第15页。
② 高燮初主编：《吴地文化通史》，北京：中国文史出版社，2006年，第15页。
③ 严明：《吴文化的基本界定》，载《苏州大学学报》，1991年第3期。
④ 高燮初主编：《吴地文化通史》，北京：中国文史出版社，2006年，第4页。

的，甚至是不断地变化延迁的。"①

因此，本书的"吴地"主要是指长江以南、钱塘江以北的太湖流域地区。核心区域是以苏州为中心的苏、锡、常地区，这是学界普遍认同的吴地范围。扬州、杭州这类有争议的城市，本书这样看待：《汉书·地理志》说"吴地，斗分野也。今之会稽、九江、丹阳、豫章、庐江、广陵、六安，临淮郡，尽吴分也"，而会稽、九江、丹阳等地又"属扬州"，可见古扬州包含了整个吴地的范围。今之扬州被划为吴地边界，但仍属吴文化影响区，故本书也将涉及，但不作为重点论述。杭州有学者认为属越地，然而在奠定吴地区域基础的吴国时期，杭州大部分地区都属于吴地，而且向来苏、杭相连，两者有很多共同之处，也可划入吴文化辐射区。本书基本没有涉及。至于上海，它曾经处于吴地的边缘地带，但不可否认的是，上海一直受到以苏州为核心的吴文化之深刻影响，即使是后来上海形成了自成一系的海派文化，它与吴文化也没有完全隔断血脉，这在学界也渐成共识。而且在晚清这一特定时期，上海由边缘而中心，恰能与曾经的吴地中心苏州形成鲜明对照，故本书作为重点论述。

还要说明的是，吴地与通常说的"太湖流域"、"江南"等在范围上多有重合，本书之所以选择"吴地"的提法，主要是因为吴地的名称本身包含着"吴文化"这一地域文化传统，而这正是本书关注的重点。另外，上海属于吴地，但在晚清时期与吴地其他地区又有很多不同，文中时常会做对比，为避繁冗，特此注明：当上海与吴地其他地区对举时，"吴地"指上海以外的吴地其他地区，在一般论述中，吴地则指包括上海的整个区域。

（三）吴地小说

吴地小说是指产生在吴地的小说，语体上主要是白话小说，性质上主要指自作小说。具体说来，吴地小说又分为几种情况。第一种，吴地作家写反映吴地吴人情况的小说；第二种，吴地作家写反映外地情况的小说；第三种，外地作家写反映吴地吴人的小说。其中，第一种是本书的中心对象，因为这最能反映出吴地地域文化对作家创作的影响，但有的外地籍贯作家在吴地停留时间很长，吴地文化也对他产生了很大影响，因此在部分需要说明吴地文化特征的地方，可能会以第三种小说为例，但不作为主体研究对象。第二种情况的小说本书一般不作论述，但要指出的是，即使是外地人事，小说

---

① 高松年：《当代吴越小说概论》，上海：学林出版社，1999年，第18页。

家也不可能完全抹去自己的地域印记。① 另外，这里对籍贯的标明主要是为了统计与分类的方便，本书更看重的不是作家籍贯的静态分布，而是以之为起点，论述地域文化传统如何通过作家表现在作品中。

三、研究现状与创新价值

与本书相关的研究成果主要可以分为以下四个层面：

（一）地域文化与文学

地域文化与文学的关系并不是一个新鲜话题。在我国，古人早就意识到了地域环境对民风的影响。《汉书·地理志》已注意到《诗经》中国风的诗歌内容与当地的地域特点有关。专门性地谈论文学风格与地域的关系则始于《隋书·文学传序》："江左宫商发越，贵于清绮；河朔词义贞刚，重乎气质。气质则理胜其词，清绮则文过其意。理深者便于时用，文华者宜于咏歌。此其南北词人得失之大较也。"② 将中国文学划分为南北两大系统，是后世论述地域文学差异的最主要参照系。

然而，对于地域和文化的关系谈者虽众，但多谈及现象，却没有进一步探究为什么会这样？说明了什么？真正有意识地将地域文化引入学术研究的，要数梁启超。在 1902 年的《中国地理大势论》中，梁启超谈到地域与文学的关系时，用的还是传统的南北二分法："其在文学上，则千余年南北峙立，其受地理之影响，尤有彰明较著者。"从接下来论及的哲学、经学、佛学、词章等各方面来看，他所谓的"文学"其实并不是文学创作，主要指学术。他感叹的"天然力之影响于人事者，不亦伟耶！"仍止于自然环境对文学的影响。而到 1922 年《历史统计学》时，梁氏开始专门探究人文与地理之关联："我多年想做一张表，将二十四史里头的人物分类：学者，文学家，政治家，军人，大盗……等等，每人看他本传第一句'某某地方人也'；因此研究某个时代多产某种人，某个地方多产某种人。"即用定量分析的方法，统计人物的籍贯制成表格，再查看其地域分布的比重，以探究地域影响

---

① 比如吴地小说家欧阳钜元的小说《负曝闲谈》，里面有很多北京场景，却与北京小说家所写小说仍有差别，徐一士在《负曝闲谈评考》中就指出第八回中"你们老爷别只管喝彩"在北京口语上不甚自然，不如改为"叫好"，第二十五回中"大人请春大少爷"也应改为"大爷"方合北京之语气。吴地小说家陈森《品花宝鉴》从内容上看属于北京小说，但小说中表现出的扬南抑北的审美态度，显然是吴地地域传统影响的产物。如果是北京人所作的小说，如《永庆升平后传》、《儿女英雄传》等，则明显能看出对京都的推崇。

② 郭绍虞主编：《中国历代文论选》（第 2 册），上海：上海古籍出版社，2001 年，第 25 页。

人文的规律。虽然这是梁启超"想做而未能做的题目"[1]，却为后代地域文化的研究者提供了一个很实用的操作方法。1924 年梁启超又发表了一篇"专以研究学者产地为主"[2] 的论文——《近代学风之地理的分布》，按十八个行省概括各省的学术特色，可以说是对《历史统计学》研究方法的一个应用。

和之前的文化地理学研究相比，梁启超的地域研究或可被称为"人文地理学"，这是他对该领域的极大贡献。然而，梁氏的着眼点毕竟在学术而非文学，将地域文化作为一种研究范式运用到文学研究，要迟至 80 年代末 90 年代初，这就是"文学地域学"。1986 年，金克木提到当时的文艺研究仍"习惯于历史的线性探索，作家作品的点的研究；讲背景也是着重点和线的衬托面；长于编年表而不重视画地图，排等高线，标走向、流向等交互关系。"他由此提出"是不是可以扩展一下，作以面为主的研究，立体研究，以至于时空合一内外兼顾的多'维'研究呢？假如可以，不妨首先扩大到地域方面，姑且说是地域学研究吧。"[3] 这大概是构建文学地域学的最早努力。到 1990 年袁行霈《中国文学概论》中仍然指出，"中国文学的研究，除了史的叙述、作家作品的考证评论，以及文体的描述外，还有一个被忽视了的重要方面，就是地域研究。"[4] 说明直到 90 年代初，地域文学的研究仍未引起文学界的充分重视。

90 年代以来，长期习惯于从时间入手进行线形研究的研究者们逐渐发现地域研究所提供的新视角，那就是"空间"。地域文化与文学研究越来越引起人们的强烈兴趣和关注，相关成果层出不穷，成为一个方兴未艾且富有生命力的研究领域。如严家炎主编的《二十世纪中国文学与区域文化丛书》，探讨现代文学与巴蜀、西藏、东北等区域文化的内在联系。此外，不少地区还出版了区域文化研究丛书，如广东的"岭南文库"、陕西的"秦文化论丛"、湖北的"楚学文库"等。从研究角度来说，主要有以下几种：一是以籍贯切入，如曾大兴《中国历代文学家之地理分布》；二是从阶层切入，如李浩《唐代三大地域文学士族研究》；三是从交通切入，如周薇《运河城市与市民文学》；四是从创作地点切入，这种研究方法比较少，主要为戴伟华

---

① 夏晓虹编校：《中国现代学术经典——梁启超卷》，石家庄：河北教育出版社，1996 年，第705、708、689、694 页。

② 梁启超著，陈其泰等编：《梁启超论著选粹》，广州：广东人民出版社，1996 年，第198 页。

③ 金克木：《文艺的地域学研究设想》，载《读书》，1986 年第 4 期。

④ 袁行霈：《中国文学概论》，北京：高等教育出版社，1990 年，第 46 页。

《地域文化与唐代诗歌》采用。

地域研究方法也被引入到小说研究中。梅新林《小说史研究模式的偏失与重构》一文为地域文学与小说的研究者提供了四种模式：一是"流域轴线"模式，即"基于江河流域的地理特点而逐步形成的独特的文学与文化带"；二是"城市轴心"模式，即以城市及城市文化为中心研究小说的创作传播情况；三是"地缘层序"模式，即将作家的活动区域、作品描写地域、作品产生地域结合起来研究小说的传播与接受之规律；四是"时空内化"模式，即从作家的精神世界重构小说的时空形态。① 在《中国古代文学地理形态与演变》一书中，梅新林正式提出"中国古代文学地理"的概念，并具体应用了这种"时空并置交融的新型文学史范式"②，全面介绍了中国古代各个时期文学家的地域分布情况，探究了河流轴线、城市轴心等构建起来的中国文学地域空间，以及轴线移动对文学版图产生的影响，具有较高的理论价值。赵维平《明清小说与运河文化》通过分析运河区域产生的作品情况以及运河变迁给小说创作传播带来的影响，有力地论证了地域文化对文学产生的巨大推力，可看作对梅新林关于流域轴线与文学生成相关论述的一种呼应。

论文方面，涂秀虹《论明代建阳刊小说的地域特征及其生成原因》聚焦建阳，探讨建阳刊小说的语体、题材和作品类型与闽北地区的地域文化之间的密切关系；李忠明《明末通俗小说刊刻中心的迁移与小说风格的转变》则从明代刊刻中心从建阳到苏州再到杭州的迁移中，发现通俗小说风格逐渐雅化的转变趋势；乐云《19 世纪章回小说的地域差异及其思想内涵》发现 19 世纪的章回小说存在着很大的南北差异，并论证了不同地域导致的不同创作观念和审美观念；2008 年暨南大学白薇的硕士论文《清代中后期广东地区通俗小说研究》、2010 年暨南大学杨琴的硕士论文《清末岭南籍作家白话小说创作和理论研究——以地域文化为主要视角的考察》等关注岭南文化与广东地区小说之间的关系……以上均为列举，并不代表地域文化与文学领域研究的全貌，但这些论著和论文打破了长期以来小说单一、线性的时间研究模式，建立起地域空间的研究体系，为本书的论述奠定了理论基础，是本书研究的学术背景。

（二）吴地地域文化与文学

涉及吴地地域文化与文学的著作主要有三类。第一类是文化通论，这类

① 梅新林：《小说史研究模式的偏失与重构》，载《光明日报》，2002 年 11 月 27 日。

② 梅新林：《中国古代文学地理形态与演变》，上海：复旦大学出版社，2006 年，第 2 页。

著作很多，丛书方面，有高燮初主编、中央编译出版社出版的"吴文化知识丛书"，包括《吴地娱乐文化》、《吴地佛教文化》、《吴地饮食文化》等，但未专论吴地文学；而南京大学出版社也出版了一套"吴文化知识丛书"，其中的《吴地方言小说》则专谈吴语小说。此外还有高福民、高敏主编的"苏州文化丛书"、王友三"吴文化史丛"等。专著方面具代表性的有高燮初主编的《吴地文化通史》、苏简亚主编的《苏州文化概论——吴文化在苏州的传承和发展》以及吴恩培著《吴文化概论》等。这些著作的体例多分列章节，全面介绍吴地的自然环境、社会经济、宗教信仰、民风民俗、文学艺术等情况。这些著作中涉及的吴地小说一般附于文学艺术大类中，多属于通识层面，因此并不能很好地揭示文学规律，也不能体现文学与自然环境、社会经济等的内在关系。但文化通论类著作为本书提供了吴地文化背景和历史流变方面的参照，使本书能够以一种历史与社会的眼光全面准确地认识吴地文学的产生发展。

第二类是地方文学史，如范培松、金学智主编的《苏州文学通史》，叙述从先秦至现当代的苏州文学，其中明代与清代部分，涉及苏州的小说情况。地方文学史以文学为论述对象，比文化通论更具专门性，也更注重文学规律的探讨。但是，限于文学史的体例，地方文学史往往以时代为经，以作家为纬，列举作家作品，这虽然便于展现作家的创作成果，却也在一定程度上割裂了同类作品之间的有机联系。

相比之下，第三类——专题研究就具有了一定的优势。这类研究往往划定时段、区域甚至文体，以个案研究的形式探讨特定地域的作家作品。例如，费振钟的论著《江南士风与江苏文学》以江南士风为切入点，来解读20世纪江苏的区域文学史。2006年华东师范大学刘召明的博士论文《晚明苏州剧坛研究》第三章谈及晚明苏州传奇作品的地域文化特色，主要表现在江南的地域风物、山歌小曲、吴语苏白等文化载体上。从戏剧史看，晚明、苏州是不可回避的两大关键词，而王国维指出"曲家多限于一地"的现象也使地域文化的研究方法在戏剧研究中的使用顺理成章。2009年苏州大学孙立新的博士论文《南社苏州诗人研究》则用地域文化的方法来研究诗歌，突破以往南社研究中仅用社会历史学方法的局限，解答了南社诗歌中浓厚的南方色彩与"苏州味道"的形成原因，并发现一批被文学史遗落的作家价值，在南社研究中别开生面。2005年陕西师范大学刘艳春的硕士论文《陆机与

吴地文化》以"第一个在生前身后都产生了较大影响的吴地作家"①——陆
机为研究对象，着重探讨了吴地文化对陆机仕晋心态及作文风格产生的影
响，以及以陆机为代表的吴士群体在西晋出现的地域意义。研究地域文化与
陆机的关系并不是一个全新的课题，作者的可贵之处在于突破以往研究中地
域文化影响作家的单向研究模式，探析了作家对地域文化的推动作用，但或
许是限于篇幅，这方面的论述未能充分展开。

　　总的来看，吴地地域文化与文学的研究成果是丰富的，相关专著和论文
较多，但也有一些问题，比如对吴地地域文化的阐发上几乎都局限于吴地的
江南水乡特征，偶尔论及吴地深厚的学术传统，显得比较单薄；多在局部论
述吴地地域文化与文学的关系，而在大部分论述中，地域文化对作品的生成
作用显得可有可无。因此，从地域角度切入吴地文学的研究尚有较大余地。

　　（三）吴地地域文化与小说

　　吴地地域小说研究是吴地地域文学研究下的子课题。在现当代文学领
域，吴地地域小说研究是近年来的热点，陆文夫、范小青等吴地作家笔下的
地域风情和语言上的地域风味不断受到关注，可以说研究成果丰硕。但在古
代文学领域，吴地地域小说的研究不仅比其他文体研究起步晚，而且研究也
并不充分。2010 年 10 月光明日报出版社出版的万晴川等著《中国古代小说
与吴越文化》是目前最新也是仅见的吴地地域小说研究著作。作者敏锐地察
觉到明清小说与吴越文化之间存在着密切联系，虽在论述中尚有各章缺乏有
机性，将"吴越"与"江南"混用等缺憾，但作者注意将小说结构、主题思
想、人物形象等与吴越文化的深层联系揭示出来，颇有创见。作为系统性阐
释古代小说与吴越文化联姻的首次努力，其开创之功值得肯定。除此之外，
专以晚清时段为研究对象的专著更是阙如。

　　论文方面，地域小说研究最多的是话本小说。这大概是由于话本的书场
性质，须借助对地域的描摹来营造栩栩如生的环境氛围，以唤起听众的现场
感，这使话本小说从产生之初，就与地域性绑定在一起，也易引起研究者注
意。其中研究成果较突出的是孙旭，她的系列论文《论宋元话本小说家的地
域意识》、《论明代话本小说家的地域意识》、《论明末拟话本小说家的地域意
识》、《论清代话本小说家的地域意识》等，全面梳理了话本小说从产生到衰
落各时期所体现的地域意识，得出话本小说"成就的高低与对地域性表现的

---

① 刘艳春：《陆机与吴地文化》，陕西师范大学硕士论文，2005 年，第 38 页。

程度大体成正比"① 的结论。这些论文虽未直接说明研究对象是吴地，但正如傅承洲《文人话本与吴越文化》指出的那样，"明清文人话本作家绝大多数是江浙人，文人话本也大多刻于江浙地区，主要是苏州和杭州。"② 这就很自然地将话本小说研究者的眼光吸引到吴地上来。李桂奎《话本小说时空构架的"江南"特征及其叙事意义》就提到，话本小说家基本是"依据江南的地理特点、地质构造以及节日风俗等人文地理状况来构架小说时空"，即使是写到江北，也往往"参照江南版本进行"③。

除了话本小说，才子佳人小说的地域特征也得到较多的研究。任明华《明清才子佳人小说的地域特征和兴盛原因》、朴丽娇《才子佳人小说中的江南地域文化特色》等文论述的才子佳人小说的舟船桥岸意象、温婉的行文风格、吴越方言的运用以及民俗描写都体现出浓郁的江南地域特色。此外，狭邪小说的地域性也有相关论文，如侯运华《江南士风与狭邪小说》、2009 年苏州大学蔡苑的硕士论文《吴地狭邪倡门小说论》等。还有一些论文是从总体上讨论明清小说与吴地地域文化的关系。陈辽《明清小说与吴文化》立足吴文化研究的角度，指出过去吴文化研究只重实物的弊病，强调"明清小说是吴文化的一座宝藏，内有鲜活的、形象的、具体的吴文化。"④ 他认为，明清小说中至少包括了吴文化中的工商文化、教育文化、信义文化、外向开拓文化、清官文化、改革文化及一些劣质文化，为吴文化研究拓展了视野。甘露《吴越文化与明清小说》一文也将明清小说视为"展现吴越文化的载体"⑤，揭示出明清小说所体现的吴越地区的风俗韵味、吴越人的精神气质以及文化传统等。王永健《明清小说与江苏论纲》梳理了从明代到晚清各时期与江苏有关的作家创作与理论批评，脉络分明，逻辑清晰，但该文的重心只在描述在江苏出生或长期流寓江苏的作家之作品，对江苏地域文化对小说的影响并无论及，略有缺憾。

从数量上来看，此层面的研究成果并不少，但多为单篇论文，比较零散，几乎没有系统性的论著；从内容上来看，几乎没有论文论述到晚清吴地地域文化的情况，而论文描述的吴地地域文化多局限于江南水乡特征，例证

---

① 孙旭：《论清代话本小说家的地域意识》，载《中南大学学报（社会科学版）》，2005 年第 4 期。
② 傅承洲：《文人话本与吴越文化》，载《江苏行政学院学报》，2005 年第 4 期。
③ 李桂奎：《话本小说时空构架的"江南"特征及其叙事意义》，载《南京师大学报（社会科学版）》，2008 年第 1 期。
④ 陈辽：《明清小说与吴文化》，载《中华文化论坛》，2002 年第 2 期。
⑤ 甘露：《吴越文化与明清小说》，载《河池学院学报（社会科学版）》，2004 年第 5 期。

也集中在"三言"、"二拍"以及《西湖二集》与《西湖佳话》几种话本上，语体上更关注白话小说，很少言及文言小说。诚然，白话短篇小说尤其是话本小说对地域物象与市井风俗进行高密度的组合，展现出一幅幅地域风情画，是研究地域文化与小说关系的理想样本。但是，地域文化对作家的影响不仅只有情感上的濡染，还有性格上的塑造，因此，我们要全面透彻理解作品的文化内涵，就不能只关注小说家显性的地域意识，还应探究隐性的地域意识。

（四）吴地城市文化与小说

2001年，刘勇强在《文学遗产》上发表《西湖小说：城市个性和小说场景》一文，引起学界注意。该文发现，晚明出现了一批以西湖为背景的白话小说，它们自成系列，刘勇强将其称为"西湖小说"。西湖小说最突出的特征是西湖作为小说场景广泛出现，这种场景描写的反复运用，"不但营造出一种特殊的地域文化氛围，也为小说的情节安排提供了一个具有叙事学意义的环境。"① 这篇文章指出小说可以反映城市特有的社会构成、特有的社会现象以及特有的生活观念、文化心理等，使小说研究获得了一种新的关注视角——城市与文学的关系。

在该文启发下，一批研究成果相继产生，如2001年南京师范大学孙旭的博士论文《西湖小说研究》、2006年暨南大学胡海义的硕士论文《明末清初"西湖小说"研究》、2007年浙江大学张慧禾的博士论文《古代杭州小说研究》、2009年浙江工业大学曹丽娜的硕士论文《明代话本小说与杭州》等，内容框架上都不脱小说的地域特征、艺术特色、局限性几块，只是在时段和文体上略有伸缩。单篇论文中，宋莉华的《汴京与杭州：小说中的两宋双城记》②，吸收刘勇强"场景"的叙事概念，引入李欧梵《双城记》的研究方法，把宋代东京和临安作为"双城"来论述小说场景所反映的城市生活，是比较成功的一篇论文。受此启发，孙逊、葛永海《中国古代小说中的"双城"意象及其文化蕴涵》将宋前的长安和洛阳、两宋的汴州和杭州、明清的北京和南京六个城市两相对举来分析其中的文化蕴涵，因为它们是"我国古代小说中描写最多、最充分的三对'双城'"③。与此同时，对苏州等吴

① 刘勇强：《西湖小说：城市个性和小说场景》，载《文学遗产》，2001年第5期。
② 《中国典籍与文化》编辑部编：《中国典籍与文化论丛》第七辑，北京：北京大学出版社，2002年。
③ 孙逊、葛永海：《中国古代小说中的"双城"意象及其文化蕴涵》，载《中国社会科学》，2004年第6期。

地城市的关注度也明显上升，如葛永海《明清小说与苏州风情》、张秀芹《明清小说中的苏州》、梅新林《〈红楼梦〉的"金陵情结"》、杨子坚《南京与中国古代文学》等，都是近年来探讨吴地城市文化与小说关系的单篇佳作。

论著方面，许振东《17世纪白话小说的创作与传播——以苏州地区为中心的研究》是研究苏州地域小说的力作。本书的创新点在于运用传播学的研究方法，以整个17世纪白话小说的发展为主线，而以苏州地区作为典型来观照，将地域文化与历史演进结合起来探析文学发展规律，从而形成序言中陈洪先生所说的"中观"视角，避免了空疏和狭隘。葛永海《古代小说与城市文化研究》一书突破了一元城市的研究模式，采用"双城记"的研究方法，将唐代的长安、宋元的东京一临安、明清的开封一杭州、南京一北京、苏州、扬州、上海作为城市的典型范本，探讨了城市文化与小说的关系。该文从城市角度切入小说研究，从小说描写透视城市文化，揭示出古代城市文化的精神内涵，对本书有较大启发。不过，作者侧重的是小说描写中体现的城市文化，而城市文化对小说创作传播的影响则较少论及。方志远的专著《明代城市与市民文化》则重点论析城市文化对明代小说产生、发展的影响，论证充分，颇有见地。另外，2004年扬州大学戴健的博士论文《明下叶吴越城市娱乐文化与市民文学》也属同类研究成果，但在时间、地区和文化性质上作了更细致的限定。吴越文化是明代的强势文化，而吴越城市娱乐文化是"吴越文化特质另一方式的体现"①，因此从吴越的地域文化即可窥见明代的全域文化，吴越的市民文学也就能反映出明代市民文学面貌，是一篇以小见大的学位论文。

这些著作和论文多是单向讨论小说与城市的关系，但笔者以为，古代小说与城市文化之间存在着双向互动，小说从内部反映城市的发展变迁，城市从外部推动小说的创作传播，因此要全面反映城市（地域）文化与小说的关系，就必须兼及这两方面，这也是本书力图达到的目标。

从上述研究格局可以看出，目前的相关研究虽不乏佳构，但总体来看还比较零散，没有系统地建立起吴地各方面文化与作品间的内在联系；比较浅表，没有深入地探究吴地地域文化传统对作家性情的涵泳以及对作品风格的导向；比较宏观，没有细致地剖析吴地内部城市的同中之异；比较平面，没有立体地展现社会、地域、作家、作品之间的多维图景；比较片面，没有全面地揭示小说中的地域形貌与地域中的小说态势两者间的双向互动。

---

① 戴健：《明下叶吴越城市娱乐文化与市民文学》，扬州大学博士论文，2004年，第27页。

基于以上研究现状，本书将在如下方面具有创新价值：

　　1. 吸收城市文学研究中的"双城记"研究方法，将苏州－上海作为一对双城来辐射整个吴地，透视吴地小说的嬗变过程。过去的晚清小说研究总是聚焦上海，即使有"双城"，大家想到的也是上海与北京。本书关注被人们遗忘、在历史上却客观存在的"苏州－上海"双城。它们同处吴地，都曾成为"人间天堂"，都追求奢靡、浮华和声色，都成为一时的小说中心，都在晚清分裂成"城内——城外"这样的内部"双城"。而两者之间又有诸多的互动：上海曾追步苏州，到晚清苏州又追步上海；苏州曾是吴地中心，到晚清退居边缘，上海曾处吴地边缘，在晚清跃升中心；苏州曾是中国传统文化的典范，在晚清则因背负沉重的传统包袱步履维艰，曾经对苏州难以望其项背的上海则成为西方文化的重镇，在现代性转型道路上将苏州远远甩在后面；而同时，晚清的苏州和上海又都新旧交陈，苏州传统中有现代，上海现代中有传统。总之，两者的同源异流显示出地域与时代在文化与文学中的投射与映像，两者的此消彼长揭示了现代与传统在社会文化领域的嬗变与纠缠。

　　2. 超越过去研究简单的地域文化特色分析，深入揭示地域文化传统对文学的影响。过去的地域研究往往划定某一地域，列举该地域中的作家作品，说明作品中反映的地域文化，但多半"仅仅停留在研究风俗描写、方言运用等外饰部分"①。本书不满足于只介绍地域"产生"的文学状况，而更关注地域"创造"的文学特质，这种"创造"也就是地域传统。地域特色是静态的，地域传统则是具有延续性和传承性的，这才能将作品放置于纵横交错的时空坐标里，解释其成因与影响。当有一批作品反复书写一种地域文化传统时，这种书写倾向又成为一种地域文学传统。如苏州的水乡环境是地域，水乡中发展出来的画舫文化是地域文化传统，而画舫文化影响下小说创作多描写才子佳人和文人风流的集体倾向就成为地域文学传统。

　　3. 改变过去研究对地域静态呈现的研究方法，采用动态化、立体化的论述策略。过去的研究往往定格于某一时期，相当于把地域从整个历史发展过程中抽离出来，割裂了该时期与前后时段的内在联系。但任何一个文学现象都不可能凭空出世，它有着自己的"前生后世"，因此本书虽然聚焦晚清，却将它怎么从古代来以及怎么往现当代去做了详细探讨。这种动态的研究比

---

　　① 陈林侠、吴秀明：《地域文学研究的现代性走向——兼评高松年的〈当代吴越小说概论〉》，载《小说评论》，2000 年第 5 期。

起静态的描述，更能揭示文学、文化演变的轨迹。

4. 打破过去研究重名家名作的局面，引入一些不被重视却能说明地域风格的作品，以全面揭示吴地小说的地域传统。比如在晚清小说研究中，《海上花列传》是名家名作，《海上繁华梦》向来不受重视，但在地域研究中，后者可能比前者更有价值。本书选择的大多数小说以前都受到冷遇，尤其是晚清苏州小说，不仅无人进行专门研究，甚至在文学史上根本无所提及。这或许在一定程度上让本书显得有些冷僻，但本书并不想因此刻意拔高其价值，只是想客观地反映出这些文学价值或许不高的作品，在地域传统传承方面所作的贡献。

5. 本书也引入了作家，但并不妨碍地域在研究中的核心地位，因为本书不是将作家简单看作一个作品的创作者，而是将其看作时代与地域变迁的见证者。作家心态的转变及其作品的改变正是不同时代对同一地域影响的投射，而作家地域的迁移也会形成两种文化的撞击。

四、研究思路与研究方法

吴地的自然、文化魅力对研究者具有极大的吸引力，而晚明苏州与晚清上海先后执小说界牛耳，更使吴地成为小说研究不可绕开的重要存在。但在晚清这样一个发生剧变的社会转型期，不能用传统的地域研究方法，去静态地探讨文学中反映的风土人情，而必须采取动态化的研究思路。因此，本书在处理地域文化与文学的关系上，不是单纯罗列文本材料作为说明地域文化的例证，那样小说就成了文化研究的注脚；也不满足于文本叙述与历史文化的简单对应，根本点应在于透过地域文化的视角，将以往静态的作品分析转化为动态的文学生态展现，将地域变迁与时代嬗变结合起来，探索裂变中的文学生态。

同时，本书也不像传统的地域研究那样，对地域内部做全面的描述，而是采用以点带面的研究思路，用苏州与上海辐射整个吴地。首先，两者曾分别为吴地地域中心，可展现地域变迁。其次，苏州是中国文化的典范，上海是西方文化的代言，可展现文化碰撞。再次，苏州代表传统，上海代表现代，而苏州传统中有现代，上海现代中有传统，可展现现代转型。此外，本书还将采取以小见大的研究思路，吴地不是作为一个孤立的研究对象，而是中国的一个缩影，从"小"的苏州上海可以反映"大"的吴地；从"小"的吴地可以反映出"大"的整个晚清社会的转型与晚清小说的嬗变。

本书将要采用到的研究方法主要有：

（一）文史互证的方法

广泛查阅各种史书、方志、笔记等社会历史材料，与小说的文本材料相互参证，考辨小说中的地域文化积淀，评述小说在特定时代特定地域中的历史文化价值，揭示地域文化变迁对作者和作品产生的影响。特别是方志与竹枝词，因其在地域文化承载方面具有独特功能，将在本书中受到格外的关注。

（二）比较对照的方法

任何一个研究对象如果不放在一个参照系中，就很难准确描述其历史坐标。因此，本书将把比较的方法放在重要的位置。比如，将晚清上海与晚明苏州作比较，发掘二者在不同历史时期的相似文化生态，说明吴地地域背景对小说兴起的影响因素；又通过晚清上海与晚清苏州的不同文化环境，说明吴地小说中心移位的原因。再如，将王韬与包天笑作比较，揭示同一地域在不同时期的不同文学面貌，以及不同时空下同样的地域传统等。

（三）定量统计的方法

很多现象单凭文字描述是很难说明透彻的，而通过数据统计与定量分析，则能直观、准确地显现文化、文学的实际状况，揭示现象背后隐藏的规律。如说明晚明苏州创造的小说高峰时，就是通过书坊的数量与小说刊刻数量来展示的；说明苏州向上海的中心移位，则通过移民数量的统计来说明，等等。

此外，本书也会运用跨学科的方法，如社会学、城市学、传播学等学科的相关知识，做到社会史料与小说文本相参照，综合研究与个体透视相结合，现象描述与规律揭示相表里，定量分析与定性分析相依存，努力重构一个动态、立体、鲜活的文学图景。

第一章　吴地小说中心移位的地域背景

　　吴地是一块历史久远而又长期沉睡的土地。这个区域有人类活动的历史，可以上溯到旧石器时代的太湖三山文化，距今已有一万年。但在以汉民族为主的华夏文化观照下，吴地最初只不过是未开化的蛮夷之地，在整个中华文化系统中，处于极为边缘的位置。商末，太伯出奔至此，建立起勾吴国。太伯仲雍向土著居民传授了北方先进的生产技术，初步开发了吴地的经济，而在文化上，他们用周代礼乐文化改造土著的努力失败，最终不得不改从吴俗，"断发文身"。

　　春秋时期，寿梦等吴王开始积极吸收中原礼乐文化。阖闾在位期间，大力发展生产，进行军事征战，吴从边缘角落跻身霸主之位。吴王夫差在位时，吴被越所灭，后越又被秦所灭。吴地成为秦下属的郡县——会稽郡（吴郡）、鄣郡、东海郡。政治上的边缘化和经济上的落后，使曾一度鼎盛的吴地再次沉寂。

　　东汉末年至三国，孙策、孙权建立起东吴政权，相对稳定的社会环境促使大量中原士民避乱江东，极大刺激了当地的经济发展和文化交流。魏晋六朝，北人南迁、晋室南渡，吴地与中原的经济文化交融达到一个高峰。之后经历隋唐宋代，随着经济中心、文化中心的南移，吴地由边缘而中心，成为中国东南的一颗明珠。吴地的民风也得到了显著的改变，曾经"轻死易发"的尚武之风转变为温文儒雅的崇文之风。

　　明清时期，吴地不仅成为经济重镇，也成为文化重镇，各个领域都取得了令人瞩目的成就，尤其是其科考成就，更使其成为中国人心中的文化圣地。到晚清时，吴地成为西方列强掠夺中国的门户，也成为了中国开放的窗口。

　　由边缘而中心，由尚武到崇文，由闭塞到开放，吴地这块沉睡的土地逐渐被唤醒，哺育着日渐兴盛的吴地小说。

第一节　吴地小说繁荣的地域因素

"自古至今的文学创作的实绩证明，地域环境和文学创作之间存在着一种共生共存的依存关系。"① 吴地小说的发展状况，与它自身的地域环境因素是密不可分的。探讨吴地小说中心移位的前提是吴地至少出现了两个小说中心，而能够成为小说中心，则说明吴地比其他地区有着自己的文学优势。形成优势的原因主要有以下几方面的因素：

一、发达的商品经济

文学发展首先需要坚实的经济基础。饿着肚子也许可以吟诗，但小说作为小道末技的消遣性作品，多半还是在满足了基本物质生活后方可为之。吴地所处的太湖流域，气候温和湿润，土壤肥沃，利于农作物生长，农业比较发达；又有密布的河流水道，渔业也很兴盛。宋代由于生产工具的改进、水利工程的兴建、耕作技术的进步，太湖流域的粮食产量大大高于其他地区。苏州、湖州的年产量在一千万石以上，"几乎可以分给全国每户一石米"②，故时谚曰："苏湖熟，天下足"。明代吴地农业走向商品化，稻作生产逐渐转为经济作物种植，纺织业高度发展起来。苏州成为丝织业的重要产地，其丝织品有"天下第一"③ 的美誉；松江成为棉纺织业的基地，有"松郡棉布，衣被天下"的说法。此外，造纸、陶瓷等手工业无一不达到很高的水平。从创作实绩来看，宋代的吴地小说并没有爆发出后来那样光辉的火焰。直到明代，吴地商品经济发达后，小说创作才突然繁盛起来，这是因为经济重心由生产转向消费，带来消费文化的勃兴，使小说进入了商品流通领域。

传统的农业社会提倡节俭，在明代的吴地却出现了对消费经济的倡导。陆楫说"吴俗之奢，莫盛于苏"，但当地人民却"有不耕寸土而口食膏粱，不操一杼而身衣文绣者"，他认为出现这种现象的原因就在于"俗之奢"，如果让吴人勤俭，"则逐末者归农矣，宁复以市易相高耶？"④ 也就是说，民众奢靡的消费与商品经济的发达密切相关，如果不提倡这种消费文化，就会退

① 高松年：《当代吴越小说概论》，上海：学林出版社，1999年，第19页。

② 朱瑞熙：《宋代"苏湖熟，天下足"谚语的形成》，载《农业考古》，1987年第2期。

③ 陆允昌编：《苏州洋关史料》，南京：南京大学出版社，1991年，第143页。

④ 【明】陆楫：《蒹葭堂稿》卷六，嘉靖四十五年（1566）陆郯刻本。

后到农业经济，也就不可能有这么繁荣的商品贸易了。这种奢侈的消费文化使吴人不再满足于物质层面的温饱问题，而去追求精神层面的审美享受。比如，明代郎瑛发现吴楚"地脉相接，而风俗不同，大抵吴奢、楚俭"，经济发展的不平衡甚至使两地的娶妇风俗都大为不同，吴地喜欢高挑女子，"美观瞻也"，是审美化的择偶标准，楚地却喜欢短矮妇女，"善哺佣工也"①，仍保持着传统农业社会以妇女为生育和生产劳动力的择偶观念。同样的，作为精神产品的小说自然也成为吴人追求审美享受的对象了。有了这样的需求，小说成为消遣、消费的商品才成为可能。从这点来看，吴地作为商品经济发展最早的地区，又是文学商品化最早、程度最高的地区，绝非巧合，其内在的联结点就是这种消费文化。

二、悠久的重商传统

商品经济的发展催生了商业文化，从而形成了吴地的重商传统。商人地位较高，商业活动不仅不受鄙视，还受到肯定和尊重。明代苏州状元施槃的一段话颇具代表性："近世士夫言及泉货之属，则以为鄙，若有不屑为者。及观洪范八政，则以食货为先。子贡论政，则以足食为首……然后知泉币货殖，亦有国者之当务也。"② 在这样的价值观念指导下，吴地出现了"吴中缙绅士夫多以货殖为急"③ 的局面。

这一点对吴地小说的繁荣也有重要意义。首先，商业活动受到肯定，小说才能顺利地进入商业流通领域中，从而极大推动小说的创作与传播。传统中国长期处于农业社会，奉行"重农抑商"政策，不可能为小说商品化提供条件，而在具有重商传统的吴地，却肯定了文艺作品的商品属性。在小说商品化之前，书画就已成为广泛认同的"商品"。明中叶以来许多文人都将贩卖书画作为重要的经济来源，当时的吴中才子唐寅、祝允明等皆如此。虽然作文受酬的成例早已有之，但在明代，这种受酬却不同于"润笔"。因为过去的润笔主要是对作者的一种答谢行为，作者不以之作为安身立命之本，明代的受酬则更多地被视为一种商业交换行为，甚至是一种治生方式。唐寅有一本受酬作品簿，簿面直书"利市"，祝允明主动向求文者索要青羊绒，都

---

① 【明】郎瑛：《七修类稿》，上海：上海书店出版社，2001年，第37页。

② 【明】施槃：《王公惟贞阡表》，转引自马学强：《近代上海成长中的"江南因素"》，载《史林》，2003年第3期。

③ 【明】黄省曾：《吴风录》，见杨循吉等著，陈其弟点校：《吴中小志丛刊》，扬州：广陵书社，2004年，第178页。

体现出与传统重义轻利观念相悖的商业性价值观。这样的价值观在以农业经济为主导的社会里被认为是大逆不道的，但在重商传统浓厚的吴地，人们不鄙薄商业和商人，故也不会对此特别责难。此外，过去的润笔作品多为墓志碑诔，明代则多以书画受酬，且出现了小说戏曲受酬的情况。如冯梦龙家中曾经遭遇"经济危机"，却在袁于令携《西楼记》来访后，胸有成竹地对室人说"无忧，袁大今夕馈我百金矣"①，后袁果然找冯增补《错梦》，可见为人创作戏曲是要受酬的。在受酬合法化的环境里，小说也就顺理成章地作为商品流通了。

其次，商人地位的提高，冲击着传统社会"士农工商"的四民结构，推动了不同阶层之间的转换和流动。士大夫在科考不顺时，可以从事商业，转换为商人；商人在经营发达后，多半投入文化，转换为文人。这样，一方面文人经商，提高了商人队伍的文化素质，另一方面，商人从文，形成"儒商"，加大了对文化市场的投入，两方面交汇作用，就使吴地不仅文学市场繁荣，而且文学生产质量较高。福建地区比吴地的文学出版事业发展较早，可是晚出的吴地出版业却最终赢得了更多的市场，其原因就在于福建商人求利，往往粗制滥造，影响了小说的质量，又多依赖旧本，创新不足；而吴地书坊主能够组织一批作家队伍创作，保证了稿源的充足，不少书坊主又具有较高的文化素质，甚至自己就可以进行小说创作，从而不断创造小说精品。

再次，商业活动也为小说创作提供了现实的素材。明代白话小说的代表作"三言"、"二拍"中对商人与商业活动的表现占了相当大的比例，充满了浓郁的商业文化气息。这些因素共同作用，造就了吴地小说欣欣向荣的景象。

三、深厚的文化积淀

吴地有着源远流长的历史，产生了灿烂的吴文化，为吴地小说的发展提供了深厚的文化积淀。《论语·先进》里提到的德行、言语、政事、文学四科中，作为"文学特长生"的子游正是苏州常熟人，这说明早在先秦时期，吴地已埋下了郁郁人文的种子。

当然，从整体上来看，吴地在相当长一段时间里是民风强悍、轻死易发的"尚武"风气。《汉书·地理志下》中就说"吴、粤之君皆好勇，故其民

---

① 高洪钧：《冯梦龙集笺注》，天津：天津古籍出版社，2006年，第249页。

至今好用剑，轻死易发。"① 典型代表是勾吴国的专诸、要离。秦末起义时作为项羽队伍骨干力量的八千江东子弟正是来自吴地。直到三国，尚武之风仍弥漫吴地。不过，在中原文化的辐射与江南文化自身的发展中，吴地的文化气息也逐渐浓厚起来。东汉时江南士人迅速壮大，经王永平统计，当时有案可稽的士人仅吴郡、会稽两郡就有 60 余人。② 这些士人中有不少是文化士族。孙吴时期，吴郡的顾陆朱张四大家族即是与吴兴沈氏、义兴周氏等武力豪宗不同的文化士族。晋室南渡以后，吴地更是注入了温婉、阴柔、精雅的特质，完成了"尚武"向"尚文"的转型。而南宋高宗的南渡更带动"天下贤俊多避地吴越"③，增强了吴地的文化氛围，标志着中国文化重心的彻底南移。黄省曾在梳理吴地风俗流变时，即将"六朝文士好嗜词赋"看作"至今髫龀童子即能言词赋，村农学究解作律咏"④ 的文化传统源头。

明清以来，深厚的文化积淀更让吴地在文化领域的各个方面大放光彩。比如学术上，梁启超说"大江下游南北岸及夹浙水之东西，实近代人文渊薮，无论何派之学术艺术，殆皆以兹域为光焰发射之中枢焉。"⑤ 吴地正属于这个"光焰发射之中枢"的区域。在这里，形成了以吴地为名的"吴学"，如钱大昕、钱谦益之辈都是这方面的大家。再如艺术上，出现了我国历史上最大也是持续最久的画派——吴门画派⑥，代表人物如沈周、文徵明、唐寅、仇英等，极大地推进了文人画的发展，影响了四百年明清画风。戏曲方面，吴地创造了明清传奇的高峰，先后出现了"专重文采词藻的昆山派"、"追求音律为先、并重本色的吴江派"、"实现音律、文辞双美的苏州派"，吴地剧坛每一次创作风气的转变都"直接影响了当时全国剧坛的创作风气，甚至主导了明清传奇史的发展走向"⑦。诗文方面，吴地更是涌现了一批具有时代影响力的诗文大家，如元末明初有"吴中四杰"（高启、杨基、张羽、徐贲），明中叶有"吴中四子"（唐寅、文徵明、祝允明、徐祯卿），清初有

---

① 【汉】班固：《汉书》，北京：中华书局，1964 年，第 1667 页。

② 参见王永平：《中古士人迁移与文化交流》，北京：社会科学文献出版社，2005 年，第 12～27 页。

③ 【清】嵇曾筠：《浙江通志》卷一百四十九，文渊阁四库全书本。

④ 【明】黄省曾：《吴风录》，见杨循吉等著，陈其弟点校：《吴中小志丛刊》，扬州：广陵书社，2004 年，第 176 页。

⑤ 梁启超著，陈其泰等编：《梁启超论著选粹》，广州：广东人民出版社，1996 年，第 210 页。

⑥ 苏简亚主编：《苏州文化概论——吴文化在苏州的传承和发展》，南京：江苏教育出版社，2008 年，第 242 页。

⑦ 刘召明：《晚明苏州剧坛研究》，华东师范大学博士论文，2006 年，第 17 页。

"江左三大家"（钱谦益、吴伟业、龚鼎孳）等。在这样熠熠生辉的文化环境中，小说又怎能不绽放出它的光彩呢？

当然，在晚清以前，小说的地位还没有提高到与诗文同等的地位，故一般情况下，大多数吴地文人还是不会去主动创作小说，更不会以之作为治生之本。但不能不承认的是，吴地的人文传统对小说繁荣的推动力不容小觑。在明代就已经有人注意到这一点："苏州人惯作小说，而事多不实。盖苏人好文，往往以传闻之言，文饰而成书故也。"①"苏人惯作小说"是"苏人好文"的结果，而在古代封建体制下，"好文"的氛围很大程度上是由于对科考的重视而创设出来的。

吴地有着众多的文化世族，获得功名是为家族增色的最佳方式，故他们极重教育；而吴地大量活跃的商人在商业上获得成功后，也希望能厕身士林，提高自身地位。此外，吴地发达的经济使它成为全国赋税最重的区域，而在科举中即使获得最低功名——秀才，也能享受到减除赋税、豁免徭役等特权。无论出于哪种动机，在吴地浓郁的崇学氛围中，几乎每一个吴地文人都将读书应考看作一件人生大事。

吴地不仅参与科考的人数多，而且还获得了辉煌的科考成就。状元、进士层出不穷，有学者统计，明清吴地进士共有 5442 人，占全国进士总数的 10.5%。②换句话说，每 10 个进士中就有 1 名出自吴地。值得注意的是，文化世族在这些科举人才中充当了中坚力量，如江南顾姓进士共 191 人，占全国 279 名顾姓进士的 68%；江南沈姓进士共 375 人，占全国 582 名沈姓进士的 64%；江南陆姓进士共 209 人，占全国 330 名陆姓进士的三分之二。③被称为"状元之乡"的苏州尤显得硕果累累。据统计，从唐朝有"状元"之称到清末废止科举，全国共出状元 596 名，苏州有 45 名，占总数的 7.6%，这 45 名状元中，还有 8 名是连中会元、状元。明清两代苏州的科考尤盛。从表 1.1 来看，无论以状元还是进士人数来统计，苏州几乎都雄踞首位。与之相对应的，是全国著名文学家的统计数字，苏州也是高居首位。

这些让吴人自豪的数字有三个意义，首先，奋力勤学的风气给文学创造了良好的文化氛围；其次，"万般皆下品，唯有读书高"的观念在吴地非常普遍，因此无论能否入仕，吴人都愿意从事与文学相关的事业（高居全国首

① 【明】顾应祥：《静虚斋惜阴录》卷十二，明刻本。

② 参见高燮初主编：《吴地文化通史》，北京：中国文史出版社，2006 年，第 135 页。

③ 参见范金民：《明清江南进士数量、地域分布及其特色分析》，载《南京大学学报》，1997年第 2 期。

表 1.1　苏州科考与文学成绩统计

	状元人数统计			进士人数统计			著名文学家统计		
	全国状元	苏州状元	苏州名次	全国进士	苏州进士	苏州名次	全国著名文学家	苏州著名文学家	苏州名次
明	90	8	1	24866	1025	1	1401（1330）	196	1
清	114	26	1	26815	657	2	1806（1724）	178	1
总计	204	34	1	51681	1682	1	3207（3054）	374	1

（说明：该表主要依据朱保炯、谢沛霖编著《明清进士题名碑录索引》、李嘉球著《苏州状元》、梅新林著《中国古代文学地理形态与演变》、谭正璧编《中国文学家大辞典》编制。全国著名文学家人数据谭正璧编《中国文学家大辞典》统计，括号里代表籍贯可考的著名文学家人数。）

位的文学家数目即为例证），这就为小说创作的主观动机创造了前提；再次，备战科考让吴人有了系统扎实的文化训练，这为需要博学多识的小说创作提供了智力资源，一旦他们从科举之路上退下（或是参加科考之前）从事小说创作，作品的质量是完全有保障的。

我们的推论是否与事实相符呢？那就需要考察明清小说的作者了。有学者考证山人是明代白话小说的主要创作队伍①，而王世贞在《弇州史料》中说"士大夫罢官，武弁不得志，太学诸生不获荐，亦自附山人，以暂实其橐，而吴中尤甚。"② 可见山人的主要组成成员是武弁和诸生，其中后者应是明代小说的主要作者，这与有的学者论证生员（诸生）为明末白话小说主要作者的观点是一致的。③ 值得注意的是，王世贞特别指出"吴中尤甚"，又江盈称，"当时仅苏州府的长洲县学，生员就达五百人以上"，④ 那么，除去比较知名的袁于令、金圣叹、陈继儒等，参与小说创作传播的生员应该是一支不小的队伍。清代的情况大抵也如此，有研究者曾做过统计，发现以"山人"为名号的明清小说家多达 76 人⑤，虽然可能其中也有小说家并非真正的山人，但应该还是能基本反映科举道路上退下来的小说家的整体情况。

从外证来说，那些文风淡薄的地区，往往也难以形成活跃的小说创作群

① 参见方志远：《明代城市与市民文学》，北京：中华书局，2003 年，第 231 页。
② 【明】王世贞：《弇州史料》后集卷三十九，万历四十二年（1614）刻本。
③ 大木康、吴悦：《关于明末白话小说的作者和读者》，载《明清小说研究》，1988 年第 2 期。
④ 江盈科《长洲学田记》："士之占名胶庠者，约五百以上。"见【明】江盈科：《江盈科集》，长沙：岳麓书社，2008 年，第 267 页。
⑤ 参见胡海义：《科举文化与明清小说研究》，暨南大学博士论文，2009 年，第 144 页。

体。比如"中材以下，方使之读书应试"① 的山西、"以商贾为第一等生业，科第反在次着"② 的徽州等③，就没有出现吴地那样引人注目的小说成就。这也从反面证明了吴地浓厚文风对小说发展的推进作用。

四、精致的品位追求

前面的三点是吴地小说繁荣的主要原因，不过还有一点也是需要注意的，就是吴地人的精致品位。经济的发达，使吴地人不满足于粗茶淡饭，而追求精致的生活；文化的繁荣，使吴地人整体文化素质较高，也不满足于认知，而更多地追求审美。这样一种精致的文化品位体现在吴地文化的各个领域，比如以苏州为代表的吴地园林，追求小巧、精雅、秀美的审美风格；吴地饮食文化的代表船菜，虽受限于烹饪的地方和工具，却不减精致与美味；在传统工艺上，苏绣是精细雅致的典范，还有玉雕等手工工艺，无不精巧绝伦。

这种精致品位表现到文学上，就是坚持精品路线。创作精益求精，能够保证较高质量的作品生产；书坊主们为了获得好的小说文本，不惜"痛下血本"，重价购刻，衍庆堂购"三言"、尚友堂购"二拍"、舒载阳购《封神演义》即是其例。④ 冯梦龙在沈德符处看到《金瓶梅》抄本，即"怂恿书坊以重价购刻"⑤，也反映出吴地这种购刻风气的普遍。此外，吴地书坊在小说的纸张、装帧、印刷、插图等各方面，都无不尽善尽美，打造精品。这样的做法当然提高了成本，但由于吴地读者也追求精致品位，他们不仅希望从小说中获得愉悦的文字感受，还要获得愉悦的视觉、触觉等全方位的享受，所以在能力许可的前提下，多愿意花较高的价钱来购买具有收藏价值的小说。明代"品最下而直最廉"⑥ 的建阳书坊最后输给苏州书坊，不是在"直"

---

① 宁可主编：《中华文化通志·地域文化典·晋文化志》，上海：上海人民出版社，1998 年，第 459 页。

② 【明】凌濛初：《二刻拍案惊奇》，北京：人民文学出版社，1996 年，第 660 页。

③ 但徽州商人到苏州居留以后，往往对后代加强教育，力督科考，这也可看作苏州文化氛围的一种同化作用，因为在苏州文化人最受尊敬，徽商要获得更高的社会地位，必须通过使自己进入文化圈子。

④ 衍庆堂《醒世恒言识语》："本坊重价购求古今通俗演义一百二十种，初刻为《喻世明言》，二刻为《警世通言》……兹三刻为《醒世恒言》。"尚友堂《拍案惊奇识语》："本坊购求，不啻拱璧。"舒载阳《封神演义识语》："余不惜重资，购求锓行，以供海内奇赏。"

⑤ 高洪钧：《冯梦龙集笺注》，天津：天津古籍出版社，2006 年，第 250 页。

⑥ 【明】胡应麟：《少室山房笔丛》，上海：上海书店出版社，2009 年，第 43 页。

上，而是在"品"上，说明正是吴人坚持的精品意识，使吴地小说不仅欣欣向荣，而且持续发展，经受住了时代的淘洗，显示出持久的生命力。

总之，较早发展的商品经济让吴地人消费观念较早地发生转变，重商思想让小说在商品流通的过程中没有受到太大阻碍，人文传统保证了吴地拥有一批高素质的创作队伍，精致品位推动吴地小说更好地发展。正是这些因素的共同合力，让吴地能够成为全国的小说中心。而从上文的分析中可以看到，这些关键性因素基本都产生在明代以后。因此，虽然吴地在明代以前已经产生了不少小说，但本书无意从先秦到晚清做一个一般性的时代梳理，而是直接进入晚明，因为这是吴地小说的第一个高峰时期，然后跳到第二个高峰期晚清，并将二者做一比较，以点带面勾勒出吴地小说的发展历程。

第二节　吴地两大小说中心之映像

晚明与晚清是中国历史上两大转折时期，这两个时期在政治局面、社会状况和时人心态上有不少相似之处，在文学发展上也有很多可供对照的参数。2000年，北京大学召开题为"晚明与晚清：历史传承与文化创新"的国际学术研讨会。会议指出"从晚明看晚清，或者反过来，从晚清看晚明，不难发现，二者之间存在着某种潜在的'对话'关系。"① 会议正式提出了"晚明与晚清"这一学术命题，近年来陆续有研究者作出回应。② 其实，吴地小说的发展轨迹也能借用这个命题来予以说明，这就是晚明苏州与晚清上海。它们正好代表了吴地小说发展的两座高峰。说明它们的内在关系，有助于我们理解吴地小说中心的移位。

晚明时期，苏州形成了一个较大的小说创作传播群落，据不完全统计，当时参加白话小说编改创作的苏州文人有18人，序、评者16人，校阅、刊刻者15人。③ 与其他地区零散、少量的创作群体相比，苏州当之无愧地成

---

① 陈平原等编：《晚明与晚清：历史传承与文化创新》，武汉：湖北教育出版社，2002年，第617页。

② 如胡晓真主编：《世变与维新——晚明与晚清的文学艺术》，台北："中央"研究院中国文哲研究所筹备处，2001年；李卫涛：《晚明、晚清与"五四"诗论变革一致性之考察》，西南师范大学硕士论文，2002年；秦燕春：《清末民初的晚明想象》，北京：北京大学出版社，2008年等，都是将晚明与晚清互为参照来考察其社会和文学发展情况的。

③ 参见许振东：《17世纪白话小说的创作与传播——以苏州地区为中心的研究》，北京：中国社会科学出版社，2005年，第154页。

为晚明小说创作传播的核心区域。晚清是报刊的天下，而1872～1911年创办的218种晚清期刊中，曾登载过小说的期刊近120种，这些期刊又多在上海出版。① 据粗略统计，上海创办的近代文学期刊，约为全国总数的83.3％，占绝对统治地位。就小说而言，晚清上海的创作小说占到全国总数的61.1％以上，翻译小说更占到84.7％②，是当仁不让的晚清小说中心。晚明苏州与晚清上海虽先后出现，且文学运行机制也发生了很大的变化，然而，细加对照，二者在小说的经济基础、文化氛围及作者心态等方面实有诸多相类，可谓互为映像。说明这一点的意义在于，相隔数百年的小说中心都出现在吴地，并非偶然，而是有内在的必然性，明白了苏州小说兴盛的原因，也就能了解上海小说繁荣的背景；而另一方面，晚明苏州与晚清上海在最终命运上分道扬镳——前者衰落了，后者直到今天还引领风潮，也可以从二者的同中之异处找到答案。

一、经济基础

在古代，政治中心往往是文学创作的核心地域，如唐代的长安、元代的大都，都是文人高度聚集的城市，因此也是文学中心。而作为文学中心的晚明苏州与晚清上海，均非都城，却又都是经济中心，这就暗示了经济优势对文学优势的牵引力。

经嘉靖到万历，苏州迎来了"城乡经济发展的第一个高潮"③。农业上，粮食生产有较大增长，同时棉花、蚕桑等经济作物的广泛种植也带来了农业商品化程度的迅速提高，从而推动了手工业、商业的长足发展。太仓等地的棉田面积已经超过稻田，而松江一带很多布匹也运到苏州加工，苏州因而和松江一样获得了"衣被天下"的美誉。苏州的丝织业也很发达，据统计，万历、天启年间，光是苏州所承担的加派岁造，就占全额的20％～30％。晚明小说里有不少关于苏州手工业发达的描述，如《醒世恒言·施润泽滩阙遇友》就常被学者称引。小说中提到的盛泽镇，正是明代苏州的一个丝织专业区，乾隆《吴江县志》追述当时丝织业的发展时说"盛泽、黄溪四五十里间，居民尽逐绫绸之利，有力者雇人织挽，贫者皆自织，而令童稚挽花。"④

① 数据统计来源于上海图书馆编：《中国近代期刊篇目汇录》，上海：上海人民出版社，1965～1985年。

② 参见陈伯海、袁进主编：《上海近代文学史·引言》，上海人民出版社，1993年，第1页。

③ 罗仑主编：《苏州地区社会经济史（明清卷）》，南京：南京大学出版社，1993年，第171页。

④ 【清】陈蒨纕等修，倪师孟等纂：《吴江县志》卷三十八《风俗》，乾隆十二年（1747）刻本。

一个小镇的丝织手工业就如此繁盛，可以想见整个苏州的手工业情况。

再看商业。苏州通过京杭大运河、长江中下游航道两条主要航线与全国的商业网络联结起来，成为重要的商贸集散地。枫桥在当时是全国最大的米豆集散市场，阊门更是无比繁盛。崇祯《吴县志》这样描述阊门至枫桥一带的苏州商业区："尝出阊市，见错绣连云，肩摩毂击。枫江之舳舻衔尾，南濠之货物如山，则谓此亦江南一都会矣。"① 当代学者更盛赞晚明时期苏州地区的商业发展的程度"是划时代的，也是具有重大历史意义的。"②

发达的经济给苏州人创造了养尊处优的生活环境，"一家有了二三百亩田地就没有衣食问题，所以集中精神在物质的享受上，在文学艺术的创造上，在科学的研究上。"③ 这是苏州小说发展的有利条件。更重要的是，经济的高度商品化推动了小说创作的商品化。过去士大夫作小说，多遮遮掩掩甚至自扫其迹，现在却能大大方方地展露才华，甚至以此为利。如冯梦龙就编创了《喻世明言》、《警世通言》、《醒世恒言》、《新列国志》、《三遂平妖传》、《古今列女传演义》等数种小说，而且他个人还被书坊打造成品牌标识以吸引读者购买。过去士大夫作小说，多为自抒怀抱，现在却围绕市场创作。如冯梦龙写"三言"，完全是"因贾人之请"的结果；凌濛初刻"二拍"，也是在"肆中人见其（指"三言"）行世颇捷，意余当别有秘本"、"贾人一试之而效，谋再试之"④ 的情况下，受书商邀约而作。过去士大夫所作小说多私下交流，现在小说的流通却被纳入商业运作的轨道。翻开晚明小说，"购求"、"购刻"的字样经常出现在小说的识语或序言中，而且好的稿件还能受到优稿优酬的待遇。总之，晚明在以苏州为代表的吴地创造小说高峰，与当地发达的商品经济与勃兴的消费文化可谓是表里相依的。

相比之下，上海经济的崛起要晚得多。南宋当苏州已成为东南商业都会的时候，上海只是华亭县的一个小镇。在苏州盛极一时的晚明，上海也不过是仅十条小巷的"蕞尔小邑"。19世纪中叶以前，当苏州成为"中国惟一拥

---

① 【明】牛若麟修，王焕如纂：《（崇祯）吴县志》卷首序三，崇祯十五年（1642）刻本。

② 罗仑主编：《苏州地区社会经济史（明清卷）》，南京：南京大学出版社，1993年，第246页。

③ 顾颉刚：《苏州的历史和文化》，见苏州市地方志编纂委员会办公室、苏州市档案局编：《苏州史志资料选辑》第2辑，内部发行，1984年，第5页。

④ 【明】绿天馆主人：《古今小说序》，见丁锡根：《中国历代小说序跋集》，北京：人民文学出版社，1996年，第773页。【明】即空观主人：《拍案惊奇自序》，见同书，第785页。【明】即空观主人：《二刻拍案惊奇小引》，见同书，第789页。

有全国性经济中心地位的城市"① 时，上海经济有了很大发展，但其重要性仍不如苏州。直到 1843 年上海开埠时，苏州已在当时全国人口排名第二的万人城市，上海却远远排在第 12 位。②

然而，开埠这一事件，毕竟成为上海经济的一个重要转折点。开埠不到十年，上海就于 1852 年超过广州，成为中国最大的对外贸易中心。上海通过北洋、南洋、长江、内河、外洋五条航线与全国的商业网络联结，和明代的苏州一样成为最重要的商贸集散地，从国外运到内地的洋货有 70％经上海转运，从内地到国外的土货也有 80％以上海作转口贸易。之前苏州的丝织、棉纺主要供给国内，上海的丝织却大量出口国外，如 1867 年，上海生丝出口货值占到全国总值的 73.7％，这才是真正的"衣被天下"了。在商贸上，小东门一带的洋行街、咸瓜街成为上海货物集中之地和农副产品交易中心。且不用形容上海店铺栉比、万商云集的景象，光是从洋行数量的几何增长——1844 年 11 家，1854 年 120 家，1867 年 300 余家，我们都能感受到上海的商业有多繁盛了。晚清的上海不仅是商业中心，还是全国最大的金融中心，而这都是苏州在明末清初所标榜的地位。

在这样的经济背景下，"士农工商"四民社会中向来排末位的"商"终于跃居首位。为了追求商业利润，书局报馆各显神通各出奇招，推动了小说的商品化程度的深化。1877 年，有人将《后水浒》交由申报馆出版，并主动要求申报馆付酬，得到应允。这说明作者心态已经不同于以往自费出书的文人们，他是明确将小说作为商品来交易的。而申报馆在出版《后水浒》大获其利后，更登出购稿广告："启者，本馆以印刷各种书籍发售为常。如远近诸君子，有已成未刊之著作，拟将问世，本馆愿出价购稿，代为排印。抑或俟装订好后，送书数十或数百部，以申酬谢之意，亦无不可，总视书之易售与否而斟酌焉。"③ 购稿的方式在晚明已有，但以"书之易售与否"即书的购买率来为书稿付酬，或在晚清才有之，这正是文学作品市场化的有力证明。

小说商品化最明显的表现是近代稿酬制度的建立。最初作家在报纸上发表创作不仅没有稿酬，还要为所占的版面付费；后来《申报》开始免费刊登

---

① 李伯重：《多视角看江南经济史（1250－1850）》，北京：生活・读书・新知三联书店，2003 年，第 456 页。

② G. William Skinner (ed.), *the City in Late Imperial China*, Stanford: Stanford University Press, 1977, p.248.

③ 《申报》，光绪四年二月四日（1878 年 3 月 7 日）。

诗文等文学作品，宣称"概不取值"①；再到后来各报刊为小说付酬，而诗文得不到货币酬劳，小说的商品化一步步走向深入。这一过程，先贤多有述及，这里不再赘述，但前人似乎并没有回答一个重要问题：为什么只有小说能够获得稿酬？笔者以为，在商业化社会里，书局报馆是盈利的出版机构，自然要谋取利润的最大化。诗文作品主要用于文人之间的唱和交流，而最初报刊的主要读者并非文人士大夫，而是市民，市民在一天辛劳工作之余，需要的是消遣放松，小说显然比诗文更符合这种需要。故刊登小说绝非是报馆大发善心，满足作者的发表欲，而是因为"小说与报纸的销路大有关系，往往一种情节曲折、文笔优美的小说，可以抓住了报纸的读者。"② 另一方面，商品化与"利"紧密相连，而诗文创作向来被文人士大夫视为用以传世的不朽事业，怎能与利挂钩呢？因此，即使有一大批爱好诗文的读者，文人们为了爱惜身名，也不愿以诗文谋利。相比之下，小说地位边缘化，文人创作本有游戏的心态，虽然有人抱着耻于言利的念头，连小说也不愿受酬③，但毕竟多数人可以接受小说付酬的方式了。小说成为商品在文学市场中流通，促使大量苦于生计的作家将创作小说作为一种谋生方式，写得越多、获酬越多，才会出现清末小说数量超过前代所有小说总和的局面。仅从小说数量上说，小说商品化就将上海推上了小说中心的宝座。

商品经济发展带来消费文化的勃兴，促成小说获得商品属性。在这一点上，晚明苏州与晚清上海有着共同性。但苏州为小说提供基础的经济是内向型的，它可以在帝国封建体制内达到鼎盛，却也因为封建体制的衰微而衰落；而上海经济则是外向型的，这使它能够将经济优势延续下去，直至今日保持经济中心的地位。

二、文化氛围

《醉翁谈录》里说"夫小说者，虽为末学，尤务多闻。"④ 也就是说，小说的作者应该博学多识。因此，一个小说繁盛的地方，也必然有浓厚的文化氛围。而"苏人好文"早已成为不争的事实，小说的欣欣向荣也就不足为奇了。

---

① 《申报》，同治十一年三月二十三日（1872 年 4 月 30 日）。
② 包天笑：《钏影楼回忆录》，北京：中国大百科全书出版社，2009 年，第 317 页。
③ 直到 1914 年 5 月创刊的《小说丛报》上，还有这样的声明："有不愿受酬者请于稿尾注明，本报出版后当酌赠若干册以答雅谊"，可见此时仍有小说作者不愿受酬。
④ 【宋】罗烨：《醉翁谈录》，上海：古典文学出版社，1957 年，第 3 页。

据沈登苗对明清人才（指全国一流的专家学者）的统计，明代苏州人才有 27 名，在人才最多的 16 个城市中居首位，清代苏州人才有 51 名，在人才最多的 22 个城市中也居首位①，难怪明代大学士徐有贞要自豪地宣称："吾苏也，郡甲天下之郡，学甲天下之学，人才甲天下之人才，伟哉！"②

　　明清时期苏州有这么多人才，与当地为数众多的文化世族有密切关系，如才子文徵明所在的长洲文氏、才女叶小鸾所在的吴江叶氏、小说家戏曲家袁于令所在的吴江袁氏等。这些文化世族创造了不少文学精品，有的在小说戏曲方面还颇有建树。文化世族之间还有联姻，如叶小鸾的父亲叶绍袁来自吴江叶氏家族，母亲沈宜修来自吴江沈氏家族，这样的联姻使他们的后代也生成较高的文化、文学修养，将苏州的人文气息代代传承，为文学创作创造了良好的文化氛围。

　　此外，苏州的藏书不能不提，因为藏书"不仅关系到文化的保存和传播，也关系到文学创作的兴衰。一个作家的阅读，不仅关系到他所受的传统的影响，也关系到他文学素养的形成和写作素材的来源。"③ 苏州的藏书文化源远流长，藏书家层出不穷。据梁战、郭群一编著的《历代藏书家辞典》，苏州共有藏书家约 576 人；据叶瑞宝《苏州藏书史》所载，苏州藏书家则高达 739 人；叶昌炽《藏书纪事诗》列全国藏书家 1100 余人，苏州占 40% 以上，居全国首位；范凤书《中国私家藏书概述》对全国 4715 名藏书家进行统计，列出中国藏书家数最多的十个市县，苏州就有 268 人，也是高居首位。就明代而言，吴晗《江浙藏书家史略》收录明代藏书家 150 多人，苏州府占 120 多人。即使是晚明，也出现了不少藏书家，其中有些还是藏书世家，如表 1.2 所示：

表 1.2　晚明苏州藏书家统计表

序号	姓名	时代	藏书处
1	钱允治	明万历	悬磬室
2	秦四麟	明万历	又玄斋
3	何大成	？－1643	娱野园
4	金俊明	1602－1675	

---

　　① 沈登苗：《明清全国进士与人才的时空分布及其相互关系》，载《中国文化研究》，1999 年第 4 期。

　　② 【明】徐有贞：《苏郡儒学兴修记》，见曹允源等纂修：《（民国）吴县志》卷二十六下，苏州文新公司，民国二十二年（1933）铅印本。

　　③ 蒋寅：《王渔洋与康熙诗坛》，北京：中国社会科学出版社，2001 年，第 146 页。

续表

序号	姓名	时代	藏书处
5	金侃	明末	春草闲房
6	王延喆	1482－1541	
7	张翊	1483－1509	
8	阎起山	1484－1507	
9	顾元庆	1487－1565	阳山顾氏文房
10	袁褧	1490－1573	嘉趣堂
11	孙楼	1516－1584	兀册皮、博雅堂
12	孙引伽	1571－1639	艳雪斋
13	孙江	1614－1665	
14	孙七政	1528－1600	
15	孙朝肃	1584－1635	
16	孙朝让	1593－1683	
17	孙鲁	1620－1682	
18	孙藩	1632－1685	
19	王世贞	1526－1590	小酉馆
20	赵用贤	1535－1596	脉望馆
21	赵琦美	1563－1624	脉望馆
22	钱谦贞	明末清初	竹深楼
23	钱谦益	1582－1664	绛云楼
24	钱裔肃	1588－1646	
25	钱曾	1629－1701	述古堂、也是园、莪匪楼
26	顾湄	明末清初	陶庐
27	冯复京	1573－1622	
28	冯舒	1593－1649	
29	冯班	1602－1671	
30	冯知十	？－1645	
31	冯武	明末	空居阁
32	黄翼圣	1595－1659	莲蕊楼
33	毛晋	1598－1659	汲古阁
34	张溥	1602－1641	七录斋
35	史兆斗	？－1663	
36	陆贻典	明末	山泾老屋、玄要斋
37	顾阶升	明末	乐书斋
38	席鉴	明末清初	扫叶山房
39	葛鼎	明末清初	

（说明：此表据李玉安、陈传艺编《中国藏书家辞典》及范凤书《中国私家藏书史》等编制。藏书家按生卒年先后排列，藏书世家的创始人及后代排列在一起，以创始人生年排序，后代不受此限。无论是生于万历前或是卒于崇祯后的，只要其活动年代在晚明，都计入此表。）

从表中我们可以看到不少著名的藏书家及藏书楼，如赵用贤、赵琦美父子的脉望馆，钱谦益绛云楼、钱曾也是园、毛晋汲古阁、席鉴扫叶山房等。这些藏书为小说创作提供了文学资源和素材，有的藏书本身就是小说，如赵琦美编写的《脉望馆书目》收小说 186 种，钱曾编写的《也是园书目》将小说戏曲特列一部，体现出苏州藏书家对通俗文学的重视，推动了晚明苏州小说的发展。

比起苏州来，上海的文化成就就没有那样辉煌了。如沈登苗对全国人才的统计中，上海虽然也列在明清人才最多的 32 个城市中，但人数只有 7 人，还不到苏州 78 人的十分之一；上海的著名文学家在明代有 56 人，清代有 78 人，比起苏州的 196、178 人，差距还是很大；就藏书家而言，上海有 133 人，不到苏州 268 人的一半，晚明上海的藏书家也不过 10 人，只相当于同期苏州藏书家的四分之一。然而，上海之所以成为晚清的文化重镇，其文化优势并不在于这些传统文化方面，而在于它拥有多元并存的近代文化。

首先，上海发展起一种都市文化，这种都市文化延续了江南文化浮华、奢侈、重物质、重享受的特点，而又加入了近代工业创造的"光、电、气"等因素，使上海成为极其繁华的大都市。这种令人心醉而又使人沦陷的都市文化特质使上海本身成为文学书写的对象，为近代小说提供了取之不竭的源泉。

其次，上海吸纳了前沿的西方文化。由于上海文化一直处于传统文化的边缘地带，又"没有像样的绅士阶层维护着传统文化"①，因此当西方文化输入时，不会像苏州这种传统文化强势的城市一样抵触严重，而是在一段好奇与怀疑后，很快就接受了西方文化。下面这些数据也许能让我们直观地认识上海在西学传播中的文化重镇地位：1900 年以前，中国有 9 个比较重要的翻译出版西书的机构，上海占 7 个；所出各种西书 567 种，其中 434 种由上海出版，占 77%。1900 年至 1911 年，中国境内有 74 家翻译、出版西书的机构，其中 58 家设在上海，占 78%；1902 年至 1904 年，中国共翻译、

---

① 熊月之：《上海租界与文化融合》，载《学术月刊》，2002 年第 5 期。

出版西书529部，其中360部出在上海，占68％。① 当时有人说："上海者，外人首先来华之根据地，亦西方文化输入之导火线也。"② 正是对晚清上海文化地位的客观评价。

因此，就传统文化氛围来说，晚明苏州与晚清上海是高下立现的。但若论西方文化，晚清上海却可称为"文化重镇"。总之，两者的小说都是在浓厚的文化氛围中成长起来的，只是由于不同的文化倾向，小说也体现出不同的风格来。

三、出版市场

大量小说的刊印要成为可能，首先依赖于发达的印刷业。宋代出现《太平御览》、《太平广记》、《册府元龟》、《文苑英华》这样卷帙浩繁的类书、总集（《太平广记》500卷，其他三书均在千卷以上），和当时发达的雕版印刷是分不开的。这时代表性文体话本小说与印刷业的关系还不是很明显，而随着白话小说从书场转向案头，小说对印刷业的依赖性也空前增强，小说兴盛的地区往往也是出版中心，因为发达的出版业可以为小说创作提供物质条件与技术支撑，甚至起到直接的促进作用。如公案小说《施公案》、《彭公案》在晚清的续书分别达到十集五百三十八回和三十六集一千四百四十回，如果没有先进的印刷业作支撑，是根本不可能实现的，因为"如此庞大的篇幅，就木板印刷而言殊非易事，而对于石印术来说，却不费吹灰之力。"③ 当时有续书作者称"自石印之法兴，而小说多出续本"④，即将晚清印刷术与小说续书兴盛的关系一语道破。

当然，其他书籍的出版，即使不是小说类书籍，也为作家创作提供了丰富的文化、文学资源，间接促进了小说创作的繁荣。例如，《太平广记》虽编纂于宋代，但长期藏于内府，流传有限，嘉靖年间才出现第一个明刻本；万历时长洲许自昌刻大字本《太平广记》，推动了该书在吴地的广泛流传。冯梦龙虽对许自昌本的"因讹袭陋"颇为不满，而自己动手辑了《太平广记钞》以行世，但不可否认，正是有了《太平广记》的刻印，他才能够接触

① 参见熊月之主编：《上海通史·晚清文化》，上海：上海人民出版社，1999年，第101页。

② 姚公鹤著，吴德铎标点：《上海闲话》，上海：上海古籍出版社，1989年，第103页。

③ 潘建国：《铅石印刷术与明清通俗小说的近代传播——以上海（1874—1911）为考察中心》，载《文学遗产》，2006年第6期。

④ 【清】无名氏：《续儿女英雄传序》，见丁锡根：《中国历代小说序跋集》，北京：人民文学出版社，1996年，第1593页。

到大量优秀的古代文言小说，其白话小说创作也因此平添了不少素材。笔者据孙楷第《小说旁证》、谭正璧《三言二拍》的相关考证，统计"三言"约有 26 篇取材自《太平广记》45 则，占"三言"总篇目的 1/5，可见后者为前者提供的丰富故事来源。

从刊刻中心的变迁来看，宋代刊刻中心为临安、四川、福建、开封，元代刊刻中心为大都、平水、杭州、建阳。到明代则是"凡刻之地有三，吴也，越也，闽也。"① 由此可知，福建一直到明代都是刊刻中心，而苏州在明代之前并非刊刻重镇。据张秀民《中国印刷史》统计，明代苏州书坊有 37 家，建宁府则有 84 家（建阳实为 76 家，因有 2 家重复，6 家不在建阳），从数量上来看，建阳是明代绝对的出版中心。但如果分期来看，情况则有不同。笔者据王清原等编《小说书坊录》统计，明代刊刻小说的建阳书坊有 19 家，刊刻小说共 57 种；刊刻小说的苏州书坊有 25 家，刊刻小说共 45 种。在明代各朝刊印小说数量分别为：

表 1.3　明代建阳与苏州书坊刊印小说比较表

	正德	嘉靖	万历	天启	崇祯（明末清初）	不详	总计
建阳书坊	1	3	34	1	1	17	57
苏州书坊	0	0	4	11	17	13	45

从表中可以看出，苏州出版业不仅在明代之前寂寂无闻，在明代很长一段时间也是发展缓慢，从万历年间才开始出现小说刊刻，数量也仅有 4 种。而此时建阳书坊正达到刊印小说的鼎盛时期，数量多达 34 种，是同期苏州刊印小说的 9 倍。这以后，建阳书坊忽然跌入低谷，而苏州却以迅猛的发展势头迎头赶上。天启、崇祯年间，建阳均只有 1 种小说刊印，苏州则分别是 11 种和 17 种，远在建阳之上，从而超越建阳成为新兴的出版中心。

苏州出版业在晚明的兴起，主要有以下几个因素：

（一）优良的刊印质量

明代胡应麟对藏书评鉴有一段著名的话："书之直之等差，视其本、视其刻、视其纸、视其装、视其刷、视其缓急、视其有无。"② 苏州在这些方面无疑都是佼佼者。比如，在刻印质量上，"闽中十不当越中七，越中七不

---

① 【明】胡应麟：《少室山房笔丛》，上海：上海书店出版社，2009 年，第 43 页。
② 【明】胡应麟：《少室山房笔丛》，上海：上海书店出版社，2009 年，第 43 页。

当吴中五"①，尤其是不少徽州刻工寓居苏州，其精湛的刻印工艺进一步提高了苏州的刻印质量；装帧方面，"吴装最善，他处无及焉。闽多不装。"②再如纸张，苏州的纸张一直质量上乘，颇为人们推崇，唐时以鱼子笺（又名"吴笺"）、五代的碧纸闻名全国。明代生产的纸张品种已多达一百多种，以江南产地命名的就有几种，如吴纸、永丰纸、铅山纸、松江谭笺等，其中吴纸被明代人称为"天下第一好纸"。

插图方面，从万历起木刻画迎来了"登峰造极，光芒万丈"的"黄金时代"，"差不多无书不插图，无图不精工"，因为"没有好的插图的书籍在这时期好像是不大好推销出去似的"③。晚明以前，苏州所作插图较粗糙，但此时却骤然变得精工，如郑振铎先生所论，"像在弘治时代，莫氏所刻的《吴江县志》的插图那么粗枝大叶的作风，在这个时代里的苏州代之而起的是十分精致的作品。"④ 在小说插图上，苏州书坊更是取精用弘，精益求精，多有创新之作。如叶敬池刊《石点头》采用月光式、宝翰楼刊《今古奇观》采用上下两层楼式，不似建阳小说插图那样，多延续元代建安上图下文的版画风格，缺少变化。此外，比起建阳插图的构图简单、线条粗犷，苏州插图追求描摹景物、刻画人物性格，显得更加细腻生动。从表1.3可以发现，苏州书坊小说刊印的兴起和木刻版画的繁荣是同步的，都在万历年间，这应该不是巧合。我们可以推测，精细绘刻在小说插图中的运用使苏州小说显得非常精美，受到读者的广泛欢迎，从而推动书坊刊刻从经史向小说扩展。也正因为苏州读者对艺术美感的重视，才能使苏州刊刻的小说与"建本"相比，虽然"其直重，吴为最；其直轻，闽为最"⑤，却仍能广为行销。苏州书坊知道自己的优势所在，不去与建阳比拼价格，而是通过打造精品来以质取胜，才能异军突起，取代建阳，成为新的小说刊刻中心。

（二）成熟的供求市场

书坊刊刻小说的种类和数量，在很大程度上决定于读者的兴趣和需求。建阳书坊刊刻多刊刻历史通俗演义，如《三国志传》、《全汉志传》、《南北两宋志传》等，几乎每代都有相应的"按鉴演义"。在笔者统计的57种小说

---

① 【明】胡应麟：《少室山房笔丛》，上海：上海书店出版社，2009年，第43页。

② 同上。

③ 郑振铎：《中国古代木刻画史略》，见郑尔康编：《郑振铎艺术考古文集》，北京：文物出版社，1988年，第364页。

④ 同上，第365页。

⑤ 【明】胡应麟：《少室山房笔丛》，上海：上海书店出版社，2009年，第43页。

中，这类小说就刊刻了 19 次。此外，刊刻较多的还有《西游记》4 次，《廉明奇判公案》4 次，《水浒传》3 次等，且这些小说绝大多数为简本，许多小说中还标有字词的音读、释义。可以看出，建阳的读者群总体层次并不太高，可能以中下层老百姓居多。此外，较为单一的题材类型与较高的重复刊刻率也暴露出建阳书坊缺乏原创性稿源的缺陷，它必然成为建阳小说市场持久发展的掣肘。同时这又与建阳的地域文化有密切的联系，因为建阳位处深山，地理较为闭塞，没有发展起像苏杭那样成熟的市镇经济。而"城市文明和市民文化的发展先天不足，没有喧嚣城市那家长里短的丰厚积累，天马行空的空旷想象也受阻于触目的群山，缺乏叙事文学丰厚的土壤，建阳的小说编撰和小说刊刻必然缺乏原创性大手笔的精品。"① 从创作主体来看，建阳的新作品多由书坊主进行编纂或其雇佣的下层文人进行创作，但书坊主受经济利益驱使，多对已有素材进行速成拼贴或简单模仿，如熊大木的《大宋中兴英烈传》中生硬地塞入岳飞的二十一本奏章、三篇题记、一道檄文、一封书信与两首词；下层文人虽具有独创性，但艺术深度又往往不够。

　　与之相比照，苏州书坊则因为有成熟的供求市场而获得了巨大的生命力。在稿源方面，苏州有大量文化修养较高的创作人才，故能不断有新创作的小说来满足读者的需求。如冯梦龙编写的"三言"，改编的《古今列女传演义》、《新列国志》，修订的《三遂平妖传》，抱瓮老人的《今古奇观》等，都体现出苏州书坊具有丰富的原创性稿源，这成为其兴盛发展的动力。从题材上来看，建阳小说在才子佳人与世情小说的刊刻上几乎是空白，而这类需要作者对现实生活有深度体验的小说，在苏州却出现了不少，可见苏州书坊的作品不是靠书坊主来编纂，而是有一批创作者作支撑，也说明苏州读者有相当一部分是文人群体。苏州虽然也刊印历史通俗演义，但与建本多为书坊主炮制不同，苏州此类题材多为有较高文化修养的文人所编撰，如袁于令的《隋史遗文》、《东西汉通俗演义》，褚人获的《隋唐演义》，冯梦龙的《古今列女传演义》等，他们不满足于简单地拼凑史实，而是寄寓了自己一定的思想，有自己内在的艺术追求。苏州的读者也不满足于简单地了解历史，而是具有一定的审美品位，要求小说精品化。在这样的背景下，金圣叹、毛宗岗和毛纶父子才会不满于"俗本"的错讹而重新点评修订《水浒传》与《三国演义》，且两者都"此本一出，它本尽废"，此为苏州人打造小说精品的实例。

────────────

① 　涂秀虹：《论明代建阳刊小说的地域特征及其生成原因》，载《文学遗产》，2010 年第 5 期。

建本小说因价格优势广为行销，到了苏州却似乎不那么"吃香"了。苏州文人往往会对建本大加"改造"，如冯梦龙对余象斗的《列国志传》进行大幅改动，订正书中的史料错误，删除其中与史无证的叙述、荒诞不经的民间传说及绝大多数赞诗等，使之更为信实，艺术性也大为增强，故其《新列国志》成为后来更流行的本子；当《水浒传》李贽评本被人带到苏州时，"吴士袁无涯、冯犹龙等……见而爱之，相与校对再三，删削讹谬……精书妙刻，费凡不贷"，费时费力，只为了让小说能"开卷琅然，心目沁爽"①，可见苏州人对小说精品的追求。

　　苏州成熟的供求市场还可以从刊印地点的选择看出来。天启四年（1624）南京兼善堂本《警世通言》为该小说集最早刊本，也是明代南京书坊刊刻的唯一一部拟话本小说集②，但随之《警世通言》就转移到苏州出版，并在苏州掀起刊刻"三言"的热潮，先后至少重复刊印10次。这不仅是因为作者冯梦龙为苏州人，恐怕还因为南京没有苏州这样发达的市民读者群，故销售情况不佳，才会转移到苏州，而且也没有苏州那样的再版盛况。凌濛初《二刻拍案惊奇小引》说"丁卯之秋事，附肤落毛，失诸正鹄，迟回白门。偶戏取古今所闻一二奇局可纪者，演而成说，聊舒胸中垒块。非曰行之可远，姑以游戏为快意耳。"③ 可见凌濛初"二拍"故事的收集和编纂主要在南京，但他也没有选择在南京出版，而是交由苏州尚友堂刊刻，也说明苏州小说市场比南京有更广泛的需求。

　　（三）积极的销售策略

　　为了争取读者，扩大销售渠道，苏州书坊采取了积极的销售策略。在宣传上，各种广告手段轮番上阵，不过走精品路线的苏州书坊一般偏爱的是突出名人效应。如万历四十三年（1615）龚绍山刻《春秋列国志传》，就借大名士陈继儒以壮声势："本坊新镌《春秋列国志传批评》，皆出自陈眉公手阅。"④ 衍庆堂刊《醒世恒言》、叶敬池刊《新列国志传》则不约而同高擎苏州名家冯梦龙的大旗，宝翰楼更是直接在题页上书"墨憨斋手定"来吸引读者。此外，刊印质量的精美也是苏州书坊常爱标榜的"卖点"，如前述《春

　　① 高洪钧：《冯梦龙集笺注》，天津：天津古籍出版社，2006年，第250页。

　　② 参见韩春平：《传统与变迁：明清时期南京通俗小说创作与刊刻研究》，暨南大学博士论文，2008年，第81页。

　　③ 【明】即空观主人：《二刻拍案惊奇小引》，见丁锡根：《中国历代小说序跋集》，北京：人民文学出版社，1996年，第789页。

　　④ 转引自程国赋：《明代书坊与小说研究》，北京：中华书局，2008年，第131页。

秋列国志传》识语就称"删繁补缺，而正讹谬。精工绘像，灿烂之观，是刻
与京阁旧板不同，有玉石之分，□□之□（原缺三字）。"① 在发行销售上，
苏州书坊也采取多种经营策略，如以批发为主，兼有零售，到其他地区开设
分号，联合经营等。

　　与苏州相比，上海的出版业原不占优势，但光绪前后成为了"全国最大
的出版中心"②。这个出版中心主要是指在西法印刷方面，张秀民《中国印
刷史》列举的上海石印书局就有 56 家，铅印书局 21 家，因此上海实是新式
出版中心。上海作为最早开放的通商口岸之一，在新式出版方面有得天独厚
的优势。1843 年至 1860 年，译书出版集中在五个通商口岸，其中宁波 106
种、广州 42 种、福州 42 种、厦门 13 种，而上海译书总数为 171 种，排名
第一。③ 1896 年至 1911 年，上海出版日文西书的机构至少有 57 家，占当时
总数 95 家的 60%④，占据垄断性地位。而在报刊出版方面，到 1911 年止，
全国共出版中文报刊 1753 种，其中 460 种在上海出版，约占 26.2%；外文
报刊 136 种，在上海出版的有 54 种，占 39.7%⑤；画报 89 种，至少 39 种
出版于上海；白话报刊 140 余种，上海有 27 种，居全国首位⑥。这些数字
都说明上海出版的绝对优势。

　　要指出的是，与苏州一样，上海成为出版中心，也经历了一个后来居上
的过程。在旧籍出版方面，上海"在明代及清道光以前刻书不多"⑦，在西书
出版方面，1843 年以前主要集中在广州、澳门，上海则无人问津。在报刊出
版方面，1890 年 5 月范约翰在上海发表的《中文报刊年表》记录了从 1815 年
以来到他刊表时为止的"新闻纸"共 76 种。前 8 种均不是在上海出版，但在
全表中，上海的报刊占了 33 种，约占 43.4%。这说明上海并非一开始就是出
版的中心，是后来赶超的结果。其成功因素，与苏州也有相类的地方。

　　① 转引自程国赋：《明代书坊与小说研究》，北京：中华书局，2008 年，第 131 页。
　　② 张秀民：《中国印刷史（插图珍藏增订版）》，杭州：浙江古籍出版社，2006 年，第 463 页。
　　③ 据熊月之《西学东渐与晚清社会》中附录《传教士在广州出版中文书刊录》、《传教士在福
州出版中文书刊录》、《传教士在厦门出版中文书刊录》、《传教士在宁波出版中文书刊录》、《传教士
在上海出版中文书刊录》统计。熊月之：《西学东渐与晚清社会》，上海：上海人民出版社，1994
年，第 158、162、167、176、205 页。
　　④ 据熊月之《西学东渐与晚清社会》表 35《翻译出版日文西书机构录要》统计。熊月之：
《西学东渐与晚清社会》，上海：上海人民出版社，1994 年，第 651～656 页。
　　⑤ 据史和、姚福申等编《中国近代报刊名录》统计，福州：福建人民出版社，1991 年。
　　⑥ 参见吴永贵主编《中国出版史（近现代卷）》，长沙：湖南大学出版社，2008 年，第 79 页。
　　⑦ 张秀民：《中国印刷史（插图珍藏增订版）》，杭州：浙江古籍出版社，2006 年，第 463 页。

（一）刊印质量更精良

在刊印方面，木刻雕版容易有字体残缺、刻印模糊的缺点，苏州书坊凭借精工绘刻避免出现这类问题，以质优取胜；建阳书坊虽多讹谬省陋，但以价廉见长。而上海采用先进的石印、铅印技术，则可兼具二美。清人黄式权《淞南梦影录》曾描述石印书籍的过程："石印书籍，用西国石板。磨平如镜，以电镜映像之法摄字迹于石上，然后傅以胶水，刷以油墨，千百万页之书不难竟日而就。细若牛毛，明如犀角。"① 不难看出，相比传统的木刻雕版，石印书籍印刷速度快，印刷质量好，字迹清朗，绘图明晰，其精美不啻苏州木板的精工绘刻，而价格又相对低廉，自然广受欢迎，一时间掀起一股翻印古籍的热潮。有人对 1883 年和 1887 年《申报》进行了抽样调查，发现翻印或重刻的旧籍广告占到全部广告的 10％ 到 20％，并取代商业行情和戏园剧目占据了显著位置②，可见上海古籍市场对石印的偏爱。

插图本在晚明是颇受欢迎的图书品类，插图的优劣甚至成为书坊市场竞争的重要筹码。苏州书坊能够决胜市场，很大程度上取决于插图工致绝伦，令人赏心悦目，具有较高的收藏价值。晚清上海得益于照相转写法与石印术，所印插图"视之与濡毫染翰者无二"、"凡印字之波折，画之皴染，皆与原本不爽毫厘"③，使"绣像"、"绘图"大大普及。翻开晚清各书局的征订书目，标明"绘图"的小说比比皆是，如《绘图三国志演义》、《增像全图三国演义》、《评注图像水浒传》、《详注聊斋图咏》等。同文书局发兑的石印书籍"子部小说家类"中开列了 9 种小说，其中 6 种明确标明为插图本。十万卷楼《上海十万卷楼发兑石印西法算学洋务书目》所列 170 种石印小说中，直接以"绘图"为题的就多达 74 种，占总数的 44％。④ 可见书局对插图本小说的着力推销，也说明插图小说在晚清的广受欢迎。从某种程度上来说，由于石印术给印刷出版带来的便利，晚清上海的小说似乎比晚明苏州更加显得"无书不插图，无图不精工"。

当然，正如晚明苏州小说的精美依赖于徽州刻工的精湛工艺一样，晚清上海小说的精美也无法抹杀画师的功绩。相比传统的绘刻，石印术在最大程

---

① 葛元煦等：《沪游杂记·淞南梦影录·沪游梦影》，上海：上海古籍出版社，1989 年，第118 页。

② 参见王中忱《近代媒体的登场、发展与小说书籍生产的变迁》，见周勋初等主编：《文学评论丛刊（第 1 卷第 2 期）》，南京：江苏文艺出版社，1998 年，第 56 页。

③ 《（点石斋）楹联出售》，载《申报》，光绪八年十二月八日（1883 年 1 月 16 日）。

④ 据周振鹤：《晚清营业书目》统计，上海：上海书店出版社，2005 年，第 443～467 页。

度上保留了画师作品的原貌，画师绘图细腻精细，则石印图像亦生动逼真，故"画师成为通俗小说石印图像本印行的关键所在"①。绘制晚清上海石印书籍图像的主要是一批外地画师，他们大多从江浙来到上海谋生，具有良好的丹青功底，像吴友如这样的苏州名画家，还通晓传统技法与西洋技法，保证了图像绘制的精美。

此外，上海还出现了五彩石印的书籍。晚明的套印技术虽然已经从朱、墨两色发展到多色，如凌濛初彩色套印的《世说新语》，其评点用蓝、红、黄三色标识，但由于造价昂贵，很难普及。晚清上海由于五彩石印术的引进，则出现了《五彩增图东周列国志》、《五彩绘图廿四史演义》等数种彩图本通俗小说，使小说刊印更为精美。在纸张上，上海逐渐用光洁的洋纸取代传统的毛边纸、毛太纸，单页双面印刷，在节约成本的同时，使书籍看起来更为考究。在装帧上，在传统的线订基础上，又增添了铁丝订、胶粘订的装订方式，装帧更为精雅。过去有人把上海的出版优势归功于印刷术的先进，说到底，是先进印刷术所带来的精良的刊印质量征服了读者。

（二）供求市场更完善

出版流通的兴盛离不开成熟的供求市场。晚明苏州不像北京那样，虽是聚书地，自己的供应能力却有限，要靠外地的刻书支持；苏州的书是"率其地梓也"②，本地就能供应，且还能向外地辐射。到了清代，工价渐贵，苏州多去刻价便宜的外地寻求书版，然印刷、销售仍回苏州，上田望解释这种现象说"清代初期地方城市能刻字，能印刷，能装订，可是不能卖书。因为地方城市附近还没形成买卖书籍的市场圈。"③ 而苏州正是拥有成熟的市场圈，才成为了书籍出版的集散地。

晚清上海出版业的兴起有类似的因素。一位名士在为所办译书局时选址时这样考虑："倘要印书，现在全国只有上海较为便利，并且出版以后，就要求销路，求销路必须到上海，上海四通八达，各处的购书者，都到上海来选取，各处的书商，都到上海来批发，因此他决定到上海来，办理这个译书事业了。"④ "求销路必须到上海"可谓一语中的，因为上海有着庞大的阅读群体，这就是上海的市民。市民阶层虽然在北宋就开始出现，但中国古代的

① 潘建国：《铅石印刷术与明清通俗小说的近代传播——以上海（1874—1911）为考察中心》，载《文学遗产》，2006年第6期。

② 【明】胡应麟：《少室山房笔丛》，上海：上海书店出版社，2009年，第42页。

③ 上田望：《〈三国志演义〉毛评本的传播》，载《文学遗产》，2000年第4期。

④ 包天笑：《钏影楼回忆录》，北京：中国大百科全书出版社，2009年，第220页。

城市始终受制于农业生产方式，市民文化从主流上来说还是农耕的、宗法的，因此，直到晚清，近代意义上的市民才真正形成，并迅速发展壮大。

在瞬息万变的上海都市里，获得最新信息是决胜商业贸易的关键，是跟上社会趋势的必需，故每日读书看报已经成为上海市民的一种生活习惯。1890 年每天看《申报》的上海读者人数就至少 10 万人，1895 年以前每天阅读报刊的上海读者至少 30 万人。① 1895 年后的阅读人口应该更多，而这么多阅读报刊的读者中，有不少又是冲着报刊上登载的小说去的，因为在都市紧张的生活节奏中，人们需要通过阅读小说来放松调节。到后来，本来作为附页的小说反而成了读者的主要需求，甚至到了民初，许多报刊能有惊人的销数，"还是靠着附刊的号召和吸引"，因此附刊的编者一定要"绞尽脑汁采用连载的作品，如小说、笔记等，使读者如看连台戏一般，一本一本的看下去，不肯中辍，那报刊的销数也就蒸蒸日上。"② 曾有学者推算，晚清小说"照顾的阅读人口，在两百万到四百万之间。"③ 不难想见，这样庞大的阅读群体中，上海读者应占了相当大的比重。读者对小说的广泛需求，自然有力地刺激了上海出版业的迅猛发展。

从创作主体来看，以晚清上海活跃着一批专业为文的作家队伍，他们之中有科场失意的文人，有仕途蹇阻的士绅，依托于报馆、书局，出卖自己的智力资源。他们成为上海文学市场兴旺的保证。不过，与晚明苏州作家相比，这批作家有了更多近代化的特征：

1. 更加职业化。晚清小说家最初大多只是报人，为报纸采写新闻、发表论说，逐渐进军小说领域，成为报人兼小说家，及至报载小说成为晚清小说的主要刊载形态时，他们就转型为专力写小说的报人小说家。晚明苏州作家虽然投入了大量精力在小说的创作、编写、评点上，甚至将小说创作作为自己的谋生之道，但是，在社会机制没有发生根本变革的背景下，文人得以安身立命的理想路径仍是通过科举进入仕途。冯梦龙是晚明苏州作家中的佼佼者，致力于通俗文学的创作编纂，并因此声名大著。然而，当崇祯三年（1630），冯梦龙成为贡生，然后担任丹徒县学训导，又在崇祯七年（1634）赴福建寿宁担任知县以后，他就不再肆力于小说了。

① 参见张仲礼主编：《近代上海城市研究》，上海：上海人民出版社，1990 年，第 931 页。

② 郑逸梅：《清末民初文坛轶事》，上海：学林出版社，1987 年，第 218 页。

③ 王德威著，宋伟杰译：《被压抑的现代性——晚清小说新论》，北京：北京大学出版社，2005 年，第 2 页。

在晚清文人刚涉足报馆，将报人作为自己的职业身份时，这种入仕情结也还未消失。如《申报》第一任主笔、杭州人蒋芷湘一考中进士，马上就离开了报馆；甚至对科举猛烈抨击的近代思想家王韬也一度再入考场。① 但随着科举的衰落，入仕之路受阻，而同时作家又发现为报刊写作也能寄托自己的理想，还能为自己带来不少经济效益时，他们逐渐不再把寄身报馆当作一种权宜之计，而将之作为自己可以安心从事的职业。1903 年，清廷开经济特科，李伯元与吴趼人均被保荐②，然李"辞不赴"③，吴亦"夷然不赴"④。两人的"不约而同"颇有些意味，他们拒绝入仕并非要做传统的高蹈隐士，而是因为"他们俩已经找到了自己感到活得有意义的世界。这就是新闻界。"⑤ 1903 年之前，李伯元已致力于《游戏报》、《世界繁华报》的创办，吴趼人也先后为《消闲报》、《采风报》、《奇新报》、《寓言报》等报纸主持笔政。1903 年两人断了仕途之念以后，更是将全副精力投入到报刊小说的创作中去，李伯元写出了《官场现形记》等著名小说，成为小说界巨子，吴趼人更先后发表《二十年目睹之怪现状》、《痛史》、《九命奇冤》等脍炙人口的小说，成为晚清最高产的小说家。李伯元曾说，"使余而欲仕，不及今日矣"⑥，说明此时报人的心态已经有了很大的转变，他们不再把办报与写作视为低贱的工作，而是一种比较理想的职业。

这种作家的职业化对晚清小说市场的促进作用是巨大的，因为他们将被动的、偶然的小说创作变为主动的、长期的，晚明书坊经常遇到的稿源危机在晚清上海几乎再不会出现了，倒是作家要为自己的稿件能否被报馆书局录用而担忧。吴趼人曾说他对勉励自己"以开化为宗旨"的朋友及"代为之踌躇曰'薪水或不给否？'"的朋友"均甚感之敬之"⑦，其原因恐怕就在于朋

① 据张志春考证，王韬曾于 1856 年与 1859 年回昆山参加科考，参见张志春：《王韬年谱》，石家庄：河北教育出版社，1994 年。

② 以往学界认为李伯元是辛丑（1901 年）应经济特科，吴趼人是癸卯（1903 年）应经济特科。据樽本照雄《李伯元和吴趼人的经济特科》考证，经济特科仅开了一次，为 1903 年；光绪二十八年十一月初四日（1902 年 12 月 3 日），天津《大公报》登载的《保举经济特科员名单》上明确说明"光禄寺卿曾广汉保……武进县廪贡生李宝嘉，广东香山县监生吴沃尧……"，可见李、吴二人是同时被曾广汉保荐的。参见樽本照雄：《清末小说研究集稿》，济南：齐鲁书社，2006 年，第 141 页。

③ 魏绍昌：《李伯元研究资料》，上海：上海古籍出版社，1980 年，第 10 页。

④ 同上，第 22 页。

⑤ 樽本照雄：《清末小说研究集稿》，济南：齐鲁书社，2006 年，第 142 页。

⑥ 魏绍昌：《李伯元研究资料》，上海：上海古籍出版社，1980 年，第 10 页。

⑦ 魏绍昌：《吴趼人研究资料》，上海：上海古籍出版社，1980 年，第 267 页。

友说出了他的心里话。作家的危机感正反衬出小说市场稿源的丰富。

2. 更加商业化。晚清上海作家既然将办报写作看作自己的职业，其心态自然也不似"昔之为小说者，抱才不遇，无所表见，借小说以自娱"①，而是要通过小说来挣钱谋生，那么，他们的写作自然也会更加商业化。"盖操觚之始，视为利薮"②，这在写作动机上就已经商业化了。由于报载小说一般按字计酬，故作家在写作态度上也不像传统那样精益求精，而是想方设法延长篇幅、增加字数，这就使不少晚清小说情节拖沓冗长，还充斥着大量与情节发展并无有机联系的材料，令人不忍卒读。后来报载小说向短篇小说转向，固然与西方小说的传入及小说报刊的倡导有关，但在某种程度上，也是长篇小说给读者带来审美疲劳后的一种反弹。

说到商业化，不能不提到"利"。晚明作家虽然已不像传统作家那样耻于言利，但在很多情况下还是在言与不言之间，晚清上海作家则彻底揭开了"言利"的面纱。他们不仅在争取利益方面讨价还价、斤斤计较，对损害自己利益的行为也毫不含糊、绝不姑息。比如，严复坚持用文言文翻译作品，好像很传统，可在争取自己的利益方面，他却一点没有传统文人的扭捏矜持，毫不讳言金钱。自己的作品有书局愿意出版，在传统文人看来，已经感天谢地了，哪还有其他奢望。严复却在张元济付给他规元两千两的《原富》译稿稿酬后，又要求"能否于书价之中坐抽几分"③，张元济对此没有表态，严复又去信询问，虽然他也承认"夫平情而论，拙稿既售之后，于以后销售之利，原不应有所馀思"，但还是举出依据为自己争取抽成，当张元济同意给付20％的版税后，又提出要立一字据，"以免以后人事变迁时多出一番唇舌"④。在传统文人看来，这简直就是"得寸进尺"了。

再如林纾为商务印书馆译写小说，"商务送他每千字五元"⑤，在当时的稿酬标准中算是很高的了，可谓待之不薄。但当他发现"该馆对他所译的小说，支付稿费时计算字数不太准确，前后少算甚巨"⑥，立即去信要求找补。

　① 寅半生：《小说闲评·叙》，见陈平原、夏晓虹编：《二十世纪中国小说理论资料（1897—1916）》，北京：北京大学出版社，1989年，第182页。

　② 同上。

　③ 严复：《与张元济书》，见王栻主编：《严复集（第3册）》，北京：中华书局，1986年，第538页。

　④ 同上，第543页。

　⑤ 包天笑：《钏影楼回忆录》，北京：中国大百科全书出版社，2009年，第220页。

　⑥ 谢菊曾：《十里洋场的侧影》，广州：花城出版社，1983年，第18页。

不仅名家如此，在晚清不少普通作家也都会明确地表明自己的需求，争取自己的利益。如《萤窗清玩花柳佳谈》的作者后代给商务印书馆致信要求出版，提出"至于出版之手续及著作之待遇，版权之利益如何，素未详晓，用特函请贵局指示一切"①，对方还未答应出版，作者就先迫不及待提出"待遇"、"利益"问题，这些都是在商业化的写作、出版环境中才会出现的。

3. 更加专业化。晚明书坊在获取稿源到发行销售等环节多是"八仙过海，各显神通"，并没有一个统一标准或专业规范。到晚清，上海的小说市场则几乎在各方面都有了比较成熟的操作方法和制度规范，使作家能在一种专业化的出版环境中安心创作。比如，以前对小说稿酬并没有一个具体的给付标准，不少报刊的征文告示里只有"润资从丰"一类模糊性话语，但多少钱为"丰"，什么样的稿件能得到"从丰"的润资，却并没有说明。1902年，梁启超主编的《新小说》创刊号登载《本社征文启》，这是我国小说杂志中第一份宗旨明确、内容详备的征文启事，也第一次明确规定了小说稿酬的标准：稿酬分为自著和翻译两类，自著小说分甲乙丙丁四等，稿酬依等第次为每千字酬金四元、三元、两元、一元五角；译本分甲乙丙三等，稿酬依等第次为每千字酬金二元五角、一元六角、一元二角。②《新小说》的稿酬标准为后来的文学报刊起到了良好的示范作用。1907年2月，《小说林》创刊号登载"募集小说"启事："甲等，每千字五元；乙等，每千字三元；丙等，每千字二元。"③ 1910年7月，《小说月报》第1期刊载《征文通告》："中选者，当分四等酬谢。甲等每千字酬银五元，乙等每千字酬银四元，丙等每千字酬银三元，丁等每千字酬银二元。"④ 自此，小说分等、按字计酬的近代稿酬制度建立起来，二至五元的稿酬标准也逐渐通行。

此外，以前写小说是没有版权的，书坊见了畅销的书籍就会争相刊刻，却不支付相关费用，这样就损害了作者的积极性，也损害了最初出价购稿的书坊利益，造成恶性循环。在晚清上海，小说的版权逐渐受到保护，恶性竞争的小说市场也由此得到规范。1910年，清政府颁布了第一部《大清著作权律》，对著作权的概念、权利期限、呈报义务、权利限制、侵犯著作权的处罚等方面都作了较具体的规定，虽然因清政府不久覆亡，它并没有得到真

①　陈大康：《中国近代小说编年》，上海：华东师范大学出版社，2002年，第302页。
②　参见刘永文：《晚清小说目录》，上海：上海古籍出版社，2008年，第400页。上海书店影印本《新小说》去掉了广告，故未能查见本征文通告。
③　《小说林》，1907年第1期。
④　《小说月报》，1907年第1期。

正的推行，但毕竟显示出保护著作权的努力。而严复则可能是在版权制度建立与推动方面贡献最大的个人。①

在严复的倡导与商务印书馆等的推动下，版权意识逐渐深入人心。拿晚清四大小说杂志来说，梁启超主编的《新小说》大概是最早明确提出版权声明的小说刊物，1903年第6号为《离魂病》所打的广告中说"兹已完竣，特将版权售与上海广智书局，归其另印单行本出售。已存案，翻印必究。"②吴趼人主编的《月月小说》也属于特别注重版权保护的小说刊物，其创刊号封里登出版权声明："敬启者，本社所登各小说均得有著者版权，他日印刷告全后，其版权均归上海棋盘街乐群书局所有，他人不得翻刻，特此先为预告。本社谨启。"③并且拿出五十到一百元的高额"谢洋"鼓励举报。此后的2、5、12、14、21号上均登有类似的广告，不仅严禁翻版，即使是"原撰译之人亦不准擅自转售刊发"④。《小说林》1907年第3期也登出声明："本社所有小说，无论长篇短著，皆购有版权，早经存按，不许翻印转载。"⑤《绣像小说》虽未见直接的版权声明，但其主编李伯元曾不惜精力、财力与盗版《官场现形记》的销售商进行诉讼，仅在《时报》上刊登关于诉讼的告白就有70余次，广告费至少为43.44元，由此可见李伯元争取著作权益的决心。⑥这也成为晚清文学界最早通过诉讼维护版权的实例，对增强业内同人的版权意识起到了良好的引导作用。

此外，即使不是专门的小说刊物，也注意到对自己登载的小说进行版权

---

① 1901年，严复给张元济写信，就其所译《原富》的稿酬及版权问题与张进行协议，该信涉及图书出版的售价、发行、稿酬、版权、作者与出版社的关系、作者与读者的关系等方面，严复希望能"于书价之中坐抽几分，以为著书者永远之利益"，这不仅是为自己争取权益，更重要的是为了鼓励后来的著译者。此外，他还借鉴西方各国版权成例，提出了"限以年数"、"二成分利"等具体的操作性方法，为版权制度的规范作出了积极贡献。1902年，严复上书管学大臣张百熙，声明版权保护的重要性，并提出相关建议。1903年，严复翻译的《社会通诠》由商务印书馆出版，出版之前，严复与张元济签订了一个版权合同，规定："此书版权系稿、印两主公共产业，若此约作废，版权系稿主所有"、"此约未废之先，稿主不得将此书另许他人刷印"、"此书出版发售每部收净利墨洋伍角"、"此书另面须贴稿主印花"等内容，这是我国近代第一个出版合同，标志着版权保护制度的建立。

② 《新小说》，1903年第6号。

③ 《月月小说》，1906年第1期。

④ 《月月小说》，1908年第2期（第14号）。

⑤ 《小说林》，1907年第3期。

⑥ 诉讼具体过程可参见刘颖慧：《李伯元〈官场现形记〉》版权诉讼始末》，载《华东师范大学学报（哲学社会科学版）》，2006年第3期。文中还提到李伯元身后的一次《官场现形记》盗版案，这次并未诉诸法律，而以盗版商一次性买断版权告终。

保护。① 大部分单行本小说也都会标明"版权所有，翻印（刻）必究"的字样。不管这些声明能否起到真正的震慑作用，最起码说明晚清上海的小说市场已经逐渐步入专业规范的轨道了。而随着小说市场逐步规范完善，作家的创作积极性就更高，形成良性循环。

（三）销售方式更多元

在销售策略上，晚清书局报馆更是挖空心思，各种促销手段层出不穷。比如，像晚明苏州书坊一样借助名人效应来宣传。当林纾《巴黎茶花女遗事》风靡全国后，商务印书馆就将林译小说作为品牌推出，光绪三十四年（1908）正月初九《时报》刊登的"商务印书馆新出各种小说"广告就将"林琴南先生译本"中的"林琴南先生"用大字排出，引人注目。除了打名人牌，晚清上海书局报馆也打价格牌。翻检飞鸿阁、纬文阁、十万卷楼、申昌书局的发兑书目，"价目格外克己"均被赫然列出。如果说晚明书坊的促销主要还是靠宣传小说本身的优点来吸引读者，晚清上海书局报馆则运用了更多商业运作手段，如累积消费，按级赠礼，购书越多，赠礼价值越高；在空闲的春节和学生暑假时推出季节性削价；购书摸彩，购书达一定数额即可获抽彩票；发送折价券，在书局开张或周年纪念等值得特别庆祝的日子给予读者购书折扣等。②

发行方面，晚清上海书局报馆也运用多种方式扩大发行渠道。开设分埠的联合经营方式在晚明只是偶一为之，在晚清却非常普遍。同文书局《上海同文书局石印书画图帖》广告说："本局开设上海虹口，分设二马路横街、京都琉璃厂、四川成都府、重庆府、广东双门底，其余金陵、浙江、福建、江西、广西、湖南、湖北、云南、贵州、陕西、河南、山东、山西各省均有分局发兑。"③ 可见书局的发行网络已经遍布全国，方便了当地读者就近购买，也极大地促进了书局的书籍销售。商务印书馆在设立分馆的基础上，又通过委托其他书局代售的方式，增加销售额。光绪三十二年（1906）商务印书馆开列的书籍分售处名录已达到15个省153处，甚至把销售的触角伸向

---

① 如《时报》1904年12月30号在登完小说《大彼得遗嘱》后有出版单行本广告："版权自在本馆，他人不得侵犯，特预声明。"1907年6月14号，《时报》登出"本馆特别告白：本报所登小说，无论悬赏、自编、短篇、长幅均有版权，不许转载。"1904年11月21号，《中外日报》也刊登了特别告白："本馆所译印之小说其版权已议定归诸译人，外间书肆不得翻印，如违定当控究，谨告各肆幸勿尝试为要。"

② 参见潘建国：《清末上海地区书局与晚清小说》，载《文学遗产》，2004年第2期。

③ 周振鹤：《晚清营业书目》，上海：上海书店出版社，2005年，第401页。

海外，在美国和日本都设立了分售处。而在光绪三十三年（1907），商务印书馆在《东方杂志》第 4 卷第 1 期上所登出的分售处名录更多达 230 余处（含 10 家商务印书馆分馆），这样空前庞大的销售网络，其销售业绩肯定是相当惊人的。对于销售网络还未延伸的区域，晚清上海书局也不会放弃当地的市场，告知读者可以通过远埠邮购的方式来获得所需书籍。

此外，还有预约订购、分期付款、同业批发等形式，仅以《时报》上登载的广告为例，就有《小说七日报》"第一期送阅，不取分文"的试阅形式、广智书局"凡购本局出版书籍一元者奉送小说一册，购两元者送两册……限满即不奉送"的赠书形式、《时事报》"发售预约券，每部收回成本两元八角……未购此项预约券者将来每部须洋五元"的预订形式等①，极大地调动了读者"欲购从速"的积极性，也减轻了书局的资金压力，从而促进了上海出版市场的欣欣向荣。

从上面晚明苏州与晚清上海的比较中，我们可以发现，二者在经济、文化、出版方面的优势使它们能够在文学上也占据领先位置。但是，苏州的经济、文化、出版都是内向型的。顾颉刚早已一针见血地指出了苏州的症候：优越的经济文化环境促进了苏州的发展，但也使苏州人太注重享受，"以至只能守着老家，不能向外发展"，"这实是数千年历史积累而成，也是农业社会中高度文化的必然结果。"② 而封建性的旧体制对于开放性外贸的限制，更使苏州的经济文化优势"仅仅表现为跨地区的内贸活跃和思维的精乖巧思（即俗话所说'精于计算'），帝国内敛和特权化的社会品格框定了它发展的有限性。"③ 上海则相反，它的经济则一开始就依靠对外贸易，文化更多的是吸纳移民文化与西方文化，出版方面也由新式出版起步，是一种外向型的发展模式。因此，苏州衰落与上海崛起的根本原因也在这里：苏州的文化"是享受的文化而不是服务的文化，所以极不适合于这生存竞争的剧烈年代。"④ 而剧变的时代对改革与开放的上海却恰好是个机遇，它也由此在经济文化各方面获取了持续的生命力。在这样的背景下，吴地小说的再度繁荣自然由上海来创造，小说现代性转换的历史使命也由上海来承担。

---

① 分别见《时报》1906 年 8 月 16 号、1907 年 3 月 24 号、1908 年 10 月 29 号。
② 顾颉刚：《苏州的历史和文化》，见苏州市地方志编纂委员会办公室、苏州市档案局编：《苏州史志资料选辑》第 2 辑，内部发行，1984 年，第 7 页。
③ 王家范：《从苏州到上海：区域整体研究的视界》，载《档案与史学》，2000 年第 5 期。
④ 顾颉刚：《苏州的历史和文化》，见苏州市地方志编纂委员会办公室、苏州市档案局编：《苏州史志资料选辑》第 2 辑，内部发行，1984 年，第 7 页。

第三节　晚清吴地小说中心的移位

上海是近代小说中心，这一点早成共识。但在分析上海小说中心形成原因时，学者们更多关注的是西方因素的影响。也有研究者提及江浙移民的作用，却往往语焉不详，一笔带过。① 而且移民是分阶层、分阶段进入上海的，他们产生的影响也各不相同，但涉及移民的相关论文几乎都笼统谈之，目前未见对此有具体分析者。而那些谈到上海崛起中"江南因素"的学者，又几乎无一是从文学角度切入的。② 研究者们似乎忽视了这样一个事实：近代文学崛起的上海位于吴地，而之前明清文学的中心也在吴地。这并非巧合，而是吴文化赋予它们的先天优良基因，只是在后天成长过程中，苏州沿着传统方向传承着日趋典范的吴文化，上海则因为现代、西方的发展趋向从吴文化中脱胎出新的文化——海派文化。

然而，如果片面强调西方因素对上海的影响容易遮蔽一些关键性的问题：西方因素从 1843 年起就应发生作用了，但为什么上海在开埠后很长一段时期内并未崛起？曾经在晚明大放光彩的小说中心苏州为什么没能在晚清与上海双峰对峙？——事实上，清初当江南书坊业普遍衰退的时候，只有苏州书坊仍在增加③，且至少持续到清中期。据张秀民《中国印刷史》统计，清代苏州书坊约有 57 家，加上叶德辉《吴门书坊之盛衰》提到乾嘉时期苏州仍有 19 家书坊，共计约 72 家。其中不少书坊曾刊刻小说，据笔者统计，清代苏州刊刻小说的书坊约有 53 家，刊刻小说数量约 155 种，是当时小说最繁盛的地方。而在乾隆二十四年（1759）苏州著名画家徐扬所绘《姑苏繁华图》上，我们还能看到来往街上的人物多达 12000 余人，店铺约有 36 种行业的 260 余家。也就是说，至少到 18 世纪末期，苏州的城市与小说发展都还处在一个有上升空间的时期。这样一个繁华的城市，为什么在晚清突然

①　如邱明正主编《上海文学通史》里提到"移民之中不乏具有相当文化程度者，他们的进入带来了巨大的文化需求。从上海报刊业的突然兴旺发达，我们可以窥见其中的消息。"可是，窥见了怎样的消息？书中却未展开分析。

②　如周武《从江南的上海到上海的江南》，见郭太风、廖大伟主编：《东南社会与中国近代化》，上海：上海古籍出版社，2005 年；马学强：《近代上海成长中的"江南因素"》，载《史林》，2003 年第 3 期；王家范：《从苏州到上海：区域整体研究的视界》，载《档案与史学》，2000 年第 5 期等，都是从区域经济文化史的角度探讨江南城市格局的变迁。

③　参见朱萍：《明清之际小说作家研究》，北京：中国传媒大学出版社，2009 年，第 100 页。

湮没不闻，同时小说也随之沉寂？与之相应的，是上海的突然崛起与小说的迅速繁荣。在这种耐人寻味的对比中，我们有理由作这样的推测：晚清上海小说中心形成，不仅仅是西方文化的造就，在很大程度上实是吴地小说中心的移位。既然前面提到苏州创造小说高峰的背景是经济中心、文化中心、出版中心地位的确立，那么，上海小说中心形成的前提也就是苏州经济、文化、出版等方面的移位。

一、苏州对上海经济崛起的助成

上海开埠后经济的迅速繁荣是众所周知的，这里首先强调苏州对上海经济崛起的助成，是因为它关系到两个小说中心为什么不能并存的问题。在上海经济增长的同时，苏州并未同步增长，而是与上海经济处于一个此消彼长的过程。苏州对经济中心的让位，是小说中心移位的前提。

苏州在晚明的繁荣，曾一度持续到清前期，然而，从19世纪中叶起，苏州却"好像一家破落大户，在一天一天地消沉下去。"① 其原因可用何一民主编《近代中国衰落城市研究》中经济中心转移的三个指标来解释②：

（一）主导产业衰落导致经济中心城市整体经济实力的衰退

工商经济受到"内外夹攻"是苏州迅速衰落的主要原因。所谓的"外"，是指上海开埠后，外国的洋纱、洋布等大量倾销到中国，许多以纺织业为主导的工商业城市都受到了巨大的冲击，苏州就是其中之一。在雍正乾隆年间，苏布盛行，取代松江织布，"而松民失其利"，到19世纪50年代洋布倾销的时候，苏州又被洋布夺利，使"耕织之人少，而谷帛之所出亦少矣"③。经济基础严重受损。

所谓的"内"，则是指被苏州人称为"庚申之难"的太平天国战争。在这场劫难中，除了城市物质形态的破坏，苏州损失最严重的是人口。观察图1.1可以发现，1851年以前的苏州人口一直呈快速增长趋势，1851年到1865年，是剧烈的下降趋势，意味着人口的锐减，从654.3万减到229万，缩减了65％；1865年以后人口开始缓慢增长，但直到清末也没有恢复到之前的水平。当时方志的相关数据，也与此图趋势相符。从表1.4能看出同治四年（1865）的人丁数比道光十年（1830）减少了80％，为什么出现这样

① 顾颉刚著，钱小柏编：《史迹俗辨》，上海：上海文艺出版社，1997年，第232页。
② 参见何一民主编：《近代中国衰落城市研究》，成都：巴蜀书社，2007年，第151～152页。
③ 彭泽益：《中国近代手工业史资料》（第1卷），北京：中华书局，1962年，第495页。

的锐减呢？这期间能够造成这种人口锐减的事件只有 1860 年的太平天国战争。而这人口趋势图与苏州经济的发展趋势也基本成正比。经过太平天国战争后，苏州的经济衰落得厉害，"几乎所有桑树均已根除或被毁，从事丝业的居民，大多数已星散。丝业的普遍衰落就是这几年骚乱的结果。"[1] 虽然之后有恢复，但已无法再现繁华。

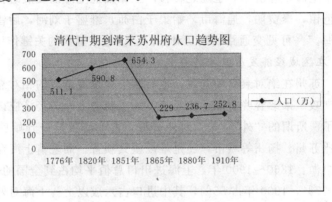

图 1.1　清代中期到清末苏州府人口趋势图

（说明：此图表根据曹树基《中国人口史》（清代卷）相关数据绘制，上海：复旦大学出版社，2005 年。）

表 1.4　太平天国运动前后苏州人丁比较表

年　代	吴县	长洲	元和	总数
道光十年（1830）	1441753	296384	232331	1970468
同治四年（1865）	86976	264722	26665	378363
光绪元年（1875）	152412	289702	314125	756239

（说明：此表根据曹允源等纂修：《吴县志》卷四十九《田赋·户口》相关数据编制，苏州文新公司，民国 22 年（1933）铅印本。）

（二）交通路线改变导致经济中心城市在区域中的地位降低

"一地方市面之盛衰，每与一地方之交通为因果"[2]，商业交通路线改变对苏州经济造成的影响也不容小觑。苏州位于大运河与浏河的交汇处，通过运河与中国的黄金水道长江相连，通过浏河与杭州湾与海运相通，可谓"其地形四达，水陆交通，浮江达淮，倚湖控海。"[3] 优越的地理位置使苏州的

① 彭泽益：《中国近代手工业史资料》（第 2 卷），北京：中华书局，1962 年，第 68 页。

② 姚公鹤著，吴德铎标点：《上海闲话》，上海：上海古籍出版社，1989 年，第 27 页。

③ 【清】李铭皖等修，冯桂芬纂：《（同治）苏州府志》卷二《疆域》，光绪九年（1883）刻本。

商贸一直颇为兴旺。然而运河断航使苏州与长江中上游地区的经济联系受阻，浏河的淤塞更给苏州的对外贸易以致命打击。本来"凡海船之市易往来者，必由刘家河泊州之张泾关，过昆山，抵郡城之娄门"①，可见浏河对苏州对外贸易的重要性。但由于浏河自清以来日渐淤塞，以往停泊浏河的船舶都转移到了上海，经济中心也随之转移。王韬描述上海的发展时就提到"苏郡濒海诸邑镇，聚贾舶，通海市，始集于白茆，继盛于刘河，后皆淤塞，乃总汇于上海。"②可见交通路线改变对苏沪经济地位置换的关键作用。

（三）在区域经济发展整体态势中的相对衰落

当然，苏州在绝对衰落的同时，也有因上海发展造成的相对衰落。如果用"内外夹攻"来形容晚清苏州的经济，那么晚清上海的经济应该就是"内外复合"了。所谓的"外"，是指对外贸易。古上海虽然一开始就从贸易起家，但相比苏州、扬州等城市，还是难以望其项背。而晚清上海在对外贸易上却足以自傲：1860～1900 年，上海进出口总值平均占到全国的一半以上，1864 年到 57%，1900 年占 55%，其中进口占六成以上。上海对外贸易的提升，固然得益于开埠，也与苏州入海的重要通道浏河的淤塞有关。按照有的专家分析："苏州处于运河线上，娄江（浏河为其下游）从江口直接苏州，航道较之黄浦、吴淞二江连接内地更直捷。如果按照理论上的设计，我想依托浏河口，将苏州改造成为内外贸的中心城市，很可能会优于上海，后来的京沪杭就不必如此绕弯子。"③ 但帝国体制是内向性的，对外贸有天然的恐惧，不会主动将苏州改造成内外贸的中心城市。因此，上海才能充分利用它的历史机遇。王韬说上海的兴盛有"地为之"的因素，有"人为之"的因素，确是肯綮。1900 年上海进出口总值为 38948.4395 万关平两，而苏州只有 117.9287 万关平两，两者相差 330.3 倍！以前在与长江沿岸各地经济的联系上，上海扮演的是苏州的转运港口角色，现在却颠倒过来。

而所谓的"内"，则是指太平天国重创苏州的同时，却也在客观上给上海创造了发展的机会。从当时人的记述来看，上海在开埠很长一段时间内并没有太大的发展，在道光三十年间，上海一直是"滨江茅屋，芦苇为邻，商市萧条，烟户零落"④，从咸丰年间开始，上海才骤然繁盛起来。究其原因，主

① 【明】周士佐修，张寅纂：《（嘉靖）太仓州志》卷三《兵防》，崇祯二年（1629）重刻本。
② 王韬：《瀛壖杂志》，上海：上海古籍出版社，1989 年，第 43 页。
③ 王家范：《从苏州到上海：区域整体研究的视界》，载《档案与史学》，2000 年第 5 期。
④ 姚公鹤著，吴德铎标点：《上海闲话》，上海：上海古籍出版社，1989 年，第 26 页。

要跟当时几场战争带来的移民潮有关。姚公鹤说"经一次兵事，则租界繁盛一次"①，王韬也说"上海城北，连甍接栋。昔日桑田，今为廛市，皆从乱后所成者。"② 据相关统计，1853 年上海租界人口约 500 人，1854 年小刀会起义后，1855 年上海租界人口已增至 2 万，1860 年太平军攻克苏杭时，避居租界的华人骤增至 30 万，1862 年达到 50 万，到 1865 年上海华界租界总人口已多达约 70 万。③ 这么多难民涌入上海，大大促进了上海经济的发展。

难民中不少是商人。太平军东征期间，"商人借经商之名，为避兵之实，既连袂而偕来，即内地绅富，亦以租界处中立地位，作为世外桃源。商人集则商市兴，绅富集则金融裕，而领袖商业之金融机关，乃次第开设矣。"④ 商人的聚集将资金带入上海，推动了上海商业、金融的兴盛。如近代上海著名的程家钱庄，始创于苏州，太平天国战争初期，程家即派人挟资 10 万两来沪开设延泰钱庄。太平天国战争后期，程家在苏州的钱庄、典当等全被焚毁，即将全部资金转移到上海经营钱庄。再如苏州世族洞庭席氏，席嘏卿、席正甫兄弟为避兵乱来到上海，先创办钱庄，后又进入汇丰银行做买办。19 世纪 70 年代后的 50 年间，席氏家族先后有 23 人担任过上海 13 家外资银行的买办，到 20 世纪初上海著名银行的买办几乎均为席氏垄断。

难民中也有一部分官绅。苏州失守时，"藩县各官俱奔上海，制台亦逃上海，预为浮海之计"⑤，随之逃难的还有一大批士绅富户，其中比较著名的有江苏巡抚薛焕、苏州知府吴云、督办江南团练大臣庞钟璐等大官僚，以及大学士潘世恩之子潘曾玮、洋务思想家冯桂芬、大藏书家顾文彬等士绅，这些"高等难民"也将大量资金带入上海。这些资金，有的用于消费，有的用于投资，据说当时租界的钱庄就"均系避地官绅所开设。"⑥ 正如于醒民《上海，1862 年》所分析的那样："苏州大部分有钱人逃到上海……这些高等难民对上海的社会生活、经济生活产生了不可轻估的影响。他们大量消费，大批购置，大笔投资，仅各种货币带到上海的就以百万计。"⑦ 这样的

① 姚公鹤著，吴德铎标点：《上海闲话》，上海：上海古籍出版社，1989 年，第 60 页。

② 王韬：《瀛壖杂志》，上海：上海古籍出版社，1989 年，第 3 页。

③ 参见蒯世勋等编著：《上海公共租界史稿》，上海：上海人民出版社，1980 年，第 359 页；邹依仁：《旧上海人口变迁的研究》，上海：上海人民出版社，1980 年，第 90 页。

④ 姚公鹤著，吴德铎标点：《上海闲话》，上海：上海古籍出版社，1989 年，第 116 页。

⑤ 佚名：《蘋湖日记》，见庄建平主编：《近代史资料文库》第 5 卷，上海：上海书店出版社，2009 年，第 19 页。

⑥ 姚公鹤著，吴德铎标点：《上海闲话》，上海：上海古籍出版社，1989 年，第 116 页。

⑦ 于醒民：《上海，1862 年》，上海：上海人民出版社，1991 年，第 21 页。

数字绝非高估，据相关统计，仅 1860 年至 1862 年短短两年内，就有以苏州为主的约 650 万银元的华人资本流入上海。

此外，还有大量苏州百姓逃难至沪，以致当时在上海建有"保息局"专门接济苏人之避难来沪者。这些难民或许没有给上海投资市场贡献资金，却为上海提供了大量廉价的劳动力。正是这些资本和劳力向上海的输出，造成了"东南半壁，无一片干净土。而沪上繁华，远逾昔日"① 的局面，难怪有学者认为，"新兴都市上海的商业性繁华，正是从'庚申之变'开始的。"② 而上海依靠这些资金迅速繁华，形成较高的经济区位后，又吸引更多的商人来投资，如光宣时期的苏州即是"虽本地富商不少，而上海皆设分铺"③。

经济中心从苏州向上海的移位，使二者的地位也发生了置换——"上海蓦地超过了千百年来她一直在羡慕、模仿的苏州。"④ 这也是上海成为文化中心、出版中心的潜在前提。因为上海能够为文学发展提供更好的经济基础——安心创作的环境、保障生活的稿费、先进的印刷设备、巨大的消费市场，从而推动了智力资源、出版资源等向上海的集聚。

二、苏州对上海文化氛围的改变

（一）苏州自身文化优势的丧失

"明清时代是中国文化的苏州时代"⑤，晚清却成为"上海时代"，这样的转换也源于两方面的因素，一方面是苏州自身文化优势的丧失，另一方面是苏州向上海的文化输出。就前者而言，藏书的散失是苏州最大的文化损失。众所周知，藏书是非常重要的文化资本，为文学创作的知识储备提供了来源。苏州能有"吴中人文甲于海内"⑥ 的强势地位，拥有丰富的藏书是主要原因之一。而在庚申之变中，由于"太平天国对古籍多取烧毁政策，不少江南士族需要几个世纪才能积累起来的文化资本一晌之间付诸一炬。"⑦ 苏州文化优势的丧失，很大程度上要归因于这场劫难。叶德辉在《吴门书坊之

①　王韬：《瀛壖杂志》，上海：上海古籍出版社，1989 年，第 115 页。

②　陈方竞：《新兴都市上海文化·报刊出版·新小说》，载《社会科学辑刊》，2009 年第 3 期。

③　陆允昌编：《苏州洋关史料》，南京：南京大学出版社，1991 年，第 143 页。

④　于醒民：《上海，1862 年》，上海：上海人民出版社，1991 年，第 22 页。

⑤　范培松、金学智主编：《苏州文学通史》，南京：江苏教育出版社，2004 年，第 950 页。

⑥　【清】李铭皖等修，冯桂芬纂：《（同治）苏州府志》卷二十五《学校》，光绪九年（1883）刻本。

⑦　孟悦：《人·历史·家园：文化批评三调》，北京：人民文学出版社，2006 年，第 101 页。

盛衰》中谈到晚清藏书家的变迁时，就悲痛地喟叹："赭寇乱起，大江南北，遍地劫灰。吴中二三百年藏书之精华，扫地尽矣。"① 表1.5显示了苏州私家藏书毁损情况：

表1.5　苏州藏书毁损情况简表

藏书家	藏书散失或被毁情况	文献出处
顾沅	庚申之劫，藏书尽为丁日昌捆载而去。	《藏书纪事诗》
潘祖荫	咸丰庚申三月，荫所藏存申衙前汪氏义庄书四十箱既失，八月中澄怀园之所藏亦尽，于是荫之书荡然矣。	《士礼居藏书题跋记序》
潘遵祁	香雪草堂书，在洪杨之役损失几尽。	《近代藏书三十家》
瞿秉渊、瞿秉清	咸丰庚申四月，粤寇陷苏州。吾邑瞿氏，家世藏书。……同治元年十二月，吾邑首先反正，四乡蹂躏殆遍。瞿氏之书，一劫于孤里，再劫于香塘角，所存仅苏氏一处。	《知退斋稿·虹月归来图记》
孙星衍	庚申吴城陷后，越二年，虎丘山寺见一室，乱书堆积，搜之颇有善本……书之首页皆有印记，知为一榭园中所庋。今则池馆楼台，鞠为茂草，非佛家所云坏劫欤！	《前尘梦影录》
汪士钟	咸丰庚申以前，其书已散失，往往为杨致堂丈所得。兵燹以后，遂一本不存。	《艺芸书舍宋元本书目跋》
张镇	秘册甚夥，太平军攻苏州，多散失。	《民国无棣县志》

　　表中虽只列出了部分藏书家的情况，但足以说明庚申之变对苏州藏书造成的恶劣影响。然而，战乱在给苏州带去不幸的同时，也在客观上提供了文化重组的可能性。因为"在明末清初，所有宋元旧本书籍差不多都归了钱谦益毛子晋二家，由二家散至季振宜，复归于黄荛圃，再归于汪阆源，总是没有越出吴'门'。"② 而在战乱中散失的藏书，有一部分流入上海等周边地区，打破了苏州文化独尊的局面。比如，晚清上海藏书家郁松年"尽收艺芸书舍、水月亭、小读书堆、五砚楼诸家旧藏，又稍讨至钱受之、曹秋岳旧弄，于是全国精华尽聚于沪渎，总积数十万卷。"③ 对历代大藏书家鲜出的上海可谓贡献颇大，其中汪士钟艺芸书舍、周锡瓒水月亭、顾之逵小读书

①　【清】叶德辉撰，刘发等校点：《书林清话》，沈阳：辽宁教育出版社，1998年，第212页。
②　上海通社编：《上海研究资料》，上海：上海书店出版社，1984年，第180～181页。
③　范凤书：《中国私家藏书史》，郑州：大象出版社，2001年，第398页。

堆、袁廷梼五砚楼均为苏州藏书楼，由此可见苏州文化资源的流动。而其中不少书又是在庚申年间流入沪渎的——"时值太平军规复江南，吴中藏书尽散，上海因在军事区域外，郁氏乃乘此机会保存了许多旧版书。"① 从这方面来说，上海能在晚清成为文化中心，在某种程度上实是得益于苏州文化资源的涵养。

（二）苏州向上海的文化输出

苏州作为吴地的强势文化，曾长期扮演文化输出者的角色。晚明王士性说苏州人"善操海内上下进退之权，苏人以为雅者，则四方随而雅之；俗者，则随而俗之。"② 可以说，当时的苏州是文化上当仁不让的领头羊。上海也在服饰、饮食、书画等各方面崇尚、仿效苏州。即使到了晚清，在很长一段时期内，上海还是以苏州的社会文化风气为标杆。

如果说晚明的这种文化输出还只是一种渗透，那么晚清则通过移民直接将吴中文化传播到了上海。从表1.6可以发现，晚清上海租界的绝大多数并非上海本地人，移民占了租界总人口的80%左右，并且这样的局面一直延续到民初。这样庞大的移民群体，没有把自己的文化传统带入上海、影响上海，几乎是不可能的。当时有一首竹枝词写到"他方客弱主人强，独有申江让旅商。"③ 就说明作为"客"的移民在上海的强势地位。其中，来自江苏的移民又占了很大一部分，从表1.7中可以看出，江苏一地移民所占比重就达到总数的43%左右，居移民数量的首位，浙江移民平均占37%，而剩下十七个省的总和才占到20%。因此，说上海受吴地影响最大，概不为过。

表1.6　晚清上海租界人口籍贯构成统计（1885～1910）

年　代	上海籍贯人口	非上海籍贯人口	上海籍贯人口比重	非上海籍贯人口比重
1885 年	15814	93492	15%	85%
1890 年	24315	118839	17%	83%
1895 年	40470	178836	19%	81%
1900 年	56742	242966	19%	81%
1905 年	67600	322797	17%	83%
1910 年	72132	341182	18%	82%

---

① 上海通社编：《上海研究资料》，上海：上海书店出版社，1984 年，第 181 页。
② 【明】王士性撰，吕景琳点校：《广志绎》，北京：中华书局，1981 年，第 33 页。
③ 熊月之主编：《上海通史·晚清文化》，上海：上海人民出版社，1999 年，第 82 页。

表 1.7　晚清上海租界江苏移民统计（1885～1910）

年代	江苏移民人口	浙江移民人口	总移民人口	江苏移民所占比重	浙江移民所占比重
1885 年	39604	41304	109306	36％	38％
1890 年	60789	52891	143154	42％	37％
1895 年	101176	77533	219306	46％	35％
1900 年	141855	109419	299708	47％	37％
1905 年	169001	134033	390397	43％	34％
1910 年	180331	168761	413314	44％	41％

（说明：以上两表根据邹依仁《旧上海人口变迁的研究》相关数据编制，上海：上海人民出版社，1980 年。）

　　比如，苏州的富户豪族大量涌入上海以后，在客观上改变了当地的文化风气。苏州本来崇尚华靡精致，"吴制服而华，以为非是弗文也；吴制器而美，以为非是弗珍也。"且总是站在文化潮流之巅，"四方重吴服，而吴益工于服；四方贵吴器，而吴益工于器。"① 现在上海则成为了文化潮流的领头羊，追求新变，变革迅速，两三年就"街市有不同焉，车马有不同焉，衣服有不同焉，一切器玩饮馔以及寻常日用酬酢往来之事各有不同焉"②。

　　有人也许将之归于上海开埠的影响，但从相关地方志的记载可以发现，在开埠以后，上海不少地区并没有染上奢靡的风气，还是延续着俭朴的作风，咸丰以后才有了崇奢倾向，如南汇县"邑素崇俭朴……咸丰初年，宴会犹只八簋，今（光绪初年）则多用燕窝，鱼翅、炙煿诸品"③，嘉定县"光绪初年迄三十年之间，邑人服装朴素，大率多用土布及绵绸、府绸，最讲究者亦以湖绉为止，式尚宽大，极少变化；厥后渐趋窄小，衣领由低而高，质料日事奢侈，多以花缎为常服矣。"④ 这就表明有其他因素的影响。《松江府续志》记载："咸丰庚申，苏、浙右族避难者麇至，服饰器用习为侈靡，市里愈盛，储蓄愈空，耗费日增，奸宄日出，洋场为众辐所趋，而各邑亦沿其

① 【明】张瀚：《松窗梦语》，北京：中华书局，1985 年，第 79 页。

② 《申报》，光绪二十三年六月十五日（1897 年 7 月 14 日）。

③ 【清】金福曾等修，张文虎等纂：《南汇县志》卷二十《风俗志·风俗》，光绪五年（1879）刻本。

④ 【清】陈传德修，黄世祚、王焘曾等纂：《嘉定县续志》卷五《风土志·风俗》，民国十九年（1930）铅印本。

弊。"① 这里说得很清楚，因为江浙的富户大族到上海避难，就将本地的侈靡风气也带到了上海，而洋场形成这样的风气后，周边地区也逐渐沾染其弊。这就能解释为什么这些地区的崇奢倾向在咸丰之后才出现的原因了。

这并非臆测，因为同样的例证在其他省份也曾出现。如陕西大荔县"同治壬戌以来，累遭兵燹，各乡及朝渭富室避居城中，服食器用竞趋华丽，朴素之风为之一变，街巷车马辚辚往来如织，……市商一饭亦动费七、八千钱。"② 贵州安顺"同治年间仍相沿咸丰时勤俭之风……光绪初年与同治年间尚无甚差异……而两湖、两粤之富商大贾旅此贸易者，又挟彼奢靡之习以俱来。"③ 都说到地区崇奢风尚的产生不一定是经济发达的结果，也与外地移民所带来的奢靡之习有很大关系。

过惯了奢侈精致生活的苏州人，在上海也不会丢掉他们收藏书画、把玩古董的嗜好。王韬《瀛壖杂志》曾谈到六七十年代上海的文化市场，说"沪上近当南北要冲，为人文渊薮。书画名家，多星聚于此间。"④ 从王韬的叙述中，我们能感觉到这名苏州人的潜台词——"近当"二字，暗示了上海"人文渊薮"的形成并不是靠深厚的文化积淀，而是在近来才勃发了欣欣向荣的文化局面。吴中有悠远深厚的书画传统，明代中期崛起的吴门画派还曾一度成为文人画的中流砥柱；明代的才子不仅要通达诗文，还须兼善书画，唐寅、文徵明即是代表；文人不仅爱作书画，也爱收藏书画，即使避乱上海，这种文化需求也不会减少。上海的本地人受吴中风气影响，也兴起收藏书画的风潮。

有文化需求，自然就有了"书画名家，多星聚于此间"的局面。王韬《瀛壖杂志》提到的寓沪书画名家就至少有 21 人。葛元煦《沪游杂记》中提及 34 名书画名家，吴地名家有 22 名，占总数的 65％。杨逸《海上墨林》列出咸丰后的寓沪书画家则达到 283 人，其中来自吴地的有 170 人，占总数的 60％以上。他们对丰富人们的精神生活，繁荣上海的文化市场作出了一

① 【清】博润等修，姚光发等纂：《松江府续志》卷五《疆域志·风俗》，光绪十年（1884）刻本。

② 【清】周铭旂修，李志复纂：《大荔县续志》卷四《土地志·风俗》，光绪十一年（1885）刻本。

③ 贵州省安顺市志编纂委员会据民国二十年代末稿本整理：《续修安顺府志·安顺志》第十六卷《礼俗志》，安顺市志编委会 1983 年铅印本。见戴鞍钢、黄苇主编：《中国地方志经济资料汇编》，上海：汉语大词典出版社，1999 年，第 1129 页。

④ 王韬：《瀛壖杂志》，上海：上海古籍出版社，1989 年，第 93 页。

定贡献。

当然，上海毕竟没有苏州那样的文化传统作支撑，故有时难免只是附庸风雅。无怪乎王韬讽刺说"贾于沪者，大抵皆无目者流耳，即欲攀附风雅，不惜重金购求书画，亦徒震于其名，非有真赏也。"① 这并非苏州人的地域偏见，因为上海地区的黄式权也表达了同样的意见："屠沽俗子，得其片纸以为荣。然佳者未必著名，著名者未必定佳。一人赞扬，众口阿附。沪俗无风雅气，即此可见一斑矣。"② 然而，无论攀附风雅也好，实有真赏也好，上海人对于吴地书画名家的追捧，却的确让上海的文化氛围浓厚起来。

此外，上海文化氛围的改变，还得益于到沪商人对文化市场的投入。自上海开埠以来，到沪发展的商人就源源不绝，而"最先到的便是苏州商家，当时的大商业，如珠宝业、绸缎业、药材业、参茸业、典当业，以及钱庄、金铺，都是苏州人来创始。"③ 苏州商人给上海带去了丰沛的资金，在后来的战乱中，更多的资金被转移到上海。接下来才是"宁波人也来了，广东人也来了，各省的人都来了。但是像宁波帮、广东帮，都是从海道来的，不免带了一点洋气，而苏帮却是从内地来的，营业也就有国粹意味。"④ 比如1662年在苏州开设、1860年在上海设分店的雷允上就是中药业的百年老字号。而经营笔墨纸砚书这样具有"国粹意味"的文化事业的商人，也是以苏州为主的吴地人居多。比如1694年就在苏州创建的百年老店老周虎臣笔墨庄，1862年到上海设分店，不久后就将总店也迁到上海。再如前文提到的苏州洞庭席氏家族，他们在积累了一定的财富之后，志趣上多偏好文化出版。且不提大名鼎鼎的席氏扫叶山房，就说近代上海出版界的著名人物席子佩，他曾做过申报馆的买办，而其所积累的资金大半投入到文化出版事业中。如斥重资校刊廿四史等书，廉价印行以惠士林；又与沈师徐编辑《皇朝政典类纂》，汇集清代诸家著述中政治经济方面的资料；他更著名的事迹是发起组建中国图书公司，并先后以重价收购图书集成局、点石斋、申昌书室等，改组为集成图书公司，专营印刷出版，还出资75000元从美查手里买下《申报》的产权，可见对文化事业的热心。这些流入文化市场的资金，活跃了文化市场，为文学创作创作了良好的氛围。

---

① 王韬：《瀛壖杂志》，上海：上海古籍出版社，1989年，第73页。
② 葛元煦等：《沪游杂记·淞南梦影录·沪游梦影》，上海：上海古籍出版社，1989年，第140页。
③ 包天笑：《钏影楼回忆录》，北京：中国大百科全书出版社，2009年，第365页。
④ 同上。

总之，大量的移民进入上海，对苏州等地来说，在经济上是资金财产的流失，在文化上是智力资源的流失，在文学上是创作主体的流失，这就使其曾经小说中心的地位失去了坚实的基础，难怪顾颉刚谈到近时的苏州不无沉痛："从前以文化中心傲人的，现在只保存些残骸零骨，生路是断绝了！"①而对于上海来说，这一批高素质的移民则对繁荣文化市场和文学创作作出了不可磨灭的贡献。当然，其他地方也可能有大量移民出现，却因为没有苏州这样文化水平很高的移民输出地而比上海稍逊一筹。例如天津与上海同为通商口岸，也产生了《国闻报》这样影响深远的报纸，1897 年刊登其上的《国闻报附印说部缘起》比梁启超《小说与群治之关系》更早提升小说地位，被阿英誉为"阐明小说价值的第一篇文字"②。但小说理论先行的天津为什么没有成为后来的小说中心呢？原因之一恐怕就与移民的文化素质有关。天津的本地人口占总人口的 40％，与移民人数相当，故未形成上海那样移民主宰社会文化的局面；而移民中，主要输出地是河北和山东，"河北移民占外来移民总数的 79％，山东占 14％，合计达 93％"③，然而，数量占统治地位的河北、山东移民，其总体文化素质与吴地相比，恐怕就略逊一筹了。从这点来看，天津没有上海那样高素质的创作者和读者作支撑，自然只能把小说中心拱手相让了。

三、苏州对上海人才资源的输出

在大批的移民中，有一部分人对上海文化中心、文学中心形成的贡献尤其突出，这就是文人学士。苏州深厚的文化传统得以延续，正是依赖于这些饱学精读的优秀人才，而现在，这些人才资源却逐渐转移到上海来。

表 1.8　游寓上海的晚清吴地文人简表

姓名	籍贯	功名	来沪时间	来沪缘由	主要事迹
王韬	江苏吴县	秀才	1849	应麦都思之邀入墨海书馆译书	参与《六合丛谈》、《华字日报》编辑。1871 年创设中华印务总局。1874 年创办《循环日报》。

---

① 顾颉刚著，钱小柏编：《史迹俗辨》，上海：上海文艺出版社，1997 年，第 232 页。
② 阿英：《晚清小说史》，北京：人民文学出版社，1980 年，第 2 页。
③ 葛剑雄：《创造人和——略论新时期上海的移民战略》，见苏智良主编：《上海：近代新文明的形态》，上海：上海辞书出版社，2004 年，第 20 页。

续表

姓名	籍贯	功名	来沪时间	来沪缘由	主要事迹
沈毓桂	江苏吴江		1850	经王韬介绍入墨海书馆译书	1876 年与蔡尔康合编中国最早的通俗报纸《民报》。1882 年协助林乐知编《万国公报》。
李善兰	浙江海宁	秀才	1852	到墨海书馆译书	译《几何原本》后 9 卷,《谈天》、《代数学》等书。
张福僖	浙江归安	秀才	1853	经李善兰推荐入墨海书馆	与艾约瑟合译第一部系统介绍光学的著作《光论》。
周弢甫	浙江阳湖		1853	不详	
孙文川	江苏上元		咸丰年间	在沪关司文牍	
龚孝拱	浙江仁和		1860年前	任英使威妥玛翻译	
管嗣复	江苏江宁	秀才	1860前后	赭寇踞金陵……移家吴会,继来沪上。	墨海书馆译书,与合信医生合译西医著作 3 种。
何咏	江苏上元		1860前后	金陵既为贼窟,避居吴门……旋刘松岩大令聘之至沪上。	
杨醒逋	江苏甫里	秀才	1860前后	庚申贼陷吴门……挈眷避居洋泾。	
叶廷琯	江苏吴县	秀才	1860前后	吴门沦陷,避地沪上。	
冯桂芬	江苏吴县	进士	1860前后	避兵至沪。	1863,协助李鸿章创同文馆,设广方言馆。著《校邠庐抗议》等。
汪燕山	江苏金陵		1860前后	庚申之春,苏垣陷贼,燕山避迹沪上。	
左枢	湖南湘乡(随宦吴中)		1860前后	乱后挈家避兵沪上。	
张熊	浙江秀水		1860前后	乱后挈家寄沪作寓公。	

续表

姓名	籍贯	功名	来沪时间	来沪缘由	主要事迹
凌霞	浙江吴兴		1860前后	乱后避兵寓居沪渎。	
赵烈文	浙江阳湖		1860前后	避乱来沪。	
贝青乔	江苏吴县	秀才	1860前后	避乱	
徐寿	江苏无锡	布衣	1867	应聘江南制造局	1867年建议创立翻译馆,译《化学鉴原》等科学书籍。1875年,参与创办中国第一所新式科技学校——上海格致书院。
徐建寅	江苏无锡		1867	随父徐寿入江南制造局	译《化学分原》等,将西方近代化学系统地介绍到中国。
华蘅芳	江苏无锡		1868	应聘江南制造局	1867年参与筹建江南制造局翻译馆。译《地学浅释》、《决疑数学》等。
钱昕伯	浙江吴兴	秀才	1872年前	不详	任《申报》总主笔。
蒋芷湘	浙江钱塘	举人	1872年前	不详	任《申报》总编纂。
高太痴	江苏苏州	秀才	1885	受何桂笙推荐,担任《申报》助理编辑。	先后任天津《时报》编辑,《申报》助理编辑,《字林沪报》主笔,《苏报》主笔。
刘鹗	江苏丹徒		1887	开设石昌书局	著小说《老残游记》。
狄葆贤	江苏溧阳	举人	1890	发起正气会,组织自立军	1904年创办《时报》。
陈范	江苏阳湖	举人	1894	被劾罢官,退居上海	1900年接办《苏报》,发表《革命军》、《驳康有为革命书》等。
汪康年	浙江钱塘	进士	1895	参加上海强学会	1896年创办《时务报》。1907年创办《京报》。1910年创办《刍言报》。
李伯元	江苏武进	秀才	1896	受聘《指南报》主编	1897年创办中国最早的小报《游戏报》。1901年创办《世界繁华报》。1903年主编《绣像小说》。著小说《官场现形记》、《活地狱》、《文明小史》等。

续表

姓名	籍贯	功名	来沪时间	来沪缘由	主要事迹
章太炎	浙江余杭		1897	任《时务报》撰述	先后编辑《经世报》、主编《实学报》、《译书公会报》、《昌言报》，任《亚东时报》主笔。1906 年参加同盟会，主编《民报》。
董康	江苏武进	进士	1897	创立译书公会	多次东渡日本
张元济	浙江海盐	进士	1898	变法失败被革职	1898 年任上海南洋公学译书院长。1903 年进商务印书馆，任编译所所长，将其发展为中国最大的现代文化出版企业。
裘毓芳	江苏无锡		1898	受聘《官话女学报》	创办中国最早的白话报纸之一《无锡白话报》；任中国最早的女报《官话女学报》主笔；创办中国历史上第一个"白话学会"。
李叔同	祖籍浙江平湖，客居天津		1898 年左右	避乱	1900 年组织上海书画公会。1905 年主编《音乐小杂志》。任东京《醒狮》报编辑。
欧阳钜元	江苏苏州	秀才	1899	应李伯元之邀，协助办《游戏报》	协助李伯元办《游戏报》、《世界繁华报》、《绣像小说》。著小说《负曝闲谈》。
徐珂	浙江杭州	举人	1901	任职《商务印书馆》	先后任《外交报》、《东方杂志》编辑，著《清稗类钞》。
陈去病	江苏吴江	秀才	1902	参加中国教育会	1904 年主编《警钟日报》，创办《二十世纪大舞台》杂志。
金松岑	江苏吴江		1903	参加中国教育会和爱国学社	著小说《女界钟》、《自由血》、《孽海花》（前六回）。
柳亚子	江苏吴江		1903	入爱国学社求学	在上海《苏报》、《警钟日报》、《二十世纪大舞台》等发表评论文章。1909 年，发起组织南社。
叶楚伧	江苏吴县		1903	入上海南洋公学读书	加入中国同盟会，主持《中华新报》笔政。
陈其美	浙江吴兴		1903	同康仄丝栈当助理会计	1910 年创办《中国公报》、《民声丛报》。

续表

姓名	籍贯	功名	来沪时间	来沪缘由	主要事迹
曾朴	江苏常熟	举人	1903	编辑《女子世界》	1904 年创小说林社。1907 年，创办《小说林》月刊。著《孽海花》、《鲁男子》，译《九三年》、《钟楼怪人》等。
徐念慈	江苏常熟	禀生	1904	与曾朴、丁祖荫创办小说林社	任《小说林》编辑。译《黑行星》、《美人妆》等，撰科幻小说《新法螺先生谭》，发表理论文章《小说缘起》、《余之小说观》等。
黄摩西	江苏常熟	秀才	1905	与曾朴等创办小说林社	主编《小说林》，撰《小说林发刊词》、《小说小话》，著中国人自编最早的文学史《中国文学史》。
包天笑	江苏吴县	秀才	1905	受邀任《时报》编辑	任《时报》新闻编辑、附刊《余兴》编辑，兼任《小说时报》、《妇女时报》编辑。为《月月小说》、《小说林》、《教育杂志》等撰稿。创作小说《碧血幕》、《留芳记》、《上海春秋》等，翻译小说《迦因小传》、《馨儿就学记》、《孤雏感遇记》、《空谷兰》等。
孟森	江苏武进	禀生	1905	参与筹建预备立宪公会	1908 年任《预备立宪公会报》主编。任《东方杂志》主编。
俞复	江苏无锡	举人	1906	创立文明书局	出版中国第一部小学课本。以出版教科书和碑帖闻名。
陈蝶仙	浙江钱塘		1908	创办《著作林》杂志	任《著作林》主编，著《泪珠缘》。
王蕴章	江苏无锡		1910	应商务印书馆之聘，创办《小说月报》	任《小说月报》编辑。

　　（说明：来沪时间以到上海停留较长时间为标准，偶尔旅游不计入本表。主要事迹以 1911 年为限，之后的活动与作品不计入本表。本表主要资料来源：袁采主编：《上海侨务志》，上海：上海社会科学院出版社，2001 年。宋原放，孙颙主编：《上海出版志》，上海：上海社会科学院出版社，2000 年；贾树枚主编：《上海新闻志》，上海：上海社会科学院出版社，2000 年；梁淑安主编：《中国文学家大辞典（近代卷）》，北京：中华书局，1997 年；王韬：《瀛壖杂志》，上海：上海古籍出版社，1989 年。）

从表中可以看出，晚清到沪的吴地文人数量众多，其中来自苏州地区的就有 16 人，约占总数的三分之一。这些文人到沪的时间大约分为几个时期：

（一）上海开埠初期

王韬、沈毓桂、李善兰、张福僖等人成为到沪文人的先行者。他们在上海主要为传教士译书，被称为"秉笔华士"。这批文人的共同特点是从小接受传统的封建教育，但在科场上都未取得显著功名，止步于秀才；然而，他们又非汲汲功名者，骨子里流着一些非传统的血液。如王韬"不乐仕进，尤不喜帖括"①，李善兰一直对数学情有独钟，张福僖也是自小研习数学、天文。正因为这种与传统的裂隙，他们才会最早走向形成中的近代化城市——上海，并成为最早兼具传统与近代知识的新型知识分子。

（二）太平天国时期

当"满天烽火照苏州"时，免遭寇氛的上海却能享受"隔窗清坐看梳头"的安闲，故大批文人也加入难民队伍，"避地至此，来作寓公。赌酒论诗，几忘兵燹"②。这恐怕是到沪文人最集中的一个时期。王韬在《瀛壖杂志》里提及 26 名到沪的吴地文人中，有 11 人是避乱而来；董康《董康东游日记》里则提及"因洪杨之乱侨居于沪上者"③ 29 家，其中半数以上来自苏州。从表中可以看出，虽然有管嗣复、冯桂芬这样的新型知识分子，但大多数还是属于传统文人，像叶廷琯、贝青乔等都是当时有名的诗人。他们在避沪期间与上海文人的唱和交流，有意无意地推动了吴中传统向上海的传播。

（三）维新变法时期

戊戌变法前后，陆续又有一批吴地文人来到上海。与当初来沪谋生的那批"秉笔华士"不同，这时期的不少人都有较高功名——狄葆贤、陈范皆举人，汪康年、董康、张元济皆进士。他们聚集沪上，大多都怀着爱国救国的目的，如汪康年参加上海强学会，次年创办以变法图存为宗旨的《时务报》；章太炎到上海任《时务报》撰述。变法失败后，不少吴地文人又加入革命思想的传播队伍中。陈范最初是因罢官而居上海，但很快他就接办《苏报》，将其变为宣传革命思想的舆论阵地；陈去病、金松岑、柳亚子等参加中国教育会、爱国学社等爱国团体；张元济到南洋公学译书院译介西方政治经济文

① 王韬著，孙邦华编选：《弢园老民自传》，南京：江苏人民出版社，1999 年，第 2 页。

② 王韬：《瀛壖杂志》，上海：上海古籍出版社，1989 年，第 115 页。

③ 董康著，王君南整理：《董康东游日记》，石家庄：河北教育出版社，2000 年，第 65 页。

化……可以说，上海能成为新思想的基地，这群来自苏州等地的文人功不可没。

（四）科举废除前后

虽然早在 1896 年，就有李伯元这样的吴地文人放弃举业，到上海投入办报事业，但这样的先锋者毕竟还是少数，因为"那时候，科举还没有废，一个士子的出路，还是要靠考试"①。从表中可以看出，1905 年前后到沪文人形成了一个小高潮。可以想见，是科举制度的末路形成了这批文人到沪的巨大推力。

吴地是明清科举最发达的地方，尤其是苏州，被称为"状元之乡"，明清共出状元 34 人，进士 1862 人。先辈的榜样让广大学子更热心于举业，科考人数极为庞大。明代中期苏州共约 1500 人："略以吾苏一郡八州县言之，大约千有五百人"②，到了清代，一般一个县就约有 1500 名科举人口（主要指童生和生员）③，苏州领一州七县，至少有上万名童生和生员。科举制度的废除使这一大批科举人口受到了严重影响："以前因为苏州人写字，会做文章，所以科举极发达，因而科第的发达，而使苏州人可以做官，一个人做官，可以拖带多少亲友，所以那时的苏州人是有出路的……现在呢，科举停了，手工业和农产物不占重要地位了，商埠是早迁到上海去了。苏州人再有些什么生路？"④ 以前科场失利的苏州人还可以从商，现在苏州经济又不景气，很多人自然把谋生的希望寄托于近在咫尺的上海。曾朴、徐念慈、黄摩西、包天笑……这些苏州人不约而同地聚集在上海，又不约而同地进入报馆书局等文化机构，甚至不约而同地选择了小说领域。如曾朴创办了晚清四大小说杂志之一——《小说林》，写有《孽海花》；徐念慈任《小说林》编辑，并以发表小说理论文章和编撰科幻小说闻名；黄摩西任《小说林》主编，并编著中国人自编最早的文学史《中国文学史》；包天笑任《时报》编辑，并成为通俗文学的领军人物。正如民国著名苏州小说家范烟桥后来总结的，"旧时文人，即使过去不搞这一行，但科举废止了，他们的文学造诣可以在

① 包天笑：《钏影楼回忆录》，北京：中国大百科全书出版社，2009 年，第 147 页。

② 【清】李光祚修，顾诒禄纂：《（乾隆）长洲县志》卷三十一《艺文》，乾隆十八年（1753）刻本。

③ 王跃生：《清代科举人口研究》，载《人口研究》，1989 年第 3 期。

④ 顾颉刚著，钱小柏编：《史迹俗辨》，上海：上海文艺出版社，1997 年，第 232 页。

小说上得到发挥。"①

　　对这些寓沪文人来说，这样的工作是他们感兴趣也是擅长的；对上海来说，他们贡献了巨大的文化资源，推动了上海报刊事业的蒸蒸日上与文学创作（尤其是小说创作）的欣欣向荣。试想，如果没有这些"八股试帖之文豪，一变而为野史稗官之圣手"②，又哪会出现"十年前之世界为八股世界，近则忽变为小说世界"③的局面呢？

　　值得注意的是，地缘因素的作用更加速了苏州等地文人向上海的聚集过程。如上海开埠初期形成的墨海书馆文人群中，沈毓桂是由王韬介绍进入墨海书馆的，张福僖则是经李善兰推荐进入的，这正是地缘之便。太平天国时期，不少避地沪上的吴地文人都是王韬的朋友，何梅坞当时欲迁往江湾镇或金山，就被王韬力阻，而建议"暂借洋泾浜为延喘地"④。杨醒逋亦是在王建议下从最初不愿离乡到最终"挈眷避居洋泾"⑤。再到后来，李伯元将欧阳钜元作为自己的得力助手，虽因欣赏其才华，但不能不说地缘上的亲切感也是拉近两人关系的重要原因。清末民初，苏州人包天笑成为通俗文坛领袖后，大力提携后进，也主要是苏州人；而扬州人李涵秋培养的新人，则几乎是扬州人。可以说，先到上海的苏州文人又带动起更多的人集聚沪上，这种"滚雪球"效应更加速了苏州人才资源的流失与上海新兴文化、文学的建设。

　　总的来说，这些先后来到上海的文人学士们，无论最初怀着怎样的目的，但最终都或多或少地会跟报馆、书局、学校等文化机构打交道。而在晚清的上海，这些文化机构多是新式机构，因此，这批来自传统氛围浓厚的吴地文人也就成为亲历现代性体验的新型文化人，上海文化从传统到现代的转型在他们身上留下了清晰的烙印。

四、苏州对上海出版优势的转移

　　明清苏州出版业十分发达，刻印质量居于全国首位。明代胡应麟称当时

　　① 范烟桥《民国旧派小说史略》，见魏绍昌、吴承惠编：《鸳鸯蝴蝶派研究资料》，上海：上海文艺出版社，1984年，第269页。

　　② 蛟西颠书生：《宁波小说七日报·发刊词》，1909年第1号。转引自王燕：《晚清小说期刊史论》，长春：吉林人民出版社，2002年，第71页。

　　③ 寅半生：《小说闲评·叙》，见陈平原、夏晓虹编：《二十世纪中国小说理论资料（1897－1916）》，北京：北京大学出版社，1989年，第182页。

　　④ 王韬著，方行、汤志钧整理：《王韬日记》，北京：中华书局，1987年，第170页。

　　⑤ 王韬：《瀛壖杂志》，上海：上海古籍出版社，1989年，第82页。

的刻本"苏、常为上，金陵次之，杭又次之。"① 清代乾隆时期的袁栋说："印板之盛，莫盛于今矣！吾苏特工，其江宁本多不甚工……今用木刻字，设一格于桌，取活字配定，印出则搅和之，复配他页。大略生字少刻，而熟字多刻，以便配用……"② 可见苏州在当时已将以木活字为字模的活字印刷术应用得非常熟练了。不仅如此，苏州还在康熙十年（1671）成立了全国第一个书业的行会组织——崇德书院。从数量上看，清代的苏州书坊仅次于北京（北京有很多书坊只卖书，不刻书，因此可能刻书的书坊以苏州为最多）。

但是，在晚清，提到印刷出版，人们更多想起的是上海，而不是苏州。造成出版中心转移的原因是多方面的，其中最重要的是苏州印刷技术的落后、出版机构的迁移和出版人员的流失。

（一）印刷技术的落后

从印刷技术来看，各种先进印刷技术几乎都先登陆上海。1843 年，英国传教士麦都思在上海麦家圈（今山东路）设立墨海书馆（London Missionary Society Mission Press），这是西方传教士在中国境内创办的第一所近代印刷所，也是上海最早采用铅印设备的印刷机构。1860 年，美国长老会在宁波的花华圣经迁到上海，改名美华书馆（American Presbyterian Mission Press），它是国内最早采用电镀法创制汉字字模的机构。电镀法的发明，突破了以往铅印技术发展的瓶颈，使印刷的效率和质量大大提高。1864 年迁到上海徐家汇的土山湾印书馆则是上海最早的石印机构以及最早使用照相制版技术的机构。1876 年美查在上海成立点石斋石印局③，是中国最早以石印技术印制古籍的印刷机构。1888 年，上海还出现了第一家五彩石印书局——富文阁。④ 在抢占印刷出版先机的基础上，上海人还通过聘请外国技师或赴国外研习等方式，保持自己在技术上的领先地位。这种先导地位，很快在小说刊印上体现出来。光绪七年（1881）六月，申报馆出版了《西湖拾遗》，其正文铅印，图像则用石印照相法印出，这是第一部采用石印

---

① 【明】胡应麟：《少室山房笔丛》，上海：上海书店出版社，2009 年，第 44 页。

② 【清】袁栋：《书隐丛说》卷十三，见顾廷龙主编：《续修四库全书》（子部·杂家类），上海：上海古籍出版社，2002 年，第 571 页。

③ 有的学者认为是 1879 年成立。

④ 参见潘建国：《晚清上海五彩石印考》，载《上海师范大学学报（哲学社会科学版）》，2001 年第 1 期。

技术印制图像的通俗小说。① 紧接着，点石斋于光绪八年（1882）出版石印《三国演义全图》，新增插图 240 幅，纸张精良，字迹"格外清晰"，插图"工致绝伦"，"不特为阅者消闲，兼可为画家取法。"② 一时间，各家书局也纷纷推出石印的绘图小说，可见读者对这类书的广泛需求。

相比之下，苏州的印刷出版则相当滞后。当包天笑准备创办《励学译编》时，遇到的第一个困难就是"苏州没有铅字的印刷所，除非编好了拿到上海去排印，这有多么不便呀！"③ 这时候是光绪二十七年（1901），距离上海第一所铅字印刷所墨海书馆的建立，已经有半个多世纪了。此时连杭州都已经有了印刷所，苏州却没有，可见曾经引领出版潮流的先锋者如今是怎样的裹足不前。令人疑惑的是，苏州虽然没有上海那样接触国外的优良条件，但当时获取印刷设备和技术并不困难。翻阅上海的报纸，经常可以看到发售印刷设备的广告，如早在同治十三年（1874）申报馆已刊出《发卖印书各器》广告："凡欲取用新法，皆可代为购办其机器、铅字、大锤等物。"④ 这个告示从六百零三号到九百九十八号几乎期期登载。后来商务印书馆也曾登载过"专售各种印书机器、活字铜模、洋纸"⑤ 的广告。最大的可能性是，苏州在主观上并不"欲取用新法"，不太接受这些新型的设备与技术。像苏州这样传统文化源远流长的地方，她更亲近"古"而远离"新"。

比如，苏州并不是没有人买石印书，包天笑的一些工具书就用的是石印本，比起木刻书的卷帙浩繁、携带不便，便利性立见高下。石印书还有一个不容忽视的购买群体，就是为数众多的科考士子，《大题文府》、《小题文府》等书被缩印成石印本后，便于夹带入考场，故"销场奇好"⑥。可是除此，苏州人还是更偏好木刻的线装书。无锡浦鉴庭开办的文瑞楼在 1880 年在上海设书馆石印书籍，而在苏州设的分号却不用石印而用木刻。包天笑曾提到1897 年前后苏州的书店，其中就有文瑞楼："观前街一家叫做文瑞楼比较最大……但是他们都是旧书，木版线装，满架是经史子集，新书不大欢迎。"⑦

①　潘建国：《铅石印刷术与明清通俗小说的近代传播——以上海（1874—1911）为考察中心》，载《文学遗产》，2006 年第 6 期。

②　《石印〈三国演义全图〉出售》，载《申报》，光绪八年十一月四日（1882 年 12 月 13 日）。

③　包天笑：《钏影楼回忆录》，北京：中国大百科全书出版社，2009 年，第 166 页。

④　《申报》，同治十三年三月三日（1874 年 4 月 19 日）

⑤　《申报》，光绪二十五年九月十七日（1899 年 10 月 21 日）。

⑥　包天笑：《钏影楼回忆录》，北京：中国大百科全书出版社，2009 年，第 162 页。

⑦　同上。

文瑞楼采取"凡木版精刊由苏号主其事,铅模石印由沪号主其事"① 的经营策略,可以反映出当时苏州出版的兴趣取向。扫叶山房也类似,迁沪后自光绪到民初出版的石印书籍多达 419 种,但在苏州时却是另一种境况——"其他有什么绿荫书屋、扫叶山房,连石印书也不问讯"②。包天笑在苏州创办的《励学译编》也是木刻的,应该说和当时整个出版潮流是不合拍的,但最初每期销量也能有七八百份,可见木刻在苏州的确占有很大市场。然而,尽管苏州的木刻技术仍是全国一流,但就整个时代风潮来看,她已经没法再扮演出版中心的角色了。

(二) 出版机构的迁移

从出版机构来看,苏州的新式出版机构本来与上海差距悬殊,1896 年至 1911 年翻译出版日文西书的机构约有 95 家,其中上海就有 57 家,苏州却仅有 1 家。③ 而苏州不少老牌书坊迁移到上海,更拉大了两地出版机构实力的差距。当时从江南迁到上海的书坊有绿荫堂、文瑞楼、拜石山房、中西书局、鸿文书局、蜚英书馆、著易堂、抱芳阁、章福记、会文堂书局等数十家。其中比较有名的苏州书坊,如绿荫堂,于光绪八年 (1882) 迁入上海北市宝善街东口;抱芳阁书庄,于光绪八年十二月 (1883) 迁入上海棋盘街;扫叶山房,于同治元年 (1862) 迁入上海彩衣街,后在棋盘街设立分号。这些书坊迁移的原因有的是因为战乱,如扫叶山房;有的则是因为被上海先进的印刷技术所吸引,如文瑞楼为仿行西法石印,设馆上海。有学者称"新兴都市上海的文化市场几乎清一色是清末江南书坊业的移植"④,殊非虚语。这些老牌书坊拥有众多的读者,它们的迁移把本地精英文化机构集中到上海,促进了上海出版市场的繁荣。对本地来说,却造成了文化资本的抽走与出版市场的萎缩。在这种情况下,苏州更无法再维护自己出版中心的地位了。

(三) 出版人员的流失

出版人员的流失也改变了苏州与上海的出版环境。虽然上海近来遇到捐赈、兵革"稍为减色,然犹较他处为优。盖此间为人海,亦利薮耳。"⑤ 不

---

① 孟悦:《人·历史·家园:文化批评三调》,北京:人民文学出版社,2006 年,第 103 页。

② 包天笑:《钏影楼回忆录》,北京:中国大百科全书出版社,2009 年,第 162 页。

③ 统计来源见熊月之:《西学东渐与晚清社会》,上海:上海人民出版社,1994 年,第 651～655 页。

④ 陈方竞:《新兴都市上海文化·报刊出版·新小说》,载《社会科学辑刊》,2009 年第 3 期。

⑤ 王韬:《瀛壖杂志》,上海:上海古籍出版社,1989 年,第 73 页。

少人随着出版机构向"利薮"的迁移来到上海，还有一些人被上海"较他处为优"的谋生环境所吸引，至沪从事出版行业，其中又以进入报馆的为多。他们一般文化修养深厚，文化素质较高，往往既做编辑又当作者，既懂印刷又通发行。以王韬为例，他曾担任传教士所办《六合丛谈》的编辑，又任《华字日报》主笔，也为《点石斋画报》写过小说，还创设中华印务书局、创办《循环日报》等，成为近代有名的出版家。有的甚至在到上海以前就已经有了办报经历和编辑经验，如黄摩西 1900 年就在苏州创办了第一张报纸——《独立报》，包天笑 1901 年已创办《励学译编》和《苏州白话报》等。这些编辑出版人员形成了一个报人群体，使上海的新闻出版风起云涌，小说方面也成了报刊小说的天下。晚清刊载小说的报刊至少有 205 种，其中约有 45% 出版发行于上海，占据了半壁江山；刊载小说 20 种以上的报刊共17 种，上海就占去 11 种；而出版小说名列前 12 名的书局、书社①，竟无一例外地全部在上海②。

　　当然，为上海提供资源的不仅仅是苏州，它像一块海绵一样吸收着各地的文化营养。比如《青年杂志》（《新青年》前身）的出版者群益书社 1907年由长沙分设到上海；以出版标点小说著称的亚东图书馆 1913 年由芜湖迁到上海；美华书馆先在宁波而于 1859～1860 年移上海，新学会社也在辛亥革命前由宁波迁上海等。③ 这样，随着上海出版中心的建立，小说中心的地位也就牢不可破了。

　　小　结

　　曾有日本学者从区域经济史的角度指出，"上海并非突然出现的，其历史背景是苏州的存在。"④ 其实这句话也可以用来说明上海小说的崛起过程。身处吴地，上海相比其他地区本就有着文学发展的优势；而在西方因素的推动下，晚清上海与晚明苏州一样，成为吴地的经济中心、文化中心与出版中心。但如果只有西方影响，那么上海就是"突然出现的"，我们不应该忽视

---

　　①　它们分别是：257 种的商务印书馆、173 种的小说林社、116 种的改良小说社、61 种的上海书局、60 种的广智书局、44 种的群学社、30 种的新世界小说社、27 种的文明书局、26 种的小说进步社、24 种的申报馆、22 种的集成图书公司、22 种的有正书局。

　　②　此处统计数字来源于陈大康《中国近代编年·前言》，上海：华东师范大学出版社，2002 年。

　　③　参见王建辉：《出版与近代文明》，开封：河南大学出版社，2006 年，第 128～129 页。

　　④　［日］宫崎市定：《明代苏松地方的士大夫和民众》，见刘俊文主编：《日本学者研究中国史论著选译》第 6 卷，北京：中华书局，1993 年，第 261 页。

"历史背景是苏州的存在"这一关键因素。正是苏州在经济、文化、人才、出版等方面向上海的移位，才让后者吸纳了各种资源，从而奠定了坚实的小说中心地位。就这点来说，晚清上海与晚明苏州作为吴地先后出现的两大小说中心，虽然有相似的成功因素，但其内核实是不同的：晚明苏州的兴起，是对旧小说中心的一种功能性替代；晚清上海的崛起，则来自旧小说中心为新小说中心所准备的资源。

第二章　晚清吴地小说叙事重心的转移

吴地小说中心的移位，实际是吴地内部城市经济文化实力升降的结果。这不仅关系到吴地小说外部的创作传播，也直接影响到小说内部的叙事内容。不同时期小说的叙事重心是不一样的。所谓叙事重心，是指该时期小说最关注的也是最集中描写的对象。一般说来，地域（城市）繁华富庶的程度与其被书写的频度是成正比的，也就是说，当一个地域（城市）比周边地区繁华程度越高，它成为小说描写对象的几率就越大。古代小说的叙事重心一般是在都城，如大多数唐代小说都把故事场景设置在长安。吴地因为商品经济发达，人民生活富庶，成为都城以外被小说描写较多的对象。而在吴地内部，不同时期小说叙事的重心也不同，比如明清时的苏州是明清吴地小说集中书写的对象，而处于晚清小说书写中心的上海，在晚清之前则很少被提到。因此，探析吴地小说叙事重心的转移，就能从小说内部反映出吴地地域中心的移位轨迹。

第一节　从扬州小说、苏州小说到上海小说

吴地经济发达，人民生活富庶，吴地小说作者往往有强烈的地域优越感，故有意无意总在小说中夸耀这片繁华土地，标榜吴地浮靡逸乐的地域传统。笔者无意对吴地所有城市进行扫描，而是通过选取扬州、苏州、上海三个城市，以点带面地反映吴地小说在不同时期的叙事重心变化。

一、扬州繁华与扬州小说的兴盛

唐代以前的小说比较简略，城市多作为背景出现。到唐人"有意为小说"，城市才真正开始被作为正面描写的对象。在唐代小说中，都城长安是

小说书写的中心，另外还有两个城市被较多地提起，一个是洛阳，另一个是扬州（广陵）。前者因其作为长安之外的另一个政治中心——东都而被关注，后者则作为唐朝最繁华富庶的商业城市而受瞩目。① 扬州"民俗喜商，不事农业"②，而唐代又在扬州设盐铁转运使，尽操利权，故扬州在当时极尽繁华，有"扬一益二"之说。

在小说中，扬州往往与富贵和长生联系在一起，如著名的《南柯太守传》中极尽富贵的淳于棼家住广陵郡东，恐非偶然；"扬州鹤"则成为小说中代表长生的意象，正如褚人获《坚瓠丁集》所说："隋唐以后之扬州，秦汉以前之邯郸，皆大贾走集、笙歌粉黛繁华之地。古语云：'骑鹤上扬州'，以骑鹤为神仙事，而扬州又人间佳丽地也。"③ 值得注意的是"笙歌粉黛繁华之地"将烟花粉黛与繁华联系起来，再有杜牧的名句"十年一觉扬州梦，赢得青楼薄幸名"，这就使后来的吴地小说形成一种传统，即"繁华梦"总离不开烟花粉黛的点缀。宋元时期，由于战火纷乱，扬州受到了极大的破坏，经济地位一落千丈。到明清以后，又逐渐兴盛起来。清代人口超过百万的大城市共有五个，北京、苏州、南京、扬州和杭州都是第一流的大都市④，吴地的城市就占了四个，扬州正是其一。

清代的扬州小说少写富贵、长生，而是继承了写烟花粉黛的传统，无论什么样的叙事内容，几乎都会将风月镶嵌其中。代表性的作品有惜阴堂主人的《金兰筏》，写杭州书生田中桂去扬州买妾，被所交恶友设计被骗、被冤，最后经挚友相劝迷途知返的经历，阐明交友须慎的主旨；檀园主人编的《雅观楼》也属于劝惩类小说，叙扬州吴文礼将一个卖盐西商在自己钱庄寄放的十万金私吞，西商被气死，化作吴的儿子钱观保来败其家业。钱观保斥巨资修雅观楼，并与妓女打得火热，终将家业败尽；佚名《扬州梦》写扬州名士陈晚桥在扬州所见种种轶事，随处点染烟粉之色，虽美学价值不高，然"是书写扬州风物、习俗、畸人异事占十之八九，……称扬州风物志，民俗志与人物志的杂集"⑤，是颇具史料价值的地域小说。

晚清扬州小说主要有月湖渔隐的《野草闲话臭姻缘》和邗上蒙人的《风

① 参见葛永海：《古代小说与城市文化研究》，上海：复旦大学出版社，2004年，第60页。

② 朱怀干修，盛仪纂：《惟扬志》卷十一《礼乐志·风俗附》，明嘉靖二十一年（1542）刻本。

③ 褚人获撰：《坚瓠集》第一册，杭州：浙江人民出版社，1986年，第467页。

④ 参见戴均良：《中国城市发展史》，哈尔滨：黑龙江人民出版社，1992年，第262页。

⑤ 江苏省社会科学院编：《中国通俗小说总目提要》，北京：中国文联出版公司，1990年，第831页。

月梦》。《野草闲话臭姻缘》写苏州昆山世家子李乐天去扬州打听盐务，遇到
沦为匪妓的丫环陈巧云，引动旧情，复写两淮盐院公子华昌等对巧云的争
夺，最后人财两空。《风月梦》写常熟人陆书到扬州买妾，与袁猷等四人结
为兄弟，在妓院流连忘返，最后不是被妓女耗尽钱财，就是被妓女背盟而
去，或因妓女遭受牢狱，或因妓女体亏身亡，或被妓女挟资潜逃，均没有好
下场。

　　《风月梦》之后，专以扬州为书写对象的小说极少。直到 1909 年左右，
才出现了扬州作家李涵秋的《广陵潮》，这部清末民初的小说仍不脱扬州风
月故事，仍不离扬州风物习俗，但故事毕竟是在"扬州廿四桥圮废已久，渐
成一小小村落"① 的背景下展开的，扬州已是繁华落尽了。

二、苏州繁华与苏州小说的繁荣

　　当宋元时期扬州经济地位开始下降时，苏州却积攒着各方面的力量，并
在明清时期大放光彩。相应地，苏州小说的兴盛期也在明清。明代白话小说
的代表作品"三言"、"二拍"就有不少篇目浓墨重彩地描绘了苏州的风土
人情：

表 2.1　"三言"、"二拍"中涉及苏州的篇目

出处	篇目	卷目
《警世通言》	王安石三难苏学士	卷三
	金令史美婢酬秀童	卷十五
	宋小官团圆破毡笠	卷二十二
	桂员外途穷忏悔	卷二十五
	唐解元一笑姻缘	卷二十六
《醒世恒言》	灌园叟晚逢仙女	卷四
	钱秀才错占凤凰俦	卷七
	施润泽滩阙遇友	卷十八
	张廷秀逃生救父	卷二十
	薛录事鱼服证仙	卷二十六
	徐老仆义愤成家	卷三十五

---

　　① 李涵秋：《广陵潮》，南京：江苏古籍出版社，1985 年，第 1 页。

续表

出处	篇目		卷目
《喻世明言》	蒋兴哥重会珍珠衫		卷一
	众名姬春风吊柳七		卷十二
	张道陵七试赵升		卷十三
	张舜美灯宵得丽女		卷二十三
	李秀卿义结黄贞女		卷二十八
	李公子救蛇获称心		卷三十四
	木绵庵郑虎臣报冤		卷二十二
《初刻拍案惊奇》	转运汉遇巧洞庭红	波斯胡指破鼍龙壳	卷一
	乌将军一饭必酬	陈大郎三人重会	卷八
	恶船家计赚假尸银	狠仆人误投真命状	卷十一
	李克让竟达空函	刘元普双生贵子	卷二十
	顾阿秀喜舍檀那物	崔俊臣巧会芙蓉屏	卷二十七
	闻人生野战翠浮庵	静观尼昼锦黄沙巷	卷三十四
《二刻拍案惊奇》	进香客莽看金刚经	出狱僧巧完法会分	卷一
	徐茶酒乘闹劫新人	郑蕊珠鸣冤完旧案	卷二十五
	张福娘一心贞守	朱天锡万里符名	卷三十二
	杨抽马甘请杖	富家郎浪受惊	卷三十三
	错调情贾母詈女	误告状孙郎得妻	卷三十五
	神偷寄兴一枝梅	侠盗惯行三昧戏	卷三十九

上述篇目中，不少带着浓郁的苏州地域特色。如《王安石三难苏学士》中王安石难苏轼的对子："七里山塘，行到半塘三里半。"① 我们熟知的两人轶事是菊花诗，而以山塘对对，显然是苏州人发挥的想象。《薛录事鱼服证仙》写薛少府变成鱼以后的奇特经历，而这种文学想象的前提是"元来少府是吴人，生长泽国，从幼学得泅水"②，水乡的地域环境引发了游泳变鱼的奇特想象。

此外，随文讲解苏州风俗，甚至插入与主体故事关系不大却富有苏州风

---

① 【明】冯梦龙编，严敦易校注：《警世通言》，北京：人民文学出版社，2007年，第37页。
② 【明】冯梦龙编，顾学颉校注：《醒世恒言》，北京：人民文学出版社，1984年，第547页。

情的叙述①，反映出作者描写地域的极大热情，投射出作者的地域自豪感。这种自豪感来源于苏州当时的繁华图景，又表现在小说中与情节有机结合起来。如《醒世恒言·施润泽滩阙遇友》，开篇就描写苏州纺织业的发达景象。无论是"蜂攒蚁集，挨挤不开"的市集交易，还是主人公"甚好过活"②的生存状况，都让人感受到苏州的繁华与富庶。再如《警世通言·唐解元一笑姻缘》也有一段描写苏州阊门的繁盛景象。正因为阊门"乃舟车辐辏之所"③，来往游人也多，唐伯虎也到这里坐游船，才有机会在华府的画舫上初见秋香。可以说，繁华的阊门为故事的发生提供了地理背景。《喻世明言·蒋兴哥重会珍珠衫》中枫桥相遇，偶见珍珠衫是整个故事的转折点。而相遇机缘的产生是因陈大郎听闻"那枫桥是柴米牙行聚处，少不得投个主家脱货"而到苏州销货，蒋兴哥也因"久闻得'上说天堂，下说苏杭'，好个大马头所在，有心要去走一遍，做这一回买卖，方才回去。"④撇开故事情节不谈，两人不约而同前往枫桥，至少说明枫桥是这时期重要的商贸集散地，也可折射出苏州在明代的商业中心地位。

　　明末清初涌现了一批才子佳人小说，成为该时期突出的文学现象。而这些小说也多以苏州为故事场景，如南北鹖冠史者《春柳莺》、衡香草堂《吴江雪》、烟霞逸士《巧联珠》、烟霞散人《凤凰池》等，一些艳情小说也是设景苏州，如《巫山艳史》、《梧桐影》等。这固然有苏州山水清嘉的因素，但也是在盛世之下人们才有心情游山玩水。俗话说，"饱暖思淫欲"，试想，如果物质条件贫乏，温饱问题都没解决，又哪里有钱有闲地四处畅游、寻访佳人呢？

　　扬州盐业发达，盐商贵极天下，故扬州繁华带来的是人们对富贵长生的向往；而苏州文化深厚，亦雅亦俗，无论士民商贾，多少都有一些品位，故苏州繁华带来的是人们对精致生活的追求。比如在服饰方面，苏州服饰精

---

　　① 讲解风俗如《金令史美婢酬秀童》中写苏州称令史为相公，《宋小官团圆破毡笠》写苏州人以外号彼此相称等。插入叙述如《李公子救蛇获称心》主体写李生救龙女被龙王赏赐之事，却插入一段与情节不甚相干的李生观赏吴江风景，并游三高祠，还借渔人之口讲述了吴地三高士的故事；《众名姬春风吊柳七》，故事的主要场景是在余杭与江州，但在小说中间，却特地插入一段柳永经过苏州作吴歌之事。莲与吴歌是极富苏州特色的物象，柳永写的吴歌表现出他的才气，也为小说的爱情故事抹上一层感伤的色彩。但除了看采莲写吴歌，柳永并没有在苏州产生任何故事情节，略去此段亦无不可。

　　② 【明】冯梦龙编，顾学颉校注：《醒世恒言》，北京：人民文学出版社，1984年，第373页。

　　③ 【明】冯梦龙编，严敦易校注：《警世通言》，北京：人民文学出版社，2007年，第380页。

　　④ 【明】冯梦龙编，许政扬校注：《喻世明言》，北京：人民文学出版社，2007年，第24页。

细、美观，以至于"苏样"成为各地追慕的时尚标志。《蒋兴哥重会珍珠衫》中，陈大郎"头上戴一顶苏样的百柱骔帽，身上穿一件鱼肚白的湖纱道袍。"三巧儿之所以错认陈大郎为丈夫，是因为他"恰好与蒋兴哥平昔穿着相像"①。这说明"苏样的百柱骔帽"是当时商贾的流行装扮。其实不仅是商贾，《二刻拍案惊奇》中提到，"苏州新兴百柱帽，少年浮浪的，无不戴着装幌。南园侧东道堂白云房一起道士，多私下置一顶，以备出去游耍，好装俗家。"② 连道士都抵御不了百柱帽的诱惑，可见它在明代的风行程度。冠以"苏样"，是因为它是"苏州新兴"的，但即使不是苏州本地所产，也往往用"苏样"来作为流行文化的样本符号。如明末崇祯年间"周后籍苏州，田贵妃居扬州，皆习江南服饰，谓之苏样"③。这里"苏样"的涵义已扩大到时新的江南服饰。有学者指出，"苏样"是明代出现的新名词，但并不限于苏州服饰，凡服装式样，新鲜、离奇，一概称之为"苏样"④，这个名词透露出来的信息是苏州已成为领导当时天下时尚之都。

直到清代，苏州地位有所下降时，苏州服饰仍是各地效仿的风向标。徐珂《清稗类钞》就说："顺康时，妇女妆饰，以苏州为最时，犹欧洲各国之巴黎也。""咸丰时，东南盛为拖后髻，曰'苏州罢'，盖服妖也。"⑤ 巴黎是有名的时尚之都，据此就可见苏州在清代人心中的位置；而发髻样式"苏州罢"因太过时尚，难以被常人接受，竟被视为"服妖"，也说明直到晚清，苏州仍是潮流的引领者。

而"苏作"这个新名词，则源于苏州高超的制作工艺。据崇祯《吴县志》载"苏州专诸巷，琢玉、雕金、镂木、刻竹，与夫髹漆、装演、像生、针绣，咸类聚而列肆焉。其曰鬼工者，以显微镜烛之，方施刀错。其曰水盘者，以砂水涤滤，泯其痕迹，凡金银、琉璃、绮、铭、绣之属，无不极其精巧，概之曰'苏作'。"⑥ 到后来，"苏作"已不仅指苏州制作的工艺产品，而且代表着一种最高的技艺水准。《风月梦》里"据说这烟盒出在上海地方，扬州银匠总不会打"那样自甘下风的态度是不会出现在晚明苏州小说里的——苏州小说会写"据说这烟盒出在苏州地方，上海银匠总不会打"。其

---

① 【明】冯梦龙编，许政扬校注：《喻世明言》，北京：人民文学出版社，2007年，第7页。
② 【明】凌濛初：《二刻拍案惊奇》，北京：人民文学出版社，1996年，第707页。
③ 【明】朱权等：《明宫词》，北京：北京古籍出版社，1987年，第211页。
④ 参见陈宝良：《明代社会生活史》，北京：中国社会科学出版社，2004年，第44页。
⑤ 徐珂编纂：《清稗类钞》第46册，北京：商务印书馆，1928年，第32、54页。
⑥ 【明】牛若麟修，王焕如纂：《（崇祯）吴县志》，崇祯十五年（1642）刻本。

余被冠以苏字头的，如"苏裱"、"苏灯"、"苏铸"等，也都"不仅有着强烈的地域指示性，还代表了一种最高的范式，或者是一种自成一体的流派。"①由此可见，明清时期的苏州，可谓当时绝对的繁华中心，代表着吴地的强势文化。

即使是到了晚清，苏州作为吴地的强势文化已成强弩之末，但其影响依然存在，故仍会出现俞达《青楼梦》这样描写苏州繁华的小说。但《青楼梦》之后，将近三十年时间没有出现过典型的苏州小说，直到光、宣年间才有了《苏州繁华梦》等寥寥几部，然其出现之时已是封建王朝覆亡之际，只能作为苏州繁华的一种追忆与怀想了。

三、上海繁华与上海小说的崛起

上海在晚清以前，很少作为小说的关注对象，即使是开埠以后，在很长一段时期的晚清小说里也少有其身影。直到苏州受太平天国重创而衰落后，上海的地位才真正凸显出来。第一部海上小说《海上花列传》问世，已是1892年，距离上海开埠已差不多半个世纪。然自其滥觞，上海就成为晚清吴地小说的叙事重心，甚至几乎所有晚清小说都或多或少会涉笔上海。而上海繁华也成为小说中不厌其烦的书写内容。表 2.2 列出一些描写上海繁华的晚清小说，借以窥豹：

表 2.2　描写上海繁华的晚清小说简表

1898	孙家振《海上繁华梦》	然而繁华之地，偶一不慎，最易失足。即以上海一隅而论，自道光二十六年泰西开埠通商以来，洋场十里中，朝朝弦管，暮暮笙歌，赏不尽的是酒绿灯红，说不了的是金迷纸醉。
1899	二春居士《海天鸿雪记》	上海一埠，自从通商以来，世界繁华，日新月盛，北自杨树浦，南至十六浦，沿着黄浦江，岸上的煤气灯、电灯，夜间望去，竟是一条火龙一般。福州路一带，曲院勾栏，鳞次栉比，一到夜来，酒肉薰天，笙歌匝地。凡是到了这个地方，觉得世界上最要紧的事情，无有过于征逐者。正是说不尽的标新炫异，醉纸迷金。那红粉青衫，倾心游目。更觉相喻无言，解人艰索。

① 郑丽虹：《明代中晚期"苏式"工艺美术研究》，苏州大学博士论文，2008 年，第 89 页。

1904	欧阳钜元《负曝闲谈》	上海张园一带栽着许多树木，夏天在边上走不见天日，可以算它东京帝国城；大马路商务最盛，可以算它英国伦敦；四马路是著名繁华之地，可以算它法国巴黎；黄浦江可以算它泰晤士河，苏州河可以算它尼罗河。……上海商务，是要算繁盛的了；天下四大码头，英国伦敦、法国巴黎、美国纽约、中国上海，这是确凿不移的。
1904	邹弢《海上尘天影》	从浦滩向北到英界，过海关进三马路到大马路，但见两旁皆是洋房，果然画栏凌虚，长廊匝地，洋行商铺，货物纷罗。来往的人不可计数，有坐车的，有乘轿的，有步行的，说不尽风流富贵，热闹繁华。
1906	吴趼人《二十年目睹之怪现状》	上海地方，为商贾麇集之区，中外杂处，人烟稠密，轮舶往来，百货输转。加以苏扬各地之烟花，亦都图上海富商大贾之多，一时买棹而来，环聚于四马路一带，高张艳帜，炫异争奇。那上等的，自有那一班王孙公子去问津；那下等的，也有那些逐臭之夫，垂涎着要尝鼎一脔。于是乎把六十年前的一片芦苇滩头，变做了中国第一个热闹的所在。
1907	包天笑《碧血幕》	单说中国第一通商口岸上海地方，是个繁华总汇。世界万国的人，无论黄、白、红、棕、黑各种，种种都有；欧、美、亚、斐、澳各洲，洲洲俱全。因此市廛栉比，歌馆云连，货物山屯，帆樯林立，说不尽的喧嚣热闹。一天到晚，车马之声，震得人头脑都痛。福州路一带，更成了个狂荡世界。
1909	彭养鸥《黑籍冤魂》	这上海是繁华去处，为中国商埠第一，即在五洲亦是有名……到了晚上，那电气灯、自来火，星罗棋布，照耀得彻夜通明，光辉如同白昼，真是火树银花，城开不夜。

从时间来看，自《海上花列传》以后持续到宣统朝，说明上海繁华一直不减；从作者构成来看，有孙家振这样的上海人，有吴趼人这样久寓上海的广东人，还有欧阳钜元、包天笑、彭养鸥这样来自曾经繁华中心的苏州人，各地作者不约而同夸耀上海繁华，说明上海在晚清吴地的中心地位；从结构安排来看，大多数小说将上海繁华的相关描述放在开篇，定下了全文的都市属性；从内容描写来看，小说多将上海繁华与通商开埠联系起来，其表现则有灯火辉煌、商务兴旺、烟花繁盛等。

由于上海在晚清不可忽视的地位，绝大多数晚清小说中都会出现上海场景。如果以此来定义上海小说，可能就太泛了。因此，本书中以上海人所作、以上海为主要场景的小说为论述核心，如《海上花列传》、《海上繁华梦》、《新上海》、《十尾龟》等，久寓上海的外地人所作小说为辅助，如《海天鸿雪记》、《九尾龟》、《官场现形记》、《二十年目睹之怪现状》等。判断上海是否为主要场景的标准首先是标题，如果标题有"海上"、"上海"等，直接定为上海小说；其次是上海场景在小说中所占的比重，至少要数回以上，偶一提及上海的不归为上海小说；同时参照小说是否有更典型的场景，如上表中的《黑籍冤魂》中上海场景有数回，但最主要的场景是在广州，因此划为广州小说；《九尾龟》里苏州与上海场景都出现了数回，但上海场景更多，是作者描写的重心所在，所以划为上海小说而非苏州小说。

总之，吴地小说叙事重心的转移与吴地地域中心的移位是基本一致的。吴地地域中心从扬州、苏州转移到上海，吴地小说的兴盛期也伴随着三地的先后繁荣而相继出现。不过，不同的城市品性使三地小说所描写的繁华内涵有所不同。扬州小说的属性有盐业、富贵等，苏州小说的属性有时尚、奢华、风流等，上海小说的属性有现代、西洋、都市等。这些元素在文学中成为一种书写传统，被晚清的吴地小说所继承，从而呈现出同中有异的特色。

第二节 从《风月梦》、《青楼梦》到《海上繁华梦》

从整个古代来看，吴地小说大体经历了"扬州小说——苏州小说——上海小说"的流变过程。而截取晚清这一段来看，也基本可以遵循这一趋势。如果要选取几部小说来作为其典型代表，那么 1848 年邗上蒙人的《风月梦》，是扬州人写扬州风光；1878 年俞达的《青楼梦》，是苏州人述苏州情事；1892 年韩邦庆《海上花列传》、1898 年至 1906 年创作的孙玉声的《海上繁华梦》，是上海人摹上海形状，恰好都以吴地为故事展开的地域空间，承载着共同的吴地传统，又分别凸显了各自的城市品格。并且这几部小说在时序上先后出现，也符合了从扬州到苏州再到上海的转移趋势。

"繁华梦"可以作为几部小说共同的主题。《风月梦》反复提到"扬州俗尚繁华"、"繁华端的是扬州"[①]；《青楼梦》开篇以一首词铺写"吴中风土自

---

① 邗上蒙人：《风月梦》，见王继权等编：《中国近代小说大系》，南昌：江西人民出版社，1989 年，第 183、272、306 页。

古繁华"①；《海上繁华梦》开篇则以一首诗描述"繁华海上播新声"②。颇有意味的是，三者的繁华都不是直接写经济的繁荣、商业的发达，而是通过烟花粉黛来彰显，这正是吴地重娱乐、嗜声色的地域特色体现。试比较几部小说的开篇：

表 2.3 几部"繁华梦"小说的开篇比较表

书 名	开 篇
《风月梦》	话说东周列国时，管仲治齐，设女闾三百，以安商旅。原为富国便商而起，孰知毒流四海，历代相沿，近来竟至遍处有之。扬州俗尚繁华，花街柳巷，楚馆秦楼，不亚苏、杭、江、宁也。不知有多少人因迷恋烟花，荡产倾家，损身丧命，自己不知悔过，反以"宁在牡丹花下死，从来做鬼也风流"强为解说。
《青楼梦》	这首词是专说吴中风土自古繁华，粉黛脂林，不能枚举，虽经乱离之后，而章台种柳，深巷栽花，仍不改风流景象。吾少也贱，恨未能遍历歌筵，追随舞席，惟是辜负痴情，于"情"字中时加兢惕。但近来有种豪华子弟，好色滥淫，恃骄夸富，非艳说人家闺阃，即铺张自己风流，妄诩多情，其实未知"情"字真解。
《海上花列传》	只因海上自通商以来，南部烟花，日新月盛，凡冶游子弟，倾覆流离于狎邪者，不知凡几。
《海上繁华梦》	然而繁华之地，偶一不慎，最易失足。即以上海一隅而论，自道光二十六年泰西开埠通商以来，洋场十里中，朝朝弦管，暮暮笙歌。赏不尽的是酒绿灯红，说不了的是金迷纸醉。在司空见惯的，尚能心猿紧缚，意马牢拴，视之如过眼烟云，漠然不动；而客里游人以及青年子弟，处此花花世界，难免不意乱心迷，小之则荡产倾家，大之则伤身害命。何况人烟既盛，良莠不齐，诈伪丛生，是非百出。所以烟花之地，实又荆棘之场，陷溺实多，误人非浅。

不难看出，"繁华——烟花——堕落（烟花害人）"几乎成了这几部吴地小说共有的逻辑模式。接下来的叙事也有诸多相合之处，比如这几部小说的作者都亲历花场，有所思悟而现身说法；正文情节展开之前都有一段"梦

---

① 俞达：《青楼梦》，见王继权等编：《中国近代小说大系》，南昌：百花洲文艺出版社，1991年，第2页。

② 孙家振：《海上繁华梦》，见王继权等编：《中国近代小说大系》，南昌：江西人民出版社，1988年，第3页。

境"，《风月梦》是作者见到仙道过来仁，看到过来仁所作《风月梦》；《青楼梦》是作者在仙道的古镜中观名花，并幻化为金挹香经历了"游花国，护名花"等二十年事业；《海上花列传》是花也怜农陷入花海；《海上繁华梦》是谢幼安斜路上见桂花，都与"花"相关，因此都市的"繁华梦"又都变成了"风月梦"。这正是吴地小说的共同特色。

　　而由于晚清扬州、苏州、上海不同的城市品性，几部小说又体现出各自城市的特色与传统。

一、《风月梦》与扬州传统

　　在扬州小说中，《风月梦》也许是所受评价最高的一部，被称为"中国第一部城市小说"[①]。然而，它并非横空出世，而是继承了扬州小说一直以来承载的地域传统。将《风月梦》与之前的扬州小说相比较，就会发现许多相似的元素。比如，《风月梦》中陆书故事的引子是常熟人陆书到扬州买妾，《金兰筏》故事也起于杭州书生田中桂去扬州买妾，这源于扬州的养"瘦马"传统："扬州地方，人家都养瘦马，不论大家小户，都养几个女儿，教他吹弹歌舞，索人高价。"[②] 婚姻上花了聘礼可能连女方长什么样也没见过，而在扬州物色小妾却只需花"五七百开元钱"就可亲自相见，"他举动、身材、眉眼，都是一目可了的"，甚至可以细致到看牙齿，看手指，看脚，听声音，"费了五七十个钱，浑身相到。"[③] 因此扬州成为各地人尤其是吴越人娶妾的集中营。

　　再如《风月梦》第十三回"贺端阳陆书看龙船，庆生辰月香开寿宴"专门用大篇文字写扬州端午赛龙舟、捉鸭子的风俗，这样的风俗在之前的扬州小说里也常会出现，如《雅观楼》第八回钱观保因龙舟会贪看艳妓而落水；《野草闲话臭姻缘》第三回则写巧云与华昌观龙舟，以夺标物害人。

　　此外，扬州小说最有地域特色的地方就是小说中的有盐商人物或盐业背景，《雅观楼》、《野草闲话臭姻缘》、《扬州梦》等皆是，后来的《海上尘天影》虽然在本书中被定为上海小说，但以扬州人为主要人物的这部小说仍然表现出扬州属性，开篇即从扬州的盐业说起，而顾府即以盐商发家。《风月梦》也不忘标明地域身份，陆书投奔他姑爹，特地点明他姑爹"在盐务司

①　韩南：《〈风月梦〉与青楼小说》，载《上海师范大学学报（哲学社会科学版）》，2004年第1期。
②　陆人龙编著：《型世言》，济南：齐鲁书社，1995年，第170页。
③　同上。

账",书中主要人物之一贾铭是"盐运司衙门里清书",魏璧是"盐务候补的少爷"①,五个主要人物就有三个与盐业有关系;小说第三回有一大段描绘扬州"十省通衢人辏集,两江名地俗繁华"② 的景象,"盐商之飞轿纷纷"③即为繁华景象之一。

《风月梦》在描写妓女方面被视为狭邪小说中的"近真"一类,而它描绘的扬州繁华则多少带有一种怀想的情绪。因为道光年间清政府在两淮改纲盐制为票盐制以后,以盐业为支柱的扬州已经开始中衰,到1848年《风月梦》成书时,正是扬州繁华凋零的时候,也是上海逐渐崛起的时期。小说第三回中吴珍展示了一个"珐琅纹银转珠烟盒,盖子上有一个狮子滚球,那狮子的眼睛、舌头同那一个球总是活的。"这么精巧的器物,作者特别说明了一句"据说这烟盒出在上海地方,扬州银匠总不会打。"④ 如果在扬州极盛的时候,应该是不会出现这样的口吻的。因为上海在开埠以前只是"在长江黄浦江的交流处一个小港口,三百年前比不上浏河,百五十年前,只敢以苏州相比,夸下口来说:'小小上海比苏州'。至于扬州,实在太光辉了,高不可攀,怎么敢比拟得上?"⑤ 小说中倒置的态度,说明作者追忆扬州昔日繁华的同时,也客观地看到上海繁华对扬州繁华的侵蚀。半个多世纪后写扬州人到上海的《海上尘天影》,更明晰地表现了扬州人的心态变化:"当承平之际繁华薮泽,首推扬州"——"兵燹之后虽就凋零,然二十四桥,风流未歇"——"申江商埠大开,终不如扬州之雅"——"惟风会迁流,人心更变,渐渐的欢喜上海起来。扬州烟花,竟成强弩之末。"⑥ 上文已经说过,吴地的"繁华梦"多用"风月梦"来表现,因此扬州烟花的"强弩之末"正表现出在上海繁华的侵蚀下,扬州繁华的凋零殆尽,扬州时代彻底结束。

二、《青楼梦》与苏州传统

太平天国运动给苏州带来了致命打击,再加上上海开埠后对苏州经济的

---

① 邗上蒙人:《风月梦》,见王继权等编:《中国近代小说大系》,南昌:江西人民出版社,1989年,第190、313页。

② 同上,第198页。

③ 同上,第197页。

④ 同上,第200页。

⑤ 曹聚仁:《上海春秋》,上海:上海人民出版社,1996年,第3页。

⑥ 邹弢:《海上尘天影》,见梁心清等著:《中国近代孤本小说集成》(第1卷),北京:大众文艺出版社,1999年,第804页。

持续制约，到《青楼梦》成书时的 1878 年，苏州的昔日繁华已不再耀眼。但由于作为吴中地区的苏州长期代表吴地的强势文化，苏州人放不下心中的那份优越感，因此作者俞达仍用一种理想化的手法去重塑记忆中的繁华。过去研究者多援引鲁迅"对于妓家的写法凡三变"① 的说法，认为狭邪小说先是"溢美"，如《青楼梦》，再是"近真"，如《海上花列传》，最后是"溢恶"，如《海上繁华梦》。其实《青楼梦》这种"溢美"处理与苏州独特的地域传统也有关系。后来邹弢的《海上尘天影》比《海上花列传》晚出，却同样有溢美倾向，与上海作者所写的其他"海上小说"也不同。这与金匮（无锡）受苏州文化辐射较大，邹弢本人又在苏州有长期处馆的经历，并与王韬、俞达过从甚密，深受苏州地域传统影响，应也有一定关系。这三人在小说中描写风月出现相类的风格，也可看作苏州地域传统影响的一个证明。

因为地域传统的不同，上海狭邪小说往往开篇痛斥烟花，《青楼梦》则从"情"的角度作解释，说那是未知"情"之真解的表现。上海狭邪小说不时会指涉苏州，比如苏州来的贵公子、苏州妓女等，《青楼梦》全文却完全不涉及上海，将这个新兴的繁华之地、风月渊薮完全排斥在外。或许有人认为这样的处理是小说产生年代尚早，上海妓业还没兴盛到令作者关注的程度，但五六十年代起上海的妓业已渐盛，"沪城青楼之盛，不数扬州"②，太平天国以后更是一跃为全国之首。《青楼梦》中对扬州尚有指涉，而完全不提上海，恐非作者不知上海风月，更可能是因为他留恋着苏州繁华，固守着苏州的风月传统，不肯降低姿态去迎合上海风月的势利庸俗。这与之后长期居住上海的苏州人王韬有相似之处——他在日记中客观描写那些平庸鄙陋的妓女，在小说中却将他们放入苏州的风月传统中，塑造为理想化的佳人。《风月梦》里称妓女为"粉头"，《海上花列传》、《海上繁华梦》称"倌人"，《青楼梦》则很少正面称妓女，都以"美人"指代，才子妓女被幻化为才子佳人，标明"青楼梦"的《青楼梦》却写得最不像青楼，而这正是苏州才情传统中典型的风月书写，这在明末清初出现的一批才子佳人小说中也能找到共同的地域传统。据有研究者对才子佳人小说作家的籍贯进行的统计，在可考的 28 位作家中，江苏籍的有 8 位，居于首位；而对明清时期 69 部才子佳人小说中才子佳人籍贯的统计显示，来自苏州的有 41 位，亦位居第一，且

① 鲁迅：《中国小说史略》，北京：人民文学出版社，1973 年，第 308 页。
② 王韬：《瀛壖杂志》，上海：上海古籍出版社，1989 年，第 10 页。

远远高出排于第二的南京（16 位）。① 才子佳人小说属意苏州，正是苏州才情传统渗透在小说创作中的结果。

不仅是才子佳人小说，在"三言"这样以市井生活为关注重心的拟话本小说中，也会有《钱秀才错占凤凰俦》这样的才子佳人故事，有"唐伯虎点秋香"（《唐解元一笑姻缘》）这样千古传诵的风流佳话，有"梁山伯与祝英台化蝶"（《李秀卿义结黄贞女》）这样感人至深的至情传说，说明才情传统在苏州小说中无处不在。

通过虎丘、画舫、闹红会、如织的人群、如云的佳丽，《青楼梦》编织了一个美好的类才子佳人故事，同时也用这些意象作为构件编织了一个美好的"苏州繁华梦"。然而，无论俞达如何执著地塑造他理想中的苏州繁华梦，他也不得不接受繁华梦逝的现实。《青楼梦》主人公金挹香"游花国，护美人，采芹香，掇巍科，任政事，报亲恩，全友谊，敦琴瑟，抚子女，睦亲邻"，遍历人生种种理想境遇之时，也逐渐开始"谢繁华"。小说后半部分穿插着三十六位美人相继或病殁，或从良，金挹香感叹"昔日繁华，而今尽改，死的死，嫁的嫁，做尼姑的做尼姑。"五十一回中再次感叹"繁华如梦，教人何以为情！"五十七回追忆曾经的热闹开怀，悲喟"繁华易尽"②。小说中鸾飞凤散的景象与苏州繁华落尽、烟花凋零的时代氛围是相呼应的。无论这些扬州人、苏州人接受或排拒，扬州时代、苏州时代仍旧是终结了，吴地地域中心仍旧是转移到了上海，并开始了吴地新的繁华梦。

三、《海上花列传》、《海上繁华梦》与上海传统

严格地说，在晚清以前，上海并没有自己的文学书写传统，它在经济、文化各方面都是对苏州、扬州亦步亦趋。乾隆时期一首竹枝词写道："西客襄金作布商，衣冠济楚学苏扬。只留饮食传风俗，熬釜朝朝饼饵香。"③ 除了饮食风俗尚有所保留外，上海客商的衣着打扮都是以苏扬为模仿对象的。甚至到嘉道年间，情况依然如此："嘉道之前气习浮，苏扬人物慕风流"④。直到道光二十六年（1846）开埠后，上海才逐渐从一个"慕苏扬之余风"⑤

① 参见胡海义：《科举文化与明清小说研究》，暨南大学博士论文，2009 年，第 71 页。

② 俞达：《青楼梦》，见王继权等编：《中国近代小说大系》，南昌：百花洲文艺出版社，1991 年，第 4、360、388、432 页。

③ 顾炳权：《上海历代竹枝词》，上海：上海书店出版社，2001 年，第 32 页。

④ 同上，第 220 页。

⑤ 【清】王大同等修，李林松纂：《（嘉庆）上海县志》卷一《风俗》，嘉庆十九年（1814）刻本。

的小乡村变成"繁华还胜古扬州"①的大都市。可以说，是西方带来的现代文明造就了上海。因此，上海小说的书写传统也就不同于扬州小说对盐业的关注、苏州小说对才情的重视，而是聚焦于现代文明的代表——马路。

上海开埠不久，租界就开始进行界内道路建设。英租界在工部局的统一管理规划下，到1865年，已初步建成由26条道路组成的英界干道网络，其中南北向干道13条，东西向干道13条，初步构成晚清上海城市中心区的基本格局。②晚清上海小说里的人物就主要活动在这个区域里。法租界在公董局的推动下，也进行了交通干道的建设。"租界各马路在公共租界者，大率以中国行省及内地著名城市命名"③，但在小说中却较少见到这种正式的称呼，而多是用数字表示，这是按华人的习惯命名，"如南京路、九江路、汉口路、福州路、广东路、福建路，华人称之为大马路、二马路、三马路、四马路、五马路、石路是也。"④上海的近代都市景观正是在马路基础上构建起来的。而小说对上海城市变迁的反映，往往通过马路的发展来表现。更重要的是，马路已经被织入文本肌理，成为小说不可分割的组成部分。

比如，在19世纪80年代，英租界至少有大马路、二、三、四、五、六诸马路，但各马路繁华程度悬殊：

> 计热闹之处，法以大马路为最，英以棋盘街、四马路、大马路为最。五、三、二诸马路，街道稍形狭窄，店铺亦不甚辉煌。六马路虽去年新建，然铺户寥寥，大半系小客寓、清烟馆之类。⑤

笔者据《海上花列传》、《海上繁华梦》初集、二集、后集以及《海天鸿雪记》对上述马路进行统计，发现虽然各马路在几部小说中出现次数虽有升降，但四马路与大马路出现次数均在前三位，二马路、五马路出现次数不是为零就是寥寥几次，基本位于末位。像六马路这样"铺户寥寥"的僻静路段，很少作为人物活动的主要场景，故出现次数不多，如果出现，往往是与

————————

① 佚名：《春申浦竹枝词》见丘良任、潘超、孙忠铨总主编：《中华竹枝词全编·上海卷》，北京：北京出版社，2007年，第442页。

② 参见熊月之主编：《上海通史·晚清社会》，上海：上海人民出版社，1999年，第128页。

③ 姚公鹤著，吴德铎标点：《上海闲话》，上海：上海古籍出版社，1989年，第4页。

④ 同上，第67页。

⑤ 葛元煦等：《沪游杂记·淞南梦影录·沪游梦影》，上海：上海古籍出版社，1989年，第103页。

"借小房子"联系在一起的，因其僻静而成为金屋藏娇的理想场所，如《海上繁华梦》里的屠少霞包养美艳大姐阿珍、后集里妓女颜如玉姘乌师、《海天鸿雪记》里大姐老二姘马夫，他们借小房子都不约而同选择了六马路。

从统计数据不难发现，马路在小说中出现次数与其在现实中的繁华程度大体相应，因此，小说人物在某条马路活动，就不是一个简单的场景设置，而成为一种隐喻。《海上花列传》中的乡下人赵朴斋，出场在宝善街悦来客栈，暗示了他在上海繁华都市中的边缘化，到第二十四回里，朴斋因交不起客栈房饭钱流落街头，他的娘舅欲去替他赎还长衫，却被他引自"六马路一家小客栈"①，由六马路的偏僻折射出朴斋在上海都市中更加窘迫与边缘化的处境。这是晚清小说"乡下人进城"主题中乡下人的共同命运，但《海上花列传》却在冷静的叙述中，借由马路将之活生生地表现出来。

总之，从《风月梦》到《青楼梦》再到《海上繁华梦》，如果从同为晚清的共时性来看，它们代表了对各自城市传统的继承；从总体的历时性来看，又体现出吴地地域中心从扬州、苏州到上海的移位。

第三节　从"上海"小说到"海上"小说

当吴地的地域中心从扬州、苏州转到上海以后，还有没有新的转移呢？其实是有的，只不过它不是某个城市对另一个城市的取代，而是发生在上海内部的新城（租界）对旧城（县城）的更新。"海上繁华梦"是属于租界的，如曹聚仁所说："近百年的上海，乃是城外的历史，而不是城内的历史。"②这也许正是上海繁华梦的吊诡之处——由于租界的繁荣，上海的地理格局与经济文化格局产生了倒置，以前的"城内"成了"城外"，以前的"城外"反而成了"城内"。所谓的"上海小说"，叙事重心不在以"上海"为名的上海县城，而是曾为郊区荒冢的租界。所以《海上花列传》、《海上繁华梦》、《海上尘天影》、《海上名妓四大金刚奇书》等上海小说，不以"上海"为题，而以"海上"为题，虽然只是一个名称的更换，却暗含着上海从一个"渔村"到"异域"的蜕变。

---

① 韩邦庆：《海上花列传》，见吴组缃等主编：《中国近代文学大系·小说集1》，上海：上海书店出版社，1991年，第338页。

② 曹聚仁：《上海春秋》，上海：上海人民出版社，1996年，第9页。

一、城内城外的地位转换

前面说到，《风月梦》、《青楼梦》、《海上繁华梦》都是城市的"繁华梦"，但在晚清的背景下，前两者都有一些追忆的性质。因为晚清时的扬州、苏州与它们盛世时的繁华已不可同日而语了。李斗《扬州画舫录》代表了扬州的盛世图景，《风月梦》中的陆书正是"因看《扬州画舫录》，时刻想到贵地瞻仰胜景"，而有了扬州之行。但晚清的扬州毕竟不是李斗的时代，仰慕扬州繁华的陆书只能看到"北岸一带荒冈，甚是凄凉。"①

类似的场景在几十年后被置放到了上海，这就是也是园的衰落。《海上繁华梦》第十九回借经营之之口描写了也是园的兴衰：

> 这里也是园，原算是城中一个名胜之所，听得老辈中人说起，从前上海没有租界的时候，那些秦楼楚馆，多开在城里头县桥左近，怎么三多堂、五福堂的，很是热闹。每到荷花开放，就有许多狎客，带着他们到这里来顽，仿佛目下张家花园一般。自从红巾扰乱之后，有了洋场，这些堂子慢慢的多搬到洋场上去，城里头遂没有了顽的地方，这也是园也就没人到了。直到同治年间，荷池中忽然开了一朵并头莲儿，一时哄动多人，都来观看，又渐渐的有起人来。管园的是个道士，看见来的人多，想出一个生意之法，叫香工泡几碗茶，与游客解渴。……今年春季里尚还卖茶，近来因太嘈杂了，地方上与书院里的绅董得知，说好好的一个清净地方，弄得几如茶肆一般，不像个样儿，因此禁止他不许再卖。现在若要吃茶，任凭你多给他钱，他也不卖的了。少翁你还没有知道？②

查阅 19 世纪 60～90 年代的相关文人笔记可知，小说所写乃也是园之实景。其衰落原因主要是由于洋场的兴盛，虽然有奇花盛开，挽回一些人气，但与洋场令人眼花缭乱的都市娱乐相比，它的一时热闹也只是种回光返照罢了。管园道士的"生意之法"，其实是对上海公园营业模式的复制（张园里

①　邗上蒙人：《风月梦》，见王继权等编：《中国近代小说大系》，南昌：江西人民出版社，1989 年，第 215 页。

②　孙家振：《海上繁华梦》，见王继权等编：《中国近代小说大系》，南昌：江西人民出版社，1988 年，第 201～202 页。

的安垱地不就是一个洋气的大茶肆么?),但在没有租界那种消费文化氛围的县城,显然只能夭折。

　　与《风月梦》"草自凄凄水自流"一样,也是园花木繁盛却人迹罕至的景象,正是上海县城衰落的表征。而在县城失去吸引力的同时,租界却引起人们巨大的热情。遥想 19 世纪五六十年代,为西人译书的苏州文士王韬虽住在租界,却几乎"天天往南"——从租界到县城,说明虽然上海开埠近二十年,但繁华中心仍是在县城而非租界。近观 90 年代末的苏州文士杜少牧要在上海借栈,却选择北市而非南市,"就是借在南市,一定也要天天往北"①,说明上海的繁华中心已经从城内转移到城外了。

　　随着繁华中心的迁移,上海小说的叙事重心也转向租界。套用曹聚仁的话,这时期的大多数上海小说,"乃是城外的小说,而不是城内的小说"。无论是"夷场"或"洋场",小说中的人物总是活跃在租界上,而城内(县城包括南市)基本是缺席的。《海上花列传》中的洪善卿,在南市永昌参店做生意,但小说中却未曾提起他在南市的生意活动,而是让他频频穿梭在租界的各条马路之间。从苏州乡下来上海的赵朴斋在小说开篇中出现在南市咸瓜街,找娘舅洪善卿寻生意,但随即就被送回宝善街悦来客栈,并以此为起点,开始了他的都市冒险旅程。《海天鸿雪记》中的颜华生,也是在南市拥有自己的店铺,可是整个小说除了在他生病一节将视点转到南市以外,几乎都是将他的活动范围圈定在租界。

　　当然,并不是说晚清上海小说不涉笔县城,只是习惯了洋场生活的人,总是用一种居高临下的态度去比较城内外的差别,最突出的表现是在路政与照明方面。因为一般器物(如缝纫机、电话)或一般设施(如公园、饭馆),更多的是带来方便与否、舒适与否的区别,而路政与照明则直接与城市建设紧密相连(比如下面要谈到的,城内虽有了现代事物马路,但城市建设没跟上,马路的现代交通功能也就无法实现),这两者的差异最能凸显现代文明给传统社会带来的冲击。

二、城内城外的路政比较

　　马路作为上海将自己与传统城市区分开来的现代事物,也被用来作为区分城内与城外的突出标志。《海上花列传》第四回中,在妓女张蕙贞家呆了

---

　　① 孙家振:《海上繁华梦》,见王继权等编:《中国近代小说大系》,南昌:江西人民出版社,1988 年,第 11 页。

几天的王莲生去找沈小红，称自己这三天在城里给朋友过生日，一下就被沈小红识破谎言："阿是坐仔马车打城头浪跳进去个嗄?"① 读者看到这里，或许不太明白这句话的意思。其实，如果注意到《海上繁华梦》中"少霞住在城中，车子不能进去，只好到小东门下车"② 及《海上尘天影》中"兰生的马车，不过到新北门，便回去。"③ 这一类叙述，就不难明白，王莲生既然"轿子末来哚，人是出去哉"，又不可能"一直走到仔城里"④，那么只能是坐马车去，但城内是无法行马车的，所以除非他"坐仔马车打城头浪跳进去"，否则就是撒谎。

城内不能行马车，并非租界的歧视政策，而是因为城内路况太差。《海上繁华梦》里有集中的反映，如第十九回杜少牧到城中找经营之，"一路上逢人问信。路又狭窄，地又潮滑，走出一身汗来，把件簇新的湖色香云纱长衫出得透湿。暗想：城里头与洋场上比较起来，真是天上地下。好容易走了十数条街，方才得到。"二十五回屠少霞与邓子通斗气，要吃四双双台，需开销二百多块，故回家取钱，"少霞住在城中，车子不能进去，只好到小东门下车。进了城，尚有好几条街须要步行，街道又窄，又是挑潮，好容易走得心火直冒，方才到家。"后集第十回荣锦衣请幼安等人到县城观赛灯，幼安不愿去的理由之一就是"何况城中街道窄小，更是不堪驻足"⑤，可见习惯宽阔马路的洋场文人对县城的疏离感与俯视态度。

正因为路况差，走夜路就特别困难。当幼安最终还是陪少牧等观灯到夜深时，他担心的路况问题果然出现了："此刻城中已路鲜行人，与日间进城时大不相同，沿途虽有几盏天灯点着，却半明半灭的不甚大亮。灯光下有的是犬，东也一条，西也一条，见有人来摇身乱吠，煞是可恶。"众人庆幸有荣升打着灯笼相送，否则"此等夜路难得走的走不甚来"，于是感叹县城与

① 韩邦庆：《海上花列传》，见吴组缃等主编：《中国近代文学大系·小说集1》，上海：上海书店出版社，1991年，第190页。

② 孙家振：《海上繁华梦》，见王继权等编：《中国近代小说大系》，南昌：江西人民出版社，1988年，第274页。

③ 邹弢：《海上尘天影》，见梁心清等著：《中国近代孤本小说集成》（第1卷），北京：大众文艺出版社，1999年，第868页。

④ 韩邦庆：《海上花列传》，见吴组缃等主编：《中国近代文学大系·小说集1》，上海：上海书店出版社，1991年，第190页。

⑤ 孙家振：《海上繁华梦》，见王继权等编：《中国近代小说大系》，南昌：江西人民出版社，1988年，第200、274、829页。

租界"真有天渊之别。"①《海上尘天影》第十回兰生进城参加县考,也发表了同样的感慨,"觉得地方污秽隘窄,与城外有天渊之别,窃笑中国人不能振作。"②

"天渊之别"的论断不无夸张,但五六十年代在墨海书馆为西人译书的王韬入城时就时有"街衢泥滑,步履殊艰"③之感,时隔三十年,县城的路依然难走,可见其路政发展之缓慢。实际上,自70年代起,华界就开始兴修路政。1897年,南市修筑的华界第一条马路竣工,但直到1907年"沿浦筑外马路,南市始有东洋车、马车"④。小说里对南市的道路建设也有反映,《海上繁华梦》二集十九回妓女颜如玉偷偷搬到新马路,杜少牧却无法找到她,因为娘姨"但晓得到新马路去,不知是新闸,还是南市,并没清楚。"少牧一问,才知道新马路上海有两条,只能"气得一团狠劲无可发泄。"⑤

不过,正面描写马路这一近代事物在南市、县城的情形,要到了1910年出版的《新上海》中。第十三回、十四回,梅伯与雨香从租界到南市再到县城有这样几段描述:

> 于是沿浦南行,只见碧草平铺,软如茵褥,浦江中小轮船、帆船、舢板船往来如织。那轮船上的烟上冲霄汉,迷迷漫漫,宛如数十条黑龙缭绕空际。江心几艘兵舰,三三五五,兀立如山。

> 这时候已走进了十六铺,见虽也是马路,不知什么缘故,踏下去总觉着七高八低,不十分平坦,望去倒也平平儿的。梅伯道:"怎么这马路这伴的难行?"雨香道:"上海的马路总要算英美两界筑的最好,法界就不及了。南市的路,是我中国人自己筑的,自然比了法界又要逊一筹了。然而尚是绅办的呢,若使经了官府的手,恐还没有这样的成绩呢。不信时,停会子到城里去逛逛,就知道了。"

> 进了城门,见两旁店铺都还整齐,房屋也还轩爽。不过店铺的阑干

---

① 孙家振:《海上繁华梦》,见王继权等编:《中国近代小说大系》,南昌:江西人民出版社,1988年,第833~834页。

② 邹弢:《海上尘天影》,见梁心清等著:《中国近代孤本小说集成》(第1卷),北京:大众文艺出版社,1999年,第868页。

③ 王韬著,方行、汤志钧整理:《王韬日记》,北京:中华书局,1987年,第53页。

④ 吴馨等修,姚文枏等纂:《(民国)上海县志》卷十二《交通》,瑞华印务局,民国二十五年(1936)铅印本。

⑤ 孙家振:《海上繁华梦》,见王继权等编:《中国近代小说大系》,南昌:江西人民出版社,1988年,第567页。

外，都有小摊摆着，那街道越形得狭了。忽见辘辘辘一乘东洋车劈面冲来，梅伯想要避时，背后"嗳唷，嗳唷"，又是两副担子撞将上来。弄的梅伯、雨香前既不可，退又不能，想要到店铺檐下暂立时，又因设着小摊无从驻足。雨香道："只得到店铺里去避一避了。"于是走进店铺，只见街上又来了两乘轿子。一时担子、轿子、车子挤在一起，好半日才走过了。梅伯道："这样的街道，如何可以行车子？这里的人，真是别有见解的。"雨香道："城里头车子本是新行的呢。"①

如果我们以镜头的形式来表现上述文字，那么远景是江面上弥漫着黑烟的轮船，属于工业化的"现代"图景；中景是"望去倒也平平儿的"宽阔马路，是从传统中破壳而出的现代；近景则是在大量铺子、摊子、担子的传统市镇物象中点缀着一两点现代的"东洋车"。可以这么说，随着道路的越走越窄，主人公的心情也和道路一样，从开阔变为逼仄了。这种情形的出现，可以归因于城外与城内以下两方面的差距：

（一）道路建设与养护

城内的道路建设起步慢，技术也较落后，长时间"滞留于中世纪"②。南市"望去倒也平平儿的"马路"踏下去总觉着七高八低，不十分平坦"③，其主要原因在于它是用黄沙、石子铺就的，而这样的修路技术才相当于租界19世纪50年代的水平，至于养护，则是"完全由民间完成的"④。

县城的道路建设更为缓慢与落后。从上述《新上海》的引文中可以了解到，在宣统年间，县城已经出现时兴的东洋车了。这似乎与租界缩短了差距，然而也是从小说引文中，我们可以得知，道路上常出现"一时担子、轿子，车子挤在一起，好半日才走过了"⑤ 的情形。这是因为"宣统二年（1910），城内始准通车，然四乡道路未修，小车之外，罕通行焉。"⑥ 所以即使交通工具进步了，但道路建设没跟上，路况也不可能有本质性的改善。

相比之下，租界的道路修建规模大、速度快、技术高。南市马路的黄

---

① 陆士谔：《新上海》，上海：上海古籍出版社，1997年，第56、62、64页。

② 熊月之主编：《上海通史·晚清社会》，上海：上海人民出版社，1999年，第143页。

③ 陆士谔：《新上海》，上海：上海古籍出版社，1997年，第62页。

④ 何益忠：《从中心到边缘——上海老城厢研究》，复旦大学博士论文，2006年，第93页。

⑤ 陆士谔：《新上海》，上海：上海古籍出版社，1997年，第64页。

⑥ 吴馨等修，姚文枬等纂：《（民国）上海县志》卷十二《交通》，瑞华印务局，民国二十五年（1936）铅印本。

沙、石子铺路技术，只在租界道路修建的初期存在。1856 年，租界开始用花岗石铺设路面；1890 年，在人行道铺筑上试用水泥等新材料；1910 年，开始铺设柏油马路。① 新材料、新技术和新设备的采用使租界的道路平整宽阔，时人所谓"六街处处平如砥"②，并不夸张。

除了大力新修马路，租界也很重视道路的养护，对已成马路总是"遇小缺陷，随时修补"③。《新上海》有一个租界修缮马路的场景："地上匀铺着碎石，一部像火车般的修街机器，开着机慢慢地滚将过来。四五个工人排着水桶，像浇花般跟着机器不住的浇灌，灌得地上湿的像开了河一般。旁边更有三五个工人，用铁筛筛那细石子。"④ 这与我们现在压路机压路、浇筑混凝土的程序几乎相差无二，而小说描述的情景发生在 100 多年前，可以想见租界路政的现代性。作者借小说人物之口评价说："租界上道涂平坦，就是不等到坏就修的缘故。外国人算盘精通，凡街路不曾坏就修，人工也省，石料也省。若等到七高八低，坏的不成个样子时动起手来，那就工程浩大，所费不赀了。并且各路一齐动起手来，机器也来不及，人工也来不及，车马行走也不便，所以人家说外国人办事认真。"⑤ 对道路修建的不同态度反映出中西思维的差异，县城与南市公共意识的淡薄使路政的建设只是一种被动的应对措施。

正是因为公共意识的差异，才会出现《新上海》雨香所说的那种状况，即同是马路，却因公办、绅办与官办的不同而有相当大的差距，这似乎触到了传统社会的隐痛。在士绅主导统治的传统社会里，修筑马路这样的公共事务都是依靠绅士集资，力量小办不了大事；依靠官方，又因为中国人的公共意识没有建立，官员多把公共事业看作中饱私囊的大好机会——晚清小说有大量关于官员借办矿、开路之名发财的描写就是证明。这样怎么可能把公共事业办好呢？而西人管理的租界则不同，"租界之事事皆便也，而租界之事事皆便者，马路便之也。"⑥ 因为马路，租界事事皆便；因为事事皆便，人们才不去选择房价只有租界三分之一的南市居住，而乐于住在地价昂贵的租界；因为人们的高度聚集，才带来了租界的繁荣——"沪上市面之盛，半皆

---

① 参见熊月之主编：《上海通史·晚清社会》，上海：上海人民出版社，1999 年，第 128～136 页。
② 葛元煦等：《沪游杂记·淞南梦影录·沪游梦影》，上海：上海古籍出版社，1989 年，第 98 页。
③ 同上，第 2 页。
④ 陆士谔：《新上海》，上海：上海古籍出版社，1997 年，第 83 页。
⑤ 同上。
⑥ 《申报》，1896 年 12 月 8 日。

由马路之便也。"① 晚清人有"马路说洋场"②的说法，即是把马路视为租界的"代言"，借以与县城区分。至此，我们可以理解晚清吴地小说中对人物行走路线不厌其烦的详尽描写之用意——他们游走的不是马路，是繁华。

（二）道路的管理

道路建设是基础，道路管理是关键。再好的路面，没有高效的道路管理，也不会有好的路况。上述《新上海》引文中梅伯与雨香进城迎面遇东洋车，背后遇担子，"前既不可，退又不能"，想往路边避，却又被铺子外设的小摊弄得"无从驻足"，这种窘境正源于县城低效的路政管理。

县城内最初采取不允许车辆通行的禁令，在保持道路畅通方面也只有两方面措施：一是严禁居民在街边随意晾晒衣服，二是严禁居民占用街道。③1909 年取消城内不准行车的禁令，规定"所有马车、东洋车、脚踏车均可试行，惟装载货物之塌车以及一轮人力小车只可在宽阔马路上行走，马路以外均不准擅入。"④《新上海》中雨香"城里头车子本是新行的呢"所指就是这一措施。但道路建设没跟上，却要步武租界的交通，只会适得其反，无怪引文中梅伯讽刺说"这样的街道，如何可以行车子？这里的人，真是别有见解的。"

南市的路政比县城稍好些，但管理上同样落后。比如占道问题，《海上繁华梦》早已反映县城"街道本窄，已是不能行走，怎禁得街边弄口，又摆列着许多小本摊子，或是卖花灯的，或是卖花炮的，或是卖耍货的，或是卖食物的，鳞次栉比，更觉得寸步难行。"⑤ 而《新上海》则揭露有着现代马路的南市也好不到哪儿去："这里两边的水果行都把货物堆摆在街上，把条公路几乎占去了一大半"⑥。在小说里，作者不无调侃地说，租界平日对道路的维护"都是为省钱起见"，华界道路管理的荒殆则"足见中国宽仁，不似欧西苛细"⑦，实际却表达了作为中国人对上海城内外路政差距的痛心。

当城内的路政还姗姗起步的时候，城外已经远远走在前面了。70 年代

---

① 《申报》，1896 年 7 月 14 日。

② 葛元煦等：《沪游杂记·淞南梦影录·沪游梦影》，上海：上海古籍出版社，1989 年，第142 页。

③ 何益忠：《从中心到边缘——上海老城厢研究》，复旦大学博士论文，2006 年，第98 页。

④ 《申报》，1909 年 10 月 11 日。

⑤ 孙家振：《海上繁华梦》，见王继权等编：《中国近代小说大系》，南昌：江西人民出版社，1988 年，第1183 页。

⑥ 陆士谔：《新上海》，上海：上海古籍出版社，1997 年，第63 页。

⑦ 同上，第83、63 页。

租界已对马路行车有了明确规定："马路定例，往车向左，来车向右，不容紊乱。即空车停歇亦有定处，东洋车亦然。"① 1903 年颁布的《公共租界工部局治安章程》更是对"货车"、"马车行"、"机器车"、"自用马车"、"自用东洋车"、"东洋车行"、"小车"等各种车辆做了详细的行车规定。因此，路上显得秩序井然，加上道路宽阔，就更加通畅。

另外，县城路面常堆积垃圾和便溺，使原本难走的道路更令人难以举足。后虽有清道局负责清理垃圾，但由于居民积习难改，城内垃圾管理的成效十分有限，直到 1908 年，还有报道称"城内小街狭弄，垃圾山积，污秽情形不堪言状，又各街道设立尿坑，坑内大便秽积，无一洗净。"② 而租界在 70 年代就建立了比较完善的垃圾清理制度，如规定凡居民垃圾只允许在天亮到九点以前倒在路旁，由工部局派清洁工运扫，超过期限，一律送罚。③ 70 年代的垃圾车现在看来肯定是落后的，它只不过是"马车上驾大木柜，随行夫役数名，每日两次扫除街道。"④ 但是这种理念在当时却十分先进。《海上花列传》中赵朴斋在早晨六点钟出门闲逛时，"正碰着拉垃圾的车子下来，几个工人把长柄铁铲铲了垃圾抛上车去，落下来四面飞洒，溅得远远的。"⑤ 正是租界先进的垃圾管理制度的反映。类似的情景在《新上海》里也有描述："马路上停了一乘载垃圾的马车，几个工人拿着长柄铁铲，铲了垃圾抛上车去。那垃圾屑子落下来，四面飞扬，溅得远远的。梅伯想：'怪道租界上街道洁净，原来专用着人打扫的。'"⑥

清晨清理垃圾，不仅及时疏通路面，还避免了污秽气味对居民的影响，长此以往，竟成为清晨天亮的标志。《海天鸿雪记》里黄渭臣与王寓卿卿哝哝说了一夜，听到"弄堂里垃圾车隆隆推过"，王寓就道："天亮哉。"⑦ 可见清晨的垃圾清理对租界的人们来说已经习以为常了。正因为垃圾清理已深入人们日常生活，晚清上海的狭邪小说也就比以前的同类小说多出一个新名

① 陆士谔：《新上海》，上海：上海古籍出版社，1997 年，第 17 页。

② 《申报》，1908 年 6 月 3 日。

③ 熊月之主编：《上海通史·晚清社会》，上海：上海人民出版社，1999 年，第 132 页。

④ 葛元煦等：《沪游杂记·淞南梦影录·沪游梦影》，上海：上海古籍出版社，1989 年，第 18 页。

⑤ 韩邦庆：《海上花列传》，见吴组缃等主编：《中国近代文学大系·小说集 1》，上海：上海书店出版社，1991 年，第 175～176 页。

⑥ 陆士谔：《新上海》，上海：上海古籍出版社，1997 年，第 83 页。

⑦ 二春居士：《海天鸿雪记》，见王继权等编：《中国近代小说大系》，南昌：江西人民出版社，1989 年，第 251 页。

词，叫"垃圾马车"①，意指欢场上那些无论美丑照单全收的滥情嫖客，就像拉垃圾的马车一样，什么物品全都放进车上的大木柜中。

"一个城市的近代化程度在很大程度上取决于市政设施的近代化"，而"市政的近代化首先是路政的近代化"。② 小说中插入的那些对租界、县城路政的比较，并非是游离情节的闲笔，这样的叙事策略是为了展现传统与现代（近代）之间的距离。小说人物频频感叹的"天上地下"、"天渊之别"的城内外差距，也是作者与读者感同身受的。《上海乡土志》对当时租界与县城的道路做过比较：说城内的污秽"较之租界几有天壤之异。"③ 也用了类似"天渊之别"的"天壤之异"一词。

"天渊之别"的描述实际是一种情感倒置的表现，因为被捧到"天上"的租界曾经被斥为"夷场"，而当初有优越感的华界社会现在却被贬到"地下"。同时，"天渊之别"也是一种二元对立的处理方式。以今人眼光视之，在晚清传统与现代的界限实是模糊的，晚清人却视之为二元对立的。在晚清吴地小说中，上海往往与吴地对立起来，而在上海小说中，租界又往往与县城对立起来。事实上，如果以传统社会的标准去衡量，上海县城在嘉庆年间，即已"号称烦剧，诚江海之通津，东南之都会也"④，不可谓不繁华。但经过与租界的二元对立，县城沦为文化意义上的乡村，被看作衰败、落后的地区。县城—租界，衰颓—繁华，落后—先进，这一系列的二元对立使上海在内部裂变为传统与现代的两个迥异的社会，这是前所未有的地域格局，也是晚清人用文学形式重塑的文化地理。

三、城内城外的照明比较

除了马路，还有另一个现代事物造成租界与县城的巨大差距，这就是煤气灯、电灯等照明工具。《海上繁华梦》后集中，观完赛灯的众人从县城回租界时，"沿途虽有几盏天灯点着，却半明半灭的不甚大亮……众人幸有荣

---

① 《海上繁华梦》二集称潘少安是"垃圾马车"，后集中称"做了无数相好"的老嫖客夏尔梅也叫"垃圾马车"。《九尾龟》里章秋谷说贡春树"就是垃圾马车一般"，结果后来自己也被妓女云兰骂为"垃圾马车"。

② 熊月之主编：《上海通史·晚清社会》，上海：上海人民出版社，1999年，第125页。

③ 参见胡祥翰等著，吴健熙标点：《上海小志·上海乡土志·夷患备尝记》，上海：上海古籍出版社，1989年，第68页。

④ 【清】王大同等修，李林松纂：《（嘉庆）上海县志》序，嘉庆十九年（1814）刻本。

升相送，否则此等夜路难得走的走不甚来。"① 这里的"天灯"是一种砖石砌成、中间放置油灯的旧式路灯，以传统社会标准视之，比起乡郊野外的黑暗与室内蜡烛的微光，天灯已经算先进了，然与租界相比，"城内之天灯几同黑暗世界，明晦悬殊，未免相形见绌也。"② 小说中，众人走出城门，"一过吊桥，便见地火通明，电灯朗照，真觉别是一个世界。"③ 如果说之前由马路划分了城内外传统与现代的界限，那么在这里照明工具又再次将城内—城外截然对立为黑暗—光明、落后—现代的二元世界。

理解了这一点，再回过头看《海上繁华梦》初集中当阿素求少牧当天进城寻屠少霞，少牧表现出迟疑态度就不足为奇了："本来今天就去也好，无奈天不早了，城里的路我实有些怕走。"④ 而此时才下午四点半。对租界来说，四点半还很早，繁华夜生活还没展开；但对县城来说，已是天色渐暗、诸工晏歇的晚时了。因为没有很好的照明设施，道路到黑夜就看不清，故会让人怕走。尤其对习惯了租界光明世界的少牧来说，县城的黑暗显得更为可怖可惧。反观五六十年代洋场渐兴，佣书沪上的王韬不避县城的泥泞而频频入城，同是苏州人、同到上海洋场的杜少牧却在文化心理上有了彻底的逆转——他不再对上海的新兴都市文化欲迎还拒，而是急于从他习惯的那个"传统"中剥离，甘心被"现代"吞没。

相比城内的晦暗，租界则因灯火通明而成为"不夜城"，并且这"不夜"的内涵随着时代的发展迅速更新着。

（一）煤油灯

上海通商以后，先是传入西方的煤油灯，又称洋油灯、火油灯。带玻璃罩的明亮的煤油灯方便了人们的夜间照明，人为地延长了白昼时间。《海上花列传》中经常出现在妓女房间里的"保险灯"应该就是煤油灯，因为还需要"吹灭"。但煤油灯因为点煤油，也有容易失火的缺点。第三十三回，王莲生捉到沈小红与戏子小柳儿搂作一处，气得砸房间，有这样一段描述："莲生绰得烟枪在手，前后左右，满房乱舞，单留下挂的两架保险灯，其余

① 孙家振：《海上繁华梦》，见王继权等编：《中国近代小说大系》，南昌：江西人民出版社，1988年，第833~834页。

② 胡祥翰等著，吴健熙标点：《上海小志·上海乡土志·夷患备尝记》，上海：上海古籍出版社，1989年，第106页。

③ 孙家振：《海上繁华梦》，见王继权等编：《中国近代小说大系》，南昌：江西人民出版社，1988年，第834页。

④ 同上，第302页。

一切玻璃方灯、玻璃壁灯、单条的玻璃面、衣橱的玻璃面、大床嵌的玻璃横额，逐件敲得粉碎。"第六十四回赖公子打砸赵二宝的房间，也是"把房间里一应家伙什物，除保险灯之外，不论粗细软硬，大小贵贱，一顿乱打，打个粉碎。"①

无独有偶，《海上繁华梦》二集第四回"打房间替抱不平"，众人砸打颜如玉房间时，姚景桓"把床上的一个外国枕头取来，对准梁上边挂的保险洋灯要想掷去，幸亏营之眼快，大喊：'保险灯打他不得，打碎了要闹出事来！'急忙夹手抢住。"② 冲动之中还记着保险灯不能砸打，无非是因为保险灯不"保险"，砸碎后煤油漏出容易引起火灾。

（二）煤气灯

1865 年，英商设立"大英自来火房"，即煤气公司，并开始在几家洋行试点。随即，以装设 10 盏煤气路灯的大马路（南京路）为起点，各主要马路在将近代文明延伸到城市各角落的同时，也将时人称之为"地火"、"自来火"的煤气灯携至人们生活之中。《负曝闲谈》中第六回说："自来火半明不灭，江裴度把它拧亮了。"第十六回说"（黄子文）便把自来火旋灭了。"③ 可见，和煤油灯比起来，煤气灯最大的特点是不用经常添油，只需旋动开关，点燃火头即可，非常方便。除此之外，煤气灯还有亮度更高，更安全且更价廉的优点，很快就成为上海最主要的照明工具。《海上花列传》中葛仲英下午五点左右"从黄浦滩转至四马路，两行自来火已点得通明。"④ 他完全不必像前面少牧一样四点半就担心走夜路的问题。上海一首竹枝词也许能作为很好的注脚："西域移来不夜城，自来火较月光明。居人不信金吾禁，路上排徊听五更。"⑤ 正因为"自来火"极大地延长了夜晚时间，上海才真正成了"不夜城"。而"西域移来"又体现出人们将煤气灯视为异己的、与传统相对的新奇事物。

---

① 韩邦庆：《海上花列传》，见吴组缃等主编：《中国近代文学大系·小说集 1》，上海：上海书店出版社，1991 年，第 582、402、635 页。

② 孙家振：《海上繁华梦》，见王继权等编：《中国近代小说大系》，南昌：江西人民出版社，1988 年，第 382～383 页。

③ 蘧园著：《负曝闲谈》，见王继权等编：《中国近代小说大系》，南昌：江西人民出版社，1988 年，第 32、85 页。

④ 韩邦庆：《海上花列传》，见吴组缃等主编：《中国近代文学大系·小说集 1》，上海：上海书店出版社，1991 年，第 203 页。

⑤ 张春华：《洋场竹枝词》，见丘良任，潘超，孙忠铨总主编：《中华竹枝词全编·上海卷》，北京：北京出版社，2007 年，第 488 页。

在煤油灯时代，人们似乎并没有对照明工具表现出过多的关注，因为洋油灯与土油灯相比，主要是亮度上的改变；而煤气灯时代，照明工具才在形制上有了根本改变，故当时吟咏"地火"、"自来火"的诗词连篇累牍，而自来火也就和马路一样，成为繁华和现代的代名词。《海上繁华梦》开场诗说："沧海桑田几变更，繁华海上播新声。烟花十里消魂地，灯火千家不夜城。"① 就把"繁华"、"新声"与灯火联系起来。《海天鸿雪记》开篇说上海繁华，亦着眼于灯火："上海一埠，自从通商以来，世界繁华，日新月盛，北自杨树浦，南至十六浦，沿着黄浦江，岸上的煤气灯、电灯，夜间望去，竟是一条火龙一般。"②

"火树银花，城开不夜"的比喻并不新鲜，在 19 世纪 70 年代的竹枝词中几乎成了陈词滥调，当时文人的沪游笔记中也有类似的描述："初设仅有路灯，继即行栈、铺面、茶、酒、戏馆以及住房无不用之（指煤气灯），火树银花，光同白昼，沪上真不夜城也。"③ 但细看两者实有不同，因为小说中的"不夜城"在"煤气灯（自来火）"之外多出了"电灯（电气灯）"。这宣告着上海又进入了电灯时代。

（三）电灯

1882 年西人在上海试办电灯，上海的照明工具又有了一个飞跃。与当初煤气灯的应用一样，马路是最早传播电灯这种新鲜事物的地方："先是马路路灯，均用自来火，及电灯行，外人首于黄浦滩路装用以代自来火。"④随后公共场所也逐渐改用电灯，最后才普及到居民住宅。

在晚清吴地小说里我们也能看到电灯与马路一样蔓延到上海的每个繁华之处，如《海上花列传》里"电气灯分外精神"的棋盘街、《海上繁华梦》里"电灯赛月"的大马路、《新上海》里"电火通明，照耀如同白昼"的四马路、《十尾龟》里"电气灯分外清澈"的静安寺路⑤……"赛月亮"的电

① 孙家振：《海上繁华梦》，见王继权等编：《中国近代小说大系》，南昌：江西人民出版社，1988 年，第 3 页。

② 二春居士：《海天鸿雪记》，见王继权等编：《中国近代小说大系》，南昌：江西人民出版社，1989 年，第 191 页。

③ 葛元煦等：《沪游杂记·淞南梦影录·沪游梦影》，上海：上海古籍出版社，1989 年，第 38 页。

④ 姚公鹤著，吴德铎标点：《上海闲话》，上海：上海古籍出版社，1989 年，第 16 页。

⑤ 韩邦庆：《海上花列传》，见吴组缃等主编：《中国近代文学大系·小说集 1》，上海：上海书店出版社，1991 年，第 240 页。孙家振：《海上繁华梦》，见王继权等编：《中国近代小说大系》，南昌：江西人民出版社，1988 年，第 21 页。陆士谔：《新上海》，上海：上海古籍出版社，1997 年，第 20 页。陆士谔：《十尾龟》，北京：中国文史出版社，2003 年，第 44 页。

灯，取代"自来火较月光明"①的煤气灯，成为小说夸饰的新宠。

除了明亮，电灯也更方便，如《海上尘天影》所说"电灯乃不用人点，自己能亮的"②，也比煤气灯更安全，因为"自来火走了气，是很危险的"，"房子里自来火气布满了，只要点上一星星火，顷刻满屋都是火了。"③电灯完全不用担心这个问题。不过，也许正因为它不需点火，只需通电就能发光，也引起人们的疑虑，所以电灯在一段时期内并没有被居民青睐。《海上花列传》里的马路场景已有电气灯点缀，但在室内场景还是由煤油灯与煤气灯来照亮的。之后电灯逐渐被接受，一些公共场所开始采用电灯，《海上繁华梦》第十九回中张园安垲地洋房里点的还是自来火，到后集第十一回中群仙戏园已经用上电气灯。不过在不少小说场景中，我们看到的是电灯与煤气灯并提。这似乎证明，在很长一段时间里，优势明显的电灯并未能根本动摇煤气灯的主导地位，这大概是因为成本的原因。在1906年钨丝灯研制成功以前，上海的电灯主要是弧光灯，用费价格相对较高，故未能推广。也正如此，住户家中能装电灯的，一般都是官僚和富人。《海上尘天影》中顾府办丧事，大讲排场，"从大门至内客厅，一律挂着明角蓝花字大灯。到了晚间，悉数点起，正厅内厅又去装了四盏电气灯。门前也是一盏，会客厅同书房皆用煤气灯，照得四处通明，纤毫毕露。"④一般大户也就是正厅装一盏电灯，顾府装五盏，是要彰显府中殷富。一些大户公馆也装上电灯，除了炫耀之意，也因为公馆中的姨太太多是妓女出身，爱好时髦。《海上繁华梦》二集第七回游冶之、郑志和迎娶妓女花家姐妹，在新公馆中"买了两面七尺高的大着衣镜、两盏水月电灯……电灯装在大餐台正中。"⑤《十尾龟》第四回费春泉迎娶妓女梅雪轩，新公馆也是"到明朝电灯公司里人又来装电灯，上上下下，已经布置得花团锦簇。"⑥可见电灯已成为新房中默认的必备品。

有意思的是，由于电灯明亮、又只为少数人拥有等特点，"电气灯"甚

①　张春华：《洋场竹枝词》，见丘良任，潘超，孙忠铨总主编：《中华竹枝词全编·上海卷》，北京：北京出版社，2007年，第488页。

②　邹弢：《海上尘天影》，见梁心清等著：《中国近代孤本小说集成》（第1卷），北京：大众文艺出版社，1999年，第1272页。

③　陆士谔：《新上海》，上海：上海古籍出版社，1997年，第157页。

④　邹弢：《海上尘天影》，见梁心清等著：《中国近代孤本小说集成》（第1卷），北京：大众文艺出版社，1999年，第982页。

⑤　孙家振：《海上繁华梦》，见王继权等编：《中国近代小说大系》，南昌：江西人民出版社，1988年，第416页。

⑥　陆士谔：《十尾龟》，北京：中国文史出版社，2003年，第30页。

至作为形容词进入当时的词汇，形容女人时髦漂亮、与众不同，让人眼前一亮。《九尾龟》中就频频出现这样的描写：十七回中一个绝色大姐从后房出来，这时章秋谷就说"阿唷，电气灯来哉！"第四十二回中秋谷又以"电气灯"来形容不小心走错房间的王佩兰："阿唷，先生时髦得来，跑进来赛过一只电气灯。"一百四十八回又称赞娘姨老二说："怪不得我说这里天津地方，那里有你这样电气灯一般的人！原来果然是上海来的。"还有一百六十一回谢月亭见沈二宝，一下"觉得眼睛里头好象电气灯的一般的一闪。"一百七十二回华德生见到隔绝多年的赛金花，也"好似一盏绝大的电灯一般，耀得眼光霍霍的。"① 以往小说中惯用的"光彩照人"一类的词汇，现在用"电气灯"就可以形象地同时表现出观者的感受与被观者的姿态。不过，"电气灯"似乎多用来形容妓女，并不常用于一般漂亮女子。看来，在上海人眼里，时髦的妓女与电灯一样都属于"洋"的。上文章秋谷对老二的称赞也就有了一语双关的意味：一来"电气灯"的美誉是上海妓女的专利，二来"电气灯"这一先进事物也是上海的"特产"。

将电气灯与洋、西、先进等属性联系起来，直接导致了城外与城内又一次被二元对立起来：

> 由十六铺桥迤北，见街道之整齐，层楼之巍焕，车马之逐电迫风，铺户之五光十色，一至夜晚，电气灯、地火灯放大光明。洋场十里中，遥望之如银花火树，遨游其地不必秉烛以行旅……而南市则道路崎岖，中宵黑暗。从十六铺起里许中虽间设路灯，而似有若无，其光如豆。再向南至董家渡一带则直无一灯之设矣。是处为南市总汇之区，浦东西往来必于此间，渡行人终夜不绝，每当月黑星稀之夕，彼此不相见面，碰撞堪虞……②

尽管此时电气灯在租界也还未普及，但却被夸大成处处光明，城内已有煤气路灯，却被夸大为"中宵黑暗"。客观地来说，煤油灯的亮度是传统油盏灯的四五倍，可以"光烛一室"，煤气灯更是"光同白昼"③。为什么这些照明工具最初出现在租界时就极其明亮，设到城内里就"似有若无，其光如

---

① 漱六山房：《九尾龟》，武汉：荆楚书社，1989 年，第 126、301、944、1015、1077 页。

② 《申报》，1889 年 2 月 25 日。

③ 葛元煦等：《沪游杂记·淞南梦影录·沪游梦影》，上海：上海古籍出版社，1989 年，第 39 页。

豆"了呢？城内虽然照明设施起步晚，但 1873 年南市已有了煤气路灯，相比《文明小史》中吴江在 19 世纪 90 年代末①还对煤油灯"那光头比油灯要亮得数倍"②感到惊奇，将之视为"开通"、"文明"的象征，上海城其实已经算现代、先进了。事实上，在开埠早期，一些从外国引进的新奇事物可能先在城内出现。如早在 1859 年前后，上海城内已经出现了一家近代照相馆。③因此，无论如何，城内的实际情况都不会像当时人描述的那样落伍。

颇有意味的是，被城内羡慕的租界，灯的亮度也有一个"明暗"的变化："彼时堂子中用者甚少"的自来火灯"照耀如同白昼"，如今用着电灯，"觉得自来火尚嫌昏暗，即有几家用的，也加上一个纱罩，终比从前胜过几倍"④。这时候我们就能明白，对灯光亮度感受的差别实际来源于现代程度的差别，城内—城外、黑暗—光明的二元设置其实更多的是一种主观思维，县城的落后实际是"被落后"。

但无论是客观实际还是主观想象，城内既然变成了落后的地区，描写上海繁华的晚清上海小说自然就不会关注城内，而是聚焦租界了，"上海"小说也就被"海上"小说给覆盖了。

第四节　从晚清吴地小说到海派小说

"作为一种文学形式，小说具有内在的地理学属性。"（As a literary form the novel is inherently geographical.）⑤长期以来，我们只注意小说中情节的线性流动，而忽略了场景的空间转换。事实上，这些具有"地理学属性"的空间叙述可能包含着同样重要的社会意义与文化韵味。尤其是中国第一部城市小说《风月梦》在吴地出现后，城市成为关注的中心而非单纯的背景，城市空间也就超越了提供人物活动场所的物质性存在，而成为承载地域文化、投射地域意识的工具。

不仅如此，"由于城市的变迁，作为不同时代的作家，在再现其城市空

---

① 由文中涉及朝廷改革科举考试、八股几废、上海兴起不缠足会等信息综合推断，故事发生时间至少在 1898 年以后。

② 李伯元著，秦克，巩军标点：《文明小史》，上海：上海古籍出版社，1997 年，第 85 页。

③ 参见何益忠：《从中心到边缘——上海老城厢研究》，复旦大学博士论文，2006 年，第 28 页。

④ 评花主人：《九尾狐》，见《中国近代孤本小说集成》（第 5 卷），北京：大众文艺出版社，1999 年，第 3360 页。

⑤ Mike Crang, *Cultural Geography*, London：Routledge, 1998, p.44.

间以获得真实感和现场感的时候，其城市书写也就必然受制于具体的城市地理空间，从而使其书写具有特定历史时期的城市空间特征。"① 举个例子来说，同样是发生在上海城市的小说，晚清作家可能把场景设置在四马路，民国作家则会设置在大马路，这是因为上海的繁华中心有了转移。而同样是聚焦繁华中心的晚清扬州小说、苏州小说、上海小说，会呈现出不同的繁华景象，这是由于城市空间承载的地域传统有所差异。甚至是情节几乎相同的小说，也会因为故事展开的城市空间不同，而体现出不同的风格（如后文将要论述的《海上花魅影》与《风月梦》）。因此，通过不同小说中城市空间的比较，可以探析地域文化的嬗变与社会生态的变迁。

一、"文字地图"承载的地域传统

文化地理学家迈克·布朗曾富有卓识地指出"一些地域小说家通过他们的作品深切感受并创造了一种地域意识"（regional novelists who most clearly felt, and created, a sense of place through their writings）。但他认为"这样的地理描述不是精确的位置定位，也不是细节的罗列——这样的做法并不能揭示地区意义的实质"（Such a central experience of geography is not the location（however exact），not the most elaborate enumeration of details—these do not approach the essence of meaning of a place）② 恐怕就有商榷的余地。因为对于中国古代描写城市的小说来说，故事是虚拟的，城市场景却往往是真实的，它不仅注重地理位置的准确，还通过罗列地名、路线等细节来构建一幅"文字地图"。

比如《风月梦》就详细记录了人物在城市中的游走路线，不仅细致标明了移动路径，甚至还注明了方向转换：

表2.4　《风月梦》描绘的扬州"城市地图"

章　回	城市游走路线
3	陆书行过常镇道衙门，转湾到了埂子大街……遂过了太平马头，到了小东门外四岔路口，问了店面上人路径，一直向北，进了大儒坊，过了南柳巷，到了北柳巷，问到袁猷家门首。
4	（魏璧）离了公馆，走头巷街，转弯向东，出了小东间（笔者注：应为门字），到了多子街，进了金元面馆。

---

① 孙逊、刘方：《中国古代小说中的城市书写及现代阐释》，载《中国社会科学》，2007 年第 5 期。

② Mike Crang, *Cultural Geography*, London: Routledge, 1998, p. 45.

续表

章 回	城市游走路线
6	吴珍执意不肯，关照了茶钱，拉着穆竺，邀着众人，出了茶馆后门，走贤良街，转弯向北柳巷。到了天寿庵南山尖，下坡走到河边，过了摆渡，走倒城，到了九巷一个人家。
11	陆书进松风巷，走参将署前，到了教场方来茶馆。
25	桂林独自出了强大家大门，顺着城根，出大京（笔者注：应为东字）门，走天凝门大街出城。想起吴珍向日在史公祠门首所说的话，遂顺着河边，由藏经院史公祠门首，一直向东，到了便益门马头。
26	贾铭引着凤林们离了坟墓，到了虹桥东首，走进德兴居酒馆。

　　必须承认，这样的手法在之前的吴地小说里已经出现，如《警世通言·白娘子永镇雷峰塔》，许宣去保叔塔追荐祖宗，作者详细描写了许宣的行走路线，据学者考证，小说中的地名和路线都与实地无异。

　　《风月梦》与《警世通言》运用"这种特别提示和一连串的真实地名"①，目的无疑是要唤起受众的亲切感与现场感，这一点是两者共同的地方。不同的是，这种手法更多地运用在话本（拟话本）小说中，是说书人在听觉触媒中塑造视觉感官的必需。在《风月梦》这样的长篇章回小说里，情节本应是它关注的中心，这些路线并不是必需的，甚至会造成情节的拖沓散漫，比如第三回写陆书拜访袁猷，他在进袁猷家之前的路线被不避烦琐地细细写出："陆书行过常镇道衙门，转湾到了埂子大街，见有许多戴春林香货店。……遂过了太平马头，到了小东门外四岔路口，问了店面上人路径，一直向北，进了大儒坊，过了南柳巷，到了北柳巷，问到袁猷家门首。"② 既然事件重心是拜访，直接写起点和终点就可以了，何必要费这么多笔墨写他的行走路线呢？——何况在路上又没碰到任何与小说有关的人，也没发生任何情节。不仅如此，进了家门，作者全力所写的却是袁猷家中的摆设，以及一个"出在上海地方，扬州银匠总不会打"③ 的烟盒，几乎没有情节进展，也没有人物性格。

　　然而，这正是在《风月梦》之前就有许多描写城市的小说，却只有它被

---

　　① 刘勇强：《西湖小说：城市个性和小说场景》，载《文学遗产》，2001 年第 5 期。
　　② 邗上蒙人：《风月梦》，见王继权等编：《中国近代小说大系》，南昌：江西人民出版社，1989 年，第 198 页。
　　③ 同上，第 200 页。

称为"中国第一部城市小说"① 的原因——城市生活成为了表现的中心而非后景。小说表层是写五对文人与妓女之间的遇合，但遇合情节却不是作者最着力的地方——这与文人妓女遇合的古典模式明显不同——而是花了不少笔墨去描写扬州的风物，描写人物的城市生活，如喝茶、谈天、游园等。因此，《风月梦》构建的文字地图就不再是《警世通言》里那样的"景点旅游图"，而是一张"城市繁华图"。虽然对行走路线不厌其详的描写使叙述变得平缓而散漫，在一定程度上瓦解了情节的紧凑性和跌宕性，但正是通过人物在城市各个繁华场所间的不停游走，市民在城市生活的某种空虚状态才被凸显出来。也正是这一点，将《风月梦》从之前的吴地地域小说中分离出来，成为吴地城市小说的滥觞。之后的城市小说也大都有结构比较松散、情节比较散漫、空间转换频繁等特点。

在韩邦庆的《海上花列传》中，这种游走城市空间的描写更是被发挥到极致，详尽标明城市游走路线的地方多达 31 处（尚不包括那些没有标明方向的行走路线）：

表 2.5 《海上花列传》描绘的上海"城市地图"

章回	城市游走路线
1	（赵朴斋）跟着善卿小村出了客栈。转两个弯，已到西棋盘街，望见一盏八角玻璃灯，从铁管撑起在大门首，上写"聚秀堂"三个朱字。
1	向北一直过了陆家石桥，坐上两把东洋车，径拉至宝善街悦来客栈门口停下。
2	四人离了聚秀堂，出西棋盘街北口，至斜角对过保合楼。
2	（朴斋）因把房门掩上，独自走出宝善街，在石路口长源馆里吃了一碗念八个钱的闷肉大面。由石路转到四马路，东张西望，大踱而行。
3	善卿略揸一把，然后出门，款步转至宝善街，径往尚仁里来。
3	善卿一面应一面走，由同安里穿出三马路至公阳里周双珠家。
3	善卿出了公阳里，往东转至南昼锦里中祥发吕宋票店。
4	莲生应诺，趄下楼来，来安跟了，出祥春里，向东至西荟芳里弄口。
5	四人同离了居安里，往东至石路口。
10	来安叫轿夫抬空轿子跟随在后，出了公阳里，就同对门进同安里，穿至西荟芳里口。

---

① 韩南：《〈风月梦〉与青楼小说》，载《上海师范大学学报（哲学社会科学版）》，2004 年第 1 期。

续表

章回	城市游走路线
12	（陈小云）于是出五马路，进大马路，复转过四马路，然后至三马路同安里口，卸车归家。
14	朴斋听了出来，遂由兆贵里对过同庆里进去，便自直通尚仁里。
14	（赵朴斋）初从石路向北出大马路，既而进抛球场，兜了一个圈子……因转弯过四马路，径往兆贵里孙素兰家。
16	实夫收了烟票，随后出了花雨楼，从四马路朝西，一直至大兴里。
17	（洪善卿）一径向北出尚仁里，坐把东洋车，转至公阳里，仍往周双珠家。
18	轿班俱系稔熟，抬出东兴里，往东进中和里。
21	实夫出了大兴里，由四马路缓步东行，刚经过尚仁里口。
21	马夫本是稔熟，径驶至四马路尚仁里口停下……当下一直朝西，至大兴里。
24	莲生却往北出东合兴里，由横弄穿至西荟芳里。
24	两人往北，由同安里穿至公阳里周双珠家。
25	陈小云、洪善卿比肩交臂，步履从容，迤逦过四马路宝善街，方到西棋盘街聚秀堂。
26	荔甫便不再问，略揩把面，即离了聚秀堂，从东兜转至昼锦里祥发吕宋票店。
27	（李鹤汀）带着匡二，趋出大兴里，往东至石路口。
28	洪善卿不甚舒服，遂亦辞了周双珠，归到南市永昌参店歇宿。次日傍晚，往北径至尚仁里黄翠凤家。
31	两人并肩联袂，缓步逍遥，出清和坊，转四马路，经过壶中天大菜馆门首。
32	善卿乃离了周双珠家，出公阳里，经同安里，抄到东合兴张蕙贞家，上楼进房。
33	（来安）遂由东合兴里北面转至西荟芳里沈小红家。
37	金花不欲见面，掩过一边，等子富进去，才和金凤作别，手扶娘姨，缓缓出兆荣里，从宝善街一直向东，归至东棋盘街绘春堂间壁得仙堂。
40	林翠芬虽含醋意，尚未尽露，仍与尹痴鸳同车出一笠园，经泥城桥，由黄浦滩兜转四马路，停于西公和里。
44	姚文君下楼坐轿，从西公和里穿过四马路，回至东合兴里家中。
50	轿子慢慢前行，转过打狗桥，经由法马路，然后到了老旗昌。

　　与《风月梦》一样，这些行走路线对情节的发展并不是必要的，但作者这样处理，不管有意无意，却是其地域意识的外化表现。如果不是长期生活

在此地域，很难想象作者能够如数家珍地、无比精确地描绘出这样的文字地图。美国著名学者韩南敏锐地注意到《风月梦》与《海上花列传》"这两部小说都给了我们城市中心的明白无误的路线指南，列出街巷名目，这是它们区别于前人小说的一个特征。"① 对于城市地图精确的绘制这方面而言，两部小说的确与前代小说不同，这是它们共同的地方。而就表现地域特色这方面而言，两部小说实际又有内在的差别。比较表 2.4 与表 2.5 就会发现，表2.5 的路线中频频出现"抄到（至）"、"穿过"一类动词，表2.4中却没有。而在作者同样为上海人的《海上繁华梦》中则有类似的"路线指南"："（杜少牧）一步懒一步的从三马路往东而行。走到第一楼后面那条横街，转了个弯，抄至四马路口"、"二人遂从四马路一直往东到萃荪里"、"众人计议已定，就从石路口兆贵里内直穿出去，到雅叙园拣个座儿坐了"② ……这是因为上海城市与传统城市不同，它布满了密密麻麻幽幽曲曲的里弄，在地图上两个地点之间可以有多种路线，但在实际行走中只有长住上海的人才知道如何在穿梭里弄时选择最近的方案，以至于抄近路、穿弄堂被认为是老上海必备的技能。

里弄，又称弄堂，既指上海特有的一种民居建筑，又指由这些民居建筑圈出来的狭长空间。虽然"××里"的名称在晚清以前就已存在，比如同治上海县志记载南门内有同仁里，但在城厢附图标明的主要地名中，只有一处使用"里"（即城北的安仁里）。据此可以推测，里的方位范围似乎较宽泛，一般也不是所在地的标志性建筑，故并非作为地名的代称。③ 频频在晚清上海小说里出现的"××里"实际上是租界房地产开发的产物。晚清几次难民潮造成上海人口迅速膨胀，外商乘机在界内大量搭建毗连式的木板简房，高价出租给华人居住，并以"××里"命名，"里"按沿马路门面编号，"弄"内则按单元编号。后木板房因易引起火灾而被取缔，又出现了一种既照顾占地经济，又考虑住户消费能力的都市民居建筑——石库门。晚清小说里的里弄基本属于早期石库门里弄，整体布局上采取西方联排式的格局，单体平面上则类于传统江南民居的样式，只是面积尺寸大大缩小，空间布局更为紧凑，无疑是为适应租界价高地少的局面以及江南传统居住习惯而"量身打

---

① ［美］韩南著，徐侠译：《中国近代小说的兴起》，上海：上海教育出版社，2004 年，第42~43 页。

② 孙家振：《海上繁华梦》，见王继权等编：《中国近代小说大系》，南昌：江西人民出版社，1988 年，第 152、267、338 页。

③ 参见罗苏文：《路、里、楼——近代上海商业空间的拓展》，载《史林》，1997 年第 2 期。

造"的。可以说，里弄"最能代表近代上海城市的文化特征，它也是近代上海历史的最直接产物"①。

因此，在里弄之间穿梭与在街道之间游走，已经是两种完全不同的概念了，它们反映着不同的时代特征与城市文化，也预示着晚清吴地小说新的地域特色的诞生。

二、地名包含的地域文化信息

如果说，小说用人物的行走路线为我们绘制了一幅"城市地图"，那么地名（街名、路名等）就是地图中最显著的标识。晚清吴地小说中的地名一般是真实的，作者想要借此"突出和强化故事时空的当代性和真实感"，"使同时代的读者对于故事世界产生一种感同身受的幻觉，从而激发起阅读的兴趣"②。但作为一名地域小说家，他所追求的不只是营造一种现场感，而是要通过地名的"识名"意义来保存特定的地域文化。正如有学者提到的，"一个城市的文化能够看得见摸得着想得到的首先是它的各处地名、各个景名、各条街巷名所代表的一长串历史、一系列记忆，当这些地名、景名、街巷名被识名性地描写出来的时候，其所代表的历史与记忆自然就鲜活地呈示在人们的眼前，人们不禁感到无比亲切，而且也感受到其中必然包含的特定的文化韵味。"③

我们可以用清末民初的一部小说《海上花魅影》（又名《上海名妓传》）来说明。这是一部抄袭之作，情节几乎全袭《风月梦》。但抛开抄袭的负面因素，它却正好可以说明地名对塑造地域风格的显著作用：同样情节的小说，因为不同的地名，就可以呈现出两种不同的城市风貌。如《风月梦》第二回回目"吴耕雨教场说新闻"中的教场是扬州著名的民俗场所与繁华中心，《海上花魅影》将"教场"改为"庙内"（城隍庙），这也是上海县城的民俗娱乐中心，故在情节上丝毫看不出嫁接的痕迹。再如第三回回目将扬州的"北柳巷"置换为上海的"也是园"，第五回回目将"小金山"置换为"静安寺"等。在内容上，扬州繁华的街道和场所也被一一换为上海相应的繁华之处，如埂子街被换为四马路，而埂子街上妓院的几处聚集地被换为四

---

① 罗小未、伍江主编：《上海弄堂》，上海：上海人民美术出版社，1997年，第8页。
② 孙逊、刘方：《中国古代小说中的城市书写及现代阐释》，载《中国社会科学》，2007年第5期。
③ 朱寿桐：《论现代都市文学的期诣指数与识名现象——兼论上海作为都市空域的文学意义》，载《社会科学辑刊》，2009年第3期。

马路上的兆贵里、久安里等几条妓院集聚的著名里弄，作为人物聚集点的教场茶馆等被换为升平楼、四美轩、第一楼等上海著名茶楼，史公祠被换为张园，德兴居被换为聚丰园，潮阳楼饭馆被换为一品香番菜馆。如果不知道《海上花魅影》之前有个《风月梦》，那么它与晚清其他上海小说的风格完全没有不同。而这种地域风格的转换，仅仅通过地名的改变就能完成，由此可见地名中承载的地域文化信息。

回过头来比较《风月梦》与《海上花列传》中的地名，我们就能发现它们对特定时期地域文化的保存价值以及两者的内在差异。首先，据清初李斗的《扬州画舫录》可知，《风月梦》里的街名除了"九巷"位于旧城，其余的贤良街、多子街、埂子街等都在新城。① 因此，即使我们不知道《风月梦》是部晚清小说，至少也能知道它不会早于明清，这就是街名透露给我们的时代信息。

其次，小说中提到的这些新城街巷是清代扬州的繁华场所，它们甚至大多出现在乾隆南巡时的御道路线中，如天宁门（天凝门）、教场、辕门桥、多子街、埂子上（埂子街）等。② 尤其是故事展开的中心舞台"教场方来茶馆"，就在位于扬州城中心的教场，这里曾经是明清两代驻军操练之所，后逐渐变为以曲艺杂耍著名的民俗娱乐场所，地位相当于苏州城里的玄妙观，上海县城的城隍庙。而表2.4中的行走路线正是由这些繁华场所串联起来的，这就凸显了全文想要表现的"繁华梦"主题。

此外，在清末民初的扬州竹枝词中，说扬州"半是新城半旧城，旧城寥落少人行。移来埂子中间住，北贾南商尽识名。"③ 这说明晚清扬州的繁华中心仍在新城。换句话说，从清初到晚清这么长一段时期，扬州的城市中心都没有迁移，因此，人们仍然保持着教场传统的娱乐方式，扬州仍然留存着浓郁的市井风味。

再看《海上花列传》，其文字地图里频频出现四马路、兆富里、兆贵里等地名。这又包含了怎样的地域文化信息呢？马路是近代才有的事物，无须多论，而兆富里、兆贵里等里弄与马路一样，也是近代上海才有的。王韬曾在《海陬冶游附录》里提到："沪上租界，街名皆系新创。如兆富里，兆贵

---

① 参见【清】李斗撰：《扬州画舫录》卷九《小秦淮录》，北京：学苑出版社，2001 年，第 141~156 页。

② 同上，第 4 页。

③ 丘良任、潘超、孙忠铨总主编：《中华竹枝词全编·江苏卷》，北京：北京出版社，2007 年，第 163 页。

里，兆荣里，兆华里，东昼锦里，西昼锦里，教坊咸萃于此。此外如日新，久安，同庆，尚仁，百花，桂馨各里，亦悉系上等勾栏所居，俗称板三局。"① 既然"皆系新创"，则街名被书写的本身就体现着"海上"小说从传统中脱离的特质，是属于新兴租界文化的产物；而这些里弄中西合璧的特色，又使小说不可避免地在现代语境中留存着传统信息；另一方面，这些作为"教坊咸萃"的里弄名称在小说中被反复提及，又成为一个隐喻，隐喻着小说的爱欲氛围。

地名位于租界、始于晚清的特质，使小说中的上海呈现出新的地域文化信息，晚清以前说"上海繁华"，指的是县城，现在却转移到了租界。小说以"四马路"为中心向四边延展，跟四马路镶嵌在一起的是吃番菜、坐马车等新的城市生活方式，沾染着强烈的近代都市气息。因此，《风月梦》描绘的还是一幅传统城市的繁华图卷，《海上花列传》画出的却是一幅具有近代大都市气象的文字地图。正如王德威评述的那样，"《海上花列传》将上海特有的大都市气息与地缘特色熔于一炉，形成一种'都市的地方色彩'"②，这是晚清吴地小说地域特色的新变，也预示着以上海为空间背景的地域小说将从吴地小说中脱离出来，形成新的类型——"海派"小说。

三、吴地小说地域特色的新变

王德威认为，"《海上花列传》为晚清读者至少引介了三种事物：一种特别的'欲望'类型学，一种有'现代'意义的现实主义修辞学，还有一种新的文类——即都市小说。"③ 这其实也是后来"海派"小说不同于传统吴地小说的三个最明显特征。对于海派特质的分析，相关研究成果已经很多了，因此这里并不想通过情节内容来说明，而是借助空间变化来反映。

《风月梦》是第一部城市小说，而《海上花列传》能向前跃进一步，成为第一部都市小说，是因为后者用以搭建城市空间的地域景观等具有现代、都市属性。近年来有学者注意到《海上花列传》的城市品性，认为它超越了一般狭邪小说的道德评判，应被视为"一部以近代上海马路为文本架构的作

---

① 虫天子编：《中国香艳全书》第4册，北京：团结出版社，2005年，第2460页。

② 王德威著，宋伟杰译：《被压抑的现代性——晚清小说新论》，北京：北京大学出版社，2005年，第103页。

③ 王德威著，宋伟杰译：《被压抑的现代性——晚清小说新论》，北京：北京大学出版社，2005年，第111页。

品"①，确为卓见。但笔者以为，此说尚不完善。准确地说，小说用以构建文本的不仅是马路，还有附着在马路上的密密麻麻的里弄。如果说马路是城市的骨骼，这些里弄就是城市的血管，它们都是近代上海的产物，都是描绘人物"欲望地图"的必要构件。正是马路与里弄的交织，织就了吴地小说新的地域特色（附录 2、3 中苏州小说与上海小说所绘"文字地图"的差异，也可以直观地看出晚清上海小说与传统吴地小说的不同特征）。

如果我们以同样的视角来看另一部通常被视为狭邪小说的《海上繁华梦》，那么这部从 1898 年开始连载的小说②，同样可被视为以上海为地理空间的叙事文本。过去《海上繁华梦》一直被研究者摒弃，认为它"只刚刚够得上'嫖界指南'的资格"而"没有文学的价值"③。不能不承认，《海上繁华梦》不断出续集，确实有粗制滥造的倾向，影响了它的文学价值。但最初作者还是很认真地去写的，塑造了一些典型人物形象，如四处逢迎左右逢源的贾逢辰（谐音"假奉承"），还有一些伏笔的设置、结构的照应都很注意，不能说它毫无文学价值。此是另一话题，可另作别论。这里要说的是，正因为《海上繁华梦》没有对素材进行"来源于生活而高于生活"的艺术处理，其文本恰好具有了高度的写实性，如果从地域书写的角度去解读，那么《海上繁华梦》可视为上海城市空间变迁的忠实反映；尤其是它还分作几集相继创作，更能以一种动态的叙述方式来表现上海都市发展的趋势。此外，由于作者"生于沪，长于沪，沪人道沪事，尤能耳熟能详"④，小说在地域文化方面更具有了弥足珍贵的史料价值。

（一）都市空间的拓展

与《海上花列传》相比，《海上繁华梦》因为几年的时间延宕，体现出的城市图景与前者既有同又有异。《海上花列传》中那些红颜绿鬓的妓女到了《海上繁华梦》里早已是旧人换新人，将二者嵌入同样叙事空间的，正是那些妓女居住的街巷里弄。宝善街、棋盘街、尚仁里、同安里、公阳里、昼

---

① 叶中强：《上海社会与文人生活（1843—1945）》，上海：上海辞书出版社，2010 年，第 31 页。

② 《海上繁华梦》在 1903 年结集出版，称初集，后来又有续写二集、后集，共一百回。文中如果没有特别说明，《海上繁华梦》主要指初集，单独讨论二集、后集时则标明《海上繁华梦》二集、《海上繁华梦》后集。

③ 胡适：《海上花列传》序，见韩子云原著，张爱玲译注：《海上花开》，上海：上海古籍出版社，1995 年，第 12 页。

④ 孙家振：《海上繁华梦》，见王继权等编：《中国近代小说大系》，南昌：江西人民出版社，1988 年，第 3 页。

锦里、荟芳里、兆贵里、兆富里、东合兴里……依旧一个个被标明。但《海上繁华梦》里的地域空间显然拓展了不少，初集中增加了六马路、同庆里、惠秀里、仁寿里、久安里、新清和坊、百花里、集贤里、祥和里、同芳里、日新里、萃莠里、美仁里等，二集中增加了会香里、梅春里、长裕里、德人里、群仙里、归仁里、慎余里等。仅仅是二集第八回中众人公贺郑志和、游冶之娶妾，叫局的局票上就出现了不少新的里弄名称：宝树胡同、观盛里、小久安里、迎春一弄、迎春二弄、北西安坊、小桃源等。（参见附录3）

初集中出现的部分里弄与1899年连载的《海天鸿雪记》有所重合，如公阳里、兆富里、同安里、久安里、新清和坊、仁寿里等，而二集中出现的新里弄名则无一出现在《海天鸿雪记》中，却有部分却出现在1906～1910年间出版的《九尾龟》中，如长裕里、归仁里、观盛里、西安坊等，说明二集中出现的一些里弄很可能是后来新修建的。在《海上繁华梦》后集第三回中对上海里弄的迅速增加就有集中反映。误嫁滑头周策六的妓女巫楚云逃回上海，寻到阿素想重做生意，阿素告诉她现在上海房子很紧张，"只有宝善街桂馨里的后面，新近翻造了许多房屋，把桂馨里改名贵兴里，又添了一条群玉坊的弄堂，又有一条新广寒小弄。"巫云翌日赶紧去群玉坊看房，"果然尚有两幢新造房子没有借掉。"而与她同回上海的妓女潘小莲、钱宝玲则分别相中了广福里、永兴坊。曾在上海做了多年妓女生意的巫云没听说过这两处地方，问道："广福里、永兴坊在什么地方？怎的我耳中不熟？"宝玲告诉她"两处多是新弄，广福里在满庭芳街，永兴坊在清和坊西首对面。"巫云不由感叹说："原来又是两条新弄堂儿，真个是桑田沧海。我离了上海没有几时，竟多出这几条弄来。"①

一个新的里弄名称的出现，对应着上海城市空间新的扩张，也彰显着上海繁华的进一步铺展。"桑田沧海"之感则强调了城市建设的速度感，这种速度感正是都市的特质。仅仅百年之间，××里、××路就将昔日的××街、××巷完全取代。这不只是一个简单的地名改变，而是"象征着近代商业文明取代农耕文明在上海的迅速推进。这种推进赋予近代上海作为商业都市的繁华和摩登气息，引导上海在近代经历了从传统内贸海港跃为国内首位都市的角色转变。"②

① 孙家振：《海上繁华梦》，见王继权等编：《中国近代小说大系》，南昌：江西人民出版社，1988年，第751～752页。
② 罗苏文：《路、里、楼——近代上海商业空间的拓展》，载《史林》，1997年第2期。

（二）都市繁华的变迁

与扬州小说中人物总是出现在埂子大街、教场，苏州小说中人物总是出现在阊门一样，上海小说中人物最主要的活动场景也在城市的繁华地带。不同的是，晚清上海的繁华中心不是传统民俗场所，也不仅是商贸交换枢纽，而是消闲娱乐景观群，将这些景观群串联起来的正是马路。因此，马路就成为城市繁华的象征，同时也成为各种欲望的载体。换句话说，小说中人物活动的中心场景的转移可以反映出人物"欲望地图"的变化，以及城市繁华的迁移。

我们可以将三部典型的上海小说《海上花列传》、《海上繁华梦》（初集、二集、后集）、《海天鸿雪记》中人物所在马路的出现次数做一个统计，得出下表：

表 2.6　晚清三部"海上小说"中的马路变迁统计

	海上花列传	海上繁华梦初集	海天鸿雪记	海上繁华梦二集	海上繁华梦后集
宝善街	12	4	1	2	6
四马路	33	16	17	7	12
大马路	8	12	6	9	10
新马路	0	1	2	14	19

以宝善街与四马路为例，纵向地来看，《海上花列传》虽然宝善街出现次数不少，有 12 次，但那是赵朴斋所住客栈的所在之处，而人物活动展开的主要场所是在四马路，所以次数比宝善街更多，有 33 次。《海上繁华梦》中两条马路的地位被表现得更明显，宝善街出现 4 次，人物活动在此的原因是吃面、洗澡、住客栈；四马路则出现 16 次，是嫖客妓女描绘欲望地图的中心舞台。在 19 世纪 70 年代以前，上海"以宝善街最为热闹"[①]，甚至直到戊寅（1878）年，有人仍认为"沪上热闹之区独称宝善街为巨擘"[②]，而自 80 年代起，"应称第一销金窟"[③] 的宝善街不再是上海的商业中心，继以崛起的是四马路。80 年代有文人称"近则销金之锅，尤在四马路一带"，到

① 王韬：《瀛壖杂志》，上海：上海古籍出版社，1989 年，第 3 页。

② 葛元煦等：《沪游杂记·淞南梦影录·沪游梦影》，上海：上海古籍出版社，1989 年，第156 页。

③ 李默庵：《申江杂咏》，见丘良任、潘超、孙忠铨总主编：《中华竹枝词全编·上海卷》，北京：北京出版社，2007 年，第 185 页。

90 年代文人眼中四马路仍然是繁华中心，"今则销金之局盖在四马路焉"①。可见，小说的叙事重心与 19 世纪 90 年代上海的繁华中心是相应的。

横向地来看，宝善街出现的次数迅速减少，意味着它最初作为繁华中心的地位衰落。在《海上繁华梦》后集中宝善街出现次数又有回升，是由于"宝善街桂馨里的后面，新近翻造了许多房屋，把桂馨里改名贵兴里，又添了一条群玉坊的弄堂，又有一条新广寒小弄。"② 新路与房屋的修建为宝善街增加了一些人气聚集；而在小说中，在前两集中曾处四马路中心的长三书寓巫楚云在后集中沦落到宝善街做么二，这也说明宝善街实已被繁华的四马路边缘化。

在四马路尽显繁华的同时，小说实也预示着另一处繁华地带的悄然崛起，这就是后来的南京路，其时被呼为"大马路"。从表 2.6 来看，在 1892 年连载的《海上花列传》中，四马路出现 33 次，大马路仅 8 次，前者是上海绝对的地域核心。到 1898 年连载的《海上繁华梦》，四马路仍出现次数最多，但大马路出现的次数与四马路已经接近了。《二集》在 1903 年左右写成，此时大马路出现次数甚至已超过四马路。《后集》乃从 1905 年起动笔，大马路的次数与四马路也不相上下。

这样的数字统计是偶然吗？恐怕不是。《海上繁华梦》既是写"繁华梦"，人物活动场所自然多在热闹地区，换句话说，一个地点被作者写到的次数越多，相应的，该地点应是越繁华。《初集》第二回给谢幼安、杜少牧强烈视觉冲击的首先是大马路："此时正是九点余钟，那条大英大马路上，比二人早上来的时节不同，但见电灯赛月，地火冲霄，往来的人车水马龙，比着日间更甚热闹。二人沿途观看一回。"③ 可见，大马路在四马路为繁华中心之时，已经在积蓄自己的繁华能量。因此，《二集》中大马路开始赶超四马路，就不显得突兀了。与此可以相参照的，是 1903 年《负曝闲谈》第七回中一老者谈论上海的繁华说：

> 　　上海张园一带，栽着许多树木，夏天在边上走，不见天日，可以算它东京帝国城。大马路商务最盛，可以算它英国伦敦。四马路是著名繁

---

① 葛元煦等：《沪游杂记·淞南梦影录·沪游梦影》，上海：上海古籍出版社，1989 年，第 127、156 页。

② 孙家振：《海上繁华梦》，见王继权等编：《中国近代小说大系》，南昌：江西人民出版社，1988 年，第 751 页。

③ 同上，第 21 页。

华之地，可以算它法国巴黎。黄浦江可以算它泰晤士江。苏州河可以算它尼罗河。①

在众多修筑的马路中独推大马路和四马路，说明它们是上海繁华的象征；而大马路与四马路的并提，又显现出四马路"一枝独秀"的局面已经改变。次年出版的《海上尘天影》中，顾府从扬州迁到上海，首先见识的也是大马路的繁盛：

> 从浦滩向北到英界，过海关进三马路到大马路，但见两旁皆是洋房，果然画栏凌虚，长廊匝地，洋行商铺，货物纷罗。来往的人不可计数，有坐车的，有乘轿的，有步行的，说不尽风流富贵，热闹繁华。②

不过，在晚清时期，大马路还没有完全释放出它后来的商业圈势能。在大多数以上海为背景的晚清小说中，人物往往在四马路与大马路之间游走穿梭。直到 1917 年，《海上繁华梦》二集中热闹的易安居茶馆被一座现代的百货公司——先施公司所取代，南京路（大马路）才真正一跃而成为上海社会经济生活的大动脉，在新空间里将上海引向更丰裕繁盛的"现代"。晚清来沪者体验上海现代性的第一站往往是在四马路坐马车兜圈子，到民国时期，大马路则成为新的观光站，"'去逛大马路'几乎成为新抵沪者的一种'入城仪式'"③。

值得注意的是，《海上繁华梦》比《海上花列传》多出了一条"新马路"，在初集中仅提到一次；在二集中则出现多达 14 次，而且新马路出现的次数甚至多于四马路与大马路，成为推动故事发展的重要场景之一；后集中新马路出现次数亦为最多。这样的统计数字并非毫无意义。可以与之相参照的是，1899 年连载的《海天鸿雪记》时间恰好在《海上繁华梦》初集与二集之间，而文中出现宝善街、四马路、大马路、新马路的次数依次是 1、17、6、2 次。宝善街次数最少，四马路次数最多，大马路次多，并且开始出现新马路，这与上表的整个趋势也相吻合。因此，《海上繁华梦》中新马

---

① 蘧园著：《负曝闲谈》，见王继权等编：《中国近代小说大系》，南昌：江西人民出版社，1988 年，第 38 页。

② 邹弢：《海上尘天影》，见《中国近代孤本小说集成》（第 2 卷），北京：大众文艺出版社，1999 年，第 831 页。

③ 叶中强：《上海社会与文人生活（1843—1945）》，上海：上海辞书出版社，2010 年，第 66 页。

路出现的次数多少，就不是文字处理的问题，而是与上海地域空间扩展的时间序列相同步。

著名报人包天笑对当时上海马路的记载可以作为一个外证。在 1902 年左右，他所在的金粟斋译书处要从繁华的大马路迁到一个"清静所在"，就是到新马路："这时上海的公共租界，正在向西北区扩展，开辟不少新马路，我们便向这些新马路去找寻房子。"① 所谓的新马路，包天笑也有说明，就是后来的派克路、白克路一带，此时还没定名，大家都呼为新马路。在《海上繁华梦》二集里，花小桃、阿珍等在新马路租借小房子，就是因为这里僻静，避人耳目。以前这里是荒冢旷地，适合写"聊斋"类的志怪小说，现在却成为狭邪小说中人物欲望扩张的地域标记。二集中甚至用整整一回（第十九回）来写"新马路颜如玉借屋，老旗昌荣锦衣开厅"，回目中的"新马路"正是当时上海新马路入侵"四马路"文化的映射。

不过，这些新开辟的马路并不是要作为四马路、大马路的对立面，因为马路的开辟绝不是简单的便于行走，它本身就是为了发展经济而存在的，马路的终点就是通向繁华。因此，我们毫无意外地看到，在《海上繁华梦》后集中，新马路的场景数量大幅增长，后集中有个用整整五回来叙写的重要关目——金子富遭翻戏（一种赌场骗局），翻戏党头目花小龙的公馆正是在新马路。小说主要人物周策六本来与贾逢辰等人活跃在四马路，在后集中因为要学骗术而登临新马路花公馆，又一次次到新马路与花小龙商量骗金子富的对策。子富在上海日久，并非不知道翻戏党，如果不是花公馆的豪华气派首先蒙蔽了他，伪装成办矿大官的花小龙也不会取得进一步的信任。可见，此时的新马路已经不再是荒僻郊区，而渐渐也被纳入繁华核心区域了。

这不是小说的虚构情境，而是其时上海的现实投射。当 1906 年孙玉声在创作《海上繁华梦》后集的时候，包天笑正准备移居上海。他的目标不是四马路，而是新马路。1902 年，他将译书处搬到这里是因为其僻静，而现在他将家搬到这里，是因为这时的新马路已成为"著名的住宅区"，而由于这里"日趋繁盛"，"空屋子也就不多"②，他一直跑到超出目标范围的爱文义路才租到房子。包天笑的难以租房反衬出人们对居住租界的趋之若鹜。《海上花列传》里租界被称为"夷场"，还保留着六七十年代人们对上海租界的称呼，《海上繁华梦》里全以"洋场"指代，正是人们这种观念转变的一

---

① 包天笑：《钏影楼回忆录》，北京：中国大百科全书出版社，2009 年，第 225 页。
② 同上，第 314 页。

种反映。从上面这些论述来说，《海上繁华梦》的文学价值虽比不上以往评价最高的《海上花列传》，但其史料价值却可能在后者之上，因为它的三部小说恰如"三部曲"，通过对上海地域空间推移的形象表现，真正编织了一个弥散日广的"海上繁华梦"。

　　总之，我们无需纠结具体的情节，仅仅依靠小说中马路与里弄的变化就能勾勒出一个极速膨胀的大都市形象。我们甚至可以说，上海的发展不是简单的繁华衰落，它是一个水涨船高的过程，宝善街非不繁华也，四马路非不繁华也，但最后人们都聚集到大马路上，并非它们衰落了，而是更耀眼的繁华将其风头盖过了。而这样强劲的发展势头，是推动海派小说从吴地小说中脱离的主要动力：是都市的发展让人们的生活更现代，是物质的发达让人们的欲望更强盛。至于都市对吴地小说产生的其他影响，会在后几章中详论，这里就不展开了。

　　小　结

　　王德威曾提出"小说中国"的观点，认为"小说的流变与'中国之命运'看似无甚攸关，却每有若合符节之处"①。其实从小处说，也可以有"小说吴地"的说法，即吴地小说的流变与吴地之命运也"每有若合符节之处"。唐代扬州极尽繁华，扬州小说在这时期也很繁荣，且多以富贵、长生为主题；明清苏州成为耀眼的大城市，苏州小说也在这时期兴盛起来，并充满了文人风流与商业气息；上海小说则伴随着晚清上海的崛起而兴起，并张扬着都市摩登。从扬州小说到苏州小说，再到上海小说，串联起吴地小说的流变过程；而《风月梦》、《青楼梦》与《海上繁华梦》又反映出晚清这一时段从扬州、苏州到上海的地域与文学移位，同时它们又对各自城市的地域传统有一个承袭，这样就从历时性与共时性两方面构建起吴地小说的立体时空。当吴地地域中心最终落到上海后，移位仍没有结束，区域中心又从城内转到城外，小说叙事重心随之也转移到租界，从而使"上海"小说变成了"海上"小说。也正是这一转变，使上海小说最终从晚清吴地小说中脱胎而出，开始形塑新的小说传统，也就是"海派"小说。同时，地域中心与叙事重心向上海租界的偏移，推动了新的叙事主题的形成，也就是"乡下人进城"。

---

　　①　王德威：《想象中国的方法：小说·历史·叙事》，上海：三联书店，1998 年，第 1 页。

第三章 "乡下人进城"
——新叙事主题的形成

当吴地的地域中心移位到上海，吴地小说的叙事重心也转移到上海后，上海无论从社会感受还是文学书写上都成为了绝对的核心，其他地区都退居次位。在这样有中心有外围的区域背景下，吴地小说才会在晚清产生一个新的叙事主题，这就是"乡下人进城"。

第一节 "乡下人进城"在晚清的新主题

一、"乡下人进城"叙事的演变

"乡下人进城"叙事，指乡间或小地方的人到大城市中的经历。这在古代文学作品中其实并不少见，许多笔记中将乡下人进城作为笑话故事来记载，小说中也常取之为情节素材。最突出的就是《红楼梦》中的"刘姥姥进大观园"。然而，"乡下人进城"的内涵比较简单，一般是作为"没见过世面"的代名词，多是作为笑料在小说中存在，而且是局部性、片断性的。正如有学者指出的，"尽管关于乡下人进城的观念在中国古代由来已久，但文学的叙述确实缺乏广度和深度：正面涉及这一话题的作品较少；几乎没有叙述这一话题的专门的小说、戏曲等叙事作品"，在内容上"只是表现乡下人偶一入城却有着文化指向意义的即时状态，很少表现乡下人由乡村而进入城市的长期或短期的生存状态"。① 直到晚清，"乡下人进城"作为带有主题性质的叙事才首先在吴地小说中形成。

---

① 黄强：《中国古代"乡下人进城"的文学叙述》，载《扬州大学学报》，2007 年第 5 期。

在"第一部城市小说"——《风月梦》中,"乡下人进城"叙事主题已初见端倪。小说主体描写了常熟人陆书"因看《扬州画舫录》,时刻想到贵地瞻仰胜景"① 而至扬州的游历过程;副线穿插了真正的乡下人穆竺(号穆偶人,谐音"木偶人")到城市中的窘迫。但最后小说主角的结局都不太好,返回乡间的穆竺却过上了幸福生活。这已经包蕴着后来上海小说中"乡下人进城"的基本元素:慕名追梦,新鲜事物,不适窘态,回归乡土等。但穆竺在全文中所占地位并不突出,乡村与城市的隔阂以及城市对乡村的吞噬也还不明显。

直到"第一部上海小说"——《海上花列传》中,"乡下人进城"叙事主题才算真正形成。因为乡下人赵朴斋成为小说的主角之一,并贯穿全文,它说明《海上花列传》"极为鲜明地把乡下人到上海'闯世界'作为具有象征意义的事件来描写",这样,"城市就不只是一个喧嚣的场景了,它确确实实是一种新的文化。所以,传统的道德批判在韩邦庆那里,渐次让位于'个人感受'——一种在城市社会环境中形成的特殊心理与价值观念。"② 也就是说,"乡下人进城"作为一个叙事主题,它是在新的城市文化背景下出现的,乡下人在城市中的个人感受(窘迫与不适)不再是作为简单的笑料(尽管作者可能也有博人一笑的用意),而是作为一种象征来反映两种不同文化的碰撞。

《海上花列传》所反映出的"乡下人进城"叙事的新变,与晚清整个吴地的格局变动有关。在苏州为吴地中心的时期,乡下人到城市是零散的、个体的、偶然的行为,城市对乡村并没有太大的吸引力;而在地域中心向上海转移的过程中,大量的移民也随之进入上海,第一章中已经对不同时期的移民做了相关分析,他们有的是为避难,有的是谋生计,但都是被上海较高的区位因素所吸引。上海甚至成了周边地区社会经济与人民生活的重大寄托,清末民初江苏川沙县竟有这样的观念:"农工出品销路惟何?曰惟上海。人民职业出路惟何?曰惟上海。"③ 随着上海在经济、文化各方面与传统城市的差距越来越明显,涌入上海淘金寻梦的人们也越来越多——不仅有周边的,也有远途的,上海甚至完全成为了一座"外来者的城市"(Shanghai

---

① 邗上蒙人:《风月梦》,见王继权等编:《中国近代小说大系》,南昌:江西人民出版社,1989年,第215页。

② 刘勇强:《西湖小说:城市个性和小说场景》,载《文学遗产》,2001年第5期。

③ 方鸿铠修,黄炎培纂:《川沙县志》卷五《实业志·概述》,上海国光书局,民国二十六年(1937)铅印本。

was a city to which people came)①。在这样的背景下,"乡下人进城"演变成一个群体的、长期的、足以引起人们注意的社会现象。

结合上面的分析,本书所说的"乡下人进城",并不是仅仅局限在乡下人到城市,也包括内地人到都市,因为"作为中国第一座'现代'城市,19世纪末上海的都会气息不同于传统城市。它造就了新的社会群体、经济关系与消费习惯。"② 这种不同于传统的全新都市形态,让传统城市几乎都沦为文化意义上的乡村。上海的许多现代事物,即使来自苏州这样大城市的人也是闻所未闻,这一点与乡下人在城市里的新鲜感有内在的相通之处,是广义上的"乡下人进城"。这不仅是一个文学象征,它甚至成为一个思想观念进入当时人认识中。徐珂在《事有不可解者》一文中提到:"苏州在沪之上游,而苏人来沪曰上来,归苏曰下去。沪有城,苏亦有城,有问在沪之苏人以邑里者,则曰乡下,几不知苏之自有城。"③ 处于上游的苏州却称"下去",作为一个大城市却称"乡下",这种"不可解"的倒置正来源于上海都市对传统城市的超越。

二、主题概括:海上·繁华·梦

基于上面的界定,虽然"都市小说"这样一个新的文类是由《海上花列传》引介的④,但本书可能更关注另一部不太受研究者重视的《海上繁华梦》。因为它作为一个"多声部"的叙事文本,也许比《海上花列传》有更丰富的内涵。

首先,《海上花列传》关注真正的乡下人进城,《海上繁华梦》则既有来自乡间的人,也有来自比上海落后的城市的人,他们对都市的适应程度虽然有所不同,但在面临诱惑、感受冲击、经历迷失这点上是一致的,而这是"乡下人进城"叙事主题的应有之义。

其次,《海上花列传》突出赵朴斋、赵二宝兄妹这一个体,《海上繁华

① Catherine. V. Yeh, "The Life-style of Four Wenren in Late Qing Shanghai", Harvard journal of Asiatic Studies, vol. 57 (2), 1997, p.422.

② 王德威著,宋伟杰译:《被压抑的现代性——晚清小说新论》,北京:北京大学出版社,2005年,第102~103页。

③ 徐珂:《康居笔记汇函 (一)》,见孙安邦主编:《民国笔记小说大观》,太原:山西古籍出版社,1997年,第22页。

④ 参见王德威著,宋伟杰译:《被压抑的现代性——晚清小说新论》,北京:北京大学出版社,2005年,第111页。

梦》则投向群像，先写苏州文人杜少牧在上海的"繁华梦"经历，当初集结束时，少牧刚有些悔悟，而苏州土财主钱守愚又粉墨登场了；二集中作者对钱守愚在上海留恋繁华的经历做了浓墨重彩的描写，而当二集结束时少牧迷途知返，守愚归乡后，后集又有守愚之子钱少愚重蹈覆辙，道学先生方端人之子方又端到洋场后性情大变，以及夏尔梅老入都市，顿迷花丛的种种情节。"方嗟游子回头晚，又见痴翁失足来"①，为什么有这么多人前赴后继、义无反顾地"进城"？正是因为都市巨大的诱惑力，而这也是"乡下人进城"叙事之所以经久不衰的源头。

最后，《海上繁华梦》的题目恰好无意中包含了"乡下人进城"叙事主题的全部元素："海上"是目标，"繁华"是诱因，"梦"是过程。

（一）"海上"

上海，在晚清人口中笔下又被称为"海上"，甚至西方人也默认"上海"即"海上"②。但随着上海作为一个现代都市逐渐崛起，"海上"用以指代上海的时候越来越多，因为"上海"仅仅表示一个地名，而"海上"却复合了中国文学传统中对异域、仙境的想象，类于"海外"之意。从小说题目的命名也可以看出，社会小说一般仍用"上海"，如《新上海》、《上海游骖录》等，狭邪小说多用"海上"，如《海上花列传》、《海上繁华梦》、《海上尘天影》等，盖因前者偏于写实暴露，后者多少有些"醉乡仙梦"的因子。而在小说叙述中，上海往往被作为"与内地中国相对立的异己力量"，这种看法"带有关于上海想象的意味：内地不可能发生的事情，在上海都可以发生"③，因此，"海上"一词，本身就代表了上海的异质性存在。

《文明小史》中劳航芥说："中国地方，只有上海经过外国人一番陶育，还有点文明气象，过此以往，一入内地，便是野蛮所居，这种好世界是没了。"文明—野蛮的二元划分，是将上海—内地二元对立的基本依据。在婚姻上，内地是父母包办，且须娶缠脚女子，上海则倡导婚姻自由，实行"文明结婚"，《文明小史》中来自吴江的贾葛民就想利用这一点，"叫家里知会女家，勒令她们一齐放脚，若是不放，我们不娶。料想内地风气不开，一定不肯听我们的说话，那时我们便借此为由，一定不娶。趁这两年在上海，物

① 孙家振：《海上繁华梦》，见王继权等编：《中国近代小说大系》，南昌：江西人民出版社，1988年，第332页。

② "西人裘雪司著《上海通商史》，其首卷详论上海地理上之历史，并推究上海命名之意，为即海上之义。"见姚公鹤著，吴德铎标点：《上海闲话》，上海：上海古籍出版社，1989年，第21页。

③ 张鸿声：《晚清文学中的上海叙述》，载《学术论坛》，2009年第1期。

色一个绝色佳人。好在放脚之后，婚姻可以自由，乃是世界上的公理，料想没有人派我们不是的。"在商业上，"内地商人，不比租界，任你如何大脚力，也不敢同地方官抗的，况且这悖逆罪名，尤其担当不起。"① 而像提倡实业这样的事，"上海究竟是开通地方，这种维新事业，瞧的人这样的多。若在内地，是恐怕要无人顾问了。"② 在治安上，内地可以恃强凌弱，上海却有章程禁令，不可为所欲为。比如"内地各处的娼寮，若真个十分可恶，便好打掉他的房间，叫他吃了惊吓。"但"上海地方，是打闹娼家，先就犯了捕房的规矩，就要拉到捕房里去。"③

当然，这种文明—野蛮、先进—落后的二元划分，很大程度上带有主观性质。《十尾龟》第五回费春泉对阿根受骗却难追回的事感到不解，因为"我们在内地，听说上海巡捕房怎样怎样的好"，等到自己亲眼看见，才知道"现在看来也不过如此。"④ 而《文明小史》中劳航芥在客栈住了一晚找不着表了，就认定是店主所偷，因为"常听见人家说，中国内地多贼"⑤，后来却在床底下找到，证实是自己的疑神疑鬼。这两个例子说明，上海并非像人们想象得那样先进文明，内地也并非真的那样野蛮落后。然而，这种想象将上海变成一个异域的存在，才会引起人们的好奇，从而直接导致了内地人向上海的聚集。

（二）"繁华"

这种聚集（进城）与以往的乡村被城市吸附并不相同。在晚清以前，城市给乡下带来的更多的是一种新鲜感，因为两者毕竟还建立在同样的农耕文明基础上；而晚清以后，上海这种建立在商业文明、现代文明基础上的都市繁华，有着与传统几乎完全不同的地域景观与生活方式，给人带来的感官震撼也就更大，乡村与城市之间的文化差异也就更明显。

在晚清吴地小说的"乡下人进城"叙事中，最常见的"进城"原动力就是为了见识上海的繁华。如《十尾龟》里费春泉"本慕上海繁华，久思一游"⑥，《九尾龟》里陶观察亦是"久慕上海是个有一无二的繁华世界，满心

① 李伯元著，秦克、巩军标点：《文明小史》，上海：上海古籍出版社，1997年，第274、113、247页。

② 陆士谔：《新上海》，上海：上海古籍出版社，1997年，第13页。

③ 漱六山房：《九尾龟》，武汉：荆楚书社，1989年，第60页。

④ 陆士谔：《十尾龟》，北京：中国文史出版社，2003年，第36页。

⑤ 李伯元著，秦克、巩军标点：《文明小史》，上海：上海古籍出版社，1997年，第287页。

⑥ 陆士谔：《十尾龟》，北京：中国文史出版社，2003年，第1页。

想要去见识见识"①。这也是晚清吴地小说写上海繁华的一个特色，即不是通过本地人体验，而更多地借助于外来者的眼光来体现，就是因为本地人处于这个环境中已经司空见惯了②，而未曾有此体验的外地人挟来的不同文化与本地文化的撞击，更能衬托出上海的"繁华"。

（三）"梦"

游沪者的"梦"正来自上海的"繁华"，如《海上繁华梦·自序》所说，"海上繁华，甲于天下。则人之游海上者，其人无一非梦中人，其境无一非梦中境。"③ 这个异域般的繁华城市，提供了外来者闻所未闻见所未见的器物、景观、生活方式，让他们感到眼花缭乱，如坠梦中。这个"梦"既有"梦幻"的美好一面，也是"迷失"的象征。几乎每一部典型的上海小说都会写到到沪体验者的"梦"。

比如，《海上花列传》"这书即从花也怜侬一梦而起"：在花海中"身子飘飘荡荡，把握不定"地行走，先是"只见花，不见水，喜得手舞足蹈起来"，再是看到众花沉沦"又不禁怆然悲之"，最后"跌在花海中"，"待要挣扎，早已一落千丈，直坠至地"④。这个梦实际上成为所有都市体验者感受的一个隐喻：面临诱惑，迷失沉沦，想要迷途知返却又有心无力，有喜也有悲。小说最后赵二宝的梦也是这样交杂着对现代都市的各种情绪，有麻雀变凤凰的迷想，有人变鬼怪的惊惧，穿插着"电报"这样的现代事物，以及"坐马车"这样的现代生活方式，最后以惊醒结束。历来研究者都称道《海上花列传》这一结尾很有现代小说的意味，其实这也暗含着作者对都市的复杂感情：醒来后的赵二宝应该怎么办？这是作者解决不了的问题，因为他虽然知道都市的罪恶，却又无法抗拒都市带来的种种诱惑。而在大多数小说中，人物的最后命运往往是回归乡土——没有人能完全在都市的诱惑与罪恶间游刃有余，没有人能完全与都市融为一体，这种归属感只能在宁静的乡村里才能找到。

再如，《海上繁华梦》里一开始谢幼安就做了一个梦，梦见自己被好友

---

① 漱六山房：《九尾龟》，武汉：荆楚书社，1989年，第623页。

② 如《九尾龟》第五回中常坐马车的刘厚卿觉得"司空见惯，不足为奇"，从常州来的方幼恽"从未坐过"马车，就觉得"双轮一瞬，电闪星流，异常爽快"。

③ 孙家振：《海上繁华梦·自序》，见王继权等编：《中国近代小说大系》，南昌：江西人民出版社，1988年，第1页。

④ 韩邦庆：《海上花列传》，见吴组缃等主编：《中国近代文学大系·小说集1》，上海：上海书店出版社，1991年，第165页。

杜少牧带到一个"人烟稠密，灯火辉煌，往来之人，衣服丽都，舆马显赫"的地方。少牧跑进"斜里一条小路"忽然不见，幼安想找人问信，却见"这条道上，进来的人甚多，出去的人偏是甚少"。当终于找到少牧时，却见他被一大群人围住"进又不得，退又不能，万分窘急"，幼安因"孤掌难鸣，不敢造次。只得高声大叫，只望他自己出来。那知少牧竟如不见不闻，毫不理睬"，最后还是靠少牧拿出剑"向自己当心直刺"，"心坎间忽然放出灵光一道，照得幽径通明"①，才让那帮人一哄而散。这个梦显然也是极富象征意味的，梦中的繁华之处指上海，"斜里一条小路"隐喻狭邪。"进来的人甚多，出去的人偏是甚少"暗指人们在都市的迷失，少牧"万分窘急"的境况正是游沪者共同的困境。而要从迷失中挣脱，靠别人的劝说是很难的，必须要靠自己的彻悟。

此外，《海天鸿雪记》里第五回写到颜华生病中做了一梦，"梦到一处绝大园亭"，却又"空山无人，抑郁谁语"；回评中说"颜华生一梦，是全书宗旨"，而全书宗旨在小说开篇已经有所说明，即"目下繁华世界"所呈现的"泡影驹光"②。华生之梦反映出知道"繁华"是"梦"以后的那种失落惆怅。

综上，"海上"、"繁华"、"梦"可以看作对"乡下人进城"叙事主题的高度概括：游沪者在"海上"展开都市冒险和体验，面临着都市"繁华"表面的诱惑与背后的罪恶（危险），在"梦"中沉醉、迷失最终回归。

第二节　"吴地追梦族"与新的叙事内容

从第一章的分析我们已经知道，上海的崛起让周围的城市都黯然失色，其相对较高的经济、文化等区位因素对周边形成了巨大的向心力，到沪者有的是办公事（多为政府采办），有的是去谋职，有的是去游玩，有的想见世面长见识，一个个一批批，前赴后继、义无反顾、如痴如狂、沉醉不醒，恰如今天"追星族"的精神状态，故本书以"追梦族"譬之，又因吴地得地缘优势，到沪最多，故以"吴地追梦族"来指代那些踏入都市繁华中的游

---

① 孙家振：《海上繁华梦》，见王继权等编：《中国近代小说大系》，南昌：江西人民出版社，1988年，第5页。

② 二春居士：《海天鸿雪记》，见王继权等编：《中国近代小说大系》，南昌：江西人民出版社，1989年，第220、191页。

沪者。

最典型的"吴地追梦族"出现在《海上花列传》与《海上繁华梦》中。前者以苏州乡下人赵朴斋、赵二宝兄妹的都市体验为线索，串联起整个文本，中间点缀着张小村、张秀英等到上海或谋职或"白相"（游玩）的乡下人，也有"苏州贵公子"葛仲英、来自南京的"天下闻名、极富极贵的史三公子"史天然这样的富家子弟。

《海上繁华梦》则采用复线形式，主线是苏州文人谢幼安与杜少牧在上海的游历，两人又作为一正一反的代表，谢幼安保持着苏州名士的品性，没有湮没在上海繁华中，杜少牧则迷失在都市的繁华与爱欲中。在初集结尾时加入副线，即苏州乡下人钱守愚在都市里闹的种种笑话和惊险历程，主副线在二集中交织出现，并行推进，最后两个不同阶层的人都选择了同样的回归苏州。但在后集中又生出旁支，即守愚的儿子钱少愚再入迷途，以及常熟土财主夏尔梅老入花丛等。此外还点缀着常州人潘少安、常熟人温生甫、常州人贾逢辰、常州人周策六、扬州人游冶之、扬州人郑志和等的游沪活动。可以说将形形色色的吴地追梦人刻画得细致入微。

《海天鸿雪记》前半部分写乡下人余钧伯的都市经历，以及与妓女沈宝林的"都市情缘"，当然这种真情与上海社会是扦格难入的，故最后也只能以钧伯赶回家、宝林落账房而夭折。后半部分写"苏州来的贵公子"徐君牧欲在上海结一段奇遇姻缘，却被妓女高湘兰利用其感情满足一己私欲。

《九尾龟》主体部分写祖籍常州，寄居苏州的章秋谷在上海的情场征逐，中间穿插了不少没有阅历的公子哥之游沪经历，如常州的乡宦子弟方幼恽，以及比他先到上海的表亲同乡刘厚卿、常州方子衡、常州金汉良等——这也是身为常州人的作者张春帆地域意识的表现。

与之类似的，在青浦小说家陆士谔的《新上海》中，作为小说上半部线索的是青浦名士李梅伯，作为下半部线索的是青浦名士沈一帆①，中间还插入浙江富家子弟姚锦回等。此外，还有《文明小史》中的吴江贾家三兄弟与姚文通老夫子的沪上体验。这些进入上海的吴地人构成了一个庞大的"进城"群体。

当然，除了乡间之人和部分文人，还有一部分人群也值得注意，那就是娘姨大姐。他们在小说中只是作为极小的配角，甚至只是一个符号，但作为

① 青浦属于上海的郊县，但在晚清时只有上海租界被视为都市，上海县城都已沦为文化意义上的乡村，何况是郊县。

一个群体，他们持续不断地进入上海并安于这样收入不多的"伺候人"的工作，实际也显现出上海对于传统女性的巨大吸引力。而娘姨大姐也以吴地人居多："妇人佣工沪上者，大都长洲之黄埭、金匮之荡口人居多，沪上称娘姨，虽大脚而貌皆楚楚。"① 他们是小说中隐性层面的"吴地追梦族"（当然，有时候大姐凭着"貌皆楚楚"，也能进入小说显性层面，成为重要角色，如《海上繁华梦》里的阿珍）。

总之，吴地人游上海成为晚清小说"乡下人进城"叙事的一个主要内容，而他们的具体经历虽然有所不同，但都体验了都市的"冒险之旅"，面临着都市的诱惑与罪恶，经历了心灵的迷失与回归。

一、都市冒险与体验

将沪上体验称之为"冒险"，首先源于晚清人对上海的想象。它就像一处热带雨林，有着迷人的风景，却又潜伏着野兽毒蛇。你不亲自体验，就不会知道它的真正面目，但你决定前往时，你又必须承担潜在的风险。晚清小说所描写的"追梦族"大多是年轻人，在老一辈的灌输下，他们将上海想象成一个罪恶的城市，但他们所能接触到的新闻报刊又将上海描写得那样迷人，年轻人强烈的探知欲让他们蠢蠢欲动，但他们并不知道等待自己的是什么，所以赴沪之行就成了一次冒险之旅。

《文明小史》中吴江贾家三兄弟的经历可以看作老一辈与年轻一辈对上海不同想象的代表。三兄弟想逛上海，贾母告诉他们"上海不是什么好地方，我虽没有到过，老一辈子的人常常提起，少年子弟一到上海，没有不学坏的。"② 在老一辈的心中，上海是一个罪恶之城，但这种判断并非源于自己的亲身体会，而是从更老一辈那里所得。更老一辈又是怎么得知的呢？恐怕也是凭自己的想象。因为上海在近代化转型中所体现出来的种种新面貌，都是传统意识无法理解也不能接受的，而人们对于自己无法理解的事物总是将其妖魔化，比如自来火、电灯刚引进上海时都曾出现过会灼人、电伤人的谣传。一位曾想学西文的苏州文人回忆，当时苏州没有洋学堂，要学西文必须去上海，但"当时苏州的父老们都不愿意放子弟到上海去，因为上海是个

---

① 辰桥：《申江百咏》，见丘良任、潘超、孙忠铨总主编：《中华竹枝词全编·上海卷》，北京：北京出版社，2007年，第171页。

② 李伯元著，秦克、巩军标点：《文明小史》，上海：上海古籍出版社，1997年，第85页。

坏地方，青年人一到上海去，就学坏了"①，最后只好延请老师到家里来授课。

然而，年轻人通过传播新知的报刊书籍，获取的关于上海的信息又是另一种景象。三兄弟据书报想象的上海是文明、开通的，而且他们"留心看报，凡见报上有外洋新到的器具，无论合用不合用，一概拿出钱来，托人替他买回，堆在屋里。"② 有了与现代器物与都市文明的直接接触，他们更加强了对上海的美好想象，最终踏上了都市的冒险征程。

伴随三兄弟上路的，还有姚文通老夫子，他应该算是老一辈，但因为常看上海的报纸，思想相对开通，对报刊上描绘的这个大都市也很向往。为了这次沪上之旅，姚老夫子还专门订了"一个章程"："白天里看朋友、买书，有什么学堂、书院、印书局，每天走上一二处，也好长长见识。等到晚上，听回把书，看回把戏，吃顿把宵夜馆，等到礼拜，坐趟把马车，游游张园。……至于另外还有什么玩的地方，不是你们年轻人可以去得的，我也不能带你们走动。"③

事实上，姚老夫子的章程也是大多数游沪者的"欲望清单"，而这种种节目又来自游沪前辈的推荐。如池志澂曾在《沪游梦影》中现身说法，说游沪者必须去观光的是四马路，除此之外还有八件"游沪者必有事"，分别是戏馆、书场、酒楼、茶室、烟间、马车、花园、堂子（妓院）。有的项目也许在别处也有，如戏馆、妓院，但上海的却是"甲于天下"，也值得外地人领略一番。④ 姚老夫子章程里的听书、看戏、下馆子、坐马车、游花园、逛堂子等，都位列八件"游沪者必有事"中，可见它们是上海最有特色的观光项目。下一章中将对这些具有上海地方特色的地域景观和生活方式进行分析，这里暂且从略。

《海上繁华梦》中杜少牧等虽没有像姚老夫子一样列一个清单，但追踪他们的行程就会发现，他们也是按照前辈的推荐项目来安排日程的：先是去一品香吃大餐，然后到丹桂看戏，接着是升平楼喝茶，再是天乐窝听书，最后以到妓院吃花酒结束了头两天的活动。不久，又将坐马车、游张园等一一体验。这些项目不仅是游沪前辈总结出来的"沪上攻略"，作为主人的上海

---

① 包天笑：《钏影楼回忆录》，北京：中国大百科全书出版社，2009 年，第 158 页。
② 李伯元著，秦克、巩军标点：《文明小史》，上海：上海古籍出版社，1997 年，第 85 页。
③ 同上，第 92 页。
④ 参见葛元煦等：《沪游杂记·淞南梦影录·沪游梦影》，上海：上海古籍出版社，1989 年，第 156～165 页。

人也予以认同，并据此为客人安排活动。如《海上花列传》中，赵二宝、张秀英来到上海，张秀英的表哥施瑞生请他们游玩，也是坐马车、游明园、大观园听戏、吃大餐。而外地人在这样的体验之后，又将其内化到自己的思想认识中，如钱守愚的妻子严氏到上海寻夫，少牧等本是外地人，却也按上海本地规矩款待了她："这夜幼安请他老夫妇在一家春吃了一次番菜，明夜是少甫请在天仙茶园看了一本夜戏，后天是少牧请他老夫妇白天里坐了一次马车，晚上在聚丰园吃了席酒。"① 这显然是对他们自己沪上体验的复制。

正是因为本地人、外地人的共同推动，使上述的娱乐风气弥散了整个上海，使它成为一个"娱乐之都"、"欲望之城"。一位久寓上海的小说家感叹："这里上海与别处不同，除却跑马车、逛花园、听戏、逛窑子，没有第五件事。纵使有，也不过是附庸在这四件事上头的了。"② 在这样强大的气场作用下，本来对城市有所好奇的"乡下人"们就更容易卷入都市浮靡声色的漩涡。《海上花列传》中赵朴斋被洪善卿问及来意时说："也无啥事体，要想寻点生意来做做。"③《海天鸿雪记》中余钧伯到上海也是想"托李大先生谋点事体。"④ 他们的本意都是严肃的，可在上海的种种前所未有的新鲜体验，都让他们最后的目的变成了"白相"（游玩）。

如果单纯只是娱乐，也不足以构成对他们如此大的吸引力。在很大程度上是这些娱乐项目所附加的现代属性征服了"乡下人"。酒楼里的番菜是西洋事物，马车是西洋事物，花园不是传统园林，而是现代公园，戏馆、书场、茶楼等虽然是传统消闲场所，但在上海却具有着现代风貌。如茶馆阆苑第一楼，"洋房三层，四面皆玻璃窗，青天白日，如坐水晶宫，真觉一空障翳。计上、中二层，可容千余人，另有邃室数楹，为呼吸烟霞之地。下层则为弹子房。"⑤ 这样宏大的气势，这样现代的设施，是传统茶馆远远不能相比的。上海的戏馆也是具有现代气派，不仅轩敞，而且多装有现代的电灯或

① 孙家振：《海上繁华梦》，见王继权等编：《中国近代小说大系》，南昌：江西人民出版社，1988年，第703页。

② 吴趼人：《新石头记》，见王继权等编：《中国近代小说大系》，南昌：江西人民出版社，1988年，第175～176页。

③ 韩邦庆：《海上花列传》，见吴组缃等主编：《中国近代文学大系·小说集1》，上海：上海书店出版社，1991年，第167页。

④ 二春居士：《海天鸿雪记》，见王继权等编：《中国近代小说大系》，南昌：江西人民出版社，1989年，第264页。

⑤ 葛元煦等：《沪游杂记·淞南梦影录·沪游梦影》，上海：上海古籍出版社，1989年，第106页。

煤气灯，有的还通过灯光来增强舞台效果，使传统的"听戏"变成了"看戏"，更加引人入胜。

随着上海现代文明的发展，外地人的"欲望清单"上的项目也就越来越多。比如《新上海》中的姚锦回已经不满足于坐马车，而是要坐汽车、乘电车。从某种程度上说，游沪者的都市冒险也就是一场现代体验的盛宴，"乡下人进城"的内涵也不仅仅局限在视野的扩张，而隐喻着传统与现代的碰撞。

二、都市诱惑与罪恶

如果上海只有充满魅力的一面，那么"乡下人"们的都市之旅也就仅仅是"观光"而不是"冒险"。正因为上海是一个诱惑与罪恶并存的城市，"乡下人进城"的叙事才会充满张力：有憧憬向往，有畏惧排拒，有蠢蠢欲动，有犹疑不定……让人又爱又恨，才是都市魅影挥之不去的根本原因。

上海的诱惑首先来自它的现代文明。在晚清，上海已不仅仅是一个繁华的大城市，而成为了"一个现代性的符码"①。《文明小史》中贾家三兄弟家住吴江，如果是在晚清以前，吴江人要见世面一定是首选苏州府城，但现在从未出过门的年轻人决定进城，选择的却是上海，可见城市繁华还不是他们考虑的首要因素，上海的现代文明才是最具吸引力的元素。小说中写到三兄弟因为惊叹于"光头比油灯要亮得数倍"的洋灯，突然意识到自己"坐井观天，百事不晓"，从而萌生了"到上海去逛一趟，见见世面，才不负此一生"②的想法。贾母斩钉截铁的不允，让他们有些泄气，却未能打消他们去上海的念头，最后三兄弟选择了偷跑。另一个浙江乡人花清抱因急着去上海，将本值三十吊的牛半价卖掉作为路资，这几个乡下人迫切进城的心理都可以反衬出都市的巨大诱惑。

现代文明的发达给人们生活带来了便利，也导致了人们对物质享受前所未有的追逐。《海上花列传》中贫穷而美貌的赵二宝来到上海寻兄，终自甘沦为妓女，除了她作为年轻少女固有的虚荣心作祟以外，施瑞生的引诱是导致她堕落的元凶。从小说的描写可以看到，二宝对上海都市最初是怀有戒心

---

① 刘永丽：《被书写的现代：20世纪中国文学中的上海》，北京：中国社会科学出版社，2008年，第218页。

② 李伯元著，秦克、巩军标点：《文明小史》，上海：上海古籍出版社，1997年，第85页。

的，也不是很情愿去那些娱乐场所，是因为瑞生"重复慢慢的怂恿二宝去白相"①，并用香水、时装等物质收买她的心，终于让她"抵抗不了色欲、物欲的挑逗……心甘情愿将自己的灵与肉全部抵押给了纸醉金迷的上海。"②赵朴斋在经历种种磨难，终与客栈里的家人团聚后，本应良知发现、痛改前非，却因在床上"听得"都市声色而心火复炽："朴斋独坐，听得宝善街上东洋车声如潮涌，络绎聒耳，远远地又有铮铮琵琶之声，仿佛唱的京调，是清倌人口角，但不知为谁家。朴斋心猿不定，然又不敢擅离……不意间壁两个寓客在那里吸鸦片烟，又讲论上海白相情景，津津乎若有味焉，害朴斋火性上炎，欲眠不得，眼睁睁地等到秀英、二宝听书回来。"③ 仅仅是听到都市的物质生活情景，就能让朴斋心猿不定、欲眠不得，更折射出在这个充满诱惑的城市，要保持纯正的心性有多么困难。

诱惑往往导致堕落，这反映了都市罪恶的一面。但本书所说的"罪恶"不限于引诱人堕落，还包括都市给人带来的所有身心危害。《海上花列传》中农民吴小大被儿子拒认，慨叹"上海夷场浪勿是个好场花。"名流齐韵叟也说"上海个场花，赛过是陷阱，跌下去个人勿少！"④ 身份地位相差悬殊的人，对上海的负面评价却惊人的一致，说明上海作为"罪恶之都"在很大程度上已成为共识。

全面揭露上海罪恶的小说有《新上海》。作者开篇就痛心地说："上海的文明，比了文明的还要文明"，"上海的野蛮，比了野蛮的还要野蛮"，后来又在正文中强调"谁料极野蛮事情就是极文明人干出来的"。⑤ 可见，小说虽名为"新上海"，但作者的关注重心却不在歌颂上海的新风新貌上，而是揭露上海在现代化进程中产生的种种"怪现状"：

① 韩邦庆：《海上花列传》，见吴组缃等主编：《中国近代文学大系·小说集1》，上海：上海书店出版社，1991年，第378页。

② 林薇：《清代后期世情小说之人文蕴含与美学风貌》，见燕京研究院编：《燕京学报·新二期》，北京：北京大学出版社，1996年，第11页。

③ 韩邦庆：《海上花列传》，见吴组缃等主编：《中国近代文学大系·小说集1》，上海：上海书店出版社，1991年，第372页。

④ 同上，第382、442页。

⑤ 陆士谔：《新上海》，上海：上海古籍出版社，1997年，第1、135页。

表 3.1　《新上海》中上海"怪现状"统计

序号	怪现状	序号	怪现状	序号	怪现状
1	吃白食、假装会钞	23	翻戏有功	45	卖药制假
2	出品协会变膀子总会	24	办报卷逃	46	洋装少年赖车钱
3	卖国贼赚银	25	女子嫖妓院	47	留学生没病住医院
4	老鸨虐妓	26	孩子碰和	48	酒醉办案
5	善士放赈，拐卖女子	27	巡士硬抢小孩	49	私吞饷银过烟瘾
6	孩子吸烟	28	娶妻被放白鸽	50	地皮翻戏
7	外国人打车夫	29	"翻天印"诈赌骗钱	51	立假遗嘱吞遗产
8	流氓攫耳环	30	工匠丢物，小偷送当票	52	妇人被抢，旁人以为夫妻
9	病人叫喜	31	诈亡骗保	53	捐客受骗
10	账房赚外快	32	谋生意被骗	54	强盗坐官轿劫财
11	吃花酒结团体	33	媒人诓银	55	城隍神娶亲
12	女学生做台基	34	娶妻被骗	56	女巫诈骗庙钱
13	假庄票	35	姨太太扮女学生	57	淫僧受干女儿
14	白坐车	36	夫人被误认作野鸡	58	和尚妇人通奸
15	仙人跳	37	巧妙行贿	59	付定银被骗、逼订合同
16	女子坐马车偷花边	38	女子被骗画押卖身	60	洋教习调戏江北女
17	捐米行骗	39	割股欺亲	61	富翁落魄做测字先生
18	故意失火赚保险	40	候补大人讨饭	62	相面串通
19	外交秘诀	41	巡士腐败	63	小报主笔敲竹杠
20	留学生十不同	42	呆子挥霍	64	出售花榜
21	男扮新娘	43	作媒受累	65	移息作股
22	小孩拐小孩	44	妻妾女儿被拐	66	露水生意

小说中至少写到上面 66 种上海的"怪现状"，有的在其他地方闻所未闻，比如 25 女子嫖妓院、40 候补大人讨饭。有的在传统看来是好的，在上海却变质了，比如 5，赈灾本是善事，却变成了拐卖灾区妇女的堂皇理由；再如 27，本来工程局"因拐匪众多，地方居民时时有走失小孩之事，遂定

下一条章程，各巡士在街上巡查，倘见有迷路小孩，领到局里头来，即赏给一块洋钱"，是一条很好的措施，有些巡士却将此视为发财秘诀，看到路上的小孩就强行抱走。更令人担忧的是连小孩也染上了不良习气，6 小孩吸烟、22 小孩拐小孩、26 小孩碰和，都是对大人世界的模仿。另外还有诸如坐着马车去偷几分钱一尺的花边的女子、假扮新娘的男人、没病住医院的留学生、坐着官轿去劫财的强盗等，都是常理难以推想的。当然，更多的是大大小小的骗局，虽然其他地方也有行骗，但上海的骗局尤其多，骗术尤其巧妙。可以说，上海给拥有聪明才智的人（无论是正的或邪的）提供了一个展示的平台。凡此种种，都是对传统伦理的僭越，对传统秩序的冲击，来自传统社会的外地人对此感到难以理解。因此，《新上海》中的梅伯见过上海的种种光怪陆离后，会大呼"在上海实在再住不下了"，愤然对"我"说："亏你好健的脾胃，这种龌龊世界，住了这许多年数。"①

《新上海》中的梅伯选择了愤然离去，但更多的乡下人面对都市的诱惑与罪恶，表现出的是欲拒还迎的暧昧态度。《海上繁华梦》中的杜少牧就是一个典型。我们可以拿初集为例，做一个分析：

第一回，少牧决定"进城"，却在快到上海码头时，乘坐的无锡快船与小火轮船相撞。这一小事故隐喻着传统与现代的碰撞；同时，在小说开篇即"放眼乍来风月地，惊心已入是非门"②，预示着少牧今后迷人体验中潜在的种种危机。

第二至五回，少牧体验了吃番菜、看戏、听书等沪上"特产"。在都市之旅渐入佳境时，第六回就被讹钱，带来了沪上体验的第一次不愉快。

第七至八回，少牧继续游愚园、留宿妓院、看跑马、游张园，沉醉在声色娱乐中，第八回结尾到第九回则发生了一次马车撞车事故。

但不快感很快过去，接下来是畅游龙华寺、看高昌会，第十回却又遭遇上海"翻戏"党，频频输钱。第十一回好友揭穿骗局，少牧摆脱困境，在第十二回中却又被妓女楚云哄骗赎身。第十三回少牧因楚云对自己不专一而伤心，转到妓女颜如玉那里，好似遇到真情知己，实际又落入如玉的圈套。接下来的两回写两个妓女各施绝技笼络少牧。第十八回发现如玉对他也并非真情。

① 陆士谔：《新上海》，上海：上海古籍出版社，1997年，第152、6页。
② 孙家振：《海上繁华梦》，见王继权等编：《中国近代小说大系》，南昌：江西人民出版社，1988年，第11页。

　　第二十回看盂兰盆会，兴致重涨。平静没多久，第二十七回又被朋友骗钱。第二十八回少牧看到账单有些悔意，却又因感情上的不死心，重新坠入如玉的迷魂阵中。第二十九回乡人钱守愚出场，第三十回又开始了新一轮的都市冒险。

　　如果把上述情节所表现的都市属性做一个概括，那么基本可以抽象为诱惑——罪恶——诱惑——罪恶——诱惑——罪恶……不难看出，都市的诱惑与罪恶是交织在一起，并行推进的。每当少牧意识到都市的负面属性，有所退意时，都市的诱惑就又向他迎面扑来，将他重新卷入物欲、情欲的漩涡。

　　小说开篇谢幼安的梦似乎可以说明一些问题，对沉迷都市的人来说，旁人劝说是没有用的，因为都市的诱惑力太大了，必得让他认识到罪恶大于诱惑，他才可能醒悟，但要刺激到他，必须让他看到都市罪恶所导致的沉痛悲剧，所以梦中杜少牧必须自刺心胸，有痛有血，才能"置之死地而后生"。在小说中，亲友的苦苦劝说不能让少牧浪子回头，开销巨大的账单让他有所悔意却还是不能自拔，直到他看到邓子通因吃醋杀潘少安而后自杀、屠少霞沦为车夫、郑志和沿街卖曲、贾逢辰失火身亡、钱家老夫妇反目成仇等种种悲剧后，方才痛悟，返回苏州。钱守愚也是经历了妻子严氏吞烟几死的悲剧以后，终于放下了对上海的留恋，与少牧同返苏州。后集中夏尔梅在经杜少牧现身说法一番苦劝后，稍有回心转意，却很快又被妓女笼络，将少牧的一片苦口婆心抛之云外，一直到最后妻子气死，自己也因过度消耗身体濒死，才悔恨"极应于妻死之后早回常熟，乐叙天伦，奈何留恋繁华，独居上海？"①

　　《海上繁华梦》二集的开篇诗中说"者回须唤痴人醒，勘破繁华断孽缘"②，要唤醒梦中之人，必须要"勘破繁华"，但上海的繁华哪是能"勘破"的呢，人们要想"断孽缘"，只能是离开都市，回归乡土。

三、心灵迷失与回归

　　在都市的诱惑与罪恶的双重作用下，人们必须进行一个心理状态的调适，因此，我们会看到晚清小说里的人物并非一味地迷失，或是绝对的清醒，往往是在迷失——清醒——迷失——清醒之间交相呈现，体现在小说中

---

　　①　孙家振：《海上繁华梦》，见王继权等编：《中国近代小说大系》，南昌：江西人民出版社，1988年，第1168页。

　　②　同上，第347页。

就是形成了滞留——劝归（欲归）——滞留——劝归（欲归）的叙事结构。

比如《海上花列传》中的苏州乡人赵朴斋，在开篇第一回他就被引诱到幺二堂子里；第二回又见识了烟花间；第三回学着上海人请吃花酒，接下来的几回转到长三书寓里文人与妓女的情感纠葛，基本与朴斋无涉。直到这里，我们尚还看不到能够对朴斋形成巨大诱惑的东西，马车、番菜馆、公园等体验都没有发生在他身上。从十二回朴斋娘舅洪善卿的担忧中，可以推断，朴斋所受的诱惑主要来自妓院。也正是在这里，有了第一次"劝归"：

> 善卿慢慢说道："上海夷场浪来一埭，白相相，用脱两块洋钱也无啥。不过耐勿是白相个辰光。耐要有仔生意，自家赚得来，用脱点倒罢哉，耐故歇生意也无拨，就屋里带出来几块洋钱，用拨堂子里也用勿得啥好。倘忙耐洋钱末用光哉，原无拨啥生意，耐转去阿好交代？连搭我也对勿住耐哚老堂哉啘！……我看起来，上海场花要寻点生意也难得势哚。耐住来哚客栈里，开消也省勿来，一日日哚下去，终究勿是道理。耐白相末也算白相仔几日天哉，勿如转去罢。我搭耐留心来里，要有仔啥生意，我写封信来喊耐好哉。耐说阿是？"①

对于善卿的劝说，朴斋并未放在心上，只是"一味应承，也说'是转去好'"。后来朴斋又有机会去了较高级的长三书寓，增强了都市对他的诱惑，但他发现被幺二妓女陆秀宝所骗，也有些灰心丧气，转向花烟间消遣。第十七回中朴斋被流氓殴打，显是因在花烟间与他们发生的矛盾，所以善卿生气地说："总是耐自家勿好，耐到新街浪去做啥？耐勿到新街浪去，俚哚阿好到耐栈里来打耐？"按理，朴斋吃了这一教训，应该收心了，故善卿趁此又有了第二次劝归，并"将五块洋钱给与朴斋，叫他作速回去，切勿迟延"。但朴斋仍是"一味应承"②。

接下来的数回，小说笔墨又转向长三书寓的文人与妓女，直到第二十四回，朴斋才出现。而他一出场，又是落魄景象："只着一件稀破的二蓝洋布短袄，下身倒还是湖色熟罗套裤，趿着一双京式镶鞋，已戳出半只脚指。"③

① 韩邦庆：《海上花列传》，见吴组缃等主编：《中国近代文学大系·小说集1》，上海：上海书店出版社，1991年，第250页。

② 同上，第250、286、286页。

③ 同上，第337页。

原来他并没有回乡，而是一直滞留上海，直到因缺房钱，不得不当掉长衫，才找善卿借钱回家。这次善卿没有"劝归"，而是直接"送归"，这样还不放心，又写了封信给朴斋母亲，让她管束儿子，不准再到上海。

　　然而，跳过几回后，赵朴斋又出场了。这次他更落魄，已经沦为车夫了。善卿气得再次寄信回苏，这是第三次"劝归"。之后，赵朴斋之妹赵二宝决定到沪寻兄。当她见到朴斋时，他已是"脸上沾染几搭乌煤，两边鬓发长至寸许，身穿七拼八补的短衫裤，暗昏昏不知是甚颜色，两足光赤，鞋袜俱无，俨然像乞丐一般。"① 到了这个地步，再面对家人的痛心，朴斋应该幡然醒悟了，可是当他坐在床上，听到宝善街上的东洋车声、戏曲唱调，他还是会"心猿不定"，可见他在上海都市中的迷失之深。

　　不难发现，作者要表现朴斋的迷失，却几乎一直没有对他在都市里的现代体验进行正面描写，只是将他的一次次落魄出场穿插在长三书寓场景中，恍如古代小说的"草蛇灰线"之法，"骤看之，有如无物，及细寻之，其中便有一条线索，拽之通体皆动"②，用朴斋落魄形象的几个剪影就能串联出外地人在上海都市的诱惑中步步迷失的过程。这既指向朴斋这样的乡下人，也包括用朴斋故事"穿"起来的文人们——一个逛幺二堂子和花烟间的人尚且沉迷之深，那些出入长三书寓的文人们，面对的是更狡黠的手段、更具有欺骗性的迷惑，他们的迷失就可想而知了。书中赵二宝说，赵朴斋沦为车夫还不回家，不是因为难为情，而"定归是舍勿得上海，拉仔个东洋车，东望望，西望望，开心得来"③，做车夫要满城跑，可以更好地观光都市，这反映出都市现代文明给传统社会的人们所带来的惊羡与渴求，人们宁可身体受苦也要享受这种精神满足。这也正是"乡下人进城"在"留"与"归"之间反复徘徊的深层原因。

　　《海上花列传》敏锐地发现了"乡下人进城"这个在上海近代化进程中所产生的重要社会现象，或者说社会问题，后来的相关小说基本上都是对它的一个扩充，或是将都市描写得更加光怪陆离、五彩斑斓，或是将心灵的迷失刻画得更加矛盾和挣扎。我们可以再以《海上繁华梦》为例。如果说《海上花列传》的写法是实笔虚写、重作轻抹的话，《海上繁华梦》则是一个脉络清

　　① 韩邦庆：《海上花列传》，见吴组缃等主编：《中国近代文学大系·小说集1》，上海：上海书店出版社，1991年，第371页。

　　② 朱一玄、刘毓忱编：《水浒传资料汇编》，天津：南开大学出版社，2002年，第223页。

　　③ 韩邦庆：《海上花列传》，见吴组缃等主编：《中国近代文学大系·小说集1》，上海：上海书店出版社，1991年，第372页。

晰、指向明确的"迷途知返"的故事。从一开篇就用谢幼安的梦揭示了全文的主题，即"迷失—回归"，后面的情节实际上就是对这个梦境的一步步印证。我们从一开始就知道杜少牧最后的命运是浪子回头、迷途知返，而不像读《海上花列传》一样，直到最后也无法断定朴斋和二宝是继续沉沦还是回归乡土。我们所不知道的，是杜少牧要经历几番挣扎和徘徊，才能挣脱都市，返回乡土，也不知道有多少人在少牧迷失的过程中，加入到他的行列。

第一回，少牧与幼安决定去上海时，还没出发，幼安已先"劝归"："少则十天八天，多至半月一月，定要一同回来，方可使得。"少牧也是满口答应："我到上海，本来并无正事，决不多耽搁日子就是。"① 这时的少牧还完全没有意识到都市对他存在的巨大诱惑力，好奇是促使他游沪的主要驱动力。

第二到七回，少牧在经历了吃大餐、看戏听书、逛妓院等游沪者"例行日程"后，在第八回迎来了看跑马的小高潮。西人赛马，一年仅两次，少牧能赶上这样的盛事，自然不肯错过。也是在这一回里，出现了第一次"迷失（滞留）—回归（劝归）"的交锋。幼安因看到少牧沉迷于都市生活中，很是忧虑，"一心要想早日回苏，不可多耽日子，弄出事来。"故有了下面的劝说：

> 幼安道："我们在苏州动身的时节，原说不多几日就回去的，如今已有一个月了。我想上海也没有什么名胜地方，这几天顽的够了，再住几时，还待要到那里去顽？故而明后天想动身回苏，你可也是这样意思？"少牧闻言，沉吟半晌，始回答道："本来我也要想回去了，只因出月初，寓沪西商就要跑马，那是上海春秋二季最是热闹的事，外路人多有到这时候到上海来看热闹的。我们既在上海，不可不看了跑马回去。因此还想耽搁几天。"……幼安道："今天是二月十九，如此说来尚有半个多月。不是我过于多虑，上海的花消很大，那十数天里，你须格外留点儿神，我也陪你再住几时。但是跑过了马，那可不能再耽搁了，不要你闹孩子气儿，一时间又不肯回去。"少牧笑道："安哥说那里话来。我们看过跑马，初十左右动身就是。"②

---

① 孙家振：《海上繁华梦》，见王继权等编：《中国近代小说大系》，南昌：江西人民出版社，1988年，第8页。

② 同上，第77~78页。

　　两人来上海时是元宵节后，本是打算几天即回，现在已是二月下旬，一个月转眼就过去了。"上海也没有甚么名胜地方"，何以滞留如此之久？可见并非耽于风景观光，实是留恋都市娱乐。对幼安的劝说，少牧"沉吟半晌，始回答道"，反映出他内心的犹豫。作为一个知识分子，他当然是明事理的，也知道"上海的花消很大"，但对从未见过的西人跑马，他又有着一种好奇，所以有些犹豫。但少牧的"沉吟半晌"与赵朴斋的"一味应承"相比，又能体现出前者尚未迷深，因为深迷其中的人对劝说已经不会思忖，"一味应承"正反衬出心中的不以为然。所以，当幼安答应宽延时日，少牧会"笑道"，觉得幼安太多虑了，此时的他心里是有"回归"之意的。

　　看完跑马，应该按计划回苏了，但少牧因马车相撞导致的事故在客栈养伤，幼安"屡想回苏，无奈看着少牧这般光景，万难动身，只得安心再住几天"，这么一耽搁又到三月半了，故有了第九回清明游龙华寺、看高昌会的盛事。第十回、十一回少牧赌钱受骗，想要翻本，幼安有了第二次"劝归"："我想你明日不要赌罢，还是收拾收拾早些回去的好，莫再闹出事来。"但少牧仍用传统的朋友之道去看待一起赌钱的人，认为是极为豪爽的朋友，怎么可能骗自己。第十二回当少牧亲眼见到子靖等揭穿骗局，终于醒悟过来，萌发"回归"的念头："明儿我想买些东西，再住一天，后天叫船一准回家可好？"①

　　然而，没想到，仅仅是中间有一天的挪移时间，"一准回家"的许诺又成了泡影。在这一天中，妓女楚云摆下迷阵，声称要嫁与少牧，让他留在上海。少牧听取其言，不仅自己不回，还设个圈套将幼安骗了回去，免得妨碍自己，无怪作者感叹他"两脚难离风月障，一身又入是非丛。"② 现在少牧的迷失已经不是简单的贪玩，而是被有意引诱的结果。

　　没有了净友约束的少牧，更加容易被拖入泥潭。他先是被楚云哄骗，滞留到端午，欲为之赎身，后又被如玉哄骗，再又被朋友骗钱。直到床头金尽，收到一大叠账单，才刺痛了他，悔悟"到底祖先创业不易，子孙那能把洋钱当做萝葡片儿，看得轻飘飘的随手用去。"但随即被如玉以嫁他为诱饵，又堕入迷阵，滞留到中秋。第二十九回少牧之兄少甫来到上海，亲劝少牧回苏，他"总吞吞吐吐，不肯答应"。在二集第一回更是吵着要分家，要搬到

①　孙家振：《海上繁华梦》，见王继权等编：《中国近代小说大系》，南昌：江西人民出版社，1988年，第88、111～112、129页。

②　同上，第130页。

上海来住，为了一个妓女竟致兄弟失和，可见其痴迷。但在上海这样一个神奇的地方，机遇与诱惑是无处不在的，杜少牧买彩票中了头彩，竟将娶如玉之事做成。不久发现如玉的虚情假意，气得决定回苏。至此，少牧对于上海的留恋已经几乎斩断，众人"趁此机会正好劝他回苏，少牧也是死心塌地的自愿回去"①。

小说写到这里，似乎已可结尾，但作者并未就此罢手，而是宕开一笔，又在少牧一枝之外生出钱守愚的旁支，双弦并奏，双股交织，将个体的迷失变为群体的迷失。中秋之后的九月上海将举办五十年的通商盛会，已有归心的杜少牧为此"决计再在上海耽搁几天"，被众人劝说回苏的钱守愚也说"看过了五十年通商大会马上就走"，回归再次转为滞留——"遂一日日耽阁下来"②。

第五、六回守愚因贪色遭遇"仙人跳"，钱财尽失，幼安乘机劝归，终于劝得"守愚有九分答应，少牧也有七八分了。"正在计议何日动身，却闻好友郑志和、游冶之娶妓女，故又滞留下来，不能不让人感叹"欲向良朋申贺惆，又教游子阻归期。"而正是在庆贺宴上，众人叫局，建议少牧叫楚云，结果少牧"羡艳福又动痴情，感旧盟复修前好"，再次迷失。其间又反复沉迷于妓女的虚情假意中，而又不时看穿他们的虚伪。这一沉浮转眼又到年底，少甫又劝回苏度岁，少牧"脸上一红，道：'但凭大哥做主。'"显出他心中的惭愧。然守愚却"因迷恋蓉仙，并且家中已寄银信来申，足敷度岁之用，怎肯立刻回乡"③，并要众人都在上海过年，归期又滞。

接下来的数回，主要就写少牧的朋友们一个个都未得善终，少牧也终于从中吸取教训，收住了邪心。而守愚经历了妻子寻死的悲剧，也挣脱风魔。两条情节线就此合到一起，都指向了回归。众人返回苏州，又是正月，新的一年开始了，迷途知返的人也将获得新生。

如果说以上的论述还不够清晰的话，我们可以将少牧迷途知返的过程抽象成下面的图示：

---

① 孙家振：《海上繁华梦》，见王继权等编：《中国近代小说大系》，南昌：江西人民出版社，1988年，第316、334、394页。

② 同上，第393、395页。

③ 同上，第412、412、424、611、612页。

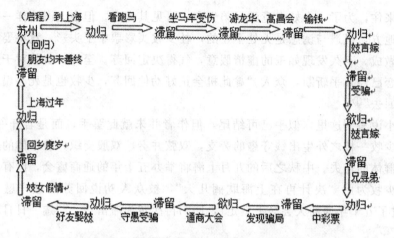

图 3.1 《海上繁华梦》"迷失—回归"主题脉络示意图

图示之所以画为环式，是因为少牧从苏州启程，最后又向苏州回归，而且在时间上，从正月到第二年正月恰好一年，也是一个回环往复。而组成这个环的，就是"滞留"与"劝归"的交错，这正是"迷失"的过程，而最后一次"欲归"终于成为"回归"，以一个善的结局到达从一开始就指定的终点。从迷失走向回归，正是大多数小说中"乡下人进城"叙事的共同旨归。

第三节 "乡村—城市"二元叙事的形成

当"乡下人进城"叙事有了上述那些新的内涵以后，它也就与以往的文学书写传统不同了，而形成了近代背景下才能产生的一种新的书写传统，这就是乡村—都市二元叙事。

说它在近代背景下才能产生，是因为农业文明背景下的传统社会，虽然分出了城市与乡村，但二者基本是一体化的。中国古代城市具有较强的消费性，它没有独立的支撑经济的命脉，必须依靠乡村农产品的持续供给。① 因此，虽然城市比乡村要先进、发达一些，但乡村才是"经济和社会文化优势资源的集中地"，因而"是整个社会的重心"。随着城市的发展，城乡的差距逐渐拉大，城市形成的巨大吸引力"吸附着散布于农村的财富、精英人才及各层次人力流向城市，社会优势资源的重心开始由农村转移到城市"②。明

---

① 参见黄强：《中国古代"乡下人进城"的文学叙述》，载《扬州大学学报》，2007 年第 5 期。
② 李长莉：《中国人的生活方式：从传统到近代》，成都：四川人民出版社，2008 年，第 56 页。

代中后期商品经济首先在吴地周边崛起，城市高度繁华，城市生活也逐渐成为社会生活发展的主导。但是，这还是基本在传统社会内部发生的嬗变，城乡没有到达二元对立的程度。

到了近代，城乡关系却产生了质变。西方的冲击使传统的自然经济解体，城市不再受掣于乡村，而成为一个可以基本自足的存在。在社会生活上，城市和乡村更"成为两个相互隔绝、差异显著的生活世界"[1]，城市日新月异、繁华递变、开放流动，乡村则封闭保守、变化缓慢。两个不同生活空间的人，形成了各自不同的生活习惯、思维方式和价值观念，从而产生了种种社会文化矛盾。到这个时候，城乡的二元结构才算真正建立，乡村—都市二元叙事才能真正形成。

一、城市对乡村的俯视视角

既然将城市与乡村二元化，那么"乡下人进城"就等于从一个自己熟悉的空间进入一个完全陌生的空间，自然显得与新环境格格不入，而当乡下人感受到这一点时，他会表现出极大的不适感，在城里人的眼里，这就产生出一种滑稽的效果。小说中常常对乡下人的乡村属性进行夸张处理，如果不是嘲笑，至少也是戏谑，这实际上反映出一种自居其高的城市心理。乡村是被贬低的，城市是被高扬的。

（一）衣着穿戴的差异

吴地人生活安逸，注重吃穿打扮，晚明苏州就引领时尚潮流，晚清上海更是一个时尚之都，各种风尚变革十分迅速，"有一岁而已变者焉，有数月而即变者焉"[2]，内地城市对此尚且追赶不及，何况是在变化缓慢的乡间村野，乡人的衣着穿戴与现代化都市环境更是大不相合，也就是有学者所说的"外貌逆差"[3]。《海上繁华梦》第二十九回钱守愚出场时，作者通过车夫之口描述了他的外貌："这人五十左右年纪，须发多已有些花了，身上着的深蓝洋布长衫、天青小呢对襟马褂，足穿厚底大云头元色布镶鞋，手中拿着一根毛竹旱烟管儿，衣裳的腰身袖口又长又大，下身又没穿套裤，秃着两只袜通管儿，好像是个乡人模样。"这样一身打扮，在讲究时髦的上海显得极不入时，所以楚云会感到十分滑稽，

① 李长莉：《中国人的生活方式：从传统到近代》，成都：四川人民出版社，2008年，第81页。

② 《申报》，1897年7月14日。

③ 侯运华：《晚清狭邪小说的原型剖析》，载《河南大学学报（社会科学版）》，2004年第4期。

"在被窝中格支格支的笑做一堆"①。二集第二十五回守愚的妻子严氏来寻夫，通过妓女桂天香之眼写了她的外貌：

> 见他五十多岁年纪，一张紫色脸儿，额角上已起了无数皱纹，头上戴着一只海螺兜儿，身上穿一件元色布老羊皮袄，下身大青布裙，脚上一双半尺来长的红布花鞋，走路时一塌一塌的，狠是有力。手臂上带着一副天圆地方银镯，两耳挂着一对金钢巾圈，头发已经有些花了，却戴着一头金押发、金荷花簪，鬓脚边更插着一朵大红山茶纸花。②

看得出，这是一个勤劳健壮的劳动妇女，作者特别写了她"半尺来长"的脚，这与城市女子三寸金莲形成鲜明对比。同时，她也是一个颇为自许的妇女，手臂上的银镯、耳朵上的金钢巾圈、头上的金押发、金荷花簪都有炫富之意，鬓脚边的"大红山茶纸花"是表现自己的时尚。但在城里人看来，这样的装扮却是俗不可耐、引人发笑的。因此，即使是谢幼安这样在作者笔下的道德楷模，也没有对她表示出宽容的态度，而是"见他坐在客堂里边，倘然有甚客来不便，叫天香陪到房里去坐"③。

人们对乡下人穿着打扮的态度，实际反映出在以貌取人的城市中，人们害怕"坍台"（丢面子）的心理，故《海上花列传》里洪善卿见到赵朴斋衣衫不整的落魄形象，对其怒斥，不是出于对晚辈恨铁不成钢的心理，而是觉得坍台："耐到上海来坍我个台！耐再要叫我娘舅末，拨两记耳光耐吃！"乡下少女赵二宝来到上海后很快也意识到了这一点，当施瑞生带她去听书以后，回来垂头丧气，认为"我好像个叫化子，坍台煞个"④。从很多小说的情节来看，在戏园书场那种光彩绚烂的场合，观众都是很注重自己的出场装扮的⑤，所以二宝才会觉得自己的乡下装扮太显眼也太刺眼。第三十回施瑞生请朴斋、二宝等去看戏，朴斋"退坐后埭"，仿佛他是跟着来的仆人，当瑞生"坚欲拉向前边"，他表

---

①　孙家振：《海上繁华梦》，见王继权等编：《中国近代小说大系》，南昌：江西人民出版社，1988年，第329、330页。

②　孙家振：《海上繁华梦》，见王继权等编：《中国近代小说大系》，南昌：江西人民出版社，1988年，第636页。

③　同上，第636页。

④　韩邦庆：《海上花列传》，见吴组缃等主编：《中国近代文学大系·小说集1》，上海：上海书店出版社，1991年，第338、372页。

⑤　如后面紧接着写施瑞生带二宝等去大观园看戏，就"穿着雪青纺绸单长衫，宝蓝茜纱夹马褂"；《海天鸿雪记》里高湘兰"翠羽明珰，戴着金丝边浅黑色玻璃眼镜"，也是时尚装束。

现出"相形自愧，局蹐不安"的不适状态，直到没有人搭理他，他反而能"自在看戏"① 了。这些显然也是朴斋意识到自己穿戴装扮与周围不合拍后产生的反应。但无论是自我意识到，还是在城里人眼中见出，他们在乡下的正常穿着都变成了落伍的。用城市的眼光去打量乡村，而不是站在乡村的立场上包容乡村，这本身就体现了城市对乡村的俯视视角。

（二）生活方式的差异

穿着打扮的落伍而引起的笑话在过去"乡下人进城"叙事中时也有之，而中西生活方式差异所导致的笑话则集中出现在晚清。其中最突出的是吃番菜（大菜、西餐）。虽然广东馆子也让上海人颇感不适应，但在用餐方式等方面与传统还是基本一致的，番菜则产生在一个完全不同的文化背景下，它的烹调手法（烧烤）、用餐形式（分餐）、食材配料（牛羊肉）等都与中餐大相径庭。连站在时代前沿的上海人也是经过了二三十年的时间，才基本适应番菜（而且是改良过的），乡下人对番菜的陌生感可想而知。一名苏州文人儿时曾与全家不辞辛苦来到上海体验现代生活，四马路逛了，马车坐了，茶喝了，书听了，唯独"从内地到上海来游玩……必须做到"的吃大菜没有办到，因为它用刀叉不用筷子，小孩子容易割破嘴唇，而在乡村里与耕牛相伴的大人们，又忌吃牛肉。②

这种饮食文化差异在小说中常常描写到，而且一般是作为笑话来写的。《海上繁华梦》初集第三十回少牧等请钱守愚去海国春，守愚竟问道："海国春是北京馆子，还是南京馆子？"在得知海国春是番菜馆后，就以番菜馆"牛羊肉的东西狠多，恐我吃他不来，你们请自便罢"辞绝，甚至众人劝他可以点其他菜品时，他还是"决意不去"，可见对西方文化的抵触。在二集第十八回中，守愚终于跟着众人去了泥城桥大餐馆，却"免不得把外国盐当做白糖，加非茶认是药茶，闹出许多笑柄，尚亏他动刀时千万留神，没有割穿手指，划破嘴唇，算是大幸，少甫等多暗暗好笑。"尽管有了这样的经验，但在思维方式上还是没有转换过来，所以后来守愚再次去吃大菜弄得嘴出血不止，原来是吃牛肉时"误记手中拿的是双筷子，向着口内一哑，顿时就划出血来"，让幼安等人"几乎狂笑出声"③。

① 韩邦庆：《海上花列传》，见吴组缃等主编：《中国近代文学大系·小说集1》，上海：上海书店出版社，1991年，第375页。

② 参见包天笑：《钏影楼回忆录》，北京：中国大百科全书出版社，2009年，第47页。

③ 孙家振：《海上繁华梦》，见王继权等编：《中国近代小说大系》，南昌：江西人民出版社，1988年，第338、550、611页。

在《文明小史》中，姚文通算是见过一点世面的人，所以在吃大菜时还不至于现出守愚那样的丑态。"一霎西崽端上菜来，姚文通吃了，并不觉得奇怪"，因为改良过的西餐还用着中国的食材，但"后来吃到一样拿刀子割开来红利利的，姚文通不认得"，原来这就是西方人吃的牛排。姚文通以世代不吃牛肉相辞，座中有人就道："亏你是个讲新学的，连个牛肉都不吃，岂不惹维新朋友笑话你么？"① 吃牛排竟与"维新"相挂钩，说明吃番菜在上海人心中已成为一种超越饮食本身的高级文化，也是自抬身价的筹码，而不会吃番菜的人无论是否来自乡间，都被视为"乡下人"。

不仅是会不会吃番菜，甚至连会不会点菜都被作为区分"乡下人"与"城里人"的标志。上文中的姚老夫子虽然肚里文才很深，可在点菜时，"他肚子里一样菜都没有"，只好"托主人替他点了一汤四菜，又要了一样蛋炒饭。"②《轰天雷》中的荀北山是常熟的名士，可在一品香吃番菜时也遇到和姚文通一样的窘迫："握笔半日，写不出来"，同去的朋友"只得代点了五样"③；《官场现形记》中的陶观察被请到一品香吃饭，"主人让他点菜，他说不懂。魏翩仞就替他写了六样"④；《十尾龟》里从浙江到上海的商人费春泉也是不会点西餐，不得不让东道主"执笔替他代点了几样"⑤。这些人或为官，或为商，或为硕彦，或为名士，都不是最底层的乡下人，在传统社会里都具有一定的地位，是受尊敬的人物，可是在番菜面前的一致无知，又让他们都沦为被上海人暗暗嘲笑的"乡下人"。当时上海有首竹枝词就嘲谑这些不会吃番菜的人："寿头最怕请西餐，箸换刀叉顶不欢。还可照人敷衍过，要他点菜更为难。"⑥ 把"乡下人"吃西餐的窘态描画得入木三分。

竹枝词里的"寿头"一词，在晚清吴地小说里也能经常见到。何为寿头？《清稗类钞》解释为老人长得"略如世俗所绘之寿星"⑦，则寿头意为"寿星之头"，但吴地小说中出现"寿头"之词，从未有赞美人物智慧的褒

① 李伯元著，秦克，巩军标点：《文明小史》，上海：上海古籍出版社，1997 年，第 105 页。

② 同上，第 105 页。

③ 藤谷古香：《轰天雷》，见王继权等编：《中国近代小说大系》，南昌：百花洲文艺出版社，1996 年，第 779 页。

④ 李伯元：《官场现形记》，见吴组缃等主编：《中国近代文学大系·小说集 2》，上海：上海书店出版社，1995 年，第 95 页。

⑤ 陆士谔：《十尾龟》，北京：中国文史出版社，2003 年，第 6 页。

⑥ 朱文炳：《海上竹枝词》，见丘良任、潘超、孙忠铨总主编：《中华竹枝词全编·上海卷》，北京：北京出版社，2007 年，第 558 页。

⑦ 徐珂编纂：《清稗类钞》第 14 册，北京：商务印书馆，1928 年，第 136 页。

义，多为骂人痴呆、没见识，故薛理勇《上海闲话》之释义盖近之："猪头鼻上额下布满皱纹，形状很似'寿'字的变体写法，所以被叫作'寿头'。"① 在小说中还有"寿头码子"、"寿头寿脑"等说法。

与"寿头"一样频频出现在小说里的，还有"曲辫子"。《清稗类钞》释为："土头土脑，其状一如瘟孙，犹文言之曰乡愚也。"② 薛理勇《上海闲话》则认为其意可能取于猪尾："猪的尾巴短而细，还经常卷曲成圆，故被隐叫作'曲辫子'。早期用来骂初来上海的乡下人。"③ 总之都是用来骂乡下人的。如果从小说里的描写来分析，可能更容易理解其意。《九尾龟》中写到账房萧静园衣着华丽，并非乡人模样，却仍被嘲笑为"曲辫子"，他还很困惑地问："我的辫子是刚在栈房里头叫剃头的打得好好儿的，怎么一回儿就得弯呢？"从这里看，"曲辫子"大概得名于辫子打得弯弯曲曲，因为清代人都以辫子打得油光水亮为荣，《九尾龟》里的妓女范彩霞因为能将辫子打得"亮油油的十分好看"，深讨陈海秋欢心，竟给她一千块银票，但这样的辫子"直打了半点钟的工夫"④，忙于劳作的乡下人肯定是没有这样的时间和精力去打辫的。第一百八十一回中写一个粗俗的厨夫儿子，说他"盘着辫子"⑤，大概乡下人为了方便劳作，平时都是盘着辫子的，从这两点就能明白为什么以"曲辫子"指代乡下人了。

此外还有"土老儿"、"瘟生"等词，用法都相近，大都是用来骂人呆头呆脑、没有见识、不懂规矩的，被骂者不一定是真正的乡人，却用乡下人的属性（土、曲）来指代，也反映出城市的一种优越感。

（三）社会观念的差异

中西的不同文化背景还导致了乡下与城市社会习惯、思想观念的差异。"城里人"的所作所为都被看作高级的、文明的，而在传统社会中习以为常的生活习惯、社会观念则被视为落后的、野蛮的"乡下"行为。《海上繁华梦》二集第十回守愚因在墙角小便，被巡捕逮到，说他违章。在上海，随地大小便被认为是极不文明的，所以工部局早有禁令。但传统社会这却是很正常的事情，故守愚很不服气，还口出恶言，自然被扭送至捕房，受了一夜的罪。由此看来，初集第一回少牧不愿带仆人到上海，倒是很有些先见之明："谢义

① 薛理勇：《上海闲话》，上海：上海社会科学院出版社，2000年，第135页。
② 徐珂编纂：《清稗类钞》第16册，北京：商务印书馆，1928年，第6页。
③ 薛理勇：《上海闲话》，上海：上海社会科学院出版社，2000年，第121页。
④ 漱六山房：《九尾龟》，武汉：荆楚书社，1989年，第407、691页。
⑤ 同上，第1124页。

并未到过上海，闻听人说，租界地面禁令极多，譬如沿途不准便溺，当街不准晒衣，午后不准倾倒垃圾，夜深不准酗酒高歌，比不得我们苏州地面，可以事事随便。"① 苏州作为一个大城市，是先进的代表，然而，它所遵循的"事事随便"的传统社会观念，却让它不过是上海眼里的一个"大乡村"。

二、难以治愈的"都市病"

如果说乡村—城市能够简单地等同于落后—先进，那么"乡下人进城"叙事也就不过是一个关于见世面的成长故事，或是关于不入时的滑稽笑话。然而，城市自身所具有、并且在上海都市化进程中日益突出的缺陷，使乡村与城市的关系发生了微妙的变化，也使"乡下人进城"产生了巨大的张力。这种缺陷就是"都市病"（现代病、文明病）。

在晚清小说中，还没有作者明确指出现代都市生活带来的弊端，大多数"城里人"还是适应并享受着这种都市生活，并以此作为高于"乡下人"的资本。只有《海天鸿雪记》隐约触及都市生活的副作用，它也描写四马路的繁华与上海人的都市生活，可是它塑造了一个不同于其他小说的主人公——颜华生。《海天鸿雪记》没有像其他小说一样描写主人公都市生活的亢奋状态，而是一直反复写华生的"病"，却又一直没点明到底是什么病，从表面上看似乎是因未得所爱而病，但实际上并不是这样简单。我们来看小说中每次出现华生"病"的场景：

第一次是在第一回中，颜华生一出场就被带到繁华的四马路去听书，这是晚清上海小说常见的情节，但小说没写他如何享受，却说"华生躺下，烧了一口烟，情思无聊，昏昏欲睡。"第二次是在第一回后半部分，华生去一品香吃大菜，朋友发现他脸色不好，揣测他是因为"吭拨对景个人做，阿要吭趣。"华生马上"正色"道："个倒并勿，该两日心里是勿大舒畅，归个上头，我故歇是勿用心哉。"第三次是在第二回中，朋友邀他去妓院打茶围，华生辞绝道："对勿住，我实在人来勿得，明朝奉陪罢。"第四次是在第五回中，李仲声去南市探望华生，问他头天还好好的，"那哼就有起毛病来哉？"华生告诉他"昨夜头勒浪轮船浪个辰光，已经有点头痛哉，个落后首来呜冈要搭我去打茶会，我勿高兴，就转来个。"第五次也是在第五回，华生禁不住大家的撺掇，去游张园，回来以后"躺在榻床上盘算了一会，忽然头昏跟

① 孙家振：《海上繁华梦》，见王继权等编：《中国近代小说大系》，南昌：江西人民出版社，1988年，第10页。

暗，到底新病之躯，觉得有些支持不住。"①

从这几次写华生"病"的场景不难看出，每次提到华生的病，都伴随着都市生活方式。如书场听书、吃大菜、逛妓院、游张园等，这些都是具有"上海特色"的娱乐项目，也是上海人早已认同的生活方式，但华生却因此而"病"。甚至从细节上我们还可以发现，华生病倒是因为"轮船"（隐喻现代文明），而去游张园后，刚好一点的身体立即又"支持不住"。这些都说明华生的"病"实际隐喻的是"都市病"。这并非臆测，因为随后他就在病中做了一个梦，从梦境来看，正是他对都市之"觉"的投射：梦中的造境为花木园亭，正反映出对回归传统乡土的一种向往，而华生"空山无人，抑郁谁语"的状态正是其他人"病"中而不自知，唯其独"觉"所导致的。先觉者的苦闷在后来现当代小说中也反复出现，《狂人日记》就是一例。华生的"病"源于都市生活的空虚，而更多的都市病在晚清吴地小说中——也许是无意的——被一一揭露出来。

（一）昼夜颠倒

上海由于照明工具的高度发达，成为一个灯火辉煌的"不夜城"。19世纪70年代，"夜市燃灯"被列为"沪北十景"之一，成为游览沪上必备的体验项目。乡下人进城后，首先给他感官巨大震撼的，正是满城繁华的灯火。《海上名妓四大金刚奇书》里即用灯火将上海与其他传统城市区别开来："上海市面，却与别处不同。十里洋场，万分热闹。香车宝马，络绎不绝。到了晚上，更是火树银花，城开不夜。"② 不过，灯火不只是象征着上海的都市景观，它更改变了传统人们的作息规律，形成昼夜颠倒的生活方式。

"昼夜颠倒是都市的突出特征，尤其是上海这个大都市的独有标志。"③从传统城市来到上海的人们惊异地发现，别的地方都是"一日之计在于晨"，而"上海地方早晨，是无所事事的"④，晚上才是大家最忙碌的时候。小说中时常能见到夜游张园、夜里听戏等描写，至于吃酒碰和等社交活动，往往也在晚上十二点左右才开场。晚上耗尽精力的人们，在白天怎么能"日出而作"呢？夜半才睡，午后起身成为大多数都市人的生活习惯。如《海上花列

① 二春居士：《海天鸿雪记》，见王继权等编：《中国近代小说大系》，南昌：江西人民出版社，1989年，第192、194、194、201、216、216、219页。

② 抽丝主人撰：《海上名妓四大金刚奇书》，见王继权等编：《中国近代小说大系》，南昌：百花洲文艺出版社，1996年，第55页。

③ 朱自昌：《晚清狭邪小说与都市叙述》，上海大学博士论文，2007年，第29页。

④ 李伯元著，秦克、巩军标点：《文明小史》，上海：上海古籍出版社，1997年，第114页。

传》第四回王莲生与张蕙贞"次日一点钟辰光，两人始起身洗脸"，第六十回中方蓬壶在晚上"敲过十点钟"就要歇息，则被视为"睡的极早"①。《海上繁华梦》中这样的情形更为常见，如第二十五回少霞与阿珍"到得明日起来，已是十一点钟"；二集第二回少牧与如玉"明日午后起身"；后集第五回策六与如玉"明天午后起身……一看已是一点二刻多了"②。

　　不过，这些午后才起身的人并非是贪恋与妓女共度春宵，实是亢奋夜生活后的极度疲惫所致。《海天鸿雪记》里回自己公馆歇息的李仲声并无妓女陪伴，仍是"明日十一点钟醒来"；在栈房睡下的钱端甫亦是"次日起来，已有十二点钟"③。而且这并非只出现在必须社交应酬的男人身上，《十尾龟》里康总督的女儿康小姐作为一名大家闺秀，睡得更厉害："这一觉直睡到下午三点钟，穿衣起身，梳头洗脸，行好一切照例公事。"④ 当然，这一觉是从天明才开始睡的，而应该睡觉的整个晚上，康小姐都用在看夜戏、游夜花园、坐夜马车等活动上了。等她下午才起身，梳妆打扮好以后不久，夜幕又要降临了，新的一天夜生活又开始了。

　　由于人们都习惯在夜间活动，连商业活动甚至都顺应着改变了，形成白天晚营业，晚上晚闭门的"夜市"。传统社会也有夜市，但主要商业活动还是在白天，而上海却是夜间营业额比白天更多。《新上海》写梅伯早晨到四马路广智书局买书，"见两旁店铺尚没有开齐"，梅伯惊异"怎么这里市面这样的晚，这时候铺子的排门儿尚没有退去?"雨香告诉他这不是晚，而是"早呢! 四马路市头都在晚上的，他们日间总要九、十点钟时才开门呢。"⑤"市头都在晚上"说明人们的消费活动主要在夜间，正反映出上海夜生活的发达。这一点也往往让来沪者啧啧称奇。《海上繁华梦》第二回写刚到上海的谢幼安与杜少牧去拜访李子靖，其时已经九点，两人看到的却是"洋场上还未上市，一路做买做卖的人也不十分拥挤。"比较昨日上岸时"天已黑了，街上却甚热闹，今日天未过午，怎么反是这般样儿? 看来上海地方真是全靠

　　① 韩邦庆:《海上花列传》，见吴组缃等主编:《中国近代文学大系·小说集1》，上海:上海书店出版社，1991年，第190、601页。
　　② 孙家振:《海上繁华梦》，见王继权等编:《中国近代小说大系》，南昌:江西人民出版社，1988年，第273、357、771页。
　　③ 二春居士:《海天鸿雪记》，见王继权等编:《中国近代小说大系》，南昌:江西人民出版社，1989年，第201、263页。
　　④ 陆士谔:《十尾龟》，北京:中国文史出版社，2003年，第253页。
　　⑤ 陆士谔:《新上海》，上海:上海古籍出版社，1997年，第27页。

夜市。"果然，等两人拜访子靖出来，已经晚上九点钟了，然而"往来的人车水马龙，比着日间更甚热闹。"①

同样的困惑也出现在《十尾龟》中。刚到上海的费春泉也是不了解上海人昼伏夜出的特点，仍按照传统习惯，一大早就去拜访马静斋，一路上发现"两旁店铺还没有开齐，马路上来往的人也不十分拥挤。"他也对昨晚与今朝做了一番对比："昨晚去看戏时，灯火辉煌，车马络绎，何等的热闹。现在早晨倒这样清冷，真与永康成了个反比例。"于是发出了同样的感叹："上海生意，看来都在夜市。"② 这些刚到"夜上海"的外地人，还保留着传统社会的习惯，自然会产生"都市反应"，一时不能适应。《二十年目睹之怪现状》中的"我"在升平楼喝茶甚觉凉快，第二天早上又跑去喝茶。虽然前一天德泉已经告诉说"上半天人少，早起更是一个人没有呢。"③ 但"我"去时已经八点，在传统社会看来，这已经不算早了，没想到茶馆连水都没开。其实，如果对上海茶楼"日逢两点钟声后，男女纷纷杂坐来"④ 的规律有所了解，早上喝不到茶也就不足为奇了。

不过，在上海呆久了，这些"乡下人"也会被同化，变成昼伏夜出的动物。比如《海上花列传》里从苏州到上海的赵朴斋最初还保留着乡下人早睡早起的习惯，"睡到早晨六点钟，朴斋已自起身"，不熟悉上海夜生活的他还满望着到街上"趁此白相相"⑤，结果自然是只看到垃圾车清理垃圾；不久以后，赵朴斋就被"夜上海"同化了，时常睡到"直至红日满窗"或者"比及一觉醒来，日光过午"⑥。《海上繁华梦》中从苏州到上海的文人杜少牧最初也还能正常作息，但很快也和大多数上海人一样晚睡晏起，一睡到"天已午初"，让同行的谢幼安不禁感叹"他自到上海，将及两月，为甚性情改变，

① 孙家振：《海上繁华梦》，见王继权等编：《中国近代小说大系》，南昌：江西人民出版社，1988年，第13～14、21页。

② 陆士谔：《十尾龟》，北京：中国文史出版社，2003年，第3页。

③ 吴趼人：《二十年目睹之怪现状》，见吴组缃等主编：《中国近代文学大系·小说集3》，上海：上海书店出版社，1994年，第187页。

④ 慈湖小隐：《续沪北竹枝词》，见丘良任、潘超、孙忠铨总主编：《中华竹枝词全编·上海卷》，北京：北京出版社，2007年，第603页。

⑤ 韩邦庆：《海上花列传》，见吴组缃等主编：《中国近代文学大系·小说集1》，上海：上海书店出版社，1991年，第175页。

⑥ 同上，第378、383页。

贪睡到这般地步？"① 借用《苏州繁华梦》的一句话来说，"习俗之移人也有如是"②。

（二）奢侈消费

城市的繁华总是容易导致奢侈消费，而繁华的吴地在明代早已形成"消费拉动经济，奢侈创造价值"的"吴地经济学"了，陆楫还专门论证过它的正确性。而晚清上海更成为一个消费型的社会，《海上花列传》里的匡二的说法很能代表当时人的心态："到仔埭上海白相相，该应用脱两钱。"③ 可是，如果将"进城"的这几项消费细算起来，可不是小数目，有人估算过，上海的妓馆、戏馆、酒馆，一日的花销"不下万数千元"，烟馆等消耗较小，一日也"不下千数百元"，无怪上海被称为"销金窟（窝）"。于是，"来游是邦者少不自检，往往失足于窟中"④ 也就成为"乡下人进城"后的噩梦。

不止一部小说描写了乡下人因为"不自检"而"失足于窟中"的悲剧。那些在家乡节俭甚至吝啬的人们，到了上海这个"花天酒地的擅场，纸醉金迷的世界"⑤，总会不由自主地被卷入奢侈消费的漩涡。《海上繁华梦》里的钱守愚到上海住的是一个挤轧不堪且有臭虫的小客栈，可他"只要省钱，吃苦些没甚要紧，安心安意的住在那里"；看戏宁可选看不清楚的边厢，因为只需花"两角洋钱"；少甫等请他去雅叙园吃饭，花了一千五百多钱，觉得"甚是便宜"，守愚却"说他狠贵"。但在上海没呆多久，他就像"着了风魔。他本是一钱如命的人，忽然手松起来。"他曾经不解于少牧在妓院里"花了几百块洋钱，只买得他们叫声二少，值得甚的？少牧不是发呆了么？"⑥ 没想到自己很快也发了呆，在妓院花了无数的钱。

《海天鸿雪记》中的余钧伯到上海后也像变了一个人，汤质斋目睹了他的变化："钧伯这个人，一向在乡间设馆课蒙，拘束得狠的，怎么跑到上海

① 孙家振：《海上繁华梦》，见王继权等编：《中国近代小说大系》，南昌：江西人民出版社，1988年，第116页。

② 天梦：《苏州繁华梦》，上海：改良小说社铅印本，1911年，第26页。

③ 韩邦庆：《海上花列传》，见吴组缃等主编：《中国近代文学大系·小说集1》，上海：上海书店出版社，1991年，第270页。

④ 忏情生：《销金窟稿有序》，载《申报》，1872年7月13日。

⑤ 漱六山房：《九尾龟》，武汉：荆楚书社，1989年，第492页。

⑥ 孙家振：《海上繁华梦》，见王继权等编：《中国近代小说大系》，南昌：江西人民出版社，1988年，第334、334、339、394～395、340页。

来，也会吃花酒"，不禁感叹"俗习移人，沾染的容易了"①。这种"俗习移人"并非是一个两个，而是一种普遍现象，《海上繁华梦》认为，"凭你何等样人，一到上海，便把银钱当做粪土一般，甚至流连忘返。"②《九尾龟》也提到："那班路过上海的人，不论是什么一钱如命、半文不舍的宝贝，到了上海，他也要好好的玩耍一下，用几个钱，见识见识这个上海的繁华世界。凭你在别处地方，啬刻得一个大钱都不肯用，到了堂子里头，就忽然舍得挥霍起来，吃起花酒来，一台不休，两台不歇，好象和银钱有什么冤家的一般。"③ 无怪有人大发感慨说："客到申江兴便狂，纵饶悭吝也辉煌。"④

为什么会形成这种反常？《海上繁华梦》将之归因于"多是上海繁华太过的不好"⑤。也就是说，是都市的繁华带来了奢侈消费这样的"都市病"，再通过地域同化，就将"病"传染给了外地人。《新上海》里有个来自贫苦人家的女学生金翠娥，本来学业是"最优等"，却因为看到学堂里"贵家闺秀、富室娇娃"的服御用度"初时震惊，后渐羡慕，羡慕不已，便思学步"⑥，又没收入供己挥霍，于是就去暗地里做妓女。这样的悲剧不正是"都市病"带来的恶果吗？

（三）人情物化

不过，前两种"都市病"还不是致命的，最难以治愈的、也是给传统社会带来最大冲击的都市病，也许要算人情物化。传统社会以地缘、亲缘为联结人际的纽带，乡情、亲情是人们十分看重的东西。可是在晚清上海，人情非常淡漠，比如我们常说"远亲不如近邻"，但《海上繁华梦》中少牧因不记得子靖家门牌号，逢人便问，"那晓得洋场上的居民，虽是近邻，却也不通闻问的多，一连问了几家，皆说不知。"⑦ 也许这就是文化地理学学者洞悉的都市法则："城市是一个不变的交往序列，而这些相互交往的人们互不

---

① 二春居士：《海天鸿雪记》，见王继权等编：《中国近代小说大系》，南昌：江西人民出版社，1989 年，第 264 页。

② 孙家振：《海上繁华梦》，见王继权等编：《中国近代小说大系》，南昌：江西人民出版社，1988 年，第 331 页。

③ 漱六山房：《九尾龟》，武汉：荆楚书社，1989 年，第 1001 页。

④ 葛元煦等：《沪游杂记·淞南梦影录·沪游梦影》，上海：上海古籍出版社，1989 年，第 49 页。

⑤ 孙家振：《海上繁华梦》，见王继权等编：《中国近代小说大系》，南昌：江西人民出版社，1988 年，第 331 页。

⑥ 陆士谔：《新上海》，上海：上海古籍出版社，1997 年，第 45 页。

⑦ 孙家振：《海上繁华梦》，见王继权等编：《中国近代小说大系》，南昌：江西人民出版社，1988 年，第 14 页。

了解。这就是从乡村到都市的转变。"（The city is a constant series of contacts with people about whom very little is known, and who know little of you. Such is a shift to urban society. ）① 如果说，地缘亲谊在上海基本是失效的，那么，上海人靠什么来联结感情呢？靠金钱。有钱时关系便近，感情便深，没钱时则可以立即视同陌路。可以说，人情完全被物化了。

《海上繁华梦》里的常州人贾逢辰为人热心，被杜少牧当作极好的朋友，但实际上逢辰的热心往往并非出于友情，而是出于私心。二集第三回，少牧欲娶如玉，逢辰明知"少牧受了如玉牢笼，一个真心要娶，一个却无心嫁他"，却不规谏少牧，反而想着"少牧中了头彩，不论是全张半张，手头此刻必定有钱，何不献个策儿，把如玉娶成，一定有些看想"；后来郑志和、游冶之娶妓，他也是热心帮忙，让两人感激不已，实际却"从中赚了一千五六百洋钱"。第十三回大家准备凑钱资助落魄的夏时行，逢辰却言辞正色地说："若替他拿出钱来，不吃些苦，后来胆子大了，只管在外间漂帐，漂了有朋友替他了结，岂不反害了他一世？"看起来似乎是一片苦心，其实"为的是自己不肯拿出钱来"。还是新到上海的少牧遵循传统社会"救人急难"的思想，带头捐钱；幼安"与时行无杯酒之交"，但也助人危难，捐了四块钱。②

不只是贾逢辰两面三刀，许多平时很要好的朋友，一到缺钱时，马上关系就冷淡了。比如夏时行落魄后，有人请客，请的是以前经常一起吃酒的朋友，"只少了夏时行一人"，让他不禁感叹上海人情变化之快："五六月间的时候，那一个人见了不要拉着他吃酒、碰和，只隔得几日工夫，怎的就受人奚落"；郑志和、游冶之因为被娶的妓女卷走家财，顿然困窘，经营之冬至约少牧吃酒，刻意瞒过志和、冶之，让少牧很不解："这又奇了！营之与志和、冶之交情狠深，为甚忽要遮瞒起来？"志和当然也不相信营之是这样势利的人，"故问茶房，可有自己请帖，也想写个回条谢他。茶房回说没有。志和呆了一呆。"他因为近况不好，即使营之请他，他也不好意思去，"不过朋友交情，不应该立时间这般冷淡。"③这些都说明，在上海很少有真心相待的朋友，大家平时的所谓友情，其实是建立在金钱的基础上。正因如此，

①　Mike Crang, *Cultural Geography*, London: Routledge, 1998, p. 53.

②　孙家振：《海上繁华梦》，见王继权等编：《中国近代小说大系》，南昌：江苏人民出版社，1988 年，第 368、423、491、491、491 页。

③　同上，第 260、600、600、600 页。

久在上海的洪善卿才告诫赵朴斋不要相信酒肉朋友，甚至是同乡也可能变质："耐就上海场花搭两个朋友也刻刻要留心。像庄荔甫本来算勿得啥朋友，就是张小村、吴松桥算是自家场花人，好像靠得住哉，到仔上海倒也难说。"①

金钱不只让友情变得薄弱，也导致了亲情的湮灭。《海上花列传》中乡下人吴小大听说儿子在上海发了财，怀着"体面体面"的欢喜心情去上海寻亲，却被儿子拒认，让他痛心地"号啕痛哭"。②《负曝闲谈》里黄子文的母亲从乡下到上海投亲，也是被拒认，更让人可气又可笑的是，黄子文为了摆脱母亲，竟将她送到女学堂中，要她"自立"。③

而爱情，更是都市里的奢侈品。小说不止一次写到有着重情传统的吴地文人，希冀在上海找到爱情，最后总是人财两空、铩羽而归。《青楼梦》认为那些在妓院里找不到爱情的人是因为"其实未知'情'字真解"，而"能解得情中之旨"④的金挹香则得以与心爱的妓女结合在一起，还能得到多个妓女的爱情。但是，这是在苏州，不是在上海。看看《海上繁华梦》里的杜少牧，来到上海妓院里的他就没有金挹香那样的好运了。少牧先是被妓女楚云骗，后又被妓女如玉骗，而且两者的伎俩还差不多，都是说要嫁给他；不仅如此，他被楚云骗了一次还不够，后来楚云对他虚情假意，他竟然会再次入彀。俗话说，吃一堑，长一智，少牧反复受骗却不醒悟，正是因为他以为苏州的重情传统也适用于上海，就像小说中总结的那样："少牧误的是个'情'字。"⑤还是《海上花列传》中的朱霭人看得透："越是搭相好要好，越是做勿长。"⑥在上海如果动了真情，反而关系维持不久，倒是抱着"白相"的心态，感情还长久些。

总之，正是因为上海有了这些难以治愈的"都市病"，乡村与城市之间

　　① 韩邦庆：《海上花列传》，见吴组缃等主编：《中国近代文学大系·小说集1》，上海：上海书店出版社，1991年，第252页。

　　② 同上，第382页。

　　③ 参见蘧园：《负曝闲谈》，见王继权等编：《中国近代小说大系》，南昌：江西人民出版社，1988年，第92～93页。

　　④ 俞达：《青楼梦》，见王继权等编：《中国近代小说大系》，南昌：百花洲文艺出版社，1991年，第3页。

　　⑤ 孙家振：《海上繁华梦》，见王继权等编：《中国近代小说大系》，南昌：江西人民出版社，1988年，第395页。

　　⑥ 韩邦庆：《海上花列传》，见吴组缃等主编：《中国近代文学大系·小说集1》，上海：上海书店出版社，1991年，第214页。

的关系才变得复杂起来。一方面，城市以俯视的眼光看待乡村；另一方面，城市对乡村保有的传统观念的可贵十分留恋，故又表现出对乡村的一种向往态度。这使"乡下人进城"叙事的内涵变得更加丰富起来。

三、城市对乡村的向往态度

在晚清吴地小说中写都市之恶时，它也会写到一些人性的闪光点，而这些可贵的人情恰恰发生在受嘲笑的乡下人身上。《海上花列传》中的乡下少女赵二宝虽然被都市的物欲吞噬，沦为妓女，可是她的品性却未泯灭。小说中好几处有意无意地写到了她的孝顺：第三十回里施瑞生请二宝吃大菜，二宝吃得很开心，却没忘记给客栈中的母亲也带上一份，小说中写她一回栈就"抢步上前"，"即检纸裹中卷的虾仁饺，手拈一只，喂与洪氏。"第六十二回，二宝听闻史三公子另娶他人，一头晕倒，醒来后虽然"心中悲苦万分"，却"生怕母亲发极，极力忍耐"，安慰母亲说"我故歇好哉呀。"哭了一夜后，二宝决定想法还欠债，怕母亲着急，对她说："无姆索性勿管，有我来里，总归勿要紧。耐快活末我心里也舒齐点，勿为仔我勿快活。"这时候仍将母亲的心情看得比自己更重要。第六十四回洪氏病倒，二宝悉心照料，并将自己的金钏臂典质兑换人参，让华铁眉称赞不置："我闻得二宝是孝女，果然勿差。"甚至二宝被赖公子拳打脚踢后，还惦记着母亲，"仍令阿巧搀了自己，勉强蹭下楼梯"，心中无限苦痛不敢说出，只"叫阿巧温热了二和药，就被窝里喂与洪氏吃下。"① 这些细节都能看出二宝对亲情的重视。

再如，《海上繁华梦》二集第十七回钱守愚输光了钱，又被其他赌棍劫财剥衣，还没法回栈，因绝望而投水，幸亏被人救起。小说特别点明，那是一个"乡人"。这个乡人也并非完全的淳朴善良，他也有他的奸猾，守愚投水之时，他正在做的事是"在河滩浸菜，预备没好了水，等至明天到小菜场上去卖，可以斤两重些。"但看到有人寻短见，他没有见死不救，而是跳下水去将守愚救起。当乡人把奄奄一息的守愚背回家中，家里人没一个责怪他多事的，反而一起来施救："顿时也有揉拣他呕吐的，也有泡姜汤与他喝的，也有取旧衣服出来与他换的，也有烧火替他烘湿衣服的。"不仅如此，他还"自己亲自陪送钱老班回栈，并把那烘得半干半湿的衣服替他带去。"可是栈主怕受干连，不肯收留，乡人只好把守愚送到长发栈。当少牧等赶到栈中，

---

① 韩邦庆：《海上花列传》，见吴组缃等主编：《中国近代文学大系·小说集1》，上海：上海书店出版社，1991年，第378、619、621、634、636~637页。

拿钱谢他，说是偿还他一身衣服时，他没有乘机讹诈，而是说："一身粗布棉袄、裤子，那里要这许多洋钱？"最后因"我们乡间人睡得甚早"不得不赶紧回去，临行时却不忘交代守愚换下来的湿衣。① 这些都能看出乡下人将人情看得比金钱要重，尤其是与栈中人的表现一对比，更显出乡人精神的可贵。

《文明小史》第二十一回也写到另一则乡人做好事的故事。被人嘲笑为"曲辫子"的乡人花清抱，跟随同伴去上海见世面，每天花销十分克己。有一天他无意捡到一个皮包，里面有值钱之物，这对于一个每天面对花花世界的乡人来说，是多么大的诱惑，但清抱却想到失主的着急，决定等待失主。当一个西人满头大汗回来找寻时，他原物奉还且不受酬谢。那失主就将他带到一个洋行，留他在里面做买办，后来西人回国，将货物全部留给他，他再加以发展，后来竟积攒了三四百万家业，成为上海有名的财东。虽然在上海这片神奇的土地上，一夜成为富翁或沦为乞丐的事每天都在发生，但作者有意选择了一个乡人的致富故事，而且他的致富源于一次拾金不昧，这本身就表现出对传统价值观念的肯定与褒扬。不仅如此，作者还特意写到清抱老年多病，难以亲理店务，但家业没有败落，是"幸亏他用的伙计，都是乡里选来极朴实的人，信托得过"②。言下之意，如果换了本地人，恐怕早就趁人之危了。乡村与城市的品格高下立现。

正因为乡村还保有这些可贵的传统思想，所以小说人物每每在都市迷失后，作者给他开的解药总是回归乡土。比如《海上繁华梦》里，每当少牧受了骗，幼安就会劝他回苏，暗含着苏州才是人情淳朴的净土。可是，在以前的文学作品里，繁华大城市苏州也常被描述成一个人情浇薄的地方。换句话说，是晚清苏州与上海相比，沦为"乡村"后，它所具有的"传统"身份使它变成与"现代"对抗的力量。闯入都市的钱守愚最后回苏了，重蹈覆辙的钱少愚最后也回苏了，夏尔梅虽然因病重无法回苏，但他临终前所悔的是没有早些回家。"回苏"成为这些在都市迷失的苏州人共同的灵魂憩息地。

如果从"回归乡土"这一视角再去反观小说，那么后集第三十九回，作者写如玉的发疯，就不是简单地阐述恶人终有恶报的道理，因为作者特地写了发疯的如玉行走的路线：先是"从三马路折到四马路"，再从兆贵里绕石

---

① 参见孙家振：《海上繁华梦》，见王继权等编：《中国近代小说大系》，南昌：江西人民出版社，1988年，第534～536页。

② 李伯元著，秦克、巩军标点：《文明小史》，上海：上海古籍出版社，1997年，第122页。

路"钻进了兆富里",又到了宝善街,最后转入县城,到城隍庙附近被巡士押走。这一路线显然具有意味深长的内涵。四马路是上海最繁华的地方,可谓"城市之心";兆贵里、兆富里是高级的长三书寓聚集的里弄,也是达官贵人、富豪商贾、文人墨客最常出入的地方;宝善街是上海以前的繁华中心,在四马路崛起后逐渐被边缘化,成为较低级的幺二妓女集聚之所;而县城则是上海开埠前的繁华区域,城隍庙是最热闹的地方。

不难看出,作者有意让大家的视点随着如玉从繁华转到不繁华,从都市转到乡村,从现代转回传统(因为上海县城与租界相比,已经沦为文化意义上的乡村,它的生活方式、思维方式都更接近传统社会)。而整部小说的视点几乎都在租界,却恰好在小说结束时返回县城(第四十回是以戏来归结书中人物的经历,则第三十九回相当于正文的最后一回),这绝非巧合,显然蕴含着作者"呼唤回归"的寓意。如玉在都市里的清醒反而是"迷",她的"疯"反而是"醒",她的行走路线实际反映了城市人的心声,即对乡村传统简单生活的一种向往。这也是后来现当代文学中不断复现的主题。

小　结

"乡下人进城"作为一个叙事要素古已有之,但直到晚清吴地地域中心在上海确定下来以后,它才作为一个具有主题性质的叙事出现在小说中。在上海这座现代都市面前,所有的传统城市都沦为文化意义上的乡村,因此晚清小说中的"乡下人进城"也就具有了乡间人到城市与内地人到都市这样的双重内涵。《海上繁华梦》的题目中海上、繁华、梦恰可作为"乡下人进城"叙事内涵的注脚,即在"海上"游历"繁华",在"梦"中迷失的体验和经历。在各色"乡下人"之中,吴地人是一个引人注目的群体。他们有着地缘优势,而且相对来说比其他内地城市更发达一些。而即使是这些来自发达地区的人,在上海面前尚且难以自持,其他人就可想而知了。"乡下人进城"叙事最主要的部分就是写"乡下人"的都市冒险历程,而最核心的部分则是"迷失—回归"的主题,这实际反映出晚清社会经济文化转型过程中乡村—城市二元化的趋势,并成为晚清吴地小说对现当代文学影响最大的一个方面。

第四章　吴地地域传统在晚清的分化

　　如第一章所述，苏州与上海先后作为吴地的地域中心与小说中心，因此，虽然吴地还有不少其他的大城市，但苏州与上海基本可以作为不同时期吴地地域文化的代表。前面已经纵向地将二者做了历时性的比较，本章试图再横向地将两者做共时性的比较，以全面反映吴地在晚清的社会文化生态。

　　然而，这一尝试的难点在于：由于上海在晚清强势的经济文化地位，无论上海作者还是苏州作者，似乎都醉心于描写上海而抛却了苏州。如果小说中的人物对苏州发生兴趣，往往是因为两样事物：虎丘和妓女。以虎丘为代表的苏州名胜因其优美的自然风景及人文风情吸引上海人去游玩，而苏州妓女则因其清秀文雅受到上海嫖客的推崇。完全聚焦苏州的小说屈指可数，昔日的吴地中心几乎被新兴的上海都市遮蔽了，这些苏州小说也就根本不能进入研究者的视野，留下相关可参照的资料很少。1878 年成书的《青楼梦》也许还算晚清苏州小说之中较为知名的一部，但其知名主要是因为它是鲁迅所说的晚清狭邪小说之"溢美"型代表，在晚清小说研究中往往被一笔带过；研究者更关注另一部上海的狭邪小说——《海上花列传》。而更多的晚清苏州小说连《青楼梦》所得的地位都得不到。它们长期湮没在卷帙浩繁的晚清小说中。这里仅举出最有典型性的几部：

　　1.《苏州新年》，不分回，遁庐著，1906 年乐群小说社出版。写主人公旧人在苏州过新年初一到初五的种种见闻，描写人们对维新、教育、强国等时代问题的各种观点，表现出对苏州各种愚昧和陋习的沉痛与对国事的感慨。

　　2.《断肠草》，又名《苏州现形记》，八回，佚名著，有 1908 年改良小说社刊本。叙写苏州旧家子弟洪小齐因吸鸦片导致的婚姻爱情悲剧。

　　3.《苏空头》，又名《苏州怪现状》，三编十五章，吴县单镇著，1910

年改良小说社出版。小说描写苏州各界种种奢靡浮华的风气。

4.《新苏州》，八回，天哭著，1910 年改良小说社再版，初版时间不详。小说借苏州阊门齐三知嫖妓院被榨干钱、赌钱遭遇翻戏党、被流氓敲诈等经历表现苏州的种种浮薄风俗。

5.《苏州繁华梦》，十八回，天梦著，有 1911 年改良小说社《说部丛书》刊本。主要以江蓉同、步小云、陈云走等几人贯串前后，描写苏州的种种风俗及堕落现状。

6.《苏州老骚》，二十回，井三郎编辑，1911 年东文书社出版。写苏州告老太守吴子和与告退御史汤崇伊为苏州二美妓争风吃醋，甚至为夺妓而互置死地。

这几部小说，有这样一些共同的特点：

第一，具有浓郁的地域特色，如《断肠草》有元和陈痴云的弁言，就用大量篇幅标榜苏州的三大特产：状元、戏子和美女；《苏空头》写到清明这一天苏州的各种风俗；《苏州新年》写到新年初一到初五的苏州习俗；《苏州繁华梦》则详尽描写了苏州一年各月的地域风情。由于这几部小说除了"吴县单镇"署真实姓名外，其他作者都不知其真实姓名及生平，故本书主要依据小说的苏州特色以及小说中作者以本地人自居的口气，将它们划为苏州小说。

第二，这些小说多直接在题目中标明"苏州"，且与上海相对而出现，如《新苏州》有相对的《新上海》；《苏州繁华梦》有相对的《海上繁华梦》；《断肠草》与《苏空头》分别又称《苏州现形记》与《苏州怪现状》，显然与当时上海出现的一系列"现形记"、"怪现状"有很大关系。这本身也暗示了晚清苏州与上海潜在的对话关系。

第三，这批小说集中出现在 20 世纪初清朝最后的几年中，这是一个巧合吗？恐怕不是。它们是在社会意义上预示着一个末世王朝的崩溃，也在文学意义上标志着古典传统的消逝，可谓一边是"繁华"，一边是"梦逝"。故本书选择《苏州繁华梦》作为论述中心，并以其他几部小说作为参证对象。

此外，还有《玉燕姻缘全传》、《新意外缘》、《还魂草》、《新花月痕》等，这几部小说属于另一类，即才子佳人类型，与传统的才子佳人小说变异性并不太大，本节暂不讨论。但它们与传统变异不大这一现象本身也说明了苏州文学传统的稳定性——晚清上海小说放到之前的时代是不行的，因为马路、马车等近代事物已被织入文本肌理，这几部晚清苏州小说却可以混到之前的小说里，因为小说里的苏州并没有太大的变动。另外，曾朴的《孽海花》、欧阳钜元的《负曝闲谈》、壮者的《扫迷帚》等也是苏州人所写，虽不是完全以苏州为故事情境，但苏州场景在小说中也占据了举足轻重的位置，也可以归为苏州小说。将这些小说放置回它们所在的苏州传统中，再与上海小说做比较，就会得出很多不同于以往研究的信息。

第一节　苏州与上海地域景观的比较

迈克·克朗（Mike Crang）在其专著《文化地理学》（*Cultural Geography*）中这样说：

> 长久以来，城市多作为小说的故事场景。然而，我们可能从小说中获得对城市更丰富的理解，而不是简单地将其作为描述城市生活的"资料"，忽略它的启发性。城市不仅是行为或故事发生的场地，对城市地域景观的描述同样表达了对社会和生活的认识。（The city has long been the scene of many novels. However, it is possible to gain richer understandings than by simply using this as 'data', however evocative, about urban life. The city is not only a setting for action or stories; the depiction of the urban landscape also expresses beliefs about society and life.）①

可见，地域景观并不仅仅是一个静态的故事背景，它们蕴含着社会和生活的丰富信息，透露着所在城市的时代气息。从这个意义上说，"文学作品不能被视为地域景观的简单描述"（literature cannot be read as simply describing these regions and places），不仅如此，事实上"许多时候是文学作品帮助塑造了这些景观"（in many cases it helped to invent these places）②，也就是说作者写什么、不写什么以及怎么写，实际都包含了他对一个景观的理解，这样的"主观性"与晚清小说描写的"真实性"并不矛盾，因为作者理解的基础，正是这个城市投射到他脑海里的地域记忆（下面的苏州小说会明显体现出这样的特点）。

本节即欲通过对苏州和上海地域景观的比较，说明不同地域景观背后的

---

① Mike Crang, *Cultural Geography*, London：Routledge, 1998, p. 49.
② Mike Crang, *Cultural Geography*, London：Routledge, 1998, p. 44.

地域文化传统的差异。而比较的方式或许与以往的研究不同，这里将从小说的回目切入。回目往往是不被重视的一块，研究者一般会直奔正文，研究情节。但实际上回目中有时会隐藏丰富的信息，如回目中出现的地名不仅是小说场景，而且还彰显出小说的地域特色。下表是《苏州繁华梦》与《海上繁华梦》（初集）里的相关回目：

表 4.1　《苏州繁华梦》与《海上繁华梦》回目中的地域景观

章回	苏州繁华梦	章回	海上繁华梦
1	元妙观恶少站香班，牛角浜流氓打圈子	2	长发栈行踪小住，集贤里故友相逢
2	官宦弄大闹私门头，青阳地小戏湖丝姐	3	款嘉宾一品香开筵，奏新声七盏灯演剧
8	留园佳景花月留痕，虎邱名胜山水增光	4	升平楼惊逢冶妓，天乐窝引起情魔
12	程公祠避暑留污点，凤迟庵争风酿命案	9	龙华寺广结香火缘，高昌庙盛赛清明会
14	中秋步月俏丫头有意，石湖泛棹大少爷偷情	19	挹朝爽也是园赏荷，纳晚凉安垲地品茗
15	北寺塔游人真古雅，元妃宫道士大风流		

章回小说中的回目一般起着提示情节的作用，故在拟回目时作者会注意提炼人物与情节，像《苏州繁华梦》这样地点频频出现在回目里的情况并不很多。对比那些上海小说，被称为第一部海上小说的《海上花列传》专注于人物的命运，几乎不在回目中出现地名，倒是被视为"嫖界指南"的《海上繁华梦》可与《苏州繁华梦》相媲。仅仅在回目上，二者就各自打上了鲜明的地域标签。更重要的是，回目还显示出二者关注重心的差异。《苏州繁华梦》中除青阳地外，元妙观、虎邱、程公祠、石湖、北寺塔等，都是名胜古迹；《海上繁华梦》中除龙华寺、也是园外，一品香、升平楼、安垲地等都是上海开埠后的新兴地域景观。由这些地域景观串联起来的文本，自然显现出两种不同的"繁华梦"。

一、苏州的地域景观

（一）元妙观

元妙观，又称玄妙观、圆妙观、玄都观，据《苏州府志》可知，玄妙观在晋朝设置，原名真庆道院，宋朝改成天庆观。元朝至元元年，始改名玄妙观。① 明朝称正一丛林。清朝因为避康熙皇帝玄烨名讳，而改名元妙观或圆妙观。它是苏州最热闹的民俗娱乐场所。平日里观中能看到各种民间技艺："如露天书，独脚戏、说因果、小热昏、西洋镜。那些都是属于文的。其它如卖拳头、走绳索、使刀枪、弄缸弄甏，那些都是属于武的了。"② 如果遇到新年、端午、元宵、中元、中秋等节日，苏州人有逛庙会的风俗，元妙观就更显得热闹非常，是苏州繁华的主要代表。

例如，《警世通言·金令史美婢酬秀童》正文故事发生在苏州，开篇却先介绍玄都观（即元妙观）。入话中的地域描写多为增加受众的亲切感与现场感，作者选择玄都观，正说明它之于苏州的重要性。

晚清的苏州小说延续了以玄妙观作为苏州标志景观的文学传统。正如《二十年目睹之怪现状》中写到的那样，苏州人见到外地人的第一句话就是："几时到的？可曾到观前逛过？"原来"苏州的玄妙观算是城里的名胜，凡到苏州之人都要去逛，苏州人见了外来的人，也必问去逛过没有。"③ 曾朴《孽海花》讲苏州状元金雯青（洪钧）与妓女傅彩云（赛金花）的故事，虽然故事很多场景在北京甚至国外，第一个小说场景却是从"一城的中心点"④ 玄妙观的雅聚园茶坊展开的。

要说明的是，玄妙观虽然是标志性的地域景观，但并非一直是苏州繁华中心的代表。第一章已经提到，阊门到枫桥一带的商业区才是苏州最繁华的地方，直到太平天国以前，"阊门外是商贾发达，市廛繁盛之区，所以称之为'金阊'。……客商们都到苏州来办货。"而当时玄妙观所在的苏州城内"虽然是个住宅区，但比较冷静，没有城外的热闹。自经此战役后，烧的烧，拆的拆，华屋高楼，顷刻变为平地了。"⑤ 在战争中，阊门外的商人一部分移资沪上，一部分转回城内，而太平军占领苏州后，鼓励商贸活动，但"当时战火未息，商市只在观前一带"⑥，战后一些寓沪商人陆续回苏，然毁于

① 【清】李铭皖等修，冯桂芬纂：《（同治）苏州府志》卷四十一《寺观三》，光绪九年（1883）刻本。

② 包天笑：《钏影楼回忆录》，北京：中国大百科全书出版社，2009年，第47页。

③ 吴趼人：《二十年目睹之怪现状》，见吴组缃等主编：《中国近代文学大系·小说集3》，上海：上海书店出版社，1994年，第255页。

④ 曾朴：《孽海花》，见王继权等编：《中国近代小说大系》，南昌：百花洲文艺出版社，1996年，第297页。

⑤ 包天笑：《钏影楼回忆录》，北京：中国大百科全书出版社，2009年，第11页。

⑥ 苏州市地方志编纂委员会编：《苏州市志》（第2册），南京：江苏人民出版社，1995年，第728页。

兵燹的阊门商市一时难以复苏，于是他们多选择破坏较小的观前复业。这些都刺激了玄妙观一带商业的发展，成为新崛起的商业中心。到光绪末年，这里已有 20 多个行业近 60 户商铺。①

美国学者梅尔清指出，"城市景点的声名似乎与其所在城市的命运息息相关。在中华帝国晚期，景点及其揄扬者都是一座城市在地域文化等级中地位及声誉的资源和征兆。"（The prominence of urban sites appears closely linked to the fortunes of the cities in which they were located. Sites and their celebrators were both source and symptom of the city's reputation and its position within the cultural hierarchy of places in late imperial China.)② 玄妙观在晚清苏州小说中重要性的凸显，正是与苏州"城市的命运"紧密相连的。换句话说，对玄妙观繁华的描写，实际上表现出苏州人对战争损伤的遗忘，对苏州重新崛起的信心。小说中着力表现的，不是平日作为人群聚集地的元妙观，而是节庆时笼罩上一层狂欢色彩的元妙观，这样，观里的热闹就成为城市繁华、经济富庶、生活安乐的代名词。

《青楼梦》第九回对玄妙观在元宵节的盛况有一番描绘："士女云集，都装束得十分华丽，望之如花山然。四人信步而行，早到了玄妙观前，见各家店铺俱悬异样名灯，别具精致，能教龙马生辉，亦使群芳生色。又见流星花炮，不绝街前。"③。《扫迷帚》第四回则写到苏州吴江卞资生与镇江杨心斋观看中元节盂兰盆会的情景，地点正在元妙观，因为这不仅是出会的必经之路，而且"此处为江湖卖技人聚集之所，把戏场、西洋镜、拆字摊、相人馆，无所不有"④，看完会后正可游玩。《苏空头》第二章用整整一回描写清明节作为"热闹场"的元妙观："宛如偌大的一个天井，弥罗宝阁、三清殿、火神殿、东岳庙、雷祖殿，成了一个道士的世界、太上老君的坟墓。每逢下午，那是江湖买卖、三教九流、人烟稠密的一个热闹场，同上海的城隍庙，仿佛相似。"⑤ 随后以"苏州城之中心点"观前街为联结，转移到玄妙观旁

① 苏州市地方志编纂委员会编：《苏州市志》（第 2 册），南京：江苏人民出版社，1995 年，第 729 页。

② Tobie Meyer—Fong, *Building culture in early Qing Yangzhou*, Stanford：Stanford University Press, 2003, p. 27.

③ 俞达：《青楼梦》，见王继权等编：《中国近代小说大系》，南昌：百花洲文艺出版社，1991 年，第 72 页。

④ 壮者：《扫迷帚》，上海：商务印书馆，宣统元年（1909）年第二版，第 19 页。

⑤ 单镇：《苏空头》，上海：改良小说社石印本，1910 年，第 13 页。

的城隍庙，并用第三章整整一章描写城隍庙之热闹。

《苏州繁华梦》所写是玄妙观新年的热闹情景："逢到正月初九天生日，元妙观里烧香的人人山人海，红男绿女挤个不了，格外闹热。"① 但与《青楼梦》描写不同的是，作者不仅仅是要造出一个繁华胜景，而是深入热闹表象的背后，发现人群的挤轧是人为造成的，是一批流氓和贪花少年故意挤住不动，好趁机观看女子与攫取财物，苏州俗话叫"做轧"。因为妇女要进观里烧香，这批流氓就在必经的露台两旁堵住道路，只容一个人通过，苏州俗话叫做"站香班"。后来的二月兰花会因为他们"做轧"竟然将墙头挤坍，还趁乱攫取妇女珠宝头饰。

不能不承认，这样的习俗在之前的文人笔记中也有所提及，但以往的文人笔下尤其是小说中似乎未曾以批判的眼光正面地、全面地描写苏州的陋习恶俗。以《苏州繁华梦》为代表的几部晚清苏州小说，却不约而同地把矛头指向苏州的种种不良风俗。《苏州新年》聚焦苏州新年祭神、迷信、赌博、吸烟等愚昧习俗；《断肠草》批判苏州长期以来吸鸦片的恶习；《苏空头》揭露苏州的迷信、吊膀子、哄骗诱拐等浮薄风俗；《新苏州》反思苏州的嫖妓、赌博、欺诈等陋习……这使这几部苏州小说中的苏州繁华就与以往小说中的景象不大一样，而更像是晚清描写上海的小说，在繁盛迷人中又透着些许腐化的气息。

（二）虎丘

比起玄妙观，虎丘的名气则要大很多，有"苏州第一名胜"之称。但人们把虎丘作为苏州的标志，并不仅仅因为它的自然风景有多么美，从范成大《吴郡志》可知，虎丘不过是"平田中一小丘"② 耳。一座土丘何以负此盛名，何以游展不绝？这与虎丘在文学传统中的形象有关。Craig Clunas 指出，一处园林的名声并非源于"景点本身的持久特色"，而是来自其特质的文学、艺术表现。（As Craig Clunas has argued, the fame of a garden does not derive from "enduring intrinsic features of the site", but rather from literary and artistic representations of the property.）③ 实际上，不仅是园林，其他名胜景观也如此，是文人及其文学赋予了一个地域景观以社会文化意

---

① 天梦：《苏州繁华梦》（上），上海：改良小说社铅印本，1911 年，第 2 页。

② 【宋】范成大纂：《吴郡志》卷十六《虎丘》，常熟汲古阁明刻本。

③ Tobie Meyer－Fong, *Building culture in early Qing Yangzhou*, Stanford：Stanford University Press，2003，p. 25.

义。比如王世祯在扬州任官前，几乎无人对红桥（虹桥）进行描述；在他的"红桥修禊"之后，红桥则逐渐成为扬州著名的地域景观，甚至成为扬州的标志性景观。①

虎丘亦是如此，如果没有像范仲淹《苏州十咏》这样的历代诗咏留存，虎丘的山水不会那样引人入胜；如果没有张岱《虎丘中秋夜》、袁宏道《虎丘记》这样的散文名篇流传，虎丘的赛歌不会那样扣人心弦。换句话说，小说里写虎丘，是将它作为一个象征，它在文化传统中的意义远远大于它实际的旅游价值。说明这一点，是因为在下文将要论述的晚清苏州小说中会看到，对虎丘的描写实际加入了作者们的地域记忆和文化想象。

值得注意的是，对虎丘进行描写的小说比较集中出现在明末清初，尤其是当时涌现的一批才子佳人小说，多对虎丘有所涉笔。如《巧联珠》中苏州胥门才子闻生被方公赏识，正是在其游虎丘之时；《吴江雪》第十二回详尽描写了中秋虎丘千人石赛歌的场景；《凤凰池》第四回亦写到中秋虎丘歌会，云生在千人石上赏月饮酒的情景。不仅如此，小说开篇才子云生因避祸来到苏州，选择的寓居之处就是虎丘；佳人文若霞与云生七夕初会，亦在虎丘；才子水伊人倾慕云生才华，亲到虎丘拜会；云生再次遭祸，也是在虎丘……可以说，虎丘已成为推动小说情节转换的关键场景。

才子佳人小说描写虎丘，主要是看重其自然景色，正如《女开科传》所说，"佳胜第一是虎丘山"②。另一些小说则是关注虎丘山塘一带繁盛的市集。《儒林外史》就借王玉辉之眼写到虎丘山塘的繁盛市集："只见一路卖的腐乳、席子、耍货，还有那四时的花卉，极其热闹，也有卖酒饭的，也有卖点心的。"③ 而晚清的苏州小说更多的偏于描写后一种，也许它更能代表"苏州繁华梦"。

例如，《负曝闲谈》第三回众人给柳国彬庆功，选择的就是虎丘山塘河边的近水楼："且说苏州有一座大酒馆，开在阊门城外，名叫近水楼。打开了窗户，就是山塘河。这山塘河里全是灯船。到晚上点了灯，明晃晃的，在河里一来一往，甚是好看。因此，这近水楼吃酒吃菜的人，更来得多了，见天挤不开。这近水楼有座河厅，十分轩敞，可以摆得下十几席酒。老板会出

① For a detailed analysis, see Tobie Meyer—Fong, *Building culture in early Qing Yangzhou*, Stanford: Stanford University Press, 2003, pp. 25—74.

② 岐山左臣著，韩镇琪校点：《女开科传》，沈阳：春风文艺出版社，1983年，第6页。

③ 【清】吴敬梓：《儒林外史》，上海：上海古籍出版社，2006年，第282页。

主意，把它用落地罩一间一间的隔开了，算做房间。这些吃酒吃菜的，也可以方便方便。"① 一段话就让苏州的江南特色、山水胜景以及商业气息跃然纸上，这样的描述也当得起"繁华"二字了。

如果说这还是平日的繁华，那么节庆时又如何？"苏人好游，凡遇三节会前一二日，各处已极热闹。"② 所谓的"三节会"，是指苏州在清明节、中元节、下元节（十月初一日），有迎神赛会，到虎丘山致祭，全城人都会赶去看会，名之曰"看三节会"③。元妙观此时观会的人已是人头攒动，去虎丘的路上更是人山人海。《扫迷帚》第四回卞资生与表弟在中元节前一天去虎丘，看到的就是"七里山塘，游人似织。迨夕阳西下，画舫轻摇，灯火通明，管弦嘈杂"④；《青楼梦》则写到三节会中的清明节，"挹香一路观瞻，扬鞭得意"，看到的是"游人毕集，往来画舫雪聚花浓。"小说还提到端午节虎丘山塘的热闹景象："片时抵山塘，龙舟争胜，在着冶坊浜夸奢争华。"⑤

《孽海花》第七回也写到清明节会："这日正是清明佳节，日丽风和，姑苏城外，年年例有三节胜会，倾城士女如痴如狂，一条七里山塘，停满了画船歌舫，真个靓妆藻野，炫服缛川，好不热闹！"⑥ 金雯青正是此时乘灯船游虎丘而遇到了傅彩云。前文说玄妙观是《孽海花》正文故事的第一个场景，而这里，男女主人公在虎丘初次见面，虎丘也就成为《孽海花》主体故事的第一个场景了。没有清明虎丘祭坛这一举城欢庆的盛会，正在服丧的金雯青不可能外出游玩，也就不会见到傅彩云；没有乘船观会必载花的传统，金雯青就不会叫局，也就不会近距离接触傅彩云。因此，虎丘场景对小说情节的推动可谓至关重要。

从上面这些例子中，我们看到的虎丘胜景似乎和晚清以前没有什么不同。然而，同样是在晚清，而且与《扫迷帚》和《孽海花》差不多同时的《二十年目睹之怪现状》里，虎丘却是另一种形象：

① 蘧园：《负曝闲谈》，见王继权等编：《中国近代小说大系》，南昌：江西人民出版社，1988年，第20页。

② 壮者：《扫迷帚》，上海：商务印书馆，宣统元年（1909）年第二版，第18页。

③ 参见包天笑：《钏影楼回忆录》，北京：中国大百科全书出版社，2009年，第48页。

④ 壮者：《扫迷帚》，上海：商务印书馆，宣统元年（1909）年第二版，第18页。

⑤ 俞达：《青楼梦》，见王继权等编：《中国近代小说大系》，南昌：百花洲文艺出版社，1991年，第345、228页。

⑥ 曾朴：《孽海花》，见王继权等编：《中国近代小说大系》，南昌：百花洲文艺出版社，1996年，第357页。

那虎邱山上，不过一座庙。半山上有一堆乱石，内中一块石头，同馒头一般，上面錾了"点头"两个字，说这里是生公说法台的故址，那一块便是点头的顽石。又有剑池、二仙亭、真娘墓。还有一块吴王试剑石，是极大的一个石卵子；截做两段的，同那点头石一般，都是后人附会之物，明白人是不言而喻的；不过因为他是个古迹，不便说破他去杀风景。那些无知之人，便啧啧称奇，想来也是可笑。（第三十八回）①

　　苏州第一名胜在"我"的眼里竟变成一堆乱石，不屑之情溢于言表。而就在稍前的章节里，苏州小说中繁盛的玄妙观则被描写成一座破庙：

　　我当日只当苏州玄妙观是个甚么名胜地方，今日亲身到了，原来只是一座庙；庙前一片空场，庙里摆了无数牛鬼蛇神的画摊；两廊开了些店铺，空场上也摆了几个摊。这种地方好叫名胜，那六街三市，没有一处不是名胜了。想来实在好笑。（第三十七回）②

　　反复说到"想来实在好笑"、"想来也是可笑"，作者对苏州人的嘲弄跃然纸上。他觉得苏州人把这些石头破庙当胜迹，倾城出动去游览，实在可笑；但也只有广东人写的小说中，作为苏州本地人的江雪渔才会对"我"和德泉"徒有虚名传齿颊，何来胜地足遨游"③ 的观感表示沉默了。如果在现实中，苏州人恐怕要反过来笑话这两个游人毫无雅骨、通体庸俗了。

　　我们可以说《二十年目睹之怪现状》的描写带有广东作者的地域偏见，但正因旁观，可能更为客观。另一个例证是上海人孙玉声所写的《海上繁华梦》后集中写到光绪末年的虎丘"烟景苍凉，动问幼安，知是发匪时蹂躏所致，山侧有泉已难汲饮，山头有塔已不可拾级而登。"④ 这也许更接近晚清虎丘的实貌。在太平天国战争中，苏州受到极大破坏，正如一位苏州海关官员所指出的："这场叛乱（指太平天国运动）的确对苏州危害深重，即使没

　　① 吴趼人：《二十年目睹之怪现状》，见吴组缃等主编：《中国近代文学大系·小说集3》，上海：上海书店出版社，1994年，第267页。
　　② 吴趼人：《二十年目睹之怪现状》，见吴组缃等主编：《中国近代文学大系·小说集3》，上海：上海书店出版社，1994年，第256页。
　　③ 同上，第255页。
　　④ 孙家振：《海上繁华梦》，见王继权等编：《中国近代小说大系》，南昌：江西人民出版社，1988年，第808页。

有其他不利因素发生作用的话，恢复过来也需要 40 年的时间。"① 因此，即使经过几十年的复苏，苏州又出现了苏州小说中描写的繁荣景象，它也不可能回复到乾嘉盛世时的胜景了。

拿虎丘来说，经过"庚申之乱"，虎丘仅"一塔幸存，余皆土阜"②，直到十余年以后的光绪四年（1878），虎丘仍没有从战争的破坏中完全恢复③，80 年代末还有游人因为苏州"亭榭楼阁破坏不理，名流胜迹渐归荒凉"而感到"深惜"④，因此，光绪末年的虎丘仍是"烟景苍凉"，也不是没有可能。再如虎丘山塘一向盛行的画舫游乐活动在战后被官方以民生凋敝为由禁止，直到光绪十二年（1886）才得以重现。《点石斋画报》一边描写苏州灯船之佳景，一方面也不得不承认"劫后民力凋敝不复原"，虽然"今夏，业其业者聊为尝试，另翻新样"，然"亦不多"⑤，说明战争后的苏州名胜的确衰落了。

前文曾说晚清苏州小说对虎丘的描写带着一种地域记忆及文化现象，也就是这个原因。现实中的虎丘已经是烟景苍凉了，但文学传统中的虎丘却仍是佳境盛景。苏州人不是没有看到苏州的衰落，但他们不愿承认衰落。在苏州人心里，只要享乐精神、奢靡风气还在，苏州就能继续繁华，而虎丘画舫正是享乐精神、奢靡风气的典型象征，故在晚清小说中依然保持着传统形象。这如同后来庚子年间的上海，其时"政府为义和团所蛊惑，扶清灭洋之声，影响及于南方，租界市面稍受打击"⑥，但《海上繁华梦》后集里从天津逃回上海的妓女巫楚云去游张园，却"见洋房内游人如织，与四年前一般风景，绝不像北边有甚乱事。"⑦ 也是享乐精神屏蔽了衰退，包装了繁华。

再回到《苏州繁华梦》。上文曾说它一边是"繁华"，一边是"梦逝"，在对虎丘的描写上也表现出这一点。作为最晚出的苏州小说，它对苏州的现

　① 陆允昌编：《苏州洋关史料》，南京：南京大学出版社，1991 年，第 79 页。

　② 毛祥麟：《墨余录》，上海：上海古籍出版社，1985 年，第 18 页。

　③ 参见叶昌炽：《缘督庐日记抄》四月初五日日记，见顾廷龙主编：《续修四库全书》（史部·传记类），上海：上海古籍出版社，2002 年，第 345 页。

　④ ［日］冈千仞：《观光纪游》，见王稼句编纂点校：《苏州文献丛钞初编》，苏州：古吴轩出版社，2005 年，第 1008 页。

　⑤ 《点缀升平》，见吴友如等绘：《点石斋画报·大可堂版》（第 3 册），上海：上海画报出版社，2001 年，第 196 页。

　⑥ 姚公鹤著，吴德铎标点：《上海闲话》，上海：上海古籍出版社，1989 年，第 60 页。

　⑦ 孙家振：《海上繁华梦》，见王继权等编：《中国近代小说大系》，南昌：江西人民出版社，1988 年，第 749 页。

状有着清醒的认识，所以它写一个俗化的苏州，而不像《青楼梦》那样写诗化的苏州；但另一方面，它又表现出对"繁华梦"的留恋，因此在文本上表现出一种裂隙，即文字描写与作者态度的抵牾。作者要批判虎丘游乐，却又将其描写得那样激动人心。如以前的小说谈及游虎丘必说到画舫，却无人细致描写画舫本身。《苏州繁华梦》却用大段文字详尽描画了画舫的结构，并细分为官舫、花艇、游船、公雇等不同种类。这是水路，而陆路上的场面也被作者描写得极为细致，完全可以作为风俗史料。甚至在第七回用了整整一回写虎丘游乐后，又在第八回单独用一半的篇幅来写虎丘登高，将虎丘的著名景点千人峰、剑池、虎丘寺等依次写出：

> 那山平滑如玉，可立千人，俗名叫做"千人峰"。千人峰旁有一池，池清而水深，池边兀立一石，石上镌了两字，叫做"剑池"。剑池之上有个双吊桶，再上有个虎邱寺，寺内四望无边，吴山胜景，悉在目前。寺之中厅做个茶室，这个厅叫做碧草堂。①

可以说，《苏州繁华梦》实际上将以往苏州小说中的嘉年华氛围发挥到了极致。作者用与读者对话的语气写道："这山塘大街直通虎邱，共有七里路长。这七里路中店肆林立，你说金阊繁盛不繁盛呢？"除了这样明知故问的一句，作者还将自己的体验也带入其中："不知不觉踱到虎邱，一路上耳鼓里听那娇俏的歌声，眼帘里映那娇艳的红粉，鼻门里并且还闻那缥缈的奇香，这也是姑苏的艳史。"②游山玩水竟能成为"艳史"，这也是吴地文化传统的一种特色了。

在第八回结尾的评语中，作者的态度又急转直下，将虎丘游船这一类"挟妓饮酒"的行为看作庸俗的，苏州风气的败坏与此有很大关系——"此风俗之所以日敝也。"何况晚清的虎丘的游乐活动中又加上了坐马车、兜圈子这些"最为无谓之事"的新节目，更让作者痛心疾首。而作者的解决方法是什么呢？不是唤醒民智，而是借助于苏州名士传统的复兴——曾经虎丘之名声不正是这些名士所创造出来的吗？作者在第八回特地安排吕吉卿、薛筱白两名士携名妓登虎邱联句，并认为"名士为虎邱增光，庶几名胜之地，不

① 天梦：《苏州繁华梦》（上），上海：改良小说社铅印本，1911年，第36页。
② 同上，第30、31页。

为若辈俗客所污。"① 这段描述在很大程度上给苏州增添了一份诗意，和整部小说俗化苏州的风格很不相搭。

其实，这样的"混搭"风格在晚清吴地小说中并不少见，如以写实近真著称的《海上花列传》里就虚拟了一个一笠园，在园中多是名士风流、文人雅事。这其实是晚清文人在传统与现代之间徘徊的一种投射。然而，《苏州繁华梦》产生的时代毕竟是封建王朝崩溃前夕，传统的名士风流在新兴的市民社会中难有寄居之地，作者对名士风流的挽救也只是一种理想化的行为。第十六回预备立宪选举议员时，两名士只有一票，惨遭淘汰，步小云、陈云走、羊醒栢、巫嗣虎等玩绅劣董、浮少滑客反而当选，这就以残酷的现实打破了作者的理想。"梦"最终还是"梦逝"了。《苏州繁华梦》作者态度的犹疑摇摆，其实也是其他晚清苏州小说中大多具有的，即一边为现实的苏州感到痛心，一边为传统的苏州表示眷恋。

（三）留园

留园，又称刘园、浏园，是著名的苏州园林，被誉为"江苏第一名园"②。本为明徐同卿泰时东园故址，嘉庆时为刘蓉峰之园，俗称"刘园"，后在光绪二年（1876）被盛康买下加以修整，并改名为"留园"。这本身也打上了时代的鲜明烙印，所谓"留"，应是针对"庚申之难"而言，在战前根本没有留园之名，而在战争中，吴门名园多成废墟，惟阊门外的刘园幸存，改名留园，乃取其留存、保留之意。

即使和后来新筑的怡园等园林相比，留园仍然是苏州人最爱游玩的景点之一。《苏州繁华梦》第三回与第八回用大篇文字描写留园的兰花会和游春之事，可见留园之于苏州的重要性虽赶不上虎丘，却也不失为地标性的地域景观。《海上繁华梦》后集第八回几个上海文人到苏州游玩，短短几天，难以穷尽苏州景点，只能选择最有代表性的地方，而东道主谢幼安、杜少牧为客人安排的日程中有虎丘、留园，说明留园与虎丘一样，都被作为苏州标志景观。

因留园之于苏州的重要性，故《苏州繁华梦》第八回一开头，作者就不惜笔墨，描写了留园清幽的泉石之胜：

话说这个留园，面积颇大，南楠厅、荷花厅、小蓬莱、听松轩、九

---

① 天梦：《苏州繁华梦》（上），上海：改良小说社铅印本，1911 年，第 38、33、38 页。
② 李长传：《江苏省地志》第四编《地方志》，民国二十五年（1936）铅印本，第 294～395 页。

曲桥。此外亭台楼阁，一时也记不清楚。满园假山堆得如虎蹲，如鱼跃，如龙腾，如狮伏，九曲三湾路路通，真是精巧夺天工。四季鲜花没一不备，苍松古柏，亭亭玉立，异禽奇兽，悦目赏心，说不尽的佳景。①

这样幽静的环境自然会引来"一班文人学士、诗人骚客，借此这个留园消遣"，尤其到了阳春三月，"那时园中桃红柳绿，且有兰花助色"，更是引得士女倾城出动。不过，留园与其他园林相比，有自己的特色，一是面积大，适合举行赛会这样的盛事，小说第三回描写的兰花会即是；二是更趋大众化，如与当时另一个游人很盛的园林——怡园相比，就有"挟妓载酒，应时选胜，留园为盛；论文谈艺，雅聚清游，怡园差便"②的差别。这与晚清上海张园和徐园正好相类，前者多妓女、平民，益趋大众；后者多名士相聚，更具雅韵。《新苏州》第八回写应老虎找彭蜀天代拟花榜，两人就去留园找灵感，因为"阊门留园为游人最占多数之地"，且每到下午，"留园里面宦家妇女、妓院姐妹都成群结队而来"③。拟花榜须去留园找"素材"，足以说明留园为妓女骈集之所。

《苏州繁华梦》对具有"留园特色"的挟妓载酒，自然不会遗漏。第八回写两名老绅士羊醒栢、巫嗣虎挟妓饮酒的情景，并借二人之眼看到园中游人各色形态：

> 且说羊醒栢、巫嗣虎、章月宝、花月仙、吴小红、汪媛媛以及二爷跟局十余人，一路踱将进去，百鸟齐鸣、万花咸放，真是木欣欣以向荣，泉涓涓而始流，游人如织，丽女如云。有的手托香腮，凭了九曲桥栏杆，在那儿望着荷花池里的金鱼游泳；有的玉手攀缘，走那假山，拾级而登；有的坐在茅亭内，捏着纤纤金莲的休息；有的轻启杏桃嘴，在那儿吃西瓜子；有的引了纤曼之目，瞧那孔雀献彩；有的高悬玉手，在那儿采花折柳；有的坐，有的走，有的来，有的去，有的品著，有的抽烟。④

① 天梦：《苏州繁华梦》（上），上海：改良小说社铅印本，1911年，第33页。
② 王同愈著，顾廷龙编：《王同愈集》，上海：上海古籍出版社，1998年，第462页。
③ 天哭：《新苏州》，上海：改良小说社宣统二年（1910）第二版，第35页。
④ 天梦：《苏州繁华梦》（上），上海：改良小说社铅印本，1911年，第34页。

一连用 12 个"有的……",描绘出一幅"游春玩景图",它和玄妙观、虎丘一样,都是热闹的图景。但同前两处的描写一样,作者在津津乐道一番后,又归于一种批判态度,认为这种挟妓载酒的做法"近于俗",于是又在第八回后半部分用名士登高的"雅"来扭转这种"俗"。

除了玄妙观、虎丘、留园之外,作者还工笔细绘地描写了石湖、北寺塔、程公祠等地域景观。不难发现,除了青阳地外,这些地域景观几乎都是名胜古迹,在过去的文人笔记中也多有记载,而且它们都集中在苏州城内和阊门外,是苏州的传统繁华地带,而《苏州繁华梦》写于苏州被租界植入"现代"后的 1911 年,这些作为传统象征的地域景观就显得尤为"传统"。

二、上海的地域景观

曾有一部抄袭自《风月梦》的小说《海上花魅影》,几乎没有对情节做什么改动,只是将发生在扬州教场的场景搬到繁华的四马路,再将扬州的茶馆酒楼等都换为上海著名的地域景观:一品香、张园、升平楼等。它们也复现于《海上繁华梦》等上海小说中。可见《海上繁华梦》的回目即使没有完全包含、却也基本概括了上海标志性的地域景观。

为了更好地说明苏州与上海地域景观的差异,这里将采取两相比照的方式,如一品香与玄妙观、龙华寺与虎丘、张园与留园。比照的两者不一定属于同一类别,比如一品香是餐馆,玄妙观是寺观,但它们在地域文化意义上有一致之处,都是城市的中心和地标性建筑。

(一) 一品香

在进入正式的比较前,先要从表 4.1 中《海上繁华梦》最早出现的地域景观——长发栈说起。上海小说与苏州小说不同的一点,是前者只讲述本地人事的很少,而多以外地人为关键角色,从外地人的视角去描写上海。因此,客栈作为外地人到沪的标志性场所,常常出现在小说中就不足为奇了。就连"客栈"之名,本来也是"上海特产"。据曾任《申报》主笔的黄式权记载,"旅邸之名,各处不同。直隶、山东谓之店,金陵、吴门谓之行台,粤中谓之寓,独上海则呼为客栈。计上海一隅,大小客栈不下一千家。"[①]

《海上繁华梦》中谢幼安、杜少牧到上海的第一站是长发栈。长发栈在上海千余家客栈中属于比较有名的,"高大洋房,铺排阔绰。一寓之大,可

① 葛元煦等:《沪游杂记·淞南梦影录·沪游梦影》,上海:上海古籍出版社,1989 年,第 141 页。

容千人。"① 而"规模阔绰，气象轩昂"② 的名利栈也很受官员、商人的欢迎，此外还有鼎升栈、高升栈等。《官场现形记》中的佘小观道台到上海入住的是长发栈，陶子尧入住高升栈，《孽海花》中金雯青则选择入住名利栈。

这些客栈备受欢迎，服务设施、服务质量好还不是最主要的原因，名字吉利才是打动人心的关键因素。外地人到上海码头，首先见到的是"栈中接客者各持招纸，争先上船兜揽，甚有同行争夺打架不休者。"③ 在一片嘈杂中，外地人哪能细细问询，自然选择那听着顺耳的入住。《十尾龟》里费春泉刚到上海码头，"早有各栈房接客的，手捏栈房招纸，纷纷跳下兜揽生意。"在纷杂的揽客声中，春泉的仆人听到"名利"二字，道："老爷，我们就借了这家栈房罢，他这名儿很好。名利，名利，出门一定有名有利。"④《官场现形记》中的陶子尧也是因为"做官人，贪图吉利，因此就择了棋盘街的高升栈。"⑤ 而入住长发栈自然也是借其"长发"之名，但反讽的是，住栈的客人们大多没有"长发"，而是在上海的"销金窟"里弄得钱财散尽。

在客栈安顿好之后，这些外地人就开始他们在上海的观光旅程了，而"欲望清单"上的几个经典项目是：一品香吃大菜，丹桂戏园听戏，四马路坐马车，逛张园、愚园，以及青楼访艳吃花酒。前文提到的佘小观道台在长发栈中歇息一夜后，第二天"就有人请他到馆子吃大菜、吃花酒、听戏。"⑥ 如果时间不够充裕，那么"从内地到上海来游玩的人，有两件事必须做到，是吃大菜和坐马车。"⑦到上海必吃大菜就像到成都不能不吃火锅，到北京不能不吃烤鸭一样。也正如在北京吃烤鸭在全聚德最正宗一样，在上海吃大菜本地人可能会有多种选择，但宴请外地人，却十有八九在一品香。

四马路是晚清上海最繁华的马路，一品香位于四马路32号，当然也就处于城市中心。在这条马路上还依次分布着一家春、岭南楼、海天村、普天春、海国春、杏花楼等众多餐馆。从名字上看，这些餐馆都具有浓郁的乡土气息，

①　葛元煦等：《沪游杂记·淞南梦影录·沪游梦影》，上海：上海古籍出版社，1989年，第143页。

②　陆士谔：《十尾龟》，北京：中国文史出版社，2003年，第1～2页。

③　葛元煦等：《沪游杂记·淞南梦影录·沪游梦影》，上海：上海古籍出版社，1989年，第143页。

④　陆士谔：《十尾龟》，北京：中国文史出版社，2003年，第2页。

⑤　李伯元：《官场现形记》，见吴组缃等主编：《中国近代文学大系·小说集2》，上海：上海书店出版社，1995年，第94页。

⑥　同上，第455页。

⑦　包天笑：《钏影楼回忆录》，北京：中国大百科全书出版社，2009年，第47页。

但事实上，它们都不做中式菜肴，而是经营晚清上海最流行的番菜。而一品香正是这些番菜馆中的翘楚，因此也是晚清上海小说中着笔最多的番菜馆。

陶子尧在高升栈一觉醒来，就有请客票送到，请他到一品香"番酌一叙"①；金雯青在名利栈稍作歇息后，也有人请他去一品香吃大餐；而数年后同样入住名利栈的费春泉，也被请到同样的地点——一品香吃饭。"番菜争推一品香，西洋风味赌先尝"②，一品香之所以成为吃番菜的首选，不仅因为别具风味，而且与雅叙园等传统餐馆比起来显得更为"精洁"。《九尾龟》一百一十四回章秋谷请贡春树到一品香吃饭，春树认为"雅叙园的菜就很好，我们何不往雅叙园去。"秋谷就说："雅叙园的菜虽然不差，却没有大菜馆的精洁。"③《海上繁华梦》第二回，平戟三请刚到上海的幼安、少牧去一品香吃饭，也是因为"地方甚为清净，肴馔又精洁些。"④ 在华人办的大菜馆中，一品香又可谓最豪华的。《海上繁华梦》中提到，杜少牧眼中的一品香"上上下下，共有三十余号客房。"⑤《孽海花》里金雯青则发现一品香安装了先进的"电铃"⑥。由此可见在一品香请客是很有面子的，而且一品香位于最繁华的四马路上，吃完饭后可借此领略上海的都市风情。《官场现形记》中陶子尧在一品香吃完饭后，主人就带他体验下一个节目——去妓院吃花酒。这里有一段描写他们在一路上的都市观光：

> 出得一品香，一直朝西而去。魏翩仞便告诉他，这条叫四马路，是上海第一个热闹所在，这是书场，这是茶店，一一的说给他听。陶子尧在外头混了多年，也听见过人家说四马路的景致，今番目睹，真正是笙歌彻夜，灯火通宵，他那一种心迷目眩的情形，也就不能尽述。⑦

① 李伯元：《官场现形记》，见吴组缃等主编：《中国近代文学大系·小说集2》，上海：上海书店出版社，1995年，第94页。

② 海昌太憨生：《淞滨竹枝词》，见丘良任、潘超、孙忠铨总主编：《中华竹枝词全编·上海卷》，北京：北京出版社，2007年，第593页。

③ 漱六山房：《九尾龟》，武汉：荆楚书社，1989年，第757~758页。

④ 孙家振：《海上繁华梦》，见王继权等编：《中国近代小说大系》，南昌：江西人民出版社，1988年，第20页。

⑤ 同上，第25页。

⑥ 《孽海花》第二回金雯青进一品香后，"楼下按着电铃，侍者上来问过，领到八号。"

⑦ 李伯元：《官场现形记》，见吴组缃等主编：《中国近代文学大系·小说集2》，上海：上海书店出版社，1995年，第96页。

看着客人一副惊羡的表情，主人一定心情大快。而对于客人来说，一品香也就成为他下次请客吃饭、朋友聚会的绝佳场所。在《海上繁华梦》中曾在一品香被请的杜少牧后来就以主人的身份，频频现身一品香等大菜馆，以至于后来竟积下五十三张大菜馆的签字单，其中累积金额最大的正是一品香，有五十多元。①

《九尾龟》中人物进一品香的频度更高，小说主人公江南名士章秋谷是一品香的常客，午膳在一品香吃，晚膳还在一品香吃，请朋友在一品香，请妓女还在一品香；而一品香的功能在小说里可谓"全面"，既有公开的社交，又有私密的约会，既可柔情蜜语，又能高谈时事。一品香宽敞而又有所隔离的地理空间为各种人的不同需求都提供了可能性。

表 4.2　《九尾龟》一品香场景统计表

回数	人　物	去一品香目的	备　注
15	章秋谷、贡春树、张书玉	嫖客请朋友、妓女	
22	章秋谷、林黛玉	嫖客请妓女	
24	邱八、林黛玉	公子请爱妾	每天上灯之后
42	章秋谷、辛修甫、龙蟾珠	嫖客请朋友、妓女	
62	辛修甫、章秋谷、王小屏、贡春树	辛修甫请朋友晚膳	
70	章秋谷、辛修甫、王小屏	朋友吃晚饭	
72	张书玉	出局	
110	章秋谷、舅太太	私下约会	听到隔壁留学生谈论日本妇女
114	章秋谷、贡春树	欲去午膳	妓女陆丽娟认为"大菜也呒啥吃头"，留两人便饭
140	陈海秋、章秋谷、王小屏、葛怀民、刘仰正等	陈海秋请朋友午膳	谈论时事

---

① 参见孙家振：《海上繁华梦》，见王继权等编：《中国近代小说大系》，南昌：江西人民出版社，1988 年，第 316 页。

与《九尾龟》一样，《海天鸿雪记》中一品香几乎贯穿整部小说，几乎一提吃饭就是吃大菜，一吃大菜就是在一品香，上海人再怎么习惯吃大菜，也不大可能天天顿顿吃，而且都在同一个地方吃。小说中人物这样高频度进出一品香，是否是小说家描写是否太过夸张呢？恐怕也并非夸大事实。翻阅晚清文人的日记，常常会看到作者与朋友到一品香吃饭聚会的记录：

　　王同愈是一名来自江苏元和的进士，理应保有固执的传统性，然而在他寓居上海的日记中，却多次进入番菜馆品尝番菜，如吉祥春、一家春、万家春、江南村等，最多的是一品香，有时竟一天去两次。如光绪二十二年十月廿四日（1896年11月28日），中午"晏印若招一品香午餐"，晚上"陆纯伯招一品香夜餐"；光绪二十七年八月廿九日（1901年10月11日），亦是"午至一品香，赴允之席"，"晚赴陆墨缘之招于一品香。"① 可见人们去一品香吃大菜并非偶尔尝鲜，而已经成为一种日常性的社交与宴饮习惯了。另一个浙江钱塘的文人孙宝瑄也多次去一品香，仅光绪二十四年（1898）二月至四月的两个月中就有5次在一品香宴饮；后孙从租界搬入城内居住，还不时出城吃番菜，如光绪二十八年（1902）正月十三日，"表兄子涵至挈予出城，宴于一品香。"② 吃个饭竟要大费周章出城一趟，可见一品香在上海餐饮业里的王牌地位。

　　如果了解晚清文人频频出入一品香的事实，那么也就不难解释为什么不止一部小说的回目以"一品香"为关键词，且多出现在开头几回了，如《海天鸿雪记》第一回《一品香蒉片吃镶边，小广寒冤家攀相好》，《十尾龟》第一回《费春泉初临繁华地，马静斋宴客一品香》等。因为"一品香"已不仅仅是一个餐馆，而成为了一种上海生活方式的代表。对外地人费春泉来说，去吃大菜是"尝鲜"，一品香是了解上海饮食文化的一个窗口；对本地人颜华生来说，吃大菜已经像南方人吃米、北方人吃面那样成为一种饮食习惯了。当然，对于小说作者来说，或许他并不在意小说人物进入一品香的频率是否与现实一致，他更在乎的是"一品香"的名气，也就是说，是借"一品香"的识名意义，来构建上海日常生活的空间，为读者营造熟悉的场景感受。换句话说，如果一个天津小说家要结构城市文本，他笔下的人物恐怕会

----

　　① 王同愈：《栩缘日记》（抄本），见上海人民出版社编：《清代日记汇抄》，上海：上海人民出版社，1982年，第366、367页。

　　② 孙宝瑄：《忘山庐日记》（稿本），见上海人民出版社编：《清代日记汇抄》，上海：上海人民出版社，1982年，第391页。

天天顿顿吃"狗不理"了。哪怕读者不熟悉天津，但看到文中一次次出现的"狗不理"，对天津的亲切感就会增加很多。

有人曾说，"大菜仿西洋，最驰名，一品香。"① 但一品香的驰名并非因为它做的大菜仿得最像西洋，事实上大多数大菜馆提供的都是经过改良的西餐。人们不去追求地道的西餐，而对这类"不中不西"的大菜热情不减，主要还是因为它的"洋味"。坐马车成为到上海"吃大菜"以外必做的另一件事，也是因为马车是西式文化的代表。《文明小史》第十六回中姚老夫子说："什么大菜馆、聚丰园，不过名目好听，其实吃的菜还不是一样。"② 他肯定无法理解上海人竟能一天两次都在一品香里吃饭，也无法理解上海人竟然能天天坐马车还乐此不疲。其实上海人何尝有那么持久的新鲜感，他们之所以"山珍海错非不鲜肥，而必欲以番菜为适口"③，只是追求这种充满洋味的生活罢了。也正是这样的"洋"，让上海比苏州的繁华梦似乎更有吸引力。因此，晚清的外地人不去造访苏州，纷纷集聚沪上，甚至苏州人也不做他们自己的梦了，而纷纷跑到上海来。

（二）龙华寺

上文从城市中心的角度将苏州的元妙观与上海的一品香作了比较，而另一个名胜古迹苏州虎丘与上海龙华寺又可相对。龙华寺距城南十八里，在集中描写洋场的晚清小说中出现次数并不多，《海上繁华梦》为我们保存了难得的风俗史料。更重要的是，将龙华寺与虎丘的繁盛两相对照，能见出苏州与上海的地域文化差异。

《海上繁华梦》第九回《龙华寺广结香火缘，高昌庙盛赛清明会》恰好也发生在清明，与《苏州繁华梦》中的清明游虎丘山塘正可相互参照。两者在节庆时候都热闹非凡，游虎丘的人"川流不息"，以至于整个山塘河都"卖给了小快船"④，龙华也是"到了香汛，来往的人络绎不绝"⑤；除了游人，商铺市集也是这种热闹氛围的制造者，从山塘到虎丘"这七里路中店肆

---

① 白云词人：《上海黄莺儿词》，转引自陈无我：《老上海三十年见闻录》，上海：上海书店出版社，1997年，第103页。

② 李伯元著，秦克、巩军标点：《文明小史》，上海：上海古籍出版社，1997年，第92页。

③ 《中国宜造洋货议》，载《申报》，1892年1月18日。

④ 天梦：《苏州繁华梦》（上），上海：改良小说社铅印本，1911年，第29页。

⑤ 孙家振：《海上繁华梦》，见王继权等编：《中国近代小说大系》，南昌：江西人民出版社，1988年，第90页。

林立"①，而龙华也是"山门两旁摆着许多摊子，也有卖竹器的，也有卖耍货的，也有卖香烟食物的，也有卖杂技西洋景的，甚是热闹。"② 但两者的繁华又是同中有异。

《苏州繁华梦》写了旱路、水路游虎丘的两种情形，《海上繁华梦》也描写了旱路、水路游龙华的不同风景：

> 旱路上，若是清明节在三月天气，近龙华一带人家多是种桃为生，到了这个时候，一路上桃翻红浪，柳醮绿波，流水小桥，闲云野舍，那种天然的画景，真是观之不尽，玩之有余；若是二月清明，桃花已经开过，那就无甚景致，不过夕阳塔影，幽径钟声，可以扑去尘俗，避些叫嚣嘈杂罢了。还比不得水面上去，波光一片，极目澄清，令人心旷神怡，觉得别有风趣的好。③

幼安、少牧等选择的就是水路，却不是坐《苏州繁华梦》里那种小快船，而是戴生昌的小火轮船。这是上海近代化的标志之一，有竹枝词就将快捷的火轮船看作上海吸引人的一个原因："申江好，巧绝火轮船。转磨制同灯走马，登程疾似箭离弦。万里往来便。"④ 小说中也描写了行船的情景，却不是《苏州繁华梦》中的"轻荡"，而是"火机开足，便如弩箭离弦一般，如飞而去。耳旁边只听得呼呼风响。不多时，已是南黄浦了。"相比之下，小快船的"快船"只能是有名无实。而走旱路的，在苏州是轿子、小车甚至"踱到虎邱"，在上海因为"近来从高昌庙制造局起，新开了一条马路，直接龙华"，交通方便不少，故去龙华寺的"十分中有八分是坐马车去的，一分是东洋车，一分是船，那轿子、小车竟是绝无仅有的了。"⑤

少牧等人到龙华寺以后，看到的是"烧香的妇女们最是拥挤"，后来同行的妓女还去"铺佛"，即"聚集合寺僧人摆鼓撞钟，一同念佛。"随后"转

---

① 天梦：《苏州繁华梦》（上），上海：改良小说社铅印本，1911年，第30页。

② 孙家振：《海上繁华梦》，见王继权等编：《中国近代小说大系》，南昌：江西人民出版社，1988年，第91页。

③ 同上，第90页。

④ 葛元煦等：《沪游杂记·淞南梦影录·沪游梦影》，上海：上海古籍出版社，1989年，第142页。

⑤ 孙家振：《海上繁华梦》，见王继权等编：《中国近代小说大系》，南昌：江西人民出版社，1988年，第89、90页。

佛"，即"跟在和尚里头，跑来跑去"，据说可以忏除罪孽。而玄妙观烧香、虎丘祭坛也是妇女为多，这体现了两地相同的吴文化背景，就是迷信鬼神，妇女尤盛。桂天香是《海上繁华梦》里少有的具有较高文化素质的妓女，但后来谢幼安患喉症后，她还是"慌得无可如何"，求助神灵，情愿代死，就是因为"大凡妇女遇到家人重病，最信的禳星拜斗，叫喜看香，求签问卜，种种诬民惑世之事，吴中此风更盛。"①

在对烧香拜佛的热闹景象进行描绘后，作者不忘用一大段来写幼安等登高题诗。大概与《苏州繁华梦》的作者一样，想表现"闹中取静偏多趣"②的文人风流吧。显然，这里的"闹"就是指龙华寺的繁盛景象了。这种繁盛是传统的，但与苏州有些不同，因为给这座古老名刹创造热闹氛围的，不是画舫，而是带着"洋味"的马车、东洋车和火轮船。如果用一幅画来表现，远景若隐若现的古塔，中景是一两艘轮船的轮廓，画面的主体则是宽阔马路上一辆辆尘嚣飞扬的马车，这是晚清上海才会出现的传统与现代交融的《游龙华图》。

（三）升平楼

《海上繁华梦》第四回回目《升平楼惊逢冶妓，天乐窝引起情魔》中的升平楼也在四马路，是当时著名的茶楼。在《苏州繁华梦》回目中并没有直接与之相对的具体地域景观，只有第十回《街头巷尾冶叶伺踪，茶肆酒楼滑少潜影》中作为群体景观的"茶肆酒楼"差可相对。升平楼不能不谈，是因为虽然喝茶是传统中国各地皆有的现象，但吴地喝茶风气尤盛，比如苏州的喝茶风气到了让别处人"诟病"的地步："城厢内外，茶馆林立……约朋友往往在茶馆中，谈交易也往往在茶馆中，谈判曲直亦在茶馆中，名之曰：'吃讲茶。'假使去看朋友，约他出去吃一碗茶，那末谈心的地方，就在茶馆里。"③ 而上海的茶楼也与别处不同："夫别处茶室之设，不过涤烦解渴，聚语消闲。而沪上为宾主酬应之区、士女游观之所。"④ 比较苏州与上海茶楼的差别，正可见出两地的同中之异。

和苏州一样，上海也是茶楼林立。升平楼并不是当时唯一著名的茶楼，

---

① 同上，第 91、93、797～798 页。

② 孙家振：《海上繁华梦》，见王继权等编：《中国近代小说大系》，南昌：江西人民出版社，1988 年，第 93 页。

③ 包天笑：《钏影楼回忆录》，北京：中国大百科全书出版社，2009 年，第 129 页。

④ 葛元煦等：《沪游杂记·淞南梦影录·沪游梦影》，上海：上海古籍出版社，1989 年，第 159 页。

另如《海上花列传》里的华众会（青莲阁）也是极为有名的，但升平楼作为上海繁华的代表，毫不逊色。开篇聚焦四马路是众多晚清上海小说的共同笔法，不过其他的小说往往定格在一品香，而《海天鸿雪记》则将第一个镜头给予了升平楼：

> 按上海英租界四马路有个升平茶楼，东连荟芳里，西接石路，是个极热闹的地方。吃茶的熙来攘往，日夜络绎，也颇有几个上等社会的人。①

显然，升平楼成为了作者心目中上海繁华的重要代表，故事的主人公颜华生正是在升平楼登场的。与苏州玄妙观的雅聚园茶坊一样，四马路的升平茶楼在上海人的公共生活中占据着相当重要的位置。他们习惯在吃饭、看戏听书的间隙，去升平楼小坐一会儿，泡一碗茶。这大概也是为了朋友聚会碰头时的方便，先到者可泡茶等候，不至于在餐厅戏馆门口等得焦灼。《海上繁华梦》刚到上海不久的少牧与贾逢辰等人约在"四马路聚丰园小酌"，约定时间是六点，"此刻不过四点左右"，游冶之便催着就去。原来是去吃饭之前要先到升平楼喝喝茶。《十尾龟》第三回倪雨生与阿根在去雅叙园吃饭之前，也是先到升平楼喝茶。而饭后也会去升平楼泡碗茶，像饭后散步一样形成了一种习惯。《海天鸿雪记》第六回华生与仲声在一品香吃完饭，即去升平楼歇息片刻，聊作茗谈。《九尾龟》第五回刘厚卿与方幼恽在雅叙园吃完饭，也是"同到四马路来，在升平楼吃了一碗茶。"②

由于文人在这里聚集的频度极高，升平楼又成为找寻人的必到之处。《海上繁华梦》二集第十八回，少牧要寻贾逢辰，四处寻不着，郑志和给他出主意说："此刻才只十点多钟，阿逢必定没有出来……我看你还是在此吃过午饭，到升平楼或是阿素那边去看他罢，倒可包管你十拿九稳。"③ 从"包管你十拿九稳"这样的话不难看出，升平楼已是构建上海人日常生活空间的不可或缺的组件。

正因如此，升平楼也成为妓女找寻嫖客的一个必到场所。每到"三节"

①　二春居士：《海天鸿雪记》，见王继权等编：《中国近代小说大系》，南昌：江西人民出版社，1989年，第191页。

②　漱六山房：《九尾龟》，武汉：荆楚书社，1989年，第35页。

③　孙家振：《海上繁华梦》，见王继权等编：《中国近代小说大系》，南昌：江西人民出版社，1988年，第548页。

的时候，妓院要收账，《苏州繁华梦》第十回里就写到妓女在端午节"派了娘姨大姐各处的找寻什么酒馆里、茶室里，去伺候那班嫖客。"① 虽然没有明确说明茶馆名称，但从小说其他地方的描写来看，大观楼大概是娘姨大姐们主要的伺踪之地。而在上海，重点搜寻的目标之一则是升平楼。《海上繁华梦》二集第三回中，做妓女花莲香的夏时行在中秋节前忽然从妓院"消失"，莲香就叫大姐阿招到夏时行"每天吃茶吃烟的升平楼看了几次，踪影毫无"，② 显然夏时行是想漂账。不过与妓院结清账目的人则不用躲藏，可以依旧大大方方地出现在升平楼。《负曝闲谈》里黄子文就"无家一身轻，有钱万事足"，在中秋这天悠闲地"踱到四马路升平楼，泡了一碗茶，看那些娘姨大姐讨嫖帐的，来往如梭。"③

从这些来看，苏州与上海似乎没有太大的不同。但两者很重要的差别之一是，苏州"有吃早茶的，有吃晚茶的"④，而上海习惯夜生活，白天商铺都开得晚，故吃早茶的并不多，《二十年目睹之怪现状》中就曾提到"我"早起去升平楼喝茶，走到四马路"只见许多铺家都还没有开门"，升平楼门是开了，但"问他泡茶时，堂倌还在那里揉眼睛，答道：'水还没有开呢。'"⑤ 而此时已经八点钟了。前文提到的《海上繁华梦》中的贾逢辰在十点多钟，"必定没有出来"，要午饭后才能在升平楼见到他，也说明上海吃早茶的人不多。

当然，上海茶馆与苏州茶馆最大的不同是在外观和设施上。上海茶馆多是几层楼的大洋房，装有明亮的玻璃，往往还配有弹子房等娱乐设施。《海上花列传》中的华众会即是。不过由于本书讨论的是回目中的地域景观，升平楼的设施在小说中并无太多具体的反映，这里就付之阙如了。

（四）安垲地（张园）

安垲地，又称安垲第、安凯第，是张园里的一座大洋房，也是当时上海最高的建筑，里面可容千人。张园是张家花园的简称，又名"味莼园"，在

① 天梦：《苏州繁华梦》（下），上海：改良小说社铅印本，1911 年，第 1 页。
② 孙家振：《海上繁华梦》，见王继权等编：《中国近代小说大系》，南昌：江西人民出版社，1988 年，第 374 页。
③ 蓬园：《负曝闲谈》，见王继权等编：《中国近代小说大系》，南昌：江西人民出版社，1988 年，第 95 页。
④ 包天笑：《钏影楼回忆录》，北京：中国大百科全书出版社，2009 年，第 129 页。
⑤ 吴趼人：《二十年目睹之怪现状》，见吴组缃等主编：《中国近代文学大系·小说集 3》，上海：上海书店出版社，1994 年，第 187 页。

静安寺路斜桥之西。园主是无锡富商张叔和，这名吴地人在 1882 年购得张园后，并没有按照吴地传统的园林美学去治园，而是仿照西洋园林风格，"以洋楼、草坪、鲜花、池水为筑园要素。"① 在这七八十亩的拓地规模中，"园中占胜之处"不是自然风景，而是"皆极华丽"的"旧洋房一区，新洋房两区"②。晚清上海小说中说去"游张园"，绝大多数都是到新洋房，也就是安垲地（从下文对"游张园"叙事模式的分析就可见出这点），因此作者也往往用"安垲地"来指代张园。

写苏州的小说不一定非要涉笔留园，但写上海的小说却几乎都会有以张园为场景的故事情节，甚至是重头戏，很多在回目中就直接体现出来。如《海上繁华梦》第十九回《挹朝爽也是园赏荷，纳晚凉安垲地品茗》，回目中就以安垲地为关键词，写妓女颜如玉去张园寻潘少安，却意外发现他与另一个妓女巫楚云同在草地上纳凉，于是有了第二十回的如玉与楚云在张园吃醋斗口的重头戏。后集第十三回《骗开矿天花乱坠，约游园焰火通明》，写翻戏党头目花小龙为了与金子富拉拢关系，骗其钱财，请他至张园看焰火，从而"巧遇"另一个伪装成观察的何煦仁。张园成为大骗局中的关键一环。后集第二十九回《妓嫖妓摆酒闹奇闻，强遇强游园约鏖斗》，其中的"游园"也是指张园，此回的重头戏则是另一对妓女许行云与杜素娟吃醋斗口，并拉流氓马夫作阵。

类似的情景在《九尾龟》里也有表现，第二十一回《闹张园醋海起风潮，苦劝和金刚寻旧好》中就写"四大金刚"中的张书玉与金小宝在张园吃醋斗口，也寻来马夫作阵。此外，还有好几回以张园为重要场景，在回目中直接以"张园"为关键词的就有：第九十五回《当冤桶观察开心，吊膀子张园受辱》、第一百零三回《味莼园遇旧感前游，金小宝寻春逢浪子》、第一百五十九回《范彩霞歇夏观盛里，陆丽娟独游味莼园》等。

《海天鸿雪记》第七回《味莼园论世触牢骚，荟芳里谈心惊岁月》写众人在张园议论方鼎夫进京之事；第十七回《践密约重访撮合山，觅芳踪两游安垲地》写妓女高湘兰看到阔少徐君牧心仪沈家小小姐，自告奋勇给他们搭桥，称小小姐约君牧在张园"碰头"，然君牧两度游张园，只见湘兰，不见小小姐，后来又数次游张园，总是难觅芳踪，其实小小姐完全不知情，都是湘兰为解自己寂寞。故张园场景成为小说承上启下、刻画人物的重要关目。

---

①　熊月之：《晚清上海私园开放与公共空间的拓展》，载《学术月刊》，1998 年第 8 期。

②　上海通社编：《上海研究资料续集》，上海：上海书店出版社，1992 年，第 570 页。

此外,《新上海》在第一回《借故人作全书纲领》后,紧接着第二回就写《小滑头张园吃醋》;《十尾龟》第二回《安垲第无意遇豪商,清和坊有心捉瘟客》写费春泉在张园遇到富商钱瑟公,还专门写了费春泉与马静斋对张园繁华的一番讨论;第二十二回《游张园擂台成虚话,谈国货娇女逞机锋》则写到张园举行的中外力士的擂台赛。可以说,张园之于上海人,已远远超过留园之于苏州人的重要程度,几乎相当于苏州第一名胜——虎丘了。不过,如果把二者视为带有地域特色的园林代表,那么,张园与留园仍然有诸多可比性。

　　苏州的留园与上海的张园在小说中都是游人如织的热闹地方。留园热闹时,"走去的,坐轿的,乘船的,骑马的,路都塞断,水陆挤轧。"①张园热闹时,"从园门外马路为始,接至安垲地大门,那马车停得水泄不通。挨挤了有半刻多钟,方才挨了进去"②。但二者实又有很大的不同。

　　1. 造园艺术的不同。从前文提到的《苏州繁华梦》中对留园景色的那段描写可以看出,作者的焦点在园中的假山和花木上。这正是讲究用人力营造"巧夺天工"自然环境的传统造园艺术之体现。张园里虽也有草坪和花木,却不注重留园"九曲三湾路路通"那样曲径通幽的造景艺术,而更偏向于西人喜爱的开阔通敞。传统园林的游记一般都会描绘园林的美景,在小说中也多会写上那么几句"飞青滴翠"、"花木繁绮"、"泉石幽静",《海天尘天影》中的绮香园楼阁皆为洋式,然二十三回写众人游园,还是花了不少笔墨在自然景色上。但张园似乎是个例外,晚清小说中很少有对它自然景色的专门具体的描写。只有常熟人曾朴的《孽海花》中还有一段带着名士风雅的描画:

　　　　如今且说离上海五六里地方,有一座出名的大花园,叫做"味莼园"。这座花园,坐落不多,四面围着嫩绿的大草地,草地中间,矗立一座巍焕的跳舞厅,大家都叫它做"安凯第",原是中国士女会集莤话之所。这日正在深秋天气,节近重阳,草作金色,枫吐火光,秋花乱开,梧叶飘堕,佳人油碧,公子丝鞭,拾翠寻芳,歌来舞往,非常热闹。其时又当夕阳衔山,一片血色般的晚霞,斜照在草地上,迎着这片

────────────────

①　天梦:《苏州繁华梦》(上),上海:改良小说社铅印本,1911年,第23页。
②　孙家振:《海上繁华梦》,见王继权等编:《中国近代小说大系》,南昌:江西人民出版社,1988年,第84页。

光中，却有个骨秀腴神、光风霁月的老者，一手捋着淡淡的黄须，缓步
行来。背后随着个中年人，也是眉目英挺，气概端凝，胸罗匡济之才，
面盎诗书之泽。一壁闲谈一壁走的，齐向那大洋房前进。①

　　夕阳中的张园被作者渲染得格外美丽，借此也烘托出薛淑云、王子度两
位吴地名士的翩然风度。《孽海花》与其他小说对张园的处理不太一样，或
许也就在于将要在张园举办的谈瀛会是一场名士聚会的雅事，因此把张园的
环境诗意化。下文中写到谈瀛会是在老园洋房里举行的，《海上繁华梦》曾
提到这座老洋房是很幽静的，苏州名士谢幼安就嫌安垲第太吵而愿去老洋
房，《孽海花》中参加谈瀛会的绝大多数也是吴地名士，因此，《孽海花》中
的张园实际折射出文人对苏州园林的传统想象。

　　2. 环境氛围的不同。留园属于私家园林，一般在节日开放，因此在兰
花会等节庆赛会的日子方显得"格外热闹"，平日则是很清幽的。张园则是
作为一个公园来经营的，更趋大众化、日常化，自然更为热闹。

　　大多数晚清上海小说写到张园的一般模式是：人物坐马车去张园——马
车到安垲地停下——张园人多热闹——人物进入安垲地泡茶（夏日则多在安
垲地外的草地上）：

　　　①马车到得园中——如玉在安垲地洋房门口下车——那些吃茶的
人却因天热，多在草地上边。（《海上繁华梦》第十九回）

　　　②其时马车已到张园——三人下车，至安垲第洋房泡茶——楚云
见洋房内游人如织。（《海上繁华梦》后集第三回）

　　　③小龙叫家丁买了票子，马夫扬鞭进园——至安垲地门外停轮
——三人下车入内，只见游人如卿，多在草地上泡茶，洋房内甚是寥
寥。（《海上繁华梦》后集第十三回）

　　　④三人出门，踱出十六铺，坐上马车，滔滔滚滚，不多一会，张
园在望——驶到安垲地大洋房，三人下车进去——那日虽是礼拜二，固
积雨初晴，游人却也不少，黄艳卿、黄珠卿、李双宝、金寓，都泡茶在
那里。（《海天鸿雪记》第五回）

　　　⑤那马车望张园一路而来——到了张园，在安垲第泡了一碗

茶——不多时，粉白黛绿，一群群联队而来。(《九尾龟》第五回)

⑥ 一时到了张园，那马夫照例把鞭子划的一扬，那匹马好似懂人意似的，向靠东那条小路上飞一般跑来。电掣风驰，一瞬眼早掠过弹子房，直抵光华楼面前——静斋、春泉相将下车，候艳情阁下了车，一同进安垲第，拣了一张桌子，泡茶坐下——春泉向四下瞧时，见一大间洋房里，无数的桌子，没一只是空的。(《十尾龟》第二回)

⑦ 四部马车，同到张园——这日张园游人比平日多，车子接接连连，停得几乎没处停放——众人下车，由马太太引路，走进安垲第，见里头人已是不少。(《十尾龟》第二十二回)

从上述几例就可以看出，如果说张园是上海的地标之一，那么安垲地则是张园之标的。而人们来张园不是为了享受清幽的环境，恰恰是为了感受热闹的氛围。上海也有"中国式子"的徐园、愚园，"只是生意总没有张园的盛，也不知是什么缘故。"① 张园的繁盛真的是风水之故吗？恐怕不是，还是因为上海人崇西洋、好热闹吧，就像马静斋说的"大约你来来我来来，各人自然而然就不能不到这里来了。"② 《海上繁华梦》里白湘吟邀众人同到张园游玩，众人因为这日是礼拜，"张园必定热闹，故此都愿前去。"③ 这也证实人们愿意去张园不是因为它幽静，而是因为它热闹。

对于这一点，初来上海的人是无法理解的。《十尾龟》中第二回与第二十二回中，浙江来的费春泉与费太太就分别表示了极大的不解：

　　"张园张园，总是个花园了。怎么亭子假山一点子都没有，难道上海的花园都是这样的么？一片草地，造几间洋房就好算为花园。在内地时，真真人都笑得煞了。""上海地方人究竟来得多，花园是幽雅所在，怎么也这般的嘈杂。"④

《十尾龟》还提到上海的一个"避暑花园"，说"在没有到过上海的，听

① 陆士谔：《十尾龟》，北京：中国文史出版社，2003年，第13页。
② 同上，第11页。
③ 孙家振：《海上繁华梦》，见王继权等编：《中国近代小说大系》，南昌：江西人民出版社，1988年，第99页。
④ 陆士谔：《十尾龟》，北京：中国文史出版社，2003年，第13、203页。

了花园二字，总以为亭台楼阁，曲树水沼，虽不及苏州留园的富丽，总也有杭州曲园的清幽。那里知道竟是荒草莽莽的一片空地，只有一所洋房，几间芦席棚，几座茅亭，三三五五，散处于荒坟野草间而已。"① 可这样"荒草莽莽的一片空地"，也能称为"花园"，完全不似苏州园林的富丽；而荒坟野草看似人迹罕至，实际却有一大群红男绿女纷至沓来，也没有杭州园林的清幽。它的运营方式完全复制张园，人们可以在洋房泡茶，在影戏场看戏，在草地上看放烟火。可以说，以张园为代表的上海花园几乎颠覆了人们对园林的传统观念。

　　是不是张园就没有幽静的所在呢？也非如此。《海上繁华梦》中苏州名士谢幼安就嫌安垲地太热闹，而一定要到老洋房去：

　　　　这老洋房的面前，乃是一方空地，约有三四亩田开阔，四边种些树木，前面是个荷池，左旁是通安垲地的一条马路，右旁是条花径。花径里边，曲曲折折的有两三条小桥、三四座茅亭，那景致倒还幽净。老洋房的隔壁，是全玻璃窗的两间花房，那花房中种着无数外国花草，姹紫焉红，甚是好看。②

　　然而，除了幼安这样的名士，"那景致倒还幽净"的老洋房是少有人去的，《海上繁华梦》里的巫楚云就对杜少牧说："明日你在栈中不出来也罢了，倘若出来，到了张园，莫要再到老洋房去，那边是我们不过去的。"③正因如此，晚清吴地小说一写到进张园，几乎紧跟着就是进安垲地。因此，张园比愚园、徐园等在晚清小说中出现得更多，不是因为它的景致更胜一筹，而是因为它的热闹更能代表上海的都市繁华。《十尾龟》第二回特别讲到一个苏州的有名富户欲到张园炫富，张园的人却个个比他更耀眼，他只好铩羽而归，很久不敢去张园。这个小故事自然是夸耀了张园代表的上海繁华，而苏州富户落败的设置，也作为一个隐喻，象征着苏州繁华面对上海繁华的黯淡。

　　3. 游园文化的不同。在传统私家园林环境中发展起来的游园文化注定

---

① 陆士谔：《十尾龟》，北京：中国文史出版社，2003年，第250页。
② 孙家振：《海上繁华梦》，见王继权等编：《中国近代小说大系》，南昌：江西人民出版社，1988年，第80页。
③ 同上，第81页。

了园中整体的清静氛围，只有节庆时会热闹许多。相比之下，在上海以张园为代表的公园则因为给人们创造了一个公共空间而产生了一种新的游园文化，它是日常性、公共性的，故平日里也很热闹，"政客商人在此集会交易、文人墨客在此雅集品题、普通市民在此喝茶游艺、外埠游客在此赏花观景、青楼女子在此高张艳帜、小报记者在此窥艳猎奇，三教九流、五行八作均可出入其间。"① 吴地文人孙宝瑄在沪期间，就至少游览张园 69 次，平均每年23 次，每月 2 次，甚至有时同一天两度入张园。② 可以说，张园已经不仅仅是一个花园，而成为了"集花园、茶馆、饭店、书场、剧院、会堂、照相馆、展览馆、体育场、游乐场等多种功能于一体的公共场所"③。因为它所具备的多元化功能，才会对市民产生巨大且持久的吸引力。

这种大众性与公共性在晚清小说里也有突出反映。比如小说中的人物游张园，极易碰见熟人，如《官场现形记》里的陶子尧去游张园，就发现"所有昨天台面上几个朋友，倒有一大半在这里。"④《海上繁华梦》里的杜少牧去张园也"必定遇见几个朋友，彼此谈谈。内中一定来的是夏时行、屠少霞、游冶之、郑志和、邓子通、康伯度等数人。"⑤ 这也是当时上海的现实状况。如郑孝胥在日记中就记载他在张园经常碰到熟人，如张元济、狄楚青、高梦旦等⑥，江宁文人何荫柟也在日记中提到他到张园"则人聚如蚁，女绿男红，几无隙地。遇相识者不少，大都兴与人同"⑦。大家的不约而同，说明张园不愧为"晚清上海的最大公共园林"、"上海最大公共活动场所"⑧。

除了公共程度的不同，留园与张园游园文化的最大不同是一中一西，前

---

① 叶中强：《近代上海市民文化消费空间的形成及其社会功能》，载《上海财经大学学报》，2006 年第 4 期。

② 孙宝瑄：《忘山庐日记》（稿本），见上海人民出版社编：《清代日记汇抄》，上海：上海人民出版社，1982 年，第 385 页。

③ 熊月之：《张园：晚清上海一个公共空间研究》，见张仲礼：《中国近代城市企业·社会·空间》，上海：上海社会科学院出版社，1998 年，第 345 页。

④ 李伯元：《官场现形记》，见吴组缃等主编：《中国近代文学大系·小说集2》，上海：上海书店出版社，1995 年，第 104 页。

⑤ 孙家振：《海上繁华梦》，见王继权等编：《中国近代小说大系》，南昌：江西人民出版社，1988 年，第 216 页。

⑥ 参见劳祖德整理：《郑孝胥日记》，北京：中华书局，1993 年。

⑦ 何荫柟：《鉏月馆日记》（稿本），见上海人民出版社编：《清代日记汇抄》，上海：上海人民出版社，1982 年，第 355 页。

⑧ 叶中强：《游走于城市空间：晚清民初上海文人的公共交往》，载《史林》，2006 年第 4 期。熊月之：《晚清上海私园开放与公共空间的拓展》，载《学术月刊》，1998 年第 8 期。

者是节庆游园，后者则是礼拜游园。在中国传统里，是没有礼拜休息的概念的，人们终日劳作，只有遇到节庆时候才放松休闲，外出游玩。而上海"市面都是外国人做起的，各处玩耍地方就不能不顺着外国风俗"①，西方风俗是礼拜六、礼拜日休息，所以张园游客的高峰期，也在礼拜六、礼拜日两天。如《海上繁华梦》后集第十六回写到金子富在路上遇见其兄金子多与洋东麦南"坐了一部亨斯美马车到张家花园而去"，因"这日恰是礼拜"②；《九尾龟》里陈海秋也因"今天是礼拜六，张园里头十分热闹"③ 而欲去游张园；《十尾龟》里费大小姐去游张园，同样因为"恰是礼拜六，张园游人很是众多。"④ 不是礼拜的时候，张园游人就要少些，《海上繁华梦》第十一回里屠少霞想去张园，贾逢辰却认为虽然"天气还好"，但"今天不是礼拜，园里头去的人一定不多，我们也不要去罢。"⑤

4. 功能效用的不同。留园作为传统的园林，它的功能性比较单一，主要是为平日辛劳的人们提供一个休憩的场地，为文人墨客提供一个抒怀的场所。张园则不同，它的功能性是多元化甚至现代化的。除了休闲娱乐、集会演讲，它还成为展示西洋事物的窗口，引领上海时尚的标的。孙宝瑄曾在日记中记载他在张园见到的种种新鲜玩意，如光绪二十三年（1897）五月初五"夜诣味莼园，览电光影戏"，他这样描述自己的新奇感受："群灯熄白布间，映车马人物，变动如生，极奇。能作水腾烟起，使人忘其为幻影"；正月二十四日，"晡至张园，观诸人试足踏车"；光绪二十八年（1902）正月初八又在张园"观游人试足踏车"；光绪三十四年（1908）十月十四日"改赴味莼园，觅视新制之飞艇。"⑥ 影戏、足踏车、飞艇等都是当时刚出现的事物，张园的前沿性可见一斑。小说中的描写可能更加细致生动：

（1）时新服饰。《九尾龟》里的方幼恽第一次游张园，就看到"粉白黛绿，一群群联队而来，一个个都是飞燕新妆，惊鸿态度。身上的衣服不是绣花，就是外国缎，更有浑身镶嵌水钻，晶光晃耀。"他在常州老家哪见过这

① 陆士谔：《十尾龟》，北京：中国文史出版社，2003年，第10页。

② 孙家振：《海上繁华梦》，见王继权等编：《中国近代小说大系》，南昌：江西人民出版社，1988年，第907页。

③ 漱六山房：《九尾龟》，武汉：荆楚书社，1989年，第1005页。

④ 陆士谔：《十尾龟》，北京：中国文史出版社，2003年，第298页。

⑤ 孙家振：《海上繁华梦》，见王继权等编：《中国近代小说大系》，南昌：江西人民出版社，1988年，第117页。

⑥ 孙宝瑄：《忘山庐日记》（稿本），见上海人民出版社编：《清代日记汇抄》，上海：上海人民出版社，1982年，第374、377、390、392页。

样时新的装束，因而竟然"看得有些头晕"①。当然，穿着这些时髦服饰的大多是妓女，"堂子里几个红倌人，都出奇制胜的想那新花样，不论是衣裳，是首饰，是发髻，想出了新花样就到张园来比赛。样子好看的，大家就争着模仿。先前光是堂子里倌人，弄到后来连良家人都学样了。"②《海上名妓四大金刚奇书》就提到妓女时春菲天天坐马车游张园，"看见几个时髦倌人的衣服花样，他便记在心上，自己到衣庄里去买。"③妓女成为引领和传播晚清上海时尚潮流的先锋，而张园正充当了他们展现风采的 T 台。无怪乎《十尾龟》中马静斋会慨叹，"一切时髦的衣裳，新奇的装束，阔绰的首饰，都从这里行出的。漂亮的人物，标致的妇女也都在这里聚集的。"④

（2）电光影戏。影戏在中国古已有之，电光影戏却是近代引进的西洋事物。孙宝瑄日记中的电光影戏在《海上繁华梦》二集第二十五回中有详细描写，此外，小说里还介绍张园除了做活动影戏，也做过美国人和俄国人的外国戏法、大木人戏（傀儡戏），以及东洋戏等，都让众人大开眼界。

（3）时尚的拍照。《海上繁华梦》中屠少霞与阿珍一起去拍照，阿珍告诉他："手帕、磁器、团扇、摺扇、牙片上的，多曾在张家花园光绘楼与西尚仁里二惟楼内拍过。"⑤可见，张园里不仅可以拍照，还可以将照片印在手帕、磁器等物品上，这种技术在今天我们看来也是前沿时尚的，何况这还在 100 多年前，更可反映出张园在引进新事物方面的先锋性。

（4）新潮的交通工具。马车是当时的时尚出行工具，花样翻新，层出不穷。而坐马车的经典路线之一就是从第二跑马场到静安寺，其间可到张园，故在张园能看到各种各样的马车，皮蓬马车、轿子马车、亨斯美马车，都装饰得精致时髦，成为坐车人竞相争胜的工具。每每有了新的交通工具，也总能在张园里见到。《海上繁华梦》与《十尾龟》有一段极其相似的描写：

　　　　这日从园门外马路为始，接至安垲地大门，那马车停得水泄不通。

---

① 漱六山房：《九尾龟》，武汉：荆楚书社，1989 年，第 35 页。
② 陆士谔：《十尾龟》，北京：中国文史出版社，2003 年，第 11 页。
③ 抽丝主人撰：《海上名妓四大金刚奇书》，见王继权等编：《中国近代小说大系》，南昌：百花洲文艺出版社，1996 年，第 229 页。
④ 陆士谔：《十尾龟》，北京：中国文史出版社，2003 年，第 10 页。
⑤ 孙家振：《海上繁华梦》，见王继权等编：《中国近代小说大系》，南昌：江西人民出版社，1988 年，第 242 页。

挤了有半刻多钟，方才挤了进去。（《海上繁华梦》第八回）①

　　从园门外马路为始，接至安垲第大门，马车、汽油车停得水泄不通。我们挤了半刻多钟，方才挤了进去。（《十尾龟》第二十九回）②

两段话唯一的不同，就是《十尾龟》中停得水泄不通的除了马车，还有"汽油车"，即汽车。1908 年上海始有汽车租赁，到《十尾龟》出版的 1911年，也不过两三年时间，汽车还是少数人乘坐的工具，而它就出现在张园里，可见张园时尚前卫的属性。

　　而孙宝瑄日记中提到的"试足踏车"在小说中也有反映。《九尾龟》里的妓女沈二宝为度过经济危机，想去吊潘侯爷的膀子，采取的方式是显示自己的自行车技。而她选择的地点就是张园——"坐着自行车先到味莼园去。到了安垲第又等了好一回"③。牛幼康想吸引"四大金刚"之一金小宝的注意力，也是在张园骑自行车，让她见了"不知怎样的觉得心上微微一动"④对于张园的游人来说，马车已经见惯不惊了，忽然见到刚兴起的脚踏车，自然会觉得新奇。骑自行车的人也因此可以引人注目，炫耀风头。

　　（5）新鲜的展销赛会。如《新上海》里写到"南洋劝业会的雏形，专事提倡实业"的出品协会，会场就在张园。"进门见陈列各种东西，有布匹，有米谷，有虾蟹，有杂用东西，倒也位置井井。"而且还能看到外国货："沿场一径游来，见了老晋隆英美烟公司的香烟陈设品，百禄洋行的纯钢器械陈设品。"甚至布置得有些太完备了："戏子、妓女、船娘、变戏法、卖拳棒、唱滩簧，人类这样的完备；酒楼、茶馆、大菜馆、洋行、邮政局、赌场，店铺这样的完备。"除此之外，还"请各学堂学生来开运动会"⑤。这样的出品会，与其说是展销，倒更像一个游乐项目。

　　《九尾龟》里的赛珍会，举办地点也在张园。所谓的赛珍会，是一个中国慈善家发起的仿西方慈善会的赈灾义卖活动，即"在张园里头设肆售物，把卖出来的钱都交在中国慈善会里头"⑥。借助张园的高人气，赛珍会比了

　　①　孙家振：《海上繁华梦》，见王继权等编：《中国近代小说大系》，南昌：江西人民出版社，1988 年，第 84 页。

　　②　陆士谔：《十尾龟》，北京：中国文史出版社，2003 年，第 270～271 页。

　　③　漱六山房：《九尾龟》，武汉：荆楚书社，1989 年，第 1039 页。

　　④　同上，第 696 页。

　　⑤　陆士谔：《新上海》，上海：上海古籍出版社，1997 年，第 7、8、10、13 页。

　　⑥　漱六山房：《九尾龟》，武汉：荆楚书社，1989 年，第 1160 页。

上海绅商杯水车薪的劝捐，效果要好得多。但或许因为这赛珍会本是效仿西方的慈善会，"我们中国却没有举行过"①，上海人仍把它视为张园的一种游乐项目，"像打了一个中西合璧的大茶围一般。"② 慈善义举被当成妓院里的打茶围，固然反映了中国人在外来文化接受上的简单化和片面化，但也是张园作为时髦展示台所带来的条件反射。

《十尾龟》则写到张园的力士比武打擂台，擂台赛在中国早已屡见不鲜了，但这次在张园里却是中国人与外国人比武，"大家都没有见过，所以哄拢了这许多人。"③ 可惜因为双方文化不通，外国人只许动手，不许动脚，中国人自然不答应，擂台没能打成。

总之，张园与留园那样的传统园林已经大为不同了，它实际是建立在西方文化基础上而又展示西方文化，同时又迎合吴地人求新求异、好热闹等文化心理的一种新园林哲学。如果说"上海以洋气闻名全国"，那么张园恰是"展示洋气的地方"④。正因如此，张园也就与一品香等一样，成为代表上海现代化进程的一个举足轻重的地域景观。

如果说，这两部小说还显得比较单薄，那么我们可以将晚清苏州小说与上海小说里出现的主要地域景观标注在地图上（参见附录 2、3）。观察两幅"文字地图"就会发现，苏州小说中出现的地域景观多为名胜古迹，且集中分布在玄妙观一带和阊门外，苏州城内的四角与苏州城外的东部地带几乎都为空白；上海小说的地域景观多为消费娱乐场所，基本分布在马路沿线。上海小说中出现的马路和里弄数量众多，遍布上海租界，而里弄又集中在四马路、宝善街之间，二马路、三马路附近比较空白。这说明苏州的繁华是城市中心集聚的结果，它表现出的是充满古韵又有些市井气息的传统城市图景；上海的繁华则是马路带动发展的结果，它表现出的是充满洋味且带着消费特色的新兴都市风貌。

形象地来说，如果苏州与上海要拍摄当时的城市形象宣传片，也许都会以"繁华梦"作为主题，但苏州大概会首先聚焦"一城的中心点"玄妙观，然后慢摇到留园、虎丘，最后在山塘河悠远的流水中无限放远；而上海片中出现的第一个镜头一定是四马路，然后在灯火中飞速摇动镜头，定格在一品

---

① 漱六山房：《九尾龟》，武汉：荆楚书社，1989 年，第 1157 页。

② 同上，第 1162 页。

③ 陆士谔：《十尾龟》，北京：中国文史出版社，2003 年，第 203 页。

④ 熊月之：《张园：晚清上海一个公共空间研究》，见张仲礼：《中国近代城市企业·社会·空间》，上海：上海社会科学院出版社，1998 年，第 342 页。

香，来个大大的特写，再以蒙太奇拼贴的方式一张张掠过升平楼、天乐窝、丹桂戏园，最后在张园的喧闹中结束。两个"宣传片"都号称"繁华"，但给我们的镜头感一定是不同的。

不过，"宣传片"只会反映城市最有代表性的一面，还有一些角落则会被淡化。在对两个城市先入为主的印象中，我们几乎要忘记，苏州的青阳地与上海的也是园也出现在回目中，而又显然不同于其他景观的属性，这说明苏州—上海、传统—现代的二元划分并不是完全合乎客观事实的。我们只能说大体上可将苏州与上海作为传统与现代的代表，而苏州传统中的现代，以及上海现代中的传统，它们能更深层地揭示吴地地域传统与西方外来文化相碰撞、融和的复杂内涵。在后面章节作进一步细致的分析前，接下来的几节仍将苏州与上海作为两个异质的城市来对待。

第二节　苏州与上海生活方式的比较

生活方式，简单来说就是衣食住行，它是"文化传统的民众化、生活化、社会化、形式化、具象化的表现形式，是这种文化传统的价值观念、道德伦理等核心文化的外在化体现。"① 因此，透过生活方式的变迁可以窥见文化传统嬗变的信息。苏州与上海同属吴地，本有相近的生活方式，而在晚清，由于这两个城市在不同社会经济条件下的不同发展趋向，两地的生活方式也开始有所分化，最明显的体现在"食"、"行"两方面，这在晚清吴地小说中有鲜活的反映。

一、苏州船菜与上海番菜

（一）苏州的船菜

苏州地处江南，与大多数南方城市一样，日常性的饮食以稻米为主。略不同的是，苏州人喜吃黄米，因为它"和苏州人的性质一样，柔和而容易消化，不似白米的有一种梗性"，到19世纪末才逐渐改吃白米。一日三餐"大都以粥饭分配之"，间以点心。粥有两种，一为白米粥，腻若凝脂；一曰

---

① 李长莉：《中国人的生活方式：从传统到近代》，成都：四川人民出版社，2008年，第2页。

"泡饭粥",有饭焦香味。① 《苏空头》里"我"早上起来即是"吃了泡粥"②才出门的;《苏州繁华梦》里贝菊如清早去找小姐妹王桂香,桂香唤老妈子端上桂花饼、云片糕、橄榄茶等,又端上"四盆油氽热点心",菊如忙说"吾是吃仔饭来个介"③,可见这些点心是被当作早饭来吃的。

但苏州的饮食绝非简单的"吃饭",而是与苏州追求精致生活、注重享受的传统联系起来的。"苏人以讲求饮食闻于时,凡中流社会以上之人家,正餐、小食,无不力求精美。"④ 其中最具代表性的也许可以推举"船菜"。顾名思义,船菜是船上做的饭菜,苏州人喜欢乘画舫出游,有时会在船上呆上大半天,那么,船主备上饭菜是很自然的的事情了。不过,如果以为这种快餐式的饮食会很敷衍,那就错了。事实上,苏州船菜是很精致的苏州菜肴,特别是它"由船娘纤手调羹",更让人觉得"是别具风味的"⑤。由于在船上烹饪,自然要受到游船场地的制约,因而船菜也形成了独特的苏式特色:一是小灶小烹,只能一席、两席,这就讲究各菜自成一味而互不雷同,如烧鱼须纯粹是鱼味,煮鸡鸭就得纯粹是鸡鸭之味,着重的是以原汁原汤烹调;二是菜量既少,就得在制作上下功夫,讲究精工细作,即使只够食客吃一箸一匙,也能使食者品味精细之妙;三是受条件限制,在烹饪方式上以炖、焖、焐、煨为主,逐渐形成慢工出细活的"火候菜"和"功夫菜";四是由于多在水上,则讲究就地取材,形成以本地鱼鲜、水产作物为主的风味特色。⑥ 久而久之,时令新鲜、制作精细的船菜在苏帮菜中声名鹊起,成为苏州饮食地方特色的重要代表。传统的船菜名肴有蟹粉鱼翅、清蒸大蟹、芙蓉银鱼、葱烤鲫鱼、三虾豆腐、鸳鸯莼菜汤等。

充满浓郁苏州风情的《苏州繁华梦》当然不会漏掉对苏州船菜的描写,第八回中写两名苏州老绅士羊醒栢与巫嗣虎挟妓游春,正是以船菜设宴的。写到这,作者迫不及待向读者介绍"那苏州船菜是出名的滋味鲜美清洁,价格也公道克己"。⑦《九尾龟》第六十回宋子英"雇了小陈家的灯船",请章

---

① 包天笑:《衣食住行的百年变迁》,苏州:政协苏州委员会文史编辑室,1973 年,第 10、13、14 页。

② 单镇:《苏空头》,上海:改良小说社石印本,1910 年,第 3 页。

③ 天梦:《苏州繁华梦》(上),上海:改良小说社铅印本,1911 年,第 1 页。

④ 徐珂编纂:《清稗类钞》第 47 册,北京:商务印书馆,1928 年,第 11 页。

⑤ 郑逸梅:《南社丛谈》,上海:上海人民出版社,1981 年,第 8 页。

⑥ 参见苏简亚主编:《苏州文化概论——吴文化在苏州的传承和发展》,南京:江苏教育出版社,2008 年,第 389~390 页。

⑦ 天梦:《苏州繁华梦》(上),上海:改良小说社铅印本,1911 年,第 35 页。

秋谷等游虎丘，众人在山塘游玩后上船，船家就在中舱摆上船菜。作者在文中反复夸赞"那小陈家的船菜是苏州有名气的，比起上海堂子里头的菜来真是高了几倍。""且说小陈家的船菜，是通省最精致的烹庖。端上菜来，十分精洁可口。"① 而《海上繁华梦》后集里有一段上海文人游苏州的描写，东道主谢幼安为客人定的是"最出名小陈家的大号灯船，肴馔备得甚是精洁"②，似乎与《九尾龟》中的船主是同一家。上海小说极力夸赞苏州饮食，这更说明苏州船菜美名四扬了。

正因如此，即使是没有乘船，人们也愿意叫上一席船菜，以美食配美景。《苏州繁华梦》里的两名绅士吃船菜，就不是在水上，而是在留园的荷花厅。不过，尽管美味，船菜却不能每日吃的，因为它实际上是"一种特级的筵席餐"③，一般用于社交场合，在这一点上，船菜与上海的番菜倒有几分相通之处。

（二）上海的番菜

上海在开埠前只有一种本地菜，开埠以后，各地风味的菜馆纷纷涌入上海，形成了沪、苏、锡、宁、杭、扬、鲁、京、川、粤等各种风味聚集于沪的格局，并划分出 16 个主要帮别。"帮"这个词在旧上海饮食文化中是没有的，它是各地风味菜馆汇集一地后的产物。④ 在晚清上海小说中，经常可以看到人物一会儿去吃苏馆，一会儿去津馆，一会儿又去徽馆。但这些菜系恐怕都不能作为晚清上海饮食文化最主要的代表。如果注意到晚清上海小说中各个菜馆出现的频度，就不难得出结论，上海饮食让人印象最深刻的是"番菜"。

苏州小说里不一定写到船菜，上海小说则几乎没有一部不提番菜。番菜，又被称为大菜、大餐，是指西方的菜式。池志澂《沪游梦影》曾列出游沪者必须体验的八种沪上"特产"，其中之一就是上海的酒馆。作者认为"苏馆、徽馆、宁馆、天津馆、南京馆"等虽属不同帮别，但"其烹饪和调无不小异大同"；番菜馆则与传统菜馆完全不同，番菜馆在装潢上"楼房器具都仿洋式"，环境上"精致洁净，无过于斯"，用餐形式上"人各一肴，肴各一色，不相谋亦不相让……分曹据席，计客数不计席"，烹饪方式上"肴

---

① 漱六山房：《九尾龟》，武汉：荆楚书社，1989 年，第 413 页。
② 孙家振：《海上繁华梦》，见王继权等编：《中国近代小说大系》，南昌：江西人民出版社，1988 年，第 808 页。
③ 包天笑：《衣食住行的百年变迁》，苏州：政协苏州委员会文史编辑室，1973 年，第 30 页。
④ 参见徐华龙：《上海风俗》，上海：上海文艺出版社，2009 年，第 177 页。

饵俱从火上烤热",口感上"牛羊鸡鸭非酸辣即腥膻",无怪乎"其染指而尝者辄诧为未有"①。上海这个急于摆脱传统的"摩登女郎"自然不会忽视这个时尚元素,中式菜系让在上海的人们有如在家乡的感觉,番菜则将上海与内地顿然分别开来,制造出异域氛围。

不过,对于番菜,即使是标新立异的上海人也不是一下就接受的。在19世纪60年代的文人日记里,很少提到吃番菜。冯桂芬是较早接受西方文化的新型知识分子,可是在他的长子冯芳缉60年代的沪游日记里,却完全没有吃番菜的记载。70年代,文人这样描述上海人对番菜的态度:"外国菜馆为西人宴会之所……华人间亦往食焉"②;到80年代文人笔下,"裙屐少年"对番菜已是"津津乐道",老一辈则仍难以接受,"掩鼻不遑"③;而到90年代,不仅是"裙屐少年",而且"巨腹大贾,往往携姬挈眷,异味争尝"④。从最初的"间亦往食"到后来的"异味争尝",反映出上海人对西方生活方式的追崇。

有幸的是,晚清小说在描述人物在大菜馆里吃番菜时,时常会将其点的菜一并列出,因此我们稍加整理,就能还原出一份当时上海番菜馆的"菜谱":

表 4.3　上海番菜馆菜谱

人物	番菜馆		出处
谢幼安、杜少牧、平戟三	一品香	幼安点的是鲍鱼鸡丝汤、炸板鱼、冬菇鸭、法猪排,少牧点的是虾仁汤、禾花雀、火腿蛋、芥辣鸡饭,子靖点的是元蛤汤、腌鳜鱼、铁排鸡、香蕉夹饼,戟三自己点的是洋葱汁牛肉汤、脂利牛排、红煨山鸡、虾仁粉饺,另外更点了一道点心,是西米布丁。侍者又问用什么酒,子靖道:"喝酒的人不多,别的酒太觉利害,开一瓶香槟、一瓶皮酒够了。"……侍者送上咖啡茶来,各人吃过。戟三取签字纸签过了字。	《海上繁华梦》初集第3回

①　葛元煦等:《沪游杂记·淞南梦影录·沪游梦影》,上海:上海古籍出版社,1989年,第158页。

②　葛元煦等:《沪游杂记·淞南梦影录·沪游梦影》,上海:上海古籍出版社,1989年,第30页。

③　葛元煦等:《沪游杂记·淞南梦影录·沪游梦影》,上海:上海古籍出版社,1989年,第132页。

④　葛元煦等:《沪游杂记·淞南梦影录·沪游梦影》,上海:上海古籍出版社,1989年,第158页。

续表

人物	番菜馆		出处
章秋谷、辛修甫、龙蟾珠	一品香	秋谷点的是**鲍鱼汤、铁牌鸡、炸虾球、牛奶冻**四样，又点了一客**樱桃梨**。修甫也和秋谷一般，只换了一个**鸡绒汤**，添了一样**咸牛舌**。秋谷又叫蟾珠点菜，蟾珠只要了**鲍鱼汤**和**樱桃梨**两样，都是吃不饱的东西。秋谷不由分说，替他添了一样**禾花雀**，又叫侍者先开两瓶**冰冻荷兰水**上来，并拿了两瓶**皮酒**和两杯**克力沙**，一齐放在桌上。	《九尾龟》第42回
费春泉、马静斋	一品香	静斋听说，就执笔替他代点了几样，无非是**虾仁汤、炸板鱼、火腿蛋、冬菇鸭**之类，不用细表。	《十尾龟》第1回
夏尔梅、巫楚云	一品香	尔梅大喜，立呼侍者进内，每人点了四客大菜，开了一瓶**红酒**，又替小大姐也点了客**鸡丝鲍鱼汤**、一客**虾仁蛋炒饭**。	《海上繁华梦》后集第十八回
荀北山、蒋占园、魏古轩	一品香	占园请魏古轩先点了**鸡丝鲍鱼汤、纸煨鸡、英腿蛋、杏仁茶、蛋糕布丁**，又请北山点菜。北山握笔半日，写不出来。占园只得代点了五样：**火腿麻菰汤、芥辣鸡、五香鸽子、炸鳜鱼、鱼生粥**。又自己点了四样，**牛尾汤、妙牛肉、板鱼、虾仁蛋炒饭**。三人饮了数杯**白兰地**。	《轰天雷》第5回
陶子尧、魏翩仞、刘瞻光等	一品香	后来主人让他点菜，他说不懂。魏翩仞就替他写了六样……这里主人菜上齐，吃过**咖啡**，细崽送上帐单，主人签过字。	《官场现形记》第7回
金雯青、薛淑云等	一品香	侍者送上菜单，众人点讫；淑云更命开着大瓶**香宾酒**，且饮且谈……侍者送上补丁……匆匆吃毕，复用**咖啡**。侍者送上签字单，淑云签毕，众人起身道扰各散。	《孽海花》第2、3回
马小姐、马太太、费太太等	一枝香	马小姐执笔在手，飕飕地写起来。无非是**元蛤汤、板鱼、芥辣鸡**之类，又另要了几样**牛奶点心、干果、糖食**。	《十尾龟》第22回
花小龙、何煦仁、周策六、金子富	三台阁	遂点了一客**杏仁茶**，一客**荷花雀**，一客**樱桃梨**，多是些吃不饱的。	《海上繁华梦》后集第14回

续表

人物	番菜馆		出处
许行云、阿月、夏尔梅	海国春	（阿月）点了一客鲍鱼鸡丝汤，一客虾仁蛋炒饭……尔梅替他又代点了一客禾花雀，一客卷筒鱼，说："这是吃不饱的，无非吃些鲜味罢了。"……尔梅叫他拿三杯口里沙来。	《海上繁华梦》后集第22回
姚文通、胡中立等	万年春	主人请他点菜，他肚子里一样菜都没有，仍旧托主人替他点了一汤四菜，又要了一样蛋炒饭。一霎西崽端上菜来，姚文通吃了，并不觉得奇怪，后来吃到一样拿刀子割开来红利利的，姚文通不认得，胡中立便告诉他说："这是牛排，我们读书人吃了顶补心的。"……等他把咖啡吃过。	《文明小史》第18回

从表里至少可以读出这几个信息：

1. 当时上海的番菜馆很多，有一品香、一枝香、三台阁、海国春、万年春等诸家，说明19世纪末20世纪初，上海人已经完全接受并热衷于吃番菜了。《海上繁华梦》里曾介绍19世纪90年代上海主要的番菜馆：

> 现在共是海天春、吉祥春、四海春、江南村、万年春、锦谷春、金谷春、一家春，连这一品香九家。尚有杏花楼并宝善街指南春、胡家宅中和园、荟香村，也有大餐，那是广东酒馆带做的。其余外国人吃的真番菜馆，英界是大马路宝德、西人名廿七号，泥城桥西块金隆、五马路益田，法界是密采里。虽也有中国人去，却不甚多。①

此时已经有了至少九家番菜馆，不可谓不多，而仅仅过了几年，就增加了表中所示的一枝香、三台阁、海国春，番菜馆的不断发展壮大反映出上海人对番菜持续不减的热情。

2. 从上面《海上繁华梦》的文字可以看出，番菜馆分为三类，一是中国人开的，一是广东酒馆代做的，还有一类是正宗的西餐馆，"虽也有中国人去，却不甚多。"上海人虽爱吃番菜，却不是正宗的西餐。从表中也可以证实这一点，上海人去的最多的还是第一类番菜馆。而从"菜谱"里亦不难看出，食材并不是

---

① 孙家振：《海上繁华梦》，见王继权等编：《中国近代小说大系》，南昌：江西人民出版社，1988年，第26页。

只有西餐中的牛羊肉,还有鱼、虾、粥等吴地人平时喜好的食料,可见所谓番菜,实是经过改良的中西结合的饮食。这也折射出上海人吃番菜的心理:并不是真的对西方饮食多么感兴趣,而是对这种充满洋味的生活方式趋之若鹜。

3.从表中还可以看出吃番菜与吃中餐的差异。首先是分餐制,且每人通常可吃数种,包括汤、正菜、主食、点心、饮品。汤最常见的是鲍鱼鸡丝汤或元蛤汤;正菜有炸板鱼、冬菇鸭、牛舌、铁牌(排)鸡、卷筒鱼、炸(腌)鳜鱼等;主食有蛋炒饭、牛排、芥辣鸡饭等;点心有樱桃梨、禾花雀、布丁、虾仁粉饺等;饮品有皮酒、杏仁茶、克力(里)沙、香槟、咖啡等。其次,一般用餐时还有一定的程序,一般是先上汤,再上正菜、主食,最后是点心和饮品。表中所示的最后程序往往是喝咖啡,然后主人就知道要签字买单了。

4.从这些人点的菜可以看出,其实每个人吃的都大同小异,而且表中有好几次说某某点的菜"多是些吃不饱的东西",因此他们频繁地出入番菜馆,绝不是为了吃饭充饥,更多的是"醉翁之意不在酒",借番菜馆幽静整洁的环境来进行一种社交活动和感情联系。在社交性这一点上,番菜与船菜的功能是一致的,都不是日常饮食。不同的是,在上海这样的商业社会,人们的日常活动与社交活动已经连为一体了。他们早已习惯把茶馆、酒馆、妓院作为自己的"客厅",把大街作为自己的"阳台"①,从这一点来说,非日常性的番菜实际上又可视为日常性的。

苏州船菜与上海番菜的区别,已经初步体现出苏州作为传统水乡与上海作为现代都市的差异。两个城市如同它们的代表性饮食一样,苏州"是清丽文章,不是浓重的论调也"②,上海则崇尚"异味"。

二、苏州轿子与上海车子

(一)苏州的轿子

同属吴地水乡,苏州与上海最初都是水行则舟,陆行则轿。尤其是苏州,"不独郊外有河道,城里也有河道的",因此有人甚至说"我们在苏州城市的交通,只有轿子与船。"③上海开埠后,两地的交通工具逐渐拉开差距。苏州的舟船以画舫最为出名,多为人力;上海的舟船以轮船为擅,乃机器动力。在这里先略去水行工具不谈,主要比较两者的陆行工具,因为这更能看出两地在晚清

---

① 乐正:《近代上海人社会心态》,上海:上海人民出版社,1991年,第130页。
② 包天笑:《衣食住行的百年变迁》,苏州:政协苏州委员会文史编辑室,1973年,第31页。
③ 包天笑:《衣食住行的百年变迁》,苏州:政协苏州委员会文史编辑室,1973年,第142页。

的交通工具差距。

《青楼梦》里众人的陆行工具几乎都是轿子，只有男主角金挹香偶尔骑马。第四十五回写金挹香携众佳丽到支硎山游玩，即是用六乘轿子。小说的描写并非是对文人生活的雅化，它就是苏州人真实生活的反映。从《苏州繁华梦》也可以看出，直到宣统年间，苏州仍以乘轿坐船作为主要的出行方式，对当时在城外已经出现的马车，还抱着一种新鲜的态度，将之视为一种游乐项目。①

交通工具的选择，往往折射出道路建设的差距。苏州街道都是石子路，又有许多桥，桥都有石阶，且街道狭窄，即使两辆人力车也不能并肩而行；如果是骑马呢？商铺的招牌总是矗出檐外数尺，不善骑的人很容易撞得头破血流。这样，就只有坐轿子了。② 直到民国叶圣陶的作品里，还有这样的描述："城里的街道极窄，阳光倒是不大有的；只要两乘人力车相向擦肩而过，就叫行人曲着身子贴着店家的栏杆相让，还时时有撞痛的危险。"③这样的道路条件要通行上海那样的马车甚至汽车、电车，显然是不大可能的。

除此之外，轿子在苏州不仅是一个交通工具，它在某种程度上也是一种传统性的代表。轿子的装饰和轿夫数量，体现着传统的礼制，不可随意僭越。或许有人说，在中国其他地方不也是这样吗？但"在北京虽然对此有一切典章体制，但大都是官样文章"，轿子在苏州才是真正的"特擅胜场"。④ 这与苏州的地域特色也有关系。一来苏州绅士多，家中必备几肩轿子，但既没有最低级的黑布轿，也不敢擅自使用僭越的绿呢轿，都是蓝呢轿子；二来富贵人家多，那些中上层的妇女出门都必坐轿子；三来应酬礼数多，拜客、宴会、庆贺、吊丧，一律须乘轿子。总之，对苏州人来说，轿子承载的功能决不是简单的代步，而是象征着等级与礼节。一位苏州文人就回忆说："从前上中等人家，妇女出门，必坐轿子，又因为缠了脚，在街上行走，有失体面。譬如一位少奶奶回母家，必是母家用轿子来接；到她回夫家去，又是夫家用轿子来接，方合礼节。"⑤

此外，正如《苏州繁华梦》所描写的，妇女去庙里烧香，常会遇到无赖子弟"站香班"、"打圈子"，调戏妇女顺带攫取首饰财物⑥，故大家闺秀及贞妇烈女必乘轿前往。轿子的属性是封闭的，它体现出传统女性在公共场合的矜持与

---

① 参见天梦：《苏州繁华梦》(上)，上海：改良小说社铅印本，1911年，第31～33页。
② 参见包天笑：《衣食住行的百年变迁》，苏州：政协苏州委员会文史编辑室，1973年，第116页。
③ 叶圣陶著，叶至善编：《叶圣陶短篇小说集》，长沙：湖南文艺出版社，1998年，第128页。
④ 包天笑：《衣食住行的百年变迁》，苏州：政协苏州委员会文史编辑室，1973年，第117页。
⑤ 包天笑：《钏影楼回忆录》，北京：中国大百科全书出版社，2009年，第17页。
⑥ 参见天梦：《苏州繁华梦》(上)，上海：改良小说社铅印本，1911年，第2～5页。

洁身自好，而后来上海流行的马车则是张扬的，人们坐马车的目的就是要享受"被观看"的欲望。

（二）上海的车子

上海与苏州交通工具的最大差别，在于陆行工具的大大发展，时人有"洋场车子之盛甲天下"①的说法。然在咸丰之前"邑境水乡，有舟无车，陆地运货向用人力"②，在水里以舟行，在陆上多乘轿，看起来与在苏州似乎也没太大的区别。唯一的区别是，上海人乘轿也愿意选择苏州轿夫，因为跑得又快又稳，若是上海本地人抬轿，"则一路颠簸，轿中人浑如醉汉矣。"③这也从侧面反映出轿子在苏州的"特擅胜场"。

同治初年，小车成为"开埠后行驶在上海道路上最早的车辆之一，它标志着上海交通运输史上'有舟无车'时代的结束"④。晚清的"小车"并非我们现在说的私家车，而是一种人力推行的独轮车，车夫多为江北人⑤，可载七八人，所谓"七八娇娃一小车"⑥。

小车之后，"继乃有腕车，行旅便之。"⑦1871 年，有英人购得十余辆双轮车，在租界中载客，因其以一人前曳之而行，故称为腕车，或曰由日本人创制，又俗呼为东洋车。⑧ 东洋车因其轻便快捷且经济实用而大受欢迎。但或许正因为价廉，东洋车成为一种平民化的交通工具，稍有财力的士绅商贾不愿乘之，而"仍必肩舆"⑨，想来其心理与苏州中上等家庭出行必乘轿一样，是为了不失身份地位。

"已而马车渐兴，肩舆渐废"，之前乘轿的硕腹巨贾、少年子弟纷纷改坐马

① 《同占灭顶》，见吴友如等绘：《点石斋画报·大可堂版》（第 6 册），上海：上海画报出版社，2001年，第 193 页。

② 吴馨等修，姚文枬等纂：《（民国）上海县志》卷十二《交通》，瑞华印务局，民国二十五年（1936）铅印本。

③ 葛元煦等：《沪游杂记·淞南梦影录·沪游梦影》，上海：上海古籍出版社，1989 年，第 25 页。

④ 熊月之主编：《上海通史·晚清社会》，上海：上海人民出版社，1999 年，第 151 页。

⑤ 参见胡祥翰等著，吴健熙标点：《上海小志·上海乡土志·夷患备尝记》，上海：上海古籍出版社，1989 年，第 13 页。

⑥ 朱文炳：《上海竹枝词》，见丘良任、潘超、孙忠铨总主编：《中华竹枝词全编·上海卷》，北京：北京出版社，2007 年，第 16 页。

⑦ 徐珂编纂：《清稗类钞》第 46 册，北京：商务印书馆，1928 年，第 45 页。

⑧ 参见胡祥翰等著，吴健熙标点：《上海小志·上海乡土志·夷患备尝记》，上海：上海古籍出版社，1989 年，第 13 页。

⑨ 徐珂编纂：《清稗类钞》第 46 册，北京：商务印书馆，1928 年，第 45 页。

车,出行"必肩舆"换为"必锦鞯玉勒,驰骋康庄以为快"①。事实上马车在 19 世纪 50 年代就已引入上海,但主要是西人和富豪乘坐。后来出现了仿欧美样式的华人马车,车资降低不少,且马车华美清洁、样式翻新多样,最重要的是,乘坐马车在宽阔平整的马路上飞驰,有一种超越众人的心理快感,故受到上海人的热烈追捧,成为最流行的时尚出行工具。

另外,19 世纪末还出现了可以自己骑行的自行车,也叫脚踏车。脚踏车的优点是明显的,随时可用、自己掌控、行走如飞,但缺点同样突出。首先是售价租金较高;其次必须学习行驶的技术,而且练习的时间较长,至少两三月才能纯熟;再次,对路况要求很高,"草软沙子,尚虞倾跌,一遇瓦砾在途,则不能行走矣。"②故在很长一段时间内,并未流行开来。著名报人包天笑曾对自行车这个新鲜事物表现出兴趣,可学了三天,才刚刚能够不要人扶持;而且一不小心就跌进水沟,弄得满身泥污,眼镜也几乎跌碎,从此也就撇开自行车,不再学习。③ 不过也正因它难以掌握,那些能够骑自行车的人自然可以吸引足够多的眼球。

汽车是欧洲人于 1875 年发明的,1901 年输入上海。由于汽车的成本高,能购入汽车的只能是少数达官显贵或富商,1908 年,美商环球供应公司百货商场购置了五辆凯特勒克牌汽车,用以出租业务,这是上海有出租汽车之始。出租汽车比购买汽车花销小很多,但也比较昂贵,每小时要 4~5 元,几乎相当于一个学徒工一个月的薪水。④ 因此,虽然汽车快捷方便又时髦,但当时坐马车出风头的人还是远远多于坐汽车的人。到 20 世纪 20 年代,汽车才取代马车,成为新的时尚标识:"上海近日以乘汽车为豪。每至礼拜日,必有许多少年男女,同乘一车,疾驰于南京路、静安寺路、福州路。而马车中,今仅见四十许男子一人兀坐,无复向日盛事矣。"⑤福州路即一向繁华的四马路,南京路即后

① 徐珂编纂:《清稗类钞》第 46 册,北京:商务印书馆,1928 年,第 45 页。
② 参见葛元煦等:《沪游杂记·淞南梦影录·沪游梦影》,上海:上海古籍出版社,1989 年,第 17、113 页。
③ 参见包天笑:《钏影楼回忆录》,北京:中国大百科全书出版社,2009 年,第 407 页。
④ 参见熊月之主编:《上海通史·晚清社会》,上海:上海人民出版社,1999 年,第 160 页。
⑤ 胡朴安:《中华全国风俗志》下编,上海:上海科学文献出版社,2008 年,第 496 页。

来崛起的大马路,还有静安寺路,这都是以往坐马车兜圈子的必经之处①,如今则成为乘汽车兜风的经典路线。

如果说上述这些交通工具还偏于个人使用的话,那么"为大众所附乘"②的电车就属于真正意义上的公共交通了。这也是上海比苏州交通工具最为先进的地方。1907年上海创行电车,给人们出行带来了极大的便利。短短几十年间上海的交通出行就有了大的飞跃,无怪有人感叹说:"就只一车也,而一刹那间已屡经更易。"③

晚清上海小说既然将马路作为文字中重要的地理景观,那么在马路之上的交通工具自然也随着人物在各场景间移动。不同年代的小说反映出人们出行方式的迅速更新。下面对几种主要的晚清上海小说中出现的交通工具次数做了统计,虽然不够精确,但大体上可以反映当时人选择出行方式的趋势:

表 4.4　晚清上海小说中的交通工具统计表

交通工具 ＼ 书名	海上花列传	海上繁华梦	海天鸿雪记	二集	后集	九尾龟	新上海	十尾龟
轿子	71	18	4	15	37	93	8	22
小车	3	7	0	6	5	0	11	3
马车	87	102	91	33	72	272	85	175
东洋车	27	34	8	16	26	6	28	15
脚踏车（自行车）	0	3	0	1	0	57	0	0
汽车（汽油车）	0	0	0	0	0	0	3	3
电车	0	0	0	0	0	0	19	0

从上表可以看出,马车在每部小说里出现的次数都是最多的,这反映了

---

① 《清稗类钞·上海马车兜圈子》记载:"兜圈子者,例于福州路登车,自山东路之麦家圈,进广东路之宝善街,出北海路,沿跑马场,过中泥城桥,至静安寺路之味莼园。归途由南京路经山东路之望平街,转福州路,沿跑马场,进北海路,由广东路之宝善街,至河南路之棋盘街,进福州路,转东至黄浦滩路,进南京路,由湖北路之大兴街,至福州路下车。如是而绕行一周,所谓圈子者是也。"见徐珂《清稗类钞》

② 徐珂编纂:《清稗类钞》第46册,北京:商务印书馆,1928年,第46页。

③ 葛元煦等:《沪游杂记·淞南梦影录·沪游梦影》,上海:上海古籍出版社,1989年,第113页。

19世纪70年代以来坐马车成为上海最流行的出行方式的事实。轿子所占的比例也不算小，这主要是由于许多达官贵人为了维持自己的身份，而不愿像乘坐其他交通工具那样轻易抛头露面。东洋车基本属于位居第二或第三的交通工具，《海上花列传》中洪善卿可以每日坐东洋车回家，说明此时东洋车已经车资较廉，成为上海比较普遍的代步工具了。但总的来说，东洋车在小说中出现的次数与马车相比，两者差距基本呈拉大趋势。这或许是因为马车比东洋车看上去更高贵，更时尚，也更能满足上海人炫耀式消费的心理。

让人诧异的是，在上海最初出现，也是最落后的交通工具——小车竟没被淘汰，虽然出现次数很少，但几乎每部小说里都有。如果再结合文本，就会发现，小车在当时主要是做货运而非客运了，《点石斋画报》就曾报道马车、东洋车盛行后，"小车一业，几至无人顾问，惟运载货物，尚多用之"①。如果小车用于载人，多是青年女工，她们工作的工厂离居住地较远，居住相近的女工往往合伙雇一辆小车用以接送，一来方便，二来费用也低。正如《新上海》所说，"小车虽好，奈除了湖丝阿姊外，竟没有人坐的。"②

另外，在《海上花列传》里没有出现脚踏车，到《海上繁华梦》里坐脚踏车则已成为一个新兴的时尚了。第八回写三月初四上海举行跑马会，"但见场上边人山人海，那马车停得弯弯曲曲的，不知有几百部儿，也有许多东洋包车在内。车中的人，男的女的、老的小的、村的俏的，不知其数。还有些少年子弟，坐着脚踏车在场边兜圈子儿，瞧看妇女吊膀子的。"③可见马车在这时已经非常普遍，而脚踏车则成为更吸引眼球的时尚出行方式。但在之后的小说里，脚踏车出现的次数多为零，这大概和它难以掌握、无法普及有关。而《九尾龟》中脚踏车出现次数高达57次，主要是用以描写沈二宝。当晚清上海众名妓还在坐马车出风头的时候，沈二宝则用骑自行车来"吊膀子"了，当时能骑自行车的人本不多，且"我国妇女乘之者绝少"④，何况沈二宝颇有几分姿色，自然吸引了众人的目光，成功地"吊"上多金的潘侯爷，度过了经济危机。沈二宝骑自行车的引人注目，也从侧面反映了自行车在上海少有人选择的局面。

① 《车中失火》，见吴友如等绘：《点石斋画报·大可堂版》（第12册），上海：上海画报出版社，2001年，第278页。

② 陆士谔：《新上海》，上海：上海古籍出版社，1997年，第98页。

③ 孙家振：《海上繁华梦》，见王继权等编：《中国近代小说大系》，南昌：江西人民出版社，1988年，第79页。

④ 徐珂编纂：《清稗类钞》第46册，北京：商务印书馆，1928年，第56页。

汽车、电车在大多数小说中出现的次数也为零，这并非是因为它们不受欢迎，而是因为它们出现的时间较晚。汽车1901年才输入上海，1892年开始连载的《海上花列传》和1898年始连载的《海上繁华梦》还不能反映这个新事物，故出现次数为零。而在《新上海》写作的宣统初年，上海已是"路上马车、东洋车、汽车电车往来不绝"；《十尾龟》里的张园更是"车子接接连连，停得几乎没处停放。轿车、皮篷车、船式车、汽油车都有，中间的路竟像窄巷一般，两边都是车子。"①　轿车、皮篷车、船式车都是马车，汽油车即汽车，可见在一向作为时尚前沿舞台的张园里，汽车已经开始和马车抢风头了。

　　电车也如此，由于创行较晚，在之前的很多小说里对它都没有反映。比较集中的描述是在《新上海》中。《新上海》第十回具体描写了晚清上海人坐电车的情景：

　　　　当下刁邦之一心要到小房子去演那"鼺"字的新剧，忙忙地赶到电车站等侯电车，偏是等他偏不到。刁邦之心里头异常焦躁，好容易等了三分钟，听得"叮铛！叮铛！"一阵的警铃声音，知是电车到了，忙着走上。只见一乘黄尾绿头、绘着双龙的新式电车"蚩蚩蚩！蚩蚩蚩"一阵风似的如飞面来，"叮"的一响，车就停了。刁邦之一手扳住铜栏，就想跳将上去，偏偏下车的人很多，只得等他一个个走，才得跳上。进了车门，尚未坐下，听得"叮叮"两响，那车便"蚩蚩蚩"的开了。②

　　从这一段中我们能画出一个大概的轮廓：电车装有电铃，车门处是铜栏扶手，车厢是比较传统的绘图；按站接送乘客，到站与出站都有铃声示意；开车速度很快；人们已经有了先下后上的交通意识。这与我们今天乘坐公交汽车的情景已经很类似了，而它却出现在100余年之前，可见上海交通的进步。此外，小说第六、二十二、二十三、二十四、二十五、三十一回都写到人物乘电车或谈论电车，可见乘电车已经作为一种新的生活方式融入到上海人的每一天里。

　　要指出的是，上海的各种交通工具并不是相继取代的关系，而是在很长一段时间内都是并行不悖的，只是种类越来越丰富了而已。《海上繁华梦》

　　①　陆士谔：《十尾龟》，北京：中国文史出版社，2003年，第203页。
　　②　陆士谔：《新上海》，上海：上海古籍出版社，1997年，第43页。

第二十回提到中元节去广肇山庄看盂兰盆会的人很多，除了"好似蜂屯蚁聚一般"的马车，"中间又夹着许多脚踏车、东洋车、小车"，就是各种车辆并行不悖的证明。当时有人对南京路至江西路转角处的通行车辆做过统计，从早上七点到晚上七点十二个小时之内，"则电车四百五十次，摩托车九百次，马车一千次，腕车一万八千次，羊角车一千次，有过之无不及也。"① 这样一番车来车往的繁盛景象，背后的基础是上海租界先进的路政管理。尽管在初期会不时出现电车、马车撞伤人的事件，但总的来说，道路通行是井然有序的，人们的交通意识也在逐渐地提高。

综上，苏州长期保持着传统的出行方式，而上海在西方文明的影响下，近代交通工具飞速发展，人们的近代交通意识也逐渐形成，最终在现代化道路上远远走在苏州前面。要说明的是，苏州虽然后来渐渐有了马路、铁路，开始通行新的交通工具，但这些都在城外，苏州城内依然长期使用着传统的交通工具，保持着传统的慢生活节奏。这与所谓上海的现代化，很大程度上是城外（租界）的现代化一样，苏州城内（县城）的发展实际上还是比较缓慢的。这是另一个问题，后面的章节将另作讨论。

第三节　苏州小说与苏州画舫文化

通过前两节将苏州与上海的地域景观及生活方式所做的对比，我们基本可以看出两个城市的异质性特征。这种相异，主要来自西方因素的渗入，这一点也许所有研究者都能够想到；然而，容易被忽略的一个因素是来自本土的，即由于地域差异造成的异质性。

虽然同属吴地，但苏州河道密布，"水路之多不可胜计"②，有"东方威尼斯"的美誉；而上海相对河道较少，"沪城少水"③ 的制约使其水上交通无法与苏州相比。因此，苏州的饮食首推船菜，上海却没有发展出这样的饮

①　徐珂编纂：《清稗类钞》第 46 册，北京：商务印书馆，1928 年，第 47 页。
②　陆允昌编：《苏州洋关史料》，南京：南京大学出版社，1991 年，第 143 页。
③　王韬《海陬冶游录》，见虫天子编：《中国香艳全书》第 4 册，北京：团结出版社，2005 年，第 2443 页。黄式权《淞南梦影录》也说："沪地少水"，见葛元煦等：《沪游杂记·淞南梦影录·沪游梦影》，上海：上海古籍出版社，1989 年，第 100 页。

食文化。再加上"沪地无山"①，上海也不能像苏州虎丘那样发展出高度的山水游乐文化。正是具体地理条件上的差异，苏州与上海才在吴地同源文化下分化出不同的地域子传统。以马路为代表的西方现代文明有效地弥补了上海的劣势，使其陆上交通工具得到极大发展。而苏州渐染西风，却在很长一段时间内难以造就上海那样高度发达、飞速发展的陆上交通系统，则是因为水道、桥梁、石板路等曾经的优势反而成了掣肘。因此，本土因素是基础，西方因素是关键，两个因素共同作用，导致了地域景观、生活方式等方面的分化。

　　如果要用一个词来凝练概括晚清苏州与上海各自的特质，也许可以用"画舫"与"马车"分别作为两个城市的关键词。作为吴地的城市，苏州与上海的经济都起步较早，而画舫与马车都是在城市繁华的背景下产生的；苏州与上海有着共同的民情风俗，比如爱热闹、爱奢侈等，而画舫与马车作为炫耀式消费的代表，有着共同的奢华属性。而画舫与马车的相异，也可以基本反映出苏州与上海地域文化的差异。画舫文化代表了苏州的水乡特质，"非马路不行"②的马车则凸显出上海的陆上优势。同时，画舫中式、传统的属性与马车西式、现代的属性又分别与晚清苏州与上海的基本城市定位一致，可以概括两地在地域景观、生活方式等方面的各自特质。如画舫总与苏州标志性地域景观虎丘捆绑在一起，与苏州特色饮食船菜一样体现着苏州人的精致品位；马车总在上海标志性地域景观张园里出现，与上海番菜一样显示着上海人对西方文化的推崇……因此，"画舫"与"马车"，也许不能全面反映、却可以代表性地说明苏州与上海在同源文化中的分化，而正是这种地域传统的差异塑造了苏州小说与上海小说不同的叙事内容与叙事风格。

一、从《青楼梦》中的画舫谈起

　　《青楼梦》向来不被研究者注意，因其所写就像是文人的"白日梦"，被视为庸俗，又因其仿《红楼梦》却"仅得其皮毛，全无其精神"，故更被视

---

　　①　葛元煦等：《沪游杂记·淞南梦影录·沪游梦影》，上海：上海古籍出版社，1989年，第161页。《上海乡土志》也提到："县之未分也，辖山二，一髁山，一福泉山，皆自明代分隶青浦，而本邑于是乎无山。"见胡祥翰等著，吴健熙标点：《上海小志·上海乡土志·夷患备尝记》，上海：上海古籍出版社，1989年，第66页。王韬《瀛壖杂志》同样提到"沪上数十里无山"，见王韬：《瀛壖杂志》，上海：上海古籍出版社，1989年，第21页。

　　②　葛元煦等：《沪游杂记·淞南梦影录·沪游梦影》，上海：上海古籍出版社，1989年，第160页。

为"平庸的狭邪之作"①。这部小说被提到，往往是厕身狭邪小说中，或是沾《红楼梦》之泽。《青楼梦》真的毫无价值么？其实，如果把《青楼梦》视为一部苏州小说，那么，虽然它没有很高的文学价值，却有着无可代替的文化价值。比如要谈苏州的画舫文化，俞达的《青楼梦》恰是晚清苏州小说中最有代表性的一部。

作者在小说第一回中提到，《青楼梦》的主要内容就是写金挹香"游花国，护美人，采芹香，掇巍科，任政事，报亲恩，全友谊，敦琴瑟，抚子女，睦亲邻，谢繁华，求道德"②的一生，而画舫几乎一直伴随着整个情节的起伏，我们甚至可以用"画舫"将小说划分为几个情节单元：

第二至五回写金挹香的访艳经历，也就是"游花国，护美人"的人生旅程。到第六、七回中，金挹香雇下灯舫，邀众美集虎阜闹红会，集满二十四美，恰如司空图《诗品》。小说到这里发展为一个小高潮，而画舫在其中承载了重要的功能。是画舫与众美一起，营造出一种繁华的氛围，推动着金挹香的人生继续向完满前进。

第八至二十四回继续展开金挹香的访艳历程，同时与女主角钮爱卿的恋情逐步开展、加深，直至互定终身。最值得注意的是，小说构建了爱卿的一个园子——挹翠园，它就如《红楼梦》中大观园的翻版。金挹香与众多名姝在园中游玩、题咏，甚至几个作诗的场景都显然从《红楼梦》里复制，如第十六回婉卿作秋涛、秋虫、秋风、秋月四首秋景诗；第十七回诸位佳丽赏雪景联句；第十八回众美成立诗社，第十九回咏梅，诗中有谶；等等。大观园象征着《红楼梦》的极盛，挹翠园也是象征着《青楼梦》的极盛。但《青楼梦》不像《红楼梦》那样，用园子的兴衰隐喻家族的兴衰，它更多的是创设出一种繁盛的氛围，为三十回即将出现的重集闹红会作一个气氛的渲染。

不过，作者没有立即写闹红会，因为到二十四回止，还只是完成了"游花国，护美人"的圆满，是"情"的需求得到了满足。第二十五回到第二十九回又推波助澜，写金挹香赴县试和迎娶钮爱卿，中间还不忘再插叙一次金挹香在灯舫上与四美饮酒游玩的欢乐聚会。这几回实际是写金挹香在事业与家庭方面得到成功，也就是"采芹香"、"敦琴瑟"。在这种万事如意的氛围

---

① 石昌渝：《中国古代小说总目·白话卷》，太原：山西教育出版社，2004年，第273页。

② 俞达：《青楼梦》，见王继权等编：《中国近代小说大系》，南昌：百花洲文艺出版社，1991年，第4页。

中，再写第三十回重集闹红会，就更凸显这次画舫出行是一次"极盛之游"①。由于画舫多达十五只，诸美已经无法按人献艺，而是分配到各船，而金挹香在各船上穿梭，更成为焦点中的焦点。可以说，正是这次画舫之游将金挹香的志满意得推向了顶点。"掇巍科"、"抚子女"出现在这次极盛之游之后，盖因这两项代表事业与家庭的完满，也造就了人生的圆满，而"亢龙有悔"，到极盛时就走向衰落了。"采芹香"、"敦琴瑟"与"掇巍科"、"抚子女"，一个是上行接近人生顶点，一个是人生顶点之后开始下行，分布在画舫游乐"顶点"的两边，这也说明画舫与繁华、与人生享乐是同构的。

三十回以后，就陆续写众花凋零。闹红会刚过，就"一美杳然"，接下来"死的死，从良的从良"，第四十五回挹香清明再游虎阜，看到"游人毕集，往来画舫雪聚花浓"，想起"昔日两次闹红，何等欢乐！如今在会的人去了一半了"②，惆怅欲哭。丽姬名姝的纷纷离去，给繁华之境蒙上悲凉之雾，而画舫的"闹"也就无法实现，画舫的热闹或冷清正折射出繁华或衰落。

然而，作者并未因此让画舫退位，因为金挹香"任政事，报亲恩，全友谊，睦亲邻"的人生理想还没完成，故小说在写金挹香为众花消逝而感伤的同时，又写了一次他与正画舫出行的几位美人的欢乐相聚。直到第五十七回金挹香一边"归故里扬名显姓"，完成"睦亲邻"的最后圆满，一边是"访旧美云散风流"，繁华尽逝，终于以"求道德"——悟道仙游划上了人生的句点。

从上面的分析可以看出，画舫在小说中扮演了举足轻重的角色，它在某种程度上是金挹香人生境况的投射与人生理想的代言。过去比较《青楼梦》与《红楼梦》，往往只注意他们情节设置的相似性，而不同之处则都会落到鲁迅所说的"用了《红楼梦》的笔调，去写优伶和妓女之事情"③。其实，《青楼梦》与《红楼梦》还有诸多可比性。如《红楼梦》写家族盛衰，不是像《金瓶梅》那样全盛之家突然急转直下，而是在写家业渐衰时，还泛起微澜，在衰落中还写欢乐和繁华之景。

《青楼梦》也一样，它写繁华极盛后的凋零，但在凋零的悲凉中还不时

---

① 俞达：《青楼梦》，见王继权等编：《中国近代小说大系》，南昌：百花洲文艺出版社，1991年，第 229 页。

② 同上，第 232、436、345、345 页。

③ 鲁迅：《中国小说史略》，北京：人民文学出版社，1973 年，第 307 页。

地描写欢聚场景，而这种理想状态下又带着常态人情的效果，正是依靠画舫的功能出现的。画舫聚会的场面大小、人物多少、角色性质（主导、参与、旁观）等，都对应着不同的情境。比如，第一次闹红会是二十四美，第二次是三十六美，后来清明遇画舫是十二美。这几个数字在中国传统里都是全数，暗示着《青楼梦》全篇的理想氛围；而数字又是从少到多再到少，又反映了人生境遇的趋盛而后衰。

对于情节发展的推动而言，画舫是情节转换的重要道具，起到了结构的作用；对于小说主旨的揭示而言，画舫是兴衰变迁的最佳注脚，发挥了隐喻的功能。但它并非只是对《青楼梦》这一部小说有意义。明代苏州小说的代表"三言"中的《警世通言·唐解元一笑姻缘》曾写到"唐伯虎点秋香"的故事，场景设置在阊门，唐伯虎当时正在画舫上观景卖画，看到秋香一笑时，她正在华府的画舫上。可以说，画舫成为联结两人的关键媒介。

晚明与晚清相隔百年，却发生了同样的文人风流故事，可见《青楼梦》绝非一个简单的"文人白日梦"，画舫也绝非一个简单的意象，而是苏州地域传统的延承。试想，如果画舫换成马车，唐伯虎因为秋香在马车上莞尔一笑而尾随，那么"唐伯虎点秋香"就变成了晚清上海小说常写到的"吊膀子"情节，一段风流佳话就变成了男女勾搭！因此，"画舫"是属于苏州的，画舫文化也就可以视为苏州文化的内荟。

二、苏州的画舫文化

画舫，是一种以彩绸装饰的"明灯绣幕"的游船，船上一般"密密层层装了不少的灯"，故又称灯船、灯舫①（参见附录4）。《清稗类钞》曰："灯船，江宁、苏州、无锡、嘉兴皆有之，用以游览饮宴者。及夕，则船内外皆张灯，列炬如昼。夏时为盛，容与中流，藉以避暑。"② 虽然灯船在江南其他地区也有，但正如全国皆有的轿子在苏州"特擅胜场"一样，灯船画舫与苏州也格外相得益彰。因为"吴人好游"，而又有游地、游具、游伴的优势："游地，则山水园亭多于他郡；游具，则旨酒嘉肴，画船箫鼓，咄嗟立办；游伴，则选妓征歌，尽态极妍，富室朱门，相引而入，花晨月夕，竞为胜

---

① 包天笑：《钏影楼回忆录》，北京：中国大百科全书出版社，2009年，第48页。
② 徐珂编纂：《清稗类钞》第46册，北京：商务印书馆，1928年，第17页。

会，见者移情。"① 苏州有远近闻名的虎丘作为游地，又有奢华无及的画船箫鼓作为游具，还有才情出众的苏州妓女作为游伴，这胜过他处的三种地域特产组合在一起，也就构成了苏州比他处更为绚烂的画舫文化。

（一）城市繁华的象征

画舫之所以可以作为苏州城市文化精神的概括，首先在于它是城市的产物。乡村僻野没有画舫文化产生的土壤，因为画舫的"画"本身是审美的，不是实用的。有研究者拿早期上海竹枝词与苏州竹枝词作比较，就发现"船"的意象在上海"完全还是作为一种功利实用的工具，很少发挥它的精神审美作用"，苏州的船则"在实用功能基础上，它的审美功能被大大地强化了"。② 产生这种差异的原因何在？就是因为苏州的城市经济早已高度发达，而开埠前的上海还以传统的渔业为经济主导。正是在苏州城市繁华、人民安乐的氛围中，船主才会挖空心思把画舫装饰精工、花样翻新，人们才有闲情逸致享受画舫带来的欢乐。

《青楼梦》中画舫所扮演的重头戏，恰使这部小说呈现出一个"苏州繁华梦"。我们可以具体来看在整个小说中起到枢纽作用的两次闹红会。第一次是在第六、七回，金挹香遍游花国，坐拥诸姬，"第思既得美人，宜兴佳会"，故有了"买一画舫，游于虎阜之滨，邀众姐妹作竟日之游"③的闹红盛会。在这次闹红会中，佳丽们各擅所能，纷纷献艺，营造了一种热闹、欢乐的氛围。素芝应景演唱的灯舫曲尤其值得注意，曲中将人生的理想境界归为泛舟赏月、游山玩水、访艳护花等，而"蓑笠烟波，箫鼓画船"④ 则是造境不可或缺的构件。城市的繁华不能没有名花点缀，也不能缺少画舫渲染。所谓"闹红"，没有红（妓女）没法闹，没有画舫也闹不起来，画舫本身的属性就是热闹的、繁华的。

第二次闹红会出现在第三十回，闰五月，仍在虎丘山塘。但上次是二十四美，这次多达三十六美；上次是两只灯船，这次则多达十五只，那种繁华景象自然极盛：

---

① 曹允源等纂修：《（民国）吴县志》卷五十二《风俗上》，苏州文新公司，民国二十二年（1933）铅印本。

② 王晓静：《〈上海竹枝词〉与大都市的早期社会精神形态》，载《河南师范大学学报（哲学社会科学版）》，2006 年第 06 期。

③ 俞达：《青楼梦》，见王继权等编：《中国近代小说大系》，南昌：百花洲文艺出版社，1991年，第 41 页。

④ 同上，第 54 页。

片时抵山塘，龙舟争胜，在着冶坊浜夸奢争华。抱香即命停桡，重新各处分派。一只船上俱带丝竹，使美人毕奏清音；一只船上使几位美人度曲，斯时也，月媚花姣，笙歌沸水，不胜欢乐；一只船上吟诗作赋；一只船上按谱评棋，那一边船上角艺投壶，这一边船上双陆斗彩，玻璃窗紧贴和合窗，舱中美人隔舟问答，如比邻然，人愈众而兴愈多焉。靠东那一只船上彩衣扮戏，巧演醉妃；着西那一只船上射覆藏钩，名争才女。船头与船头相接，或疑纵赤壁之大观；舵尾与舵尾相连，仿佛横江中之铁锁。爱卿与竹卿、月素诸人讨古论今，以致往来游人尽皆驻足争观。①

端午龙舟竞渡，本来就很热闹，闹红会在闹中闹，更显出节日的沸腾。金抱香的画舫多，形成了"船头与船头相接"、"舵尾与舵尾相连"的壮丽景观；又都是灯舫，极尽华丽；此外，每只灯舫上演的"节目"还都不相同。这些都将端午节嘉年华的狂欢氛围推向高潮。

但小说所说的"极盛之游"还不止于此，直到夜幕降临时，画舫的灯火闪耀与城市的繁华夜景交相辉映，闹红会才达到了高潮的最顶点：

闹至下午，方始开筵，十五船十五席，席席珍馐。……（按：此处略去金抱香对此次游乐的感想）船上复将玳瑁灯、碧纱灯、排须灯、花兰灯照起。闹至薄暮，水面风生，抱香复命人将自己船上点起二十四孝灯、渔樵耕读灯。一霎时灯光映水，水色涵灯，俯视河滨，有熠耀星球之势。②

光是这里提到的花灯式样就有数种，在夜幕与水面的映照下更是让人眼花缭乱。清人顾禄的《清嘉录》按时令描写吴中清嘉，虎丘灯船在作者眼中也是代表清嘉的事物之一。小说是从整体上描写画舫之灯，《清嘉录》则对灯舫的彩灯有更细致的描写，能帮助我们更好地理解灯舫对于城市繁华的象征意义：

① 俞达：《青楼梦》，见王继权等编：《中国近代小说大系》，南昌：百花洲文艺出版社，1991年，第228～229页。

② 同上，第229～230页。

舟无大小，装饰精工，窗有夹层，间以玻璃，悬设彩灯，争奇竞巧，纷纶五色，新样不同。傍暮施烛，与月辉波光相激射。今灯舫窗棂，竞尚大理府石镶嵌。灯则习用琉璃，设遇风狂，毋虞击碎也。①

从这段话可以看出，舟上的窗户用玻璃作夹层，彩灯用琉璃制成，窗棂用大理石镶嵌，都有一种通透的质感，再加上月辉波光，整个灯舫恍若在水晶宫里一般。而《青楼梦》里的闹红会竟有十五只这样的灯舫，"灯光映水，水色涵灯"，两者交相辉映，"俯视河滨，有熠耀星球之势"，船不像是在水里行驶，竟像是在浩瀚的银河之中航行了。在这点上，画舫之"画"，已经不是指船身上的画，而是整个船在城市夜景中营造的画意。

灯舫能有如此美景，前提是城市有夜生活，如果人们都是日落而息，又怎能有人乘坐灯舫，有人观看灯舫？灯舫之灯火没有夜景衬托，又怎能显出它的华美壮观？换句话说，苏州的画舫文化很大程度上是建立在"不夜"的基础上的。

"不夜城"本是对繁华城市的称呼，唐时的长安、宋时的东京、临安都曾被称为不夜城；在元宵等节日，人们可通宵狂欢，城市也往往被形容成"不夜城"。到了晚清，许多大城市更是灯火辉煌，夜市繁盛。苏州是夜生活出现较早的城市，诗人杜荀鹤笔下有"夜市卖菱藕，春船载绮罗"②的诗句，说明至迟在晚唐的苏州就已有了繁荣的"夜市"。明代的苏州已是"市河到处堪摇橹，街巷通宵不绝人"③的不夜城，到了晚清，苏州人更是"起也以巳午，夕飧以二更，甚则中夜，街巷行人虽三四更不绝，城门之启闭无时，夜过半有肩舆至者，辄列大炬……城中栅栏不修，终夜行人往来。"④深更半夜路上还是行人不绝，甚至通宵来来往往，城市的夜晚与白天已经分不出界限。

正因如此，《青楼梦》中第一次闹红会上，素芝献艺的灯舫曲最后一段这样唱道：

---

①　顾禄：《清嘉录》，南京：江苏古籍出版社，1999年，第136页。

②　【清】李铭皖等修，冯桂芬纂：《（同治）苏州府志》卷一百四十六《杂记》，光绪九年（1883）刻本。

③　唐寅《姑苏杂咏》，转引自王稼句：《苏州旧梦：1949年前的印象和记忆》，苏州：苏州大学出版社，2001年，第46页。

④　【清】冯桂芬：《与李方赤太守书》，见《显志堂稿》卷五，光绪二年（1876）校邠庐刻本。

逞清狂，逸兴高骞。灯月辉煌，丝竹喧阗。是不夜城，是群芳国，是大罗天。丈八沟佳人舟泛，尺五庄词客吟联。颠也么颠，萍踪浪迹，一笑姻缘。①

　　有灯，有月，有丝竹，还有佳人泛舟，才子吟联，这些元素共同造就了不夜城。直到光绪年间，从战后逐渐复苏的苏州重现繁华的方式，也是用画舫营造出不夜城的景象，苏州人认为在古代"不夜城"只是个修辞，在拥有画舫的苏州，才能真正造就不夜城的佳景。② 可以说，城市的夜景烘托了画舫的胜景，画舫的游动点缀了城市的繁华。《点石斋画报》对苏州画舫盛事的报道用"点缀升平"为题，真乃一语中的。

　　然而，在晚清上海崛起的背景下，苏州的繁华毕竟是衰落了。光绪年间有人描绘苏州的画舫胜景，说"夕阳西坠，明月东升，设宴张灯，讴歌四起，酣呼拇战之声与脆竹豪丝相激楚，水窗遥望，推见月影灯光，照耀如同白昼，凡虎丘山之仁寿塔，仰苏楼无不历历在目。"这与《青楼梦》描写的画舫游乐场景何其相似！然而文末又写道"余曩游其地，窃叹我吴胜景于斯为盛。今则画舫烟波寥落殊甚"③，原来这番胜景是对过去的回忆。可以想见，《青楼梦》在很大程度上也是俞达的一种追忆。面对苏州"繁华易尽"的现实，他只能像小说中的金挹香一样，追忆曾经的画舫"何等热闹"，曾经的游乐"何等开怀"④，在记忆的图景中重塑苏州的繁华。

　　（二）奢华风气的反映

　　繁华的城市生活容易滋生奢华风气，这也是很容易理解的，经济水平发达，人们自然会追求更高的物质生活。但苏州与其他城市相比，奢华历史更长，风气也更浓厚。早在明代，苏州即以奢华闻名："大都江南侈于江北，而江南之侈尤莫过于三吴"、"吴俗之奢，莫盛于苏"⑤……但苏州人并不以

　　① 俞达：《青楼梦》，见王继权等编：《中国近代小说大系》，南昌：百花洲文艺出版社，1991年，第 54 页。

　　② 参见吴友如等绘：《点石斋画报·大可堂版》（第 3 册），上海：上海画报出版社，2001 年，第 196 页。

　　③ 《画舫飞灾》，见吴友如等绘：《点石斋画报·大可堂版》（第 2 册），上海：上海画报出版社，2001 年，第 58 页。

　　④ 俞达：《青楼梦》，见王继权等编：《中国近代小说大系》，南昌：百花洲文艺出版社，1991年，第 432 页。

　　⑤ 【明】张瀚：《松窗梦语》，北京：中华书局，1985 年，第 79 页。【明】陆楫：《蒹葭堂稿》卷六，嘉靖四十五年（1566）陆郊刻本。

此为耻，甚至当时还有人为苏州的奢侈辩护，作文论证奢华的合理性①；到了清朝，苏州在时人心中仍是"奢靡为天下最"②；直至晚清，尽管经历了战乱的侵袭，尽管承受着上海的冲击，苏州却依然"浮华如故"③。从同治《苏州府志》中可以看到与前朝地方志类似的记载，那就是苏州一直保持着"多奢少俭"的风俗，连下层人民也不例外："虽贩竖肩挑之辈，逐日营趁，生计艰难，而妻女亦皆绸缎金珠，不肯一著布素。"④ 并不是这些妇女不明事理，家计困难还爱慕虚荣，而是在整个苏州奢华风气的笼罩下不得不为之。有一首苏州竹枝词写到"布衣不着布衣裳"的现象，就特地加注说："不是要好看，其实恐不随俗。"⑤

这种奢侈风气也弥散到画舫游乐上。在苏州，不仅是"豪民富贾，竞买灯舫"⑥，许多稍有积蓄的家庭也舍得在画舫游乐上投入钱财。个中生在《吴门画舫续录纪事》里统计端午前后画舫游乐所耗之资："尝约游人买舟贳酒之资，一日不下数十万"⑦，这样庞大的消费数字，显然不是一两个富人能创造的。战乱后包天笑家业衰败，但到中元节时包父还是要雇舟请客，坐画舫看虎丘出会。坐一天船，吃一顿船菜要花六七十块钱，"在当时要算阔客了"⑧。战乱以后尚且如此铺费，若在承平时的奢侈可想而知。

由于画舫游乐上的奢华之风，在小说中画舫也就逐渐演变为一种奢华意象。《喻世明言·李公子救蛇获称心》写李元救了龙女，龙王派使来接他去龙宫。如何显示龙王的身份和气派呢？作者借用了画舫的代言功能，写龙王的使者是乘画舫来的："至长桥尽处，柳阴之中，泊一画舫，上有数人，容貌魁梧，衣装鲜丽。邀元下船，见船内五彩装画，裀褥铺设，皆极富贵。"⑨小说没有像《红楼梦》脂批讲的笑话那样，说龙王富贵得"连擦屁股都用的

① 参见【明】陆楫：《蒹葭堂稿》卷六，嘉靖四十五年（1566）陆郊刻本。

② 【清】龚炜：《巢林笔谈》卷五，见顾廷龙主编：《续修四库全书》（子部·杂家类），上海：上海古籍出版社，2002年，第332页。

③ 参见王国平、唐力行主编：《明清以来苏州社会史碑刻集》，苏州：苏州大学出版社，1998年，第196页。

④ 【清】李铭皖等修，冯桂芬纂：《（同治）苏州府志》卷三《风俗》，光绪九年（1883）刻本。

⑤ 【清】瓶园子：《苏州竹枝词》，见丘良任、潘超、孙忠铨总主编：《中华竹枝词全编·江苏卷》，北京：北京出版社，2007年，第297页。

⑥ 顾禄：《清嘉录》，南京：江苏古籍出版社，1999年，第135页。

⑦ 个中生：《吴门画舫续录纪事》，见王稼句编纂点校：《苏州文献丛钞初编》，苏州：古吴轩出版社，2005年，第792页。

⑧ 包天笑：《钏影楼回忆录》，北京：中国大百科全书出版社，2009年，第49页。

⑨ 【明】冯梦龙编，许政扬校注：《喻世明言》，北京：人民文学出版社，2007年，第501页。

是鹅黄缎子"，只是对画舫进行了一番描绘，其富贵气象就达到了"元旦惊异"的程度。

这种奢华意象一直持续到晚清，《青楼梦》里两次闹红会展示的不仅是画舫，而且是号称画舫中"最巨而最华者"① 的灯舫，第一次两只，第二次竟达十五只，可以想见其奢华程度。尤其是第二次，五月端阳苏州有赛龙舟的风俗，河上的来往船只本已"夸奢争华"，而金挹香的画舫还能达到"往来游人尽皆驻足争观"② 这样的效果，可见其华其奢，壮观至极。小说中带着一种地域自豪感说道："吴中的画舫与他处不同，石家的灯舫又比众不同"，接下来即对灯舫进行了详细的描画：

> 四面遮天锦幔，两旁扶手栏杆。兰桡桂桨壮幽观，装扎半由罗纨。两边门径尽标题，秋叶式雕来奇异。居中红木小方几，上列炉瓶三事。舱内绒毡铺地，眉公椅分列东西。中挂名人画，画的是妻梅子鹤。四围异彩名灯挂，错杂时新满上下。③

从这一段可以看出，苏州灯舫装饰十分华美，而陈设尤其雅致。包天笑的回忆录中也有对灯船"里面的陈设，也是极考究的"④ 的记录，可见小说描写不虚。结合小说下文写十四位美人到来后仍是"舟颇宽敞，尚觉人少"⑤ 的描述，灯舫确是画舫中"最巨而最华者"。从这点来说，画舫之"画"，又可通"华"，画舫即是"华舫"。即使是兵燹以后，灯舫因"太张扬，太繁縻"而被禁止，但"画舫笙歌，还能够盛极一时"⑥。

奢侈消费的目的是什么？是享受，也是炫耀。如果没有别人目光的关注，也就无法得到一种享受的快感。如同一个贵妇珠光宝气地出现在一个乡村，而这个村里的人并不知道珠宝的贵重，除了用奇怪的眼光打量她两眼，然后就低下头干活，那么她一定觉得很失落。画舫也如此，画舫之"画"是

① 《点缀升平》，见吴友如等绘：《点石斋画报·大可堂版》（第3册），上海：上海画报出版社，2001年，第196页。
② 俞达：《青楼梦》，见王继权等编：《中国近代小说大系》，南昌：百花洲文艺出版社，1991年，第228～229页。
③ 同上，第43页。
④ 包天笑：《钏影楼回忆录》，北京：中国大百科全书出版社，2009年，第48页。
⑤ 俞达：《青楼梦》，见王继权等编：《中国近代小说大系》，南昌：百花洲文艺出版社，1991年，第45页。
⑥ 包天笑：《钏影楼回忆录》，北京：中国大百科全书出版社，2009年，第48页。

给别人看的，灯船必须在众人的注目中才显得华丽辉煌，因此画舫的基本属性就是展示，这与后来上海的马车的内在属性是一致的，都是要达到一种"出风头"的效果。

苏州因为有人愿展示，有人愿观赏，画舫文化才能欣欣向荣。《负曝闲谈》中的近水楼大酒馆"打开了窗户，就是山塘河。这山塘河里全是灯船。到晚上点了灯，明晃晃的，在河里一来一往，甚是好看。"因此"这近水楼吃酒吃菜的人，更来得多了，见天挤不开"①。很多人来吃饭，不是为了填饱肚子，而是为了观赏灯船，说明苏州画舫绝非"独乐乐"，而是"众乐乐"。在这样的氛围下，画舫游乐自然更加争相夸饰，竞相奢华。也正是在以画舫为代表的奢侈消费中，苏州过早地透支了自己的能量，终于走入衰退期。

（三）游乐精神的彰显

在本节的前面部分已经提到，吴人好游，而画舫则是最重要的"游具"。陆楫曾说，苏州"其居人按时而游，游必画舫、肩舆、珍羞、良酝、歌舞而行，可谓奢矣。"② 这虽着眼于苏州人游乐之奢，但"按时而游，游必画舫"也凸显了苏州人的游乐精神。这种精神在陆上的体现是"肩舆"，在水上则是"画舫"，此外还需要美食、美酒、美女等元素，方可与美景相配。从这点来说，画舫之"画"即是"美"，"舫"即是"游"。

1. 城市繁华是游乐的前提。只有物质生活丰富了，才能去享受精神生活。苏州温润的气候、肥沃的土地、丰富的物产等地域优势，让这个城市能够早早产生高度发达的经济，苏州人故而也早早发展出游乐文化。而作为水乡的地域特点，又使画舫成为苏州游乐精神的最佳代言。

2. 山水清嘉是游乐的基础。只有"游具"，没有"游地"，人们就只能到他处游乐，而远游自然只能是偶然为之，不可能成为日常活动。苏州人也爱远游，但更多的是游山塘虎丘。袁宏道《虎丘》说虎丘的"箫鼓楼船，无日无之"，并非因为虎丘比他处的名岳大山胜出多少，而是"独以近城故"③。因此，虎丘成为苏州人游乐最集中的去处，而水路又是去虎丘的最佳选择，故虎丘在小说中出现之处，也往往伴着画舫。正如发起南社的陈去

① 蘧园：《负曝闲谈》，见王继权等编：《中国近代小说大系》，南昌：江西人民出版社，1988年，第20页。

② 【明】陆楫：《蒹葭堂稿》卷六，嘉靖四十五年（1566）陆郊刻本。

③ 袁宏道：《虎丘》，见秦兆基选注：《苏州文选》，苏州：苏州大学出版社，1999年，第255页。

病自豪宣称的那样，"山塘盛时，每年必数集，每集必灯舫如云"①，山塘（虎丘）与画舫（灯舫）都是塑造苏州游乐精神的必要元素，一个都不能少。也正是这两者的结合，使苏州的画舫文化不同于南京的秦淮，不同于杭州的西湖，而成为凝聚苏州地域传统的独特文化。

如果说《青楼梦》中素芝唱的灯舫曲中"算游踪，海岳难全。有好湖山，便尔流连……蓑笠烟波，箫鼓画船"之句，还是苏州与南京的共享，那么秀英的《如意曲》则完全是苏人游乐精神的写真："游也么邀。况园林最好，水竹更清寥……且喜长途无盗，柔橹风平如镜，波澄画舫轻桡。"苏州有最好的园林，最好的山水，美好的风俗，美好的天气，才能将"怎般快活，果然如愿，也不枉红尘走一遭"②的游乐精神发挥得淋漓尽致。

3. 集体迷狂是游乐的必需。如果只有一两个富人游山玩水，恐怕还不足以称之为"游乐精神"。既已凝聚为一种精神，构建出一种文化，那么这种游乐也应该是全民性的。因为身处水乡，"按时而游"的苏州人平日就常以舟行，节庆时候更是变本加厉。比如端午节，在四月时"画船箫鼓，已陆续聚于冶芳渌水间矣"，到端午前后十天，更是"万船云集"，"百工废业，小户倾家，甚至雷雨不能阻，父兄不能禁"③，绝对达到了倾城出动、全民狂欢的程度。清明节也极热闹，《孽海花》中"倾城士女如痴如狂，一条七里山塘，停满了画船歌舫，真个靓妆藻野，炫服缛川，好不热闹"④，狂欢程度不亚于端午。难怪《扫迷帚》感叹："苏人好游，凡遇三节会前一二日，各处已极热闹。"⑤除了"三节会"这样的全城盛会，各个乡镇还有自己的节庆，"如黎里之中秋，盛泽之七月十五，同里之八月初七、初八，莘塔之三月十五，芦墟之八月初十、十一、十二，为各该镇特别最热闹之时。类皆灯彩辉煌，亲朋宴集，又有雇画舫，设酒席"⑥诸举。可以说，苏州的游乐精神从古延续至今，从上层弥散到下层，把中国传统的游乐文化发展到了极致。

① 顾公燮等：《丹午笔记·吴城日记·五石脂》，南京：江苏古籍出版社，1985年，第338页。

② 俞达：《青楼梦》，见王继权等编：《中国近代小说大系》，南昌：百花洲文艺出版社，1991年，第54、55、55～56页。

③ 个中生：《吴门画舫续录纪事》，见王稼句编纂点校：《苏州文献丛钞初编》，苏州：古吴轩出版社，2005年，第792页。

④ 曾朴：《孽海花》，见王继权等编：《中国近代小说大系》，南昌：百花洲文艺出版社，1996年，第357页。

⑤ 壮者：《扫迷帚》，上海：商务印书馆，宣统元年（1909）年第二版，第18页。

⑥ 同上，第81页。

《青楼梦》中的画舫游乐尚以个体为主角，也许还不是很明显，到《苏州繁华梦》则直接关注群相，描写出全民游乐的盛况：

> 这天的船，不但是妓女出风头，满城的人倒有十分之八也雇了船出那阊门，到了山塘。……六城门的小快船在清明前一天，张家来定，李家来叫，早已叫个一空。到了清明那天要叫船，除非自己定打，真是没一节不是这样的。……沿河的栏杆上人已凭满了。

> 其时九点多钟将近十点的光景，那些快船发动了双桨轻荡，过去了一只，接着又是一只，一只刚过桥洞，一只已进桥门。小船、大船、寻常船、双开门船，首尾连络，川流不息，别的船竟不见一只，正变做这条城河卖给了小快船。

> 那些快船，有的结彩，有的张灯，有的是官舫，候补人员，都是别省的人，□（按：此处字迹模糊）来开开眼界，带了些家眷；有的是花艇，三四狂童在那儿叉麻雀，叫了几个倌人，手抱琵琶，高唱小曲；有的是游船，一班在籍绅士，或是已革官员，循规蹈矩的带了妻儿老小，那逾检荡闲的唤了几个娼妓；此外还有公雇一船，挤在这面轧闹热。[①]

《苏州繁华梦》第六回回目是《狂童狂女争雇小艇观会》，从上面这几段话来看，真是将回目中的"狂"与"争"刻画得入木三分。节前大小游船已被抢雇一空，足见高涨热情；节时"满城的人倒有十分之八"乘船看会，更显狂热程度。还有十分之二，也不是闭门不出，恐怕就挤在那凭栏看会的人中间，说是全民参与，殆不为过。而游乐的主角——画舫，更是林林总总，载满形形色色的人。小说用一组"有的……"排比句将官舫、花艇、游船、公雇等各种船的不同形象描写得淋漓尽致，无论男女老少，无论贫穷富贵，在这画舫游乐中已经泯灭了界限，都沉浸在集体迷狂营造出的"嘉年华"氛围中。最妙的是，小说写各种船川流不息，用了这样的句子："正变做这条河卖给了小快船。"一个"卖"字，就将河面竞渡的繁盛景象活脱脱地描画出来。写完现场热闹景象，作者还不忘加一句："看官们，想想看，苏州的看三节会盛不盛呢？"[②] 看来，作者自己也沉浸这种盛况之中了，而读者一定也能身临其境地感受到山塘现场的欢乐气氛。

---

① 天梦：《苏州繁华梦》（上），上海：改良小说社铅印本，1911年，第28～29页。
② 同上，第29页。

这就是苏州人的游乐精神，全民参与，如痴如狂。对于乘坐画舫的人来说，他能获得徜徉水面的快意，也享受着被众人瞩目的满足。对于观看画舫的人来说，也是一种极大的乐事。《扫迷帚》中卞资生和杨心斋虽未乘坐画舫，但在路上看到"画舫轻摇，灯火通明，管弦嘈杂"同样觉得"乐事赏心，风光美满"①。如果拿《吴县志》"吴人好游"中的"游伴"来形容，就是水上"竞为胜会"，水边"见者移情"，共同把画舫游乐的欢畅推向高潮。《孽海花》中众人拉金雯青坐画舫去看山塘出会，雯青以"从小玩惯了"②想要谢绝，可见画舫游乐对苏州人来说，不仅在横向普及面广，而且在纵向能贯穿一生，足以反映出苏州游乐精神之强大。

（四）文人风流的投射

上面说到，苏州在节庆时的画舫游乐是全民性的，不分阶层的，但画舫游乐之于文人有着更多的审美功能和娱情功能，就连"画舫"之名都是文人创造的，本身就具有文学审美色彩。③在很大程度上，画舫可以看作是文人风流的一种投射。

《青楼梦》无疑是晚清苏州小说中描写文人风流的极致之作。在中国传统中，文人风流有多种表现，落拓不羁是风流，纵情山水是风流，访艳护花是风流，题咏酒令也是风流。而小说通过苏州的画舫却将这几者奇妙地扭合在了一起。

"风华少年，挟艳买桨，游虎丘山塘间"④一直被苏州文人视为值得称颂的风流传统。金挹香少年俊才，乘灯舫游虎丘已是潇洒快意，而画舫上又有诸多名姝，花围翠绕，更显风流，不由得人们不"遐瞩遥观，尽皆艳羡"⑤。能歌善舞的妓女是画舫文化不可或缺的部分，画舫出游时，"舟中随意的点缀名花一二枝……舟无论大小，无花则黯淡无色泽"⑥。有了"花"的点缀，原本华丽的画舫更为增色；有了"红"的喧哗，画舫才能"闹"起

---

① 壮者：《扫迷帚》，上海：商务印书馆，宣统元年（1909）年第二版，第18页。

② 曾朴：《孽海花》，见王继权等编：《中国近代小说大系》，南昌：百花洲文艺出版社，1996年，第357页。

③ 参见包天笑：《钏影楼回忆录》，北京：中国大百科全书出版社，2009年，第48页。

④ 叶楚伧：《金昌三月记》，见王稼句编纂点校：《苏州文献丛钞初编》，苏州：古吴轩出版社，2005年，第804页。

⑤ 俞达：《青楼梦》，见王继权等编：《中国近代小说大系》，南昌：百花洲文艺出版社，1991年，第228页。

⑥ 《点缀升平》，见吴友如等绘：《点石斋画报·大可堂版》（第3册），上海：上海画报出版社，2001年，第196页。

来，如果没有妓女的"色"与他们弹唱的"声"，画舫就成为隐士的扁舟，静悄悄随波逐流，而不能成为极尽"声色"的风流之事了。因此，《青楼梦》不是一部单纯的狭邪小说，而是一部承载着苏州地域文化传统的狭邪小说。这种传统在其他类型的苏州小说里也会体现出来。比如《孽海花》里金雯青被众人拉去看清明出会，因为尚在服中，不便叫局，但上了灯船却发现不仅"船上扎着无数五色的彩球，夹着各色的鲜花，陆离光怪，纸醉金迷"；舱里也有装饰点缀——"坐着袅袅婷婷花一样的人儿，抱着琵琶弹哩。"① 原来这是船主所蓄的歌妓，专门用以侑客的。可见妓女已经是画舫游乐里默认的组成部分了。

"回思画舫春波荡，十里胭脂水亦香"②，画舫因有了妓女的装扮，竟能达到一水皆香的效果，难怪到了《苏州繁华梦》所处的末世王朝，文人风流已消失殆尽，整个小说有俗化的趋向，然而，花艇上仍有"手抱琵琶，高唱小曲"的倡人，游船上也往往"唤了几个娼妓"。《苏空头》里的富绅大族"叫了灯船"也须"唤了几个妓女"③。哪怕已经失却风流内涵，只剩外在形式，"买舟挟妓"的传统依然在延续。

再回过头来看《青楼梦》中作为小说中重头戏的两次画舫闹红会，就会发现它们不仅是"闹"，而且也是"雅"。第一次闹红会分为才子品花与佳丽献艺两部分。品花是将二十四美按《诗品》形式逐一论赞，体现男性的才情，佳丽献艺则有填词、奏琴、绘画、题咏诸种，表现女性的才情。这次画舫游乐也因此被视为"可谓雅极矣"④ 的风流韵事。第二次闹红会由于画舫和名姝的数量大大增加，竟采取了一船分派一种雅事的作法：

> ……挹香即命停桡，重新各处分派。一只船上俱带丝竹，使美人毕奏清音；一只船上使几位美人度曲，斯时也，月媚花娆，笙歌沸水，不胜欢乐；一只船上吟诗作赋；一只船上按谱评棋，那一边船上角艺投壶，这一边船上双陆斗彩，玻璃窗紧贴和合窗，舱中美人隔舟问答，如

① 曾朴：《孽海花》，见王继权等编：《中国近代小说大系》，南昌：百花洲文艺出版社，1996年，第357页。

② 俞达：《青楼梦》，见王继权等编：《中国近代小说大系》，南昌：百花洲文艺出版社，1991年，第70页。

③ 单镇：《苏空头》，上海：改良小说社石印本，1910年，第15页。

④ 俞达：《青楼梦》，见王继权等编：《中国近代小说大系》，南昌：百花洲文艺出版社，1991年，第47页。

比邻然，人愈众而兴愈多焉。靠东那一只船上彩衣扮戏，巧演醉妃；着
西那一只船上射覆藏钩，名争才女。船头与船头相接，或疑纵赤壁之大
观；舵尾与舵尾相连，仿佛横江中之铁锁……挹香或往丝竹船上与美人
弹琵琶，拨筝筷，品箫吹笛，鼓月琴；或往度曲船上与美人拍昆腔，翻
京调，唱南调；或往吟诗船上与众美人分韵拈阄，限题联句；或往斗彩
船上与美人替碰和，教吃张，戳台角，借牌闯，来来往往，真个风流推
首，潇洒出群。①

品箫吹笛、鼓琴弹词、度曲唱戏、吟诗作赋、按谱评棋、角艺投壶、双
陆斗彩、彩衣扮戏、射覆藏钩……古代文人风雅生活的各种形式，竟在一次
画舫游乐中几乎被全部囊括了，也真当得住"风流推首"的评价了。

19 世纪初西溪山人所编的《吴门画舫录》中记载"吴门为东南一大都
会，俗尚豪华，宾游络绎。宴客者多买棹虎邱，画舫笙歌，四时不绝。垂杨
曲巷，绮阁深藏。"②无意中已包含了苏州画舫文化的全部内容："东南一
大都会"的城市繁华，"俗尚豪华"的奢侈风气，"买棹虎丘，画舫笙歌，四时
不绝"的游乐精神，"垂杨曲巷，绮阁深藏"的文人风流。这大概也是苏州
画舫文化最为鼎盛的时期。后来的苏州小说一直在努力复制这种胜景，但
"今则画舫烟波寥落殊甚"③的现实宣告了苏州画舫文化的没落，只剩下上
海马车文化大行其道。

第四节　上海小说与上海马车文化

"俗所谓之马车，与北方之骡车偶驾以马者大异，西人所创，而吾国仿
为之者也。"④上海的马车并非传统的马拉车，而是"西人所创"的一种载
人的交通工具。既是西洋舶来，自然会受到晚清上海人的追捧，这从本章第
一节、第二节中上海洋化的地域景观与崇洋的生活方式就能推断。作为一种
超越简单运输、带有游乐性质的交通工具，马车与画舫一样，首先发展出来

---

① 俞达：《青楼梦》，见王继权等编：《中国近代小说大系》，南昌：百花洲文艺出版社，1991
年，第 228~229 页。

② 王稼句编纂点校：《苏州文献丛钞初编》，苏州：古吴轩出版社，2005 年，第 750 页。

③ 《画舫飞灾》，见吴友如等绘：《点石斋画报·大可堂版》（第 2 册），上海：上海画报出版
社，2001 年，第 58 页。

④ 徐珂编纂：《清稗类钞》第 46 册，北京：商务印书馆，1928 年，第 52 页。

的是一种游乐文化；作为地域传统与地域特色的物质表现形态，马车也与画舫一样，可以作为城市文化精神的凝聚。但不同的是，画舫有着深远的传统，黄省曾《吴风录》说"自吴王阖庐造九曲路以游姑胥之台……作天池，泛青龙舟，舟中盛致妓乐，日与西施为嬉。……至今吴中士夫画船游泛，携妓登山。"① 把画舫文化的源头一直追溯到春秋。而马车作为西方舶来的、近代产生的事物，历史与晚清上海一样短，它没有画舫文化那样深厚的文化底蕴；但另一方面，它却有着传统城市文化所未能包蕴的现代化、都市化属性。

一、从《海上花列传》中的马车谈起

与俞达《青楼梦》在学界所受的冷落境遇不同，韩邦庆的《海上花列传》虽然当时在读者群中不太流行，但在受到研究者关注后，一直是备受推崇。鲁迅赞赏它"平淡而近自然"② 的写实风格；胡适推崇它的语言，将其誉为"吴语文学的第一部杰作"③；张爱玲发现了小说在人物塑造尤其是女性形象塑造方面的成就。近年来，《海上花列传》一直是晚清狭邪小说的研究热点，但关注点集中在其叙事技巧与人物塑造方面。但如果我们把《海上花列传》看作一部上海人写上海事的地域小说，那么要谈上海的马车文化，它恰是晚清上海小说的典型。

作为"第一部也是最伟大的一部上海小说"④，《海上花列传》具有与苏州小说不同的典型特质。比如，《海上花列传》开篇就将叙事内容限定在"自通商以来"⑤ 的上海，后来的《海上繁华梦》、《海天鸿雪记》等也在开篇标明"自道光二十六年泰西开埠通商以来"、"自从通商以来"⑥。与前面提到的苏州小说相比较就会发现，苏州小说往往带着追忆性，指向过去，小

① 【明】黄省曾：《吴风录》，见杨循吉等著，陈其弟点校：《吴中小志丛刊》，扬州：广陵书社，2004年，第175页。

② 鲁迅：《中国小说史略》，北京：人民文学出版社，1973年，第238页。

③ 胡适：《海上花列传》序，见韩子云原著，张爱玲译注：《海上花开》，上海：上海古籍出版社，1995年，第7页。

④ ［美］韩南著，徐侠译：《中国近代小说的兴起》，上海：上海教育出版社，2004年，第3页。

⑤ 韩邦庆：《海上花列传》，见吴组缃等主编：《中国近代文学大系·小说集1》，上海：上海书店出版社，1991年，第164页。

⑥ 孙家振：《海上繁华梦》，见王继权等编：《中国近代小说大系》，南昌：江西人民出版社，1988年，第3页。二春居士：《海天鸿雪记》，见王继权等编：《中国近代小说大系》，南昌：江西人民出版社，1989年，第191页。

说中的晚清苏州与传统是相承袭的。上海小说是纪录性的，指向当下，晚清上海被小说家从传统中抽离出来，成为一个单独的存在。

从意象上看，《海上花列传》代表的晚清上海小说也与苏州小说大相径庭。苏州小说中的画舫意象承载着一以贯之的地域传统。比如文人风流，早在明代就有唐寅因画舫遇一笑，而留下千古流传的"唐伯虎点秋香"故事；再如游乐精神，张岱《陶庵梦忆》中对"荷花荡"节前和节时的描写与《苏州繁华梦》中的山塘场景极为相似。① 纵然一个是晚明，一个已是晚清，但相隔遥远的时代，却有着不分时空的游乐精神。而《海上花列传》中出现最多的器物意象是马车，共约 87 次。"马车非马路不行"②，马车与马路一样，本身就是近代的产物，因此，上海小说所承载的马车文化，并没有苏州画舫文化那样深远的历史传承，它在根本上是一种近代文化，也是一种都市文化。

正如画舫在《青楼梦》中已经超越了器物层面一样，马车在《海上花列传》中也不仅仅是城市路线的行走标识，而成为一种联结场景、推动情节的道具。如第八回的场景在妓院，主要讲罗子富与黄翠凤的故事，第九回要将场景转换到明园，故事要转换到另一对主要人物王莲生、沈小红以及张蕙贞的冲突上来。小说就利用马车，设计了一个马车相遇的场景："罗子富和黄翠凤两把马车驰至大马路斜角转湾，道遇一把轿车驶过，自东而西，恰好与子富坐的车并驾齐驱。子富望那玻璃窗内，原来是王莲生带着张蕙贞同车并坐。大家见了，只点头微笑。"③ 然后顺势就将情节转换到王莲生一边来了。可以说，"马车"在这里已经不只是一个普通的交通工具，而是具有了"结构"的作用④。

在推动情节方面，马车也与小说中几对主要人物紧紧联系在一起。如王

---

① 《陶庵梦忆》中写到："天启壬戌六月二十四日，偶至苏州，见士女倾城而出，毕集于葑门外之荷花宕。楼船画舫至鱼龊小艇，雇觅一空。远方游客有持数万钱无所得舟，蚁旋岸上者。余移舟往观，一无所见。宕中以大船为经，小船为纬，游冶子弟，轻舟鼓吹，往来如梭。舟中丽人皆倩妆淡服，摩肩簇舃，汗透重纱。"这种节前节时的热闹气氛与画舫游乐的场面如果挪移到山塘，也完全看不出差异。参见【明】张岱：《陶庵梦忆》，上海：上海古籍出版社，1982 年，第 6 页。

② 葛元煦等：《沪游杂记·淞南梦影录·沪游梦影》，上海：上海古籍出版社，1989 年，第 160 页。

③ 韩邦庆：《海上花列传》，见吴组缃等主编：《中国近代文学大系·小说集 1》，上海：上海书店出版社，1991 年，第 222 页。

④ 参见罗岗：《性别移动与上海流动空间的建构——从〈海上花列传〉中的"马车"谈开去》，载《华东师范大学学报》，2003 年第 1 期。

莲生与沈小红的故事，小说中不断写沈小红坐马车，将她与戏子小柳儿的关系若隐若现地表现出来，第三回用娘姨回答洪善卿的话，第一次点出"先生坐马车去哉"，仿佛是不经意的一笔，实为后文王莲生发现沈小红姘戏子埋下伏笔。第二十四回，王莲生跟张蕙贞谈到沈小红开销大，说"俚自家倒无啥用场，就不过三日两头去坐坐马车。"蕙贞道："坐马车也有限得势。"这里再一次暗示了沈小红的开销实有他用。莲生有些疑惑地问洪卿，得到同样的回答，"莲生听说是坐马车，并不在意。"最后当真相大白，莲生嗔怪洪卿，洪卿到"耐自家勿好，同俚去坐马车，才是马车浪坐出来个事体。"①作者没有直接发表评论，却通过沈小红"坐马车"不动声色地将妓院里"真情"的虚伪揭露出来。

在另一对主要人物罗子富与黄翠凤的故事里也如此。第八回里子富叫翠凤一起坐马车，翠凤坚持"倪要坐两把车哚"；子富却揭出曾经看到她与客人同乘马车的事实，让翠凤"脸上一呆"，但她很快解释说："倪勿然搭客人一淘坐马车也无啥要紧，就为仔正月里有个广东客人要去坐马车，我勿高兴搭俚坐，我说：'倪要坐两把车哚。'就说仔一句，也勿曾说啥。耐晓得俚那价？俚说：'耐勿搭客人坐也罢哉；只要我看见耐搭客人一淘坐仔马车末，我来问声耐看。故末叫勿人味哚。'"②从后文来看；翠凤显然是在撒谎，其实根本没有什么所谓的广东客人，子富所见与她同坐马车的"长条子客人"应该就是钱子刚。同时，翠凤的话也透露了这样的信息："坐两把车"说明妓女对此嫖客刻意保持距离，也是为了避免被某些大主顾（如小说中的钱子刚）看到，影响自己的生意。因此，子富所以为的翠凤对他超越金钱的"真情"，最后也被证明是场欺骗。

韩邦庆曾在《海上花列传·例言》中说明自己独创的"藏闪"手法，说"写沈小红时，处处有一小柳儿在内；写黄翠凤时，处处有一钱子刚在内。"③ 这一艺术效果很大程度上是通过马车的文学功能来实现的。而马车能具有这样的功能，又必须放置到上海这样的都市背景中。由此可见，马车之于上海小说的地位，就像画舫之于苏州小说那样的重要。它绝非只是一个简单的意象，而是也承载着上海的地域传统。

①　韩邦庆：《海上花列传》，见吴组缃等主编：《中国近代文学大系·小说集1》，上海：上海书店出版社，1991年，第179、332、336、405页。
②　同上，第219页。
③　同上，第162页。

　　有一个例子也许可以很好地说明这一点。清末民初有一部小说叫《海上花魅影》，无论从题目或内容，它都可以毋庸置疑地归到上海小说中来。但是，它实际并非一部创作小说，而是几乎照袭《风月梦》。要让一部扬州小说具有上海风格，作者所做的除了将扬州地名换为上海地名外，值得注意的一点就是将《风月梦》中有关游船的部分都更换为马车。如第四回"封游船魏璧逞官威"被换做"封车行萧化逞官威"。《风月梦》该回讲的是魏璧"着家人到小东门马头雇只大船"，"马头上人说是芍药市大船，要四块洋钱"，家人还价两块，船家让他"扎只船坐坐罢"，魏璧因此发怒，要借父亲名帖封船。① 而《海上花魅影》则改成家人"到四马路车行雇辆马车"，"车行里人说公一行钢丝车，要六块洋钱"，家人还价两块，马夫就让他"扎辆纸车坐罢"，萧化因此发怒，要借父亲名帖封车行。②

　　《风月梦》第五回描写众人挟妓乘游船到小金山游玩，在《海上花魅影》中变成众人挟妓坐马车到静安寺游玩。前者游玩的路线都是扬州名胜，后者游玩之处则是上海小说常写到的"兜圈子"经典线路：

> 　　甘琼挽着宝珠的手并肩而行，到了马车这边，挽了宝珠下了石阶，登跳上了车。贾书们同各小厮也上了车——宝珠方才唱着，那车已行至跑马厅前——过了张园朝西，听寺内清梵钟楼上钟声响亮，行过各洋房——正在闲话，那车已过了愚园，甘琼吩咐马夫，先到静安寺去；马夫答应，用鞭几下，那车已抵静安寺——时日已过午，萧化吩咐马夫，将车开到泥城桥大马路，转过四马路聚丰园酒馆——将车开到吴淞滨、黄浦滩、外国大花园，各处游玩——玩到傍晚，将车放回，仍在四马路公一车行门首停住。③

　　游张园、愚园，看跑马厅、逛四马路等，这些都是具有上海特色的游乐活动。而小说仅仅是将游船换成了马车，就使水乡特色转换为都市特色，由此可见马车对于塑造地域风格的关键性作用。而作为扬州名物代表的芍药意象，则未在小说中做任何更换，也没有影响到整体的地域风格。这更说明了

---

　　① 邗上蒙人：《风月梦》，见王继权等编：《中国近代小说大系》，南昌：江西人民出版社，1989年，第206页。

　　② 佚名著，马凌整理：《海上花魅影》，天津：百花文艺出版社，1993年，第25页。

　　③ 同上，第33～36页。

芍药不是仅属于扬州，但"马车"则独属上海。马车文化也就可以视为上海文化精神的核心。

二、马车文化与画舫文化内在的相通性

（一）"夜马车"与都市夜生活

马车文化产生的前提与画舫文化一样，首先是城市的繁华与经济的发达。本章第二节中提到，马车其实在 19 世纪 50 年代就已引入上海，但到了六七十年代以后才真正风靡起来。从第一章的分析我们知道，上海开埠最初经济是不够繁荣的，是到了咸、同以后，借助于吴地移民的力量，才开始真正腾飞的。这与马车的风行几乎同步，并非巧合。同苏州画舫一样，是城市的繁荣带来了游乐的兴盛。

晚清小说中经常看到"兜圈子"的说法，其实就是乘坐马车周行繁盛处。马车游乐有其例行的路线，一般是从四马路上车，过宝善街，经跑马场到张园，归途则从大马路再绕行一圈返回四马路，所经之处全是上海的繁华之处。① 后来苏州有了马车，也是在鸭蛋桥一带"兜圈子"②，而鸭蛋桥一带也是苏州的繁华地带。由此可见，马车不仅是城市繁华的产物，也是城市繁华的见证。

夜景总是更能显出城市的繁华，因此苏州画舫爱在夕阳西下时出游，上海马车也爱在夜幕降临时驰骋，上海人称之为"夜马车"。飞车拥丽、夜市燃灯、浦滩步月同属"沪北十景"③，每一项都足称赏心乐事，如果能在月下飞车拥丽，看夜市燃灯，那恐怕就是极乐了。而"夜马车"即可满足这一需求。这个游乐项目是随着都市发展而兴起的，就连"夜马车"之名都是 19 世纪末 20 世纪初才有的，"若讲数十年前，不但没有听见，并且没有这个名目。即使在家怕热，至多坐了一部马车，在静安寺、黄浦滩等处兜了几

---

① 《清稗类钞·上海马车兜圈子》："兜圈子者，沪人乘坐马车，周行繁盛处所之谓也。初至沪者及青年之男女皆好之，招摇过市，藉以自炫，曰出风头。其有女子同车者，非尽眷属，妓院之名姬及其佣亦或与焉。兜圈子者，例如福州路登车，自山东路之麦家圈，进广东路之宝善街，出北海路，沿跑马场，过中泥城桥，至静安寺之味莼园。归途由南京路经山东路之望平街，转福州路，沿跑马场，进北海路，由广东路之宝善街，至河南路之棋盘街，进福州路，转东至黄浦滩路，进南京路，由湖北路之大兴街，至福州路下车。如是而绕行一周，所谓圈子者是也。"见徐珂编纂：《清稗类钞》第 46 册，北京：商务印书馆，1928 年，第 51～52 页。

② 参见天梦：《苏州繁华梦》（上），上海：改良小说社铅印本，1911 年，第 31 页。

③ 王韬：《瀛壖杂志》，上海：上海古籍出版社，1989 年，第 112 页。

个圈子，就算数了。"①

夜马车的兴起在晚清上海小说中有直接的反映。《海上繁华梦》、《九尾龟》等多处写妓女坐夜马车，《海天鸿雪记》第二十回还专用大半回写妓女高湘兰与花寓抢跑夜马车的场景。人们爱坐夜马车，除了马车跑起来速度快，可以带来凉爽的感受以外，或许也因为坐夜马车的感觉与月夜坐灯舫一样，如行广寒宫。上海的夜景则是现代的：马车是现代事物，与月亮争辉的也不是传统的花灯，而是马路上的电灯。《十尾龟》里对此有集中的描写：

> 马夫答应一声，立刻就去驾车。一时放到面前，两人跳上来，马夫把丝缰只一带，那马跑开四蹄，啪踢啪踢驶出园门，向东转弯，沿着静安寺路一带跑来。此时正值三月初旬，天上的半弯明月和马路上的万盏电灯争辉比耀，那灯光月光都从繁枝密叶里头漏射下来，映得马路都成了淡碧色。两边洋楼栉比，绿树成林，好一似浸在水晶宫里一般。（第二回）

> 两人坐上马车，马夫因为园里人多，不敢行驶快车，按辔徐行，出了园门，加上一鞭，那匹马便追风逐电，飞一般驶将来。此时马路上万籁俱寂，只有杆上电灯朗照通衢，与淡月曙星，互相焕映而已。夜花园出来的马车，接尾衔头，联成一线，宛如在水晶宫里驰骤一般。凉风拂拂，衣袂飘飘，乐得真不堪名状。（第二十七回）②

第二回写马静斋与费春泉从张园返回时坐夜马车的场景，第二十七回写康小姐与康大姨太从避暑花园返回时坐夜马车的场景。虽然是在不同的地方游乐，但飞速的马车，明亮的电灯，光辉的月亮，却是相同的。《青楼梦》里有一首诗形容暮夜的灯舫说："一片湖山锦绣中，移家喜近水晶宫。乘舟欲波青溪口，细浪遥翻夕照红。"③ 也用了水晶宫的比喻。"水晶宫"中的灯舫让苏州人感到"乐哉斯游"；而《十尾龟》里的"水晶宫"却是明亮的电灯营造出来的，"水晶宫"中的马车让上海人感到"凉风拂拂，衣袂飘飘，乐得真不堪名状"。孰为极乐？恐怕难以评判，只能说，前者是对传统城市

① 评花主人：《九尾狐》，见《中国近代孤本小说集成》（第5卷），北京：大众文艺出版社，1999年，第3246页。

② 陆士谔：《十尾龟》，北京：中国文史出版社，2003年，第13、252页。

③ 俞达：《青楼梦》，见王继权等编：《中国近代小说大系》，南昌：百花洲文艺出版社，1991年，第56页。

生活的享受，后者是对现代都市生活的享受。这是画舫文化与马车文化作为一种游乐文化内在的相通性。

正如乘灯舫的前提是城市有夜生活，坐夜马车的前提也是城市有夜生活。《点石斋画报》曾报道上海人嗜坐夜马车的场景："本埠马车每届夏令好行夜市，往往夜半而往，天明始归。在泥城外愚园一带，或进园啜茗，或并不下车，竟在车上息灯，停于树阴之下。"① 《上海小志》也有"午夜以后，好游者喜乘马车纳凉"② 的记载。"夜半而往，天明始归"、"午夜以后"还在乘马车，看起来似乎有夸大其辞的成分，实际上这就是晚清上海人的生活。《十尾龟》里说康小姐"每天老规矩，敲过十二点钟，一部马车风驰电掣赶到园里头"③，不就是午夜以后始乘马车的例子吗？

从这里我们也会发现，上海的夜生活与苏州的夜生活已经有所不同了。后者只是持续时间长，而前者是完全将昼夜颠倒了，城市生活是从夜间才真正开始的。苏州虽然比上海早就有了夜生活，但从整体来说，人们的夜生活还是比较单调的，只有节日才会全民欢庆，且夜生活一般都在固定的场所。晚清上海却不同，夜生活是丰富多彩的，是日常性的、全民性的、游动性的。

形成丰富夜生活的直接原因是照明工具的改进人为地延长了夜晚的时间。《海上繁华梦》第十四回写端午节杜少牧与众人吃酒，共有十余台，第一台从下午三点半开始，吃到第三台时天已黑了，但这丝毫不影响众人吃酒，等吃到第十一台，终于轮到少牧自己的台面时，已经是凌晨三点半了。这样长达十二个小时的夜宴，如果没有良好的照明工具是不可能实现的。换句话说，正因为有了煤气灯、电灯等提供持续的照明，人们才能在一晚上安排这么多的活动。

而丰富夜生活的直接结果是彻底改变了人们传统的作息规律，形成晚清上海人昼夜颠倒的生活方式。几乎每一部海上小说里都有人物晚睡晏起的描写，这本身就是极富上海地域特色的。以前苏州人自豪地将繁华的苏州称为"不夜城"，而现在有了持续照明的上海才是真正的"不夜城"——"自煤气

---

① 《虚题实做》，见吴友如等绘：《点石斋画报·大可堂版》（第14册），上海：上海画报出版社，2001年，第196页。

② 胡祥翰等著，吴健熙标点：《上海小志·上海乡土志·夷患备尝记》，上海：上海古籍出版社，1989年，第22页。

③ 陆士谔：《十尾龟》，北京：中国文史出版社，2003年，第250页。

灯之设而民之始信有不夜之天矣。"①

（二）马车奢侈消费与身份代言

马车刚引进上海时，本就是作为一种奢侈的消费方式，"向惟泰西巨贾"才能乘坐；后来有了仿制西洋样式改良的华人马车后，资费降低，而且有了马车出租行，乘坐马车成为一种大众可以承受的消费项目，故"近则失业仆夫，多赁以载客"，让人不禁感叹"沪上豪奢，不亦可见一斑哉！"②

但乘坐的人多了，未免鱼目混杂，所以就有了更新式更时尚的马车，以满足富人将自己与其他人区分开来的需要。《沪游梦影》对马车有比较细致的分类：

> 西人马车有双轮、四轮之别，一马、两马之分，以马之双单为车之大小。其通行最盛者为皮篷车，而复有轿车、船车，以其形似轿似船也，轮皆用四。近更有钢丝马车，轮以钢不以木，轮外圈以橡皮，取其轻而无声，诸姬争效坐之。有两轮而高座者，更名曰亨生特。亨生特者，犹华言其物之佳也。③

从这段话看，马车按形制和车轮数量可以分为船车、轿车、皮篷车、亨生特（又移为亨斯姆、亨斯美）等（参见附录4），而按车轮材料又可分为木轮马车和钢丝（橡皮轮）马车。亨生特"犹华言其物之佳也"，就如同苏州画舫中的灯舫，是马车中最华美的，且为自拉缰，又是最引人注目的。钢丝马车与木轮马车相比，价格又要翻倍。故通过马车形制的不同，就能区分出不同的身份地位。在上海人看来，越奢侈的选择，对应着越高的身份地位。

在小说中出现最多的是价格较高的橡皮轮马车，也就是上文所说的钢丝马车，而"车价甚是便宜"的"木轮的皮篷马车"④已经很少人乘坐。原因之一是橡皮轮马车更加轻便无声，另一原因恐怕是因其车资比木轮马车更

---

① 《拟建水池议》，载《申报》，1872年4月4日。

② 葛元煦等：《沪游杂记·淞南梦影录·沪游梦影》，上海：上海古籍出版社，1989年，第100页。

③ 葛元煦等：《沪游杂记·淞南梦影录·沪游梦影》，上海：上海古籍出版社，1989年，第160页。

④ 孙家振：《海上繁华梦》，见王继权等编：《中国近代小说大系》，南昌：江西人民出版社，1988年，第79页。

贵。晚清上海人有"七耻",虽然没有直接说马车,但从以狎身份低的妓女为耻、以吃不贵的菜肴为耻、以坐戏园里的末座为耻等来看,上海人是以价格低的事物为耻的,故都乐于乘坐稍贵的橡皮轮马车。这也说明马车的性能其实并不是上海人考虑的主要因素,它所代表的身份地位才是上海人看重的。

由于马车的身份代言功能,使得小说中出现的马车,不再仅仅作为一个简单的交通工具而存在。作者总会特意去描写不同人在不同场合对马车的选择。比如,亨斯美是自拉缰的,又是最华美的,乘坐亨斯美实际是人物对自己身份与地位的彰显。《海上繁华梦》后集第五回写翻戏党头目花小龙伪装成显宦富商,他"见了官场中人,便称在某省候补,说些官话;见了生意场中的人,他也说是做生意的,讲些市面商情,因此人家极易受惑。"① 此外,他还包了车、包了轿子,并且包了不止一辆马车:"这轿车是拜客坐的,大约今天要到什么地方拜客。尚有一部亨斯美车,坐了专到张园、愚园等处游玩。"② 马车分工明确,是为了符合自己装扮的不同身份,说明马车在很大程度上就是人物的"名片"。

官场中人选择较多的是轿车。这是因为轿子是传统的等级象征,现在上海兴起了马车,但很多官场中人还不能完全从传统习惯中改过来,所以马车就有了轿车的形制,以满足他们对等级身份的需求。上文提到的花小龙在商场乘亨斯美,在官场则乘轿车,就是因为这样装扮更像官场中人。《海上繁华梦》第七回写到少牧等去愚园游玩,叫了橡皮轮快车,而"载三、子靖不时拜客,坐惯轿车"③,于是另叫了一部轿子马车。传统拜客一般都要坐轿前往,以维护身份,"坐惯轿车"正反映出对这一习惯的保持。

而最通常也最盛行的马车形制是皮篷车,其上有篷,可张可弛,既能遮阳,又能纳凉,故受到大众的欢迎。而乘坐皮篷车最多的,又当属妓女,因为能满足她出风头的需要。《九尾狐》里阿金为"四大金刚"之一的林黛玉(此时名胡宝玉)订马车,问道:"我想着一句闲话勒里,还是要坐轿车呢,皮篷车呢,还是亨斯美搭双马车介?"宝玉笑道:"轿车末忒闷,亨斯美末自

① 孙家振:《海上繁华梦》,见王继权等编:《中国近代小说大系》,南昌:江西人民出版社,1988年,第770页。
② 同上,第772页。
③ 同上,第70页。

家弗会拉缰绳，倒底皮篷车最好。不过要驾两只马格哩。"① 可见皮篷车被妓女视为最好的选择。而身为名妓的林黛玉为了凸显自己与普通妓女不同的身份，用驾马的数量来作为"代言"。因为马车"以马之双单为车之大小"②，而"驾车之马，普通为一，两马者少"③。这样，双马驾的皮篷马车就显得格外阔气和引人注目，黛玉也就达到了炫耀出风头的目的。

与苏州画舫奢侈消费带来的后果一样，上海马车在满足了人们虚荣心的同时，也给他们增加了沉重的经济负担。《海上繁华梦》里的杜少牧盘点欠账，除开花在妓女身上的珠宝、衣饰等开销，发现自己最大的开销是大菜馆，其次就是马车行，共计八十多元。《九尾龟》里的妓女沈二宝在年底开销账目，共七百多块钱，也是"马车行、戏馆和大菜馆最多"④。两人最后都是用借的钱来还账，可是这用来还账的钱不又成了新的欠账么？

后来杜少牧倒是幡然悔悟，"到底祖先创业不易，子孙那能把洋钱当做萝葡片儿，看得轻飘飘的随手用去。"⑤ 而沈二宝则用另一种炫耀式消费——骑脚踏车，勾引上潘侯爷，度过经济危机，再继续坐马车，全然忘记自己平日做红倌人心高气傲，借钱时却"连屁都不敢放一个"⑥ 的低三下四。这也是晚清上海妓女的通病，他们早已习惯了奢侈消费，甚至用奢侈消费才能提高名气。《九尾狐》就说胡宝玉（林黛玉）"奢华之癖，北里中要推为独步。然其生涯之发达，名誉之扩充，实亦由奢华而得。"⑦ 因为整个晚清上海的风气早就以奢侈为转移，那些文人商贾也需要妓女的奢华来装点自己的阔绰。像《九尾龟》里陈文仙那样在新年"连马车都没有坐过一趟"⑧ 的妓女，恐怕只是一种理想化的存在吧。

① 评花主人：《九尾狐》，见《中国近代孤本小说集成》（第 5 卷），北京：大众文艺出版社，1999 年，第 3306 页。

② 葛元煦等：《沪游杂记·淞南梦影录·沪游梦影》，上海：上海古籍出版社，1989 年，第 160 页。

③ 徐珂编纂：《清稗类钞》第 46 册，北京：商务印书馆，1928 年，第 52 页。

④ 漱六山房：《九尾龟》，武汉：荆楚书社，1989 年，第 1031 页。

⑤ 孙家振：《海上繁华梦》，见王继权等编：《中国近代小说大系》，南昌：江西人民出版社，1988 年，第 316 页。

⑥ 漱六山房：《九尾龟》，武汉：荆楚书社，1989 年，第 1038 页。

⑦ 评花主人：《九尾狐》，见《中国近代孤本小说集成》（第 5 卷），北京：大众文艺出版社，1999 年，第 3513 页。

⑧ 漱六山房：《九尾龟》，武汉：荆楚书社，1989 年，第 621 页。

（三）游乐精神的形成与现代推力

　　上海以前并没有太多的游乐活动，更不要提游乐精神了。在苏州画舫文化里成长起来的王韬，到上海寓居后极不适应："余在沪城，无山可登，无景可玩，阛阓嚣尘，桎梏若楚囚。不得已辄与屠沽辈诣黄垆痛饮，醉后抵掌高歌。时与李君壬叔作苏门长啸，时人目为狂生，不屑意也。"① 原来，以前人们心目中痛饮黄垆、抵掌高歌、长啸不止的海上狂生，实是"不得已"的结果，足以见上海游乐文化的缺乏。

　　然而，抛开个人情绪，王韬却又认为上海这种"春秋佳日，不务游观"的风俗"不似吴中陋俗，以联袂曳裾、踏月寻芳为乐事也。"称道上海"无箫鼓画船诸冶习"，"风犹近古"②。苏州的游乐文化被王韬视为"陋俗"、"冶习"，上海则被视为"近古"，似乎显得苏州人堕落而上海人质朴，实际上这只是不同地域文化造就的不同地域传统。上海人不是不愿游乐，是没有条件游乐。王韬叹息"沪城少水，无画舫箫鼓诸胜"③，黄式权也说："沪地少水，画船箫鼓诸胜，概付缺如。"④ 上海没有苏州那样高度发展的画舫文化，是因为少水的地理条件，不像苏州有游地、游具、游伴兼备的地域优势。马车的出现是对上海劣势的一个弥补："然春秋佳日，锦鞯五勒，驰骤康庄，亦足以赏心娱目。"⑤ 因此，上海有真正的游乐精神，盖从马车游乐始。

　　也许是在学步苏州的阴影下活得太久了，"解脱"出来的上海人对这项本土游乐显示出至高无上的热情。《海上繁华梦》中杜少牧一节（三个月）的马车开销是八十元，而小说中提到马车的价钱有两块的，也有两块五角的。也就是说，少牧平均两三天就要坐一次马车，可见马车受欢迎的程度。《点石斋画报》更是声称"无论为官、为商、为士民，男也，女也，老也，少也，无不乐乘之。"⑥ 全民争坐马车，恐怕不无夸张，但那种高扬的游乐精神却实在地弥散在整个上海。在晚清小说中，总是有各种形制的马车竞相

　　① 王韬：《瀛壖杂志》，上海：上海古籍出版社，1989年，第96页。
　　② 同上，第66页。
　　③ 王韬：《海陬冶游录》，见虫天子编：《中国香艳全书》第4册，北京：团结出版社，2005年，第2443页。
　　④ 葛元煦等：《沪游杂记·淞南梦影录·沪游梦影》，上海：上海古籍出版社，1989年，第100页。
　　⑤ 同上。
　　⑥ 《客从何来》，见吴友如等绘：《点石斋画报·大可堂版》（第6册），上海：上海画报出版社，2001年，第192页。

争胜。《海上花列传》主要是皮篷车、轿车；《海天鸿雪记》多次写到皮篷车、轿车、双马象（橡）皮轮车；《海上繁华梦》初集有轿车、船车、木轮的皮篷马车、橡皮轮亨斯美车；后集有轿车与亨斯美；《九尾龟》写到橡皮轿车、船式的双马车、皮篷马车、亨斯美；《十尾龟》写到木轮皮篷马车、橡皮轮皮篷车、轿车、船式车……这些马车在字里行间纵横奔驰，显示出上海人对乘坐马车的乐此不疲。这样的一种集体迷狂，与苏州画舫的游乐精神相比，毫不逊色。

前面曾说轿子在苏州"特擅胜场"，而马车也如上海人自豪宣称的"马车至本埠而极盛"①那样，在上海才真正如鱼得水。这得益于上海纵横贯穿的马路。苏州设立租界后，虽也在盘门外修建了马路，但"由于这条苏州马路细细延长一英里半，实际上没有和其他道路连接，因而并不足以作为运输要道。同样地，只要马车、黄包车与脚踏车仍受限于这一段迷你的马路，就不能发挥实际的运输功能。"②可见，马车的发展与道路的建设是紧密相关的。苏州的马路没能形成交通干道，马车也就不可能惬意驰骋；而上海马车的飞速发展，正反映出上海道路的四通八达。换句话说，上海是借助了现代性的推力，才产生了高度发达的马车文化，都市、现代是它的核心内容，这也是它与苏州画舫文化同属游乐文化，又有自己独特属性的原因。

三、马车文化超越画舫文化的现代都市属性

由于上海的马车文化产生在都市化、现代化的背景下，这种文化也就不同于传统的城市文化，而是在游乐属性之外加入了许多现代都市的元素。这也是马车文化与画舫文化同构中的异质性，借用一个流行词语来概括，也许可以称之为"速度与激情"。

（一）关键词1：情欲

在上一节中已经提到，奢侈消费的目的之一就是炫耀。马车作为一种奢侈消费项目，炫耀、展示也是题中之义。《清嘉录》说"赛会尽一日之欢，西舫东船，伊其相谑，直无遮大会云"③，画舫游乐时男女之间是没有防嫌的，可以大大方方地相互欣赏。而上海的马车更为两性的直接接触提供了方

----

① 《客从何来》，见吴友如等绘：《点石斋画报·大可堂版》（第6册），上海：上海画报出版社，2001年，第192页。

② 柯必德（Peter Carroll）：《"荒凉景象"——晚清苏州现代街道的出现与西式都市计划的挪用》，见李孝悌：《中国的城市生活》，北京：新星出版社，2006年，第482页。

③ 顾禄：《清嘉录》，南京：江苏古籍出版社，1999年，第68页。

便，其时有竹枝词这样写道："申江好，男女不防嫌。榻上横陈同倚枕，车中共载弗垂帘。一任众观瞻。"①"榻上横陈同倚枕"自不用说，而"车中共载弗垂帘"则更便于"众观瞻"，而且上海人并不以此为羞，反而是作为"申江好"，即地域特色的一种标榜。在这样的一种氛围中，情欲也就无需遮掩，而是理直气壮地随着人们物质欲望的膨胀而扩张。

明白了这一点，我们也就好理解为什么皮篷车是晚清上海小说中出现最多的马车形制。因为皮篷车最主要的特点就是开放性、展示性。《海天鸿雪记》第五回，仲声要坐皮篷车，认为这样"爽气点。"潄芳则笑他说是"皮篷车浪吊膀子容易点。"② 这说明，皮篷车在当时人眼里，就已经超越兜风纳凉的功能，变成一种情欲的隐喻。晚清小说中坐马车的主体往往是妓女，她坐在皮篷车里可以让路人一览无余，借此出风头，并吸引潜在的顾客。上海"四大金刚"整日坐马车游张园，大概以皮篷车为多，《九尾狐》中的胡宝玉（林黛玉）不就说"倒底皮篷车最好"吗？《新上海》中形象地描画了这一"观看"与"被观看"的欲望图象：

> 这时候，马路上马车络绎不绝，车里头妓女，都是斜倚着身子，坐的十分有样，有男装的，有女装的。女装的珠兜艳服，男装的缓带轻裘，四蹄得得，六辔如飞，都是到张、愚两园出风头的。马路两旁站着瞧热闹的人也很不少，瞧他们神情，睁着双怪眼，张着只血盆大口，呆忒忒地，似乎对着坐马车的人，大有欲得而甘心的景象。③

观看者将马车上的妓女视为"猎物"，殊不知妓女也在被观看的同时也在寻找观看者中的"猎物"。被观看者"斜倚着身子，坐的十分有样"的故作优雅，与观看者"睁着双怪眼，张着只血盆大口，呆忒忒地"的色相毕露，两者形成一种张力，文中没有出现一个色情的字眼，而浓厚的情欲氛围却跃然纸上。

从观看者的表情可以确定，妓女已成为流动的风景和绝对的焦点，正如

① 葛元煦等：《沪游杂记·淞南梦影录·沪游梦影》，上海：上海古籍出版社，1989 年，第142 页。

② 二春居士：《海天鸿雪记》，见王继权等编：《中国近代小说大系》，南昌：江西人民出版社，1989 年，第215 页。

③ 陆士谔：《新上海》，上海：上海古籍出版社，1997 年，第187 页。

有学者所说，妓女"是晚清社会生活与公共场所中最醒目的形象"①。这种"醒目"不仅是因为她们的时尚服饰和前卫装扮，也因为皮篷车的开放性让她们在人们目光的凝视中光彩照人。可以说，单是马车，或单是妓女，都不足以让都市形成那么大的诱惑力，是马车和妓女在一起，才能共同演绎都市的风景，奏响都市的靡靡之音。

而轿车，是装配有玻璃，类似于轿子的马车。与皮篷车的开放性相反，它偏于封闭性，可以"观看"，而又避开了皮篷车的"被观看"。《十尾龟》里少耕让茶房给他唤部马车，茶房问道："洋大人，要皮篷车，还是轿式车？还是自拉缰亨生车？"少耕道："我要银行里去拿钱，自然坐轿式车了，没的倒坐皮篷车亨生车，不是寿星头套马桶自讨苦吃么？"② 去银行拿钱，自然是低调隐蔽为好，坐皮篷车、亨生车太招摇，故少耕会说那是"自讨苦吃"。

当乘坐的主体是妓女时，那么她选择轿车，则意味着对情欲的一种掩盖。不少小说里都说到妓女爱坐皮篷车出风头，但是和某些男性出去时，则要避讳地乘坐轿车，为的是怕人看见，以为她做恩客，从而给自己的生意带来负面影响。《海上繁华梦》第二十二回屠少霞欲与阿珍坐马车，阿珍不肯，少霞就说"轿车有遮风的，你把遮风遮了，怕甚有人瞧你？"③《九尾龟》第七十七回妓女洪月娥不肯和沈仲思坐在一车，便向沈仲思掉了一个枪花道："倪今朝有点头里痛，坐仔皮篷马车只怕勿局，耐另外叫一部轿车阿好？"④可见，坐皮篷车是为引人注目，坐轿车则是为避人耳目。无论如何选择，晚清上海的马车上总是涌动着一股情欲的暗流。

再反观《海上花列传》，我们就会发现，韩邦庆所说的"藏闪"笔法正是通过马车对情欲的隐喻功能来完成的。将沈小红坐马车的几回情节贯穿起来，或许也能作出这样的推论：莲生和小红坐着皮篷马车兜风，引人注目的小红才会在"马车浪坐出来个事体"；莲生听说小红坐马车，以为她坐的是皮篷马车，所以"并不在意"；实际上小红坐的是较封闭的轿车，所以莲生一直没有撞见她，直到在床上捉到她与小柳儿的奸情。可以说，"马车"在这里充当了一个关键道具，作者既是"藏"住沈小红的私情来制造故事的波

① 叶凯蒂：《清末上海妓女服饰、家具与西洋物质文明的引进》，见汪晖等主编：《学人》第9辑，南京：江苏文艺出版社，1996年，第395页。

② 陆士谔：《十尾龟》，北京：中国文史出版社，2003年，第341页。

③ 孙家振：《海上繁华梦》，见王继权等编：《中国近代小说大系》，南昌：江西人民出版社，1988年，第240页。

④ 漱六山房：《九尾龟》，武汉：荆楚书社，1989年，第536页。

澜，又利用马车的隐喻功能将她的私情暴露给读者。如果没有马车，也就无法达到"写沈小红时，处处有一小柳儿在内"[①] 的效果。

如果说《海上花列传》用马路的路线绘出一幅欲望地图，那么马车的设置，则如同"背面傅粉"的作画技巧，让情欲透过纸背，若隐若现地显出来。不仅主角沈小红的故事是这样，甚至那些配角也如此。如第四十五回，罗子富的管家高升奉命去大脚姚家探听倌人姚文君的消息，在东合兴里口看到一辆马车上坐着一个倌人，辨出是罩丽娟，文中仅用"颇讶其坐马车何若是之早"[②] 一句轻轻带过，然后就写高升转弯入弄进了大脚姚家。按情理，此段的重心是在姚文君，高升在路上的所见完全可以略去，何况罩丽娟在小说中完全是个小配角，然而作者却写了，而且恰好看见的是马车。如果说上文沈小红的故事是"藏"，这里的一笔带过或可作为"闪"。但这"一闪而过"里却有无限文章。单看《海上花列传》也许还看不出来，如果结合具有共同上海传统的其他小说，即可顿悟。

《海上繁华梦》第十七回写滑头潘少安在妓女颜如玉和巫楚云之间两头讨好、两头欺瞒，在如玉房中过夜后，大清早又溜到楚云那里；想要敷衍。小说写到这里，突然插入一段少安撞见倌人杜素娟的描写：

> 再说少安在如玉院中出来，走至隔壁楚云门口，刚要举手敲门，偶然回头向弄口一望，只见有个绝色的倌人，坐了一部橡皮轮轿子马车，到得弄口，停了下来。远远望去，虽然不甚清楚，仿佛是经营之做的杜素娟。不带娘姨，车上还有一人，不是营之。走近看时……（按：此处略去衣着外貌描写）明明是在戏园里唱戏的戏子。少安故意咳嗽一声，吓得素娟品的一跳，定睛一看，忽见是他，慌忙说道："潘大少，你这样的早！"少安见他神色匆忙，笑微微的答道："我倒不早，还是你比我早些，坐了一夜的马车，干些甚的？你不太劳碌么？"素娟道："夜间天气甚热，坐在家里头狠不舒服，还是出来逛逛的好。"少安道："原来如此。你的兴致却也狠好，逛逛就是一夜！"[③]

① 韩邦庆：《海上花列传》，见吴组缃等主编：《中国近代文学大系·小说集1》，上海：上海书店出版社，1991年，第162页。

② 同上，第489页。

③ 孙家振：《海上繁华梦》，见王继权等编：《中国近代小说大系》，南昌：江西人民出版社，1988年，第186页。

这一段完全是少安"偶然回头向弄口一望"的结果，既已敲门准备进去，又何必回头？可见，这一"偶然"，实是作者有心安排的"必然"。而与《海上花列传》一样，少安看见的也是马车，这是一个巧合吗？当然不是，从下文来看，马车上坐的倌人杜素娟昨夜去姘戏子了，但作者并未明说，而是用"坐马车"来暗示。从文中两人关于倌人很早坐马车的对话，反观《海上花列传》，作者的用意也就很清楚了：姘戏子并不是妓女沈小红一个人偶尔的犯错，而是发生在晚清妓女身上的一个普遍现象。文人们做着才子佳人的美梦，想在妓女身上找到真情，但实际上妓女看重的只是他们的钱，如果妓女有真正的感情投入，那也是在戏子身上，因为他们有平等的阶级，有相类的美貌。这就打破了狭邪书写传统里的风月神话。

这样深层的内涵，正是通过马车的隐喻功能来实现的。这里的"轿子马车"，这里的坐马车"逛逛就是一夜"，虽然没有半点情欲的字句，却将情欲的色彩渲染得无比浓烈。而在苏州小说里，虽然也出现了马车，给我们的感受却是完全不同的。《苏州繁华梦》里有一段集中描写苏州人坐马车的情景：

> 原来马路上有什么东西叫做橡皮马车……在那鸭蛋桥一带走几个圈子，仿佛那走马灯，去而复来，来而复去，苏州人叫做"兜圈子"。一块洋钱兜六个圈子，两块洋钱兜十三个圈子。这班红男绿女平日里坐惯轿的，乘惯船的，觉得没甚希奇，马路上的马车却难得坐的，况且坐在上边，比了腾云还快，个个争坐这个马车，兜个六圈十三圈的淌（趟）子，不一而足。①

同样是"兜圈子"，同样是争坐马车，我们却更多地感受到士女们乘坐马车的新奇与欢喜，以及洋溢着节日的游乐气息。同是马车，为何有这样的差异？原因就在于上海的马车有上海赋予它的都市属性，正是在这种纸醉金迷的都市生活中，才会产生马车所附加的情欲。也正是马车行驶的一条条欲望路线，织入城市肌理，才能屹立起上海这个"情欲之都"。

(二) 关键词2：速度

如果说情欲还是隐含在马车内部的，那么，速度则是高扬在马车外表的。晚清小说写到马车奔驰，往往要用上几个形容词来彰显马车的速度感。《海上花列传》写马车追上轿子的速度："刚抬出兆贵里，便隐隐听得轮蹄之

---

① 天梦：《苏州繁华梦》(上)，上海：改良小说社铅印本，1911年，第31～32页。

声，驶入石路。一霎间追风逐电，直逼到轿子旁边。"① 《海天鸿雪记》写"一部象皮轮马车如飞驶过"，刚与车上人"四目乍注"，"那车已风卷残云，先出园去了。"② 这是从旁观者的角度来写马车之快。

从当事人的角度写马车速度的也不少。《十尾龟》写叶如花与张姓客人游张园，"天色傍晚，两个人原坐着马车回来。追风逐电，快的真像腾云一般。"③《新上海》写梅伯同伯父坐马车，"马夫把缰绳一紧，那马四蹄跑开，拍拍拍！风卷云驰，直向大马路泥城桥一带跑来。过了泥城桥，那马夫加上几鞭，马车顿时加出速率，但见马路两旁的树木齐齐向后倒退。"④ 常坐马车的人也许渐渐对这种速度感钝化了，而第一次坐马车的人对马车"快"的感受总是要超过马车实际的速度。《九尾龟》中就写到刘厚卿与方幼恽对马车的不同感受："马夫摇动鞭子，那马四蹄跑动，如飞而去。刘厚卿是司空见惯，不以为奇；方幼恽却从未坐过，觉得双轮一瞬，电闪星流，异常爽快。"⑤《十尾龟》里的费春泉头回坐马车，也是说不出马车的快，"只觉马路两旁所立电杆和开着的店铺，飞一般向后倒退"⑥。"飞一般"这样的词不无夸张，但只有这样，才能表达初次坐马车的人心中那种难以言喻的快感。

这一类略带夸张的形容词在小说中还不止一次出现。"电掣风驰"（风驰电掣）在《海上花列传》等 6 部上海小说中出现了 17 次，"滔滔滚滚"出现 8 次，"逐电追风"（追风逐电）6 次，此外还有风驰电卷、电掣飙驰、电掣飚驰、星飞电掣、风驰电点等。小说家们不约而同选择这些词来形容马车之快可以与风比、与电比，可见"速度"已成为人们对马车最为关注的地方。

这种速度感当然也是都市赋予的。最明显的是城市建设。《海上繁华梦》后集里楚云"离了上海没有几时"就多出几条新弄堂，让她感叹"真个是桑田沧海"⑦。《九尾狐》里维忠的住宅，很快变成聚丰园，到作者执笔记事时

①　韩邦庆：《海上花列传》，见吴组缃等主编：《中国近代文学大系·小说集1》，上海：上海书店出版社，1991年，第530页。

②　二春居士：《海天鸿雪记》，见王继权等编：《中国近代小说大系》，南昌：江西人民出版社，1989年，第218页。

③　陆士谔：《十尾龟》，北京：中国文史出版社，2003年，第159页。

④　陆士谔：《新上海》，上海：上海古籍出版社，1997年，第6~7页。

⑤　漱六山房：《九尾龟》，武汉：荆楚书社，1989年，第35页。

⑥　陆士谔：《十尾龟》，北京：中国文史出版社，2003年，第10页。

⑦　孙家振：《海上繁华梦》，见王继权等编：《中国近代小说大系》，南昌：江西人民出版社，1988年，第752页。

已改为品物陈列所了，"虽相隔得数十年，已是不堪回首。"① 都反映出上海高速的城市发展。此外，高度发达的商贸活动使物质交换、信息流通频繁而迅速，现代化的机械工具使劳作效率大大提高，紧张忙碌的社会氛围使人们的生活节奏越来越快，总之，在现代化的都市里，一切都在加速。

晚清小说里很少看到人物在自己的家里做饭，基本都是下馆子或送外卖，完全是一种快餐式的饮食文化。在社交上，人们也没有更多的时间去深入了解对方，而在短时间内相互了解的最快方式就是以貌取人。晚清小说里不止一次写到妓女看嫖客衣饰光鲜就认作阔少，结果后来证实是"金玉其外败絮其中"的"空心大少爷"②。《海上繁华梦》后集第十二回写周第六向花小龙学骗术，却毫无所获，花小龙指点他说："像你这般服色，头上这一头前刘海发，脚上这一双京式花鞋，全是滑头样儿，只可以吊得膀子，怎能够觅得空子？"③ 第六翌日换上长袍，剪去刘海，果然充得像一个富家子弟。人还是同一个人，只是改换了衣饰，在别人面前居然就变成另一个身份。无怪乎吴趼人要嘲笑上海人，说"那'空心大老官'，居然成为上海的土产物。"④ 但如果不是上海人以貌取人，又怎么会被这些骗子觅得空子呢？

（三）关键词3：危险

从上文已经可以看到，人们在享受都市生活的同时，也需要应对快节奏生活隐藏的危机，这也是现代化进程中人们所面临的困境。马车身上的双重性正是一个缩影。一方面人们享受着马车带来的快捷方便，另一方面又不得不为这种速度承担严重的后果。

《点石斋画报》是晚清最早传播新知的画报，它的文字与图画将大量现代性事物带到上海人以及周边地区人们的视野里。在室内场景里，自鸣钟、煤气灯总是房间布置的必备；在室外场景里，马车常常是马路景观的点缀。

① 评花主人：《九尾狐》，见《中国近代孤本小说集成》（第5卷），北京：大众文艺出版社，1999年，第3254页。

② "空心大少爷"指那种衣着光鲜实际囊中羞涩的人。如《海上繁华梦》二集里的夏时行平时充阔少，到节庆时就躲起来漂账了，被妓女骂道"大少爷空心到这个样儿，岂不令人好笑！"；《海上花列传》里方蓬壶也感叹妓院因为"上海浮头浮脑空心大爷多得势，做生意划一难煞"。

③ 孙家振：《海上繁华梦》，见王继权等编：《中国近代小说大系》，南昌：江西人民出版社，1988年，第860页。

④ 吴趼人：《二十年目睹之怪现状》，见吴组缃等主编：《中国近代文学大系·小说集3》，上海：上海书店出版社，1994年，第1页。

在画报里，马车"被描述为最具代表性的现代运输方式，成为新马路的同义词"①，但画报上也频频可见马车失事或者肇祸的新闻，如《马车溜缰》、《驽马伤人》、《马车堕河》、《群马惊雷》、《客从何来》、《恩深挟圹》、《马夫凶横》、《游园肇祸》、《良马通灵》等等。这说明，马车并不仅仅是代表现代的"迷人的景观"，它同时也是"流动的威胁"②。

与新闻叙事的态度一样，小说在描绘马车风驰电掣的速度感的同时，也没忘记提醒人们马车的危险。《海上繁华梦》第八回在写了"看跑马大开眼界"的热闹景象后，紧接着就写"戏拉缰险丧身躯"的惊险场面：

> 冶之见坐着的乃是亨斯美车，忽然要想拉起缰来。马夫因今日路上人多，欲待不许，怎禁得冶之性起，一定要拉，马夫无奈，把缰绳双手递过。冶之接着，照法拉动，如飞而去。及到泥城桥下塝，少牧要停，冶之说："停在过桥沿浜的安康里口，那边有些住家野鸡，狠是好看。"遂一直车过了桥。正要转湾，不防迎面来了一部船车，转湾角上又来了一部轿车，冶之慌了手脚，缰绳扣得过紧了些，勒伤马口。那马负痛往前一奔，与船车上的那一匹马撞个正着，四蹄发起蹶来。轿车正在转湾，一时收不住缰，也巧巧的撞在一处。但听得豁喇一声，竟把冶之马车上的车杠撞断，那车子翻下地去，马已跑了去了。冶之、少牧一咕噜滚到尘埃。③

本来是一次欢乐的盛会，因为驾马车而导致马逃逸、车毁坏、人受伤，还得受罚款，真是得不偿失。这种乐极生悲的事件，正反映出马车游乐潜在的危险。

如果说上面还是马车的"速度"导致的危险，那么《十尾龟》则展示了"情欲"带来的一次事故。第二十七回中康小姐从张园乘马车返回，被一部亨斯美马车追上：

> 那马车上坐着的少年，只有二十不到年纪，丰神妩媚，骨格风流，

①　柯必德（Peter Carroll）：《"荒凉景象"——晚清苏州现代街道的出现与西式都市计划的挪用》，见李孝悌：《中国的城市生活》，北京：新星出版社，2006年，第480页。
②　同上。
③　孙家振：《海上繁华梦》，见王继权等编：《中国近代小说大系》，南昌：江西人民出版社，1988年，第84～85页。

穿着一身极时路的衣裳。自拉着缰，看他的手法很是在行，知道在游玩场中资格是很深的。……两个人正在调情，不防背后有几部著名快马车，风驰电点跑将来，想要催过前去。不知怎样，恰恰在享斯美车一撞，撞痛了那匹马。那马负了痛，四蹄发起蹶来，连颠三颠，颠得这少年几乎跌下。马夫忙慌跳下来，把马竭力扣住，总算没有出甚毛病。康小姐见少年没事，一块石头落了地，然而已经吓得芳心突突，香汗盈盈了。这少年受了这个惊吓，倒把邪心吓了回来。①

华美的亨斯美马车装点了少年的时髦，才引起康小姐的注目，可以说马车充当了两人调情的媒介，但同时也分散了少年的注意力，被后面的快马车撞了车。虽然后来没有造成人员伤亡，却让少年与康小姐都受到了很大的惊吓。

其实，现代事物所带来的利弊共存，并非只有马车一例。比如电车，在给上海人带去快捷方便的同时，也与马车一样，经常导致伤人事件。《新上海》里极力写电车之利，但也不得不承认"电车撞倒人，抬送医院诊治，或是伤重毙命，差不多每日都有的。"② 这都是在现代化进程中都市所付出的沉重代价。至少在晚清上海所处的现代化进程的初级阶段，人们还无法调和现代性所带来的这种矛盾。我们也就不难解释，为什么在晚清上海小说中一方面渲染都市的魅力，一方面又将都市描绘成罪恶的渊薮。当人们面对都市的诱惑与威胁时，总想回归传统的乡村家园。这也是后来现当代文学中乡村——城市二元化叙事的不竭源泉。

小　结

"特定的地域环境，创造产生了相对独立的人文传统，而这种传统的流传和影响，既限制着文学的视界和表达，又为文学的风格走向，提供了种种历史的可能。"③ 苏州与上海地域环境的不同，使两者在同样的吴文化中产生了各自"相对独立的人文传统"——"画舫文化"与"马车文化"。两者不仅造就了苏州与上海不同的城市品格，更重要的是"为文学的风格走向，提供了种种历史的可能"。画舫文化代表着吴地的水乡特质和中国传统文化，

---

① 陆士谔：《十尾龟》，北京：中国文史出版社，2003 年，第 252～253 页。
② 陆士谔：《新上海》，上海：上海古籍出版社，1997 年，第 26 页。
③ 高松年：《当代吴越小说概论》，上海：学林出版社，1999 年，第 21 页。

马车文化则凸显出上海都市的现代特征与西化特色。苏州与上海地域景观和生活方式的差异，在深层上与两种文化的差异是一致的。以《青楼梦》为代表的苏州小说体现出画舫文化的种种特质：城市繁华的象征、奢华风气的反映、游乐精神的彰显、文人风流的投射。以《海上花列传》为代表的上海小说，则反映出马车文化的内在意蕴：上海同样有着与苏州相媲的城市繁华与奢华风气，但更充满着都市的"速度与激情"。在吴地城市的发展中，画舫文化渐渐被马车文化取代；在吴地小说的流变过程中，也有着同样的内在趋势，狭邪小说的嬗变即是典型。

第五章　吴地地域传统与现代的撞击

　　上一章中我们论述了苏州与上海的同中之异，即地域文化分化下两地中—西、传统—现代的异质性。而本章我们将侧重分析苏州与上海的异中之同，主要分为两方面：一方面是苏州对"上海模式"的复制使它与上海有现代文明的趋同，另一方面是上海对吴文化的保留使它与苏州有传统文化的趋同。这使两地都出现了传统与现代交陈的状态，因此其现代性转型都是不彻底的；而由于传统与现代在苏州与上海的力量不均，又使两地的现代性程度差距较大。探究这种局面的诱因与影响，不仅能明晰吴地从吴文化到海派文化的发展流变，也能够以管窥豹，揭示传统中国现代性转型的艰难历程。关于上海的现代对于晚清小说的影响，学界的认识已经比较深入，如李欧梵略带夸张地说"如果我们如此审视当时晚清的通俗小说，只要牵涉到维新和现代的问题，几乎每本小说的背景中都有上海。"① 但苏州的现代及其对晚清苏州小说的影响，则几乎无人论及，故本章将把重点放在对苏州的论述上，上海则相对简略。

第一节　现代性语境观照下的苏州民风民俗

　　前面我们提到，晚清苏州小说秉承了苏州传统，因此体现出与之前小说内在的连续性；但晚清又是个剧变的转型期，这个阶段的小说也就无可避免的要面对"现代"的侵入。如果说太平天国后的《青楼梦》还能以一种追忆的形式向苏州传统致意，那么，帝国大厦倾覆前夕的《苏州繁华梦》等已无法再沉醉在美好的苏州幻境中，他们用一种焦虑的末世心态去追索苏州的命

---

　　① 李欧梵讲演，季进编：《未完成的现代性》，北京：北京大学出版社，2004 年，第 15 页。

运，以及传统中国的未来。同时，租界的设立、社会的改革等因素，将以往远在天边的现代文明携到每个苏州人的身边，也打破了苏州水巷的宁静。在这种现代性语境的观照下，看起来延续传统的苏州小说实际上已经发生了内在的质变。

一、现代性语境观照下的苏州风俗

（一）《苏州繁华梦》与不再"清嘉"的苏州风俗

光、宣之间集中出现的几部苏州小说，如《苏州新年》、《苏空头》（《苏州怪现状》）、《新苏州》、《苏州繁华梦》等，它们的共同特点是在题目中标明"苏州"，标榜自己的地域身份；内容上关注苏州的风俗，却基本持批判态度；基调上是热闹的，笔触中却透着作者的哀痛。其中，《苏州繁华梦》体现得最为明显。

《苏州繁华梦》不是一部情节性很强的小说，但它却是一部地域风情浓郁的小说。在"三言"以后，似乎还没有出现过一部小说，像它这样全面而集中地描写苏州风俗。全书十八回，完全以时令为序，并在当月的人物活动中贯穿当月的苏州风俗，真不知是在故事情节中穿插民俗风情，还是在民俗风情中编织故事情节：

表 5.1 《苏州繁华梦》中穿插的苏州风俗

回 目	月份时令	苏州风俗	故事情节
1—4	正月初九	天生日，元妙观烧香游玩	江苇同等流氓调戏妇女，步小云盯梢，与杜留茫吃白食、闹私门头，勾引王桂香卖入妓院
5	二月中旬	兰花会，留园赛会	宋如玉、柳不惠等贪花少年物色妇女挤倒墙头
6—7	清明	神隍会，扮阴犯，游虎丘	王百台与夏劳吾观出会，天梦生与天厌子游虎丘，看马车
8	三月	游留园、虎邱	羊醒栢、巫嗣虎挟妓游留园，薛筱白、吕吉卿虎丘登高联句
9	四月	游义园	陈云走、方小香在义园文明结婚，洞房闹笑话
10	五月端阳	妓院收账，嫖客躲账	金不换漂账躲在学堂，事发丢工作，迷信测字

续表

回 目	月份时令	苏州风俗	故事情节
11—12	六月	机房殿消夏，程公祠避暑	众人机房殿叉麻雀被捉赌，步小云勾引张喜娘去程公祠被捉奸，江莩同吃醋被杀
13	七月	兰盆会，地藏王诞辰	外国人福林南把烧香火光当做自来电光，心生敬佩作考察
14	八月中秋	斋月宫、走月亮、游石湖	步小云跟踪阿招，阿招心仪孙肖桂，到石湖鬼混
15	九月重阳	登高	薛筱白、吕吉卿北寺塔登高赋诗，情道士的三世风流
16	十月初一	捕厅做寿，商铺纳钱	预备立宪选举议员，步小云、陈云走、王百台、羊醒栢、巫嗣虎等当选，薛筱白、吕吉卿落选
17	十一月	饥荒赈灾	巫嗣虎克扣赈银，王千台假造地契
18	十二月	严寒施粥	杜留茫、夏劳吾做粥厂司事谋外快，陈云走从钱庄卷逃

有意思的是，上面提到的这些时令节俗，几乎与清代影响很大的一部笔记成对应关系。这就是苏州人顾禄的《清嘉录》。《清嘉录》也是以时令为序，记载每月的苏州民俗；小说中提到的各种风俗基本都没有超出《清嘉录》记载的范围，让人疑心作者天梦是否参看了《清嘉录》。如《清嘉录》中〈斋天〉正是写《苏州繁华梦》中的"正月初九天生日"；小说中关于清明虎丘神隍会的描写，如出会、赛船、阴犯烧香等场景，在《清嘉录》的〈山塘看会〉、〈犯人香〉条中可以得到印证；此外，七月的〈盂兰盆会〉、〈地藏王生日〉；八月的〈斋月宫〉、〈走月亮〉、〈石湖串月〉；九月的〈登高〉等条，都可以作为小说的注脚——或者应该说，小说可以作为《清嘉录》的注脚。因为《苏州繁华梦》中的描写更细致清晰。

比如，《苏州繁华梦》与《清嘉录》都写到中秋节苏州的"斋月宫"风俗，《清嘉录》仅有一句"比户瓶花香蜡，望空顶礼，小儿女膜拜月下，嬉戏灯前，谓之'斋月宫'。"① 小说则比较详细：

---

① 顾禄：《清嘉录》，南京：江苏古籍出版社，1999年，第163页。

原来到了八月十五晚上，家家妇女买了月饼、柿子、栗子、藕、菱、白果、桂圆、西瓜子，装了八个碟子，整整齐齐的放在桌子上，碟子面前点了香烛，插了香斗，竖了香旂，把桌上供在月光之下。那些妇女装饰得洁洁净净，诚诚心心的拜月。拜过了月，又焚那什么钱粮元宝，这就叫做"斋月官"。①

再如从唐代就有的吴俗——清明扮犯②，《清嘉录·犯人香》说："或病者暗充罪人，有毕生为神犯者，有历五年、三年为满者，谓之暗犯。遇清明节，殿前烧香，焚化批文，名曰犯人香。"③ 那么，犯人到底是怎样的装扮？它则语焉不详了。可是，这个问题却非常重要，因为在其他苏州小说里也提到了"扮犯"这种风俗。《扫迷帚》提到吴江正月乡村赛会"会中除寻常执事外，有拜香、提炉、扮犯、喝道、串龙诸恶态。"④《苏空头》专以《元妙观之犯人》为第二章的回目。如果不了解犯人的装扮，那么对这些苏州小说的认识也将是模糊的。《苏州繁华梦》正好解决了这个问题。第六回写道：

> 天梦生同了友人天厌子正在那儿展观，眼帘里忽然映来一个奇像，忙定晴一看，乃是一位美女，明眉皓齿，丰脸秀骨，却拆散了头发，上身穿了一件红布短衫，胸前露出三角式一块，瞧见里面罩了一件白竹布衬衫；下身穿了一条红布裤子，裤子外面罩一条白竹布裙子。裙子两面塞在腰里，刚露出两个脚管；两只手套在一块木头做的手靠里，执了香烛，娉娉嫋嫋的到各处烧香磕头。⑤

《苏州繁华梦》对《清嘉录》中民情风俗的再现，暗示出小说对苏州地域传统的一种继承。那么，是否可以说，《苏州繁华梦》是铺排的《清嘉录》，《清嘉录》是精简的《苏州繁华梦》呢？并非如此。因为两者时代背景大为不同。《清嘉录》作者顾禄生活在嘉、道年间，苏州的鼎盛时期刚刚过

① 天梦：《苏州繁华梦》（下），上海：改良小说社铅印本，1911 年，第 20～21 页。
② 王韬在日记中写到吴地"三节会"的扮犯习俗："妓女椎髻赭衣，锒铛悉索，乘于后从，谓之犯人。又有于神前许愿，破其臂承一大香炉，今吴俗各处盛行，盖唐时已有之。"参见王韬著，方行、汤志钧整理：《王韬日记》，北京：中华书局，1987 年，第 74 页。
③ 顾禄：《清嘉录》，南京：江苏古籍出版社，1999 年，第 68 页。
④ 壮者：《扫迷帚》，上海：商务印书馆，宣统元年（1909）年第二版，第 81 页。
⑤ 天梦：《苏州繁华梦》（上），上海：改良小说社铅印本，1911 年，第 27 页。

去，鸦片战争尚未到来，它所描述的更像是"苏州繁华梦"。题辞中就表现出当时苏州人的这种地域意识："吴趋自古说清嘉，土物真堪纪岁花，一种生涯天下绝，虎丘不断四时花。"① "自古说清嘉"流露出一种地域自豪感，"天下绝"更体现出一种地域优越感，而这正是"虎丘不断四时花"的欣欣向荣景象所带来的。

《苏州繁华梦》则不同，它产生在苏州繁华凋零的时候。太平天国运动给苏州带来致命的打击；当经过几十年的复苏，繁华再现之甫，苏州又因清朝在甲午中日战争中的惨败成为其牺牲品，被迫开埠；当苏州人还在抵御着外族文化的侵蚀，又嗅到帝国大厦即将倾圮的气息。正如太平天国后有人开始反思，是不是上天要惩罚长久以来安乐、奢华的苏州人呢？② 如今在四面危机之际，人们又不禁追问：是什么让苏州繁华梦逝？与当时的社会思潮相呼应，小说家们把症结归于苏州的民情风俗——它们曾作为苏州繁华的表征，在晚清却成了阻碍苏州进化的罪魁。

借助小说每一回末尾发表评论的"记者曰"，《苏州繁华梦》将看似与传统描写无二的苏州风俗放置于现代语境中。小说第一回里写到"天生日"时元妙观里"烧香的人人山人海，红男绿女，挤个不了，格外闹热"的景象，这与《清嘉录》"酬愿者骈集"③ 的描写是一致的，但小说却以批判的眼光看待，认为妇女乔装烧香，"最为恶俗"；借烧香之名，而行冶游之实，"尤为陋习"④。第八回写老绅士挟妓留园游春，这本是一直以来的游园传统，作者却批为"此风俗之所以日敝也"⑤。不仅如此，作者还常将西方文化习俗纳入比较视野，说明苏州风俗之陋。如第三回写华丽戏园在苏州马路上演戏，却成为江荪同与刘阿宝勾搭的场所，马路上的吴苑大旅馆则成为两人苟合之地，作者因此评论道：

> 蒙尝谓中国之效法泰西，并皮毛而不得，惟恶习之是从。开一马路也，为挽回权利也，为振兴商务也，而质之实在，无正当之营业。所特以维持者，娼寮耳，戏园耳，茶室耳，酒馆耳，野合之大旅馆耳。而质

---

① 顾禄：《清嘉录》，南京：江苏古籍出版社，1999 年，第 1 页。
② 参见张咏维：《太平天国后的苏州：1863—1896》，台湾中正大学硕士论文，2007 年，第71～72 页。
③ 顾禄：《清嘉录》，南京：江苏古籍出版社，1999 年，第 24 页。
④ 天梦：《苏州繁华梦》（上），上海：改良小说社铅印本，1911 年，第 5 页。
⑤ 同上，第 38 页。

之事业，以色味大宗，余以酒茶戏辅之，商务未兴，道德大丧，人伦大坏，风俗亦因是而大散。呜呼！谁生厉堦，至今为梗，试观各国通商口岸，岂仅恃此色酒茶戏哉！①

看戏喝茶本是苏州人生活方式的重要组成部分，作者却认为"风俗因是而大散"，并将"各国通商口岸"作为比较对象。再如第五回写到二月中旬的兰花赛会风俗，作者也以西方作比："西国赛会多矣，妇女之艳妆盛饰而观者，奚可胜算，安有此等怪象哉！"②第十三回还以反讽的笔调写到中元节苏州大兴盂兰盆会，烧香火光被外国人当作中国人"新发明的自来电光"③而肃然起敬。在作者笔下，没有一个苏州风俗是正面的，哪怕是"斋月宫"这样的民俗活动也被看成迷信。这显然正是作者站在科学文明的现代立场上予以观照的结果。

必须承认的是，小说中提到的"打圈子"、"站香班"等陋俗，在以前的文人笔下也曾受到批评，可是没有一部作品像晚清的苏州小说一样全面否定苏州的风俗。

（二）《苏州新年》与破败的苏州新年

与《苏州繁华梦》扫描全年不同，《苏州新年》只聚焦苏州新年初一到初五五天。从题目来看，节庆是最能表现苏州风俗特色的时候，但细观小说内容，作者却是要"调查这新年腐败"④，同《苏州繁华梦》一样，对苏州风俗进行了否定与批判。比如"走喜神方"，即寻找喜神的方位，本是人们对新年交好运的一种希冀，作者却坚决将之贴上迷信标签，并以此生发，说明算命、相面、关亡等都是虚妄之事⑤，显然也是站着科学立场上观照的结果。

如果说《苏州繁华梦》在批判苏州风俗的时候，对苏州的繁华还是会进行一番激动人心的描写，那么《苏州新年》却是反繁华的。作者不去写新年的新气象，反而频频描写苏州新年的破败。初一人们拜年，互道恭喜，说"又过了一个太平年了"，让旧人"不知不觉的滴下泪来，几乎要哭出声来"。不久见到一个教书先生，戴着"蛀过的猫皮大帽"，穿了一件"算有出锋有板无毛"的褂子，衬一件"油腻污满"的棉袍，旧人作揖说声发财，"却自己也觉得不成话"。初二上街看到的巡捕穿着"快要破的退色青色号衣"和

① 天梦：《苏州繁华梦》（上），上海：改良小说社铅印本，1911年，第15～16页。

② 同上，第26页。

③ 天梦：《苏州繁华梦》（下），上海：改良小说社铅印本，1911年，第18页。

④ 遁庐：《苏州新年》，上海：乐群小说社铅印本，1906年，第47页。

⑤ 参见遁庐：《苏州新年》，上海：乐群小说社铅印本，1906年，第44～46页。

"有帮无底的快靴";团练"身上披一件破烂羊皮袍,头上都戴的有耳毡帽,那毡帽顶上开了花";打更的"身上衣破不完,甚是可怜",看巷门的"那衣是件破极的棉袄,那裤是破洋布又是单的,赤上一双脚"。初四有一家人因为没钱"接路头",把被头都当了,连女儿也只能梳个辫子,因为梳"元宝头"所需的押发也当掉了,旧人听了,又是"不觉滴下泪来"①。

但苏州人并不像旧人这样哀伤。尽管"坐了些破败的马车",却是"一团新气",并且"趾高气扬,到也十分得意。"②而传统的新年习俗更显得热闹喜庆。沈朝初曾在《忆江南》以自豪的口气,描写了苏州种种风俗来赞颂"苏州好",其中一段是"苏州好,到处庆新年。北寺笙歌声似沸,元都士女拥如烟,衣服尽鲜妍。"③将北寺、元妙观在新年的欢乐喧闹气氛描写得跃然纸上。晚清苏州的元妙观仍然是最热闹的地方:"这五日人多,挤到个人多要脚不着地,好似蚂蚁排阵图……走到观前街上,那拥挤更厉害了。那走的人不是被踏了鞋跟,定是那辫子牵在后面的人臂上。"但对于作者来说,他并不想夸耀这番热闹,而是表达了对无耻少年看女人"那一种不要脸的形状"的"可叹",对"那些剪绺挖包"趁热闹"下手作些好买卖"的担忧,以及对拥挤人群散发出来的"一种臭气"④的厌恶。

对元妙观内的描写亦如此。表面看小说的描写与《清嘉录》十分相似:

> 城中圆妙观,尤为游人所争集。卖画张者聚市于三清殿,乡人争买芒神春牛图。观内无市廛之舍,支布幕为庐,晨集暮散。所鬻多糖果小吃,琐粹玩具,间及什物而已,而橄榄尤为聚处。杂耍诸戏,来自四方,各献所长,以娱游客之目。(《清嘉录·新年》)⑤

> 有些没有开门的店铺,那排门上都是卖画张的……亦有几家卖春灯的。直至走进了观门,满耳洋洋,一片锣声,不是西洋景,定是玩把戏,也有卖丝鹀的,也有卖箕铃的,也有卖黄雀的。但觉得十分热闹。(《苏州新年》)⑥

① 参见通庐:《苏州新年》,上海:乐群小说社铅印本,1906年,第1、21、47、86、84、166~169页。

② 同上,第175页。

③ 顾禄:《清嘉录》,南京:江苏古籍出版社,1999年,第15页。

④ 通庐:《苏州新年》,上海:乐群小说社铅印本,1906年,第106~107页。

⑤ 顾禄:《清嘉录》,南京:江苏古籍出版社,1999年,第12页。

⑥ 通庐:《苏州新年》,上海:乐群小说社铅印本,1906年,第107页。

半个多世纪之后的玄妙观仍然呈现出与以前一样的民俗景象，可见其对苏州传统的保存。但在作者现代性语境的观照下，这些民俗却成为了映射中国社会弊病的万花筒。比如后文写到一个少年因为抽糖不如意，就对卖糖人报以拳脚，作者借此针砭中国的家庭教育；一个变戏法的说要变个人却变出了元宝、杀小孩等把戏，被用来影射不要"人材"只要"银财"、"自己要铜钱，不管人家的性命"① 等中国人的劣根性。甚至连"变戏法"这个名称都被作者引申了一番："张汉民道：'把这变戏法的戏字去了，到是个影子'；我道有这个戏字更好。"张汉民认为"变法"是社会进化的先兆，旧人则认为没有让民众自己认识到问题所在，变法只是博人噱头的一场"戏"。

旧人对社会变革抱着这样的悲观态度，是因为苏州的这些风俗已经延续上百年，传统根深蒂固，而且苏州民众并不觉得这些习俗有什么不对的地方。作者因而用苏州著名的地域景观——虎丘点头石为喻，说"那石头听了会点头，那苏州人却没有动心的。不然怎么现在只留了点头石一个记念，没有别的，这不是苏州人比石头还不如么?"② "石点头"本是用来说明讲法的高妙，这里却被作者用来嘲讽苏州人的顽固不灵，可见其沉痛心情。

作者是不是杞人忧天呢? 恐怕不是。小说中描写到苏州新年的各种积习，以及苏州人的随俗心态。如拜年时，为了多收压岁钱，大人竟让刚满月的小弟弟就学会了磕头，并告诉孩子以后长大了靠磕头与拍马屁"就可以发财了"，旧人听闻此言，不能不长叹："呜呼，这就是我中国的家庭教育了!"再如，在朋友家吃饭，朋友请吃年东，即年前祭神祭祖的食物，时隔日久，早已变味，旧人感慨"新年不吃新的食物，反吃这陈货"，朋友却认为"不得不随俗"，"不这样，岂不被人笑话"。此外，亲戚家"床顶上的东西有三十年没有动过"，"床底下随便什么都放在里头"，受旧人教育的两个孩子说"那张床最不洁净"，让他们"收拾空"，亲戚却觉得"怎么床顶上的和合，也可动得的么?"③ 诸此种种，不一而举。

旧人与周围人对苏州风俗的不同理解，源于现代观照与传统立场的差异。作者自命"旧人"，实是接受现代文明的"新人"；苏州新年名为"新年"，实是内部已经腐化的"旧年"。苏州风俗已经不是一个简单的地域文化，而是被作者与维新变革捆绑在一起，变革风俗成为拯救苏州命运甚至中

---

① 参见通庐：《苏州新年》，上海：乐群小说社铅印本，1906 年，第 113~119 页。

② 同上，第 105 页。

③ 同上，第 5、27、50 页。

国命运的重要手段之一。正如另一部苏州小说《扫迷帚》作者坚信的那样，"故欲救中国，必自改革习俗入手"①。因此，看似接续传统的风俗描写，也就有了新的社会内涵。

（三）《苏空头》与苏州"怪现状"

比《苏州新年》更"显微"的是《苏空头》，它仅仅聚焦清明这一天的苏州民情风俗。小说例言中说本书"可当苏州风俗志读"②，可是作者绝非要写成《清嘉录》那样的风俗志，而是与《苏州新年》一样，用一种批判的眼光去描写苏州风俗。因此，那些传统的热闹景象，在作者眼中也都成为了种种"怪现状"（《苏空头》又名《苏州怪现状》）。

比如，"专管人家眼睛"的眼目司堂里烧香的人挤得满满的，可是看管香堂的却恰是个"甩眼梢老头"，颇为反讽。而苏州繁华的重要代表元妙观在《苏空头》里，再一次成为了"攻击"的目标。同其他几部苏州小说一样，《苏空头》也写元妙观一带的热闹，但更着意去揭露观里赌徒泼皮的诓骗与着象棋摊的作弊，并沉痛地感叹："这种刁顽哄骗诱拐的手段，要算我们苏州人魁首了。"此外，作者还写到城隍庙市集买卖的热闹场景，却又指出"业香烛者，均置摊途旁，拉人强买，殊为厌恶。"③ 向来有地域优越感的苏州人竟因此反过来羡慕"北方风俗朴厚，故人亦笃实无欺"，痛心"南方风俗浇薄，故人多刁顽，而苏州人为尤甚"④，深刻反省苏州堕落的根源。

总之，在进化、文明的现代语境观照下，曾经以风俗清嘉傲人的苏州，现在却成为社会进化与文明发展中的落后分子。也许在苏州人的文化心理中，苏州还是那个时尚风雅的女子；在现代的"透视镜"下，她的美丽妆容下覆盖着的却是点点的黑斑。这让晚清的苏州小说家充满了既爱又恨、既痛又怜的复杂感情，也让这时期的苏州小说呈现出新旧交陈的独特风貌。

二、现代性语境观照下的苏州民性

一个地域形成的独特风俗往往与民族性密不可分。比如苏州的"三节会"风俗就与苏州人酷信鬼神的民性有直接的联系。在现代性语境的观照下，苏州民性最突出的两点也成为小说家们批判的主要对象。一是"信鬼

---

① 壮者：《扫迷帚》，上海：商务印书馆，宣统元年（1909）年第二版，第2页。

② 单镇：《苏空头·例言》，上海：改良小说社石印本，1910年，第1页。

③ 单镇：《苏空头》，上海：改良小说社石印本，1910年，第5～6、13～14、22页。

④ 同上，第17页。

神，好淫祀"①，这是与文明相对的愚昧；一是"苏空头"，这是与求实相对的虚妄（也有愚昧、没脑子之意）。

（一）信鬼神，好淫祀

"吴人信鬼"本是众所周知的地域传统，在晚清这种地域性却被一再放大。作为当时新知的代表，《点石斋画报》陆续登载过《妖言惑众》、《过阴关亡》、《石神有灵》、《瑞光塔蛇》等数篇，强调"吴俗酷信鬼神久成痼习"②。描写苏州的小说也总是着重指出这一点。如《苏州繁华梦》一再写到"中国迷性最深，断推江浙两省"③、"苏州人迷信是最深的"④；《苏空头》借德生之口说："吾们中国人的迷信，比那西洋各国多了又多；我们苏州人的迷信，比了各省人的迷信，还要增加几倍哩！"⑤《扫迷帚》以苏州为中心，旁涉镇江、杭州等，更是全面反映吴地迷信的小说。书中以盂兰盆会为例，指出这些活动虽全国有之，但"苏州为最著"⑥。将"迷信之最"冠与苏州是否夸张暂且不论，但这种不约而同的集体行为毫无疑问获得了一种话语权，让苏州从一个风俗清嘉的诗意形象霎时沦为风俗败坏的反面教材。

"三节会"是苏州人每年极重要、也是极富苏州特色的节俗活动。在上一章中已经提到，大多数苏州小说都不会错过对三节会的描写。而在晚清的这几部苏州小说中，三节会不再仅仅是苏州繁华的代表，还是苏州人愚昧的反映，因而成为众矢之的。《苏州繁华梦》详细向读者介绍了苏州的三节会："各处的神隍土地，都要出城到虎邱山上去祭坛。那是年常老例，一年有三次。第一次是清明，第二是七月半，第三是十月朝，都要出会，叫做三节会。"⑦ 还用生动的笔墨描写了清明节的阴犯、赛船、出会，以及中元节的兰盆盛会，可以看出作者对传统节俗的留恋。尽管如此，作为一个接受现代思想的作者，他还是严肃地评论道："年届三节，无论阴晴，而举国趋之若狂。考之事，实毫无足观。甚矣！习俗之移人也有如是。"⑧ 认为这种习俗改变了苏州人的民性，并让苏州人越来越愚昧。

① 【清】李铭皖等修，冯桂芬纂：《（同治）苏州府志》卷三《风俗》，光绪九年（1883）刻本。
② 吴友如等绘：《点石斋画报·大可堂版》（第1册），上海：上海画报出版社，2001年，第95页。
③ 天梦：《苏州繁华梦》（上），上海：改良小说社铅印本，1911年，第26页。
④ 天梦：《苏州繁华梦》（下），上海：改良小说社铅印本，1911年，第17页。
⑤ 单镇：《苏空头》，上海：改良小说社石印本，1910年，第14页。
⑥ 壮者：《扫迷帚》，上海：商务印书馆，宣统元年（1909）年第二版，第17页。
⑦ 天梦：《苏州繁华梦》（上），上海：改良小说社铅印本，1911年，第25页。
⑧ 天梦：《苏州繁华梦》（上），上海：改良小说社铅印本，1911年，第26页。

《苏空头》更清醒地揭露了三节会的愚昧实质："苏州一城，三节赛会，富贵贫贱，莫不奔走烧香，耗费钱财，不知凡几。为得财乎？为得子乎？为得福寿乎？吾恐其求福而反得祸。"① 指出三节会不能让求福的人得福，反有可能致祸（比如被流氓趁乱攫取财物）。

《苏州新年》的作者表现得更为沉痛："只有那三节会、佛会，这等劳民伤财的事，不独不禁，并且暗放风声，叫他们争气斗胜，博一人的欢笑，伤万民的脂膏。""市面虽苟，度日实难，那募化金钱却不知哪里来得这般容易。"②

鬼神迷信，实属可恨，而吴人宁愿自己节衣缩食，也要供奉神鬼，又让人感到可悲。《苏州新年》写到另一个吴俗——接路头。这一风俗与路头神信仰相关。路头神又称五神或五圣，吴人极信之。明代就有人记载"吴下多淫祀，五神者，人敬之尤甚，居民亿万计，无五神者不数家。"③ 到晚清，苏州经济衰落，人民生活艰难，对路头神的狂热和虔诚却丝毫不减。

《苏州新年》中一个女孩的故事特别典型。她家欠了很多债，却寄希望于接路头发财来还，父亲不顾母亲"被头当了，要冷死了"的诉苦，要把帐子和被子当掉买祭品。又怕亲戚看到丢面子，于是让母亲把亲戚哄到客堂里，因为客堂里借了一副方供，"场面极好"。但母亲还是觉得难以见人，因为"不要说我衣裳首饰没有，就连条裙都没有了"，原来，母亲把裙子当了捐给佛会做会金了，还同父亲争辩说："难道你的菩萨是该化钱的，我的菩萨不该化钱的?!"后来为了场面，父亲去借了高利贷来"赎当头"，可是女孩的押发没赎出来，所以没法梳"元宝头"，只得梳了一条辫子。到了接路头那天，祭品终于买齐了，可是"柴米倒没得了"，父亲就将旧长凳旧坐车烧了当柴火，"横竖过了今夜再说，只要接过路头，总会发财的。"④

为了接路头，不惜借债，这不正是《苏空头》所说的"求其福而反受祸"吗？父亲母亲为了各自的"菩萨"，均表现出极大的虔诚，不惜受冻挨饿，真是让人可气又可叹。而在陷入窘境之时，还不忘要撑场面，无怪作者要感叹"苏州人之愚，何至于此！苏州人之懒而奢，何至于此！苏州人好空

① 单镇：《苏空头》，上海：改良小说社石印本，1910年，第10页。
② 遁庐：《苏州新年》，上海：乐群小说社铅印本，1906年，第17页。
③ 【明】黄暐：《蓬轩吴记》，见王稼句编纂点校：《苏州文献丛钞初编》，苏州：古吴轩出版社，2005年，第218页。
④ 遁庐：《苏州新年》，上海：乐群小说社铅印本，1906年，第166～169页。

场面，不愧苏空头！"① 作者对苏州人愚、懒、奢之民性的批判，正是用现代文明的科学眼光来观照的结果，而他一语点破"接路头"的虚妄，也是引入西方来作比较："怎么外国人不接路头，路头菩萨都被我们中国人接住了，却怎地外国人富过中国人不止数倍？"② 将苏州人的劣根性上升到关系国富民强的高度。

晚清苏州的落后其实有多种因素，而苏州小说几乎都将主要原因归结为苏州人的愚昧迷信，这与当时学习科学、改革中国的整个社会思潮是一致的。《扫迷帚》说"须知阻碍中国进化的大害，莫若迷信。"③ 苏州既然是迷信最深的地方，那么，要改革中国，苏州自然首当其冲了。

（二）苏空头

另一个被苏州小说"猛烈攻击"的苏州民性，是"苏空头"。所谓的"空头"，《苏空头》里有一段解释，说"人的脑子是最要紧的……那脑子呢，就生在这个头里边，倘然一个人是空头，那么这人的脑子也是乌有了。"④ 由此可见，"空头"是骂一个人没脑子的。但在实际运用中，"空头"的涵义不止于此，愚昧可以视为没脑子的表现，虚华不实也是"空"的表现，甚至那种看起来胆大、实际上胆小也可以看成硬撑场面，而引申为虚浮的"空头"之意⑤；或者爱听华而不实的奉承话，也可以叫"空头"，比如吴王就是个"苏州空头"⑥。

"空头"是极富苏州特色的，苏州的空头与扬州的"扬虚子"以及后来上海的"滑头"并列。《豆棚闲话》讲到有种扁豆"其形似乎厚实，其中却自空的"，而且"止生于苏州地方，别处却无。"⑦ 就是嘲讽苏州的土壤培育了空头的人与空心的豆荚。不过，苏州人对于"空头"之名，并没有怒形于色，在他们看来，虚浮是城市繁华导致的，换句话说，苏州人的"空头"之名是苏州繁华的反映。苏州报人包天笑对此做过剖析："苏州风俗，繁华虚伪一如扬州，故有'苏空头'之称。自沪渎通商，苏扬之繁华减色，'滑头'

① 遁庐：《苏州新年》，上海：乐群小说社铅印本，1906 年，第 169 页。

② 同上，第 163 页。

③ 壮者：《扫迷帚》，上海：商务印书馆，宣统元年（1909）年第二版，第 1 页。

④ 单镇：《苏空头》，上海：改良小说社石印本，1910 年，第 1 页。

⑤ 参见韦明铧：《水土一方——〈浊世苍生〉续写》，济南：山东人民出版社，2009 年，第 9～16 页。

⑥ 艾衲居士编著：《豆棚闲话》，北京：人民文学出版社，1984 年，第 17 页。

⑦ 同上，第 100 页。

出现，苏扬之'空头'、'虚子'亦渐无名。"①

　　因此，苏州小说对苏空头的反思，也是对苏州繁华衰落的一个反省。苏州小说家们认为，空头是在苏州繁华的背景下产生的，而这种繁华并不是建立在坚实的基础上，它在积累财富的同时也在内耗，当它的耗损大于积存时，也就坍塌了。

　　《苏空头》专以"苏空头"为小说的题目，观其内容，即主要论述苏州人的愚昧与虚浮。如第二章"元妙观之犯人"讲苏州人生病不去找医生，而是在神前许愿，自己扮作犯人，愿受"罪行"抵病痛。作者认为真犯人至少还图了一时的快活，扮犯却是自讨苦吃，"耗费钱财，虚掷光阴"，"宜乎其不如真犯罪之犯人也。"② 再如第四章"学生之忙碌"写"苏州学生，俗尚奢华，装饰鲜美，短发披头，非男非女"③ 的丑态。看来，作者所谓的"苏空头"，主要就是指愚昧与虚华。

　　《苏州新年》一开篇就说"闲来无事说苏州，空头。新年新岁闹啾啾，虚浮。道子难描地狱因，可忧。谁人能挽此洪流，千秋。"④ 开门见山表明了"苏空头"在整部小说描写的中心位置，作者对此所持的态度是"可忧"的，甚至有着千秋以后才能挽救的悲观。

　　小说中直接出现"苏空头"的地方有两处。一处是"迎神赛会，一切愚民之举，不是苏空头没有脑了，那里会糊涂到这地步？"苏空头是指苏州人的愚昧。另一处出现在上文所引的接路头故事中，作者将信神、好空场面的女孩父母称为苏空头，这里的"空头"指愚、懒、奢。还有其他没有明说而描写苏空头的地方，如一个苏州人送人香烟，说是"美国皇帝御用之烟"，作者评论说"是苏州人口气，连大话都要牛角尖里去，即是一支香烟亦必加上许多衔头，他那里晓得美国没有皇帝。"再如苏州人三节送礼，其实都是"大家向南货店里借的，这也算场面罢。"因此，小说中的淡人将苏州人的民性概括为"夸诈假"三字，正是"苏空头"的主要内涵，而作者则认为"一个懒字是可以包括完了"，因为"大都信虚妄的人，他不想在实学上做事，是个懒惰性成，所以只望着虚妄上生出希冀来。"⑤ 将苏空头的根源归于一个"懒"字，比以往对苏州人民性的理解更深了一步。而所谓的"实学"，

　　①　包天笑：《吴侬琐记》，载《小说时报》，1909年第6期。
　　②　单镇：《苏空头》，上海：改良小说社石印本，1910年，第17页。
　　③　同上，第32页。
　　④　遯庐：《苏州新年》，上海：乐群小说社铅印本，1906年，第1页。
　　⑤　遯庐：《苏州新年》，上海：乐群小说社铅印本，1906年，第93、154、154、158、175、46页。

本是建立在西方人理性思维基础上的学科，因此，作者对苏空头的新理解，也是从现代科学崇实的视角来解读的。

与对苏州人迷信进行的批判一样，小说对苏州空头的批判也上升到了国民性的高度，认为"中国不能富强，都害在好虚妄两个字上的"①。在这种立场上，苏州民性无一不被批得体无完肤，包括苏州人温良文静的性格，在明代唐寅那里是夸耀的资本——"风土清嘉百姓驯"②，到晚清苏州小说里却成了"最坏的"民性。作者甚至有些偏激地说，父兄再三教子弟文静些，"弄到现在的苏州人个个都是有样没气的，比得好点像个女人，比得不好点，只好叫他死人。"③ 这样的观点也是在追求社会进化与改革的时代背景下才会提出的。封建时代人民当然是文静、驯化为佳，在社会转型时期，文静则等同于坐以待毙，故作者"愿我苏州人做不文静不乖的"，呼吁"不独男子要拿热血出来做事，就是女人也要换一个样子做人才好。"④

总之，在传统苏州被认为是繁华象征的热闹风俗，到晚清都沦为败坏人心的魁首；在传统苏州引以为豪的苏州民性，到晚清也成为国民劣根性的集中代表。苏州文化是"江南文化之典范"，它出现的问题代表着吴地城市转型的共同困境；苏州文化又是"传统中国文化之经典"⑤，它的变革也成为整个传统中国转型的缩影。苏州小说对苏州民风民俗表现出来的沉痛，实际是对传统中国吸收现代文明，学习西方文化，早日富强起来的深切期盼。

第二节　现代景观在苏州的展览

上一章在对苏州与上海的地域景观比较中，曾提到苏州的地域景观是传统的，上海的地域景观是现代的。这里来谈苏州的"现代景观"，是不是有些矛盾？这里要说明一下，这里所说的现代景观，主要是指苏州城外的景观，因为它们对苏州人来说是外在于日常生活的，故称之为"展览"。

---

① 逋庐：《苏州新年》，上海：乐群小说社铅印本，1906 年，第 169 页。

② 唐寅《姑苏杂咏》，转引自王稼句：《苏州旧梦：1949 年前的印象和记忆》，苏州：苏州大学出版社，2001 年，第 46 页。

③ 逋庐：《苏州新年》，上海：乐群小说社铅印本，1906 年，第 38 页。

④ 同上，第 38 页。

⑤ 张敏：《从苏州文化到上海文化》，载《档案与史学》，2001 年第 2 期。

一、苏州城外建设与现代景观的出现

1895 年甲午中日战争中国战败，签订了屈辱的《马关条约》。作为对日本的赔偿，苏州被迫开埠，并遵照 1897 年 3 月 5 日签订的《苏州日本租界章程》，"将苏州盘门外相王庙对岸青旸地，西自商务公司界起，东至水绿泾岸边止，北至沿河十丈官路外起，南至采莲泾岸边止，即图内红线所划之处，照竖界石，作为日本租界。"①

盘门是苏州六个城门之一，曾经也是繁华之处，元末兵燹后一蹶不振，有苏州竹枝词说："一树垂阳一画楼，盘门烟户本来稠。自从元末遭兵劫，寥落居民冷水流。"② 青旸地又称青阳地，"向为苏民田地，故坟墓甚多"，太平天国后这一带皆成瓦砾，虽经修葺，但尚多荒地③。"冷水盘门"与荒僻的青旸地，本是被苏州人遗弃的地区，却因为租界的建设而焕发了生机。在苏州开埠当年，"春间尚系荒郊，今则人烟稠密，大丝厂早经开工，纱厂将次告竣，开工当亦不远。至于茶寮、酒肆以及小火轮局等类，开设者争先恐后，地价且因之而涨，每亩约价值一千两。"④ 不久以后，盘门外就"市面日臻繁盛，游人云集，皆以一扩眼界为荣。"⑤ 甚至在 1896～1901 年的海关报告中，城外被描述成"很像上海的福州路"⑥。

"商市展拓所及，建筑盛。"⑦ 商业的发展让租界崛起了一座座现代景观。比如苏州的支柱产业丝织业和棉纺业，长期依靠手工，1896、1897 年苏经丝厂、苏纶丝厂相继建成，让苏州土地上出现了近代工业生产的工厂。工厂有着现代化的设备，还有电灯之类的现代器物，是租界上标志性的现代景观。上章第一节中曾提到，《苏州繁华梦》的回目里多是元妙观、留园等苏州传统景观，唯有第二回回目中出现了属于新兴租界的"青阳地"，而该回对青阳地的关注点正好是"两爿丝纱厂"，应该就是苏经丝厂与苏纶丝厂。小说中所写的"胡丝阿姐"，是在厂里摇丝轧棉的女工。她们身上带着棉花

① 陆允昌编：《苏州洋关史料》，南京：南京大学出版社，1991 年，第 334 页。

② 袁学澜：《续咏姑苏竹枝词》，见苏州市文化局编：《姑苏竹枝词》，上海：百家出版社，2002 年，第 52 页。

③ 陆允昌编：《苏州洋关史料》，南京：南京大学出版社，1991 年，第 143 页。

④ 同上，第 147 页。

⑤ 《老官难做》，见吴友如等绘：《点石斋画报·大可堂版》（第 14 册），上海：上海画报出版社，2001 年，第 305 页。

⑥ 陆允昌编：《苏州洋关史料》，南京：南京大学出版社，1991 年，第 78 页。

⑦ 吴馨等修，姚文枬等纂：《上海县续志》卷一《疆域》，南园志局，民国七年（1918）刻本。

和粉花混合的特殊气味，成群结队地上下班，吸引了一堆狂蜂浪蝶，倒也是租界的特色"景观"。

除了工厂，洋式房屋也有建造，但为数不多，没有形成上海那样仿佛夷境的异域景观。不过，店肆房屋还算"鳞次栉比，其间之开船局、戏园及茶馆、酒肆者，颇称繁盛。"① 从苏州小说的内容来看，苏州的商业景观几乎将上海四马路的商业景观照搬过来，既有京菜馆德花楼，又有番菜馆普天香，既有茶馆玉楼春，又有戏园春仙园。有意思的是，不少茶楼酒馆与上海的同名，似乎是上海到苏州开的连锁店，如京菜馆九华楼、茶馆阆苑第一楼及福安居、客栈名利栈等。《苏空头》第十四章专写《一品香之堂倌》，可见上海最有名的番菜馆也在苏州占据了一席之地。此外，《海上繁华梦》初集第三十回里的青莲阁在四马路，在后集第二回里则出现在苏州，可见上海的书场也被复制到苏州了。

然而，盘门的繁华并没有持续多久，当盘门外的马路逐渐向西北延伸到阊门以后，"盘门外店铺及戏馆等均迁往阊门，盘门遂萧条异常"，时人感叹"倘非纱厂工人在该处居住，则从前冷水盘门之谚几将又见于今日矣！"②

阊门是苏州传统的繁华区域，直到康熙年间还有"天下财货莫盛于苏州，苏州财货莫盛于阊门"③ 的说法，然在太平天国战争中元气大伤。上一章已经论述过观前街作为新商业中心的崛起，与阊门的严重受损有很大关系。租界的建设给阊门的发展带来了新的契机，让这个区域再度成为苏州最繁华的地带。不过，阊门屹立的种种现代景观彰显着这样一个事实：再度繁华的阊门不是往日重现，而是带着都市性质的新商业文化的诞生。以往阊门主要是以商贸交换活动闻名的，现在则更多地以娱乐消费著称。海关报告在把城外与上海的福州路类比的同时，也暗示了两者作为娱乐休憩中心的共同属性。就在这句类比之后，海关报告即描述了"许多娱乐场所也就转移到该两门（胥门、阊门）的邻近地段，它们的老主顾也随着而去"④ 这样一个娱乐中心转移的过程。

《新苏州》敏锐地发现了阊门的新变。作者称自己写的这部小说为"金阊花月传"⑤，实际承袭了苏州小说一贯的风月传统，但为何以"新苏州"

---

① 陆允昌编：《苏州洋关史料》，南京：南京大学出版社，1991年，第157页。

② 同上，第174页。

③ 【清】汤斌修，孙珮纂：《（康熙）吴县志》卷二十六《兵防》，康熙三十年（1691）刻本。

④ 陆允昌编：《苏州洋关史料》，南京：南京大学出版社，1991年，第78页。

⑤ 天哭：《新苏州》，上海：改良小说社，宣统二年（1910）第二版，第1页。

为名？其新就新在，故事以现代事物马路为场景的连接，小说人物去逛"最老最老的卖淫牌子彩云堂"，那里却有着最新的现代事物"电气灯"①。妓院并非是阊门外的新景观，以前这一带也曾是莺歌燕舞之所，问题在于，中国官方对城外的建设，本来意图是要借开埠之时势振兴商业的，结果苏州"现代化"的主要成果却不是打造了工业园区这样的现代景观，而是挂上电灯、装上玻璃、配备现代娱乐设施的戏馆、酒楼、妓院这样的"现代景观"。

与之相应的是，苏州小说提到了工厂，却没有细致描写，而伴随马路、铁路修筑而兴起的苏州旅馆业，却成为小说表现"现代"的一个窗口。为行旅提供住宿的处所古已有之，一般称为客栈，但中国人安土重迁的思想（生活优越的苏州人尤著）以及交通不便的客观条件，使得人员流动性并不是太大，故旅馆业也不可能作为一个产业发展起来。铁路、马路的修建加速了旅客在苏州周边的流动和聚集，对住宿的需求增加，对住宿条件的要求也会提高，因此，苏州传统的商贸区——阊门外借助于现代交通的便利，首开苏州新式旅社发展历史。②所谓的"新式"，主要是现代的装备设施。如《苏州繁华梦》里的吴苑大旅馆，起着具有地域特色的传统名字，然其内在的布置却非常现代：

> 三层大洋房，玻璃和合窗，房内大铁床、着衣镜、绉纱被头，熟罗帐子，洋式大菜台，磁器大便桶，壁上挂了洋画，梁上悬了电灯。③

洋房、洋式大菜台、洋画等让房间弥散着洋味，玻璃窗、穿衣镜、磁器大便桶、电灯等又让房间充满了现代感。作者在这里表现出整部小说中经常能看到的矛盾态度，一方面他把这些点缀"苏州繁华梦"的现代景观描写得绘声绘色，另一方面又站在冷静的立场上指出马路修建本是为挽回权利和振兴商务，在苏州却是靠娼寮、戏园、茶室、酒馆、野合之大旅馆等来维持，造成了商务未兴而道德大丧、人伦大坏、风俗大敝的后果。④

现代景观在租界的出现，及其向阊门的转移，整个过程就像是一次"展览"，并没有给苏州带来像上海那样持续深入的影响，但它毕竟给苏州增添

---

① 天哭：《新苏州》，上海：改良小说社，宣统二年（1910）第二版，第5页。

② 苏州市地方志编纂委员会编：《苏州市志》（第2册），南京：江苏人民出版社，1995年，第852页。

③ 天梦：《苏州繁华梦》（上），上海：改良小说社铅印本，1911年，第14页。

④ 参见天梦：《苏州繁华梦》（上），上海：改良小说社铅印本，1911年，第15页。

了一丝扑面而来的新鲜气息，古老的城门缓缓而开。

二、马路：耀眼而又荒凉的现代景观

在 1897 年签订的《苏州日本租界章程》中，有这么一条："至沿河十丈地面一层（官路四丈在内），暂作悬案。"① 这一地带之所以没被日本强硬吞噬，是因为在中日谈判过程中，苏州当局在张之洞的指示下，在这一带赶筑马路，"通过修筑道路的方式向外界宣布这一地段已经开发，以期在租界划定和商埠发展上占据主动权。"② 从主观上说，修建马路这一举措最大程度地挽回了中国损失的主权；从客观上来说，它将现代文明的气息带到了古老的苏州城，给这一地区的现代化转轨提供了很大的推力，成为苏州最耀眼的现代景观。

在租界设立的苏州海关（俗称"洋关"）每年都会呈报《苏州口华洋贸易情形论略》，可喜的是，近代苏州马路的修筑情况在报告中基本都得到了反映。因此，我们将各年报告（仅取近代时段）中涉及马路的部分摘出来整理成下表，就可得到关于苏州现代化进程的若干信息：

表 5.2　马路与近代苏州现代化进程

年　份	马路修建情况	其他现代景观	经济发展情况
1896	地方官于沿河造马路一条，长与租界等	马车及东洋车均已开行。	
1897		至今建造房屋者尚属寥寥。除日界之西造屋数幢，此外无有焉。	地分三等……凡近沿河马路一带为上等
1898	各国租界，已造马路数条，沿河马路现已造至胥门	所有洋式房屋之在日本及各国租界者，惟此数处，余无有焉。而店肆房屋之在日界西偏者，鳞次栉比，其间之开船局、戏园及茶馆、酒肆者，颇称繁盛。	洋商之数，可谓寥寥。

---

① 陆允昌编：《苏州洋关史料》，南京：南京大学出版社，1991 年，第 334 页。
② 秦猛猛：《近代苏州城市空间演变研究》，苏州大学硕士论文，2010 年，第 17 页。

年　份	马路修建情况	其他现代景观	经济发展情况
1899	（各国租界）惟添马路数条而已。至沿河马路，则已造到阊门矣。	各国租界内，添造烘茧房数间，并有已造未成之邮政局房屋数间。	
1900	各国租界内，经工程局添造马路约长三里。其沿河马路，上年已造至阊门。	界内房屋仍属无几，除现在邮政局租赁办公洋式房屋一所外，余惟有延昌永丝厂工人栖息之所华式房屋数间而已。	
1901	各国租界及日本租界并未添造马路。	房屋均与上年情形无别	沿河马路造至阊门，实与盘门外市面大有关碍。缘自阊门马路造成后，盘门外店铺及戏馆等均迁往阊门，盘门遂萧条异常。
1902	日本租界，本年已填筑马路，开通沟渠		渐有振兴之象。
1906	迨本年苏、沪行车后，复由阊门向北推广……可与车站之马路互相衔接。商埠原有之马路，年久失修，车马往还不无稍碍。		便益斯多
1907	阊门与车站衔接之马路，已于正月十五日由大宪示谕通行	两旁房屋建筑日多	铁路未开以前，无人过问之地，刻已渐获利益。

（资料来源：陆允昌编：《苏州洋关史料》，南京：南京大学出版社，1991年。）

从表5.2我们可以得到以下几个信息：

1. 苏州马路的建设分两种情形，一是中方沿河至城外修筑的马路，一是各国在租界内修筑的马路，其中前者对苏州经济的发展起着主导作用。这与上海马路建设中英租界最好，法租界次之，华界最差的情形恰好相反。

2. 苏州马路的建设促进了经济的发展，推动了工厂、邮政局、烘茧房等现代景观在苏州的建立。马路延伸之处，地价升值，市面繁荣。马路路线迁移，直接影响经济的兴衰。从表中来看，1903 年至 1905 年为空白，这是由于马路已修到阊门，没有新的马路建成，也没有路线迁移，经济发展没有新的动向；而 1906 年沪宁铁路建成，并与原来阊门马路相接，又给经济发展带来了新的推力。

3. 苏州马路的建设对阊门的复兴影响较大，对租界经济的发展作用有限。从表中所示"其他现代景观"一栏中我们可以看到，租界虽然有一些发展，但进度很慢，基本处于停滞状态。1901 年，一位苏州海关税务司在他的报告中称，已修建了数条马路的租界"路筑得很好，但是并无那么多车辆往来，以至野草丛生。"而十年以后，另一位税务司仍在报告中提到租界道路"迄今仍长满了杂草。那里的整片地方，除了缫丝厂和海关建筑之外，实际上是一块荒野之地"，断定"苏州的这部分地方是很少有发展希望的"①。这与第二章所述上海路政建设带来都市高速发展，出现路上各种车辆络绎往来、人们租房都难以租到空房等局面形成鲜明的反差。

4. 苏州马路的建设是上海现代化建设经验的复制，但所学只是浅表，它并没有自己完善的路政建设制度，比如只建不修，这与上海华界的情况是一致的。表中所示"商埠原有之马路，年久失修，车马往还不无稍碍"的情形一直持续到民国。在表中未列出的报告中，我们可以发现 1918 年左右苏州建设的马路大多损坏，修复却极其缓慢；直到 1921 年"由火车站至阊门一带马路，仅略事修理，由阊门至觅渡桥海关一带马路，并未一施工程"②。由于没有先进的配套设施与管理制度，苏州马路无法发挥出作为交通运输干道的最大效能。

这几个特点投射到小说中，形成了与上海同中有异的苏州现代形象。

（一）马路成为划分中—西、传统—现代的重要标志。

《苏州繁华梦》里说"那时苏州马路十分发达，盘门一直接到阊门，好一片十里洋场"③。所谓的"十里洋场"，是用马路来度量的，马路沿线所形成的具有现代景观的区域被称为"洋场"。从这一点来说，苏州与上海是一致的。但是，上海的十里洋场是金碧辉煌、异常繁华的，而苏州的洋场相对就要冷落一些了。《九尾龟》里常在上海四马路留迹的章秋谷回到苏州，对

---

① 陆允昌编：《苏州洋关史料》，南京：南京大学出版社，1991 年，第 84、103 页。

② 参见陆允昌编：《苏州洋关史料》，南京：南京大学出版社，1991 年，第 261、274 页。

③ 天梦：《苏州繁华梦》（上），上海：改良小说社铅印本，1911 年，第 11 页。

马路上的戏馆、书场、马车、大菜均体验了几次，"觉得苏州马路的风景不过如此，与上海大不相同。虽然灯火繁华，却时时露出荒凉景象。"① 这种"荒凉景象"与海关报告所述荒草丛生的情形遥相呼应。《苏州新年》中旧人在马路上"但见金碧黯然倚斜的房屋，茶馆饭店酒肆烟室，比屋连栋"②，与表中所示店肆繁盛、房屋寥寥的情形相合，暗示苏州马路并没有足够的吸引力吸引外商的投资与入驻。

不仅如此，当局的疏于管理，也造成了马路难以振兴的局面，《苏州新年》里一个乡下人进城见识苏州的现代，当引导者孔方兄提议"到城外玩玩，看看马路"时，乡下人欢喜地连声道"好极好极"；然而当乡下人来到传说中作为现代象征的马路上时，他感到非常失望："这条路还像些路，不过七高八低不平，还有些石块嵌脚底，不晓得怎样马路上的泥，也比我们乡下轻飘得多。一阵风来，赛过起了迷雾。"孔方兄告诉他"这路没有修理，所以不平的。那风括起来的泥土是沙泥。"③ 看看苏州洋关报告中当局对马路的修理情况，就知道小说所言不虚。再对照第二章中上海租界与华界道路的状况，租界地价比华界贵许多，人们仍然争相入住，就是因为马路便而事事便；苏州类于上海华界，虽然都修建了马路，却因为相关设施与管理落后而难以吸引人们前来入驻。因此，苏州马路的"现代"从某种程度上来说，实际是种"伪现代"。

（二）马路的基本属性本来是运输，然而在苏州，马路作为一种现代景观，却被塑造成观赏性、游玩性、消费性的。

这与上海也有类似之处，但上海马路的观赏性与游玩性主要是针对外来者的。苏州人曾经千里迢迢远赴上海一睹马路风采，现在就在自家门口，当然更要亲临体验。从《点石斋画报》关于租界马路的相关报道来看，马路对商贸投资的吸引力是有限的，对游人的吸引力却是巨大的，一边是"市面虽日见兴旺，而烟户寥寥，尚多荒地"，另一边是"倾城士女挈伴出游者，扇影衣秀，络绎交织"，两者形成强烈的反差，可见苏州人对马路的热情并不是因为它可能对苏州经济起到的推动作用，完全是出于"得未曾有以故"④的看热闹、看稀奇的心理。

---

① 漱六山房：《九尾龟》，武汉：荆楚书社，1989年，第2页。
② 遁庐：《苏州新年》，上海：乐群小说社铅印本，1906年，第175页。
③ 同上，第143～145页。
④ 《冶容海淫》，见吴友如等绘：《点石斋画报·大可堂版》（第15册），上海：上海画报出版社，2001年，第204页。

从小说的描写也能发现，马路成为苏州人节庆时的一项新的游乐消闲项目。上一章提到《苏州繁华梦》回目中的地域景观多是热闹的苏州名胜，但曾经冷清的青阳地却赫然出现在回目中，与元妙观等传统名胜并列，说明它成为了新的游玩景点。小说第一回中"且表苏州的风俗"，写到年初店家要歇业游玩，必去的地方是元妙观，这与过去小说的描写是一致的，而一个新增的聚集处则是青阳地①。从第二回来看，人们去青阳地，主要就是到马路游玩。第七回写清明虎丘出会，游人齐集山塘，这在过去苏州小说里早已一再被描写，不同的是，现在游人在看会之后不是随船回城，而是到马路上游玩，坐马车兜圈子。《苏州新年》里也有类似的描写，一群手工业学徒在新年终于歇下手来，相互诉说工作的辛苦，其中一人提议："苦话不要提了，消闲最要紧，我们先到马路上去兜兜，吃碗橄榄茶，开只灯白相相。"② 把逛马路看作"消闲"、"白相"的首要选择。《苏州繁华梦》所谓"这也是苏州马路的特色"③，大概就是指把马路作为游玩地这一点吧。

　　当然，消费性也是苏州马路的另一个特色。不同于主要是西人主导建设的上海马路，苏州马路"既是外来的，也是本土的（domestic）"④，它本是作为民族主义者振兴民族产业，抵御经济侵略的产物。在洋务官员的悉心策划下，苏州马路的确呈现出了一定的繁荣，然而与预期相反的是，这片繁华区域"并不是因为作为贸易和制造中心，反而是因为作为一个都市休闲娱乐中心"⑤ 而兴盛的。从表5.2可以看到，支撑苏州城外市面的主要是本土的戏馆、茶室、酒楼、旅馆、妓院等（当然，它们也进行了一定程度的"现代包装"）。未遭兵燹的盘门曾有"一树垂阳（杨）一画楼"的特色，而再次复兴的盘门出现了"阊门过去盘马路，一树垂杨一画楼"的俗语，说明"现代"的盘门仍然主打风月牌，为苏州人提供消遣仍然是城外的经营方针。

　　让我们跟随《九尾龟》里的章秋谷来观察苏州马路的变迁。我们会惊异地发现，苏州马路修建后不久，首先响应的不是商业店铺，而是妓院："那城内仓桥滨的书寓统通搬到城外来"，随后书场、戏馆等也纷纷搬到城外，自然也带动以前这些行业的主顾向城外聚集，形成"一样的车水马龙，十分

　　① 　参见天梦：《苏州繁华梦》（上），上海：改良小说社铅印本，1911年，第2页。

　　② 　遁庐：《苏州新年》，上海：乐群小说社铅印本，1906年，第6页。

　　③ 　天梦：《苏州繁华梦》（上），上海：改良小说社铅印本，1911年，第33页。

　　④ 　柯必德（Peter Carroll）：《"荒凉景象"——晚清苏州现代街道的出现与西式都市计划的挪用》，见李孝悌：《中国的城市生活》，北京：新星出版社，2006年，第454页。

　　⑤ 　同上，第475页。

热闹"① 的局面。而当阊门开了马路，"那盘门青阳地的生意就登时冷落"，一个重要原因就是"所有的戏园堂子一齐搬到阊门外来"；失去这些消费行业的支持，盘门马路尽管有丝厂这样的近代工厂，却"依然是景象荒凉，人烟冷落，只有上海轮船到了埠头，还有些儿市面。"②《新苏州》中的"新苏州"，除去电灯、马车、番菜等现代点缀外，其实它延续的还是吴人好吃好游好风流的传统习性。

因此，在某种程度上，苏州马路这样的特色与吴地地域传统有着一定的联系。从前面对苏州画舫文化的分析我们已经发现，苏州这个城市具有强烈的消费性，它的繁华不是依靠生产而是依靠消费来制造的，在马路携现代文明与西方文化进入苏州人的生活时，他们习惯性地将"习奢华，乐奇异"的地域性格移植到这一新事物上，"乐奇异"，所以争相游玩马路，造成马路的观赏性、游玩性；"习奢华"，所以把大量钱财花费在奢侈活动上，如装饰楼房门面、抽鸦片、办宴会、召妓女等，"虽然有道德暧昧之嫌，但这些都是马路上具代表性的行业"。无怪有位西方学者嘲谑道："清朝政府想要利用这条马路来刺激商业发展，而结果却是成功得太过火。"③

（三）苏州人对马路的态度是矛盾而暧昧的。

由于苏州马路所具有的本土属性，苏州人对它并不排斥，也不避讳在小说中描写那些现代事物。因为阊门马路是"我中国自己开放的码头"，苏州人愿意看到马路"生意非常兴盛，把青阳地的生意都夺了过来"的景象，他们甚至认为这种兴盛是"地势使然"，是苏州这块土地的好风水带来了商业的振兴。但另一方面，当人们看到马路上"无正当之营业。所恃以维持者，娼寮耳，戏园耳，茶室耳，酒馆耳，野合之大旅馆耳。"他们又感到心痛。苏州人并没有意识到他们自身所具有的问题，而是将之归结为马路本身的特性："没有正经生意，这是马路大概这样的。"④ 这样，在苏州人眼里，马路所承载的"现代"只是给传统增加了更多的弊病，他们也就无法从根本上认识到现代性可能给苏州带来的新文明、新文化。

① 漱六山房：《九尾龟》，武汉：荆楚书社，1989年，第2页。
② 同上，第345页。
③ 柯必德（Peter Carroll）：《"荒凉景象"——晚清苏州现代街道的出现与西式都市计划的挪用》，见李孝悌：《中国的城市生活》，北京：新星出版社，2006年，第474页。
④ 天梦：《苏州繁华梦》（上），上海：改良小说社铅印本，1911年，第31、15、31页。

三、苏州城外现代景观对城内的影响

从上面的分析来看，苏州马路所带来的"现代"实际是发育不良的畸形儿。但是，它"仍然被证明是一种可彻底改变苏州经济、社会、市容景观和心理地景等多重面向的有力作用物"①，因为即使是从苏州小说的只言片语中，我们也能看到以马路为代表的现代景观给苏州带来的新鲜面貌：马路上有着马车、东洋车，有着机械化的工厂，有着装配玻璃的洋房，有着明亮辉煌的电灯……若说这些没有给苏州人的心理带来丝毫的冲击，那是不可能的。在城外的示范效应下，城内也开始走上缓慢的现代转型之路。

复制通常是最快的途径。1907 年，苏州第一家电灯公司（生生电灯公司，后改名振兴电灯公司）在阊门外建立，阊门内外街市首先获益，"每日点十六支烛光之电灯六千盏"②。《新苏州》里描写的阊门即是"街上电火通明"，甚至妓院都装上了电气灯，"明亮辉煌，如同白昼，照得门前所挂妓女卖淫的商标'某名某妓'字画清楚，一望无遗。"③ 如同当初上海城外通明灯火对城内造成的心理冲击一样，在苏州城内生活了千百年的人们，突然觉得自己好像生活在黑暗世界中。以前苏州人在黑暗中也能正常生活，而且到《苏州新年》写作的时候，"苏州城里是早有了官办的路灯"，应该说他们应该生活更便利，但旧人因为"走上半条多巷，却不见半些亮光"，就抱怨"怎么到了黑暗世界了？"当他再走上十多家店面，看见一盏灯时，没有一丝光明的欣喜，而是用夸张的语气说"那灯比上海花烟间门前的灯，觉得那光还少三四支蜡烛的亮，叫你不抬头，几乎要不晓得有这么一种路灯。"④ 结合第二章中上海城内外对光明的不同感受，我们可以推论，旧人的黑暗感受来自曾经对光明电灯的体验。

旧人的心理基本代表了大多数苏州人的心理。他们也希望城里能像城外一样电火通明。终于，1911 年，振兴电灯公司在全城架设 8 条输电线路，安装了 1944 盏路灯，这是第一代电光源路灯。观前街向来繁华，苏州夜市也早有历史。但有了近代电光源后，观前街夜市才成为了不仅白天热闹，晚

① 柯必德（Peter Carroll）：《"荒凉景象"——晚清苏州现代街道的出现与西式都市计划的挪用》，见李孝悌：《中国的城市生活》，北京：新星出版社，2006 年，第 473 页。
② 陆允昌编：《苏州洋关史料》，南京：南京大学出版社，1991 年，第 205 页。
③ 天㑇：《新苏州》，上海：改良小说社，宣统二年（1910）第二版，第 5 页。
④ 遁庐：《苏州新年》，上海：乐群小说社铅印本，1906 年，第 64～65 页。

上也喧闹如昼的名副其实的"夜市"①。不过,对于大多数街巷来说,路灯的安装仍然是寥若晨星。"现代"对于苏州人来说,仍像是一处展览,而没有成为普及的应用。

作为最耀眼的现代景观,马路对城内的影响可能比其他现代事物更大。尽管马路"并未穿越城门进入城内",然而,它毕竟让苏州人近距离地观察到现代都市的形态,从而"成为一条通向特殊重要目的的道路,即通向现代化都市街道秩序与规范。"② 最直接的表现就是"要求修筑一条从北到南贯通全市的通衢大道的呼声很高"③,虽然最终由于费用昂贵而未见成效,但这却说明苏州人认识到了建设交通要道的重要性。曾有学者对上海传统县城的街巷布局与租界的道路网络作比较,发现城厢区有多条贯通东西的要道,南北走向却没有一条相应的干道,只是单一的交通线;而租界区却通过南北与东西道路的纵横贯通形成了一个交通网络。④ 同理,苏州建设南北通衢大道的要求实际也蕴含着对苏州向近代商业城市转轨的期望。

不过,对传统苏州影响最大的不是城外的马路本身,而是它的存在对于苏州道路变革的推动。美国学者柯必德(Peter Carroll)指出,"道路是都市中既普遍,同时又极独特的面向。道路既作为基础建设,又是基本的社交路径,和城市结构结合为一。然而,道路作为物质构造的普遍性与其呈现特定地方的特殊性,形成了对照。"⑤ 苏州在这一点上体现得尤为明显。苏州道路所"呈现特定地方的特殊性"缘于它的水乡环境。苏州环城内外河网密布,凭藉众多的桥梁,贯通古城内外形成发达的交通网络。而河道的开凿,又限定古城街巷道路的走向,制约屋宇的排列,形成了"人家尽枕河"的水乡风貌。总的来说,苏州的街巷道路,具有"河巷相依,纵横有序,脉络分明,双向通达"⑥ 的特色。

更值得一提的是,苏州不仅形成了发达的水道体系,还发展出先进的道

---

① 参见苏州市地方志编纂委员会编:《苏州市志》(第 1 册),南京:江苏人民出版社,1995年,第 383 页;黄云:《论苏州近代城市商业游憩区》,苏州大学硕士论文,2006 年,第 48 页。

② 柯必德(Peter Carroll):《"荒凉景象"——晚清苏州现代街道的出现与西式都市计划的挪用》,见李孝悌:《中国的城市生活》,北京:新星出版社,2006 年,第 451 页。

③ 陆允昌编:《苏州洋关史料》,南京:南京大学出版社,1991 年,第 103 页。

④ 参见罗苏文:《路、里、楼——近代上海商业空间的拓展》,载《史林》,1997 年第 2 期。

⑤ 柯必德(Peter Carroll):《"荒凉景象"——晚清苏州现代街道的出现与西式都市计划的挪用》,见李孝悌:《中国的城市生活》,北京:新星出版社,2006 年,第 443 页。

⑥ 参见苏州市地方志编纂委员会编:《苏州市志》(第 1 册),南京:江苏人民出版社,1995年,第 430、486 页。

路设施。19 世纪 80 年代来到中国的日本人曾站在现代文明的立场上，诟病苏州落后的公共卫生状况与狭窄的道路通行状况，却不得不对苏州透水性良好的道路设施表示惊叹："街路垫石，石面锯纹防滑泽，或密填瓦砖为凸状，故虽雨不病泥泞。"①

从某种程度上说，水路对苏州具有至关重要的意义。中国城市史专家施坚雅（G. William Skinner）声称，"就对城市化的影响而言，中国最重要的技术应用，是在水路运输方面。"（The single most important application of technology in China, in terms of its effect on urbanization, was that to water transport.）② 苏州在这方面恰好走在前面，因此造就了较早的发达城市历史。同时，水上交通的便利，使苏民扩大了活动的范围，而"这正是苏民观念较其他地区更为开通的原因所在。"③ 然而在近代，代表水乡的画舫文化被代表陆上的马车文化所兼并，向现代转型的苏州不得不按照上海的蓝本，发展陆上运输与交通工具。

实际上，19 世纪 80 年代到苏州的日本人已经抱怨过城内"惟病路太狭耳"，城外"惟街衢太隘"④。但苏州人自己并不觉得这是个问题。《苏州新年》里那个乡下人发现他仰视的城市，其道路竟比"乡下路不宽舒"，不解地问城里人："你们的城里那路多少挤，怎么这街道狭了，那店铺的栏杆还要搭出来，那栏杆外面再要歇了担，摆上摊头，剩了一两个人能走了。"得到的回答是"这就是热闹。"⑤《苏空头》抨击苏州的种种怪现状，却不厌其烦地描写在苏州城内的行走路线，并用一段饱含感情的话来描绘苏州道路的特色：

> 因为这临顿路都是些饭店、面店、酒店、茶坊、糕饼店、糖食店、点心店，鳞次栉比的排着，所以得了"吃煞"的名字。还有说道"著煞"旧学前，因为旧学前多衣庄，所以得此名字的。其余像护龙街极

① ［日］冈千仞：《观光纪游》，见王稼句编纂点校：《苏州文献丛钞初编》，苏州：古吴轩出版社，2005 年，第 1008 页。

② G. William Skinner (ed.), *the City in Late Imperial China*, Stanford: Stanford University Press, 1977.

③ 张海林：《苏州早期城市现代化研究》，南京：南京大学出版社，1999 年，第 9 页。

④ ［日］冈千仞：《观光纪游》，见王稼句编纂点校：《苏州文献丛钞初编》，苏州：古吴轩出版社，2005 年，第 1008、1006 页。

⑤ 遁庐：《苏州新年》，上海：乐群小说社铅印本，1906 年，第 144 页。

长，于是名叫"走煞"护龙街；还有仓街是冷静的去处，因此就叫做"饿煞"仓街，同临顿路恰巧成一反比例。你想苏州的道路，也有一番花样景。①

不难看出，苏州人对苏州的道路不仅不抱怨，相反还有着一种自豪的感情。

直到20世纪初，当苏州城内在城外马路的刺激下，开始进行道路建设时，才发现在水乡环境下形成的密度大、宽度小的苏州道路特点，成为了马路修建的一大障碍。尤其是当交通工具逐渐发展后，道路的制约作用越来越明显。比如后来随着自行车大量增加，主干道交通压力愈益增大，为数众多、密如蛛网的小街小巷必须用来分解流量，促使街巷道路进行改造。② 除此以外，以前科学先进的青石板道路，由于不便于陆上交通工具的行走，也成为改造的对象。《苏州新年》里一再提到城内繁华区"中间剩一条狭路，又被挑水的走过，那石子上浇了水滑得个一步一留心"、城外吊桥"滑得极，怎么天晴也这样滑？"③ 对千百年苏州人已习惯的石板路表示出不适感，也是作者在现代文明中濡染已久后的心理投射。

但是，不同于"沪地少水"的上海，水道密布的苏州要进行马路建设，是非常困难的。民国时期仅建设了几条道路，改造了几条桥梁；解放以后，苏州的路政建设才得到了较快的发展。道路的掣肘，使苏州陆上交通工具的发展也极为缓慢。1902年苏州才开始使用驴拉车，以代替手推车。这已经算是交通工具机械化的一大进步了。《苏空头》写到苏州城最热闹的观前街有许多驴夫拉客，"头上戴一顶东洋小帽子，辫子上打了一个骑马结，手里拿着一根鞭子，嘴里不住地喊道：'阿要驴子啊？阿要驴子啊？阿是到阊门去么？'"④《苏州新年》也说"关帝庙前，那十字路口，满地驴粪，两边的驴子歇满了。"⑤ 这是宣统前后才会出现的场景，之前苏州人去阊门几乎都是坐船出城的；而在城里，"多半苏州人是步行的，是被城中数千名的轿夫

① 单镇：《苏空头》，上海：改良小说社石印本，1910年，第12页。
② 参见苏州市地方志编纂委员会编：《苏州市志》（第1册），南京：江苏人民出版社，1995年，第369页。
③ 遁庐：《苏州新年》，上海：乐群小说社铅印本，1906年，第106、144页。
④ 单镇：《苏空头》，上海：改良小说社石印本，1910年，第18页。
⑤ 遁庐：《苏州新年》，上海：乐群小说社铅印本，1906年，第106页。

扛着走的，或是被手推车载着走的"①。

而上海高度发展的马车，在苏州"仅限于城外马路"②，并被当成一种节庆时的游乐项目。后来在民国期间，马车才进入城区，但随即被人力车经营挤出城外；直到抗战期间，马车经营区域才扩展到城内，并成为城内客运的主要运输工具之一。③ 人力车则是 1921 年进入城区，但鉴于街道狭窄，车身均被改小。在此之前，苏州城里的人只能到城外体验"破败的马车"和"轮摇杠接的人力车"。④

对于苏州来说，马路建设的意义也许比对上海更大，因为"将苏州从水路调整为陆路导向、陆路信道和运输技术使得都市空间形态产生了巨大而深远的裂变。"为了改善和拓宽道路，一些运河被填平，桥梁被垫高，还有一些建筑物不得不摧毁，结果"使得这个富有特色的水乡改头换面，彻底改变了苏州作为一个城市的基本定义"⑤。这是为"现代"而付出的代价，至今人们仍在为苏州城市发展的幸或不幸而热烈讨论着。在今天我们进行的现代化城市建设中，苏州的例子仍然值得我们深思。

第三节　现代生活方式在苏州的渗透

晚清以前，作为吴地中心的苏州一直引领着吴地的潮流，其生活方式也为各地仿效。如明代张岱就自嘲"吾浙人极无主见，苏人所尚，极力模仿。如一巾帻，忽高忽低；如一袍袖，忽大忽小。苏人巾高袖大，浙人效之；俗尚未遍，而苏人巾又变低，袖又变小矣。故苏人常笑吾浙人为'赶不着'，诚哉其赶不着也。"⑥ 同属江南、同样富庶的浙江尚且以苏为尚，其他小地方对苏州的"仰慕"之情就可想而知了。

而到了晚清，吴地中心转移到了上海，上海成了各地拥趸的对象，苏州反过来追慕上海的生活方式。刚开始时主要还是从上海带回一些保险灯之类

① 柯必德（Peter Carroll）：《"荒凉景象"——晚清苏州现代街道的出现与西式都市计划的挪用》，见李孝悌：《中国的城市生活》，北京：新星出版社，2006 年，第 447 页。

② 李长传：《江苏省地志》第四编《地方志》，民国二十五年（1936）铅印本，第 294 页。

③ 参见苏州市地方志编纂委员会编：《苏州市志》（第 1 册），南京：江苏人民出版社，1995年，第 376 页。

④ 遁庐：《苏州新年》，上海：乐群小说社铅印本，1906 年，第 175 页。

⑤ 参见柯必德（Peter Carroll）：《"荒凉景象"——晚清苏州现代街道的出现与西式都市计划的挪用》，见李孝悌：《中国的城市生活》，北京：新星出版社，2006 年，第 448、451 页。

⑥ 张岱：《琅嬛文集》，长沙：岳麓书社，1985 年，第 142~143 页。

的日用洋货，以及滚花边的时装，而吃大菜、坐马车等则被视为一种新鲜体验。1896 年日本在苏州建立租界以后，将"上海模式"直接复制到苏州，使上海引领的现代生活方式也渗透到苏州人的生活中。

一、衣食住行

（一）衣

"由于衣着服饰的日常性和普遍性，其中包含着一些最基本而普遍的经济、社会和文化信息。"① 经济文化走在各地前面的苏州在服饰打扮上向来也是各地的风向标。如发型："长髻下垂遮脊背，也将新样学苏州。"妆容："闲倚镜奁临水面，拟将时样学苏州。"② 穿戴："网得绣丝金作衬，漫移莲步学吴娃。"③ 这些都是仿效苏州，但同时苏州又善于吸收外地的时尚元素。"闺中学得满洲妆，圆领衫披帕一方。更有烟筒衔口内，晚来无事倚门傍。"④ 这首苏州竹枝词就描写了苏州女子对满洲装扮的效仿。因此，"衣"这一方面是最先也是最容易被苏州人接受的。

上海所尚的服饰装扮对苏州人改变最大的大概有两个，一个是前刘海，另一个是墨晶眼镜。前刘海为上海妓女林黛玉（胡宝玉）因"慕欧风"而创，先是在上海引起了一股潮流，"过了一年半载，不但堂子里面全是前刘海，就是大家小户，不论奶奶、小姐，以及仆妇、丫环，没有一个不打前刘海。甚至那班没骨节的滑头少年，也学那妇人的打扮，把前刘海刷得光光，以肆其吊膀子的伎俩。"⑤ 很快，这个潮流也就弥漫到苏州。《苏空头》里的妓女花媛媛即是"前流海打的足有六寸多长"⑥；《苏州繁华梦》里天梦生看马车，识别商业中人、教会中人、嫖界中人、官场中人等种种身份，而识别青楼中人的标志是"前刘海好像那半湾新月……一望而知是个青楼中人。"⑦ 不只是女性，男性也有梳前刘海的，如《苏州新年》里就有一个"秃了头"

① 李长莉：《中国人的生活方式：从传统到近代》，成都：四川人民出版社，2008 年，第 243 页。

② 许星：《竹枝词中所描绘的清代苏州地区服饰时尚》，载《装饰》，2007 年第 5 期。

③ 【清】黄匏子：《松陵岂匏子续草》，见苏州市文化局编：《姑苏竹枝词》，上海：百家出版社，2002 年，第 123 页。

④ 【清】潜庵：《苏台竹枝词百首并序》，见苏州市文化局编：《姑苏竹枝词》，上海：百家出版社，2002 年，第 138 页。

⑤ 评花主人：《九尾狐》，见《中国近代孤本小说集成》（第 5 卷），北京：大众文艺出版社，1999 年，第 3348 页。

⑥ 单镇：《苏空头》，上海：改良小说社石印本，1910 年，第 34 页。

⑦ 天梦：《苏州繁华梦》（上），上海：改良小说社铅印本，1911 年，第 32 页。

的少年，却"一斩齐的前刘海，盖到眉毛相近"①。特别有苏州特色的是，为了学西洋时尚，必须着外国鞋子和草帽，可是帽子不是戴在头上，而是拿在手上，因为怕"弄毛了前刘海"②。宁可被晒也要保持形象，真不愧是虚浮的"苏空头"。

眼镜在明末就已从西方引入中国，但主要是少数高官富商的珍玩之物，且最初戴眼镜的人"非短视即老花"，眼镜的主要作用是以助目力，"继而视为妆饰之品，藉以壮观瞻"③。光绪中叶以来，极为流行，"妇女之好修饰者，亦皆戴之以为美观矣。"④ 苏州人很快也沾染此俗，妓女戴着"金丝边的篮眼镜"，学生戴着"墨晶眼镜"，革命者戴着"银边外国眼镜"，甚至连无业流氓也"眼镜戴起金丝"。⑤

之所以说前刘海与眼镜对苏州人改变最大，是因为传统苏州的审美标准最重视的不是面容姣好，而是能够眉目传情、倩盼飞扬的那种灵动神态。从那些画舫录里就能看出这一点，名列上品的苏州妓女、船娘并不一定有倾城之貌，却往往是明眸善睐："秋波一剪，盈盈欲语，尤可疗饥"、"姿容华瞻，目激层波"、"秋水凝眸，而清霜澈底；春山压黛，而新月将弦"、"眼波摇漾，靥晕依稀"、"眉目瑟瑟向人，望之情味俱远"⑥……女子的动人之处全在春黛与秋波，而前刘海挡住了眉，眼镜遮住了眼，传统的古典美被现代的时尚美取代了。

（二）食

上一章曾提到，苏州的饮食精致美味，享誉四方。但在开放以后，各地饮食也像当初涌入上海一样，迅速在苏州扎根。最大的变化自然是番菜的兴起。苏州最有名的番菜馆大概是普天香，《新苏州》里苏州城里的齐三知到城外体验的新鲜项目之一，就是在普天香吃番菜。后来齐三知的妻子与美少年勾搭，也是在普天香。《苏州新年》里旧人走得饿了，想去番菜馆吃饭，

① 遁庐：《苏州新年》，上海：乐群小说社铅印本，1906年，第108页。

② 同上，第154页。

③ 《官吏视民如伤》，见徐珂编纂：《清稗类钞》第13册，北京：商务印书馆，1928年，第243页。

④ 《眼镜》，见徐珂编纂：《清稗类钞》第46册，北京：商务印书馆，1928年，第115页。

⑤ 单镇：《苏空头》，上海：改良小说社石印本，1910年，第34、25页。遁庐：《苏州新年》，上海：乐群小说社铅印本，1906年，第108页。天笑：《新苏州》，上海：改良小说社，宣统二年（1910）第二版，第32页。

⑥ 参见王稼句编纂点校：《苏州文献丛钞初编》，苏州：古吴轩出版社，2005年，第753、758、774～775、781、782页。

亦是去了普天香。从《九尾龟》、《新苏州》里可知，苏州还有蔚南村、万年青等其他番菜馆。

　　前面说过，西餐与中餐是完全不同的饮食文化，上海人尚且是经过了几十年才接受了改良过的西餐，苏州人就更是感到隔阂了。《新苏州》第三回写何苋春请齐三知到普天香吃番菜，有这样一段描写：

> 　　苋春提过笔砚，所开的菜是：鸡绒鸽蛋汤、虾仁卷筒、炸板鱼、牛排、鸡片香肠，共是五样。可笑这三知，莫说西菜没有吃过，连见都没有见过，只好依样画葫芦，照了苋春开过的菜单上写去。忽然想着了往日听见人家说过的西菜馆里有一种火腿蛋饭，也不管好吃不好吃，就写在鸡片香肠下面。苋春见了不住的掩口好笑，眼见世界上竟有这等寿头。①

　　将何苋春点的菜与表 4.3 相对照，就会发现这几样菜也在上海番菜馆的经典菜谱中，说明苏州番菜是对"上海模式"的复制。而齐三知上演的"寿头点西餐"一幕，可以说和上海小说中常出现的"乡下人进城"的窘态并无二致。

　　如果说苏州城里的齐三知还只是文化意义上的"乡下人"，那么《苏州新年》则写到一名真正乡下人在苏州的现代体验，其中一个项目正是吃番菜。当乡下人被孔方兄引到一个大房子里，他看到到处都是白布，第一反应是"这家人家有丧事"，听孔方兄一解释才知道这是番菜馆，"是学外国式样铺陈的，所以用白布做台毯的。"正式吃饭时，乡下人也是笑话百出。首先看到"盆子里的黄松松两块东西，不知是什么"，碍于西崽在场又不好问，看着孔方兄在"蜡黄的东西割了些，又在那块黄松松的上括"，他也跟着"胡乱括上两括"，送到嘴里却"觉得不对味，几乎要呕"，后来才知道黄松松的东西是面包，蜡黄的东西是牛油。然后吃外国酒，乡下人倒是觉得味道不错，却又说"不过冷的，恐怕吃了肚皮痛，叫堂官去炖热了再好吃"，孔方兄不得不跟他解释酒是果子做的，热了要变味。最后终于吃完饭，乡下人发表感受说"吃是好的，不过舌头有些痛"，孔方兄一看，他舌头上在流血，原来是被大菜刀割碎的，让孔方兄哭笑不得。②

---

① 天哭：《新苏州》，上海：改良小说社，宣统二年（1910）第二版，第 10 页。
② 参见遁庐：《苏州新年》，上海：乐群小说社铅印本，1906 年，第 145～148 页。

这个乡下人的笑话与《海上繁华梦》里钱守愚闹的笑话差不多，后者也是把刀叉当成筷子往嘴里送，弄得满嘴流血。但略有不同的是，苏州小说里的生活方式与前面所说的苏州风俗一样，也被放置在社会变革的语境中。因此，《苏州新年》里说"这吃大菜是现在要紧事，就是官场中人，会吃了大菜，就要算通达洋务的人材了。"①

番菜在苏州的境遇，最能表现出中—西、传统—现代的碰撞。以番菜为代表的西化的、洋味的生活方式明显将苏州划为乡村—城市的二元。能够融入这种生活方式的是"城里人"，不能适应的是"乡下人"。上海小说中常用的吊诡逻辑也被复制到苏州小说里，即将一个城市分裂为"城内"、"城外"两部分，城内成为较落后的一元，城外反而成为城市的中心和现代的一元。来自城里的齐三知在城外的种种经历——不会吃番菜、不会叫局、赌钱被翻戏党骗光钱、被流氓敲竹杠等，无一不是上海小说里频频出现过的。齐三知的困境正是传统（城内）遭遇现代（城外）而产生的"高原反应"。

（三）住、行

住的方面在苏州小说里表现得不是太多，但从《新苏州》里天仙里、南阳里等这样不同于传统苏州某坊某巷的地名来看，至少在苏州城外，民居可能已经改造成上海那样的里弄形式。

行的方面主要是马车、东洋车的出现。这与租界在苏州的建立有直接的关系。1896 年租界建立的当年，"马车及东洋车均已开行"②。《新苏州》里应老虎从胥门到阊门，坐的是一部"橡皮马车"，去游留园也是"雇了一部马车"③，可见马车已经成为城外流行的交通工具。对大多数城内的人来说，去城外坐马车则是一项节庆游乐活动。《苏州新年》里写苏州人在新年"鲜衣华服坐了些破败的马车"，"同那走马灯这么样跑去跑来，趾高气扬，到也十分得意。"有人坐的是东洋车，"那东洋车是轮摇杠接，居然也有不知危险的人，坐了兜圈子。"④ 而在《苏州繁华梦》里写清明节坐马车，则是另外一番景象：

原来马路上有什么东西叫做橡皮马车，四个轮儿前后均系橡皮，行

① 遁庐：《苏州新年》，上海：乐群小说社铅印本，1906 年，第 148 页。
② 陆允昌编：《苏州洋关史料》，南京：南京大学出版社，1991 年，第 143 页。
③ 天哭：《新苏州》，上海：改良小说社，宣统二年（1910）第二版，第 29、35 页。
④ 遁庐：《苏州新年》，上海：乐群小说社铅印本，1906 年，第 175 页。

走轻灵，飞驶迅速，车上绣花坐垫，可坐三人，收拾得异常清洁。车前一匹骏马，奔走得异常灵捷；一双马夫，官样装束，坐在车上，加鞭疾驰，赛如登仙一般……坐在上边，比了腾云还快。①

《苏州新年》的作者对苏州持悲观态度，故眼中的景象都是破败的；《苏州繁华梦》的作者要突出"繁华"，故他用"轻灵"、"飞驰迅速"、"异常清洁"、"异常灵捷"等一系列形容词描写了马车给人带来的美好感受，尤其是马车的速度感得到强调，"登仙"、"腾云"这样的词语更是突出马车给人带来如同宗教体验般的迷狂感受。且不论谁的描写更接近真实，但两部小说都表现出苏州人对马车这一现代事物的追捧。《苏州繁华梦》更是用大篇文字描绘出全民争坐马车的狂热情景，作者用"一辆马车过了……一望而知是个青楼中人"，"接着又是一辆马车……一望而知是个上流人物"的排比句式，穷形尽相地描摹了青楼妓女、上流人物、浮浪、女学生、商业中人、教会中人、嫖界中人、留学生、军学界人、官场中人、满洲人、劣绅家的败子等各形人等坐马车的装扮、神态，烘托出一种趋之若鹜的狂热氛围。而"一辆马车过了……又是一辆马车"句式的反复出现，更增加了一种紧凑感、速度感。这不正是上海人"无论为官、为商、为士民，男也，女也，老也，少也，无不乐乘之"②的复现么？

从以上衣食住行的改变可以看出，现代生活方式在苏州的渗透过程，实际上也是"上海模式"在苏州的复制过程。比如，吴人引以自豪的游地、游具、游伴，其中的"游地"，是指"山水园亭，多于他郡"，留园即其一。到留园游玩是苏州人传统的游园文化，但"游具"却不再是"画船箫鼓"，而是上海人游张园必坐的马车。在留园的碧寒山庄歇息，既保留着"泡一壶雨前茶"的传统习惯，同时又"到外边万年青里去唤了几样番菜"③，这与上海人在张园的安垲地洋房里泡茶，又吃着从一品香叫来的番菜，中西结合的情景何其相似！《新苏州》齐三知的妻子"有时去坐坐马车，有时去吃吃大菜，有时去看看戏曲，有时去吊吊膀子。"④《苏空头》里苏州富翁整天干的

---

①　天梦：《苏州繁华梦》（上），上海：改良小说社铅印本，1911年，第31～32页。

②　《客从何来》，见吴友如等绘：《点石斋画报·大可堂版》（第6册），上海：上海画报出版社，2001年，第192页。

③　天哭：《新苏州》，上海：改良小说社，宣统二年（1910）第二版，第35页。

④　同上，第20～21页。

事也是"看夜戏、坐马车"①。而上海人的日常生活"除却跑马车、逛花园、听戏，逛窑子，没有第五件事"②，两者不是如出一辙吗？甚至与上海一样，苏州人开始用"洋场"来称呼租界，以"洋场才子，租界名士"③ 来称呼租界的文人。

这种对上海模式亦步亦趋的复制，反映出西方为上海造就的"现代"已经合法化，成为晚清城市转型的模板。如《官场现形记》第五十回就写一位大员的少爷在芜湖买了一大爿地基，"仿上海的样子造了许多弄堂……而且这片房子里头，有戏园，有大菜馆，有窑子，真要算得第一个热闹所在。"④"仿上海的样子"说明了上海现代性的至高无上，而戏园、大菜馆甚至窑子都一并照搬，更能表现出内地城市在现代转型中对上海唯马首是瞻的盲目性。

"上海模式"不仅被应用到城市建设上，甚至被妓女复制到自己的"职业生涯"中。《海上繁华梦》里的妓女巫楚云被滑头周策六从上海拐到常州，后逃到苏州为娼，就成功地采用"上海模式"使自己名声大噪，成为苏州名妓：

> 楚云更有一个绝妙的招徕之法，每日到了二三点钟，不是坐部马车在青阳地兜兜圈子、出出风头，便是唤只灯船在山塘上游玩，有时更请宝玲、小莲同到杏花春吃餐番菜，德花楼吃次夜膳，并向大观、丽华等各戏园包间包厢看戏，藉此招蜂引蝶，卖弄他的风骚。果然这手法使得很有意思，每在这种地方，有些客人带着进门，拣好的巴结着他，不好的冷淡些儿，由他自去。⑤

坐马车、吃番菜、看夜戏等，是上海妓女常用的招徕手法，楚云将之移植到苏州，果然收到奇效、屡试不爽。同时，她也懂得结合苏州的地方特

---

① 单镇：《苏空头》，上海：改良小说社石印本，1910 年，第 14 页。

② 吴趼人：《新石头记》，见王继权等编：《中国近代小说大系》，南昌：江西人民出版社，1988 年，第 174 页。

③ 天笑：《新苏州》，上海：改良小说社，宣统二年（1910）第二版，第 35 页。

④ 李伯元：《官场现形记》，见吴组缃等主编：《中国近代文学大系·小说集 2》，上海：上海书店出版社，1995 年，第 820 页。

⑤ 孙家振：《海上繁华梦》，见王继权等编：《中国近代小说大系》，南昌：江西人民出版社，1988 年，第 728 页。

色——"唤只灯船在山塘上游玩",真不愧是一方名妓了。不仅如此,她还将这种模式复制给苏州本地妓女潘小莲,让她很快也俨然名妓,生意颇有起色。

"上海模式"的成功,意味着传统对现代不再决然排拒,而开始逐渐接受,同时它也体现出传统转型的盲目性,很多都是表层形式上的,因此注定了现代性进程的停滞。

二、公共卫生

公共卫生是一种生活习惯的表现,与生活方式也是紧密相连的。如吃喝拉撒,前两者属于生活方式,后两者则关涉到公共卫生了。良好的公共卫生习惯有助于培养良好的生活方式,比如饮食的清洁、衣服的整洁等。

长期以来,苏州人与其他传统城市的民众一样,对随地泼倒垃圾、粪便等早已习以为常。天平天国战争后,乡间"粪段主"与倒粪工逃散未归,城区收粪系统遭到严重破坏,致使苏州水道淤塞,恶臭难当。即使是观前街这样的繁华地段也是"尿池当街,小便者毫无顾忌,遇到雨天,满地泥污"①。19世纪80年代末,一位日本游人已从现代文明的立场,指出苏州"人家不设厕,街巷不容车马,皆不免陋者。"② 但对于苏州民众来说,这只是给生活造成了不便,所以也就得过且过,"日子多了,臭味也不觉得了"③。直到现代性语境被引入来观照苏州的一切事物后,公共卫生才成为一个不仅关系便利,而且涉及疫病,涉及观念愚昧的重大事项。苏州小说《扫迷帚》写对各种迷信的破除,其中有一段专门论述卫生:

> 我中国人民医学不讲,污秽成习,各处遗矢积垢,粪壅泥淤,口鼻吸触,酿为疾病。平时昧卫生之学,临事无防疫之方。观历年大疫流行,内地死亡接踵,而租界以整洁之故,独少传染。则避疫之道,固自有在。可怪中国之人,不求实际,惟尚妄为,一遇疫疬,辄以为神实使然,讹言纷起,谣诼沸腾,祷祀多方,不可终日。④

① 参见张海林:《苏州早期城市现代化研究》,南京:南京大学出版社,1999年,第147页。

② [日]阁千仞:《观光纪游》,见王稼句编纂点校:《苏州文献丛钞初编》,苏州:古吴轩出版社,2005年,第1006页。

③ 遁庐:《苏州新年》,上海:乐群小说社铅印本,1906年,第144页。

④ 壮者:《扫迷帚》,上海:商务印书馆,宣统元年(1909)年第二版,第83页。

从这段话可以看出，对公共卫生的提倡仍是以租界为参照的。因此，苏州在制定公共卫生制度时，也是从上海租界直接复制过来的。在 1902～1911 年的苏州海关十年报告中，税务司师范西提到了苏州公共卫生的改善情况：“自从街道清洁归警察局管理之后，倾倒垃圾被限定在一定时间之内。”① 在小说《苏州新年》出版的当年（1906），巡警局与苏城绅商议定了“简明规则十二条”，并刊印成册，广为散发，“务使人人皆知清道规条，既便行人，又资卫生，利己利人，同沾公益”②。

　　这些措施的实际效果怎么样呢？从《苏州新年》来看，有的巷口“既有毛厕，又有尿坑，再有垃圾堆”，旧人遇到一位久违的朋友时，他正在巷口小便。③ 上文提到的那个吃番菜的乡下人的故事最能说明问题：

　　　　他就附到孔方兄的耳边，轻轻的说道：“我听见人说城里有了巡捕不能小便的。我现在尿得急，前面测字堆边巡捕在那里小便，不晓得我去出一个小恭，要化几个钱。”孔方兄道：“大街上那得没有小便处，你看走上三五步，一个垃圾堆，旁边就是尿团。你大胆的去就是了。”乡下人道：“有人说只有巡捕可以随处小便，别人是要罚的。”……

　　　　到了大街了，乡下人觉得路上不是倒马桶，定是挑粪担，连一接二，一路不断。乡下人哈哈的笑道：“怪不得你们城里人快活得极，一天到晚有粪味闻着的。”孔方兄道：“你说的话是什么意思？”乡下人道：“我们乡下人靠这粪肥田，一天没有了，就要愁。你们城里满街满巷接连都是，不是你们快活么？若然你们不快活也不会这样了。”孔方兄道：“这也是没法，不过日子多了，臭味也不觉得了。”④

　　未到过苏州城的乡下人听闻城里“有了巡捕不能小便”的先进公共卫生制度——恰如《海上繁华梦》里未到过上海的杜少牧“闻听人说，租界地面禁令极多，譬如沿途不准便溺”⑤。谨慎遵循规定的少牧没出什么问题，而

---

　　① 陆允昌编：《苏州洋关史料》，南京：南京大学出版社，1991 年，第 103 页。
　　② 《巡警局为施行清道规则事致苏绅照会》，见章开沅等主编：《苏州商会档案丛编（1905 年－1911 年）》，武汉：华中师范大学出版社，1991 年，第 686 页。
　　③ 遁庐：《苏州新年》，上海：乐群小说社铅印本，1906 年，第 20 页。
　　④ 同上，第 134～135、144 页。
　　⑤ 孙家振：《海上繁华梦》，见王继权等编：《中国近代小说大系》，南昌：江西人民出版社，1988 年，第 10 页。

到上海的乡人钱守愚却因不懂规矩，习惯性地当街小便被巡捕抓进捕房。《苏州新年》中的乡下人虽然同守愚一样，撞入了"文明卫生"的城市，但他并没碰到后者那样的遭遇。在孔方兄的鼓励下，他有些忐忑地解决了内急，发现并没有受罚。而当局关于倾倒垃圾、清理粪便等相关规定，显然与禁止便溺一样，并没收到实效，因为乡下人到了城里繁华的大街上，所见的是"路上不是倒马桶，定是挑粪担，连一接二，一路不断。"作者借乡下人之口反讽道："怪不得你们城里人快活得极，一天到晚都有粪味闻着的。"

为什么会出现这样的情形呢？这是因为苏州对"上海模式"的复制，只是停留在表层上，只是形式的模仿，而没有从根本上去改变传统观念。"只有巡捕可以随处小便，别人是要罚的"，这种富有等级色彩的规定本身说明苏州的公共卫生管理实际上还是行政命令管理的延伸，民众是出于怕罚的心理而不敢违令，而没有意识到这是每个人都应该养成的良好卫生习惯。孔方兄"日子多了，臭味也不觉得了"的一番话，则说明传统意识的根深蒂固，苏州当局没有从根本上让民众意识到卫生带来的益处和不卫生可能导致的疾病等，因此也就无法让民众养成维护公共卫生的自觉性。

更进一步地来说，作为管理者的苏州官绅，他们自身也并没有形成为人民服务的公共意识。长期以来，官是管理民的，不是服务民的，在这种观念意识主导下，苏州当局也就不可能有高涨的热情去开展公共管理事业，而只是对租界管理制度的盲目引进。所谓的城区公共卫生设施，"也只不过是在道路中间设立一些木桶用来倒置垃圾和配置少量夫役进行清理"[①]。在1922~1931年的苏州海关十年报告中我们可以发现，"直到1928年，地方当局对环境卫生很少予以注意。苏州市政府于1928年为环卫目的而设立了一个专门机构，但仅维持了两年，除了一些街道加宽之外，该机构没有作出什么重要成就。"[②] 由此也能想见为什么苏州开埠以后，现代化进程仍然缓慢的原因了。

第四节　传统因素在上海的残留

作为"传统中国文化之经典"[③] 的苏州文化，让苏州这个城市笼罩在浓

①　参见张海林：《苏州早期城市现代化研究》，南京：南京大学出版社，1999年，第148页。
②　陆允昌编：《苏州洋关史料》，南京：南京大学出版社，1991年，第129页。
③　张敏：《从苏州文化到上海文化》，载《档案与史学》，2001年第2期。

浓的传统氛围中，但在晚清，看似传统的苏州也渐渐渗入了现代因素。上海向来被视为"中国现代化最先、最突出、最具代表性的地域空间、社会空间和人文空间"①，但其实这个看似极现代、极西化的大都市也残留着不少传统因素，使它有时呈现出"不新不旧，不中不西，亦新亦旧，亦中亦西"②的奇特面貌。

一、岁时节庆

上海"市面都是外国人做起的"，所以各处都要顺着外国风俗③，最明显的就是礼拜制度。但传统的岁时节庆在上海同样受到重视，而且往往还带着与苏州相同的吴文化特色。由于晚清上海小说较少写普通人家生活，主要聚焦妓院，因此下面所举例子大多以妓女为代表。不过，晚清上海妓院在当时本是上海现代与时尚的缩影，那么洋化、现代化的妓女遵循传统风俗，本身也极具象征性。

仅以一年中最重要的节日——新年为例，晚清小说中写到的上海新年风俗有：

（一）吃元宝茶（即橄榄茶）。《海上繁华梦》二集中有一段描写新年吃元宝茶和各种果品糕点的风俗：

> 小阿金遂传出话去，带房间相帮戴好红缨大帽进房，捧着果盘，向幼安行个半跪，说声："谢大少，元宝发财。"将盘放在台上。小阿金泡上三碗橄榄茶来，说："谢大少、杜大少、杜二少，用元宝茶。"又把果盘中的果品一碟碟拿些出来，照例说些好话，无非是长生果叫做"长生不老"，西瓜子叫"开口和合"，熏青豆叫"亲亲热热"，云片糕叫"高高兴兴"，冰糖叫"甜甜蜜蜜"，莲心叫"连连牵牵"，桂圆叫"团团圆圆"，南瓜子叫"交交南方运"之类。④

① 朱寿桐：《论现代都市文学的期诣指数与识名现象——兼论上海作为都市空域的文学意义》，载《社会科学辑刊》，2009年第3期。
② 陆士谔：《新上海》，上海：上海古籍出版社，1997年，第42页。
③ 陆士谔：《十尾龟》，北京：中国文史出版社，2003年，第10页。
④ 孙家振：《海上繁华梦》，见王继权等编：《中国近代小说大系》，南昌：江西人民出版社，1988年，第618页。

　　《新上海》中"堂倌送上两碗茶来，碗盖上另有两个橄榄"①，也是新年的成例。有位红顶花翎的人来茶馆给大家拜年，"我"还误认为"敢是上海道来吃橄榄茶不成？"②《海上名妓四大金刚奇书》中提到正月初二青莲阁"人山人海，都是吃橄榄茶的，几无驻足之地。"③ 说明新年吃橄榄茶并非仅在妓院，而是整个上海普遍的风气。其时有竹枝词咏上海新年风俗，就这样写道："放炮开门烛未残，茶名元宝合家欢。连称恭喜多如意，果品还装金漆盘。"④

　　这样的习俗本是吴人旧俗。苏州新年要吃橄榄茶，橄榄象征元宝，以其形似。此外还要放几个碟子，放上福橘、南瓜子之类的东西，将最大的福橘一拍为二，称之为"百福"（吴语中拍与百同声）⑤。《清嘉录》中说新年的玄妙观有各种糖果小吃叫卖，"而橄榄尤为聚处"⑥，大概也是因为橄榄的吉祥寓意。苏州小说里也有相关描写，如《苏州新年》中伙计们新年歇业去消闲，一方面是有现代特色的"到马路上去兜兜"，一方面是延续传统的"吃碗橄榄茶"⑦。《苏州繁华梦》里贝菊如新年到王桂香家，后者也是奉上"一杯清香橄榄茶"⑧。

　　后来上海妓院里又兴起了冬至吃元宝茶的风气。《海上繁华梦》后集第三十二回写冬至时妓院相帮又叫"杜二少爷，元宝发财"，台面上摆着红烛和福橘，让杜少牧莫名其妙。一问久在上海的鸣歧，才知道是妓院"引着句'冬至大如年'的俗语"，故把冬至酒也弄得像新年开台酒一般。"冬至大如年"其实也是源于吴人的习俗。《清嘉录》里专门收有"冬至大如年"一条，本是源于苏州人对冬至节的重视，而上海妓院则加以利用，成为一种生财之道了。正如杜少牧所说，"'冬至大如年'，本是一句吴谚，不信他们竟会从

　　① 陆士谔：《新上海》，上海：上海古籍出版社，1997年，第188页。

　　② 同上，第190页。

　　③ 抽丝主人撰：《海上名妓四大金刚奇书》，见王继权等编：《中国近代小说大系》，南昌：百花洲文艺出版社，1996年，第171页。

　　④ 海上钓侣：《过年竹枝词》，见范伯群，金名主编：《中国近代文学大系·俗文学集1》，上海：上海书店出版社，1992年，第695页。

　　⑤ 参见包天笑：《钏影楼回忆录》，北京：中国大百科全书出版社，2009年，第18页。

　　⑥ 顾禄：《清嘉录》，南京：江苏古籍出版社，1999年，第12页。

　　⑦ 遁庐：《苏州新年》，上海：乐群小说社铅印本，1906年，第6页。

　　⑧ 天梦：《苏州繁华梦》（上），上海：改良小说社铅印本，1911年，第1页。

此着想，拿人家双分下脚，也算得挖空心思。"①

（二）走（兜）喜神方。有首竹枝词描写了上海走喜神方的风俗："瞳瞳旭日上红墙，多少佳人理晓妆。戚畹招邀浑不应，大家争赴喜神方。"并作释义"沪俗阴历元旦有兜喜神方之举。兜喜神方者，即就历本所注喜神所在之方向绕行一周，所以取吉利也。"② 原来，喜神方就是喜神的方位，如果沿着老黄历所注的喜神方位绕行一圈，就能一年安康吉祥。《海上繁华梦》二集第二十三回写到初一刚天明路上就有很多妇女声音，桂天香告诉幼安、少牧："那是姊妹们出来走喜神方的，一年里只此一天，不论何等妓女，不坐轿子的，多出了门，兜个翻子就回去了。街上边狠有些儿好瞧。"少牧等到最繁华的四马路，"果见街上莺莺燕燕，结队闲行，却一个个浓抹艳妆，现出一番新年景象。"妓女是都市里昼伏夜出的动物，故少牧说"白天里要在洋场上看这些妓女出来，正是一年只此一日。"然后几人也朝着"今年元旦喜神乃在西北"的方位"随意走走"了。③

《九尾龟》里也有类似的描写：

> 　　一群人走出大门，陆丽娟立定了脚道："今年喜神方是东南方，倪穿过同庆里去阿好？"大家都依着他的话儿，一直走进同庆里去。在四马路兜了一个转身，在路上遇见无数的倌人，都是出来兜喜神方的。一个个都是打扮得满面春情，一身香艳。④

由此可见，走喜神方有着浓浓的传统吴文化特色，不过又加上了上海的都市特色，那就是妓女们一定要打扮得香艳动人，且一定要在四马路兜一圈——似乎喜神来到上海也要流连于繁华的四马路了。民国时期一些有钱人还以车代步来走喜神方："百年难遇岁朝春，择定何方有喜神。驾驭汽车行驶处，风驰电闪蔽风尘。"⑤ 真正是"不新不旧，亦新亦旧"了。倒是这一

———————————

①　孙家振：《海上繁华梦》，见王继权等编：《中国近代小说大系》，南昌：江西人民出版社，1988年，第1108页。

②　刘豁公：《上海竹枝词》，见顾炳权：《上海洋场竹枝词》，上海：上海书店出版社，1996年，第256～257页。

③　孙家振：《海上繁华梦》，见王继权等编：《中国近代小说大系》，南昌：江西人民出版社，1988年，第619～620页。

④　漱六山房：《九尾龟》，武汉：荆楚书社，1989年，第852页。

⑤　朱寿延：《岁事竹枝词》，见顾炳权：《上海历代竹枝词》，上海：上海书店出版社，2001年，第574页。

风俗的"原产地"苏州，对走喜神方反而表现出现代的科学态度。《苏州新年》里张世叔初一要带"我"的孩子们去走喜神方，孩子们"觉得他糊涂，不愿同他走"，"我"顺势又讲了一通关于喜神方虚妄的道理："比如一家人其门南临大河，只有河滨东西往来一道，其家无后门。设遇喜神方在北，其将何途之从?"① 两者反差，意味颇深。

（三）接（烧）路头。路头即财神，商业发达的吴地奉祀财神的风气极盛，除了平时的烧香祈祷外，正月初五还有专门的"接路头"风俗。《中华全国风俗志·江苏·吴中岁时杂记》载："接路头，正月初五日，为路头神诞辰。金锣爆竹，牲醴毕陈，以争先为利市，必早起迎之，谓之接路头。……是日，市估祀神，悬旌返肆，谓之开市。"②《苏州新年》专门有一大段写苏州接路头的狂热，有钱人准备路头鸡，没有鸡的穷人也要接"素路头"，甚至砸锅卖铁也不能省了给路头神的祭品，因为吴人坚信"一年利市，全靠接着个路头好发财。"③

商业氛围浓厚的上海与苏州一样信奉路头神。《九尾龟》中写到"上海的风俗，都把正月初五当作财神日"④，小说中将沈二宝"钓"潘侯爷正安排在这天，可谓意味深长。在这天，上海也要接路头："新岁家家接路头，财神至此尚担忧。谁知财帛人人爱，教尔仍然吃不休。"⑤ 祭祀内容与苏州也相似，从《苏州新年》来看，祭品中"路头鸡是少不脱的"，此外还有"锭缎元宝、钱粮、香烛、纸马、鞭炮、三果蔬菜、元宝鲤鱼"等。⑥ 上海"正月五日迎五路财神，祭品以雄鸡、鲤鱼等为必需。"⑦ 不过，在上海一跃成为中国的商业之都后，一方面路头信仰更盛，另一方面仪式则更简化。

以妓院为例，有竹枝词写青楼"烧路头"的情形："传说来朝烧路头，各房姊妹暗生愁。是谁酒水多如许，吃到鸡鸣尚未休。"原注："烧路头，即

① 遁庐：《苏州新年》，上海：乐群小说社铅印本，1906年，第44～45页。
② 胡朴安：《中华全国风俗志》下编，上海：上海科学文献出版社，2008年，第449页。
③ 遁庐：《苏州新年》，上海：乐群小说社铅印本，1906年，第166～167页。
④ 漱六山房：《九尾龟》，武汉：荆楚书社，1989年，第1039页。
⑤ 朱文炳：《海上光复竹枝词》，见顾炳权：《上海洋场竹枝词》，上海：上海书店出版社，1996年，第220页。
⑥ 遁庐：《苏州新年》，上海：乐群小说社铅印本，1906年，第167、169页。
⑦ 周兆鱼：《潜溪杂咏》，见顾炳权：《上海历代竹枝词》，上海：上海书店出版社，2001年，第528页。

祭财神也。鸨母责诸姬以酒，多者竟有十数席焉。"① 看来，妓院里"款待"路头神的是一席酒菜。晚清小说里也有相关描写，一到新年烧路头的时节，各妓女就派大姐到处寻相好的摆酒撑场面，如果拉不到客人，妓女就要堪忧了。从这点来说，嫖客们才是他们真正的"路头"。如《海上繁华梦》第四回中尚仁里花小兰家的阿素"因这日院中烧开帐路头没人吃酒"，故到升平楼来，"翩着要逢辰摆酒，冶之点戏"②。除了开账路头，还有归账路头。如《海上繁华梦》后集第十七回中夏尔梅答应妓女许行云"你院子里归帐路头的日子就要到了，那时我就替你吃两台酒。"③《海天鸿雪记》第十三回说端午节前妓女沈宝林"等到归帐路头烧过"④，与余钧伯商量从良之事。妓院以端午、中秋、除夕三节收账，如果收不齐嫖客平时开销的账目，妓女也就无法还清自己平时欠商铺、大姐娘姨的钱，因此路头神除了新年大驾以外，在端午节还得光临一次。而三节收账的习俗本身也来自吴中，《苏州繁华梦》就提到端午"是一年三节第一个大节。各行商业放出的账到了那天，都要去收结。"⑤ 也许正因为端午是第一个大节，故有隆重的烧路头仪式了。

二、人生习俗

人生习俗包括出生、成人、婚嫁、丧葬等人生中重要阶段的各方面。在这一点上，中西差别是很大的，比如西方人出生要施洗、婚礼举办多在教堂、丧葬多火葬等，而中国人出生有戴锁习俗、成人有受发仪式、婚嫁是抬轿迎娶、丧葬须土葬等。上海人在追慕西方文化的同时，也保留着传统的人生习俗。这里仅以婚嫁与丧葬为例。

晚清小说中写普通人婚嫁场面的并不多，但迎娶妓女倒是多有写到，最能表现上海婚嫁中西杂糅的特色。上海妓女是极时髦极前卫的，她们的新房自然也是洋化的、现代的，而在婚嫁仪式上，她们却尽量朝传统靠拢，不仅迎娶程序与平常人家毫无二致，甚至还要求穿本是正妻才能用的红裙披风。如《海上繁华梦》里郑志和、游冶之迎娶花家姐妹，布置的新房摆着外国铁

①　袁祖志：《续沪北竹枝词》，见顾炳权：《上海洋场竹枝词》，上海：上海书店出版社，1996年，第13～14页。

②　孙家振：《海上繁华梦》，见王继权等编：《中国近代小说大系》，南昌：江西人民出版社，1988年，第38页。

③　同上，第924页。

④　二春居士：《海天鸿雪记》，见王继权等编：《中国近代小说大系》，南昌：江西人民出版社，1989年，第266页。

⑤　天梦：《苏州繁华梦》（下），上海：改良小说社铅印本，1911年，第1页。

床、供着小自鸣钟、小洋花瓶、刻牙人物等外国玩物，铺着东洋地席，挂着电灯，充满了浓浓的洋味①，而迎娶过程则如传统的娶亲：

> 逢辰这天狠是忙碌，知单打过之后……一面端整两乘绿呢四轿、两副执事，同着鼓乐清音到东荟芳里迎新。自己坐了马车，向志和、冶之取了银洋，先到花家开消一切。等得轿子到门，早已诸事定妥，亲送艳香、媚香上好了轿，立刻登车，出个缮头，报知郑、游二人，说新人就要来了，分付底下人把满堂灯烛点好，烧起两盆旺盆炭来。不多时，只听得几阵金锣么喝与一片鼓乐之声，轿子到门。艳香在先，媚香在后，一般的满头珠翠，夺目辉煌，身上穿的多是天青披风，下系大红绉纱百裥挂廿四裙，到客堂中下轿，由跟来的娘姨、大姐挽扶至香案前红毡毯上，双双站定，请志和、冶之同拜天地。志和、冶之满面笑容，当真一同拜了四拜，两新人方才上楼进房。②

想向传统靠拢，又弄得有些不伦不类，故"谢幼安等众人见了，暗笑这般娶妾，只有上海风俗可以如此，别的地方真是少见。"③

再如《九尾狐》里专用一回写富商杨四娶名妓林黛玉：

> 专等到了初十，杨四绝早起身，梳洗停当，走到外边，见鼓手、堂名已来，遂即进内换了衣冠，到书房中坐定，等候客人前来贺喜。……即听外面连放了三个铳，鼓乐喧天，知是嫁妆发来了。走出去一看，果然见单、关二人领着进来，后面的嫁妆陆续搬到厅上，足足摆了一厅。杨四与单、关等相见，仍托他们照例点过了妆，运至新房摆设。……单说杨四因今日迎娶，在两点钟之前，必须早些备席，一俟席散，方好发轿，故立刻吩咐摆席。……轿夫把花轿装好，向主人请过了示，即时六局随从人等都跟着花轿迎娶去了。还有单、关二人，要扮做送亲的，预先到那边等候，不表。……仍说杨四这边，自发轿后，约摸等了半个时辰，见送亲的先已来了，晓得新人将到。不一回，大门外面轰轰的放炮

① 参见孙家振：《海上繁华梦》，见王继权等编：《中国近代小说大系》，南昌：江西人民出版社，1988年，第416页。

② 孙家振：《海上繁华梦》，见王继权等编：《中国近代小说大系》，南昌：江西人民出版社，1988年，第421～422页。

③ 同上，第422页。

三声，和着那人声、锣声、鼓乐声，一霎时嘈嘈杂杂，闹成一片，看那执事人等已拥着花轿进门了。……花轿一进了门，直抬到厅前停下，待候相三请已毕，新人出轿，自有喜娘搀扶，立在毡单上，与杨四交天拜地，红绿相牵，双双送入洞房，竟与娶妻一般无二。……杨四、黛玉进了洞房，一样挑方巾，坐床撒帐，诸多礼节，一件不缺，都称黛玉之意。①

从此段可见迎娶的整个过程分为宾客贺喜——运送嫁妆——摆席宴客——发轿迎亲——三请出轿——大厅交拜——洞房花烛（挑方巾，坐床撒帐）。虽是纳妾，却遵照了娶妻的传统章程，连哪个时辰行哪件事也是毫不苟且，真正做到了"诸多礼节，一件不缺"。

比起婚嫁，丧葬更能体现出"不新不旧，不中不西"的上海特色。比如《新上海》第九回着力描写了牛公馆大殡的场面：

只见打头两面金鼓旗，两道金锣随后，一个纸糊的开路神……开路神后两项大蠹灯，蠹灯后便是两对的白牌。……随后便是执事衔牌了。……过去后便是一只缕花漆金的香亭，四个人抬。香亭后一班和尚，都披着袈裟，每个和尚都有一人捐一柄六角式的绣盖撑着……过后又是两只香亭……亭后一二十个道士，都穿着红缎道袍，手里都拿着法器。道士过后，便是一对对的鸾驾，约有一二十对。接着一班清音，奏着细乐。缓缓而行。清音过后，便是提标右营的兵，穿着号衣，捐刀叉、洋枪等类……接着就是安南洋乐队。……洋乐队过完，又是一二十个禅门和尚，接着四五十个学生，穿着号衣，一色的皮靴、洋帽，步伐倒还整齐。学生过完，接着一二十个少年女尼。女尼之后，又是两道锣、几对旗、几时提灯，接着便是祭幛做成的伞、挽联做成的旗，足足有到三四百副。随后便是冬青翠柏扎成的各式花圈，也有五六十个花圈。完后一乘双马轿式车，扎着满车的素彩，连马身上都挂着白绸扎的小球儿，马夫也穿着白衣。……马车后，又是两道锣，那便是马执事来了。捐牌、执伞的，都骑着马上，约有三四十匹马。接着像亭、诰命亭、诰命牌，顶马魂，轿都过去了，方是一座铭旌，四个人扶着。只见大书道"诰封

①　评花主人：《九尾狐》，见《中国近代孤本小说集成》（第5卷），北京：大众文艺出版社，1999年，第3257～3259页。

夫人晋封一品夫人浙江布政使护理巡抚部院牛门马氏夫人之灵柩"。铭旌后，又是两盏矗灯，那便是素执事了。各种衔牌都用白纸糊裱，一色的书写蓝字，捐牌的也都穿着白衣。接着便是亚字牌一圈的功布，功布里头便是孝子，一面大遮扇，一柄红凉伞。那具柩是用独龙杠绣缎棺套，八人抬，八人扶，簇拥而过。柩过后，便是无数的轿子、无数的马车，那都是送丧人乘坐的。①

纵使我们没有亲见当时的场面，只看这一大段文字描述，也能感受到出殡的盛大排场了。虽然大户人家丧葬大搞排场古已有之，但在奢侈的吴地，尤其是近代商业之都上海，才真正算是发挥到了极致。《中华风俗志·江苏·上海风俗琐记》谈到"上海一年之中，必有两次不为死人吊，专引生人笑，惊天动地之大出丧"，认为这样的丧葬习俗已成为"上海之特别现象"。②且不提形形色色、数量庞大的执事香亭，光是牛家动用的和尚、道士、尼姑、士兵、学生各色人等，就足以"惊天动地"了。难怪小说中仲芬要说"上海出殡仪仗是极盛的，比了我们地方的城隍会好看多呢。"③不过，上海出殡之"好看"不仅仅在于它盛大的排场，还因为它中西新旧交陈的特别：一方面有着传统的和尚道士和执事香亭等，另一方面又用着洋乐队、学生、马车等，所以到上海游玩的梅伯才会不禁感叹："上海的出殡，竟奇极了！"④

这样"奇极了"的丧葬仪式并非牛公馆一家，《海上尘天影》中从扬州到上海的顾府大办丧事，也有类似的情形：

仪仗既发，前头路由牌，次清道旗，次肃静回避牌，次顾府矗灯，次衔牌，书着云骑尉、二品衔、候选知府、光禄寺卿、太医院等字样。过后便是铭旌次，亚字牌，次銮驾次，诰命亭，便有一班十番乐器，便是提炉几对。提炉过后，方是喜容亭。士贞又去找了一班西国围练洋枪队一班西乐，呜呜的且行且走。又有一队巡捕过后，一班道士高僧执着引魂幡幢之类，方是一班细乐。便见绿呢魂轿过去，尼姑十六人步行相送。以后方是磁棺，却不用独龙杠，用着西洋高脚送棺车，五匹高马拖

①　陆士谔：《新上海》，上海：上海古籍出版社，1997年，第41～42页。
②　胡朴安：《中华全国风俗志》下编，上海：上海科学文献出版社，2008年，第495页。
③　陆士谔：《新上海》，上海：上海古籍出版社，1997年，第27页。
④　同上，第42页。

着。后面就是孝子行帏，最后方是送殡的戚族朋友。凡绿呢轿三乘，蓝
呢轿二十乘，小轿六十余乘，东洋车八十余辆，小车四十余辆，其前后
顶马送马护马跟马共十四匹。①

从前面的仪仗来看，葬礼是极传统的，但中间却夹杂着"一班西国围练
洋枪队一班西乐"，送殡的队伍也是在传统的轿子中夹杂着现代的东洋车，
显得不伦不类。最引人注目的是死者的"磁棺"，在中国传统中讲究接地气，
西洋的磁棺却是密封性良好，真不知顾府到底是遵循传统还是援引西例。

上海人生习俗中出现的这种中西杂糅、新旧并存的"大杂烩"形态，反
映出凝结为民族性的传统依然流淌在上海人的血液中。但这种传统在近代上
海又有所变形，多为寻求一种社会的认可，而不是出自本人的真诚，也许这
样才更符合上海浮靡虚华的都市特色。

三、鬼神信仰

迷信鬼神，在中国民间处处皆是，但信鬼淫祀的吴地尤盛，这在前文已
经论述过了。上海作为现代文明传播最早和最广的地方，按理应该是坚破迷
信的。但事实上，至少从小说中反映的内容来看，上海还保留着吴地传统的
鬼神信仰。

比如，吴俗有"三节会"，即在清明、中元和十月朝，都有神隍出会。
从《海上繁华梦》来看，上海也继承了吴俗："城隍庙闻得有会，一年三次，
乃是清明、七月半、十月朝。"② 小说第九回用大段篇幅描写了清明高昌会
的盛况：

> 一面三角大旗远远而至——冲风弯号，四匹白马，两面大锣，与清
> 道旗、飞虎旗、"肃静回避"牌，及"敕封高昌司"、"加封永宁侯"、
> "奉旨出巡"、"赈济孤魂"等各牌——马，吹手、马执事、宣令厅风雷
> 火电马、十二旗牌马、对子马、皇命马等——七乘轿子，乃是敕厅、印
> 厅、令旗、令箭、巡捕、中军、掌案各官——踏高跷的——龙灯——两
> 座台阁——半副銮驾，二十顶逍遥伞，四顶万民宝盖——两顶大伞，四

① 邹弢：《海上尘天影》，见梁心清等著：《中国近代孤本小说集成》（第1卷），北京：大众文
艺出版社，1999年，第984页。
② 孙家振：《海上繁华梦》，见王继权等编：《中国近代小说大系》，南昌：江西人民出版社，
1988年，第94页。

面方旗——两座亭子，一座乃是香亭，一座是万民衣亭——大锣班了——臂香会——拜香会——鼓乐一班——花十景牌——八对阴皂隶——四对大肚皮刽子手——护饷——三百六十行——六房书吏、二班、三班、判厅、朝房、六执事、提炉、符节、冲天棍、舍工、奶茶军健、遮头伞等各种仪仗——一顶八人抬的绿呢神轿——两匹跟马①

　　《苏州繁华梦》第七回专写清明虎丘出会，与《海上繁华梦》描写的清明出会可相比照，也是有起手开导马、起马牌、金鼓、玉伞、吹手、大肚皮刽子手、沉香木煖轿、看马、皂隶、护勇等，可见出会有着传统的仪式和程序。

　　清明节祭祖祭神，已属传统的"鬼节"，而七月十五中元节更是名副其实的"鬼节"。这一天各地多有盂兰盆会。《苏州繁华梦》证明"苏州人迷信是最深的"，举的例子就是"逢到出这兰盆会，男男女女都站在门口看会。"小说还对盂兰盆会的各种鬼进行了一番淋漓尽致的描绘，除了"一殿秦广王，二殿楚江王，三殿宋帝王，四殿吴国王，五殿阎罗王，六殿卞庄王，七殿泰山王，八殿平等王，九殿都思王，十殿转轮王"，还有"无常鬼、长舌鬼、无头鬼、吊死鬼、摸壁鬼、落水鬼、酒鬼、烟鬼、色鬼、赌鬼、大头鬼、小头鬼"等，恐怕也只有鬼神信仰极盛的吴地才能想象出这样各色各样的鬼了，而且苏州的盂兰盆会持续很久，除了十五出会，"从二十一日起，天天傍晚的时候，有一班喜事的下等社会少年，各人手里拿了纸扎的鬼两面摇晃"，要一直到三十那天"才把纸扎的鬼王小鬼一把火烧得精光。"②

　　上海到了中元，也要大兴盂兰盆会。《海上繁华梦》第二十回提到"上海的风俗，每年到了这个时候（按：指七月中旬），做盂兰盆会的地方甚多，俗名叫做打醮，也有是道士的，也有是和尚的，铙钹喧闐，香烟缭绕。不但各帮各业多有公所，没一处不干这捣鬼的事，连妓院里也挨家挨户建醮三天。"③可见上海对这此风俗的广泛奉行。小说下文即描写了少牧等人到广肇山庄观看兰盆会的情景，也是"供着许多纸扎的焦面鬼王与大头鬼、地方鬼、小头鬼等种种鬼卒，并城隍、土地、判官、功曹许多纸象，正中间高扎

　　①　参见孙家振：《海上繁华梦》，见王继权等编：《中国近代小说大系》，南昌：江西人民出版社，1988年，第95～98页。
　　②　参见天梦：《苏州繁华梦》（下），上海：改良小说社铅印本，1911年，第16～17页。
　　③　孙家振：《海上繁华梦》，见王继权等编：《中国近代小说大系》，南昌：江西人民出版社，1988年，第217页。

起召鬼纸幡，幡底下点着几盏纸灯，远望去，宛似晨星数点。"① 在后集第十回中，视角从租界转到南市，再次写到各药行举行的兰盆盛会和赛灯盛景。可见上海城内城外的鬼神信仰氛围都是很浓厚的。

这里要附带着说一点的是，小说中很少描写的上海县城，保留着更多的传统因素，更能看出上海与苏州最初的同构性，如神隍出会时小家碧玉，狭巷娇娃"艳服靓妆，银铛枷锁，坐无顶小轿游行其间，谓之女犯"，二三月豫园例行兰花会等②，在《苏州繁华梦》等小说里都能看到同样的苏州风俗。由此可见，上海租界、南市、县城都还保留着传统的吴文化，只是程度不同罢了。当上海被称为"'现代西方'与'传统中国'两个世界之间的'桥头堡'"③ 时，人们往往强调的是从"传统中国"脱胎而出的"现代西方"这一面，其实应该反过来，是上海在"现代西方"中保持着对"传统中国"的回望姿态。

以上皆为列举性质，但基本能反映出我们印象中非常现代、西化的上海其实也有传统的一面。从这一点也许可以说，晚清苏州与上海的现代转型都是不彻底的。然而，两者"不彻底"的程度却相差很远。上海是"残留"着一些传统，但总体是现代的；苏州是"渗透"了一些现代，总体却是传统的。为什么会有这样的差别？如果前期还可以归结为西方建立租界的影响，那么后来苏州也曾有租界，为什么与上海现代化的进程仍有如此大的差距？也许可以从以下几方面找到原因：

首先，苏州长久以来的经济繁荣、文化发达让苏州人有强烈的地域优越感，不可能轻易完全放弃。如苏州的浮华奢靡，晚清以前就有无数人谈论过，但没有谁因此觉得自己作为苏州人很耻辱。作为一种强势文化，苏州文化对异质文化有巨大的同化作用，因此很多到苏州的移民都弱化了自己的本地身份，而对苏州进行了地域认同。而上海作为一个移民社会，又没有深厚的本地文化根基，对异质文化有很大的包容性，甚至出现"他方客弱主人强，独有申江让旅商"④ 的局面。因此，对"现代"的袭来，上海人在短暂

① 孙家振：《海上繁华梦》，见王继权等编：《中国近代小说大系》，南昌：江西人民出版社，1988年，第221页。

② 葛元煦等：《沪游杂记·淞南梦影录·沪游梦影》，上海：上海古籍出版社，1989年，第110、119页。

③ 冯客：《民国时期的摩登玩意、文化拼凑与日常生活》，见李孝悌：《中国的城市生活》，北京：新星出版社，2006年，第424页。

④ 熊月之主编：《上海通史·晚清文化》，上海：上海人民出版社，1999年，第82页。

的排拒之后，多半都欣然接受了。这就是为什么上海小说对现代是欲拒还迎，而苏州小说对现代则是欲迎还拒了。

其次，苏州与上海的现代都与租界的存在有千丝万缕的关系。但青阳地租界作为中日战争惨败的产物，苏州人对之深感痛恨和屈辱，没有多少人愿意到租界经商。甚至在民间，青阳地被传为一个不祥之地。《扫迷帚》第十回写道：

> 苏城盘门外青阳地，前年许日本开作租界，顿成闹市，毂击肩摩，游人如织。然往往有因游玩回家，得病不起者，吴侬好事，诧为奇怪。于是谣言四起，物议沸腾，佥谓遇祟所致，视作畏途，相戒裹足不前。[①]

上海租界不少地方当初也是荒冢累累，西人筑路建房时曾大量抛尸掷骨，可后来上海人还是很安然地住在租界，哪怕租界地价比县城高数倍，也争相在租界赁屋。怎么青阳地一被开发，就惊扰了鬼祟呢？这其实不是鬼神作祟，而是吴人心理作祟。在日本的费心经营下，青阳地开始出现繁盛景象，渐渐吸引了人气，但总有那些热爱苏州、痛恨侵略的人对此咬牙切齿，故刻意将游人生病与租界鬼祟牵涉到一起。那些去租界游玩的人，内心深处也会觉得似乎背离了传统，因此一遇到小小不适，这种负疚的情绪就无限放大，自己吓自己，终于一病不起。无论如何，对青阳地作为一个不祥之地的想象，至少说明苏州人在内心对与传统相异的现代景观和现代器物是有所排斥的。

再次，租界的繁荣在集聚到足够能量吸引苏州人之前，就迅速萎缩了。清政府因为有前车之鉴，在日本设立租界的问题上十分审慎，尽量争取中国的权益，以部分挽回战争的损失。在中日谈判时，张之洞指示苏州当局修筑了一条从胥门到盘门的新式马路，后来的几年中，马路逐渐向北延伸至阊门。原来在盘门的商铺纷纷转移到阊门，就连日本商家也有不少转到阊门投资的。1908年，苏州城北的沪宁铁路通车，整个商业重心更是向北转移，盘门更加萧条。"盘门外日租界青阳地，于清季曾有一度之热闹，韵事艳迹，所留不少。未及数年，热闹中心，移至阊门。今则仅领署一所而已。惟樱花

---

① 壮者：《扫迷帚》，上海：商务印书馆，宣统元年（1909）年第二版，第42～43页。

盛开时，仍有数日之热闹耳。"① 最终日本租界尚能吸引苏州人的地方，只是樱花盛开的美景，可见租界建设所带来的"现代"并没有在根本上引起苏州人的兴趣，因此苏州也就不可能出现上海那样霓虹高楼的都市景象。

当然，历史机遇也有一部分的因素。上海建立租界时，外国资本主义"在中国刺破了中国自然经济坚硬的外壳"，从而"把中国传统社会内部的一些现代因子释放了出来"；而苏州建立租界时，外国资本主义"只做再修外壳的工作，它力图限制中国资本主义的发展空间"②。这些因素综合作用，最终使这个曾经"唯一巨大的前现代化城市"（the only large premodern city）③没能成为唯一巨大的现代化城市——掳去这个美誉的，是上海。

小　结

晚清苏州与上海都表现出传统与现代杂糅的形态，这使它们有着内在的同构性。一方面，苏州在现代转型过程中几乎完全参照并复制了"上海模式"，使苏州的现代与上海的现代趋向同构；另一方面，上海保留着一些吴地的传统文化，使它与吴地传统文化的代表苏州也表现出一定的同构性。尤其值得注意的是前一个方面。因为苏州的现代转型与曾经的上海一样，也是借助于租界的建设及其示范作用。然而租界设立后的苏州，其现代转型并没有开始飞跃，仍是进程缓慢，可见外来文化对苏州的影响远远不如对上海的影响，甚至有人断言，"外国租界的存在，对本地区实际上并无什么影响，只是因此修筑了一些道路，吸引了城里游客。"④ 换句话说，苏州"现代"的景观性远大于实效性。城外的现代尚且是先天不足，后来城内对城外现代的复制自然也是有严重缺陷的，形成了所谓的"半截子现代化"⑤。因此，除了寥寥几部苏州小说聚焦苏州的现代，我们会发现大多数苏州小说仍继承着传统的才子佳人模式，或表现出传统风雅温婉的苏州风格，这也再次说明地域对小说的影响。

---

① 周振鹤：《苏州风俗》，上海：上海文艺出版社，1989年，第84页。

② 张海林：《苏州早期城市现代化研究》，南京：南京大学出版社，1999年，第387页。

③ Linda Cooke Johnson（ed.），*Cities of Jiangnan in Late Imperial China*，Albany：State University of New York Press，1993，p.44.

④ 陆允昌编：《苏州洋关史料》，南京：南京大学出版社，1991年，第77～78页。

⑤ 张海林：《苏州早期城市现代化研究》，南京：南京大学出版社，1999年，第362页。

第六章　地域与时代的共谋
——以王韬、包天笑为例

　　"地域文化具有历史的承续性与相对的稳定性，但同时地域文化也是时代各种因素（如政治、经济、思想观念等）在特定地域的特定投影。当时代急骤变化，某一地域文化也会因为其特殊地理位置与地理形势，相应地发生巨大的改变。"① 因此，本章用"共谋"一词来说明地域文化稳定与变化的双重性。在前面的章节中，我们主要从作品来透视同一时代不同地域、不同时代同一地域以及不同时代不同地域的地域文化，这一章中将加入一个中介——作家。因为地域文化与传统先积淀于生长在该地域的作家意识中，再通过作家的创作反映到作品里。同一地域的作家虽然创作内容和风格不尽相同，却可能在深层上反映出类似的地域意识；同时，不同的时代又会使同地域的作家产生不同的时代气质。在地域与时代的"共谋"下，晚清吴地小说一方面体现出贯通的文学传统，另一方面又在内部产生着裂变，从而呈现出稳中有变的独特风貌。

　　本书选择王韬与包天笑作为晚清吴地小说家的代表，因为从地域来看，两人恰好都来自传统积淀深厚的苏州，又都进入现代气息浓郁的上海，传统与现代的撞击在他们身上的体现可能比其他地区的文人更为明显。从时代来看，王韬与包天笑相隔半个世纪，前者见证清代繁荣的结束，跨入末世晚清；后者则从晚清跨入民国，历经近、现、当代。同是社会转型期，时代风貌却又各有不同，因此这两个分列时代两端的人物恰如两个端点确定一条线段，可以勾勒出吴地在不同时期的时代面貌以及转型路径。

---

　　①　陈未鹏：《宋词与地域文化》，苏州大学博士论文，2008 年，第 158 页。

第一节　王韬与包天笑的典型性

王韬（1828－1897），初名利宾，字紫诠，号仲弢，别号弢园老人、天南遁叟。江苏长洲（今吴县）人。他是从封建壁垒里分化出来的第一批资产阶级启蒙思想家、第一代报人，也是最早走向世界的先进知识分子之一。作为政论家与思想家的王韬为人熟知，而作为小说家的王韬则长期被人忽视。他主要有三部创作小说集《遁窟谰言》、《淞隐漫录》和《淞滨琐话》，在当时皆一度畅销。其中，《淞隐漫录》是在近代第一份时事画报《点石斋画报》上连载的第一部文言短篇小说。

包天笑（1876－1973），原名清柱，后改名公毅，字朗孙，别署钏影、拈花等。与王韬是同乡，也是江苏吴县人。曾创办《励学译编》及《苏州白话报》，介绍西学、开启民智，前者是苏州第一份木刻杂志，后者是中国最早一批提倡白话运动的报刊。包天笑编译的第一部外国小说《迦因小传》在当时引起了极大反响。他参与和主编的《小说时报》是第一份大量刊载妓女照片的杂志，也被认为是"鸳鸯蝴蝶派"的第一份刊物；《小说大观》为我国第一份文学季刊；《小说画报》为我国第一份白话文学杂志，首次全部采用原创、不收翻译之作。[①] 但由于被划为鸳鸯蝴蝶派的代表人物，在通俗文学不被学界重视的时期，包天笑也长期失落于大家研究视野之外。

然而，正是这样两个看起来"不知名"的作家，却是我们研究吴地小说变迁的很好范本。他们有着相似的文化积淀，又经历了不同的时代风潮。一个创造了文言小说最后的辉煌，一个打造出"通俗文学之王"的品牌标签；一个是晚清前期刚开始转型的文人典型，一个是晚清后期已经比较适应现代的文人代表。对两人的比照可以折射出吴地地域的变迁、吴地小说的变革以及吴地文人的现代转型等多重面向。

一、与传统苏州的裂隙

（一）相似的成长环境

1828 年，王韬出生在苏州城外一个清秀恬静的小镇——甫里。1876 年，包天笑在苏州城内西花桥巷的包家呱呱坠地。两家素无来往，唯一的联系只有王韬的妻兄杨醒逋曾是包天笑二姑丈的业师。笔者将王韬与包天笑联系起

---

① 参见沈庆会：《包天笑及其小说研究》，华东师范大学博士论文，2006 年，第 37 页。

来，首先源于两人相似的成长环境。

1. 衰落的经济背景。从王韬到包天笑这几十年，正是苏州从极盛走向衰落的时期。16 世纪到 19 世纪中叶，苏州一度是吴地的经济中心，也是"中国惟一拥有全国性经济中心地位的城市"①。但从 19 世纪 20 年代起，中国经济开始由 18 世纪的长期成长转变为严重的经济衰退，苏州所在的江南地区在这场"经济危机"中首当其冲。王韬正出生于这一被史学界称为"道光萧条"的时期。此外，浏河的日渐淤塞，以及气候剧变导致的几次天灾，给苏州的经济发展和居民生活带来了巨大的打击。王韬 1849 年到上海开始佣书西舍生涯的直接诱因，就是当年的江南大水。与此同时，上海的对外贸易却随着海禁的解除而迅速发展起来。王韬的父亲王昌桂本来"教授生徒，足迹不入城市"②，却终因在家乡招不到生徒，于 1847 年到上海设馆授徒；相隔两年，王韬也因迫于生计，到上海墨海书馆译书。按常理，王韬父子两人应去繁华的苏州城内谋职，而不应舍近求远到上海，因为这时期的上海还属开埠初期，还没体现出后来繁华大都市的景象。但他们的离乡趋沪，已隐隐透露出上海对周边地区的吸引力，也折射出苏州与上海两地区位优势的扭转。

包天笑出生时，苏州距离太平天国战争的重创已经十多年了，但复苏一直非常缓慢。1851～1865 年十五年间，苏州府人口减少了 425 万，而 1860～1880 年同样的十五年，苏州府人口却仅增长了 7 万③，可以想见苏州经济的衰退。1884 年还有人称苏州"满目萧然，其复旧观十中三四耳"④，包天笑注定看不到苏州的昔日繁华。如果说王韬所经历的还属于经济周期中的正常衰退，那么，包天笑看到的更多是外来因素冲击下的经济突变。"在机械工业未进中国的时候，苏州的手工业是很巧妙的。在农产物为经济中心的时候，苏州的良田美池，是全国的膏腴。在海轮铁道未发达之前，苏州是全国最大的商埠"⑤，但当现代的资本主义生产方式被西方挟至中国后，建立在农业文明基础上的封建经济体制就失去优势了。而与此同时，上海却飞

① 李伯重：《多视角看江南经济史（1250－1850）》，北京：生活·读书·新知三联书店，2003 年，第 456 页。

② 王韬著，孙邦华编选：《弢园老民自传》，南京：江苏人民出版社，1999 年，第 2 页。

③ 据曹树基《中国人口史》（清代卷）相关数据统计，上海：复旦大学出版社，2005 年。

④ ［日］冈千仞：《观光纪游》，见王稼句编纂点校：《苏州文献丛钞初编》，苏州：古吴轩出版社，2005 年，第 1005 页。

⑤ 顾颉刚著，钱小柏编：《史迹俗辨》，上海：上海文艺出版社，1997 年，第 232 页。

速发展着。首先是人口急剧膨胀，经过太平天国后从最初的 500 人增至 70 万，而人口正是衡量社会经济的一项重要指标。此外，物质文明也随着经济发达而高度发展，照明、路政、通信各方面均达到先进水平。

　　当王韬与包天笑出生时，他们的父母从没想过让他们以后去上海，在经济不景气的背景下，王家与包家能想到的光耀门楣、振兴家业的最佳途径，就是科举入仕。因此，无论二人的性格思想与其他人有多大不同，他们注定了在传统氛围中度过自己的童年。不过，不同的区域经济格局却给两人后来心理状态的分化埋下了种子。

　　2. 浓厚的人文氛围。王韬与包天笑都成长在人文气息非常浓郁的吴中。王韬的家乡甫里人杰地灵，陆龟蒙、苏东坡、吴梅村等著名文学家都在这里生活过。包天笑居住的地方也总是选择"与才子为邻"，如居刘家浜时，不远处就"相传是金圣叹的故宅"；后来迁居桃花坞，又"传说唐伯虎曾居此"；再迁居文衙弄，"文徵明的故宅，就是我们所住的那座房子的贴邻"。①这四处弥散着的历史文化气息，给两个孩子无形的感染，他们也像大多数苏州人一样好学深思，只是后来让两人手不释卷的渐渐变成了小说。但无论是正书还是闲书，大量的阅读都让他们积累了丰富的知识与素材，为以后的创作奠定了基础。

　　3. 深刻的教育影响。在家庭教育方面，给王韬和包天笑影响最大的都是母亲。王韬识字是母亲口授的，而母亲"夏夜纳凉，率为述古人节烈事"，培养了王韬对小说的浓厚兴趣，使他"八九岁即通说部"②，并在青少年时期陆续开始创作小说，部分作品后来收入《遁窟谰言》。此外，这些"古人节烈事"也深深影响了王韬的伦理观，后来他在小说中赞美新女性，却又对贞女烈妇津津乐道，就是扎根在他童年的思想发酵的结果。王韬受老师顾惺的影响也很大，他经世致用思想的产生即来自顾惺的教导，他狂放不羁性格的形成也得于顾惺名士作风的熏陶。尤其是 1846 年王韬到金陵应试，顾惺没有监督他"考前冲刺"，反而将其携入勾栏。这次经历成为王韬一生嗜好品花访艳的起点，也是其小说"烟花粉黛"特色的源头。

　　而母亲在包天笑心中的重要地位从他回忆录第一篇文字即《我的母亲》就可见一斑；钏影楼之名也源于母亲一次以金钏救济友人之事。这位"不认

　　① 包天笑：《钏影楼回忆录》，北京：中国大百科全书出版社，2009 年，第 22、22、59 页。

　　② 王韬著，孙邦华编选：《弢园老民自传》，南京：江苏人民出版社，1999 年，第 7 页。

字、不读书"的女人在包天笑看来却是"旧时女界的完人"①。这对后来包氏"提倡旧道德"、"保守旧道德"②思想观念的形成其实有着重要影响。包天笑的父亲对他也很宽宥,那时候"小孩子不许看小说的,除了看正史以外,不许看野史",但父亲发现他偷看《三国演义》,却"非但不禁止我看,而且教我每天要圈点几页。"③试想,如果包家像包氏的姑丈家一样,严禁孩子看小说,恐怕后来包天笑最多和他表兄尤子青一样笑傲科场,而成不了"通俗文学之王"了。包氏先后有五位业师,教学方法各有不同,但对他都是和蔼可亲的。后来他的翻译小说《馨儿就学记》中对师生关系的描述,与其说是他的创造性发挥,不如说是对自己教育体验的追忆。尤其是包氏的启蒙老师陈少甫,并没有采用一般私塾读三、百、千(《三字经》、《百家姓》、《千字文》)的传统启蒙做法,而是让包天笑先读《诗品》,后读《孝经》。前者培养了包天笑的文学感受力,后者则强化了他的传统伦理观。王韬与包天笑接受的旧式教育在两人脑海中植入了深深的传统思想,从心理学的角度来说,童年的经验对决定成年人格特征具有极大的重要意义④,故这种传统性在两人身上是根深蒂固的。这也是为什么后来他们虽然转变为新思想,却无法彻底转型的一个重要原因。

(二) 相近的科举历程

苏州素称"状元之乡",科举人才灿若明星,科考子弟前仆后继。1844年,一名少年在昆山院试中因"文有奇气"而以"第一名入县学"⑤,这个新进秀才就是王韬。相隔近半个世纪以后的1889年,又有一名文弱少年跨入考场,只是他并不像王韬一样初战告捷,要直到1894年,他才以"文有逸气"取中秀才,这个少年就是包天笑。在这几十年间,上海已经发生了翻天覆地的变化,而在大多数苏州人心中,科举仍是改变命运的唯一途径。甚至在科举废除的前夕,不少苏州人家还是抱着侥幸心理,宁可延请西席先生,而不愿把孩子送到新兴的小学堂中。因为在他们看来,"苏州好像是个科举发祥地,他们对此尚有余恋,洋学堂即使发展,总非正途出身。"⑥在这样顽固的传统观念支配下,苏州还是像一个绅士一样缓步走在路上,不肯

---

① 包天笑:《钏影楼回忆录》,北京:中国大百科全书出版社,2009年,第3页。

② 同上,第385、389页。

③ 同上,第41～42页。

④ [美]赫根汉著,冯增俊、何瑾译:《人格心理学》,海南人民出版社,1988年,第428页。

⑤ 王韬著,孙邦华编选:《弢园老民自传》,南京:江苏人民出版社,1999年,第1页。

⑥ 包天笑:《钏影楼回忆录》,北京:中国大百科全书出版社,2009年,第253页。

沾湿自己的鞋，而上海早就坐着钢丝轮马车，一溜烟跑到前面去了。

王韬与包天笑并未因生在状元之乡而在科举途中平步青云，他们在考中秀才后就止步不前了——这也是第一批晚清寓沪吴地文人的共同特征，即无功名或止于秀才。传统士人在科举考试中失败后，能够选择的生活道路无非是这几条：穷经皓首继续考、彻底决裂谋起义、遁迹山林做高士、教读授徒以自娱。第一条太清苦，也不符合二人性格；第二条似乎也非苏州民性（洪秀全、康有为、梁启超、孙中山等或起义、或改良、或革命，而这些改革思想者都出于广东，盖不排除地域文化因素）；王、包两人可选择第三条，但两人日渐贫困的家庭境况不允许他们脱卸承担家庭重担的责任。最终，王韬与包天笑都选择了最后一条道路。设馆授徒所得虽薄，但毕竟家庭经济来源有了着落，何况"从前吴中的风气，既然进了学，教书好像是一种本业。"①

然而，两个少年并不甘心像他们的父辈一样，就此平淡地走完一生。他们在思考一个问题："读书人除此之外，难道再没有一条出路吗？"② 正是对科举的反思，为两人后来的身份转型创造了原动力。可是，如果没有文化生态的更新，没有人才资源的重组，即使已过去半个世纪，传统的苏州还是无法为包天笑们提供新的文化角色。如果不是后来被时代与个人际遇推到上海，那么王韬与包天笑可能只是随封建末世湮灭的无数传统文人中的一个。正是由于两人融入了上海的近代化进程中，他们才较快地转型为具有近代意识的新型文化人。

二、对现代上海的见证

（一）迥异的都市印象

不能不承认的一个事实是，尽管像王韬这样最早开始近代化转型的传统士人后来受到赞誉，但当初他们去上海时，并没有这样自豪的感情。实际上，在很长一段时期内，主动奔赴上海的苏州人还是少数，除了交通不便的原因，主要还是因为"苏州人士也惮于远游"（虽然两地相距并不远，但在苏州人看来，"离家几里路，就算远游"）③。而苏州人固守本土，又是与苏州以前的经济地位与文化地位紧密相连的："别地的人看出门是寻常的事"，

---

①　包天笑：《钏影楼回忆录》，北京：中国大百科全书出版社，2009 年，第 78 页。

②　同上，第 143 页。

③　同上，第 26 页。

苏州却因为"太生活好过,不愿意出门经营";苏州"以文化中心傲人"①,有着文化优越感的苏州人也不愿意到别处去。王韬与包天笑与上海的初次接触也完全是被动的、偶然的:前者因父亲在沪谋生,前去探亲,后者因父亲在沪病重,前去探病。但这初次接触,已给两人留下深刻的都市印象。

"到租界的游客最先为之瞩目的事物之一,是气势雄伟的西式建筑。(one of the first things to strike a visitor to the International Settlement were the imposing Western—style buildings.)"② 这也是王韬与包天笑共同的都市印象。1847 年,王韬到上海探亲,"气象顿异"是上海给他的第一印象,而这种"顿异"首先体现在建筑上:

> 从舟中遥望之,烟水苍茫,帆樯历乱,浦滨一带,率皆西人舍宇,楼阁峥嵘,缥缈云外,飞甍画栋,碧槛珠帘。此中有人,呼之欲出;然几如海外三神山,可望而不可即也。③

在这里,"西人舍宇"成了上海的标志物。将它们描述成仙境一般——"几如海外三神山",既凸显出上海繁华都市所营造出的梦幻氛围,也表现出王韬将上海视为异域/他者的心理状态——"可望而不可即也"。这几乎是后来小说中"乡下人进城"主题的注脚:乡村—都市(中国—西方;传统—现代)的二元对立模式;在都市繁华梦中过着不真实的生活;成为都市的观察者和体验者,却不能完全融入这个新环境。

1884 年,包天笑初次到上海。作为九岁的儿童,他还不能理智地比较中西文化,只是用好奇的眼光,打量这个新鲜的环境。但与王韬一样,包天笑也首先被上海西式的、现代的物质景观所打动:"我们儿童心理,到上海第一看见的就是东洋车","第二是那种洋房"。④ 接下来,是吃大菜、坐马车、游四马路。这也是晚清小说里"乡下人进城"文字地图的典型游览路线。与小说乡村—都市二元对立的模式类似,包天笑在无意识中也用一种二元对立的思维去比较苏州与上海。前者是传统的、落后的,后者是现代的、先进的。如看见东洋车马上想到"倘若在苏州,祖母和母亲,必然是两顶轿

---

① 顾颉刚著,钱小柏编:《史迹俗辨》,上海:上海文艺出版社,1997 年,第 232 页。

② Catherine. V. Yeh, "The Life—style of Four Wenren in Late Qing Shanghai", *Harvard journal of Asiatic Studies*, vol. 57 (2), 1997, p.423.

③ 王韬著,顾钧校注:《漫游随录》,北京:社会科学文献出版社,2007 年,第 28 页。

④ 包天笑:《钏影楼回忆录》,北京:中国大百科全书出版社,2009 年,第 30 页。

子，至少是两人抬了走。现在只要踏上东洋车，便拉着走了，到底是上海，何等便利呀！"看到洋房又想"在苏州是没有看见的。苏州只有二层楼，三层楼已经是极少的了。"看到满街的"自来火"（煤气灯）马上联想到苏州"那还是用蜡烛与油盏，作为照明之用。"①

王韬当初去上海时，上海刚开埠不久，还被称为"夷场"，人们对租界怀着巨大的恐惧和排斥。从王韬离乡时写下的《移家沪上作》来看，此时的他毫无面临新世界的喜悦，而是"含凄急出门"，充满低沉、凄凉的情绪，甚至因为想到"一朝落海上，夫岂由余衷"而忍不住"对之屡挥涕"②。而当包天笑到上海时，"夷场"的称呼已被"洋场"取代。他的惊羡和愉悦感，恰好成为对人们这种观念转变的一种映射。

首次赴沪体验对王韬与包天笑的影响是深远的。在佣书西舍的十多年中，王韬始终没有完全融入西方文化，始终对这座现代城市"可望而不可即"。而包天笑则愿意享受现代化带来的便利，并总是习惯性地将上海与苏州比较，如书店、学校、印刷所等。这样的文化心态差异自然会影响到现代文明、西方文化在他们创作中的表现程度。

（二）不同的生存状态

李孝悌曾指出"在习惯了从思想史、学术史或政治史的角度，来探讨有重要影响的历史人物后，我们似乎忽略了这些人生活中的细微末节，在形塑士大夫文化中所扮演的重要角色。"③ 然而，他们被忽略的生活状况、生活需求及生活态度，恰好是对所属群体的一种角色确定与文化认同。正如德国学者叶凯蒂（Catherine. V. Yeh）所说，"近代上海文人生活方式的二元文化性与他们对适宜职业的追求、在转型期可能扮演的角色的认知，以及对住宿环境的需求紧密相联。（The biculturalism of their life-style in Shanghai is thus intricately linked to their pursuit of suitable careers, their perception of the role they might play in a period of change, and their need for an accommodating. ）"④ 王韬与包天笑的生存状态，看似毫无关联，其实却代表着不同时期外来文人对近代社会转型的认同度，以及对自身人格转型的自

---

① 包天笑：《钏影楼回忆录》，北京：中国大百科全书出版社，2009年，第30、30、32页。

② 王韬：《蘅华馆诗录》卷二，光绪六年（1880）铅印弢园丛书本。

③ 李孝悌：《恋恋红尘——中国的城市、欲望和生活》，上海：上海人民出版社，2007年，第128页。

④ Catherine. V. Yeh, "The Life-style of Four Wenren in Late Qing Shanghai", *Harvard journal of Asiatic Studies*, vol57（2），1997，p.428.

觉度。

1. 居住环境。王韬到上海的 1849 年前后，租界是什么情况呢？英租界"所筑道路路身很坏，到了雨天，更是泥泞难行"，"卫生的设置毫无，垃圾堆积浦滩，而房屋又缺乏建筑之美"①；法租界的情况更糟："不计其数的污水沟和小河流纵横交错"、"到处是坟墩，低矮肮脏的茅屋，其实只是竹子和干泥搭成的破棚子。"② 而王韬住在郊外（指北门外）一个孤零零的小屋里——这里在不久之后将变成一个繁华商业区的中心，但此时却仍是一片门临乱冢的荒凉之地。(in a solitary cottage beyond the Chinese city in a spot that in a few years was to become the heart of a busy commercial district, but at this time still was a stretch of desolate grave—mounds which came almost to the door of the house.)③ 要让彼时的王韬意识到这里的发展潜力而安心居住恐怕很难，他心里只有沮丧和苦闷。

相比之下，这时候上海县城的城市化程度可能更高，而且这里有着王韬更为熟悉的传统物质景观与生活方式，以及相同文化背景的友人。因此，他在工作之余，总是跑到县城里去。在咸丰五年到十年的《王韬日记》中，明确标明"入城"的就多达 104 处。④

颇有意味的是，租界最初的恶劣环境很快就得到改善，而且迅速赶上县城，而王韬入城的次数没有减少，反而在增多。更值得注意的是，王韬频繁往城里跑的高峰期，恰恰是县城并不太安定的时期，如 1854 年县城的小刀会起义，大批难民涌入租界，还有 1860 年太平天国战争，人们都是往租界避难，王韬却"反其道而行之"。特别显著的一个例子，是他的赁屋举动。王韬在墨海书馆住的屋子是不收赁金的，哪怕条件不好，却也给他省下一部分开销，对当时收入并不高的王韬来说，应该知足才是。但从日记中来看，他还是多次自己往寻赁屋：

午后，同金大至西门看屋。路远而屋殊旧，索价颇昂，甚不惬意。

① 蒯世勋等编著：《上海公共租界史稿》，上海：上海人民出版社，1980 年，第 318 页。

② ［法］梅朋，傅立德著；倪静兰译：《上海法租界史》，上海：上海社会科学院出版社，2007 年，第 13 页。

③ Henry McAleavy, *Wang Tao: the life and writings of a displaced person*, London: China Society, 1953, p.5. 与其他为王韬作传的研究者不同，作者特别指出了王韬居住地域的变迁。

④ 统计数据来源吴桂龙整理：《王韬〈蘅华馆日记〉（咸丰五年七月初一——八月三十日）》，载《史林》，1996 年第 3 期，以及方行、汤志钧整理：《王韬日记》，北京：中华书局，1987 年。

（咸丰十年3月3日）

　　壬叔来，饭后同往入城……看屋数处，皆不合意。非低湿逼仄，即幽暗古旧，且索价皆昂，贫士力不能赁。兼又路遥，赴馆不便，雨淋日炙，雪虐风饕，皆所不免。（咸丰十年3月14日）

　　午后，著屐持盖入城……同往看屋数处，皆未惬意。予以谰语铸张，乱必将作，亦未敢舍之而他适也。（咸丰十年3月23日）

　　午后，入城访钱寿同……看屋数处，绝无幽敞数椽可以供栖迟者。（咸丰十年7月23日）①

　　这几则日记透露了这样的信息：王韬的赁屋计划集中在咸丰十年（1860）实施，并且目标锁定在县城内。而这时候太平天国战事已起，在这几则日记的前后，王韬正记载着当时的战事情况。按理，王韬即使要赁屋，也应在租界更为安全。事实上，此时王韬的友人何梅坞欲迁居避难时，王韬就力阻他迁往江湾镇或金山之洙泾镇，而建议他"暂借洋泾浜为延喘地。"②说明王韬完全是明白形势的。而且，这时租界已经比王韬初到上海时大为发展了。其他的不说，单就住宿条件来看，环马场侧新建的房屋"窗明几净，殊觉不俗"③，县城则路远、屋旧、价昂。那么，对县城房屋"皆不合意"、"皆未惬意"的王韬还要一再找寻，原因何在？恐怕还是与文化心态有关。从他的日记来看，王韬认为西人提供的房屋"虽免出资赁屋"，却"不能祭神祀先，并送灶禳鬼诸俗例亦无之"④，而苏州人家是极重祭祀的⑤，故王韬想要另寻房屋。再结合之前他反复表现出对"非我族类，其心必异"⑥的西人的排斥，可以想见，西化的、现代的上海租界让这名苏州传统名士感到

---

　　①　统计数据来源吴桂龙整理：《王韬〈蘅华馆日记〉（咸丰五年七月初一——八月三十日）》，载《史林》，1996年第3期，以及方行、汤志钧整理：《王韬日记》，北京：中华书局，1987年，第140、144、148、189页。

　　②　同上，第170页。

　　③　同上，第170页。

　　④　同上，第71页。

　　⑤　包天笑称，"苏州人家，对于家祭极隆重，一年有六次，如清明、端午、中元、下元、冬至、除夕，而除夕更为隆重。"参见包天笑：《钏影楼回忆录》，北京：中国大百科全书出版社，2009年，第193页。

　　⑥　原出《左传》，王韬在咸丰八年（1858）1月21日与咸丰九年（1859）2月27日的日记里两次引述这句话。见王韬著，方行、汤志钧整理：《王韬日记》，北京：中华书局，1987年，第65、83页。

格格不入，只有保持着传统的上海县城能给他带来安全感和归属感。而这时，王韬来上海已经十年了。

这并非孤证。同是苏州人，冯桂芬的长子冯芳缉 1861 年避难上海，却没有听人劝说留在较安全的租界，而选择了县城。在这一年中，冯芳缉遍游城中名胜古迹，访友聚会，寻访书画。这完全是传统的文人雅兴，见不到战争带来的恐慌感。但当他在友人陪同下第一次"游夷场"时，却表现出巨大的震动：广兴洋行"器具已华焕奇怪"、惇裕洋行"无不美丽奇巧"、保仁行"亦奇观也"、泰妥银行"百货充牣，无不悦目可爱"① ……冯芳缉赞叹这些新奇事物，却并未因此就被吸引到租界来，一年中他游租界与游县城的次数相差非常悬殊。这与王韬的频繁入城，恰可相互映衬。这是种巧合吗？恐怕不是。其中的缘由应是传统的上海县城与自己的家乡苏州是相似的，"夷场"却是与西方相似的"异域"，物以类聚，人以群分，县城让这两个苏州人更有归属感。

与之形成鲜明对比的，是 19 世纪七八十年代一个居住在上海的文人却频频出城。在这名文人留下的日记里，明确标明"入城"的有 16 处，"出城"则多达 48 处。② 王韬常晨起入城，他则"起身后即出城"；王韬有时到了傍晚还匆匆入城，他则"薄暮出城赴约"；王韬入城散步，他则"出城闲步"；王韬入城是著屐入城，他则是一出城就"乘（马）车往北"（共 10 次）到租界消费。③ 一入一出，可以显现上海县城与租界对人们吸引力的逆转。

在租界中的生活状态与王韬的心理状态是错位的。他一直未能找到一种调适的心态去接受新变的租界。苦闷的他常常与友人轰饮、剧谈，甚至借"恚然长啸"④ 来发泄，时人目为狂生。如果我们能够理解转型期士人这种对现代不适应的心态，那么，在阅读不少晚清小说时，就会有新的启发。比如常熟人孙景贤所作的《轰天雷》，讲述常熟名士沈北山的事迹，小说中北山显得有些疯癫呆痴，实乃"时代病"。

这种压抑的心情在王韬 1859 年回苏州应考时，整个地爆发出来。1858 年 12 月 19 日，王韬已经做过归耕的"白日梦"："安得有人馈予千金，俾可

---

① 上海人民出版社编：《清代日记汇抄》，上海：上海人民出版社，1982 年，第 284～285 页。

② 据无名氏《绛芸馆日记》统计，见上海人民出版社编：《清代日记汇抄》，上海：上海人民出版社，1982 年，第 303～320 页。

③ 参见无名氏：《绛芸馆日记》，见上海人民出版社编：《清代日记汇抄》，上海：上海人民出版社，1982 年，第 303～320 页。

④ 王韬：《瀛壖杂志》，上海：上海古籍出版社，1989 年，第 41 页。

遂归耕之愿。当买田一顷，每岁所收，纳太平租税外，足以自给。酿二石酒，为冬日御寒、宾客酬酢之用。长夏则闭户不出，临池自乐，亦可终老是乡矣。"① 1859 年，王韬因参加乡试，回到久违的家乡，见到他心中熟悉的宁静的山山水水，那种客居他乡的伤感和重返家园的愿望在他此时的日记里表现得尤为强烈：

> 3 月 28 日（登山题诗）：何日买田容小隐，好寻泾畔结沤盟。
> 4 月 4 日（见到久违的师长）：买田故里虚筹画，负米天涯届斗升。客里光阴多感慨，酒边意气尚飞腾。
> 4 月 13 日（回上海，百感交集）：十年自愧浮人海，小筑居然惬素襟。却羡向平婚嫁了，买田我亦欲归林。②

　　这里表达的感情不是简单的思乡，三首诗反复出现的"买田"意象是归隐的象征，是与繁华相对的；"田"又是与现代相对的典型的传统意象。因此，王韬心里实际上已建立起苏州—上海、传统—现代、乡村—都市这样几组二元对立的意象。这种心态反映到晚清小说里，就是该时期典型的"乡下人进城"主题。上海之外的城市——即使是曾经亦为繁华城市的苏州——都变成了乡村，主人公在上海遭遇了一系列不那么愉快的经历后，发现自己没法融入这个繁华都市之中，最后只有作为乡村的故乡才是心灵的家园、灵魂的栖息地。

　　对于包天笑来说，这种不适感则小得多。比如在祖母故世后，包天笑决定出外谋工作，第一选择就是上海——"目的地当然在上海了"。这与王韬当初去上海的极度不情愿构成鲜明的对比。这种差异在很大程度上是由现代文明推动的，因为"此时苏沪之间，一夜可达，将来火车一通，不是更加便利吗？"交通的便利缩短了苏州与上海之间的心理距离，故包氏才会觉得"我倘然在上海工作，而家眷则仍在苏州，也没什么不便。"③ 全然没有王韬当初生离死别的感受。再如，包天笑经过朋友的分析，认为住在上海比往来苏沪更为俭省，决定移居沪上。与王韬当初不愿住租界不同，包天笑一开始就把目标锁定在租界，而且是繁华的新马路，不像王韬偏爱"幽敞数椽"。

① 王韬著，方行、汤志钧整理：《王韬日记》，北京：中华书局，1987 年，第 55 页。
② 同上，第 98、100、106 页。
③ 包天笑：《钏影楼回忆录》，北京：中国大百科全书出版社，2009 年，第 274 页。

这从侧面反映出，随着苏沪来往的日趋便捷，苏州—上海的二元对立开始有所消解，甚至到后来包天笑有了"上海人"的主人意识，从他以戏谑的口吻描写李涵秋进电梯大呼"这房间怎么如此小呀"① 的轶事可以看出，此时的包天笑已经把自己当成"城里人"，而新到上海的外来者则被看做"乡下人"了。

2. 物质生活。"安居乐业"，先安居才能乐业。正因为住宿条件的巨大差距，使王韬对自己的工作始终没有情绪高涨过，包天笑却越做越带劲。而职业状况和收入反过来又影响到两人的生活状态。笔者统计咸丰八年到十年的王韬日记，其中关于访艳的记载至少有 25 次，而在咸丰五年（1855）的日记中，却一次访艳的经历都没有。品花是王韬一生的嗜好，为什么竟能一年不涉足青楼呢？是王韬被传教士的传教感化了吗？非也。王韬在日记里说得很清楚："花浮絮薄，匪我思存，况予沦落天涯，阮囊羞涩，安能以阿堵物供彼挥霍耶？"② "匪我思存"是假，"阮囊羞涩"是真，不然后来他频频访艳又作何解释呢？

品茗饮酒是文人风流的必备，王韬倒是从没间断过，然而，如果细心就会发现，他完全是硬撑场面。在咸丰五年（1855）的日记里，有一个人物——吴老好几次出现，每次对王韬都表现出极大的恶意。初看殊令人不解，到后来王韬的一封指责吴老的信札道出了缘由："惟君之报复，亦太甚矣！……所负阿堵物，亦当渐次清偿，仆岂九成台上逃债者耶？诗逋酒券，乃为颓事，此种钱物，断弗久假不归，使籍口者骂我王戎为龌龊也。"③ 原来，王韬屡欠"诗逋酒券"而久不偿还，无怪别人要对他挥以老拳了。但在这里王韬反而振振有词地晓之义利，让人不禁莞尔。另一个例子，王韬曾"为报金一事，大费唇舌"，终于使"佛饼三枚归缴"，友人潞斋大概觉得他过于争利，王韬辩解道："夫利者人之所趋，而非我有者，一毫不敢轻取，应为我有者，亦不容不取。"④

由于生活的拮据，其时被称为"海上狂生"的王韬虽然狂放，却不够豪爽，很多次朋友聚会，总是友人做东。如 1858 年 11 月 13 日，李善兰"特解杖头百钱，供予一饱，真难得事。"同年 12 月 12 日，又是李善兰"特解

① 包天笑：《钏影楼回忆录》，北京：中国大百科全书出版社，2009 年，第 511 页。
② 吴桂龙整理：《王韬〈蘅华馆日记〉（咸丰五年七月初一——八月三十日）》，载《史林》，1996 年第 3 期。
③ 同上。
④ 同上。

杖头钱为东道主。"这样的事情多了，王韬自己也心中有愧，友人仙舟有一次"特出杖头钱，为东道主人"，王韬深感不安："愧予老饕，又得一饱。"两年后他还在让朋友破费，更觉惭愧——"莲溪为东道主，飞去青蚨千余头，愧未尝以报也。"特别是屡屡就食于龚孝拱家，让王韬感到"虽系孝拱爱客，亦自觉老饕之可厌也。"① 局促之状，跃然纸上。

包天笑初到上海时，因为是"阮囊羞涩之人，也不敢有所交游。只是偶然两人到小酒店喝一回酒"，回家后聊以打发时间的是"联床共话，无所不谈"，与王韬当时的境况遥相呼应。但在上海立足后，"至结婚还能守身如玉"的包天笑也渐入花丛了。甚至当时在报界流传着"时报馆冷血好赌，天笑好嫖"② 的说法。栾梅健分析说，这是因为包天笑有工作之便，又有来自苏州的地缘优势，还具有苏州人特有的才子气质，更重要的是这个时候包天笑收入渐丰，"他有资本去找妓女呢"③。不仅如此，包氏在平时生活上也比王韬要"财大气粗"很多。王韬偶尔做一次东道主，就心疼地在日记中记上"飞去青蚨一千五百头。"④ 包天笑在付账方面却出手大方，还常常作出"开价也还不到两元，真是便宜"、"价不过两元而已、"不过二十元而已"⑤ 之类的评价。要知道，当时巡捕每月薪水不过数元，访员每月薪水在十元以内，包氏这样语气轻松，是因为写小说、编杂志的收入丰裕。相比王韬，包天笑的都市生活真可用"优游卒岁"来形容。一局促，一优游，两人不同的生活状态从根本上来说还是所处的文化空间不同。王韬时代，上海刚开始为转型文人们提供新的文化空间，社会地位、收入水平相应较低；包天笑时代，上海的文化产业已非常繁荣，故能以此"创收致富"。

3. 休闲生活。囊中羞涩加上租界当时发展程度还不够高，使王韬在上海的休闲生活显得有些单调。或是静坐读书，或是访友谈话，或是"掷骰子为戏"⑥，偶尔也去环马场看看赛马，但大多数时候只是散步（王韬日记中记载散步58次，其中22次是去环马场散步）。这可能是最"环保"的消闲

① 王韬著，方行、汤志钧整理：《王韬日记》，北京：中华书局，1987年，第36、54、156、62、167页。
② 包天笑：《钏影楼回忆录》，北京：中国大百科全书出版社，2009年，第247、134、410页。
③ 栾梅健：《通俗文学之王包天笑》，上海：上海书店出版社，1999年，第145页。
④ 熊月之：《开埠初期上海文人生活写照——介绍台湾未刊王韬日记》，见丁日初主编：《近代中国》（第12辑），上海：上海社会科学出版社，2002年，第278页。
⑤ 包天笑：《钏影楼回忆录》，北京：中国大百科全书出版社，2009年，第415、415、373页。
⑥ 王韬著，方行、汤志钧整理：《王韬日记》，北京：中华书局，1987年，第3页。

方式了。而他主要的消费空间是借"三楼"进行，即茶楼、酒楼与青楼。据笔者统计，王韬咸丰八年到十年共去茶楼品茗 133 次，酒楼饮酒 164 次，青楼访艳 29 次，几乎是日日风雅。"三楼"本是"传统商业城市繁华表征"、"高度流动的商业社会之驻足点"，三楼文化与科举文化一起"同构了一个完整的士大夫文化体系"。而以王韬为代表的寓沪文人这样高频度地出入茶馆酒楼，实际是"将传统士风（以江南士风为主）原封不动地搬进了租界社会"①。而当租界逐渐发展起更丰富的娱乐方式，拓展出更广阔的社交空间后，传统的"三楼"也就伴着士大夫文化的衰微而衰落了（后来虽也有茶楼，但更西化和娱乐化，在很大程度上已失却传统风雅的内核）。比如王韬常去的茶楼有挹清楼、乐茗轩、福泉楼、凝晖阁等，常去的酒楼万福楼、景阳馆等，当时在沪上都颇为有名，但它们几乎都没有进入到晚清吴地小说中。后来频频出现在吴地小说中的，是升平楼、青莲阁、第一楼之类现代洋气的茶馆。文人最主要的公共空间和社交场所也由茶馆酒楼变成了妓院，品茗这样的雅事则被叉麻雀代替。或许也正是有感于风雅不存，晚清吴地小说在一边冷静描述社会原生态的同时，又努力构建（或者说拟想）一个属于文人的风雅世界，如《海上花列传》中的一笠园、《海上尘天影》中的绮香园等。

在消闲活动方面，包天笑记述不多，但当时最流行的叉麻雀、打扑克，他都有所染指。还有吴地人的吃茶风气，也被延续下来。而展开这些活动最主要的公共空间，是时报馆的息楼。这是清末民初文人传播信息的重要聚集地，也是合群类聚以排遣身份焦虑、缓释客居不适的精神过渡地带。因此，地缘因素在此类结社聚会中显得尤为显著。从经常出入息楼的人员籍贯来看，全部来自吴地，而苏州人就占了三分之一。后来包天笑加入的南社，也是吴地人最多，实际是对吴地文人结社风习的一种延续。

总之，王韬与包天笑与传统的裂隙，使他们成为同时代文人中走上身份转型历程的先行者；他们共同见证了吴地的现代进程，而通过他们不同的都市印象与生存状态，又反映出现代的不同阶段。此外，苏州的传统基因与上海的现代因子在两人身上交汇碰撞，使他们的作品始终呈现出传统与现代交陈的面貌。这是作为吴地小说家的典型性，同时又有着作为晚清转型期文人的普遍性，因此，王韬与包天笑代表的就不只是两个作家，他们实际也代表着两个时代。

---

① 叶中强：《民国上海的"城市空间"与文人转型》，载《史林》，2009 年第 6 期。

第二节 文化空间转换与小说的媒体特征

苏州一个突出的地域特点，就是重文轻武。在浓厚的文化氛围影响下，苏州家庭对教育都极其重视。当苏州文人没能通过读书进入科举仕途时，文化就成为了他们治生的看家本领，进入教育市场和文化市场也就成为他们的首选。明清苏州文人在教育市场中的谋生方式集中在以下几种：教授生徒、执教书院、刻书卖文等，如经学家惠栋中年课徒自给、思想家冯桂芬任教紫阳书院、戏曲作家张凤翼鬻书自给等，都是苏州人涉足教育文化领域的例子。①

王韬与包天笑也走过这样的传统道路。"从前子弟的出路，所有中上阶级者，只有两条路线：一条是读书，一条是习业。"② 王韬子承父业地开馆授徒，可是没有一丝自给自足的宽慰，反而一直沉浸在抑郁彷徨中③；包天笑家里本是经商，家人也一度考虑是否让他继承家业，从事经商，但包天笑身弱不能吃苦，忠厚不宜经商，只能走读书的路线。在读书路不畅达的时候，他也只能和科场失意的王韬一样，设馆授徒，也和苏州大多数秀才一样，"在平日是教书，到考试之期便考试，考试不中，仍旧教书。"但即使考试中了，"除非是青云直上，得以连捷，否则还是教书，人家中了举人以后，还是教书的很多呢。"于是 18 岁时，为了减轻家庭负担，年轻的包天笑开始当西席老夫子；21 岁，因甲午中日战争改变思想，但"还是脱不了那个教书生涯"，又到城南设馆；25 岁，还馆于尤氏，"虽心厌教书生涯，但无别的出路"。包氏感到"株守故乡，绝无发展之余地"，经友人举荐，去南京就事，却又是要他做教书先生，包天笑不禁感到"我觉得我的命运注定如此，真是万变而不离其宗，未免有些厌倦了。"后来包氏还在上海金粟斋译书处等机构度过短暂的译书经历，回到苏州，虽然"根本就不愿意作教书生涯。然而在此期间，我终究还是教了半年多的书，自我矛盾，可谓已极。"④ 不难发现，王韬与包天笑对于设馆授徒这一苏州最传统的职业都感到排斥，却又无能无力。

---

① 参见徐永斌：《明清时期苏州文人与教育市场》，载《安徽史学》，2007 年第 5 期。
② 包天笑：《钏影楼回忆录》，北京：中国大百科全书出版社，2009 年，第 11 页。
③ 参见张海林：《王韬评传》，南京：南京大学出版社，1993 年，第 13～17 页。
④ 包天笑：《钏影楼回忆录》，北京：中国大百科全书出版社，2009 年，第 148、203、203、205、253 页。

　　执教书院也是两人的共同经历。与过去苏州文人不同的是，王包两人进入的都是新型的书院、学堂。1885 年起，王韬担任格致书院山长，实行先进的考课制和专科教育，在这里他培养了一批新型的人才，还首次向学员介绍了西方哲学尤其是英国哲学，被认为是西方哲学在中国传播之滥觞①。在任教格致书院期间，他也有"卖文"举动，为《点石斋画报》连载小说。但他的主要精力还是在新式教育探索上，创作小说只是兼职。与王韬对教育事业投入极大热情不同，包天笑虽然远赴山东青州府中学堂任监督（校长），但这并不是为教育事业不顾千山万水，而是因为他知道"缩在苏州，不大有出路"；即使这次是新式教育，不同于他以往的传统授徒，他也并不为此感到喜悦，因为"还是做教书先生，旧教育改换新教育，换汤不换药罢了，终究跳不出这个框子。"② 后来包氏还先后在女子蚕业学校、城东女学、民立女中学教书，但他的主要精力却在小说，教育活动倒成了兼职。不仅如此，他最终因为觉得教书每小时仅致酬半元到一元，"不如安坐家中，写写小说，较为自由而舒服便利得多了吧？"③ 完全放弃教书，把时间留出来专力写小说。同样的领域，不同的重心，折射出不同时代给苏州文人带来的影响。

　　如果说任职新式教育机构已经让王韬与包天笑与传统苏州文人有所不同，那么与新型媒体联袂的"卖文"则让两人在苏州文人的身份转型道路上走得更远。

一、从"报人＋小说家"到"报人小说家"

　　"中国职业作家的出现，其过程大体是这样：第一步是报人的出现，第二步是报人小说家增多，第三步才是职业小说家（作家）的诞生。"④ 王韬恰好处于第一步与第二步之间，包天笑则处于第二步到第三步之间。

　　1849 年，迫于生计的王韬被推向上海，供职于西方传教士在中国创办的第一所近代印书馆——墨海书馆。正是在这里，他较早地接触到了编辑出版事物，为他从传统士大夫转变为报人埋下了伏笔。以王韬为代表的早期报人大多来自吴地，他们在吴地浓厚的文化氛围中培养出良好的文才文笔，而又未能在吴地狂热的科举氛围中挤过独木桥，迫于生计，陆续来到传教士所

① 参见陈启伟：《谁是我国近代介绍西方哲学的第一人》，载《东岳论丛》，2000 年第 4 期。
② 包天笑：《钏影楼回忆录》，北京：中国大百科全书出版社，2009 年，第 278、279 页。
③ 同上，第 374 页。
④ 郭延礼：《中国前现代文学的转型》，济南：山东大学出版社，2005 年，第 27 页。

办的报刊机构中工作，后来又有一些文人参与到西人所办的商业性报刊中（见下表）。

表 6.1　部分早期吴地报人与供职报刊

报人姓名	籍贯	供职报刊	报刊创办者
王韬	江苏吴县	《六合丛谈》	伟烈亚历
沈毓桂	江苏吴江	《教会新报》《万国公报》	林乐知
高太痴	江苏苏州	《字林沪报》	字林洋行
袁祖志	浙江钱塘	《新闻报》	丹福士
孙玉声	上海	《新闻报》	丹福士
蔡尔康	上海	《沪报》、《新闻报》	字林洋行、丹福士
钱昕伯	浙江吴兴	《申报》	美查
蒋芷湘	浙江钱塘	《申报》	美查

这些吴地文人虽然日后被视为新式传播媒体事业的先导者，但当时他们并没有认识到其中蕴含的巨大能量，只是"对以文化能力为凭的士人阶层而言，投向新式传播媒体、教育机构与留学，都是较佳的甚至不得不为的选择。"① 当时社会的普遍认识亦如此，从事报业"不仅社会上认为不名誉，即该主笔亦不敢以此自鸣于世。""江浙无赖文人，以报馆为末路"②的讥讽话语颇能代表当时社会对这批吴地文人的看法。因此，尽管后来报人的地位大大提高，但对于以王韬为代表的早期报人来说，这种角色是一种痛苦的选择："当时社会所谓优秀份子，大都醉心科举，无人肯从事于新闻事业，惟落拓文人，疏狂学子，或借此以发行其抑郁无聊之意思"③。蒋芷湘在《申报》担任主笔长达十二年，但一旦中了进士，他马上就毫不犹豫地离开了报馆。

而当时作为"落拓文人"的王韬，不仅未能重返"科举正途"，而且还

① 李仁渊：《晚清传播媒体与知识分子：以江南为例》，见许纪霖主编：《公共空间中的知识分子》，南京：江苏人民出版社，2007年，第258页。

② 姚公鹤著，吴德铎标点：《上海闲话》，上海：上海古籍出版社，1989年，第131、128页。

③ 戈公振：《中国报学史》，北京：中国新闻出版社，1985年，第85页。

由于 1862 年的"上书太平天国"事件①被清政府通缉,不得不遁迹香港,这在客观上使他与传统道路偏离得更远。19 世纪末,当中国正风雨如晦(plagued by disturbances)时,英国殖民统治下的香港却和平地发展着,王韬将之视为"避难者的天堂(a paradise for those seeking refuge from troubles in China)"②。正是这个不受政局控制、不受战争干扰的天堂才让他能够站在局外去重新审视中国,也才得以率先开启报刊作为舆论公共空间的功能,于 1874 年在香港创办第一份完全由"华人资本,华人操权"的报纸——《循环日报》。在这份"中国人自办成功的最早中文日报"③上,王韬发表了 800 多篇政论,在当时产生了巨大的影响,被誉为"中国历史上的第一个报刊政论家"④,而他开创的报章政论体,也被认为是梁启超"新文体"的先声。更重要的是,这还影响到了他的小说创作,使他的作品体现出与政论文类似的报章特征,如采用浅近文言,不务典雅,平易畅达,而且还常常有固定的篇幅字数等,后面我们将详细论述。

传统人生的不得志,却阴差阳错地让王韬成为了报业先锋;不仅如此,他还成为首位与新兴大众媒体联袂的吴地小说家。由于王韬在办报事业上的丰富经验,近代报纸的领头军《申报》创刊之初,还曾派人赴香港向时任《中外日报》编务的王韬学习办报经验⑤;王韬创办《循环日报》后,两报也常相互转载。因此,当申报馆创办的中国第一份时事新闻画报——《点石斋画报》准备连载小说时,与申报馆关系密切、并因办报获得极大社会声望的王韬自然成为首要人选。《画报》月出三期,自 1884 年第六期起,每期登载一篇王韬的文言短篇小说,配图一幅,至 1887 年登完,随后由点石斋结集出版,是为《淞隐漫录》。此后王韬继续在《画报》上连载《淞隐续录》亦即《淞滨琐话》,后因《画报》停刊,刊载遂止。

这次合作让王韬的《淞隐漫录》成为近代第一部为适应报载方式而创作

---

① 对于王韬是否化名"黄畹"上书太平天国,学界多有争论,但此事造成王韬流亡香港的事实却毋庸置疑。

② Sinn Elizabeth, "Fugitive in Paradise: Wang Tao and Cultural Transformation in Late Nineteenth Century Hong Kong", *Late Imperial China*, vol. 19 (1), 1998, pp. 59~60.

③ [新加坡] 卓南生:《中国近代报业发展史》,北京:中国社会科学出版社,2002 年,第 179 页。

④ 方汉奇:《报史与报人》,北京:新华出版社,1991 年,第 127 页。

⑤ 参见徐载平、徐瑞芳:《清末四十年申报史料》,北京:新华出版社,1988 年,第 3 页。

的短篇连载小说①，而王韬每月写小说所获的"四十佛饼"虽还不是现代意义上的稿酬，但他毕竟开了写作报载小说并获酬的先河。从他为固定报刊写稿并获取较为固定的收入这点来看，我们甚至可以称他为近代第一位专栏作家。从第一章的论述我们可以知道，在王韬之前，报刊上发表文章"概不取酬"已属优待，更不用提什么付酬写作。在王韬之后，报刊逐渐建立起规范的近代稿酬制度，一般是按字计酬，也有按篇计酬的。王韬的小说计酬正是近代稿酬制度从无到有的一个过渡阶段。而且他这样每月领取固定收入的小说计酬方式，在很长一段时期内也存在过。如包天笑为《时报》写论说和小说，时报馆就是按月薪80元支付的。②

　　不过，在王韬的时代，这些职业文人顶多被称为"报人＋小说家"。他们大多是迫于都市昂贵的生活成本，不得不这样身兼数职，传统的义利之辩让他们无法放开手脚，转型为职业小说家。王韬在连载小说拿稿酬期间，曾自己开办书局，刻印自己的著作以馈赠他人，而不是出售，就可见出他还是碍于士大夫为义不为利的观念。——当然，这也是苏州传统情结的表现，因为苏州人尤重文名，"每一位苏籍的名公巨卿，告老还乡后，有所著作，总要刻一部文集，或是诗集，遗传后世。"③

　　而到包天笑时代，科举走向末路，士大夫观念进一步淡化，一些报人不再止于兼职，而是专力于写小说，从而转型为"报人小说家"。这时的小说家已适应报纸刊载的方式，也熟悉了市场运作的规律，接受稿酬不仅不会让他们为难，反倒成为推动小说创作的巨大动力。一直困于教书生涯的包天笑在上海的《时报》与《小说林》向他伸出橄榄枝时，终于从长期的漩涡中摆脱出来。对这样的转变，包天笑感到非常满意："以之（指写小说）补助生活，比了在人家做一教书先生，自由而写意得多了。"④

　　包氏的态度反映出报人小说家对于自己职业角色的认同，也反映出吴地文化格局的变动。以往的文化中心苏州给包天笑的是发展的困境，曾被王韬

　　①　王韬之前虽有 1873 年在《瀛寰琐记》连载的《昕夕闲谈》和 1882 年起在《沪报》连载的《野叟曝言》，但前者是长篇翻译小说，后者则是先有全书再作连载。因此，王韬的《淞隐漫录》是真正意义上的近代第一部创作型短篇连载小说。

　　②　包天笑回忆说，"他的条件，是每月要我写论说六篇，其余还是写小说，每月送我薪水八十元。以上海当时的报界文章的价值而言：大概论说每篇为五元，小说每千字两元。以此分配，论说方面占三十元，小说方面占五十元。"见包天笑：《钏影楼回忆录》，北京：中国大百科全书出版社，2009 年，第 316 页。

　　③　包天笑：《钏影楼回忆录》，北京：中国大百科全书出版社，2009 年，第 175 页。

　　④　同上，第 175 页。

贬为没有文化底蕴的上海却给了包氏光明的前途。这是因为随着时代的发展，苏州所代表的传统职业空间已经不适应近代文化市场的需求，而上海则以其新兴的文学机制和文化市场为传统文人提供了多栖职业空间。正如叶中强指出的，"只有上海，为传统文人独立自由人格的养成，提供了社会经济土壤。……上海庞大的文化市场，吸纳、消化了大量从封建仕途上退下来的剩余'知识劳力'，为处于穷途末路的传统士人，提供了较为宽阔的就业机会，从而在经济基础上撼动了千百年来的'载道文学'，并推动了传统文人人格的近代化转型。"①

二、小说创作的报载化

在上海兴起的新媒体——报刊，不仅为传统文人提供了新的文化空间，推动了他们的身份转型，而且还推动了文学机制的变革，最直接的就是小说创作的报载化。作为先行者的王韬尤为典型。在王韬之前，《野叟曝言》已经登录报刊这一新兴媒体，但它是先有全书然后再连载，因此，报载形式或单行本的书籍形式对作品本身而言，其传播媒介作用是无区别的。而王韬的《淞隐漫录》、《淞滨琐话》则不同，它们是应邀写作、边写边刊的作品，传播媒介对创作的影响非常明显。比如报纸相比单行本来说，具有"朝脱稿而夕印行"这样出版周期短的特点。为了适应边写边刊的报载方式，王韬有时不得不运用模式化的叙事策略来进行快速创作。这里我们只谈报刊最基本的属性——版面对小说创作的影响。

（一）篇幅上的齐整化

过去小说的篇幅长短主要取决于作家的意愿，所以才会出现《聊斋志异》这样短如志怪几十字，长如传奇上百字的作品。然而，在报刊上连载，首先必须符合版面要求，因此报载对小说带来的最直观的改变就是篇幅的齐整化。《淞隐漫录》和《淞滨琐话》以附页的形式附在《点石斋画报》之后，为了保持每期的独立完整，每篇小说必须占满而又不能超出版面。这对小说是一个苛刻的要求，字数太多则恐超出版面，太少又可能信息量不足。因此，王韬在创作中有意识地对字数进行了控制，从而使小说篇幅齐整化。将非报载的《遁窟谰言》与报载的《淞隐漫录》一比较就能发现，前者字数参差不齐，少则270字，多达1800多字；而报载的《淞隐漫录》的字数波动范围却有限。据笔者统计，《淞隐漫录》中，无1500字以下及3000字以上

---

① 叶中强：《从想象到现场：都市文化的社会生态研究》，上海：学林出版社，2005年，第75页。

的篇目，而在 1500～2000 字的有 5 篇，2000～2500 字的 103 篇，2500～3000 字的 13 篇。其中 2000～2500 字的篇目占了总数的 85% 以上！

当然，说明这种形式上的变化不是我们的目的，我们感兴趣的是，这种形式的变化对小说创作带来了什么影响呢？细读文本可以发现，传统的短篇小说一般以一个比较完整的故事构成一个情节单元，而王韬小说为了符合版面要求，却出现了情节衍生和情节缺失的现象。

情节衍生，是指本已完整的情节又生出新的情节来。比如《顾慧仙》，主体本是典型的才子佳人故事，顾慧仙妍丽聪慧，李世璜风致翩翩；惊鸿一瞥，为女神迷，小小波折，终成眷属。然故事至此，尚不满千字，怎么办？于是又衍生出李生续娶妍春的情节，倒也情理可通。后又有巫女谢姗姗招回女魂，李生将谢亦纳为篷室。虽然有些突兀生硬，但也算情节圆满了。坐拥三美，已是"艳福不浅"，但版面要求还需衍生情节，于是王韬又安排李生遇到阿秀。纳娶之后，又讲其生子，然三子又"长幼俱以痘殇"，故再讲赈灾修德，至此煞尾，正好两千余字。这些衍生的情节很多都并非必要，甚至可能破坏故事的有机性。但从另一方面来看，正是这种可装可卸的情节，让作者可以有效地控制版面。不少学者曾论及晚清报载小说"连缀轶闻"的结构方式，其典型特征是插入的不少轶闻并非不可或缺的情节组成部分，而只是一种"点缀性的动作"[①]。其实，如果注意到作者的版面意识，就会发现"连缀轶闻"在某种程度上也是版面的催生物，因为轶闻的增减并不影响全文的发展，但却利于作者随意装卸，控制版面。

情节缺失与情节衍生相反，它表现为重要人物在后文突然消失，或是故事正在高潮却霎然收尾等。如《红芸别墅》结尾，许生正与女父对话，故事却戛然而止；《徐笠云》中徐生杀死了私通的妇与僧，两人化鬼报复，莼香说"吾将求之姊氏，解君之危"。然而，读者翘首以待的姊氏解危、与鬼斗法的好戏却没有上演。王韬以一句"不知所往"就掐断了情节，匆匆收笔。最让人惋惜的是《柳青》，本来可以成为一个很好的武侠或神魔故事，柳青得到盖、囊、灯、屐四件宝物，"盖之为用，雨可为晴；灯之为用，夜可为昼；用屐，则涉登山岩，可不惮劳。如遇山魈木魅，灵怪妖异，身处囊中，必不敢犯。"[②] 后来柳青杀了狐狸精，其舅老炼师将柳青诱至深林，欲杀之复仇。故事到此本应到了高潮，读者都在期待四件宝物大显神通。谁知老炼

---

① 陈平原：《中国小说叙事模式的转变》，北京：北京大学出版社，2003 年，第 172 页。
② 王韬：《淞滨琐话》，重庆：重庆出版社，2005 年，第 53 页。

师说了一句"以自有杀汝者，尸居余气，何足与较?"就消失了。将柳青诱来，目的就是报仇，现在却"言讫不见"，仇也不报了，实在不合情理。这几篇小说有一个共同的特点，字数在 2100～2300 字左右。如果把那些缺失的精彩情节补进去，字数可能就太多而超出版面了。从这里我们就能发现，虽然王韬的小说创作尚属与报载方式结合的初次尝试，但已经体现出比较成熟的版面意识了。

（二）体例上的传奇化

清代文言小说的流行体例可概括为以《聊斋志异》为代表的笔记体兼传奇体和以《阅微草堂笔记》为代表的单纯笔记体。《遁窟谰言》接近《聊斋志异》的"一书而兼二体"，而《淞隐漫录》、《淞滨琐话》由于报纸的版面要求，却不得不写成传奇体小说，可谓"背离了清代流行的文言小说体例"①。

这种由版面限制而导致的传奇化倾向，我们同样可以用内外证来证明。王韬的《玉儿小传》曾被指抄袭王嘉桢《在野迩言》的《玉儿》篇。先假设抄袭成立，但原作篇幅短小，王韬必须对其进行"加工"，以填满版面。而王韬"加工"的方法，就是用"传奇化"的方式，使故事更加曲折委致。

试比较《玉儿小传》和《玉儿》的内容。"宣庙中"一段，二者字句几乎完全相同，篇末的"逸史氏曰"与《玉儿》的"野狐氏曰"发表议论也相同，证明王韬确有抄袭。而考察王韬"加工"的部分，则是在开头加入了玉儿的生平、外貌、得名由来等介绍。玉儿的容貌是"眉目如画，双颊若晕朝霞"，此类套语在王韬小说中屡见不鲜②；玉儿得名是因其母"梦贵人来，手授一玉孩……越日而产女也"，此类由梦得名的文字也是王韬的惯用手法③。中间部分加入玉儿与徐莲士的相恋故事，基本遵循才子佳人小说的"公式"：获得机缘（宴会相见）——两相属意——出现阻梗（小人拨乱）——佳人弃世——悲剧结局（才子赋悼）。故事至此，本已完整，但王韬却笔锋一转，衍生出玉儿女弟金儿被徐莲士"惊为玉儿复生"而"续旧缘"的情节。

可以说，王韬"加工"的部分都是一些模式化内容，并无太多创造性发

---

① 凌硕为：《申报馆与王韬小说之转变》，载《求是学刊》，2007 年第 1 期。

② 如《画船纪艳》中的沈香、《卢双月》中的卢双月等都是"眉目如画"。

③ 如《卢双月》中因母梦"月入怀者再"故名"双月"、《徐双芙》因母梦"红白芙蓉两朵"而名"双芙"等。

挥。但是，如果把《玉儿小传》分为玉儿、徐莲士、金儿三个大的情节模块，会发现一个有趣的现象，那就是"玉儿"部分不满 1000 字，加上"徐莲士"后不满 2000 字，再加上"金儿"后，就恰好和《淞隐漫录》大部分小说一样，成为 2000 字左右的小说。这说明王韬在创作中是有明确的版面意识的，而这一点，在他为《循环日报》写政论时就已多次训练过了（他的政论文多在 800 字左右）。

如果说上面的论述还只是一种猜测的话，我们还可以在王韬自己的创作中再次得到证实。或许王韬自己也没注意到，他的"自我抄袭"为研究报载带来的创作变化提供了一个很好的内证文本。《遁窟谰言》中的《郑仲洁》，本是一个带有劝惩意味的故事，郑仲洁与王芸芳两心相许，郑生逾垣缔好，女父将女嫁与他生，故女葬身清流。作者在结尾评论道，郑生"种此孽缘，抱兹长恨，急当以经卷药炉，长为忏悔，绳床经案，永绝风流。"① 而《淞滨琐话》中《陈仲蘧》一篇，除了男女主人公的名字被换成了陈仲蘧、王绣君以外，几乎只字不差地抄袭了《郑仲洁》。但《郑仲洁》全文只有 700 字左右，显然填不满版面，如何将这个本已完整的故事扩展成 2000 字左右的传奇呢？王韬自有办法。他大笔一挥，写道原来当日女投河后并没有死，而是被陈君救起，拜他为义父，陈君将女配予仲蘧，仲蘧无可推辞，只好成亲。没想到新婚之际发现新娘正是他悼念的绣君！至此悲剧变成了大团圆结局，王韬也成功地达到了版面要求。

王韬的版面意识是超前的，他不仅比同时代的其他小说家更早适应了新的传播媒体对小说的要求，甚至比包天笑时代的一些小说家做得更好。1898年创刊的《清议报》上所刊载的小说《佳人奇遇》，第一期的结尾为"妾岂好为此者？时不"，到第二期开头有"我与"二字，方知是"时不我与"，可见此时仍存在语句被版面生硬割裂的现象。

那么，为什么王韬在被认为是近代小说转型开端的"新小说"兴起之前，就能有效控制版面，使其作品体现出近代小说最主要形态——报载小说的特点呢？这与他独特的经历是分不开的。他供职于墨海书馆时，作为他雇主的传教士们"均非等闲之辈，完全可以把他们概括为新教在华传教团体的学术精英"②：麦都思是中国境内第一份近代中文报刊《遐迩贯珍》的创办

① 王韬：《遁窟谰言》，石家庄：河北人民出版社，1991 年，第 96 页。
② ［美］柯文著，雷颐、罗检秋译：《在传统与现代性之间——王韬与晚清改革》，南京：江苏人民出版社，1994 年，第 61 页。

人；理雅各兼任伦敦布道会出版局监督；与王韬合译科技书籍的伟烈亚力，也是上海第一份近代综合性刊物《六合丛谈》的创办人之一。和这些传教士的长期交往，使王韬较早熟悉了出版事务。此外，他亲自参与了《六合丛谈》的编辑工作，并曾任《华字日报》主笔，这也为他熟悉报纸的媒体特征奠定了基础。1867年，王韬应理雅各之邀，漫游欧洲三年，此间他特别留意了泰西日报的发行情况，并专门参观了爱丁堡一家印刷厂。回到香港不久，王韬于1873年创办了第一家民间资本印刷企业——中华印务总局，更在次年创办《循环日本》后，在中文日报办报实践中对报刊这一新媒体应用得愈来愈纯熟。

正是这些在上海和海外的经历，王韬才得以作为一个"十九世纪的士人"却"留下了近似二十世纪知识分子的纪录"①，成为报业先锋、报刊政论家、报刊"专栏作家"。如果王韬仍固守苏州，他恐怕不会获得这样的契机，也不会在小说创作中遥遥领先地体现出近代小说的转型特征来。如篇幅齐整化，"小说界革命"以后的连载小说逐渐开始按回登载，作者在创作小说时也开始注意到将每回控制在一个相对完整的情节单元中，从而使长篇小说发展出"珠花式"和"集锦式"两种结构类型，而短篇小说则发展出"盆景化"和"片断化"的结构类型。② 传统小说发行是先有作者的创作，再由媒体载体来适应作者的主观创作。而报载小说每回篇幅的齐整化和情节的相对完整性，体现了作者主观创作对报刊客观限制的适应，这种置换标志着报载小说自身特征的确立——不仅是在报刊上创作的小说，更是为报刊而创作的小说。

再如叙事模式化，拿林纾来说，他在翻译小说方面成就很高，然而在创作小说上似乎却表现平平。他在《平报》的"践卓翁短篇小说"栏目刊载的不少爱情小说，几乎都可以概括为主人公姿美聪颖——男女自由相爱——按传统礼法结为夫妻，如《谢兰言》、《藕倩》等，而整个叙事框架又类于《聊斋》，先叙情节，再以"践卓翁曰"、"畏庐曰"等作评论，这些模式化内容反映出短篇小说体裁与报载方式的潜在矛盾。短篇小说一篇就构成一个完整的故事，而要在短短的出版周期时间内构思数个情节不同的故事确实很有难度，因此难免使小说千篇一律。长篇小说则能在很大程度上解决这一矛盾，

---

① 汪荣祖：《王韬与近代知识分子》，见林启彦、黄文江主编：《王韬与近代世界》，香港：教育图书公司，2000年，第35页。

② 陈平原：《中国小说叙事模式的转变》，北京：北京大学出版社，2003年，第129页。

故后来长篇章回一度成为报载小说的主流。到包天笑时代，短篇小说重新崛起，包天笑即以短篇小说闻名，他主编的《小说时报》还首次把"短篇小说"放在各栏目之首。如果说王韬短篇创作新变是当传统文言小说遭遇现代媒体的权宜之计，那么，包天笑的短篇创作新变则是借鉴西方小说创作手法后的现代性体现。

此外，志怪笔记体例也因为不适应报载而退位，传奇却大行其道，"鸳鸯蝴蝶派"的兴起就是证明，被划入这派的包天笑当然也擅长哀婉、曲折的传奇手法。如果把王韬的小说放入文言小说发展史中，它是陈旧的，因为它标志着文言小说的强弩之末。但如果把王韬小说放入上海日益勃发的报载环境中，它则是新的，因为它体现出来的诸多特征正孕育着一个新的时期，呼唤着报载小说时代的来临。

三、小说创作的新闻化

报刊的媒介特征带来了小说的报载化，而报刊的文体特征则推动了小说的新闻化。新闻是近代报纸最早也是最主要的叙事文体，后来《申报》开风气之先，开始在新闻版上刊登小说、笔记（或类于小说、笔记的文字），小说逐渐成为报纸上一种重要的叙事文体。在王韬时代，作为创作主体的早期报人还未能具备明确的文体意识，因而往往把新闻当小说写，又把小说当新闻写，使"新闻中有较多的文学成分，文学中又有新闻的许多要素，新闻与文学扭结、纠缠在一起"①。同时，习惯看报的晚清上海读者也不像传统读者那样满足于小说的"奇"、"趣"，而是往往把小说也当作新闻来读，从中了解信息以资多闻。晚清吴地小说《新上海》就认为新小说"瞧了大可以广些见闻"，"人家的圈套，颇能识破他一二、决不会再受人欺骗了。"② 因此作者不惜在小说中详细介绍赌局骗术、币制流变等，这在很大程度上削弱了小说的文学性，却满足了读者扩大信息量的需要。王韬的创作，虽然体现得也许还不够明显，却成为了晚清小说新闻化的最早例证。

（一）叙事对象新闻化：注重当下性

传统小说多以历史化背景下的人物、神怪等为叙事对象，王韬小说却多以当下的现实生活为反映对象，或者说叙事对象注重当下性。判断是否具有当下性的一个简单方法，就是看小说故事发生的时间。和传统小说不标时间

---

① 蒋晓丽：《中国近代大众传媒与中国近代文学》，成都：巴蜀书社，2005年，第33页。

② 陆士谔：《新上海》，上海：上海古籍出版社，1997年，第39页。

或标注模糊时间不同，王韬的小说常常标出具体的时间，如《吴也仙》写到吴也仙因不愿嫁给"自顶至踵，绝无雅骨"的贾人子而"死志决矣"，随即标出具体时间"时在光绪癸未秋八月也"①。非连载的《遁窟谰言》虽也有不少篇目标注具体时间，但与成书时间相距较远，而连载的《淞隐漫录》与《淞滨琐话》却有多达25篇标明的时间在连载时间（1884年）以后，说明它们是连载过程中即时创作并即时反映当下生活的小说。小说本不用讲究故事时间，因为对小说来说，故事的情节远比故事发生的时间重要。但对于新闻来说，去写报道距今很久的事件就没有新闻传播价值。因此，王韬的"即时反映"在某种程度上是受到新闻文体时效性特点的影响。

（二）叙事内容新闻化：强调纪实性

在史传传统的影响下，中国的小说向来强调实录。但在晚清，我们还应考虑小说家的报人身份。如"纪梦"的小说古已有之，但传统小说家写纪梦小说，前提是相信梦验之实，而王韬早就意识到"一切梦境，皆由心造。其占有吉凶者谬也……西人谓人记事皆归于脑，睡后其气上冲，故旧所阅历，每人于梦，说亦元妙。"② 知道梦占之谬，他还写出大量"纪梦"性质的小说，如《梦中梦》、《煨芋梦》、《三梦桥》等，说明他是有意虚构的。换句话说，拥有自觉虚构意识的小说家如果强调纪实性，就不能完全归因于史传传统，也有新闻叙事特点的影响。萧相恺说王韬的小说"主要是将新闻纪实和社会批评相结合。他所写的主要内容，首先是当时市民社会的实际情形和世俗景观"③，即是看到了"新闻纪实"对小说内容的影响。

此外，志怪小说的作者总是强调内容的真实性，王韬却有一些小说不仅不去强调真实性，反而对所叙内容表示怀疑否定。例如，《朱仙》讲述朱书用异术退敌寇并成仙的故事。记叙异事在传统小说中屡见不鲜。但王韬在津津乐道后偏又作正色道："余与朱君为莫逆交，见其躯干丰伟，载以肥水牛，且虑弗胜，况能跨鹤飞升哉？世人所传，吾弗信也。"④ 以凿凿事实否定了"朱仙"的真实性。再如《杞忧生》一篇，作者在有板有眼地讲述房生与陈姑的两世情缘后，随即又表示怀疑："夫陈姑，烈女子，无再世堕烟花理……儒者之理既弗能通，释氏之说亦穷于议。"⑤ 他最后的结论是这个故

① 王韬：《淞隐漫录》，北京：人民文学出版社，1983年，第494页。
② 王韬著，方行、汤志钧整理：《王韬日记》，北京：中华书局，1987年，第69页。
③ 萧相恺主编：《中国文言小说家评传》，郑州：中州古籍出版社，2004年，第814页。
④ 王韬：《淞隐漫录》，北京：人民文学出版社，1983年，第39页。
⑤ 同上，第422页。

事乃编造而来。这样的怀疑在《梦游地狱》等小说中也有体现。若要驳斥鬼神果报之虚妄，大可发表大段议论来指出主人公讲述的漏洞和疑点；如想申明天道施报之可畏，那就应竭力渲染故事的可信度。然而，王韬的做法却是：既对因果报应绘声绘色地渲染，又画蛇添足般加上两句怀疑之语。这种处理方式其实在当时的新闻报道中十分常见，如果我们去看《申报》，就会发现不少讲述怪异事件的新闻往往也在末尾表达记者的怀疑态度。这正是强调报道真实的报人对记述志怪内容的顾虑所致。

（三）叙事角度新闻化：运用限制叙事

过去学界谈到近代小说中限制叙事的出现，多归因于小说家对西方小说的学习。但如果注意到小说家的报人身份，就会发现，其实对"限制叙事"的运用还得益于新闻叙事的启发，因为对于新闻报道来说，"限制叙事"本来就是应有之义。报人只能报道自己观察到的、采访到的，却无法得知当事人没有讲述出来的幕后真相、心理活动等。在传统小说中，叙事者为了获得最大的叙事权力（全知全能），必须把自己深深藏在文本背后；而在新闻叙事中，作为叙事者的报人往往是事件的目击者甚至是亲历者，因此他不能像传统的叙事者那样，与叙事对象保持一定距离空间以对它进行欣赏玩味。新闻语境下的叙事者应该尽量接近叙事对象，甚至达到"零距离"，为了营造真实感和现场感，就常常需要让"叙事者现身于文本"①。

在非连载的《遁窟谰言》中，多有"逸史氏曰"的评论文字，但逸史氏从未成为故事中的人物；连载的《淞隐漫录》、《淞滨琐话》中发表议论的"天南遁叟"却常现身于小说故事中。《纪日本女子阿传事》记敢爱敢恨的女子阿传的故事，整个故事本已完整，而作者用"天南遁叟时旅日东，亦往观焉"② 使"故事"变成了"看故事"，叙事角度也因为一个"观"而变成了天南遁叟眼中的限制视角。《花蹊女史小传》也是"天南遁叟于己卯春薄游东瀛"③ 时所作，文中关于女史的故事都限制在他视野所见范围之内。文中的"天南遁叟"即是作者王韬，他通过这一"现身的叙事者"，将全知叙事变成了一个旁观者眼中的限制叙事。这一转变或许是无意识的，但也是长期从事新闻报道所受的浸染所致。

①　参见凌硕为：《新闻传播与小说情调》，华东师范大学博士论文，2007 年，第 57 页。
②　王韬：《淞隐漫录》，北京：人民文学出版社，1983 年，第 6 页。
③　同上，第 556 页。

（四）叙事结构新闻化：采用"连缀式"

袁进在《中国文学的近代变革》中比较过作家与记者的不同，认为作家需通过创造来表现人生，记者则"用不着考虑怎样表现人生，只要对事件采取就事论事的态度就行了"，在小说结构上也就不用精心安排，而只需"尽可能多地包容奇闻"①，这就促使小说家以连载新闻的方式进行创作。这种连缀式结构主要用在长篇小说（尤其是谴责小说）中，不过，王韬的短篇小说中也出现了这样的倾向。如《孙伯篪》的主体情节是孙伯篪与舅家女相恋，后女病逝，孙在梦中复见女，听取了一番"欲合先离，欲聚先散"之理，醒后顿悟，终修道成仙。但小说开头通过舅家女之口，对戊寅夏季的花榜作了一番品评。小说全文总共不过 2500 字，这一花榜就占去 1600 余字，删去它对整个故事情节发展没有任何影响，属于典型的连缀式结构。而它所连缀的轶闻，很可能就来自当时报纸上经常登载的品花文字。再如《海外壮游》，主人公钱思衍拜师修道，因"距道尚远"而被师"仍堕凡间，阅历世趣，俾于繁华障中领悟清净道场"②，从而开始了他的"海外壮游"。但"壮游"的各个事件之间并没有逻辑联系，哪个在先哪个在后都不妨碍情节进程，删去其中某个事件也不影响小说情节的完整性，也属于"连缀式"的结构。

以上新闻化的倾向虽然在王韬小说中体现得还不是很明显，但它毕竟显示出传统小说在报刊新闻影响下产生的微妙变化。之后很长一段时期内，小说家的文体意识不但没有变得更加清晰，反而使"小说与新闻报道的混合"③ 成为了晚清小说的一个显著特点。到了包天笑时期，这种"把小说当新闻写"的小说观念已经变得相当普遍。包天笑曾从"前辈"吴趼人那里讨到创作秘诀：吴趼人有一本簿子，"其中贴满了报纸上所载的新闻故事，也有笔录友朋所说的，他说这都是材料，把它贯串起来就成了。"④ 以新闻作为小说"材料"，用"贯串"新闻作为小说创作方法，这正是典型的连缀轶闻作法。而作家所连缀的轶闻来源：一是传闻（"友朋所说"），二是"报纸上所载的新闻故事"，它们正是当时的报人所接触最多的资源。如李伯元的《庚子国变弹词》也是"取材于中西报纸者，十之四五；诸朋辈传述者，十

① 袁进：《中国文学的近代变革》，桂林：广西师范大学出版社，2006 年，第 307 页。
② 王韬：《淞隐漫录》，北京：人民文学出版社，1983 年，第 356 页。
③ ［美］韩南著，徐侠译：《中国近代小说的兴起》，上海：上海教育出版社，2004 年，第 172 页。
④ 包天笑：《钏影楼回忆录》，北京：中国大百科全书出版社，2009 年，第 356 页。

之三四；其为作书人思想所得，取资敷佐者，不过十之一二耳。"① 轶闻成了小说的主体，作者自己的思想资源倒成了最微不足道的部分，这样的小说与其说是新闻化的文学，不如说是文学化的新闻了。更令人惊异的是，作者竟认为"小说体裁，自应尔尔"②。甚至到了 1914 年，作为专门性文学刊物《小说月报》的编辑，恽铁樵谈小说强调的仍然不是文学性，而是认为"Novel 之意义，为新闻，为故事，述之而足以娱人者。"③

正是受到这种"把小说当新闻写"的观念的影响，1907 年，包天笑在《小说林》上连载以秋瑾贯穿各处革命事迹的《碧血幕》时，就做出了一个不同寻常的举动。那就是连续几期登载征集材料的《天笑启事》：

> 鄙人近欲调查近三年来遗闻轶事为《碧血幕》之材料，海内外同志如能贶我异闻者，当以该书单行本及鄙人撰译各种小说相赠，并开列条件如下：一、关于政治外交界者；一、关于商学实业界者；一、关于各种党派者；一、关于优伶妓女者；一、关于侦探家及剧盗巨奸者。其他凡近来有名人物之历史及各地风俗等等，巨细无遗，精粗并蓄。倘蒙赐书，请寄上棋盘街小说林转交可也。④

在包天笑之前，有在报刊上进行征文的，有自己搜集新闻材料连缀小说的，但他却"首创了小说家公开登广告征求小说材料的做法"⑤。虽然我们现在无法查考包氏到底搜集了哪些材料，但从登载的四回《碧血幕》来看，他的确是将这几类材料贯串到小说中了。

小说第一回以预备立宪这一政治事件开端，先发表了一大通革命、自由的议论，属于征集材料中的"关于政治外交界者"，然后以"一个绝无关系的小小人家"⑥——卖花女花奴送花为引子，引出买花的主人公——秋瑾。第二回讲张园的抵制美约大会，由商界泰斗真绍琴主持演讲，属于"关于商

① 李伯元：《庚子国变弹词·例言》，见董文成、李勤学主编：《中国近代珍稀本小说》（叁），沈阳：春风文艺出版社，1997 年，第 309 页。

② 同上。

③ 恽铁樵：《编辑余谈》，载《小说月报》1914 年第 1 期。

④ 包天笑：《天笑启事》，见陈平原，夏晓虹编：《二十世纪中国小说理论资料（1897－1916）》，北京：北京大学出版社，1989 年，第 255 页。

⑤ 袁进：《中国小说的近代变革》，桂林：广西师范大学出版社，2009 年，第 49 页。

⑥ 包天笑：《碧血幕》第一回，载《小说林》，1907 年第 6 期。

学实业界者"。作者由众人的爱国表现讲到妓女的爱国，说"中国社会上，有两种人进化最快……一种便是优伶，一种便是妓女。"接下来就讲"进化"的妓女商议"曲院中不用美货之法"①。结尾是秋瑾请花奴到一品香吃夜饭。第三回即写花奴看到同在一品香集会的名妓谢文猗、林翠卿等人，文中还特地写了一笔"右边第一位，却是空着，原来请的地球闻名中国惟一的美人，《孽海花》中主人赛金花赛二爷，只是没来。"② 明显是在使用"关于优伶妓女者"的征集材料。借众名妓之口，作者又插入日本艺妓盗俄国地图、义和团抵制洋货、孙葆苏签字抵制美货却依然进货、真绍琴不畏刺杀等轶事。这才转入正题，将秋瑾的事迹略为交代。第四回则写秋瑾乘船赴日，在船上所见的留学生怪现状，还听到了一些留学界的恶劣事迹。这一回基本是将留学界轶事连缀而成。最后秋瑾听到关于官保、请安的轶闻。小说到此结束，后来因《小说林》的停刊未能继续刊载，但不难推测接下来作者将引入京师的一些新闻轶事。后来，包天笑在反映上海都市社会状况的《上海春秋》也采用了同样的连缀轶闻方式。这时候离王韬连载小说已有三十年了，报人的文体意识应该已渐清晰，可是作家还这样写小说，可见受新闻叙事影响之深。

　　如果说王韬的"仿聊斋"小说只是显现了报载小说的部分特点，包天笑的社会小说创作，则以典型的报载小说文本打破了传统章回小说的体例与叙事手法（这里主要针对报载小说中的社会小说而言）。传统小说讲究引人入胜，往往遵循"开端——发展——高潮——结局"的叙事模式，报载小说为惊人耳目，却总把最有"爆炸性"效果的故事放在开端，导致很多小说虎头蛇尾，越作越平庸（但从新闻的角度来看，这倒很符合新闻报道"倒金字塔"的结构，将新闻价值最大的部分放在最前面）；传统小说一般有比较完整的叙事结构，注意前后呼应，如《红楼梦》之石头、《水浒传》之石碣，报载小说却往往结构松散、毫无布局；传统小说受说书传统影响，人物塑造重视典型化甚至"脸谱化"，虽不利于表现复杂多面的人物性格，却使受众容易分清人物、便于记忆，报载小说却很少塑造出立体鲜活的形象，小说中的人物多是作者为了连缀话柄而设置。这样的变化，不能说是报载小说的优点，但绝对是其特点。

　　包天笑征集材料及连缀新闻的做法在民初受到一些小说家的效仿，也受到一些人的抨击。如胡适批评道：

---

① 包天笑：《碧血幕》第二回，载《小说林》，1907 年第 7 期。
② 包天笑：《碧血幕》第三回，载《小说林》，1907 年第 8 期。

现在的小说（单指中国人自己著的）看来看去，只有两派。一派最下流的，是那些学《聊斋志异》的札记小说。篇篇都是"某生，某处人，生有异禀，下笔千言……一日于某地遇一女郎……好事多磨……遂为情死"，或是"某地某生，游某地，眷某妓。情好綦笃，遂订白头之约……而大妇妒甚，不能相容，女抑郁以死……生抚尸一恸几绝"……还有那第二派是那些学《儒林外史》或是学《官场现形记》的白话小说。上等的如《广陵潮》，下等的如《九尾龟》，这一派小说，只学了《儒林外史》的坏处，却不曾学得它的好处。《儒林外史》的坏处在于体裁结构太不紧严，全篇是杂凑起来的。……最下流的，竟至登告白征求这种材料。做小说竟须登告白征求材料，便是宣告文学家破产的铁证。①

　　很不幸地，王韬与包天笑恰好分属胡适批判的两派。而包天笑"做小说竟须登告白征求材料"，更被胡适视为"宣告文学家破产的铁证"。我们能理解胡适的痛心疾首，但是，晚清上海的报人小说家本来也没把自己当成神圣的"文学家"，他们更多的是把自己当成"记者"。包天笑的短篇小说《卢生》开篇就说"客有语我卢生事者。余曰：噫！是可为我短篇小说之资料。"② 明显将记述轶事等同于小说创作。《张天师》写张天师在苏州的种种"法力"，是"记者于是屏息路隅"的所见所闻，且特别点明"尔时张天师自江西而上海而苏州，记者之遇张天师也在苏州，故言苏州事"③，说明小说中没有想象成分（而这本应是小说创作的基本条件），完全以限制视角述之。如果不是小说题目标明"短篇小说"，我们可以理所当然把它当成一则新闻报道。甚至在翻译小说《馨儿就学记》中，包天笑也难以忘却自己的"记者"身份。《馨儿就学记》译自意大利教育家亚米契斯的《爱的教育》，原著用小学生日记的形式，以第一人称口吻记述安利柯在生活中经历的种种"爱的教育"。包天笑将主人公换成可馨，仍用第一人称叙事，但小说却是以"记者曰：我此一年中事毕矣"④ 来结尾的。原著中并没有类似的表述，译作也是用直接呈现日记的形式，叙述者自然是"我"，而无须注明"记者

　　① 胡适：《建设的文学革命论》，见魏绍昌、吴承惠编：《鸳鸯蝴蝶派研究资料》，上海：上海文艺出版社，1984年，第101～102页。
　　② 包天笑：《卢生》，载《新新小说》，1905年第2卷第9期。
　　③ 包天笑：《张天师》，载《广益丛报》，62～64号合本。
　　④ 包天笑：《馨儿就学记》，《教育杂志》，1910年第13期。

曰"。包天笑这么做，应该也是职业习惯使然了。

这样的"职业习惯"在包天笑的时代并非特例。如《海天鸿雪记》开篇就陈述"记者著书以前之思想"，说明此小说是"记者寓公是帮，静观默察"① 的结果；《苏州繁华梦》每一回末尾，也都带上一个"记者曰"等。再如，曾朴的《孽海花》写到一半，忽然插进一句："从此海程迅速，倒甚平安，所过埠头无非循例应酬，毫无新闻趣事可记，按下慢表。"② 这些都可见出报刊新闻对小说创作的深远影响。

总之，是报刊这一新兴媒体推动了传统小说家的创作变革，而让报刊蓬勃发展起来的，是上海这一自由、开放的空间。许多惮于官府压制的新思想者，在上海却可以畅所欲言，从而让上海的报刊文化市场在全国发展得最快最好。因此，从某种程度上说，是上海的媒体环境和舆论环境提供了小说变革的前提。而苏州，则还处于旧的文化空间中，包天笑进入报界时，上海报人的地位已经大大提高了，而苏州人仍认为当报馆主笔"最伤阴骘"③，基本还停留在上海几十年前的观念水平；此时的苏州受时代风潮影响，建立了不少新式学堂，但多还延请传统的塾师任教。在这样的文化环境中，小说又怎能迅速变革呢？

第三节   社会环境变迁与小说的现代特征

谈论上海与传统城市不同的特征，总离不开三个关键词：都市、现代和西方。身处这样的一个城市，小说家的创作也会体现出与传统小说不同的都市化、现代化等特征来。

一、小说创作的都市化

从王韬到包天笑，这批小说家已经脱离了传统的仕途经济，要在上海这样的都市生存下去，他们只能"以知识积累、文学想像力、写作技巧等精神软资源为谋生资本"，但同时也获得了自由独立的人格，"在赖以生存的经济根源上，完成了从乡土中国向近代都市的转换"，故他们被有的学者称为

---

① 二春居士：《海天鸿雪记》，见王继权等编：《中国近代小说大系》，南昌：江西人民出版社，1989年，第191页。

② 曾朴：《孽海花》，见王继权等编：《中国近代小说大系》，南昌：百花洲文艺出版社，1996年，第471页。

③ 包天笑：《钏影楼回忆录》，北京：中国大百科全书出版社，2009年，第84页。

"第一代'都市作家'"。①

小说家在上海的都市化生存，会自然而然地投射到他的创作中，体现为近代上海独特的文学经验。有学者指出，"与同时期的其他文学经验相比较，上海文学是最为独特的。这种独特就在于上海文学是一种以都市为背景的文学写作，而其他地方的文学经验几乎全都是以乡土为背景生成的。"② 因此，作为上海鲜明都市特征之一的"烟花粉黛"成为王韬一个重要题材内容就不足为奇了。而稍后兴起的"海上小说"，也具有同样的特征，如韩邦庆《海上花列传》、邹弢的《海上尘天影》等，不同的是他们用白话来创作罢了。上海给王韬小说带来的这种近代性，从他创作的三部小说对比也能得到内证。《遁窟谰言》的初稿是王韬少年时期在甫里所作的《鸡窗琐话》，乡村背景下的创作还具有较浓厚的志怪色彩；而《淞隐漫录》和《淞滨琐话》则呈现出明显的"烟花粉黛"特色，传奇化倾向也大大增强。另外，三部小说也能作为地域影响创作体验的一条辅证。《遁窟谰言》是王韬遁居香港时所作，具有较多的粤港特征，如主人公籍贯多在广州、南海，不少篇目反映了粤港特有的风情（如《卖疯》、《疯女》就反映了广东一带特有的风俗）③；而在上海创作的《淞隐漫录》和《淞滨琐话》，故事背景则多发生在吴门、上海等江浙地区，情节上也带有较多的都市特色。

近代上海的都市化还给王韬带来了其他变化。比如，"沪肆诸物腾贵"④，常常让王韬捉襟见肘，而每月写三篇小说就能获得 40 银圆的收入（主持格致书院一年也才得 140 银圆），无疑对他有很大的吸引力，让他甘愿加入到职业写作的行列中来。而王韬以前的传统文人，则享受不到"有偿写作"带来的好处。又如，都市的物价飞涨、寸土寸金，使上海人已习惯把茶馆、妓院作为"客厅"，把大街作为"阳台"，这一点大大促使上海人消费生活的公开化、社会化⑤，而体现到文学上，就是公共话题的增多。品花在狎妓冶游已经公开化的上海，就是文人群体中一个重要的公共话题，尤其是李伯元在小报上首开花榜后，品花更是借助报纸这一公共平台，成为一件极具

① 叶中强：《从想象到现场：都市文化的社会生态研究》，上海：学林出版社，2005 年，第 98～99 页。

② 杨扬：《文学的年轮》，石家庄：花山文艺出版社，2002 年，第 281 页。

③ 王晋光（Wong juenkon）对此有较详细的分析，具体参见 Wong juenkon，"The Background of the Dunku Lanyan and Its Features"，*Journal of Chinese Studies*，no. 47，2007，pp. 335－366.

④ 王韬：《瀛壖杂志》，上海：上海古籍出版社，1989 年，第 22 页。

⑤ 乐正：《近代上海人社会心态》，上海：上海人民出版社，1991 年，第 130 页。

参与性、互动性的盛事。妓女的生意好坏甚至直接受影响于公众的评选结果。比较王韬的三部小说，我们会发现一个有意思的现象，类似"品花"的花榜式小说没有出现在《遁窟谰言》中，却大量出现在《淞隐漫录》和《淞滨琐话》里，《淞隐漫录》有 9 篇，《淞滨琐话》则达到 15 篇。这样成倍增长的趋势正反映出花榜在当时的盛行。

再如，城市的都市化带来了社会的商业化，也促使文学发展市场化，因为"都市文学是依靠普通读者来维持自己的生计"①。王韬在创作时，也不得不考虑读者的因素，而出现一些迎合市民趣味的内容。尽管王韬的小说尚处于近代上海文学的初期，但它也折射出"在上海近代的文化发展中，市民的需要日益起着决定性作用"②，等到民国初年，大部分报刊和出版物的市民化倾向更加明显。都市化的近代上海，改变了文学的表达方式，也改变了其生产方式和传播方式，从这个意义上来说，上海的地方性文学经验实际上"对整个二十世纪中国文学的发展起到了一种示范作用"③，而王韬正以小说文本的形式将这种文学经验较早地呈现了出来。

不过，王韬还没有完全脱离苏州画舫文化的影响，他笔下最多的还是才子佳人、才子妓女的遇合，妓女大多都是有才貌、有情义的传统形象——而从他的日记以及其后不久的上海小说来看，当时的妓女已经职业化、金钱化了——字里行间也溢满了传统的文人风流与文人情趣。上海马车文化的都市、现代特征在王韬小说里只是初现端倪。

到了包天笑时代，小说家们则有意识地将都市作为一个客观对象去审视和观照。1907 年的《碧血幕》写秋瑾事，这在当时是一个热门题材，这篇小说的独特之处在于其都市化特征。首先来看正文的开篇（小说开头的几段议论性文字属介绍写作宗旨，不算作正文情节的开端）：

> 单说中国第一通商口岸上海地方，是个繁华总汇。世界万国的人，无论黄、白、红、棕、黑各种，种种都有；欧、美、亚、斐、澳各洲，洲洲俱全。因此市廛栉比，歌馆云连，货物山屯，帆樯林立，说不尽的喧嚣热闹。一天到晚，车马之声，震得人头脑都痛。福州路一带，更成了个狂荡世界。幸亏得还有几处地方，倒还林木扶疏，园亭清旷，可以

---

① 杨扬：《文学的年轮》，石家庄：花山文艺出版社，2002 年，第 288 页。
② 袁进：《近代文学的突围》，上海：上海人民出版社，2001 年，第 431 页。
③ 杨扬：《文学的年轮》，石家庄：花山文艺出版社，2002 年，第 281 页。

洗涤俗襟，这要算一个解秽的羯鼓了。①

很明显，《碧血幕》采用了晚清上海小说的典型模式，即是在展开情节之前，先描绘一番上海都市的繁华情状，福州路（四马路）是最富上海特色的标签。

再看场景设置，第一个场景设置"洋楼高耸，危塔刺天"的爱文义路，这正是包天笑自己居住的地方。然后就是上海繁华的宝善街、四马路等马路，还有张园、一品香等，这都是在其他上海小说中最常见的场景，中间还点缀着亨斯美马车、人力车等现代都市元素。

包天笑19世纪20年代写成的代表作《上海春秋》以及续写毕倚虹的《人间地狱》，虽是民国的小说作品，但也是对他之前长期的都市生活反思的产物。他在《上海春秋·赘言》里自白："愚侨寓上海者将及二十年，得略识上海各社会之情状。随手掇拾，编辑成一小说。"② 经过多年都市生活的体验与积淀，包天笑对"吾国第一都市"——上海的认识已经十分深刻，他不是简单地将都市视为罪恶之都，而揭示出都市作为"文明之渊而罪恶之薮"的双重属性，甚至提出"觇一国之文化者，必于都市"③ 的观点。换句话说，要了解近代中国的文化，就不能不探究上海的都市特质。这也是为什么上海文学能成为近代中国文学代表的原因。

二、小说创作的商品化

无论政治家们如何鼓吹报刊对民智的启蒙功能，他们不能不正视的一个事实是：在上海的商业环境中，报刊也必须商业化，不盈利的报刊容易被淘汰，而"追逐利润的报刊只要编辑方针合乎多数读者的需要，寿命往往较长。近代中国历史最悠久的大报《申报》、《新闻报》，都是追逐利润的报刊。"④ 因此，前面我们反复谈到的那40银圆稿酬，直接与王韬创造的市场效益挂钩，并且不是谁都能随随便便领取的。

近代小说付酬的标准有两个基本条件，"一是看作者的知名度；二是看作品是否畅销。"⑤ 第一个条件就是我们常说的"名人效应"，名家的作品更

① 《小说林》，1907年第6期。
② 包天笑：《上海春秋》，上海：上海古籍出版社，1991年，第3页。
③ 同上。
④ 袁进：《近代文学的突围》，上海：上海人民出版社，2001年，第52页。
⑤ 郭延礼：《中国前现代文学的转型》，济南：山东大学出版社，2005年，第32页。

受读者关注，也就更能保证报纸的销量，自然应该付酬，而且还应"润笔从丰"。王韬本是沪上名士，又创办《循环日报》声名大震，属于社会名流；而他在连载小说前的创作也为他积累了不少名气：史著《普法战纪》极受时人推崇，甚至在日本也颇负盛誉；笔记《艳史丛钞》"寄售坊中，顷刻立尽"，1875 年出版的小说《遁窟谰言》也"不胫而走"①，可见畅销程度。正因如此，申报馆才愿意"出重金敦请天南遁叟（即王韬）据所见所闻演说"，并"绘图附钉画报后幅，按期以分送"②。后来包天笑刚进入时报馆，就能拿到八十元薪水，而比他早两年进申报馆当编辑的同乡孙东吴则只有二十八元。其原因恐怕也是因为包天笑 1901 年翻译的《迦因小传》甚为畅销，并因与林纾《迦茵小传》的译本之争而声名顿著。后来包天笑名气渐盛，在为商务印书馆写教育小说时，其稿酬则由通行的两元"涨价到每千字三元"③。

　　通过稿酬，报馆与作者建立起市场关系，从而使其作品也纳入市场运行轨道。虽然早在晚明时期，物质形态的小说作为商品流通已经在吴地出现，但"作家用领取稿酬的办法直接介入小说生产这一商业性活动"④ 却是在晚清才确立起来的——而且恰好也是在吴地。王韬是其中的先行者，包天笑则是传承者，他们的创作向我们展现了小说商品化的过程。

　　在此之前，我们先来论证一下小说商品化的必要性。下表显示了王韬在连载小说时期的收入和支出，让我们看看 40 银圆的小说创作收入对王韬来说意味着什么：

表 6.2　王韬连载小说时期的主要收入与开销

经济来源	收入	开销项目	花费
挂名干薪	50 银圆/月	租金	18 银圆/月
主持格致书院	140 圆/年（合 12 银圆/月）	刻书	50～60 银圆/月
为报刊写稿	40 银圆/月	日常生活	70～80 银圆/月

　　（说明：根据陈明远：《何以为生：文化名人的经济背景》中的《王韬的经济状况》相关论述整理，北京：新华出版社，2007 年。）

---

①　王韬：《遁窟谰言·自序二》，石家庄：河北人民出版社，1991 年，第 5 页。
②　《申报》，光绪十三年九月十八日（1887 年 11 月 3 日）。
③　包天笑：《钏影楼回忆录》，北京：中国大百科全书出版社，2009 年，第 324 页。
④　陈平原：《中国现代小说的起点——清末民初小说研究》，北京：北京大学出版社，2005年，第 85 页。

表 6.3 19 世纪中后期各行业人士的收入情况

行业人员	收入	备注	资料来源
早期"橐笔"外报者	10～40 圆/月	饭食茗点茶水洗衣剃发与夫笔墨等等无不取给于中。	雷瑨：《申报馆之过去状况》。详见注释。
塾师	年薪金 100～200 两（合 12～24 圆/月）	得 200 两的，极少见	《论人情不可解》，1882 年 3 月 9 日《申报》。
19 世纪 80 年代初，汪康年在杭州任书局分校，兼做家庭教师。	前职月薪 16 圆，后职月薪 8 圆，共 24 圆/月	这些钱养活一家七口，"可谓捉襟见肘"	廖梅：《汪康年：从民权论到文化保守主义》，上海古籍出版社，2001 年，第 6 页。
受聘助西人译书者	月薪金约 15 两（合 20 圆/月）		李长莉：《晚清上海社会的变迁——生活与伦理的近代化》第 169 页，天津人民出版社，2002 年。
吴趼人（19 世纪 80 年代任江南制造局抄写员）	8 圆/月	"月得直八金"	李葭荣：《我佛山人传》，魏少昌编《吴趼人研究资料》第 11 页，上海古籍出版社，1980 年。

（说明：此表引自程丽红：《清代报人研究》，吉林大学博士论文，2007 年，第 179 页。为了便于比较，本书将其收入都折合成银圆，并按月薪来计算。）

从表 6.3 可以看出，尽管报业给王韬带来了很大的声誉，但并没有让他"致富"。当时报人的收入并不高，仅 10～40 圆。而王韬轻松写三篇小说则可相当于报人中的"至丰者"。再与其他文化行业人员相比，王韬的小说收入相当于抄写员月薪的 5 倍、塾师月薪的 4 倍、译书者月薪的 2 倍，相比之下，王韬有什么理由拒绝这笔收入呢？

当然，如果王韬有更好的经济来源作支撑，他也可以不受酬，以保持士大夫"为义不为利"的写作传统。但如果稿酬对王韬来说不是可有可无，而是维持生计的"重要经济来源"，恐怕他就难以毅然将其拒之门外了。从表 6.2 来看，他每月较固定的收入约百元，而稿酬就占了约一半的比例，将其称为王韬的"重要经济来源"盖不为过。而他每月的花销，光是可以统计的租金、刻书、日常生活等几项就有百元之多，再加上他不时载酒看花的支出，我们可以肯定，王韬的都市生活不穷，但也不富，能够基本维持而已，如果失去这 40 银圆的稿酬，他的生活恐怕就要入不敷出了。因此，纵使有诸多不情愿，他也不得不"著书都为稻粱谋"了。

我们可以再将王韬早年与晚年在上海的都市生活做一对比。早年在传教士文化机构做"秉笔华士"的王韬，生活较为窘迫，经常就食友人之家。晚年王韬还保留着自己的载酒看花嗜好，但召妓之处则改在了西餐馆："先生嗜西餐，而尤喜飞笺召北里姝于席间典觞政，以是福州路一品香或江南春西餐馆，每至夕阳西下后，先生与予时觞咏其间。""遁叟未逝世时，常存洋一百元在万家春番菜馆，时约友朋大餐，并召名校书数人，赌酒征歌，颇极一时之盛。"① 王韬最初对吴地以外的饮食是很不习惯的，1862 年他流亡香港时，"西士授餐适馆"，他认为"所供饮食，尤难下箸"②，因为鱼肉是半生不熟的，蔬菜也往往生吃，现在竟会"嗜西餐"，尝试时尚的都市生活方式，真是判若两人。这里面有饮食文化的接受因素，但也与王韬经济条件的改善有所关系。包天笑也是一个例证，最初偶然去小酒店喝一次酒的他，后来不仅遍试番菜，还争尝"真正外国大菜"，当时一般番菜馆每客一元，而"这个大菜馆，十块钱一客，在当时上海要算最贵的了。"③如果没有丰厚的稿酬撑腰，包氏恐难如此。由此也可以见出稿酬对作家生活水平的直接影响。

从上面的分析可以看出，无论从主观上或是客观上，小说家都无法拒绝稿酬，因此他也就必须遵循市场运作规律，让自己的小说商品化。王韬三部小说的序言也许可以为之作一个注脚。王韬在第一部小说《遁窟谰言》的序言中说"（世人）不知用世与遁世无两途也，识大与识小无二致也。"④ 表明自己虽居遁窟，心存国事，还是传统经世致用的小说观念。而"旨寓劝惩，意关风化"的小说功用论也不脱传统。在这样的观念影响下，《遁窟谰言》是以一种严谨的创作态度完成的。

在第二部小说《淞隐漫录》的自序中，王韬秉承了《遁窟谰言》穷而后作的创作态度，称自己本来"一惟实事求是"，之所以创作这些狐鬼故事，是因为自己的志怀"求之于中国不得，则求之于遐陬绝峤，异域荒裔；求之于并世之人而不得，则上溯之亘古以前，下极之千载以后；求之于同类同体

---

① 孙家振：《退醒庐笔记》，见柯灵，张海珊主编：《中国近代文学大系·笔记文学集 2》，上海：上海书店，1995 年，第 717 页；陈无我：《老上海三十年见闻录》，上海：上海书店出版社，1997 年，第 162 页。

② 王韬：《弢园尺牍》，北京：中华书局，1959 年，第 71 页。

③ 包天笑：《钏影楼回忆录》，北京：中国大百科全书出版社，2009 年，第 415 页。

④ 王韬：《遁窟谰言·自序二》，石家庄：河北人民出版社，1991 年，第 5 页。

之人而不得，则求之于鬼狐仙佛、草木鸟兽。"① 然而这种"穷而后幻"的创作思想与他创作中体现出来的具体风貌却是相背离的。《点石斋画报》的画报形式无法承载"孤愤"这样沉重的主题，上海的读者也并不在意作者深沉的寄怀。在传播媒介与传播对象的共同挟持下，王韬也只能放下姿态，俯就读者，品花谈艳的小说大量出现，他的仿聊斋小说也就只有"幻"的形式，失却了"穷"的寓意。

在第三部小说《淞滨琐话》中，王韬则彻底放弃传统教化劝惩的努力。他在序言中称小说创作完全是"聊寄我兴焉而已，非真有命意之所在也"，让读者作"游戏之言观"②。从文学价值来看，王韬的小说所受评价并不高。但其实王韬最初的创作态度还是很严肃认真的，只是在上海商业化的文学生态中，很难再坚持认真的创作态度，进行精湛的艺术创造。

当包天笑驰骋小说领域的时候，这种作者主观态度与读者趣味需求的角力依然存在，陈平原就感叹在当时"即使名家名作也常令人惊讶全书质量的不均匀，有相当精彩很能见出作家艺术功力的章节，也有相当糟糕不幸又不是他人伪作的段落。可以说，这个时代多的是好的小说片断，可就很难找到真正经得起再三品味的好小说。"③ 的确如此。不过，既然是报载，就带有快速消费品的特征，又怎么能要求小说家精研细磨呢？包天笑很清楚这一点，因此他的创作并没有王韬那样的矛盾纠结，往往是"写了下来，不加修饰，并且不起第二回稿"④，以至于好多小说，他已记不起内容、题旨与书名了，这正是时人批评的"苟成一书，售诸书贾，可博数十金，于愿已足，虽明知疵累百出，亦无暇修饰。"⑤ 可是，正是这样，他才能在每天编辑杂志之外还能写四五千字，"在卖文上，收入很丰。"⑥

包天笑自觉的商业意识与上海整个的商业环境有关，但在一定程度上也得益于他在苏州的办报活动。包天笑在 1901 年办过《励学译编》和《苏州白话报》。《励学译编》虽定价每册二角，但不少都是赠送与人，因为"苏州

①　王韬：《淞隐漫录·自序》，北京：人民文学出版社，1983 年，第 2 页。

②　王韬：《淞滨琐话》，重庆：重庆出版社，2005 年，第 2~3 页。

③　陈平原：《中国现代小说的起点——清末民初小说研究》，北京：北京大学出版社，2005年，第 87 页。

④　包天笑：《钏影楼回忆录》，北京：中国大百科全书出版社，2009 年，第 324 页。

⑤　寅半生：《小说闲评·叙》，见陈平原，夏晓虹编：《二十世纪中国小说理论资料（1897－1916）》，北京：北京大学出版社，1989 年，第 182 页。

⑥　包天笑：《钏影楼回忆录》，北京：中国大百科全书出版社，2009 年，第 374 页。

的大善士敬送善书，写明有'随愿乐助，不取分文'八字，我们大有此风。"① 结果自然是销数逐渐减缩，终于"蚀光大吉"。到办《苏州白话报》时，投入资金的尤子青还打算学苏州大户人家送善书一样，"送给人家看"，包天笑却极力反对，可见这时他已经有比较明确的商业意识了。因此，他到上海以后，很快就习惯了商业化的创作方式。

相反，同样来自苏州地区的曾朴则显得"不合时宜"——"他的《孽海花》实在写得太慢了。在《小说林》杂志上预告，每期可以登一回（《小说林》是月刊），但他还是常常脱期，即使不脱期的话，每期登一回，试以全书八十回而言，也须六年又八个月，可谓'长线放远鹞'了。"② 脱期的原因不是曾朴不下功夫，恰恰是因为他还秉承着传统的小说观念，"穷十年或数十年之力，以成一巨册，几经锻炼，几经删削，藏之名山，不敢遽出以问世。"③ 他的《孽海花》先是对金松岑原作的前六回进行修改，1905 年写成二十回，1907 年续写五回并在《小说林》上连载，之后中辍，1927 年开始续写与修改《孽海花》，成三十五回，并刊登在其创办的《真善美》杂志上。结果呢？曾朴单凭这一部《孽海花》就跻身于晚清四大小说家之列，包天笑则在文学史上鲜以留名。然而，就身份转型而言，包天笑实比曾朴转型更为彻底。他商业化、市场化的小说创作，使他成为高产且高收入的小说家。而曾朴创办的《小说林》，虽出书很多，销路也不差，终究还是亏本。

另一个例子是包天笑与《时报》老板狄葆贤。包氏洞察市场需求，建议《时报》创办副刊《余兴》，开报纸设副刊先例；狄葆贤却对《时报》管理散漫，没有积极应对市场变化，终于日渐困穷，入不敷出。包天笑总结说"在从前以一个文人，办点商业性质的事，终究是失败的多数。"④ 就是说他们仍以传统观念来经营出版机构，而与上海这个商业化的新环境不相融合，必然导致被市场淘汰。小说创作也是一样，如果还坚持清高姿态，就难以在上海新的文学生态中惬意生存。

---

① 包天笑：《钏影楼回忆录》，北京：中国大百科全书出版社，2009 年，第 167 页。
② 同上，第 324 页。
③ 寅半生：《小说闲评·叙》，见陈平原，夏晓虹编：《二十世纪中国小说理论资料（1897—1916）》，北京：北京大学出版社，1989 年，第 182 页。
④ 包天笑：《钏影楼回忆录》，北京：中国大百科全书出版社，2009 年，第 327 页。

三、小说创作的现代化

（一）译西书的王韬与译小说的包天笑

王韬在上海的生活可以分为早年与晚年两个时期，都与西人有千丝万缕的联系。早年在墨海书馆为传教士译书，晚年在傅兰雅建立的格致书院任教，为美查创办的申报馆之《点石斋画报》写小说。虽然本章第一节中提到王韬一直没有完全融入西方文化中，但并不代表西方文化没有对他的创作产生影响。最直接的表现就是译书活动给王韬小说带来的西方化与现代性。

首先，引起王韬小说语言的变革。王韬与传教士的译书合作，既包括英译中，又包括中译英，两种语言的交会必然引起表达方式的微妙变化。如辅佐麦都思将英文《圣经》译为中文的过程中，王韬的主要工作是润饰《新约》和准备《旧约》的译文初稿。王韬对这种"我徒涂饰词句"① 的工作很不满，认为不能发挥自己的才能，但正是这种"涂饰词句"，让他在19时期末率先开始了语言变革。一方面，传教士出于传教的考虑，翻译须力求通俗，从而使接近口语的白话发展起来；另一方面，王韬是受过严格的文言文训练的士大夫，因而在行文中还是会不自觉地将文言文留诸笔端，二者的张力形成一种新的语言形式，它如白话平易畅达而又不失文言典雅，这就是浅近文言。

在辅佐理雅各将四书五经译成英文版《中国经典》时，王韬负责所有译著的"前期工程"，广搜博集、详加考订，并结合自己的研究心得写成笔记，以供翻译之用。为了便于理雅各理解儒学经典，这些笔记语言自然不能像原著那样古奥晦涩（否则理雅各自己就可阅读原著了）。而且，单音节的文言词往往带有多义性，为了不引起歧义，就需用相应的双音节词去表达。很多学者在论及现代汉语单音节词向双音节词的转化问题时，往往归因于日文外来语的引入。实际上，在这一潮流之前，王韬的创作语言已经体现出双音节化的倾向，如步伐、款待、教导、游览等②，这些词汇和现代汉语已经没有区别；此外，还较早地出现了一些新名词，这也得自于译书时的一些译名，

---

① 咸丰九年二月六日戊午（1859 年 3 月 10 日）王韬日记，见王韬著，方行、汤志钧整理：《王韬日记》，北京：中华书局，1987 年，第 92 页。

② 《淞隐漫录·海外壮游》，篇目为随机抽样。见王韬：《淞隐漫录》，北京：人民文学出版社，1983 年，第 355～359 页。

如电灯、铁路、电报等。①

其次，推动王韬小说观念的转变。科技书籍的翻译使科学思想渗透到王韬的小说创作中。同属模仿《聊斋》的志怪小说，《夜雨秋灯录》是宣鼎"取生平目所见，耳所闻，心所记忆且深信者"②而写出，王韬的《淞隐漫录》则明确指出"夫天下岂有神仙哉！"并举中国人的"四灵"（麟凤龟龙）为例，用西人的生物学知识证明它们并不存在，传说中的狐鬼亦是，"狐乃兽类，岂能幻作人形?"③鲁迅曾批评王韬的三部小说"狐鬼渐稀，而烟花粉黛之事盛矣"④。但实际上，这种"狐鬼渐稀"正是科学实证观念直接导致的。

再次，为王韬小说提供了新的题材，最明显的是圣经故事。《漫游随录》中，提及"摩西率以色列民出埃及，埃及王法老追袭其后。摩西偕众竟履红海而过，法老随之，俱陷没于波涛中。"⑤这显然源于圣经中的《出埃及记》。而他的小说中也不时见出《圣经》的影响，如《乐国纪游》中说，乐国里有一园"曰乐园……始祖亚当、夏娃，会居此园，逍遥自适，绝不知人世间有所谓生老病死、离别悲痛者。自食果违命，遂驱之出，由此遂失乐园。"⑥这一段论述当来自圣经中的"失乐园"故事，乐国的"乐园"应是西方的"伊甸园"。

相比王韬对西方文化有些被动的接受，包天笑对西方文化则是主动吸取的。在包天笑的时代，上海开埠已久，西化特征明显，人们对西方文化的态度也早以从排拒转为趋慕。西方文学也逐渐被引介进来，推动了翻译小说的兴起。包天笑开始走上小说之路，并非从创作始，而是始于翻译。1901年，他与杨紫驎合译的英国小说《迦因小传》深受读者追捧，他还得到大笔版权费，从此便"把考书院博取膏火的观念，改为投稿译书的观念了"⑦。1906年包天笑到时报馆之前，商务印书馆向他约稿，让他"写一种教育小说，或是儿童小说，要长篇的，可以在教育杂志上连期登载。"他的第一反应是

---

① 如《淞隐漫录·海外美人》"船中俱燃电灯，照耀逾于白昼"；《淞隐漫录·海底奇境》"如虞后患，则莫如自筑铁路"；《淞滨琐话·徐太史》"仆得电报，星夜遄归"等。

② 见宣鼎：《夜雨秋灯录·自序》，上海：上海古籍出版社，1987年。

③ 王韬：《淞隐漫录》，北京：人民文学出版社，1983年，第5页。

④ 鲁迅：《中国小说史略》，北京：人民文学出版社，1973年，第188页。

⑤ 王韬著，顾钧校注：《漫游随录》，北京：社会科学文献出版社，2007年，第56页。

⑥ 王韬：《淞滨琐话》，重庆：重庆出版社，2005年，第102页。

⑦ 包天笑：《钏影楼回忆录》，北京：中国大百科全书出版社，2009年，第174页。

"我当时意识中实在空无所有，那就不能不乞灵于西方文化界了。"① 说明他已经在有意识地吸取西方资源了。在晚清时期，包天笑最受关注的小说几乎都属于翻译小说而非创作小说，如《馨儿就学记》等教育小说，在当时影响极巨，被认为是代表了包天笑文学创作的最高成就。

翻译对包天笑的创作小说同样起到了一定影响。如教育小说《埋石弃石记》就是他在《馨儿就学记》、《苦儿流浪记》等翻译小说中积累经验而自著的。到民初以后，包天笑小说重心转向创作，这种影响更明显。如言情小说《补过》则是对托尔斯泰著名小说《复活》的模仿之作，"无论从思想主题内蕴层面还是艺术表现形式上，都充分体现了包天笑在西方翻译小说的影响与启迪下，成功地使自己的创作突破了旧式章回小说的案臼，成为中国小说向现代转型的一个不可忽略的链环。"②

译西书的王韬与译小说的包天笑，实际代表了中国小说家对外国文化（文学）的不同接受阶段。而无论这种接受是被动或是主动，是无意识或是有意识，有一点是共同的，那就是，只有上海这个与西方文化距离最近的城市给王韬们和包天笑们创造了更多认识西方的机会。

（二）王韬的"新"与包天笑的"旧"

作为第一批来到上海的吴地文人，王韬较早见识了各种现代事物。每当有友人来到上海，他总会做一件事，那就是带友人观看上海的现代器物，并从他们叹为观止的表情中感到一种自得。王韬日记中提到的现代器物就有缝衣之器（缝纫机）、火轮器、洋行奇器、印书车等。③ 但王韬比同时代文人超前的原因不止于此，另一个重要的原因是他有幸到西方"亲历现代"。1867 年，王韬应理雅各之邀，前往欧洲继续翻译《中国经典》。这一次泰西漫游途经新加坡、槟榔屿、开罗等地，而对他冲击最大的，是被他称为"欧洲巨擘"的英法两国。在器物层面上，王韬见识了各种精奇的机器制造，如"于日中登最高处仰窥，星斗皆现，能察月中诸山"的望远镜、"以之觇纤细之物，如蚊睫蚁足，察及毫芒"的显微镜等 ④；在制度层面上，王韬领略了先进的税法制度、专利制度等，并着重论述了西方的"实学"，如电学、光学、物理学等；在生活方式层面上，王韬体验了火车、轮船等便捷的交通

① 包天笑：《钏影楼回忆录》，北京：中国大百科全书出版社，2009 年，第 383 页。

② 参见沈庆会：《包天笑及其小说研究》，华东师范大学博士论文，2006 年，第 107 页。

③ 参见王韬著，方行、汤志钧整理：《王韬日记》，北京：中华书局，1987 年，第 47、131、167、47、64、77、156、167、187 页。

④ 王韬著，顾钧校注：《漫游随录》，北京：社会科学文献出版社，2007 年，第 121 页。

工具，以及电影、戏剧、舞蹈等娱乐方式。他也因此成为"第一次以个人身份游历西方的知识分子（one of the first to travel to the West as an intellectual and a private citizen）"①。

　　被王韬引以为豪的这次"先路之导，捷足之登"②，再加上他在上海的现代体验，使王韬的小说也率先表现出诸多现代特征。以王韬所作才子佳人类型的小说为例，这本是很传统的题材类型，但在模式化的叙事模式中却点缀着以往才子佳人小说没有的现代事物，比如《徐希淑》中作乱的小人逃跑时乘坐的是现代交通工具瓜皮艇，《菖蔚山庄》中才子通过佳人的照片寻找到一份情缘，这类似于传统小说中按照画像寻找佳人的情节，但"照相术"却是西方传入的新鲜事物。当然，在其他类型的小说中还有诸如轮船、六门手枪、望远镜、电灯等现代事物，这些都来自王韬在欧洲与上海的所见。再如，受西方实学的影响，王韬笔下的才子佳人也出现了一些掌握实学的"新人"。《严寿珠》中的佳人严寿珠与才子栾生关于轮船蒸汽原理的一场谈论，正如一堂前沿科学知识讲座；《杨莲史》中的佳人钱月娇"诗文之外，尤长算学"③，能制造先进的器具，如自动迎客的木人和防贼机关等。

　　不过，这次"先路之导，捷足之登"给王韬带来的改变还不止于此。当数年后中国人才发现自己置身"文化断错的震撼"④ 时，王韬却早已完成了一场个人的"现代性大裂变"⑤。这种"裂变"在王韬的小说中，体现为对西方文化的惊羡赞叹，以及重建中国地位的努力。如《海外壮游》中主人公钱思衍在代表东方的"道"的引导下，壮游西方，表现出他对西方文化的惊羡体验。《媚梨小传》中代表西方的媚梨追求代表中国的丰玉田，这种"颠倒的中西联姻模式"实际代表了王韬对中国文化的乐观想象，以及对西方文化辅佐中国现代化进程的高度信心。⑥《海底奇境》则把聂祥生与兰娜的中西联姻故事背景放到了海底，这篇寓言性质的小说似乎透露出王韬对中西友

　　① Sheldon H. Lu, "Waking to Modernity: The Classical Tale in Late—Qing China", *New Literary History*, vol34（4），2003，p.748.

　　② 王韬著，顾钧校注：《漫游随录》，北京：社会科学文献出版社，2007年，第31页。

　　③ 王韬：《淞滨琐话》，重庆：重庆出版社，2005年，第181页。

　　④ ［美］柯文著，雷颐、罗检秋译：《在传统与现代性之间——王韬与晚清改革》，南京：江苏人民出版社，1994年，第81页。

　　⑤ 王一川：《中国现代性体验的发生——清末民初文化转型与文学》，北京：北京师范大学出版社，1999年，160页。

　　⑥ 参见王一川《中国现代性体验的发生——清末民初文化转型与文学》第五章第八节至第十节的分析。北京：北京师范大学出版社，1999年，第235～249页。

好结合的现实失去了一些信心，才将其放入一个幻想的"海底世界"。这种构建幻想世界的方式本身，向我们展示了王韬经历"现代性裂变"的痛苦心路历程。

　　相比之下，包天笑则无需经历这样一段痛苦的"裂变"，他对现代性是坦然受之的。当王韬的小说还是零星半点地介绍西方的科学与文明时，包天笑已经通过科幻小说的形式大张旗鼓地宣传西方科学观念。如《新造人术》，虽然全篇使用文言，却充满着大量的新名词如汽车、键盘、留声机、电线等①；《鸭之飞行机》用滑稽小说的形式为民众讲解了飞行器这一新事物；《空中战争未来记》更以新奇的幻想，描写欧洲各国争霸，利用飞艇展开空中战争，并提出"二十世纪之世界，其空中世界乎"②的观点，极富预见性。从这些来看，包天笑比王韬要"新"，不过，这并不代表他就比王韬转型得更彻底。在某些方面，他与王韬一样"旧"。纵然两人相隔近半个世纪，但身处浓厚现代氛围中的包天笑还是会表现出传统性。

　　最突出的是其早期的代表作《一缕麻》。这篇短篇小说素材来源于包天笑家女佣的讲述："有两家乡绅人家，指腹为婚，后果生一男一女，但男的是个傻子，不悔婚，女的嫁过去了，却患了白喉重症，傻新郎重于情，日夕侍疾，亦传染而死。女则无恙，在昏迷中，家人为之服丧，以一缕麻约其鬓。"③包天笑在此基础上，首先用传统的才子佳人方式开头，极力渲染"某女士"才貌双全的佳人形象："风姿殊绝，丽若天人……解书擅文，不栉进士也。……以聪明绝特之姿，加以媚学不倦，试必冠其曹。同学中既慕其才，复惊其艳，以为此欧文小说中所谓天上安琪儿也。"④唯一的"新"也许在引入了"欧文小说"中的"安琪儿"做比较。随后，小说增加了某女士在新式学堂接受新思想，与邻家一位才华横溢的"翩翩佳公子"心心相印的情节，正呼应了当时兴起的自由恋爱、文明结婚的思潮，这本是小说最易出新之处，也是对作者"针砭习俗的盲婚"⑤主旨的最好实现。然而，在小说的结尾，某女士却因感念痴郎的真情而拒绝了恋人，"咸为长斋礼佛之天，

　　①　《小说时报》，1909年第6期。

　　②　包天笑：《空中战争未来记》，见于润琦主编：《清末民初小说书系·科学卷》，北京：中国文联出版公司，1997年，第99页。

　　③　包天笑：《钏影楼回忆录》，北京：中国大百科全书出版社，2009年，第359页。

　　④　包天笑：《一缕麻》，见于润琦主编：《清末民初小说书系·言情卷》，北京：中国文联出版公司，1997年，第21页。

　　⑤　包天笑：《钏影楼回忆录》，北京：中国大百科全书出版社，2009年，第359页。

皈命空王……至今人传某女士之贞洁，比之金石冰雪云。"① 一名对封建包办婚姻的抗争者最后依然回归体制，成为从一而终的贞女节妇，这正反映出包天笑"提倡新政制，保守旧道德"② 的创作思想。

在他的翻译小说中，也能明显看出这种传统性。《馨儿就学记》（下面简称《馨》）是包天笑最富盛名的教育小说。如果我们将它与原著《爱的教育》（下面简称《爱》）进行对比，就能发现包氏对小说的传统性改造。

1. 置换场景为中国尤其是吴地，如《爱》中三月例话《洛马格那的血》在《馨》中被放到上海龙华寺的背景下；《爱》中二月十七日《囚犯》在《馨》中被放到"避暑养疴地"③ 吴淞等，让读者首先消除对异域的陌生感。

2. 引入中国传统观念。在人物形象塑造方面，《爱》在第一章中勾勒了"我"的各位同学之群像，《馨》除将人物形象中国化以外，还特地加上一句"人心不同各如其面"④ 来说明不同面貌的学生有不同的性格，而这句话本身是中国传统"知人论世"观念的反映，类似的还有"字如其人"、"文如其人"等。在个体形象上，包氏也引入一些传统观念，使看似并未变动的人物形象描写有了中国传统文化的投射。如《爱》中一个残废的赤发小孩，在《馨》中得名小吴生（具有吴地特色的名字），且特别强调他"左手不具而事亲以孝闻"⑤，这样，一个客观的生理缺陷就变成了道德楷模的亮点。再如，在《爱》中保护幼小孩子不被欺负的卡隆，到《馨》中成为"扶弱而锄强，有古侠士风焉"⑥ 的张公霖，也是把中国传统的侠义观念引入到小说中来。

在情节方面，包氏也通过增删改动，使之符合中国传统观念。如对《洛马格那的血》一篇的翻译，原著中费鲁乔为守护祖母不受强盗伤害，牺牲了自己年轻的生命。这样的结局符合西方崇高的悲剧观念，可是在中国好人好报的传统观念里，这样一个孝顺的孩子不应该遭此厄运，故包氏将结局改成"明日送医院，医生等均嘉二辛之孝也，竭力调护，得不死。然而其足已蹩也。"⑦ 再如《灾难》一篇，一个小学生为救小孩，自己被车轧伤，被救小

① 包天笑：《一缕麻》，见于润琦主编：《清末民初小说书系·言情卷》，北京：中国文联出版公司，1997年，第25页。

② 包天笑：《钏影楼回忆录》，北京：中国大百科全书出版社，2009年，第389页。

③ 《教育杂志》，1910年第10期。

④ 《教育杂志》，1910年第1期。

⑤ 《教育杂志》，1910年第1期。

⑥ 《教育杂志》，1910年第4期。

⑦ 《教育杂志》，1910年第10期。

孩的母亲感动得流泪不止，包氏在翻译时添入一段小学生母亲安慰她的话："婶勿悲矣，是儿合当有此蹇运，抑愚夫妇不德所致"①，将小学生的受伤归为传统的宿命论，降低了原著中舍己救人的感人力度。此外，包天笑还直接在小说中添入一段原著没有的扫墓情节②，这也是极具中国传统特色的。

最突出的一个例子是对《难船》的改造。在包天笑的翻译中，英国出发的轮船改为自香港来上海；文中的两个意大利少年被改成"武林产"的陈翠峰和"吴人"周源，两人成为吴地同乡；轮船遇难后，周源将逃生机会让给陈翠峰，自己被海淹没，这是与原著一致的，但包天笑偏偏加上一个似乎多余的结尾："厥后翠峰达，父母欲为之联姻，翠峰矢志不嫁，曰：以我余生，奉父母以终，外此光阴，则长斋绣佛而已。"③ 这种为感恩而守节的行为与《一缕麻》的创作精神可谓一脉相承，都打上了中国传统道德的鲜明烙印。

3. 包天笑的一些改动尤能体现出苏州传统。如上面的难船故事中，原著并未对两个少年的外貌进行描写，《馨》中则在少年出场时写到他"颜色温润如冠玉，优美不似田舍儿"④，这不正是苏州小说中常见的清秀少年、翩翩公子形象么？再如，《爱》中有个聪明的学生代洛西，在《馨》中得名高景明，包氏对他的才华大肆渲染："若高景明者，真天才也。夫天之生人，原亦有慧钝之别，聪明者往往不肯攻苦，若钝根者则又瞻望弗及，高生兼而有之，大足以展此才调也。"⑤ 这样的"天才论"在才子辈出的吴中早就存在了。包氏意犹未足，又加上一段"抑高景明氏不独丰于才，亦且竺于情，秀外而慧中，丰神濯濯，又如春柳也。"⑥ 才貌双全重于情，这似乎是苏州才子的共同特征吧？不仅如此，苏州地区的才女特色，在包天笑的翻译中也有体现。《爱》中《朋友可莱谛》一篇，写可莱谛一方面为家里分担劳务，一方面刻苦学习，《馨》中滕生则多了一个"明眸皓齿，不类贫家女"的妹妹明漪，说"家贫弗能读，然妹固甚慧，我口授之，辄琅琅成诵，刭悟性尤佳，我殊弗能及也。"⑦ 女子聪慧，甚至男子弗及，是在苏州这样才女涌现的文化环境中才会出现的。

---

① 《教育杂志》，1910 年第 1 期。

② 《教育杂志》，1910 年第 12 期。

③ 《教育杂志》，1910 年第 8 期。

④ 《教育杂志》，1910 年第 8 期。

⑤ 《教育杂志》，1910 年第 6 期。

⑥ 《教育杂志》，1910 年第 6 期。

⑦ 《教育杂志》，1910 年第 4 期。

　　总之，对《馨儿就学记》的翻译基本体现了包天笑"讲的中国事，提倡旧道德"① 的宗旨。作为一个被西方文化包围的小说家，作为一个率先进入当时最摩登的电影界的先锋人物，作为一个追求新事物、各个领域都要涉足的"染指翁"②，包天笑应该是走在时代前沿的"新人"。但是他在上海这样前沿多变的文化环境下，还保持着这样浓厚的传统观念，不能不说是传统文化浓厚的苏州留给他的一个烙印。

　　我们单举一个例子，也许就能说明这个问题。作为第一位与近代媒体联袂的"新人"王韬，就在他连载小说期间的 1885 年，于上海创设弢园印书局，以木刻活字印书。近 20 年后，1901 年包天笑创办《励学译编》，选择了"用最笨拙的木刻方法来出杂志"，这是受限于当时的条件；1902 年创办《苏州白话报》时，大家已无兴致，偏他还跃跃欲试，"想过一过这个白话报之瘾"，这份报纸还用木刻方法，其时包天笑已经认识到"这种木刻杂志，只能暂济一时，岂能行诸久远"，而且"文化工具，日渐造化"，可是即使知道自己在"开倒车"，他还是不愿放弃，直到终于停刊；到 1917 年，包天笑主办的《小说画报》又选择了在当时"有点像开倒车"的石印而非铅印，且用线装。木刻、线装，这些都是典型的苏州情结。因为苏州的刻字店"是在国内有名的。有许多所谓线装书，都是在苏州刻的"③，在明代苏州的小说出版业正是靠着精湛的刻工、精美的印刷、精致的线装打造精品路线，并击败建阳，成为新的出版中心。每个苏州人对苏州的文化品位都应是引以为荣的，即使上海为他们提供了更好更先进的工具与设备，在他们心中还是有着一份木刻情结、线装情结。

　　因此，即使是相隔半个世纪，即使是已经身处不同程度的"现代"，王韬与包天笑还是会体现出同样的传统的一面④。正是苏州与上海两种不同文化环境的交汇，让他们成为了新旧交织的典型，他们的小说自然也就会呈现出传统与现代交陈的特殊风貌来。

---

① 包天笑：《钏影楼回忆录》，北京：中国大百科全书出版社，2009 年，第 385 页。
② 同上，第 543 页。
③ 同上，第 166、168、169、169、378、166 页。
④ 王韬与包天笑决非特例，我们还可以举出其他例子，比如苏州吴江人金松岑，以激进的改革思想著名，曾以"爱自由者"作笔名写作《孽海花》前六回，另有《自由血》、《女界钟》等小说，都体现了他的激进思想。传统苏州容不下他这样的思想，上海却为他创造了一片自由的天空，然而，这样的一个改革者最终却回到苏州，回归传统学术中去，似乎说明了传统基因对苏州人的根本性影响。

小　结

　　这一章实际是对第一章的一个呼应，也是对前面所有章节的一个印证。第一章论述了苏州与上海经济、文化、出版地位的置换，而王韬与包天笑正是这一过程的亲历者和见证者；第一章提及苏州移民对上海文化市场的贡献，而王韬与包天笑正是从苏州到上海的文人学士之代表，他们为上海新兴的文化领域——报刊市场输出了智力资源。同时，作为"吴地追梦族"里的一员，他们的都市体验又可视为"乡下人进城"叙事的现实版本。王韬与包天笑身处不同的时代，他们所受传统与现代影响的程度是不同的，因此，王韬的小说尽管在同时代可谓"新"，却还保留着苏州画舫时代的文人风流、才子佳人的余绪，包天笑的小说则有着上海马车时代的鲜明都市特色。但即使是比王韬"新"的包天笑，也还保留着苏州给他的传统思想。相隔半个世纪的王韬与包天笑竟表现出同样的苏州木刻情结，这也在某种程度上回应了第五章苏州现代化进程缓慢的问题：这个城市的传统性实在太重了，而且苏州人不愿从根本上放弃这份传统性。当然，王韬与包天笑是现代转型的吴地文人典型，也是处于社会转型期的晚清文人的代表，因此他们不仅反映出吴地及吴地小说的变迁，也成为传统中国艰难转型的缩影。

余论：向现当代延展的吴地小说

　　作为古代文学研究成果，本书论及了文学商品化、市场化的问题。吊诡的是，在文学商品化、市场化的今天，古代文学研究又容易被看作没有"价值"的。但笔者坚信，古代文学虽"古"却不"故"。喜爱现当代小说的读者也许对古代小说不屑一顾，研究现当代文学的学者也许认为古代文学已失去了现实意义，但正如刘勇强所说，"古代小说既是距今越来越远的文化现象，又超越时空，依然滋养着当代人的精神心理。"① 吴地小说就是一个例子。现在已经没有多少人去看晚清吴地小说，但令他们醉心的"海派"小说，正是从那里脱胎的。当今我们关注的城乡矛盾、社会和谐等问题，在晚清吴地小说中也能找到源头。晚清吴地小说不是孙悟空，从顽石中横空出世，它靠古代吴地小说哺育长大；晚清吴地小说也不是西门庆，在繁盛中戛然而亡，它有着现当代的香火延续。

　　（一）吴地仍然是现当代的一个小说中心。本书论述了晚清吴地小说中心的确立与移位过程。当今吴地虽然不是一枝独秀，但仍然是一个重要的小说中心。民初有影响的通俗小说家大多来自吴地，苏州籍作家有包天笑、周瘦鹃、徐卓呆、程瞻庐等，常熟籍作家有徐枕亚、吴双热、姚民哀、吴公雄、平襟亚等，扬州籍作家有李涵秋、毕倚虹、张秋虫等，常州籍作家有李定夷、恽铁樵、许指严、吴绮缘等，上海籍作家有王小逸、张舍我、张恂子、汪仲贤等。② 吴地小说家不仅人数多，而且影响大，民国重要的文学流

---

　　① 刘勇强：《作为当代精神文化现象的明清小说》，载《明清小说研究》，2001 年第 2 期。
　　② 这里仅为列举性质。较详细的统计可参看李国平：《论民初通俗小说作家及其作品的吴文化地域特征》，载《苏州教育学院学报》，2007 年第 1 期；范伯群：《从通俗小说看近代吴文化之流变》，载《苏州大学学报》，1991 年第 3 期。

派——"鸳鸯蝴蝶派"中就活跃着不少吴地小说家的影子，如上述列举作家中的徐枕亚、包天笑、周瘦鹃、李涵秋、李定夷五人，就被称为"鸳鸯蝴蝶派五虎将"。而鸳鸯蝴蝶派在创作内容、风格及理论主张各方面都与吴文化有很深的渊源，这已有许多学者论及，这里不再展开分析，单从它的言情风格、才子妓女（闺秀）内容等方面，就能看出与晚清吴地小说的相同基因。

现代文学虽然有诸多流派，但最主流的可分为两脉——"京派"与"海派"。而"海派"正是从吴地小说中脱胎而出的。无论是以刘呐鸥、穆土英为代表的"新感觉派"，还是以张爱玲、苏青等代表的新市民文学，海派文学中总摆脱不了对都市的夸饰、对情欲的彰显，而这也正是晚清上海小说的重要特质。

直到当今，文学越来越多元化，然而吴地小说家始终是文学创作的中坚力量。茹志鹃、王安忆、程乃珊、叶兆言、范小青、陆文夫……这些我们耳熟能详的名字，都来自吴地这片神奇的土地。他们有的写战争年代，有的写建设时期，有的反思文革，有的展现改革，虽然有着各自不同的时代风貌，却在深层透露出同样的地域特质。

（二）吴地的地域文化传统在现当代得到延续。本书分析了吴地地域文化传统对晚清吴地小说叙事内容与风格的影响，这种影响在当今仍然没有消失。拿上海来说，"海派"显示出现当代上海小说与传统小说不同的现代特质、都市特质，而从小说所体现的地域性而言，也许用有学者的提法——"海味小说"① 更为恰切。与之相应的，苏州的小说可被称为"苏味小说"。海派小说有更多的现代性，苏州小说有更多的传统性，就这点来说，两者是异质的。而"海味小说"与"苏味小说"则有着内在的趋同性。比如两者都常常写到人物的精明、"小家子气"、务实、缺乏忧患意识、对生活没有崇高的目标等②，这些都是长期处于商业氛围与优越生存环境中的吴地所塑造的性格。再如，两者很少像北方小说那样写得金刚怒目、剑拔弩张，而是具有南方温和的风格与细腻的特质，善于从细节中以小见大，擅长细致的工笔描绘，注重精巧格局的构建，体现出浓浓的"江南园林情结"③，但也因此有格局不够大气的局限，等等。

---

① 参见樊星：《当代文学与地域文化》，武汉：华中师范大学出版社，1997年，第213页。

② 如王安忆《鸠雀一战》中的小妹阿姨、范小青《栀子花开六瓣头》中的金志豪、陆文夫《小贩世家》中的朱源达等，都是典型。

③ 参见田中阳：《论吴越小说的才子气质》，载《湘潭大学学报》，1996年第2期。

　　而在小说叙事上，现当代的吴地小说也依然延续着晚清吴地小说中的地域传统。比如，当代文坛的领军人物之一、上海作家王安忆，就将她的小说与上海的地域性融合在一起。80 年代发表的《墙基》被视为当代"海味小说"之始。① 小说虽是写"文革"，却散发着上海大都市特有的"洋气"。而《长恨歌》更是描绘了一个当代的"海上繁华梦"。小说写王琦瑶一生的身世沉浮，实际上却展现了上海从 40 年代到 80 年代的风云变迁。小说以女性作为书写主体，与吴地小说长期以来的女性化书写倾向是一致的；小说透过女性的琐屑平常的日常生活揭示城市景观与文化的变迁，与《海上花列传》的精神实质是一致的，甚至主人公王琦瑶在小说开头部分当选"上海小姐"，开始她绮丽的一生，也与《海上花列传》时代的"花榜"潮流有着内在的相通性。可以说，上海与女性、上海与时尚、上海与情欲等永远是当代与晚清上海小说遥相呼应的话题。

　　吴地小说的另一脉——苏州小说则是别样风貌。如果"海味"是都市的味道，那么"苏味"则是水乡、小巷的味道。以描写苏州"小巷人物志"闻名的"陆苏州"——陆文夫为例，其小说《小巷深处》写做过妓女的徐文霞对真挚感情的疑惧与追求，实是吴地小说"妓女从良"的传统母题的变体；文风上温婉宁静、从容闲适，将小说开篇对苏州城市的描绘与上海小说对上海城市的描写相比较，就会感到巨大的风格差异。前者是宁静的、诗意的，后者是喧嚣的、现实的。小到细部来说，物质性的都市景观几乎是上海小说中不可或缺的组成要素，而现当代苏州小说则仍与晚清苏州小说一样，总是将那些具有文化底蕴的历史景观作为小说的有机元素。《小巷深处》中留园、北寺塔等名胜古迹，为男女主人公的情感发展创设了美好和谐的氛围。《介绍》则以古朴美丽的沧浪亭作为男女主人公相亲故事的背景。

　　不只陆文夫，其他苏州小说家的作品也大体如此。如朱文颖的《水姻缘》是一个现代婚姻故事，却将苏州的沧浪亭、玄妙观等景观及相关传说穿插在文本中，题目中的"水"即指沧浪亭的水域。范小青《老岸》写医生"巴豆"为助人却卷入一场文物走私案，出狱后追查真相的故事。小说有着类似于悬疑小说的情节，叙述的节奏却绝非暴风疾雨，而是缓缓铺展，犹如让人踏上古老的青石板路走入小巷深处。而苏州著名的地域景观石湖则被织入文本肌理，与整个案情的发展有重要的联系。在这些小说中，作者对苏州古老传统的偏爱一览无余，但这些地域景观又绝非生硬塞入小说，而是或有

----

　　① 参见樊星：《当代文学与地域文化》，武汉：华中师范大学出版社，1997 年，第 214 页。

象征意义，或可推动情节，与文本有机地结合在一起。

除了地域景观，当代苏州小说还在更多层面上有意识地遥接苏州传统。如陆文夫的名作《美食家》，如果不是生活在苏州这样的美食天堂，恐怕不可能对食物的细微差别与妙处写得这样到位。朱文颖的《水姻缘》中的"花宴"是小说的重头戏。花不仅是视觉的美，还成为味觉的美，这样的"吃花"情节，恐怕也只有注重享受、追求奢靡同时又讲究高雅精致品位的苏州人才能想到了。这与晚清苏州小说中的"船菜"，不都来源于同样的苏州传统么？

以上是"食"，在"行"的方面，苏州小说中频现的是三轮车。《老岸》第一章开头就用一大段谈苏州车子发展缓慢的原因，诸如石子路多、桥多石阶多、苏州人讲究雅，厌恶车声喧哗等，还特别强调"苏州城四四方方，十分坚固，外来的风，比较难吹进来，而祖传的东西，却能延之长久，这是否也算是一个原因。"① 《水姻缘》也特别指出三轮车作为苏州典型的交通工具，与苏州多窄巷深院的地域环境是相得益彰的，那种车与车追击、只见车不见人的情景"从来只发生在远方的都市"，"有些拖沓"② 的三轮车更符合苏州的城市品格。在水上交通方面，苏州原来的优势交通工具——舟船虽然落伍了，但生长在水乡的苏州人依然对它们有深厚的感情。范小青《苏杭班》专写苏州快要停航的一种航船——苏杭班，节省时间的人们越来越少乘船了，坐汽车更为快捷方便，但小说中的神秘乘客却选择了乘坐苏杭班，这种对"慢"的追求正是苏州人的一种生活态度。这与追求"速度与激情"的现代都市精神显然是大相径庭的。

不仅如此，苏州人似乎对都市现代化进程没有表现出上海人那样的激动，而更多的是一种感伤。如范小青《焦婉》中"唉，苏州城里拆掉好多老街了"、《想念菊官》中"因果巷早就拆掉了呀"③ 等，都在人物的平淡话语中表现出作者对苏州现代化转型中传统失落的一种感伤。

以上种种，都显现出当代上海小说与苏州小说对各自书写传统的承继。前者追求着现代和摩登，后者保持着对传统的回望姿态。

（三）吴地小说的叙事主题在现当代得到发展。晚清吴地小说最重要的

① 参见范小青：《老岸》，北京：北京十月文艺出版社，1992年，第23～24页。

② 朱文颖：《水姻缘》，沈阳：春风文艺出版社，2002年，第135～136页。

③ 范小青：《焦婉》，载《小说选刊》，2000年第3期。范小青：《寻找失散的姐妹》，北京：人民文学出版社，2010年，第120页。

叙事主题也许可以用"海上繁华梦"和"乡下人进城"来概括。而在晚清，这两个主题实际上是同构的。现当代的吴地小说，仍然存在着"海上繁华梦"主题，只不过晚清爱以先锋的姿态去描绘"新上海"，现当代则爱以怀旧的姿态回忆"老上海"。而"乡下人进城"主题，则逐渐成为一个超越"繁华梦"的独立主题。

晚清吴地小说里的"乡下人进城"，还残留着传统小说"乡下人进城"叙事的"见世面"的元素，但已初步体现出二元化的城乡格局。民国小说也仍然把内地人到上海作为"乡下人进城"的主要叙事对象，如孙玉声《黑幕中之黑幕》写崇明人到上海，包天笑的《上海春秋》、《甲子絮谈》和平襟亚《人海潮》都写苏州人进上海，毕倚虹《人间地狱》写杭州人到上海，严独鹤的《人海梦》写宁波人到上海……只不过上海更多地成为"发财"的天堂，这与现当代小说中乡下人为了脱贫来到城市倒有几分相通之处。当然，不少作家还停留在暴露、讽刺的阶段，但有的作家却看到了"乡下人进城"主题中蕴含着的深刻社会内涵。平襟亚《人海潮》第八回借小说人物之口，说可以用一条小驳船上发生的事作为小说资料，就是看到了驳船在传统乡镇与现代都市之间的联结作用，它满载着乡下人的希望，将他们送往城里，最后又承载着乡下人的创伤，返回乡村。这实际正是挖掘"乡下人进城"社会意蕴的一个极好的窗口。

随着中国现代化进程的逐渐深入，城市以其快速的发展将它与乡村的差距越拉越大，城乡一体化的格局彻底瓦解，原本作为吴地突出现象的"乡下人进城"，逐渐成为全国性的现象。现代文学中最有象征意味的是茅盾《子夜》中吴老太爷的"入城式"，他在都市的光怪陆离中暴毙身亡，代表着传统文化与都市文化的异质难容，这种异质性一直延续到当代小说的"乡下人进城"叙事中。无论乡下人如何改变自己的装扮与生活，他们身上携带的乡土基因始终会与城市发生排异反应，更可悲的是，当他们想要返乡时，长期熏在城市暖香中的乡下人再也闻不惯乡村的泥土味，这就使乡下人永远也不可能再回到心灵的原乡。如王统照《山雨》、罗伟章《我们的路》等都有着"逃乡入城——受伤返乡——再次逃离"的类似模式，这与晚清吴地小说较为单纯的"入城——返乡"模式相比，有了更为深刻的社会内涵。

在人物形象上，现当代小说也有所发展，最突出的就是80年代改革开放以来出现的"农民工"。其源头也许可以追溯到80年代吴地作家高晓声的名作《陈奂生上城》。这时期户籍制度的松弛、城市经济的发展与乡村社会的贫穷化、边缘化，推动一大批农民抛弃千年来作为命根子的土地，涌到城市里谋生。这种现象得到关注后，文学界逐渐形成一股描写"农民工进城"的潮流。

到21世纪，该叙事主题仍是热度不减。有学者对2000～2005年的11种文学刊物进行了统计，发现有多达224篇/部小说在叙述乡下人进城的故事，有80多位著名作家先后贡献了这类作品。可以说，"乡下人进城"叙事已成为"当下叙事文学最有价值的部分"①。

直到今天，"乡下人进城"依然具有积极的现实意义。它所体现的城乡差距、贫富差距、文化差距以及"城市外来者"与城市人的矛盾等，是我们走向共同富裕、建设和谐社会过程中必须正视的问题。每一个具有社会良知和生命关怀的作家也都应该担负起舆论导向的重要使命。由晚清吴地小说开启的"乡下人进城"主题之丰富意蕴，等待着更多作家去开掘。

作为一个研究对象，晚清吴地小说已成为历史；但作为一种文化传统与文化精神，晚清吴地小说仍是鲜活的，就像金箔一样，在时代的捶打中不断延展。

① 参见徐德明：《都市视野中的"乡下人进城"小说》，见上海师范大学都市文化研究中心等编：《都市文化——文学学术研讨会论文集》，上海市，2006年，第231～233页。

参考文献

一、小说作品

［1］　抽丝主人撰：《海上名妓四大金刚奇书》，见王继权等编：《中国近代小说大系》，南昌：百花洲文艺出版社，1996 年。

［2］　二春居士：《海天鸿雪记》，见王继权等编：《中国近代小说大系》，南昌：江西人民出版社，1989 年。

［3］　邗上蒙人：《风月梦》，见王继权等编：《中国近代小说大系》，南昌：江西人民出版社，1989 年。

［4］　蓬园：《负曝闲谈》，见王继权等编：《中国近代小说大系》，南昌：江西人民出版社，1988 年。

［5］　孙家振：《海上繁华梦》，见王继权等编：《中国近代小说大系》，南昌：江西人民出版社，1988 年。

［6］　藤谷古香：《轰天雷》，见王继权等编：《中国近代小说大系》，南昌：百花洲文艺出版社，1996 年。

［7］　吴趼人：《新石头记》，见王继权等编：《中国近代小说大系》，南昌：江西人民出版社，1988 年。

［8］　俞达：《青楼梦》，见王继权等编：《中国近代小说大系》，南昌：百花洲文艺出版社，1991 年。

［9］　曾朴：《孽海花》，见王继权等编：《中国近代小说大系》，南昌：百花洲文艺出版社，1996 年。

［10］　范伯群、金名主编：《中国近代文学大系·俗文学集 1》，上海：上海书店出版社，1992 年。

［11］　韩邦庆：《海上花列传》，见吴组缃等主编：《中国近代文学大

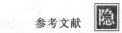

系•小说集 1》，上海：上海书店出版社，1991 年。

[12] 李伯元：《官场现形记》，见吴组缃等主编：《中国近代文学大系•小说集 2》，上海：上海书店出版社，1995 年。

[13] 孙家振：《退醒庐笔记》，见柯灵、张海珊主编：《中国近代文学大系•笔记文学集 2》，上海：上海书店，1995 年。

[14] 吴趼人：《二十年目睹之怪现状》，见吴组缃等主编：《中国近代文学大系•小说集 3》，上海：上海书店出版社，1994 年。

[15] 包天笑：《空中战争未来记》，见于润琦主编：《清末民初小说书系•科学卷》，北京：中国文联出版公司，1997 年。

[16] 包天笑：《一缕麻》，见于润琦主编：《清末民初小说书系•言情卷》，北京：中国文联出版公司，1997 年。

[17] 评花主人：《九尾狐》，见梁心清等著：《中国近代孤本小说集成》（第 5 卷），北京：大众文艺出版社，1999 年。

[18] 邹弢：《海上尘天影》，见梁心清等著：《中国近代孤本小说集成》（第 1 卷），北京：大众文艺出版社，1999 年。

[19] 李伯元：《庚子国变弹词》，见董文成、李勤学主编：《中国近代珍稀本小说》（叁），沈阳：春风文艺出版社，1997 年。

[20] 徐珂：《康居笔记汇函（一）》，见孙安邦主编：《民国笔记小说大观》，太原：山西古籍出版社，1997 年。

[21] 单镇：《苏空头》，上海：改良小说社石印本，1910 年。

[22] 遁庐：《苏州新年》，上海：乐群小说社铅印本，1906 年。

[23] 天笑：《新苏州》，上海：改良小说社，宣统二年（1910）第二版。

[24] 天梦：《苏州繁华梦》，上海：改良小说社铅印本，1911 年。

[25] 壮者：《扫迷帚》，上海：商务印书馆，宣统元年（1909）年第二版。

[26] 【明】冯梦龙编，严敦易校注：《警世通言》，北京：人民文学出版社，2007 年。

[27] 【明】冯梦龙编，顾学颉校注：《醒世恒言》，北京：人民文学出版社，1984 年。

[28] 【明】冯梦龙编，许政扬校注：《喻世明言》，北京：人民文学出版社，2007 年。

[29] 【明】凌濛初：《二刻拍案惊奇》，北京：人民文学出版社，

1996 年。

[30]　【清】吴敬梓：《儒林外史》，上海：上海古籍出版社，2006 年。

[31]　艾衲居士编著：《豆棚闲话》，北京：人民文学出版社，1984 年。

[32]　包天笑：《上海春秋》，上海：上海古籍出版社，1991 年。

[33]　虫天子编：《中国香艳全书》，北京：团结出版社，2005 年。

[34]　褚人获撰：《坚瓠集》，杭州：浙江人民出版社，1986 年。

[35]　李伯元著，秦克、巩军标点：《文明小史》，上海：上海古籍出版社，1997 年。

[36]　李涵秋：《广陵潮》，南京：江苏古籍出版社，1985 年。

[37]　陆人龙编著：《型世言》，济南：齐鲁书社，1995 年。

[38]　陆士谔：《十尾龟》，北京：中国文史出版社，2003 年。

[39]　陆士谔：《新上海》，上海：上海古籍出版社，1997 年。

[40]　岐山左臣著，韩镇琪校点：《女开科传》，沈阳：春风文艺出版社，1983 年。

[41]　漱六山房：《九尾龟》，武汉：荆楚书社，1989 年。

[42]　王韬：《遁窟谰言》，石家庄：河北人民出版社，1991 年。

[43]　王韬：《淞滨琐话》，石家庄：河北人民出版社，1991 年。

[44]　王韬：《淞隐漫录》，北京：人民文学出版社，1983 年。

[45]　范小青：《老岸》，北京：北京十月文艺出版社，1992 年。

[46]　范小青：《寻找失散的姐妹》，北京：人民文学出版社，2010 年。

[47]　陆文夫：《小巷人物志》第 1 集，北京：中国文艺联合出版公司，1984 年。

[48]　朱文颖：《水姻缘》，沈阳：春风文艺出版社，2002 年。

二、报刊杂志

[1]　《广益丛报》

[2]　《教育杂志》

[3]　《申报》

[4]　《时报》

[5]　《小说林》

[6]　《小说时报》

[7]　《小说月报》

[8]　《新小说》

[9] 《新新小说》

[10] 《月月小说》

[11] 吴友如等绘：《点石斋画报·大可堂版》，上海：上海画报出版社，2001年。

三、地方文献

[1] 【明】牛若麟修，王焕如纂：《（崇祯）吴县志》，崇祯十五年（1642）刻本。

[2] 【明】周士佐修，张寅纂：《（嘉靖）太仓州志》，崇祯二年（1629）重刻本。

[3] 【清】博润等修，姚光发等纂：《松江府续志》，光绪十年（1884）刻本。

[4] 【清】陈传德修，黄世祚、王泰曾等纂：《嘉定县续志》，民国十九年（1930）铅印本。

[5] 【清】陈荶纕等修，倪师孟等纂：《吴江县志》，乾隆十二年（1747）刻本。

[6] 【清】嵇曾筠：《浙江通志》，文渊阁四库全书本。

[7] 【清】金福曾等修，张文虎等纂：《南汇县志》，光绪五年（1879）刻本。

[8] 【清】李光祚修，顾诒禄纂：《（乾隆）长洲县志》，乾隆十八年（1753）刻本。

[9] 【清】李铭皖等修，冯桂芬纂：《（同治）苏州府志》，光绪九年（1883）刻本。

[10] 【清】汤斌修，孙珮纂：《（康熙）吴县志》，康熙三十年（1691）刻本。

[11] 【清】王大同等修，李林松纂：《（嘉庆）上海县志》，嘉庆十九年（1814）刻本。

[12] 【清】周铭旂修，李志复纂：《大荔县续志》，光绪十一年（1885）刻本。

[13] 【宋】范成大纂：《吴郡志》，常熟汲古阁明刻本。

[14] 曹允源等纂修：《（民国）吴县志》，苏州文新公司，民国二十二年（1933）铅印本。

[15] 方鸿铠修，黄炎培纂：《川沙县志》，上海国光书局，民国二十

六年（1937）铅印本。

[16]　胡朴安：《中华全国风俗志》，上海：上海科学文献出版社，2008年。

[17]　胡祥翰等著，吴健熙标点：《上海小志·上海乡土志·夷患备尝记》，上海：上海古籍出版社，1989年。

[18]　贾树枚主编：《上海新闻志》，上海：上海社会科学院出版社，2000年。

[19]　李长传：《江苏省地志》，民国二十五年（1936）铅印本。

[20]　宁可主编：《中华文化通志·地域文化典·晋文化志》，上海：上海人民出版社，1998年。

[21]　宋原放，孙颙主编：《上海出版志》，上海：上海社会科学院出版社，2000年。

[22]　苏州市地方志编纂委员会办公室、苏州市档案局编：《苏州史志资料选辑》第2辑，内部发行，1984年。

[23]　苏州市地方志编纂委员会编：《苏州市志》，南京：江苏人民出版社，1995年。

[24]　吴馨等修，姚文枬等纂：《（民国）上海县志》，瑞华印务局，民国二十五年（1936）铅印本。

[25]　吴馨等修，姚文枬等纂：《上海县续志》，南园志局，民国七年（1918）刻本。

[26]　杨循吉等著，陈其弟点校：《吴中小志丛刊》，扬州：广陵书社，2004年。

[27]　袁采主编：《上海侨务志》，上海：上海社会科学院出版社，2001年。

[28]　朱怀干修，盛仪纂：《惟扬志》，明嘉靖二十一年（1542）刻本。

四、相关著作

[1]　［法］梅朋、傅立德著，倪静兰译：《上海法租界史》，上海：上海社会科学院出版社，2007年。

[2]　［美］韩南著，徐侠译：《中国近代小说的兴起》，上海：上海教育出版社，2004年。

[3]　［美］赫根汉著，冯增俊、何瑾译：《人格心理学》，海南人民出版社，1988年。

[4]　　[美] 柯文著，雷颐、罗检秋译：《在传统与现代性之间——王韬与晚清改革》，南京：江苏人民出版社，1994 年。

[5]　　[美] 林达·约翰逊主编，成一农译：《帝国晚期的江南城市》，上海：上海人民出版社，2005 年。

[6]　　[美] 梅尔清著，朱修春译：《清初扬州文化》，上海：复旦大学出版社，2004 年。

[7]　　【明】胡应麟：《少室山房笔丛》，上海：上海书店出版社，2009 年。

[8]　　【明】江盈科：《江盈科集》，长沙：岳麓书社，2008 年。

[9]　　【明】郎瑛：《七修类稿》，上海：上海书店出版社，2001 年。

[10]　　【明】陆楫：《蒹葭堂稿》，嘉靖四十五年（1566）陆郯刻本。

[11]　　【明】王士性撰，吕景琳点校：《广志绎》，北京：中华书局，1981 年。

[12]　　【明】王世贞：《弇州史料》，万历四十二年（1614）刻本。

[13]　　【明】张岱：《琅嬛文集》，长沙：岳麓书社，1985 年。

[14]　　【明】张岱：《陶庵梦忆》，上海：上海古籍出版社，1982 年。

[15]　　【明】张瀚：《松窗梦语》，北京：中华书局，1985 年。

[16]　　【明】朱权等：《明宫词》，北京：北京古籍出版社，1987 年。

[17]　　【清】顾禄：《清嘉录》，南京：江苏古籍出版社，1999 年。

[18]　　【清】贺长龄编《皇朝经世文编》，光绪十二年（1886）思补楼重校本。

[19]　　【清】李斗撰：《扬州画舫录》，北京：学苑出版社，2001 年。

[20]　　【清】叶德辉撰，刘发等校点：《书林清话》，沈阳：辽宁教育出版社，1998 年。

[21]　　【宋】罗烨：《醉翁谈录》，上海：古典文学出版社，1957 年。

[22]　　[新加坡] 卓南生：《中国近代报业发展史》，北京：中国社会科学出版社，2002 年。

[23]　　阿英：《晚清小说史》，北京：人民文学出版社，1980 年。

[24]　　包天笑：《钏影楼回忆录》，北京：中国大百科全书出版社，2009 年。

[25]　　包天笑：《衣食住行的百年变迁》，苏州：政协苏州委员会文史编辑室，1973 年。

[26]　　曹树基《中国人口史》（清代卷），上海：复旦大学出版社，

2005 年。

[27]　陈宝良：《明代社会生活史》，北京：中国社会科学出版社，2004 年。

[28]　陈伯海、袁进主编：《上海近代文学史》，上海人民出版社，1993 年。

[29]　陈大康：《中国近代小说编年》，上海：华东师范大学出版社，2002 年。

[30]　陈平原，夏晓虹编：《二十世纪中国小说理论资料（1897 − 1916）》，北京：北京大学出版社，1989 年。

[31]　陈平原：《中国现代小说的起点——清末民初小说研究》，北京：北京大学出版社，2005 年。

[32]　陈平原：《中国小说叙事模式的转变》，北京：北京大学出版社，2003 年。

[33]　陈平原等编：《晚明与晚清：历史传承与文化创新》，武汉：湖北教育出版社，2002 年。

[34]　陈无我：《老上海三十年见闻录》，上海：上海书店出版社，1997 年。

[35]　程国赋：《明代书坊与小说研究》，北京：中华书局，2008 年。

[36]　戴鞍钢，黄苇主编：《中国地方志经济资料汇编》，上海：汉语大词典出版社，1999 年。

[37]　戴均良：《中国城市发展史》，哈尔滨：黑龙江人民出版社，1992 年。

[38]　戴逸，张同乐主编：《中国近代史通鉴·太平天国》，1997 年。

[39]　丁日初主编：《近代中国》（第 12 辑），上海：上海社会科学出版社，2002 年。

[40]　丁锡根：《中国历代小说序跋集》，北京：人民文学出版社，1996 年。

[41]　董康著，王君南整理：《董康东游日记》，石家庄：河北教育出版社，2000 年。

[42]　樊星：《当代文学与地域文化》，武汉：华中师范大学出版社，1997 年。

[43]　范凤书：《中国私家藏书史》，郑州：大象出版社，2001 年。

[44]　范培松、金学智主编：《苏州文学通史》，南京：江苏教育出版

社，2004 年。

[45]　方汉奇：《报史与报人》，北京：新华出版社，1991 年。

[46]　方志远：《明代城市与市民文学》，北京：中华书局，2003 年。

[47]　高洪钧：《冯梦龙集笺注》，天津：天津古籍出版社，2006 年。

[48]　高松年：《当代吴越小说概论》，上海：学林出版社，1999 年。

[49]　高燮初主编：《吴地文化通史》，北京：中国文史出版社，2006 年。

[50]　戈公振：《中国报学史》，北京：中国新闻出版社，1985 年。

[51]　葛永海：《古代小说与城市文化研究》，上海：复旦大学出版社，2004 年。

[52]　葛元煦等：《沪游杂记·淞南梦影录·沪游梦影》，上海：上海古籍出版社，1989 年。

[53]　顾炳权：《上海历代竹枝词》，上海：上海书店出版社，2001 年。

[54]　顾炳权：《上海洋场竹枝词》，上海：上海书店出版社，1996 年。

[55]　顾公燮等：《丹午笔记·吴城日记·五石脂》，南京：江苏古籍出版社，1985 年。

[56]　顾颉刚著，钱小柏编：《史迹俗辨》，上海：上海文艺出版社，1997 年。

[57]　顾廷龙主编：《续修四库全书》，上海：上海古籍出版社，2002 年。

[58]　郭绍虞，罗根泽主编：《中国近代文论选》，北京：人民文学出版社，1959 年。

[59]　郭绍虞主编：《中国历代文论选》，上海：上海古籍出版社，2001 年。

[60]　郭太风、廖大伟主编：《东南社会与中国近代化》，上海：上海古籍出版社，2005 年。

[61]　郭延礼：《中国前现代文学的转型》，济南：山东大学出版社，2005 年。

[62]　何一民主编：《近代中国衰落城市研究》，成都：巴蜀书社，2007 年。

[63]　胡朴安：《中华全国风俗志》，上海：上海科学文献出版社，2008 年。

[64]　胡士莹：《话本小说概论》，北京：中华书局，1980 年。

[65]　胡晓真主编：《世变与维新——晚明与晚清的文学艺术》，台北："中央"研究院中国文哲研究所筹备处，2001 年。

[66]　江苏省社会科学院编：《中国通俗小说总目提要》，北京：中国文联出版公司，1990年，第831页。

[67]　蒋晓丽：《中国近代大众传媒与中国近代文学》，成都：巴蜀书社，2005年。

[68]　蒋寅：《王渔洋与康熙诗坛》，北京：中国社会科学出版社，2001年。

[69]　蒯世勋等编著：《上海公共租界史稿》，上海：上海人民出版社，1980年。

[70]　劳祖德整理：《郑孝胥日记》，北京：中华书局，1993年。

[71]　乐正：《近代上海人社会心态》，上海：上海人民出版社，1991年。

[72]　李伯重：《多视角看江南经济史（1250－1850）》，北京：生活•读书•新知三联书店，2003年。

[73]　李欧梵讲演，季进编：《未完成的现代性》，北京：北京大学出版社，2004年。

[74]　李瑞良：《中国出版编年史》，福州：福建人民出版社，2006年。

[75]　李孝悌：《恋恋红尘——中国的城市、欲望和生活》，上海：上海人民出版社，2007年。

[76]　李孝悌：《中国的城市生活》，北京：新星出版社，2006年。

[77]　李长莉：《中国人的生活方式：从传统到近代》，成都：四川人民出版社，2008年。

[78]　梁启超著，陈其泰等编：《梁启超论著选粹》，广州：广东人民出版社，1996年。

[79]　刘俊文主编：《日本学者研究中国史论著选译》第6卷，北京：中华书局，1993年。

[80]　刘永丽：《被书写的现代：20世纪中国文学中的上海》，北京：中国社会科学出版社，2008年。

[81]　鲁迅：《中国小说史略》，北京：人民文学出版社，1973年。

[82]　陆允昌编：《苏州洋关史料》，南京：南京大学出版社，1991年。

[83]　栾梅健：《通俗文学之王包天笑》，上海：上海书店出版社，1999年。

[84]　罗仑主编：《苏州地区社会经济史（明清卷）》，南京：南京大学出版社，1993年。

[85] 毛祥麟:《墨余录》,上海:上海古籍出版社,1985 年。

[86] 梅新林:《中国古代文学地理形态与演变》,上海:复旦大学出版社,2006 年。

[87] 孟悦:《人·历史·家园:文化批评三调》,北京:人民文学出版社,2006 年。

[88] 欧阳健:《晚清小说史》,杭州:浙江古籍出版社,1997 年。

[89] 彭泽益:《中国近代手工业史资料》(第 1 卷),北京:中华书局,1962 年。

[90] 彭泽益:《中国近代手工业史资料》(第 2 卷),北京:中华书局,1962 年。

[91] 秦燕春:《清末民初的晚明想象》,北京:北京大学出版社,2008 年。

[92] 秦兆基选注:《苏州文选》,苏州:苏州大学出版社,1999 年。

[93] 丘良任、潘超、孙忠铨总主编:《中华竹枝词全编·江苏卷》,北京:北京出版社,2007 年。

[94] 丘良任、潘超、孙忠铨总主编:《中华竹枝词全编·上海卷》,北京:北京出版社,2007 年。

[95] 上海人民出版社编:《清代日记汇抄》,上海:上海人民出版社,1982 年。

[96] 上海通社编:《上海研究资料》,上海:上海书店出版社,1984 年。

[97] 上海通社编:《上海研究资料续集》,上海:上海书店出版社,1992 年。

[98] 上海图书馆编:《中国近代期刊篇目汇录》,上海:上海人民出版社,1965~1984 年。

[99] 上海师范大学都市文化研究中心等编:《都市文化——文学学术研讨会论文集》,上海市,2006 年。

[100] 施坚雅主编,叶光庭等译:《中华帝国晚期的城市》,北京:中华书局,2000 年。

[101] 石昌渝:《中国古代小说总目·白话卷》,太原:山西教育出版社,2004 年。

[102] 时萌:《晚清小说》,上海:上海古籍出版社,1989 年。

[103] 史和、姚福申等编《中国近代报刊名录》,福州:福建人民出

版社，1991年。

[104]　苏简亚主编：《苏州文化概论——吴文化在苏州的传承和发展》，南京：江苏教育出版社，2008年。

[105]　苏智良主编：《上海：近代新文明的形态》，上海：上海辞书出版社，2004年。

[106]　苏州市文化局编：《姑苏竹枝词》，上海：百家出版社，2002年。

[107]　万晴川等著：《中国古代小说与吴越文化》，北京：光明日报出版社，2010年。

[108]　汪晖等主编：《学人》第9辑，南京：江苏文艺出版社，1996年。

[109]　王德威：《想象中国的方法：小说·历史·叙事》，上海：三联书店，1998年。

[110]　王德威著，宋伟杰译：《被压抑的现代性——晚清小说新论》，北京：北京大学出版社，2005年。

[111]　王国平、唐力行主编：《明清以来苏州社会史碑刻集》，苏州：苏州大学出版社，1998年。

[112]　王稼句：《苏州旧梦：1949年前的印象和记忆》，苏州：苏州大学出版社，2001年。

[113]　王稼句编纂点校：《苏州文献丛钞初编》，苏州：古吴轩出版社，2005年。

[114]　王建辉：《出版与近代文明》，开封：河南大学出版社，2006年。

[115]　王栻主编：《严复集》，北京：中华书局，1986年。

[116]　王韬：《蘅华馆诗录》，光绪六年（1880）铅印弢园丛书本。

[117]　王韬：《弢园尺牍》，北京：中华书局，1959年。

[118]　王韬：《瀛壖杂志》，上海：上海古籍出版社，1989年。

[119]　王韬著，方行、汤志钧整理：《王韬日记》，北京：中华书局，1987年。

[120]　王韬著，顾钧校注：《漫游随录》，北京：社会科学文献出版社，2007年。

[121]　王韬著、孙邦华编选：《弢园老民自传》，南京：江苏人民出版社，1999年。

[122]　王同愈著，顾廷龙编：《王同愈集》，上海：上海古籍出版社，1998年。

[123]　王燕：《晚清小说期刊史论》，长春：吉林人民出版社，2002 年。

[124]　王一川：《中国现代性体验的发生——清末民初文化转型与文学》，北京：北京师范大学出版社，1999 年。

[125]　王永平：《中古士人迁移与文化交流》，北京：社会科学文献出版社，2005 年。

[126]　韦明铧：《水土一方——〈浊世苍生〉续写》，济南：山东人民出版社，2009 年。

[127]　魏绍昌、吴承惠编：《鸳鸯蝴蝶派研究资料》，上海：上海文艺出版社，1984 年。

[128]　魏绍昌：《李伯元研究资料》，上海：上海古籍出版社，1980 年。

[129]　魏绍昌：《吴趼人研究资料》，上海：上海古籍出版社，1980 年。

[130]　吴永贵主编：《中国出版史》（近现代卷），长沙：湖南大学出版社，2008 年。

[131]　夏晓虹编校：《中国现代学术经典——梁启超卷》，石家庄：河北教育出版社，1996 年。

[132]　萧相恺主编：《中国文言小说家评传》，郑州：中州古籍出版社，2004 年。

[133]　谢菊曾：《十里洋场的侧影》，广州：花城出版社，1983 年。

[134]　熊月之：《西学东渐与晚清社会》，上海：上海人民出版社，1994 年。

[135]　熊月之主编：《上海通史·晚清社会》，上海：上海人民出版社，1999 年。

[136]　熊月之主编：《上海通史·晚清文化》，上海：上海人民出版社，1999 年。

[137]　徐华龙：《上海风俗》，上海：上海文艺出版社，2009 年。

[138]　徐珂编纂：《清稗类钞》，北京：商务印书馆，1928 年。

[139]　徐载平、徐瑞芳：《清末四十年申报史料》，北京：新华出版社，1988 年。

[140]　许纪霖主编：《公共空间中的知识分子》，南京：江苏人民出版社，2007 年。

[141]　许振东：《17 世纪白话小说的创作与传播——以苏州地区为中心的研究》，北京：中国社会科学出版社，2005 年。

[142]　颜廷亮：《晚清小说理论》，北京：中华书局，1996 年。

[143] 颜逸明：《吴语概说》，上海：华东师范大学出版社，1994年。

[144] 燕京研究院编：《燕京学报·新二期》，北京：北京大学出版社，1996年。

[145] 杨联芬：《晚清至五四：中国文学现代性的发生》，北京：北京大学出版社，2003年。

[146] 杨扬：《文学的年轮》，石家庄：花山文艺出版社，2002年。

[147] 姚公鹤著，吴德铎标点：《上海闲话》，上海：上海古籍出版社，1989年。

[148] 叶圣陶著，叶至善编：《叶圣陶短篇小说集》，长沙：湖南文艺出版社，1998年。

[149] 叶中强：《从想象到现场：都市文化的社会生态研究》，上海：学林出版社，2005年。

[150] 叶中强：《上海社会与文人生活（1843－1945）》，上海：上海辞书出版社，2010年。

[151] 佚名著，马凌整理：《海上花魅影》，天津：百花文艺出版社，1993年。

[152] 于润琦总主编：《插图本百年中国文学史》，成都：四川人民出版社，2002年。

[153] 于醒民：《上海，1862年》，上海：上海人民出版社，1991年。

[154] 袁行霈：《中国文学概论》，北京：高等教育出版社，1990年。

[155] 袁健、郑荣：《晚清小说研究概说》，天津：天津教育出版社，1989年。

[156] 袁进：《近代文学的突围》，上海：上海人民出版社，2001年。

[157] 袁进：《中国文学的近代变革》，桂林：广西师范大学出版社，2006年。

[158] 袁进：《中国小说的近代变革》，桂林：广西师范大学出版社，2009年。

[159] 张海林：《苏州早期城市现代化研究》，南京：南京大学出版社，1999年。

[160] 张海林：《王韬评传》，南京：南京大学出版社，1993年。

[161] 张秀民：《中国印刷史（插图珍藏增订版）》，杭州：浙江古籍出版社，2006年。

[162] 张志春：《王韬年谱》，石家庄：河北教育出版社，1994年。

[163]　张仲礼：《中国近代城市企业·社会·空间》，上海：上海社会科学院出版社，1998年。

[164]　张仲礼主编：《近代上海城市研究》，上海：上海人民出版社，1990年。

[165]　章开沅等主编：《苏州商会档案丛编（1905年－1911年）》，武汉：华中师范大学出版社，1991年。

[166]　郑尔康编：《郑振铎艺术考古文集》，北京：文物出版社，1988年。

[167]　郑逸梅：《南社丛谈》，上海：上海人民出版社，1981年。

[168]　郑逸梅：《清末民初文坛轶事》，上海：学林出版社，1987年。

[169]　中国史学会主编：《太平天国》（中国近代史资料丛刊），上海：上海人民出版社，1957年。

[170]　《中国典籍与文化》编辑部编：《中国典籍与文化论丛》第七辑，北京：北京大学出版社，2002年。

[171]　周勋初等主编：《文学评论丛刊（第1卷第2期）》，南京：江苏文艺出版社，1998年。

[172]　周振鹤：《苏州风俗》，上海：上海文艺出版社，1989年。

[173]　周振鹤：《晚清营业书目》，上海：上海书店出版社，2005年。

[174]　朱萍：《明清之际小说作家研究》，北京：中国传媒大学出版社，2009年。

[175]　朱一玄、刘毓忱编：《水浒传资料汇编》，天津：南开大学出版社，2002年。

[176]　庄建平主编：《近代史资料文库》第5卷，上海：上海书店出版社，2009年。

[177]　邹依仁：《旧上海人口变迁的研究》，上海：上海人民出版社，1980年。

[178]　樽本照雄：《清末小说研究集稿》，济南：齐鲁书社，2006年。

五、相关论文

[1]　陈方竞：《新兴都市上海文化·报刊出版·新小说》，载《社会科学辑刊》，2009年第3期。

[2]　陈辽：《明清小说与吴文化》，载《中华文化论坛》，2002年第2期。

［3］　陈林侠，吴秀明：《地域文学研究的现代性走向——兼评高松年的〈当代吴越小说概论〉》，载《小说评论》，2000 年第 5 期。

［4］　陈启伟：《谁是我国近代介绍西方哲学的第一人》，载《东岳论丛》，2000 年第 4 期。

［5］　大木康，吴悦：《关于明末白话小说的作者和读者》，载《明清小说研究》，1988 年第 2 期。

［6］　甘露：《吴越文化与明清小说》，载《河池学院学报（社会科学版）》，2004 年第 5 期。

［7］　范金民：《明清江南进士数量、地域分布及其特色分析》，载《南京大学学报》，1997 年第 2 期。

［8］　范小青：《焦婉》，载《小小说选刊》，2000 年第 3 期。

［9］　傅承洲：《文人话本与吴越文化》，载《江苏行政学院学报》，2005 年第 4 期。

［10］　韩南：《〈风月梦〉与青楼小说》，载《上海师范大学学报（哲学社会科学版）》，2004 年第 1 期。

［11］　侯运华：《晚清狭邪小说的原型剖析》，载《河南大学学报（社会科学版）》，2004 年第 4 期。

［12］　黄强：《中国古代"乡下人进城"的文学叙述》，载《扬州大学学报》，2007 年第 5 期。

［13］　金克木：《文艺的地域学研究设想》，载《读书》，1986 年第 4 期。

［14］　李桂奎：《话本小说时空构架的"江南"特征及其叙事意义》，载《南京师大学报（社会科学版）》，2008 年第 1 期。

［15］　李时人：《论古代文学的"地域研究"与"流派研究"》，载《赣南师范学院学报》，2005 年第 1 期。

［16］　凌硕为：《申报馆与王韬小说之转变》，载《求是学刊》，2007 年第 1 期。

［17］　刘颖慧：《李伯元〈官场现形记〉版权诉讼始末》，载《华东师范大学学报（哲学社会科学版）》，2006 年第 3 期。

［18］　刘勇强：《西湖小说：城市个性和小说场景》，载《文学遗产》，2001 年第 5 期。

［19］　罗岗：《性别移动与上海流动空间的建构——从〈海上花列传〉中的"马车"谈开去》，载《华东师范大学学报》，2003 年第 1 期。

［20］ 罗苏文：《路、里、楼——近代上海商业空间的拓展》，载《史林》，1997 年第 2 期。

［21］ 马学强：《近代上海成长中的"江南因素"》，载《史林》2003 年第 3 期。

［22］ 梅新林：《小说史研究模式的偏失与重构》，载《光明日报》，2002 年 11 月 27 日。

［23］ 潘建国：《铅石印刷术与明清通俗小说的近代传播——以上海（1874—1911）为考察中心》，载《文学遗产》，2006 年第 6 期。

［24］ 潘建国：《清末上海地区书局与晚清小说》，载《文学遗产》，2004 年第 2 期。

［25］ 潘建国：《晚清上海五彩石印考》，载《上海师范大学学报（哲学社会科学版）》，2001 年第 1 期。

［26］ 上田望：《〈三国志演义〉毛评本的传播》，载《文学遗产》，2000 年第 4 期。

［27］ 沈登苗：《明清全国进士与人才的时空分布及其相互关系》，载《中国文化研究》，1999 年第 4 期。

［28］ 孙旭：《论清代话本小说家的地域意识》，载《中南大学学报（社会科学版）》，2005 年第 4 期。

［29］ 孙逊、刘方：《中国古代小说中的城市书写及现代阐释》，载《中国社会科学》，2007 年第 5 期。

［30］ 孙逊、葛永海：《中国古代小说中的"双城"意象及其文化蕴涵》，载《中国社会科学》2004 年第 6 期。

［31］ 田中阳：《论吴越小说的才子气质》，载《湘潭大学学报》，1996 年第 2 期。

［32］ 涂秀虹：《论明代建阳刊小说的地域特征及其生成原因》，载《文学遗产》，2010 年第 5 期。

［33］ 王家范：《从苏州到上海：区域整体研究的视界》，载《档案与史学》，2000 年第 5 期。

［34］ 王晓静：《〈上海竹枝词〉与大都市的早期社会精神形态》，载《河南师范大学学报（哲学社会科学版）》，2006 年第 06 期。

［35］ 王跃生：《清代科举人口研究》，载《人口研究》，1989 年第 3 期。

［36］ 吴桂龙整理：《王韬〈蘅华馆日记〉（咸丰五年七月初一——八

月三十日)》，载《史林》，1996年第3期。

[37] 熊月之：《上海租界与文化融合》，载《学术月刊》，2002年第5期。

[38] 熊月之：《晚清上海私园开放与公共空间的拓展》，载《学术月刊》，1998年第8期。

[39] 徐永斌：《明清时期苏州文人与教育市场》，载《安徽史学》，2007年第5期。

[40] 徐载平、徐瑞芳：《清末四十年申报史料》，北京：新华出版社，1988年。

[41] 许星：《竹枝词中所描绘的清代苏州地区服饰时尚》，载《装饰》，2007年第5期。

[42] 严明：《吴文化的基本界定》，载《苏州大学学报》，1991年第3期。

[43] 叶中强：《近代上海市民文化消费空间的形成及其社会功能》，载《上海财经大学学报》，2006年第4期。

[44] 叶中强：《民国上海的"城市空间"与文人转型》，载《史林》，2009年第6期。

[45] 叶中强：《游走于城市空间：晚清民初上海文人的公共交往》，载《史林》，2006年第4期。

[46] 张鸿声：《晚清文学中的上海叙述》，载《学术论坛》，2009年第1期。

[47] 张敏：《从苏州文化到上海文化》，载《档案与史学》，2001年第2期。

[48] 朱瑞熙：《宋代"苏湖熟，天下足"谚语的形成》，载《农业考古》，1987年第2期。

[49] 朱寿桐：《论现代都市文学的期诣指数与识名现象——兼论上海作为都市空域的文学意义》，载《社会科学辑刊》，2009年第3期。

[50] 陈未鹏：《宋词与地域文化》，苏州大学博士论文，2008年。

[51] 戴健：《明下叶吴越城市娱乐文化与市民文学》，扬州大学博士论文，2004年。

[52] 韩春平：《传统与变迁：明清时期南京通俗小说创作与刊刻研究》，暨南大学博士论文，2008年。

[53] 何益忠：《从中心到边缘——上海老城厢研究》，复旦大学博士

论文，2006 年。

  [54] 胡海义：《科举文化与明清小说研究》，暨南大学博士论文，2009 年。

  [55] 凌硕为：《新闻传播与小说情调》，华东师范大学博士论文，2007 年。

  [56] 刘召明：《晚明苏州剧坛研究》，华东师范大学博士论文，2006 年。

  [57] 沈庆会：《包天笑及其小说研究》，华东师范大学博士论文，2006 年。

  [58] 郑丽虹：《明代中晚期"苏式"工艺美术研究》，苏州大学博士论文，2008 年。

  [59] 朱国昌：《晚清狭邪小说与都市叙述》，上海大学博士论文，2007 年。

  [60] 黄云：《论苏州近代城市商业游憩区》，苏州大学硕士论文，2006 年。

  [61] 李卫涛：《晚明、晚清与"五四"诗论变革一致性之考察》，西南师范大学硕士论文，2002 年。

  [62] 刘艳春：《陆机与吴地文化》，陕西师范大学硕士论文，2005 年。

  [63] 秦猛猛：《近代苏州城市空间演变研究》，苏州大学硕士论文，2010 年。

  [64] 张咏维：《太平天国后的苏州：1863—1896》，台湾中正大学硕士论文，2007 年。

六、外文文献

  [1] G. William Skinner（ed.），*the City in Late Imperial China*，Stanford：Stanford University Press，1977.

  [2] Henry McAleavy，*Wang T'ao: the life and writings of a displaced person*，London：China Society，1953.

  [3] Linda Cooke Johnson（ed.），*Cities of Jiangnan in Late Imperial China*，Albany：State University of New York Press，1993.

  [4] Mike Crang，*Cultural Geography*，London：Routledge，1998.

  [5] Tobie Meyer—Fong，*Building culture in early Qing Yangzhou*，Stanford：Stanford University Press，2003.

[6]　Catherine. V. Yeh, "The Life－style of Four Wenren in Late Qing Shanghai", *Harvard journal of Asiatic Studies* , vol. 57 (2), 1997.

[7]　Sheldon H. Lu, "Waking to Modernity: The Classical Tale in Late－Qing China", *New Literary History* , vol. 34 (4), 2003.

[8]　Sinn Elizabeth, "Fugitive in Paradise: Wang Tao and Cultural Transformation in Late Nineteenth Century Hong Kong" , *Late Imperial China* , vol. 19 (1), 1998.

[9]　Wong juenkon, "The Background of the Dunku Lanyan and Its Features", *Journal of Chinese Studies*, no. 47, 2007.

附　录

附录 1　图表索引

表 1. 1　苏州科考与文学成绩统计 ………………………………… 24

表 1. 2　晚明苏州藏书家统计表 …………………………………… 31

表 1. 3　明代建阳与苏州书坊刊印小说比较表 …………………… 35

表 1. 4　太平天国运动前后苏州人丁比较表 ……………………… 51

表 1. 5　苏州藏书毁损情况简表 …………………………………… 55

表 1. 6　晚清上海租界人口籍贯构成统计（1885～1910） ……… 56

表 1. 7　晚清上海租界江苏移民统计（1885～1910） …………… 57

表 1. 8　游寓上海的晚清吴地文人简表 …………………………… 60

表 2. 1　"三言"、"二拍"中涉及苏州的篇目 …………………… 75

表 2. 2　描写上海繁华的晚清小说简表 …………………………… 79

表 2. 3　几部"繁华梦"小说的开篇比较表 ……………………… 82

表 2. 4　《风月梦》描绘的扬州"城市地图" …………………… 104

表 2. 5　《海上花列传》描绘的上海"城市地图" ……………… 106

表 2. 6　晚清三部"海上小说"中的马路变迁统计 …………… 114

表 3. 1　《新上海》中上海"怪现状"统计 …………………… 132

表 4. 1　《苏州繁华梦》与《海上繁华梦》回目中的地域景观

…………………………………………………………………… 160

表 4. 2　《九尾龟》一品香场景统计表 ………………………… 174

表 4. 3　上海番菜馆菜谱 ………………………………………… 194

表 4. 4　晚清上海小说中的交通工具统计表 ………………… 201

表5.1 《苏州繁华梦》中穿插的苏州风俗 …………………… 243

表5.2 马路与近代苏州现代化进程 …………………………… 259

表6.1 部分早期吴地报人与供职报刊 ………………………… 309

表6.2 王韬连载小说时期的主要收入与开销 ………………… 328

表6.3 19世纪中后期各行业人士的收入情况 ……………… 329

图1.1 清代中期到清末苏州府人口趋势图 ………………… 51

图3.1 《海上繁华梦》"迷失——回归"主题脉络示意图 ……… 140

附录 2　笔者据晚清苏州小说所绘"苏州地图"

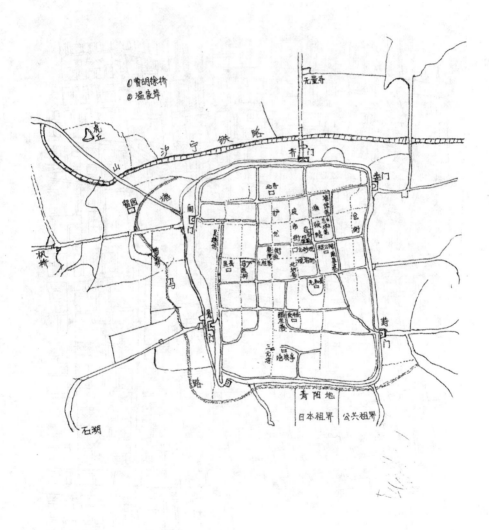

附录 3　笔者据晚清上海小说所绘"上海地图"

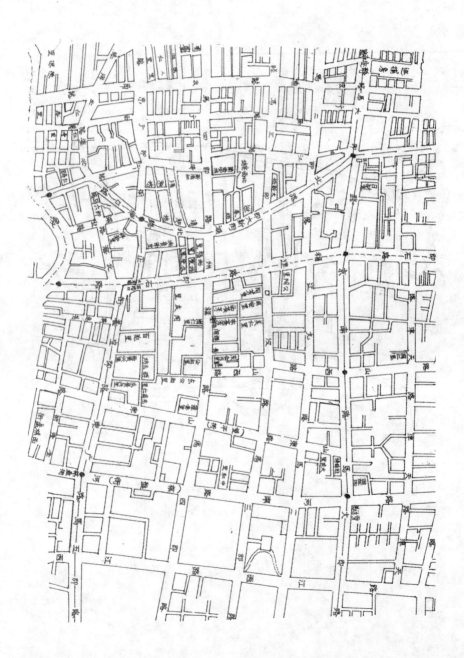

附录4 画舫与马车

上图为苏州画舫。图中可见画舫满挂彩灯，精美华丽。

下图为上海马车，图中所示有轿式、船式、皮篷马车。

附录5 晚清吴地小说简表

本表的小说篇目以《中国古代小说总目提要》为基础，并参照陈大康《近代小说编年》，主要收录吴地作者写吴地人事的小说，作者籍贯不详而故事场景在吴地的也列入表中。

小说篇目	作　者	籍　贯	出版时间	主要场景
风月梦	邗上蒙人	邗为扬州古称，应为扬州人	1884	扬州，常熟人陆书
玄空经	郭友松	江苏松江（今上海）	同光	松江
青楼梦	俞达	江苏长洲	1888	苏州
绘芳录	西泠野樵	浙江上虞	1894	南京、杭州、苏州
海上尘天影	邹弢	江苏金匮（无锡）	1904	上海、扬州
海上花列传	韩邦庆	江苏松江（今上海）	1892	上海
玉燕姻缘全传	梅痴生	不详	1895	宋代吴县
查潘斗胜全传	铁庵	阳羡（江苏宜兴）	1901	苏州
海上繁华梦	孙家振	上海	1903	上海
官场现形记	李伯元	江苏武进	1903	北京、上海、南京、苏州等
文明小史	李伯元	江苏武进	1903	湖南、苏州、济南、上海、芜湖等
负曝闲谈	欧阳钜元	江苏苏州	1903	苏州、上海、北京
孽海花	曾朴	江苏常熟	1903	苏州、北京、上海等
情天债	徐念慈	江苏常熟	1903	上海
碧血幕	包天笑	江苏吴县	1907	上海
新孽海花	陆士谔	上海青浦	1909	江苏昆山、青浦、上海
新上海	陆士谔	上海青浦	1910	上海
龙华会之怪现状	陆士谔	上海青浦	1911	上海
十尾龟	陆士谔	上海青浦	1911	上海

小说篇目	作　者	籍　贯	出版时间	主要场景
火烧上海红庙演义	半痴生	不详	1892年前后	上海
海上名妓四大金刚奇书	抽丝主人	不详	1900	上海
海天鸿雪记	二春居士	不详	1899	上海
市声	姬文	不详	1905	上海
扫迷帚	壮者	不详	1905	苏州、镇江、杭州
惨女界	吕侠人	据说是常州	1908	苏州、常州、北京等
苏州新年	遁庐	不详	1906	苏州
斯文变相	遁庐	不详	1906	苏州等
上海之秘密	讷夫	不详	1906	上海
新茶花	心青	不详	1907	上海
时髦现形记	葛啸侬	不详	光绪间	松江
桃花坞黑心奇案	侠厂生主	不详	光绪间	苏州
金凤	凤史氏	不详	1908	苏州
蓝桥别墅	江荫香	不详	1908	苏州
九尾狐	江荫香	不详	1908	上海
断肠草（苏州现形记）	佚名	不详	1908	苏州
滑头现形记	现时子	不详	1908	苏州、上海
上海空心大老官	听雨楼主人	不详	1908	上海
轰天雷	孙景贤	江苏常熟	1903	北京、苏州
医界现形记	郁闻尧	江苏江阴	1906	杭州、上海
九尾龟	张春帆	江苏常州	1906～1910	苏州、上海
中国之女铜像	静观自得斋主人	江苏昆山	1909	江苏
商界现形记	天赘生	松江华亭	1911	上海
新儿女英雄	叶小凤	江苏吴县	1909	汉阳、上海、杭州
黑籍冤魂	彭养鸥	江苏长洲	1909	广东、上海

小说篇目	作　者	籍　贯	出版时间	主要场景
苏空头（苏州怪现状）	单镇	江苏吴县	1910	苏州
医界镜	儒林医隐	不详	1908	常州、杭州、上海
新意外缘	叔夏	由弁言知作者为吴人	1909	苏州
女魔术	佚名	不详	1909	苏州、上海、武昌
侠义佳人	邵振华	不详	1909	济南、江阴、上海等
情天劫	东亚寄生	不详	1909	苏州、上海
双拐奇案	古之伤心人	不详	1909	江苏溧阳、上海
夜花园之历史	诸夏三郎	不详	1909	上海
苏州老骚	井山郎	不详	1911	苏州
秘密自由	静观子	不详	1909	上海
温柔乡	静观子	不详	1910	上海
还魂草	静观子	不详	1910	苏州
六月霜	静观子	不详	1911	上海、绍兴
新花月痕	婆语	不详	1909	苏州
续海上繁华梦	佚名	不详	1909	上海
新西游记	冷血	不详	1909	上海
苏州繁华梦	天梦	荆江	1911	苏州
聪明误	寓沪医隐	不详	1909	苏州
竟何如	俗士	不详	1910	太仓
后庭花	佚名	不详	不详	镇江
破镜重圆	孤山小隐	不详	1911	上海
多宝龟	冷镜山房	不详	1911	上海
十年梦	平坨	不详	1911	扬州
盛杏荪丑历史	忧天主人	不详	1911	常州、上海
小毛子传	小鹤	松江华亭	1911	南京
小毛子传	冷史	不详	1911	南京

后　　记

　　拙作《晚清吴地小说研究》即将面世，我既激动又感慨。当初选题时，只是因为自己对地域文化感兴趣，而最后能成为一个通过地域视角审察小说史流变，并受到诸多前辈嘉许的成果，其实是我没有预料到的。这样的提升当然离不开陈洪先生的"点石成金"，但更重要的是让我明白了一个道理：凡事不可抱太重的功利心，不期意反而可能有惊喜。而更多的感悟也在写作过程中获得，这让我发现，学术决不是象牙塔里的闭门造车，它也能给人许多生活的启迪。

　　1. 欲速则不达。当别的师门已经开题，陈先生依旧让我们读书时，我真有些按捺不住。不是不愿意读书，是想更有针对性地读。但后来发现，"欲速"会导致思维禁锢、视野狭窄，静下心来读书，反而让我自己发现到问题。现在的这个题目就是在阅读中发掘出来的。这比单纯完成一个给定的题目，更能让人有兴趣和热情。在写作过程中，我也曾"欲速"地看研究著作，却很容易被牵制了思维，而当我慢下来去啃原著作品时，反而有了很多新发现。

　　2. 无用乃大用。吾生也有涯，而知也无涯，所以我和很多人一样，要集中精力去做"有用"的事，并常为自己做了"无用"之事而懊恼。其实世上无"无用"之事，只有"无用"之心。

　　比如我读和选题不相关的书，却给我新的视角；我的文学创作与学术无关，却能让我的学术语言轻灵流畅；甚至在和理工科朋友的交流中，也能获得一些有益的启示。现在不少学生仍重复着我当初的误区，将学习研究做无用/有用二元划分，功利心太重，岂不痛哉！

　　3. 举重若轻。做学术必须认真务实，然而现在看来，当时所以为的

"境界"——废寝忘食，随时都在思考论文，写成后不厌其烦地改等，其实并不见得是好事。因为把它看得太"重"了，为此我常常失眠，身体素质也下降很多，曾自以为经常跳舞的我与颈椎病、肩周炎之类是绝缘的，可连续的伏案工作还是让我颈椎明显变僵硬了。而曾经把论文看成天大的事，论文写不出来好像天都要塌下来，走上社会后才发现其实学术上的困难只是很小的事，生活中还有更多的"课题"等着被攻克。如果学不会举重若轻，只会自陷囹圄。想起一次先生谈及自己的学术之路，说"学术不是第一位"，众人皆愕；先生顿顿又道，"当然也不是第二"，众人愈惑；先生哈哈大笑，曰："并列第一"。当时以为先生狡黠，现在才悟出其中的智慧：凡事既要认真重视，又不能太过执着，做他事时则须放下。ON 状态时身体为工作服务，OFF 状态时则须完全放下工作，休养身体，享受生活。

4. 读万卷书，行万里路。两者并重，没有"不如"。没有知识储备的行路只会留下匆匆足迹，没有亲身践行的读书终将导致泛泛空论。以前母亲走南闯北时，我亦曾踏足吴地，却只记得车水马龙；当我因学术调研再赴吴地时，却明显感觉到吴地城市的不同文化气息。尽管同是现代化城市，苏州仍有着内敛精致的底蕴，与苏州相提并论的杭州市井味则重得多，而上海的国际化都市气息愈发强烈。这说明"画舫文化"和"马车文化"的传统，仍从内在影响着吴地的城市品格。另一方面，实地考察给了我不少读书读不出来的收获。比如苏州被尊为"吴中第一名胜"的虎丘只是个小土丘，颇有盛名的留园门票上有密密麻麻的景点标识，实际也不过是个半小时就能遍览的小园子（当我看到"出口"的牌子时，甚至都怀疑自己的眼睛），这不仅让我亲身感受到苏州的精致气质（这对苏州的生活、审美等各方面无不影响，当然也影响着苏州的文学创作），同时也让我思考，为什么现实中并非那样出众的地域景观，却能闻名遐迩呢？我的论文关注到了地域对文学的影响，实地考察则让我注意到另一个维度：文学对地域的反作用。正是历代文人反复的文学书写，形成了一种文化上的集体认同，它使地域景观有了更丰富的文化意蕴，甚至成为一种象征符号。比如晚清小说聚焦上海的现代都市景观，以致上海在人们心目中的地域（城市）特征就是洋气的、现代的，但实际上，在高楼大厦的背后，还有着传统的里弄街坊，不少门铺前还悬着蛐蛐笼——传统文人的癖好仍被保留下来。可以说，地域影响文学内外生态，文学也塑造地域古今形象。这些新的想法，如果没有那次实地参访，恐怕也不会萌芽生长了。

这些其实不过是老生常谈，只因亲历之，故深感之。尤其走出象牙塔，开始真正的生活时，感触更深。当然，让我亲历深感的还有一件——"我不是一个人在战斗"。拙作之成，要感谢写作过程中师友家人的支持和帮助。需要感谢的人太多：全程悉心指导我的陈洪先生，一直对我关怀备至的王燕老师，不断肯定鼓励我的张国星老师，极其认真读阅我论文的刘崇德先生，给我提出宝贵建议的陶慕宁、张峰屹、宁稼雨等诸位先生，常与我高谈阔论并陪我"行万里路"的同门曾晓娟，随时义不容辞无私相助的师兄师姐师弟师妹，还有我的家人……最后，要特别感谢灵隐文丛的大力资助，使我的学术作品和学术感悟能与同好分享。

南开大学出版社网址：http://www.nkup.com.cn

投稿电话及邮箱：　022-23504636　QQ：1760493289
　　　　　　　　　　　　　　　　　QQ：2046170045(对外合作)
邮购部：　　　　　022-23507092
发行部：　　　　　022-23508339　Fax：022-23508542

南开教育云：http://www.nkcloud.org

App：南开书店 app

　　南开教育云由南开大学出版社、国家数字出版基地、天津市多媒体教育技术研究会共同开发，主要包括数字出版、数字书店、数字图书馆、数字课堂及数字虚拟校园等内容平台。数字书店提供图书、电子音像产品的在线销售；虚拟校园提供 360 校园实景；数字课堂提供网络多媒体课程及课件、远程双向互动教室和网络会议系统。在线购书可免费使用学习平台，视频教室等扩展功能。